KB074152

전북대 개인기록 총서 18

조선족 천직 교사 최정걸의 기록

연변일기 2

이채문 · 이정덕 · 남춘호 · 박신규 · 최미옥 편저

지식과교양

2014년 정부(교육부)의 재원으로 한국연구재단의 지원을 받아 수행된 연구임.
(NRF-2014S1A3A2043652), (NRF-2014S1A3A2044461)

| 서 문 |

『연변일기』(1983-2015)는 조선족 교사인 최정걸의 33년간의 일기이다. 조부 대에 중국으로 옮겨온 이주민 2세대인 최정걸은 1942년 중국의 길림성에서 태어났다. 그는 1960년 훈춘시 태양소학교에서 교사생활을 시작하여 1995년 퇴임할 때까지 만 35년을 교사로 봉직했다. 퇴직 후에는 노인협회의 서기 일을 맡고, 2000년부터는 간부노인대학을 다니면서 일본어와 컴퓨터 등을 배우면서 지냈다. 하루의 일과를 순서대로 메모 형식으로 기록한 그의 일기는 교사, 교장이자 당원으로서의 업무와 가장으로서의 일상, 자녀들의 성장 과정에 대한 기록들로 촘촘히 채워져 있다. 저자의 성품을 반영하는 듯, 그의 기록은 일체의 감정이 배제한 채 그날 있었던 일을 시간 순서대로 정리하고 있다. 함께 일하던 교사가 전근을 가고, 새로운 교사가 부임하고, 시교육위에서 검열을 오고, 검열을 받고, 자녀가 대학에 합격하고, 성장한 자녀가 외국으로 떠나고, 외국에 있는 손자와 전화를 주고받고, 심지어 오랜 동료와 친지가 세상을 떠나고 장례식에 참석하는 일을 하나도 빼놓지 않고 기록하면서도, 그는 글 속에 전혀 감정을 담지 않았다. 그래서 오히려 짧은 메모 기록에서 숨겨진 그의 감정을 읽고 느끼게 된다.

이 기록은 「경북대학교 SSK 다문화와 디아스포라연구단」과 「전북대학교 SSK 개인기록과 압축근대연구단」이 1년여의 기간 동안 함께 작업을 해서 출간하게 되는 공동작업 성과물이다. 경북대 연구단이 현지조사를 통해 저자를 만나고, 일기자료를 포함한 여러 가지 개인 자료들을 구해서, 전북대 연구단에 공동 작업을 통한 자료의 출간을 제안한 것이 2015년경이었다. 그 사이 두 연구단의 연구원들은 SSK사업을 매개로 대구와 전주, 서울 등지에서 만나 이른바 연구단 간 '네트워킹'을 위한 토론회를 수차에 걸쳐 개최하였다. 그리고 약 1년여 동안의 입력과 해제 작업을 거쳐 『조선족 천직 교사 최정걸의 기록, 연변일기』를 두 권으로 출간하게 되었다.

「경북대학교 SSK 다문화와 디아스포라연구단」은 그간의 연구 성과를 통해서 알 수 있는 것처럼, 구술사 연구방법을 통하여 재외한인의 삶을 해외 지역별, 도시-농촌별로 비교하는 연구를 수행하는 연구 집단이다. 한편 「전북대학교 SSK 개인기록과 압축근대연구단」은 개인기록을 통하여 동아시아의 근대성을 비교하는 연구를 수행하고 있다. 양 연구단은 2011년, 같은 해에 연구단을 출범하여 6년 동안 서로의 연구 영역을 넓혀왔다.

두 연구단이 SSK사업을 통해서 실질적인 공동작업의 성과를 내게 된 것은 연구단 간 교류의 확대라는 형식적 의미 외에 중요한 학술적 의의를 지닌다고 감히 말할 수 있다. 하나는 이 작업이 사회과학 연구에서 시 · 공간적 현장성을 확보할 수 있는 두 개의 중요한 자원, 즉 '구술'과 '기록'을 재료로 삼는 두 연구팀의 질적 결합이라는 사실이다. 그리고 다른 하나는 이 작업을 통해 한국인의 근대적 삶을 조명할 수 있는 연구 영역이 적어도 동아시아의 범위로 확산될 수 있게 되었다는 점이다. 한국인에게 '디아스포라'는 근대적 삶의 한 유형이다. 제국의 침탈과 식민지 경험, 분단, 전쟁, 1960-70년대의 개발 등이 한국인의 이산(離散)을 촉발 · 고착시킨 역사적 사건들이다.

조부 대부터(어쩌면 그 이전, 중국 이주를 결심하지 않을 수 없었던 어느 시점부터) 이어진 최정걸의 지난한 가족사는 한국사회의 압축적 근대사를 올올이 드러내 줄 것이다. 그래서 우리는 『조선족 천직 교사 최정걸의 기록, 연변일기』가 한국사회의 압축근대과정이 만들어낸 한국인의 근대적 삶의 유형을 구분해내는 중요한 출발점이라고 믿는다. 「경북대학교 SSK 다문화와 디아스포라연구단」과 「전북대학교 SSK 개인기록과 압축근대연구단」의 이번 작업은 이른바 '사회적인 것'과 '개인적인 것' 사이의 분리할 수 없는 관계를 국내와 국외의 현장에서, 당사자들의 '말(구술)'과 '글(개인기록)'로 재구성하는 연구의 시작이 될 것이다.

양 연구단의 공동연구는 경북대학교 연구단의 연구책임자인 이채문 교수의 현지조사에서 시작되었다. 현지에서 기록 자료들을 꼼꼼히 챙기고, 그것을 아낌없이 전북대 연구단에 제공해 준 이채문 교수께 깊이 감사드린다. 양 연구단의 공동작업이 전북대 연구단에게는 말할 것도 없지만, 경북대 연구단의 연구의 폭을 넓히는데도 도움이 될 수 있기를 진심으로 바란다.

최정걸은 일기의 대부분을 중국어로 기록하였다. 작은 일기장의 여백까지 가득 채워 넣은 중국어를 하나하나 짚어가며 번역을 해준, 경북대학교 사회복지학과 대학원의 우펑슈에(吴凤雪), 리문군(李文君)군의 노고에 뭐라 고마움을 표해야 할지 모르겠다. 두 연구단의 연구원들과 함께 읽고 수정하는 작업에까지도 바쁜 시간을 쪼개준 두 학우들께 감사드린다. 최정걸은 2000년 이후에 일본에 거주하고 있는 큰아들을 방문하기 위하여 간부노인대학에 가서 일본어를 배우고, 집에서도 열심히 일본어를 공부하였다. 그 시절 일기의 일부는 일본어로 쓰기도 하였다. 완전하지 않은 일본어 문장들을 읽고 해독해 준 경북대학교 사회학과 대학원 이토히로코(伊藤浩子) 군에게도 그의 도움이 이 작업에 큰 힘이 되었음을 알리고 싶다. 입력된 원고를 검토하면서 오자를 잡아내고, 개념과 용어들, 외국어 표기들을 하나로 일치시키는 지루한 작업을 감내해 준 전북대학교 고고문화인류학과 대학원 이정훈 군에게도 감사드린다.

누구보다도 감사 인사를 드려야 할 분은 저자의 큰 자제인 연변대학교 최미옥 교수이다. 최미옥 교수께서는 귀한 시간을 쪼개 전주까지 방문하여, 양 연구단의 네트워킹 토론회에서 선친의 일생과 이력을 정리 · 발표해 주셨다. 뿐만 아니라 『연변일기』의 출판에 맞춰 인사말도 보내주셨다. 그의 설명과 발표는 일기를 통해 선친의 삶을 이해하는데 뿐 아니라, 중국 거주 한인의 디아스포라, 나아가 한국인의 근대적 삶의 한 유형을 파악하는 데에도 큰 도움이 되었다. 깊이 감사드린다.

경북대학교와 전북대학교의 양 연구단 연구원 모두는 이번 공동 작업이 근대 한국인의 삶의 시 · 공간적 비교연구를 위한 시작이며, 더 넓고 깊은 공동연구의 계기라고 믿는다. 두 연구단, 모든 연구원들의 노고에 감사드린다.

2017. 4. 30.

전북대학교 고고문화인류학과 이정덕 씀.

| 인사말 |

사랑하는 아버지를 그리면서

존경하고 사랑하는 아버지 안녕하세요?

한국전북대학교 SSK개인기록과 압축근대연구단의 협찬으로 아버지께서 일생동안 써오신 일기가 책으로 편집되어 출판된다고 하네요. 아버지께서 지금 이 세상에 살아계신다면 얼마나 즐거워하시고 행복해하실가. 이 딸은 충분히 상상할수 있습니다. '딸 덕분으로 또 나의 일기까지 책으로 편찬하다니' 하시면서 환한 웃음을 짓는 아버지 모습이 나의 눈앞에 너무나 똑똑히 떠오릅니다.

아버지 보고 싶어요. 꿈에서라도 자주 만나면 얼마나 좋겠어요? 그런데 꿈에도 잘 찾아오지 않네요. 어르신들의 말씀에 의하면 자식을 생각하는 부모님들이 그런다고 하네요. 하늘나라에 가서도 자식을 아끼고 관심하는 마음은 변하지 않았네요.

아버지께서 저희들을 떠난 지도 어느덧 일 년 반이란 시간이 흘렀습니다. 그 사이 하늘나라에서 잘 계시죠? 어머님도 만나시고 지금 행복하게 같이 잘 보내시죠? 아버지 없는 세상, 노래에서 나오는 가사와 같이 태양이 없는 암흑한 세상과 같습니다. 저희들한테는 하늘같고, 집, 기둥같이 너무나 믿음직하고 든든하던 아버지였으니까요. 일 년 반이라는 짧으면서도 또 기나긴 사이에 우리 세 자매들은 아버지와 어머니의 뼛속까지 깊은 사랑의 덕분으로 너무나 행복하게 생활하고 열심히 사업하여 크나큰 성적을 거두었습니다. 아버지께서 항상 아끼고 자랑스럽게 여기던 따님은 2016년에 중국 연변조선족 자치주 유일한 〈길림성 5.1로동모범〉으로 당선되여

장춘에 가서 표창을 받았구요. 가장 자호감을 느끼게 하는 둘째아들 국서는 중국 〈국가우질공정상 탁월한 공헌자(国家优质工程奖突出贡献者)〉 칭호를 받았습니다. 너무나 자랑스럽고 흐뭇하지요? 아버지, 어머니의 따뜻하고 무한한 사랑과 엄격하면서도 올바른 교육을 받았기에 오늘의 저희들이 있는 것 아니겠어요! 아버지 어머니 사랑에 너무나 감사하고 고맙고 자랑스럽습니다.

앞으로도 저희들은 아버지 어머니처럼 일생을 정직하게 성실하게 의의 있게 살아갈 겁니다. 어버지의 유언대로 나라와 국가, 민족발전을 위해서 영원히 분투할 겁니다. 하늘나라에서 시름 놓으시고 어머니와 함께 즐겁고 행복하게 보내세요. 저희들 근심은 조금도 하시지 말고 편안히 지내세요. 그것이 저희들에 대한 크나큰 사랑이고 믿음입니다.

아버지 감사하고 고맙습니다. 저희들은 영원히 사랑하고 존경합니다.

그리고 가족을 대신하여 아버지 소원을 이루어주신 한국 「전북대학교 SSK 개인기록과 압축근대연구단」의 협찬에 뜨거운 감사를 드립니다.

중국연길에서 2017년 3월 14일

딸 미옥 올림

contents

연변일기 2

03 서문

06 인사말

11 일러두기

연변일기(1999~2015년)

014 1999년

047 2000년

081 2001년

115 2002년

146 2003년

180 2004년

214 2005년

253 2006년

292 2007년

326 2008년

360 2009년

386 2010년

412 2011년

451 2012년

485 2013년

522 2014년

526 2015년

연변일기 1

03 서문

06 인사말

08 화보

23 일러두기

제1부

해 제

중국 조선족 천직교사 최정걸의 삶에 대한 일 고찰

- 이채문

최정걸의 생애에 나타난 가족 관계 특징과 변화

- 박신규

최정걸의 일기와 교육자 생활

- 이정덕

텍스트 마이닝 기법을 통해서 본 연변일기

: 시대별 변화를 중심으로

- 남춘호 · 유승환

연변일기 1

제2부

연변일기(1983~1998년)

1983년
1984년
1985년
1986년
1987년
1988년
1989년
1990년
1991년
1992년
1993년
1994년
1995년
1996년
1997년
1998년

일/러/두/기

1. 인명, 지명 등 중국어 원문의 한글 표기는, 저자가 조선족임을 감안하여 한국어 발음을 원칙으로 하였다. 다만 중국의 유명한 인물(예, 덩샤오핑 등) 등에 대해서는 관행적으로 중국 발음으로 입력하였다.
2. 뜻풀이가 필요한 방언, 설명이 필요한 용어나 사건 등은 매년 첫 출현지점에서 1회에 한해 각주로 설명하였다.
3. 해독이 불가능한 글자는 □ 표시를 하였다.
4. 날짜 표기는 원문에 충실하여, 날짜는 〈 〉 안에 입력하고, 음력 날짜는 〈 〉안에 입력하되, ( )로 구분하였다. 그리고 날씨, 기온 등은 〈 〉 밖에 입력하였다.
5. 날짜 표기 이외의 원문의 〈 〉 표시, 그리고 ( ) 등의 부호는 모두 원문에 있는 것으로 그대로 입력하였다.
6. 원문에 거명된 인명은 모두 실명으로, 인명에 관련된 정보는 학술적 목적 이외의 용도로 사용할 수 없으며, 인용할 경우 가명 처리를 해서 사용해야 한다.

연변일기
(1999~2015년)

1999년

〈1999년 1월 1일 (음력 11월 14일)〉 금요일 날씨 맑음

숙모집에서 원단을 보냈음, 정화(廷華), 정기(廷棋), 정옥(貞玉), 정금(貞今), 미란(美蘭), 해란(海蘭), 향선(香善)과 가족들이 왔음

〈1999년 1월 2일 (음력 11월 15일)〉 토요일 날씨 눈/맑음

점심에 정기(廷棋)집의 초대를 받았음, 미옥(美玉), 영진(永珍), 광춘(光春)이 전화 왔음, 집에 돌아왔음

〈1999년 1월 3일 (음력 11월 16일)〉 일요일 날씨 맑음

승일(承日), 창일(昌日)이 와서 점심을 먹었음, 일본에서 전화 왔음 - 명옥(明玉), 국진(國珍)

〈1999년 1월 4일 (음력 11월 17일)〉 월요일 날씨 맑음

장인 집에 문병하러 갔음, ※부릉(涪陵)에 있는 사돈집에서 편지 왔음(집문서)

〈1999년 1월 5일 (음력 11월 18일)〉 화요일 날씨 맑음

중심신용사(信用社)에 갔음, 창일(昌日)과 토론했음 - 장인집의 집문서에 관함, 시 관공위(觀工委)에 가서《횃불》받았음

〈1999년 1월 6일 (음력 11월 19일)〉 수요일 날씨 흐림/맑음

파출소(派出所)에 갔음 - 최연(崔燕)의 신분증 발급하지 못했음, 제4소학교에 갔음 - 학생의 작문에 관함

〈1999년 1월 7일 (음력 11월 20일)〉 목요일 날씨 맑음/추움

창일(昌日)의 차를 타서 판석(板石)에 갔다가 왔음 - 민석(珉錫) 생일

〈1999년 1월 8일 (음력 11월 21일)〉 금요일 날씨 맑음/추움

신문과 TV 봤음, 미화(美花)이 왔다가 갔음

〈1999년 1월 9일 (음력 11월 22일)〉 토요일 날씨 맑음

신문과 TV 봤음

〈1999년 1월 10일 (음력 11월 23일)〉 일요일 날씨 맑음

난방공급처에 갔음 - 난방 고장, 미옥(美玉)이 전화 왔음, 일본에서 전화 왔음 - 소포 받았음, 미화(美花)이 왔다가 갔음

〈1999년 1월 11일 (음력 11월 24일)〉 월요일 날씨 맑음
설화(雪花)와 설화(雪花)의 어머니가 왔다가 갔음, 영진(永珍)이 전화 왔음(두 번)

〈1999년 1월 12일 (음력 11월 25일)〉 화요일 날씨 맑음
난방공급처에 갔음 - 기사(技師)가 난방을 수리하러 왔음

〈1999년 1월 13일 (음력 11월 26일)〉 수요일 날씨 맑음
총부, 자치회회의 참석(제2중학교에서) - 병 걸린 노인의 위문에 관함

〈1999년 1월 14일 (음력 11월 27일)〉 목요일 날씨 맑음
전력공급국에 가서 전기세 냈음, 난방공급국에 갔음 - 난방 수리하지 못했음

〈1999년 1월 15일 (음력 11월 28일)〉 금요일 날씨 맑음
우체국에 갔음 - TV신문 준무했는데 아직 못 받았음, 이영(李瑛)진료소에 갔음

〈1999년 1월 16일 (음력 11월 29일)〉 토요일 날씨 맑음
미옥(美玉)이 전화 왔음, 영진(永珍)이 전화 왔음, 김추월(金秋月)의 가게에 갔음, 시 병원에 문병하러 갔음, 아내가 장인집에 갔음, 만든 약 먹었음

〈1999년 1월 17일 (음력 12월 1일)〉 일요일 날씨 맑음
침대와 수도꼭지 수리, 새 위약(胃藥)을 먹기 시작

〈1999년 1월 18일 (음력 12월 2일)〉 월요일 날씨 맑음
신문과 TV 봤음

〈1999년 1월 19일 (음력 12월 3일)〉 화요일 날씨 흐림/맑음
관공위(觀工委) 사무실에 갔음 - 최진변(崔鎭變)을 위문하고 안 서기(書記)를 문병에 관함, 김비서가 동행, 오후에 아내가 창일(昌日)집에 가서 약 달였음 - 장인 먹는 약

〈1999년 1월 20일 (음력 12월 4일)〉 수요일 날씨 맑음/추움
신문과 TV 봤음

〈1999년 1월 21일 (음력 12월 5일)〉 목요일 날씨 맑음
제4소학교에 갔음 - 출납원 출근하지 않았음, 작문선생 집에 갔음, 파출소(派出所)에 갔음 - 최연(崔燕)의 신분증 발급, 아내가 도매회사에 갔음

〈1999년 1월 22일 (음력 12월 6일)〉 금요일

날씨 맑음/바람
신문과 TV 봤음, 신문과 TV 봤음

〈1999년 1월 23일 (음력 12월 7일)〉 토요일 날씨 맑음
신문과 TV 봤음, 태양(太陽)에 있는 호준(浩俊)이 전화 왔음

〈1999년 1월 24일 (음력 12월 8일)〉 일요일 날씨 맑음/구름
미옥(美玉)이 전화 왔음, 창일(昌日)이 왔다가 갔음

〈1999년 1월 25일 (음력 12월 9일)〉 월요일 날씨 눈/흐림
관공위(觀工委) 사무실에 가서 잡지 〈노년세계〉 받았음, 추월(秋月)의 가게에 갔음 - 잡지 나눔

〈1999년 1월 26일 (음력 12월 10일)〉 화요일 날씨 맑음
〈노년 세계〉 봤음

〈1999년 1월 27일 (음력 12월 11일)〉 수요일 날씨 맑음/바람
〈노년 세계〉와 신문 봤음

〈1999년 1월 28일 (음력 12월 12일)〉 목요일 날씨 맑음/바람
〈노년 세계〉 봤음, 아내가 병원에 가서 혈당 검사했음(12.8)

〈1999년 1월 29일 (음력 12월 13일)〉 금요일 날씨 맑음
〈노년 세계〉 봤음, 미옥(美玉)이 전화 왔음

〈1999년 1월 30일 (음력 12월 14일)〉 토요일 날씨 맑음
제4소학교에 이 · 퇴직교원(教員)경비 100위안을 출납원에게 전달했음, ※영진(永珍)과 임평(林平)이 대학원 입학 시험

〈1999년 1월 31일 (음력 12월 15일)〉 일요일 날씨 맑음
난방공급처에 갔음 - 난방 고장, 설화(雪花)가 왔다가 갔음

〈1999년 2월 1일 (음력 12월 16일)〉 월요일 날씨 맑음
중심신용사(信用社)에 예금 인출 - 순자(順子)에게 줬음(농업은행), 영진(永珍)이 전화 왔음 - 시험 끝났음

〈1999년 2월 2일 (음력 12월 17일)〉 화요일 날씨 맑음/바람
신문과 TV 봤음, 일본에서 특급편지 왔음 - 2만 엔화, 창일(昌日)이 전화 왔음 - 집에 관함

〈1999년 2월 3일 (음력 12월 18일)〉 수요일 날씨 맑음/바람
신문과 TV 봤음, 영진(永珍)이 전화 왔음

〈1999년 2월 4일 (음력 12월 19일)〉 목요일 날씨 맑음

태양(太陽)에 갔음 - 아내의 둘째아버지 사망 1주년, 창일(昌日)의 차를 타서 집에 돌아왔음, 호준(浩俊) 차녀(次女)의 신분증 재순(才淳)에게 전달했음, 영진(永珍)이 전화 왔음

〈1999년 2월 5일 (음력 12월 20일)〉 금요일 날씨 맑음
난방공급국에 갔음(세 번) - 난방 수리, 배수밸브 수리, 아내가 창일(昌日)집에 갔음, 미옥(美玉)이 전화 왔음

〈1999년 2월 6일 (음력 12월 21일)〉 토요일 날씨 맑음
월급 받았음 - 정옥(貞玉) 보관(保管), 미옥(美玉)이 전화 왔음, 영진(永珍)이 전화 왔음, 창일(昌日)과 옥희(玉姬)가 왔음, 저축은행에 가서 저금

〈1999년 2월 7일 (음력 12월 22일)〉 일요일 날씨 맑음
옥희(玉姬)가 아침을 먹고 집에 돌아갔음, 서점에 갔다가 왔음, 영진(永珍)이 전화 왔음, 국진(國珍)이 전화 왔음

〈1999년 2월 8일 (음력 12월 23일)〉 월요일 날씨 맑음
시 중국은행, 서점에 갔다가 왔음

〈1999년 2월 9일 (음력 12월 24일)〉 화요일 날씨 맑음
총부 사무실에 가서 〈노년세계〉 잡지 비용 냈음, 연길에 있는 누나 전화 왔음, 광춘(光春), 선희(善姬), 복순(福順)이 왔다가 갔음, 영진(永珍)과 임평(林平)이 전화 왔음

〈1999년 2월 10일 (음력 12월 25일)〉 수요일 날씨 맑음
미옥(美玉)이 전화 왔음, 문 수리, 이발했음

〈1999년 2월 11일 (음력 12월 26일)〉 목요일 날씨 구름/눈
슬리퍼 씻었음, 화장실 물저장탱크 수리

〈1999년 2월 12일 (음력 12월 27일)〉 금요일 날씨 맑음/바람
슬리퍼 샀음, 새 기차역에 갔음 - 원학(元學)과 미옥(美玉)이 왔음, 가구점에 가서 접이침대 샀음, 승일(承日)이 왔다가 갔음

〈1999년 2월 13일 (음력 12월 28일)〉 토요일 날씨 맑음/바람
충칭 부릉(涪陵)으로 편지와 돈 보냈음, 난방공급국에 갔음 - 난방 고장, 이영(李瑛)진료소에 갔음, 옥희(玉姬)가 왔다가 갔음, 박민우(朴敏遇)가 위문하러 왔음 - 300위안 받았음

〈1999년 2월 14일 (음력 12월 29일)〉 일요일 날씨 맑음
장덕수(張德洙)집에 문병하러 갔음, 충칭부릉(涪陵)으로 전화했음 - 영진(永珍)과 임평(林平), 1000위안 보냈음

〈1999년 2월 15일 (음력 12월 30일)〉 월요일 날씨 맑음

장인집에 가서 설날 위문 - 아내, 원학(元學)과 미옥(美玉)이 같이 갔음, 오전에 호준(浩俊)이 위문하러 왔음 - 200위안 받았음, 복순(福順), 광춘(光春), 동춘(東春), 선희(善姬)이 우리 집에 왔음, 영진(永珍)과 임평(林平)이 전화 왔음, 일본에서 전화 왔음 - 명숙(明淑)과 국진(國珍)

〈1999년 2월 16일 (음력 1월 1일)〉 화요일
날씨 맑음
영진(永珍)이 전화 왔음, 민석(珉錫)이 왔음, 오후에 창일(昌日)집에 가서 설날 보냈음 - 동일(東日)이 왔음

〈1999년 2월 17일 (음력 1월 2일)〉 수요일
날씨 맑음
국진(國珍), 영진(永珍)이 전화 왔음, 승일(承日), 창일(昌日), 동일(東日), 장인, 숙모, 광춘(光春), 태운(泰云)과 가족들이 와서 설날 보냈음

〈1999년 2월 18일 (음력 1월 3일)〉 목요일
날씨 맑음
숙모가 정금(貞今)집에 갔음, 모정자(茅貞子)가 전화 왔음, 승일(承日)집에 갔음 - 복순(福順), 창일(昌日), 동일(東日), 광춘(光春), 장인이 동행

〈1999년 2월 19일 (음력 1월 4일)〉 금요일
날씨 맑음/바람
창일(昌日)집의 초대를 받았음 - 원학(元學)이 같이 갔음, 동일(東日)이 연길에 돌아갔음, 영홍(永紅)이 와서 밥을 먹었음, 모정자(茅貞子)의 시어머니의 장례식 참석

〈1999년 2월 20일 (음력 1월 5일)〉 토요일
날씨 맑음
새 터미널에 가서 표 샀음, 우체국에 가서 내몽골로 돈 보냈음, 원학(元學)과 미옥(美玉)이 연길에 돌아갔음, 미옥(美玉)이 전화 왔음, 아내가 찬욱(燦旭)의 장녀의 결혼식 참석

〈1999년 2월 21일 (음력 1월 6일)〉 일요일
날씨 맑음
창일(昌日)집에 가서 TV 보고 점심을 먹었음, 서교장이 왔다가 갔음

〈1999년 2월 22일 (음력 1월 7일)〉 월요일
날씨 맑음
TV 신문지식 퀴즈문답 시작, 철진(哲珍)이 위문하러 왔다가 연길에 돌아갔음

〈1999년 2월 23일 (음력 1월 8일)〉 화요일
날씨 맑음
TV 신문지식 퀴즈문답, 아내의 동창 주금화(朱錦花)와 김연순(金蓮順)이 왔음

〈1999년 2월 24일 (음력 1월 9일)〉 수요일
날씨 흐림/맑음
TV 신문지식 퀴즈문답, 김연순(金蓮順)이 집에 돌아갔음, 아내와 주금화(朱錦花)가 신화(新華)에 갔음

〈1999년 2월 25일 (음력 1월 10일)〉 목요일

날씨 흐림/맑음
TV 신문지식 퀴즈문답, 오전에 총부, 자치회 회의 참석(계획), 아내와 주금화(朱錦花)가 집에 돌아왔음

〈1999년 2월 26일 (음력 1월 11일)〉 금요일
날씨 구름/맑음
주금화(朱錦花)이 연길에 돌아갔음 - 아내가 환송했음, 원학(元學)의 옛 집에 갔음 - 미옥(美玉)이 전화 왔음, 영진(永珍)이 전화 왔음 - 사돈집, 임평(林平)과 통화했음, TV 신문지식 퀴즈문답 거의 완성

〈1999년 2월 27일 (음력 1월 12일)〉 토요일
날씨 맑음/바람
연길로 전화했음 - 미옥(美玉)이 전화 왔음, 태운(泰云)집에 가서 밥 먹었음, 영진(永珍)과 임평(林平)의 결혼식 충칭부릉(涪陵)에서 할 예정

〈1999년 2월 28일 (음력 1월 13일)〉 일요일
날씨 맑음
제4소학교 6년 4반의 사생(師生)들이 위문하러 왔음, 창일(昌日)과 옥희(玉姬)가 왔음, ※오늘부터 옥희(玉姬)가 우리 집에서 공부 및 학교 다님

〈1999년 3월 1일 (음력 1월 14일)〉 월요일
날씨 맑음
우체국에 가서 TV 신문지식 퀴즈문답 제출, 제4소학교에 갔음, 영진(永珍)이 전화 왔음

〈1999년 3월 2일 (음력 1월 15일)〉 화요일
날씨 맑음
서점에 가서 책 샀음, 충칭 부릉(涪陵)으로 《조 · 중사전》보냈음 - 임평(林平)에게, 일본에서 전화 왔음 - 명숙(明淑)

〈1999년 3월 3일 (음력 1월 16일)〉 수요일
날씨 맑음
아내가 병원에 가서 혈당 검사했음(9.6), 미옥(美玉)이 전화 왔음

〈1999년 3월 4일 (음력 1월 17일)〉 목요일
날씨 흐림/눈
우체국에 가서 신문 가져왔음, 영진(永珍)이 전화 왔음 - 사진 보냈음

〈1999년 3월 5일 (음력 1월 18일)〉 금요일
날씨 눈/맑음
9회 2차 인대(人大)회의 정부보고회, 내몽골 사돈집에서 전화 왔음, 태운(泰云)집에서 잤음, 정구(廷玖)집에 갔음 - 정구(廷玖) 생일

〈1999년 3월 6일 (음력 1월 19일)〉 토요일
날씨 눈/맑음
미옥(美玉)이 전화 왔음, 제4소학교에 갔음 - 3.8절 활동에 관함, 태운(泰云)집에서 아침 먹었음

〈1999년 3월 7일 (음력 1월 20일)〉 일요일
날씨 맑음
태운(泰云)집에 갔음 - 광혁(光赫)에 관함, 태운(泰云)이 장춘(長春)에 갔음, 옥희(玉

姬)가 집에 돌아갔음

〈1999년 3월 8일 (음력 1월 21일)〉 월요일
날씨 맑음
제4소학교 퇴직교원(教員) 3.8절 활동 참석 - 축사

〈1999년 3월 9일 (음력 1월 22일)〉 화요일
날씨 맑음
신문과 TV 봤음, 지부활동계획 제정, 아내가 태양(太陽)에 갔음 - 내일 정수(廷洙) 생일, 옥희(玉姬)가 왔다가 갔음

〈1999년 3월 10일 (음력 1월 23일)〉 수요일
날씨 맑음
아내가 집에 돌아왔음, 태운(泰云)이 전화 왔음 - 어제 집에 도착했음, ※ 퇴직교사명단 작성, 영진(永珍)이 전화 왔음, 옥희(玉姬)가 왔음

〈1999년 3월 11일 (음력 1월 24일)〉 목요일
날씨 맑음
시 제2고등학교에 갔음 - 국진(國珍)의 주소에 관함, 시 관공위(觀工委) 사무실에 가서 책 가져왔음

〈1999년 3월 12일 (음력 1월 25일)〉 금요일
날씨 맑음/눈
제4소학교에 갔음 - 관공위(觀工委) 업무 및 지부활동실에 관함

〈1999년 3월 13일 (음력 1월 26일)〉 토요일
날씨 맑음
박승렬(朴承烈)의 장남의 결혼식 참석, 미옥(美玉)이 전화 왔음, 제4소학교 6년 4반 학부모 지도회의 진행

〈1999년 3월 14일 (음력 1월 27일)〉 일요일
날씨 맑음
8지부활동 - 제4소학교 계획회의, 모주임과 밥을 먹었음, 충칭부릉(涪陵)에서 편지와 사진 왔음

〈1999년 3월 15일 (음력 1월 28일)〉 월요일
날씨 맑음
신문과 TV 봤음, 아내가 제4소학교에 갔음 - 집문서에 관함, 영진(永珍)이 전화 왔음 - 《조 · 중사전》받았음

〈1999년 3월 16일 (음력 1월 29일)〉 화요일
날씨 눈
아내가 정구(廷玖)집에 토론하러 갔음, 신문과 TV 봤음, 정구(廷玖)가 전화 왔음, 아내가 학생지도(과외)하기 시작, 미화(美花)가 왔다가 갔음, 광춘(光春)이 전화 왔음 - 약에 관함

〈1999년 3월 17일 (음력 1월 30일)〉 수요일
날씨 눈
전기공급국에 가서 전기세 냈음, 태운(泰云)이 와서 점심 먹었음, 제4소학교에 갔음 - 지도부 같이 밥 먹었음, 광춘(光春)이 전화 왔음

〈1999년 3월 18일 (음력 2월 1일)〉 수요일
날씨 흐림/맑음
신문과 TV 봤음

〈1999년 3월 19일 (음력 2월 2일)〉 목요일
날씨 맑음
일본으로 편지 보냈음, 시 병원에 문병하러 갔음 - 김상애(金相愛) 수술 입원(퇴원했음), 승일(承日)집에 갔음 - 승일(承日) 생일, 옥희(玉姬) 집에 돌아갔음

〈1999년 3월 20일 (음력 2월 3일)〉 금요일
날씨 맑음
신문과 TV 봤음, 아내가 판석(板石)에 약 가져갔음, 영진(永珍)이 전화 왔음

〈1999년 3월 21일 (음력 2월 4일)〉 토요일
날씨 눈/바람
신문과 TV 봤음, 축구 갑A - 광주송일:연변(延邊) 0:1, 아내가 집에 돌아왔음, 옥희(玉姬)가 돌아왔음

〈1999년 3월 22일 (음력 2월 5일)〉 일요일
날씨 맑음
충칭으로 편지 보냈음(교안 양식), 미화(美花)가 왔다가 갔음

〈1999년 3월 23일 (음력 2월 6일)〉 화요일
날씨 맑음
제4소학교에 갔음 - 광춘(光春)의 송금 확인서 받았음, 우체국에 가서 예금 인출(290위안) - 퇴직교원(教員) 공제금, ※영진(永珍)이 전화 왔음 - 대학원 불합격

〈1999년 3월 24일 (음력 2월 7일)〉 수요일
날씨 맑음
시 관공위(觀工委) 총결계획회의 참석, 아내가 마천자(馬川子)중학교에 갔음 - 정오(廷伍) 생일

〈1999년 3월 25일 (음력 2월 8일)〉 목요일
날씨 흐림/맑음
신문과 TV 봤음

〈1999년 3월 26일 (음력 2월 9일)〉 금요일
날씨 맑음
중심신용사(信用社)에 가서 저금, 옥희(玉姬)가 집에 갔음

〈1999년 3월 27일 (음력 2월 10일)〉 토요일
날씨 바람
미옥(美玉)이 전화 왔음, 잡지와 TV 봤음, 옥희(玉姬)가 돌아왔음

〈1999년 3월 28일 (음력 2월 11일)〉 일요일
날씨 바람
창일(昌日)집의 초대 받았음, 이발했음, 축구 갑A 상하이:연변(延邊) 1:1, 일본에서 전화 왔음 - 국진(國珍)

〈1999년 3월 29일 (음력 2월 12일)〉 월요일
날씨 맑음
제4소학교에 갔음 - 시 교위(教委) 관공위(觀工委) 업무계획에 관함

〈1999년 3월 30일 (음력 2월 13일)〉 화요일
날씨 맑음
시 관공위(觀工委) 사무실에 갔음 - 퇴직교사 명단 제출, 신문과 TV 봤음

〈1999년 3월 31일 (음력 2월 14일)〉 수요일
날씨 맑음/비
시 노간부 업무회의 참석, 제4소학교에 갔음 - 월급 받았음, 관공위(觀工委)업무에 관함

〈1999년 4월 1일 (음력 2월 15일)〉 목요일
날씨 흐림/비
저축은행에 가서 저금, 친구 동주(東周)가 왔음, 축구 갑A 연변(延邊):천진 1:1, 아내가 향선(香善) 집에 갔음 - 분가(分家), 옥희(玉姬)가 집에 갔음

〈1999년 4월 2일 (음력 2월 16일)〉 금요일
날씨 맑음
훈춘(琿春) 혁명애국열사 강창녹(姜昌祿)의 사적 작성 - 제4소학교 청명절 활동 준비, 옥희(玉姬)가 돌아왔음, 영진(永珍)이 전화 왔음

〈1999년 4월 3일 (음력 2월 17일)〉 토요일
날씨 맑음/눈
열사 묘역에 가서 애국열사 사적 강연 - 제4소학교 5학년 청명절 활동, 미옥(美玉)이 전화 왔음, 옥희(玉姬)가 집에 갔음

〈1999년 4월 4일 (음력 2월 18일)〉 일요일
날씨 눈
아내가 태양사대(太陽四隊)에 갔음, TV 봤음, 축구 갑A 북경:칭다오 1:1

〈1999년 4월 5일 (음력 2월 19일)〉 월요일
날씨 맑음
창일(昌日)집에 가서 아침과 저녁을 먹었음, 태양(太陽)에 둘째아버지의 묘지에 갔음, 동일(東日)이 연길에서 태양(太陽)으로 왔음, 집에 돌아왔음

〈1999년 4월 6일 (음력 2월 20일)〉 화요일
날씨 흐림
공상시장에 갔음, 신문과 TV 봤음

〈1999년 4월 7일 (음력 2월 21일)〉 수요일
날씨 맑음
관공위(觀工委)사무실에 가서 지부활동경비 300위안 받았음, 신문과 TV 봤음

〈1999년 4월 8일 (음력 2월 22일)〉 목요일
날씨 맑음
미옥(美玉)이 전화 왔음, 제4소학교에 갔음 - 6년 4반 법제교육활동에 관함, 북한에서 편지 왔음 - 넷째아버지

〈1999년 4월 9일 (음력 2월 23일)〉 금요일
날씨 맑음
법제교육자료 준비, 오후에 제4소학교에 가서 법제교육 강좌(6년1반, 4반), 영진(永珍)이 전화 왔음 - 부릉(涪陵)에서 지진 발생

〈1999년 4월 10일 (음력 2월 24일)〉 토요일

날씨 맑음
베란다 청소, 화분(花盆) 베란다로 옮겼음

〈1999년 4월 11일 (음력 2월 25일)〉 일요일
날씨 맑음
8지부활동 참석, 축구 갑A 연변(延邊):산동 0:2, 미옥(美玉), 영진(永珍)이 전화 왔음. 일본에서 전화 왔음 - 국진(國珍)

〈1999년 4월 12일 (음력 2월 26일)〉 월요일
날씨 흐림
오전에 옛 집 수리, 마늘 심었음, 오늘부터 아침활동하기 시작

〈1999년 4월 13일 (음력 2월 27일)〉 화요일
날씨 비/흐림
신문과 TV 봤음

〈1999년 4월 14일 (음력 2월 28일)〉 수요일
날씨 맑음
신문과 TV 봤음, 호두술통 씻었음

〈1999년 4월 15일 (음력 2월 29일)〉 목요일
날씨 흐림/비
아침 4시 장인 집에 갔음, 시 병원에 갔음 - 장모가 병 위중하여 입원했음.

〈1999년 4월 16일 (음력 3월 1일)〉 금요일
날씨 맑음
바닥 닦았음, 신문과 TV 봤음

〈1999년 4월 17일 (음력 3월 2일)〉 토요일
날씨 맑음
전신국에 가서 전화비 냈음, 장 보러 갔음 - 전화번호 기록노트 샀음, 미옥(美玉)이 전화 왔음

〈1999년 4월 18일 (음력 3월 3일)〉 일요일
날씨 맑음
장인 집에 문병하러 갔음, 동 시장에 호미 샀음, 창일(昌日)이 왔다가 갔음

〈1999년 4월 19일 (음력 3월 4일)〉 월요일
날씨 맑음
옛집에 갔음 - 밭을 갈았음, 영진(永珍)이 전화 왔음

〈1999년 4월 20일 (음력 3월 5일)〉 화요일
날씨 맑음
옛집에 갔음 - 밭을 갈았음, 일본에서 약 왔음, 장인 집에 갔음 - ※장모 사망

〈1999년 4월 21일 (음력 3월 6일)〉 수요일
날씨 맑음
연길에 가서 장모의 장례식 했음, 집에 돌아왔음

〈1999년 4월 22일 (음력 3월 7일)〉 목요일
날씨 흐림/맑음
장인 집에 가서 아침을 먹었음, 신문과 TV 봤음, 승일(承日)이 장인 집으로 이사

〈1999년 4월 23일 (음력 3월 8일)〉 금요일
날씨 흐림/맑음

감자 심었음, 장인 집에 가서 페인트 작업 및 전화 설치

〈1999년 4월 24일 (음력 3월 9일)〉 토요일
날씨 맑음
오전에 장인 집에 갔음, 오후에 신문과 TV 봤음, 4단원(單元) 전화선 전체 고장

〈1999년 4월 25일 (음력 3월 10일)〉 일요일
날씨 맑음
배추 등 심었음, 우체국 수리대 와서 전화선 연길수리, 동일(東日)과 영진(永珍)이 전화 왔음, 일본에서 전화 왔음 - 명숙(明淑), 미옥(美玉)이 전화 왔음

〈1999년 4월 26일 (음력 3월 11일)〉 월요일
날씨 맑음
장인 집에 갔음 - 승일(承日) 집 이사했음, 장인 생신 - 동일(東日), 성일(成日) 등이 왔음

〈1999년 4월 27일 (음력 3월 12일)〉 화요일
날씨 흐림
장인 집에 가서 아침과 점심을 먹었음, 동일(東日) 연길에 돌아갔음, 오후에 돌아왔음, 장인이 감기 결렸음

〈1999년 4월 28일 (음력 3월 13일)〉 수요일
날씨 맑음
채소 심었음, 옛집의 굴뚝 수리, 저녁에 시 병원에 갔음 - 장인이 입원, 예금 인출

〈1999년 4월 29일 (음력 3월 14일)〉 목요일
날씨 맑음
미옥(美玉)이 전화 왔음, 아내와 같이 시 병원에 장인을 문병하러 갔음, 축구 갑A 길림: 사천 2:1, 향선(香善) 왔음 - 내몽골 사돈집의 송금 확인서 가져왔음

〈1999년 4월 30일 (음력 3월 15일)〉 금요일
날씨 흐림
우체국에 가서 예금 인출, 제4소학교에 가서 월급 받았음, 시 병원에 문병하러 갔다가 왔음, 이영(李瑛)진료소에 갔음

〈1999년 5월 1일 (음력 3월 16일)〉 토요일
날씨 맑음
미옥(美玉), 영진(永珍)이 전화 왔음, 시 병원에 장인을 문병하러 갔음 - 민석(珉錫)과 복순(福順)이 왔음

〈1999년 5월 2일 (음력 3월 17일)〉 일요일
날씨 맑음
미옥(美玉)이 전화 왔음, 축구 갑A 길림:북경 1:1

〈1999년 5월 3일 (음력 3월 18일)〉 월요일
날씨 맑음
시 병원에 장인을 문병하러 갔음, 전기장판 샀음 - 220위안

〈1999년 5월 4일 (음력 3월 19일)〉 화요일
날씨 맑음
오전에 시 병원에 장인을 문병하러 갔음, 오후에 장인 퇴원

〈1999년 5월 5일 (음력 3월 20일)〉 수요일
날씨 맑음
유리 닦았음, 미옥(美玉)이 전화 왔음, 영진(永珍)이 전화 왔음, 복순(福順)이 전화 왔음 - 동춘(東春) 결혼식, 영란(英蘭)의 어머니가 왔다가 갔음

〈1999년 5월 6일 (음력 3월 21일)〉 목요일
날씨 흐림/비
유리 닦았음, 칼을 갈았음

〈1999년 5월 7일 (음력 3월 22일)〉 금요일
날씨 맑음
생일, 미옥(美玉)이 왔음, 정화(廷華), 정수(廷洙), 태운(泰云), 춘식(春植), 미화(美花), 승일(承日), 창일(昌日)과 가족들이 왔음, 영진(永珍), 원학(元學)이 전화 왔음, 일본에서 전화 왔음 - 명숙(明淑)과 국진(國珍)

〈1999년 5월 8일 (음력 3월 23일)〉 토요일
날씨 맑음
제4소학교에 가서 지부 지도부 회의 참석 - 봄 소풍 준비, 미옥(美玉)이 집에 돌아갔음

〈1999년 5월 9일 (음력 3월 24일)〉 일요일
날씨 흐림/비
8지부활동 - 당위(黨委)서류 전달 및 봄 소풍에 관한 토론, 아내가 판석(板石)에 갔음 - 동춘(東春)의 결혼식 준비, 영진(永珍)과 임평(林平)이 전화 왔음 - 어머니의 날, 축구 갑A 랴오닝:길림 0:2

〈1999년 5월 10일 (음력 3월 25일)〉 월요일
날씨 맑음
내몽골 사돈집으로 편지 보냈음, 아내가 집에 돌아왔음

〈1999년 5월 11일 (음력 3월 26일)〉 화요일
날씨 맑음
서 시장에 갔음, 신문과 TV 봤음, 이영(李瑛) 진료소에 가서 약 샀음

〈1999년 5월 12일 (음력 3월 27일)〉 수요일
날씨 맑음
신문과 TV 봤음, 승일(承日)의 아내가 왔다가 갔음

〈1999년 5월 13일 (음력 3월 28일)〉 목요일
날씨 비/맑음
제4소학교에 갔음 - 아코디언 및 카메라에 관함, 김인병(金寅秉) 노인 집에 문병하러 갔음, 서장춘(徐長春) 선생이 왔다가 갔음

〈1999년 5월 14일 (음력 3월 29일)〉 금요일
날씨 맑음
미화(美花)의 가게에 갔음 - 내일 하달문(哈達門)에 갈 예정에 관함, 이발했음

〈1999년 5월 15일 (음력 4월 1일)〉 토요일
날씨 흐림/비
하달문(哈達門)에 가서 황세욱(黃世旭)의 환갑잔치 참석, 미옥(美玉)이 연길에서 왔음, 영진(永珍)이 전화 왔음

〈1999년 5월 16일 (음력 4월 2일)〉 일요일
날씨 구름/맑음
판석(板石) - 훈춘(琿春) - 동춘(東春) 결혼식, 동일(東日)과 원학(元學)이 도착했음

〈1999년 5월 17일 (음력 4월 3일)〉 월요일
날씨 흐림/비
미옥(美玉)과 원학(元學)이 연길에 돌아갔음 - 미옥(美玉)이 전화 왔음, 동일(東日)과 승일(承日)집에 가서 아침을 먹었음, 아내가 집에 돌아왔음

〈1999년 5월 18일 (음력 4월 4일)〉 화요일
날씨 흐림/비
중심신용사(信用社)에 갔음, 몸무게 101근, 키 160cm, 저녁에 창일(昌日)집에 갔음 - 옥희(玉姬) 공부에 관함

〈1999년 5월 19일 (음력 4월 5일)〉 수요일
날씨 흐림/비
신문과 TV 봤음

〈1999년 5월 20일 (음력 4월 6일)〉 목요일
날씨 맑음
일본으로 편지 보냈음, 전기세 냈음

〈1999년 5월 21일 (음력 4월 7일)〉 금요일
날씨 맑음
제4소학교에 갔음 - 봄 소풍의 지원 및 위문에 대해 감사하러 갔음

〈1999년 5월 22일 (음력 4월 8일)〉 토요일
날씨 맑음
미옥(美玉), 영진(永珍)이 전화 왔음, 신문과 TV 봤음, 아내가 김상애(金相愛)집에 문병하러 갔음

〈1999년 5월 23일 (음력 4월 9일)〉 일요일
날씨 맑음
김인병(金寅秉)노인의 추도회 참석 - 연길에서 장례식 진행, 제4소학교 박서기(書記)가 동행

〈1999년 5월 24일 (음력 4월 10일)〉 월요일
날씨 흐림
정정길(丁正吉)의 장남의 결혼식 참석

〈1999년 5월 25일 (음력 4월 11일)〉 화요일
날씨 흐림
총서기(書記)회의 참석 - 당원(黨員) 평의 및 선정, 승일(承日)집에 가서 저녁 먹었음

〈1999년 5월 26일 (음력 4월 12일)〉 수요일
날씨 맑음
제4소학교에 갔음 -《노인세계》가져왔음, 태운(泰云)집에 갔음 - 정옥(貞玉) 생일, 복순(福順)이 전화 왔음

〈1999년 5월 27일 (음력 4월 13일)〉 목요일
날씨 비
신문과 TV 봤음

〈1999년 5월 28일 (음력 4월 14일)〉 금요일
날씨 구름/맑음

태양오대(太陽五隊)에 갔음 - 셋째숙모 생신, 광범(光範)과 경자(京子)가 싸웠음, 집에 돌아왔음, 영진(永珍)이 전화 왔음

〈1999년 5월 29일 (음력 4월 15일)〉 토요일
날씨 맑음
창일(昌日)집에 화분(花盆) 가져갔음, 하남(河南)로에 갔음 - 탈북자 봤음

〈1999년 5월 30일 (음력 4월 16일)〉 일요일
날씨 맑음
미옥(美玉)이 전화 왔음, 옛집의 정원에 가서 감자밭 갈았음, 충칭으로 전화했음 - 영진(永珍)이 전화 왔음

〈1999년 5월 31일 (음력 4월 17일)〉 월요일
날씨 맑음
금연의 날, 이영(李瑛)진료소에 약 사러 갔음, 충칭, 연길로 전화했음, 영진(永珍)과 임평(林平)이 전화 왔음

〈1999년 6월 1일 (음력 4월 18일)〉 화요일
날씨 흐림/비
〈시 6.1[1] 경축대회〉 관람, 일본으로 편지 보냈음, 월 급 받았음

〈1999년 6월 2일 (음력 4월 19일)〉 수요일
날씨 맑음
전기온수기를 구매 및 설치 - 971위안, 공안국(公安局) 아파트 구내(區內) 공사

〈1999년 6월 3일 (음력 4월 20일)〉 목요일
날씨 맑음/소나기
옥수(玉洙), 서교장이 왔다가 갔음

〈1999년 6월 4일 (음력 4월 21일)〉 금요일
날씨 맑음
자치회회의 참석 - 실내 활동에 관함, 교위(教委) 신방판(信訪辦)[2]에 갔다가 왔음

〈1999년 6월 5일 (음력 4월 22일)〉 토요일
날씨 맑음
온수기 분사꼭지 다시 설치, 창일(昌日)과 풍순(風順)이 왔다가 갔음, 미옥(美玉)이 전화 왔음

〈1999년 6월 6일 (음력 4월 23일)〉 일요일
날씨 흐림/비
영진(永珍)이 전화 왔음, 신문과 TV 봤음, 서교장이 왔다가 갔음, 일본에서 전화 왔음 - 명숙(明淑)과 국진(國珍)

〈1999년 6월 7일 (음력 4월 24일)〉 월요일
날씨 맑음/소나기
신문과 TV 봤음, 온수기 분사 받침대 설치

〈1999년 6월 8일 (음력 4월 25일)〉 화요일
날씨 맑음
제4소학교에 갔음 - 가정주간 주문 에 관함, 도료(塗料) 샀음

1) 6월1일 세계 아동의 날.

2) 서신과 방문을 통한 관리 상담부서.

〈1999년 6월 9일 (음력 4월 26일)〉 수요일
날씨 맑음
새 집을 페인트 작업(110위안), 영란(英蘭)의 어머니와 풍순(風順)이 왔다가 갔음

〈1999년 6월 10일 (음력 4월 27일)〉 목요일
날씨 비/흐림
새 집을 페인트 작업, 영란(英蘭)의 어머니가 와서 유리창 닦아줬음

〈1999년 6월 11일 (음력 4월 28일)〉 금요일
날씨 맑음
페인트 작업, 오전에 창일(昌日)집에 가서 휘발유 가져왔음

〈1999년 6월 12일 (음력 4월 29일)〉 토요일
날씨 흐림/맑음
옛 집에 갔다가 왔음, ※미옥(美玉)이 전화 왔음 - 어제 지부대회를 통해 입당(入黨) 허락, 국진(國珍)이 전화 왔음, 미화(美花) 왔다가 갔음

〈1999년 6월 13일 (음력 4월 30일)〉 일요일
날씨 맑음
지부활동 참석 - 학습, 실내 활동 준비, 당원(黨員) 민주 평의, 영진(永珍)이 전화 왔음

〈1999년 6월 14일 (음력 5월 1일)〉 월요일
날씨 맑음
파 심었음, 방영자(方英子) 교장 해어 가져왔음

〈1999년 6월 15일 (음력 5월 2일)〉 화요일
날씨 맑음/바람
유리 사서 설치했음, 아내가 황용영(黃龍英) 장녀의 생일 잔지 참석

〈1999년 6월 16일 (음력 5월 3일)〉 수요일
날씨 맑음/바람
일본으로 편지 보냈음, 집안일 - 방 청소, 전구 닦았음

〈1999년 6월 17일 (음력 5월 4일)〉 목요일
날씨 맑음/바람
파 심었음, 충칭으로 전화했음 - 결혼식 날짜에 관함

〈1999년 6월 18일 (음력 5월 5일)〉 금요일
날씨 맑음
총부 확대회의 참석 - 당원(黨員) 민주 평의 보고 및 우수 당원(黨員) 선정, 오후에 연길에 갔음

〈1999년 6월 19일 (음력 5월 6일)〉 토요일
날씨 흐림/비
원학(元學)의 형의 차녀의 결혼식 참석, 영진(永珍)이 전화 왔음, 창일(昌日)의 아내가 전화 왔음

〈1999년 6월 20일 (음력 5월 7일)〉 일요일
날씨 흐림/비
세계 여자 축구 경기, 축구 갑A - 길림:심천 0:3, 영진(永珍)이 전화 왔음, 철진(哲珍)집에 갔다가 왔음

〈1999년 6월 21일 (음력 5월 8일)〉 월요일
날씨 흐림
연길에서 집에 돌아왔음(9:20~11:50), 미옥(美玉)이 전화 왔음, 도로 공사하기 시작, 영진(永珍)이 전화 왔음

〈1999년 6월 22일 (음력 5월 9일)〉 화요일
날씨 흐림/비
숙모에게 지팡이 샀음, 농약과 후크 등 샀음, 도어 후크 설치

〈1999년 6월 23일 (음력 5월 10일)〉 수요일
날씨 흐림/비
정화로(靖和路)미술사에 갔음, 파밭에 농약 뿌렸음, 영진(永珍)이 전화 왔음(두 번)

〈1999년 6월 24일 (음력 5월 11일)〉 목요일
날씨 흐림/비
국진(國珍)과 미옥(美玉)이 전화 왔음, 충칭으로 전화했음, 태운(泰云) 생일, 축구 갑A 길림:선양 1:1, 세계 여자 축구 경기 봤음

〈1999년 6월 25일 (음력 5월 12일)〉 금요일
날씨 맑음
태운(泰云)집에서 아침 먹었음

〈1999년 6월 26일 (음력 5월 13일)〉 토요일
날씨 비/흐림
자치회 실내게임 경기 참석

〈1999년 6월 27일 (음력 5월 14일)〉 일요일
날씨 흐림
승일(承日) 집에 가서 화장실 물저장탱크 수리, 축구 갑A 길림:우한 1:0, 세계 여자 축구 경기 봤음

〈1999년 6월 28일 (음력 5월 15일)〉 월요일
날씨 흐림/맑음
중심신용사(信用社)에 가서 예금 인출, 미옥(美玉)이 전화 왔음

〈1999년 6월 29일 (음력 5월 16일)〉 화요일
날씨 흐림
옛 집의 밭에 농사하러 갔음, 건설은행에 가서 저금, 영진(永珍)이 전화 왔음 - 무사히 연길에 도착했음

〈1999년 6월 30일 (음력 5월 17일)〉 수요일
날씨 맑음
자치회 사무실에 가서 이봉숙(李鳳淑)의 우수 당원(黨員)증 받았음, 주택관리소에 가서 부동산 등기 - 가게채 새 집문서

〈1999년 7월 1일 (음력 5월 18일)〉 목요일
날씨 맑음
연길에 갔음, 영진(永珍), 임평(林平)과 같이 놀었음

〈1999년 7월 2일 (음력 5월 19일)〉 금요일
날씨 맑음
연길대학교 99년 졸업식 참석 - 미옥(美玉)이 석사 졸업, 사진 찍었음, 동일(東日)집에 갔음

〈1999년 7월 3일 (음력 5월 20일)〉 토요일
날씨 맑음
아내, 영진(永珍)과 임평(林平)이 시장에 갔음, 미옥(美玉)이 입당(入黨)했음, 누나가 왔다가 갔음

〈1999년 7월 4일 (음력 5월 21일)〉 일요일
날씨 맑음/비
동일(東日)과 초미(超美)가 놀러 왔음, 원학(元學)과 같이 축구 경기 봤음 - 연변(延邊): 칭다오 1:2, 누나 왔다가 갔음

〈1999년 7월 5일 (음력 5월 22일)〉 월요일
날씨 구름/맑음
전선, 전기 콘센트 수리, 화투 게임, 세계 여자 축구 경기 봤음

〈1999년 7월 6일 (음력 5월 23일)〉 화요일
날씨 구름/맑음
연길에서 집에 돌아왔음(9:00~11:50), 영진(永珍), 임평(林平)이 동행, 미옥(美玉)이 전화 왔음

〈1999년 7월 7일 (음력 5월 24일)〉 수요일
날씨 구름/맑음
용도(龍圖)집에 용도(龍圖)의 어머니를 문병하러 갔음, 영진(永珍)과 같이 장인집에 갔음, 동춘(東春) 판석(板石)에서 와서 초대했음 - 진달래반점

〈1999년 7월 8일 (음력 5월 25일)〉 목요일
날씨 맑음
집에서 청소했음(배수), 채소밭에 가서 농약 뿌렸음

〈1999년 7월 9일 (음력 5월 26일)〉 금요일
날씨 흐림/구름
정화로(靖和路)미술사에 갔음, 열쇠 복사, 미옥(美玉)이 전화 왔음

〈1999년 7월 10일 (음력 5월 27일)〉 토요일
날씨 구름/맑음
김추월(金秋月)의 가게에 갔음, 안주임이 자치회 회의정신 절달 - 노인의 날에 관함, 태운(泰云)집의 초대 받았음 - 영진(永珍) 위함, 일본에서 전화 왔음, 내몽골 사돈집으로 전화했음

〈1999년 7월 11일 (음력 5월 28일)〉 일요일
날씨 맑음
지부활동 참석 - 노인의 날 활동 준비, 창일(昌日)집의 초대 받았음 - 영진(永珍) 위함, 세계 여자축구경기 - 중국:미국 4:5

〈1999년 7월 12일 (음력 5월 29일)〉 월요일
날씨 맑음
벽에 지도 붙였음, 설화(雪花) 왔음 - 한국 친척들을 보러 갔음

〈1999년 7월 13일 (음력 6월 1일)〉 화요일
날씨 맑음
영진(永珍)과 임평(林平) 같이 태양사대(太陽四隊)에 숙모에게 인사하러 갔다가 왔음, 중심신용사(信用社)에 가서 예금 인출, 연길

로 전화했음

〈1999년 7월 14일 (음력 6월 2일)〉 수요일
날씨 맑음/소나기
관공위(觀工委), 연수학교, 인재교류센터에 갔음 - 영진(永珍)의 서류 관리비용 냈음, 춘화(春花)집에 갔음 - 설화(雪花) 약혼에 관함, 초대 받았음

〈1999년 7월 15일 (음력 6월 3일)〉 목요일
날씨 맑음/소나기
정금(貞今) 집에 갔음 - 춘식(春植)생일, 미옥(美玉)이 전화 왔음, 미옥(美玉)이 연길에서 왔음

〈1999년 7월 16일 (음력 6월 4일)〉 금요일
날씨 비
서가 정리, 책 정리, 신문과 TV 봤음

〈1999년 7월 17일 (음력 6월 5일)〉 토요일
날씨 구름/맑음
미옥(美玉)과 영진(永珍) 와서 유리 닦았음, 신문과 TV 봤음, 전화했음 - 청첩장 왔음

〈1999년 7월 18일 (음력 6월 6일)〉 일요일
날씨 비/구름
인테리어 가게에 갔음, 정오(廷伍)가 왔음, 북경에서 전화 왔음 - 명숙(明淑)과 국진(國珍)

〈1999년 7월 19일 (음력 6월 7일)〉 월요일
날씨 흐림
영진(永珍)이 연길에 갔음 - 명숙(明淑)과 국진(國珍)을 영접하러 갔음, 교육국, 중의원에 갔음, 명숙(明淑)과 국진(國珍)이 무사히 도착했음, 원학(元學)도 왔음, 창일(昌日)과 가족이 왔다가 갔음

〈1999년 7월 20일 (음력 6월 8일)〉 화요일
날씨 흐림/맑음
시 교직원 운동대회 관람, 창일(昌日)집의 초대 받았음, 누나 왔음, 내몽골 사돈집에서 전화 왔음

〈1999년 7월 21일 (음력 6월 9일)〉 수요일
날씨 흐림/맑음
영진(永珍)과 임평(林平) 결혼식 - 길맹(吉孟)빌딩

〈1999년 7월 22일 (음력 6월 10일)〉 목요일
날씨 흐림/맑음
연길에 갔음 - 명숙(明淑), 국진(國珍), 영진(永珍), 임평(林平), 미옥(美玉), 누나, 오경자(吳京子), 동일(東日)등 같이 갔음 - 대절차 240위안, 미옥(美玉)집에서 친척들을 초대했음

〈1999년 7월 23일 (음력 6월 11일)〉 금요일
날씨 소나기
가정 사진, 명숙(明淑)과 국진(國珍)이 북경에 갔음 - 동일(東日)과 같이 환송했음

〈1999년 7월 24일 (음력 6월 12일)〉 토요일
날씨 흐림/비

휴식

〈1999년 7월 25일 (음력 6월 13일)〉 일요일
날씨 구름/맑음
사돈을 영접했음, 일본에서 전화 왔음 - 국진(國珍), 무사히 도착했음, 축구 갑A 길림:상하이 2:1

〈1999년 7월 26일 (음력 6월 14일)〉 월요일
날씨 맑음
길림(吉林)공원 관람 - 사돈집이 동행, 사진 찍었음

〈1999년 7월 27일 (음력 6월 15일)〉 화요일
날씨 맑음
사돈을 환송했음, 내몽골에서 전화 왔음 - 명숙(明淑)

〈1999년 7월 28일 (음력 6월 16일)〉 수요일
날씨 맑음
영진(永珍)과 임평(林平)이 북경에 갔음 - 동일(東日)과 같이 환송했음

〈1999년 7월 29일 (음력 6월 17일)〉 목요일
날씨 흐림/비
아내가 병원에 진료를 받으러 갔음, 연길에서 집에 돌아왔음(1:20~4:20), 북경에서 전화 왔음 - 영진(永珍)과 임평(林平)이 무사히 도착했음

〈1999년 7월 30일 (음력 6월 18일)〉 금요일
날씨 흐림/비
제4소학교 박영호(朴永浩)교장 왔음 - 영진(永珍)의 결혼식 결석해서 50위안 줬음, 김영애(金英愛)선생이 왔다가 갔음

〈1999년 7월 31일 (음력 6월 19일)〉 토요일
날씨 비
우체국에 가서 돈 찾으러 갔음(사돈집 보내준 200위안), 월급 받았음 - 향선(香善) 가져왔음, 미옥(美玉)이 전화 왔음

〈1999년 8월 1일 (음력 6월 20일)〉 일요일
날씨 맑음
감자 캤음,배추 심었음, 축국 갑A 길림:다롄 1:1, 내몽골에서 전화 왔음 - 명숙(明淑), 일본에서 전화 왔음 - 국진(國珍)

〈1999년 8월 2일 (음력 6월 21일)〉 월요일
날씨 맑음
저축은행에 가서 예금 인출, 제4소학교에 갔다가 왔음

〈1999년 8월 3일 (음력 6월 22일)〉 화요일
날씨 맑음
신문과 TV 봤음

〈1999년 8월 4일 (음력 6월 23일)〉 수요일
날씨 맑음
자치회에 가서 지부활동경비 받았음, 설화(雪花)의 약혼식 참석, 북경에서 전화 왔음 - 영진(永珍)

〈1999년 8월 5일 (음력 6월 24일)〉 목요일

날씨 맑음
저금 2,500위안 - 아내의 수입, 우체국에 가서 전화비 냈음

〈1999년 8월 6일 (음력 6월 25일)〉 금요일
날씨 맑음
신문과 TV 봤음

〈1999년 8월 7일 (음력 6월 26일)〉 토요일
날씨 흐림/맑음
이발했음, 미옥(美玉)이 전화 왔음, 부릉(涪陵)에서 전화 왔음 - 영진(永珍)과 임평(林平) 무사히 도착했음, 옛집의 채소밭에 가서 정원 받침대 수리

〈1999년 8월 8일 (음력 6월 27일)〉 일요일
날씨 맑음
지부활동 참석 -《인민일보사설》학습, 미옥(美玉)이 전화 왔음, 아내가 연길에 갔음 - 철진(哲珍)의 장인 환갑잔치 참석, 축구 갑A 산동:길림 0:0

〈1999년 8월 9일 (음력 6월 28일)〉 월요일
날씨 맑음
책과 TV 봤음, 아내가 집에 돌아왔음

〈1999년 8월 10일 (음력 6월 29일)〉 화요일
날씨 흐림/맑음
자치회에 노인의 날 활동 진행 - 단체 공연, 게임 및 운동 등

〈1999년 8월 11일 (음력 7월 1일)〉 수요일
날씨 맑음/바람
우체국에 가서 신문 가져왔음, 모휘석(茅輝錫)교장집에 갔음 - 모교장 생일

〈1999년 8월 12일 (음력 7월 2일)〉 목요일
날씨 맑음
책과 TV 봤음, 중심신용사(信用社)에 가서 예금 인출, 내몽골로 전화했음 - 명숙(明淑) 내일 일본에 간다

〈1999년 8월 13일 (음력 7월 3일)〉 금요일
날씨 맑음
최덕용(崔德龍)과 방영자(方英子)의 환갑잔치 참석

〈1999년 8월 14일 (음력 7월 4일)〉 토요일
날씨 맑음
지부 회원토론회 - 관람 활동에 관함, 승일(承日)집에 가서 노인의 날 보냈음, 미옥(美玉)이 전화 왔음, 일본에서 전화했음 - 명숙(明淑)

〈1999년 8월 15일 (음력 7월 5일)〉 일요일
날씨 맑음
미옥(美玉), 영진(永珍)이 전화 왔음, 장덕수(張德洙) 장녀의 결혼식 참석, 축구 갑A 길림:충칭 3:1, 원학(元學)이 전화 왔음

〈1999년 8월 16일 (음력 7월 6일)〉 월요일
날씨 맑음
새 터미널에 발차 시간 및 가격을 보러 갔음

〈1999년 8월 17일 (음력 7월 7일)〉 화요일
날씨 흐림/구름
새 터미널에 가서 기차표 샀음

〈1999년 8월 18일 (음력 7월 8일)〉 수요일
날씨 흐림/비
도문(圖們) 6:20 - 동경성(東京城) 9:10 - 발해왕(渤海王)전람관 - 폭포촌(지부 회원 10명)

〈1999년 8월 19일 (음력 7월 9일)〉 목요일
날씨 흐림/비
징퍼호[3] 유람

〈1999년 8월 20일 (음력 7월 10일)〉 금요일
날씨 흐림/맑음
폭포촌 - 동경성(東京城) 10:50 - 도문(圖們) 5:00 - 집에 도착 6:30

〈1999년 8월 21일 (음력 7월 11일)〉 토요일
날씨 흐림/비
미옥(美玉)이 전화 왔음, 신문과 TV 봤음

〈1999년 8월 22일 (음력 7월 12일)〉 일요일
날씨 맑음/바람
제4소학교에 가서 토론 - 유람 활동에 관함(지부 참석하지 않음), 저녁에 창일(昌日) 생일인데 초대를 받았음

3) 경박호 : 헤이룽장(黑龍江)성 무단장(牡丹江)시에 있는 유명한 관광지.

〈1999년 8월 23일 (음력 7월 13일)〉 월요일
날씨 맑음
신문과 TV 봤음, 영진(永珍)이 전화 왔음

〈1999년 8월 24일 (음력 7월 14일)〉 화요일
날씨 맑음
옛 집의 배추밭 갈았음

〈1999년 8월 25일 (음력 7월 15일)〉 수요일
날씨 흐림/맑음
맹잠(孟岑), 금순(今順)이 와서 2천 위안 빌려달라고 했음, 광장에 가서 유람회 관람 - 단체 공연

〈1999년 8월 26일 (음력 7월 16일)〉 목요일
날씨 흐림/맑음
우체국의 기사 와서 전화선 수리, 신문과 TV 봤음

〈1999년 8월 27일 (음력 7월 17일)〉 금요일
날씨 흐림/맑음
신문과 TV 봤음, 수도꼭지 수리, 아내가 용호(龍湖)[4]에 가서 정복금(鄭福今) 선생 장남의 결혼식 참석, 미옥(美玉)이 전화 왔음

〈1999년 8월 28일 (음력 7월 18일)〉 토요일
날씨 흐림/맑음
미옥(美玉)이 전화 왔음, 전구 샀음, 신문과 TV 봤음

4) 지명.

〈1999년 8월 29일 (음력 7월 19일)〉 일요일
날씨 흐림/비
옛 집의 배추밭 갈았음, 축국 갑A 사천:길림 2:2, 영진(永珍)이 전화 왔음

〈1999년 8월 30일 (음력 7월 20일)〉 월요일
날씨 맑음
신문지 정리, 풀 샀음, 배추밭에 가서 농약 뿌렸음, 승일(承日)이 왔다가 갔음

〈1999년 8월 31일 (음력 7월 21일)〉 화요일
날씨 맑음
재4소학교에 갔음 - 가정주간 주문 에 관함, 월급 받았음

〈1999년 9월 1일 (음력 7월 22일)〉 수요일
날씨 맑음
변기 샀음, 오후에 변기 설치 - 원학(元學) 옛 집, 채소 심었음

〈1999년 9월 2일 (음력 7월 23일)〉 목요일
날씨 맑음
오전에 도료(塗料) 사서 페인트 작업, 오후에 베란다의 창문과 문 설치(700위안), 미옥(美玉)이 전화 왔음

〈1999년 9월 3일 (음력 7월 24일)〉 금요일
날씨 맑음
아참에 문과 창문 사이에 시멘트 채웠음 (12:30까지), 수도꼭지 수리

〈1999년 9월 4일 (음력 7월 25일)〉 토요일
날씨 흐림/맑음
원학(元學)집에서 책상과 의자 가져왔음, 시 운동회 관람

〈1999년 9월 5일 (음력 7월 26일)〉 일요일
날씨 흐림/맑음
시 운동회 관람, 미옥(美玉)과 동일(東日) 전화 왔음, 축구 갑A 북경:길림 3:0, 부릉(涪陵)으로 전화했음

〈1999년 9월 6일 (음력 7월 27일)〉 월요일
날씨 흐림/맑음
전시회에 가서 가죽 자켓 샀음(220위안), 동주(東周)가 전화 왔음

〈1999년 9월 7일 (음력 7월 28일)〉 화요일
날씨 흐림/맑음
제4소학교에 갔음 - 스승의 날 활동에 관함, 학교 교직원 주택의 집문서에 관함, 오후에 채소 심었음

〈1999년 9월 8일 (음력 7월 29일)〉 수요일
날씨 흐림/맑음
자치회 개최된 70대노인 공축(共祝)회 참석 (14명)

〈1999년 9월 9일 (음력 7월 30일)〉 목요일
날씨 소나기/맑음
지부 지도부 토론 - 스승의 날 활동에 관함, 정수(廷洙)가 채소 가져왔음, 청두[5]에서 전

5) 쓰촨(四川)성의 성도.

화 왔음 - 영진(永珍), 축구 갑A 길림:랴오닝 2:1

〈1999년 9월 10일 (음력 8월 1일)〉 금요일
날씨 흐림/소나기
지부에서 스승의 날 활동 진행 - 방영자(方英子)집 - 댄스홀 - 식당, 정수(廷洙)가 화학비료 가져왔음

〈1999년 9월 11일 (음력 8월 2일)〉 토요일
날씨 흐림/소나기
원동(遠東) 가전 수리소에 갔음, 신문과 TV 봤음, 미옥(美玉)이 전화 왔음

〈1999년 9월 12일 (음력 8월 3일)〉 일요일
날씨 맑음
옛 집의 배추밭에 가서 화학비료 뿌렸음, 축구 갑A 심천:길림 1:0, 전화 왔음 - 영진(永珍)

〈1999년 9월 13일 (음력 8월 4일)〉 월요일
날씨 맑음/바람
물건 회수소에 가서 헌책 팔았음, 제4소학교에 가서 학교 교직원주택의 집문서 비용 냈음(123위안)

〈1999년 9월 14일 (음력 8월 5일)〉 화요일
날씨 맑음
창고 정리, 항아리 씻었음

〈1999년 9월 15일 (음력 8월 6일)〉 수요일
날씨 맑음
정수(廷洙) 왔다가 이영(李瑛)진료소에 진료를 받으러 갔음

〈1999년 9월 16일 (음력 8월 7일)〉 목요일
날씨 맑음
베란다 정리, 알로에 심었음, 설화(雪花)가 왔다가 갔음

〈1999년 9월 17일 (음력 8월 8일)〉 금요일
날씨 맑음
신문과 TV 봤음, 오후에 태양사대(太陽四隊)에 갔음, 알로에 술 먹기 사작

〈1999년 9월 18일 (음력 8월 9일)〉 토요일
날씨 흐림/비
제4소학교에 갔음 - 알로에 회수에 관함, 청두에서 편지 왔음 - 임평(林平), 이발했음, 사진 받았음, 태양사대(太陽四隊)에 갔음

〈1999년 9월 19일 (음력 8월 10일)〉 일요일
날씨 비
정화(廷華)의 차녀 해란(海蘭)의 결혼식 참석, 집에 돌아왔음, 영진(永珍)과 미옥(美玉)이 전화 왔음

〈1999년 9월 20일 (음력 8월 11일)〉 월요일
날씨 맑음
교당위(敎黨委) 사무실에 갔음 - 법륜공(法輪功) 가입자에 관함, 제4소학교에 가서 추급된 월급 받았음(255.2위안), 안주임과 같이 회계했음, 아내가 연길에 갔음 - 지연 도착

〈1999년 9월 21일 (음력 8월 12일)〉 화요일
날씨 비/맑음
총부회의 참석 - 국경일 준비 및 법륜공(法輪功) 처리에 관함

〈1999년 9월 22일 (음력 8월 13일)〉 수요일
날씨 맑음
전화 통지 - 당원(黨員) 회의 - 퇴직교원 포도 수령, 제4소학교에 갔음 - 내일 회의 장소에 관함, 미옥(美玉)이 전화 왔음

〈1999년 9월 23일 (음력 8월 14일)〉 목요일
날씨 비
제4소학교에 가서 지부 당원(黨員) 회의 진행 - 국경일 및 법륜공에 관함, 포도 받았음, 아내가 집에 돌아왔음, 미옥(美玉)이 전화 왔음

〈1999년 9월 24일 (음력 8월 15일)〉 금요일
날씨 흐림/구름
태양(太陽)에 있는 둘째아버지의 묘지에 갔음, 창일(昌日)집에서 아침과 저녁 먹었음, 동일(東日) 연길에서 태양(太陽)으로 왔음, 집에 돌아왔음

〈1999년 9월 25일 (음력 8월 16일)〉 토요일
날씨 맑음
승일(承日) 집에 가서 아침 먹었음, 최진옥(崔珍玉) 장남의 결혼식, 아내가 돌아왔음, 영진(永珍)이 전화 왔음

〈1999년 9월 26일 (음력 8월 17일)〉 일요일
날씨 맑음
창일(昌日) 왔다가 갔음, 이영(李瑛)진료소에 진료를 받으러 갔음, 축구 산동:길림 1:1

〈1999년 9월 27일 (음력 8월 18일)〉 월요일
날씨 맑음
신문과 TV 봤음, 길림(吉林)에서 전화 왔음 - 원학(元學)

〈1999년 9월 28일 (음력 8월 19일)〉 화요일
날씨 맑음
시 퇴직간부(幹部) 이론 양성반 학습 - 국제형세, "삼강(三講)"교육내용과 필수 조건

〈1999년 9월 29일 (음력 8월 20일)〉 수요일
날씨 흐림/비
오전에 마카오 회귀 및 노인보건 보고회 참석

〈1999년 9월 30일 (음력 8월 21일)〉 목요일
날씨 맑음
주택관리국에 가서 주택 등기(옛집), 제4소학교에 가서 자전거 관리비용 냈음, 자치회에 가서 잡지 가져왔음

〈1999년 10월 1일 (음력 8월 22일)〉 금요일
날씨 흐림/비
국경 50주년 실황 보도 봤음, 미옥(美玉)과 원학(元學)이 연길에서 왔음 - 고등학교 동창회, 영진(永珍)이 전화 왔음

〈1999년 10월 2일 (음력 8월 23일)〉 토요일
날씨 비/맑음

신문과 TV 봤음, 승일(承日)집의 초대 받았음 - 미옥(美玉) 동행

〈1999년 10월 3일 (음력 8월 24일)〉 일요일
날씨 맑음/바람
원학(元學) 연길에 돌아갔음, 춘림(春林), 춘성(春晟)과 같이 등산하다가 왔음, 정수기 샀음(840위안), 축구 중국:한국 0:1

〈1999년 10월 4일 (음력 8월 25일)〉 월요일
날씨 맑음
아내 생일 - 승일(承日), 창일(昌日), 태운(泰云), 미화(美花)와 가족들을 초대했음

〈1999년 10월 5일 (음력 8월 26일)〉 화요일
날씨 흐림/맑음
점심에 미옥(美玉)이 연길에 돌아갔음, 복순(福順) 왔다가 갔음, 미옥(美玉)과 영진(永珍)이 전화 왔음, 일본에서 전화 왔음 - 명숙(明淑)과 국진(國珍)

〈1999년 10월 6일 (음력 8월 27일)〉 수요일
날씨 흐림/맑음
미옥(美玉)과 동춘(東春)이 전화 왔음, 제4소학교에 가서 월급과 과일(2 박스) 받았음, 복순(福順)이 집에 돌아갔음, 옥수(玉洙)가 왔다가 갔음

〈1999년 10월 7일 (음력 8월 28일)〉 목요일
날씨 흐림/맑음
신문과 TV 봤음, 창일(昌日)이 왔다가 갔음

〈1999년 10월 8일 (음력 8월 29일)〉 금요일
날씨 맑음/바람
일본, 청두로 편지 보냈음, 신문과 TV 봤음

〈1999년 10월 9일 (음력 9월 1일)〉 토요일
날씨 맑음
쇼핑센터에 가사 신발 샀음

〈1999년 10월 10일 (음력 9월 2일)〉 일요일
날씨 흐림/맑음
지부활동 - 학습과 댄스, 축구 중국:바레인 2:1, 영진(永珍)의 200위안, 사돈집의 100위안 받았음, 미옥(美玉)이 전화 왔음

〈1999년 10월 11일 (음력 9월 3일)〉 월요일
날씨 비/맑음
우체국에 가서 예금 인출, 자치회에 갔다가 왔음, 아내가 시 병원에 이정순(李貞順) 문병하러 갔음

〈1999년 10월 12일 (음력 9월 4일)〉 화요일
날씨 맑음
신문과 TV 봤음

〈1999년 10월 13일 (음력 9월 5일)〉 수요일
날씨 맑음
신문과 TV 봤음, 동춘(東春) 와서 책상과 의자 가져갔음, 가게채 임대 계약서 재정

〈1999년 10월 14일 (음력 9월 6일)〉 목요일
날씨 맑음
토지국에 갔음 - 토지증에 관함, 용주(龍周)

집에 갔음 - 알로에에 관함

〈1999년 10월 15일 (음력 9월 7일)〉 금요일 날씨 맑음

농업은행에 가서 저금, 상업빌딩 앞에 가서 로또 추첨, 아내가 방영자(方英子)집에 갔음

〈1999년 10월 16일 (음력 9월 8일)〉 토요일 날씨 구름/추움

미옥(美玉)이 전화 왔음, 반찬 만들기, 아내가 태양사대(太陽四隊)에 갔음, 미옥(美玉)이 전화 왔음

〈1999년 10월 17일 (음력 9월 9일)〉 일요일 날씨 맑음

영진(永珍)과 미옥(美玉)이 전화 왔음, 상업빌딩 앞에 가서 로또 추첨, 정화(廷華) 생일, 아내가 집에 돌아왔음

〈1999년 10월 18일 (음력 9월 10일)〉 월요일 날씨 맑음

정화(廷華) 무 가져왔음, 신문과 TV 봤음

〈1999년 10월 19일 (음력 9월 11일)〉 화요일 날씨 맑음

제4소학교에 갔음 - 알로에 회수에 관함, 태양사대(太陽四隊)에 갔음

〈1999년 10월 20일 (음력 9월 12일)〉 수요일 날씨 흐림/맑음

둘째숙모 생신, 오후에 집에 돌아왔음

〈1999년 10월 21일 (음력 9월 13일)〉 목요일 날씨 맑음

시 병원에 문병하러 갔음 - 전만춘(全萬春)과 맹헌붕(孟憲鵬), 맹잠(孟岑)이 2000위안 갚으러 왔음, 농업은행에 가서 저금, 호순(昊淳)이 왔다가 갔음

〈1999년 10월 22일 (음력 9월 14일)〉 금요일 날씨 맑음/바람

아내가 2시쯤 집에 돌아왔음, 신문과 TV 봤음, 승일(承日) 왔음, 밤 12시 승일(承日)집에 갔음 - 영란(英蘭)의 어머니가 매연중독 입원

〈1999년 10월 23일 (음력 9월 15일)〉 토요일 날씨 맑음/바람

배추 수확, 미옥(美玉), 영진(永珍)과 임평(林平)이 전화 왔음

〈1999년 10월 24일 (음력 9월 16일)〉 일요일 날씨 맑음

신문과 TV 봤음, 승일(承日)집의 전기장판 수리, 미화(美花) 와서 배추 가져갔음

〈1999년 10월 25일 (음력 9월 17일)〉 월요일 날씨 맑음

옛집에 가서 전기 설치, 황향극(黃享極)이 와서 세탁기 수리, 점심을 초대했음

〈1999년 10월 26일 (음력 9월 18일)〉 화요일 날씨 흐림

난방공급처에 가서 가게채의 난방비 냈음,

TV 방송국에 가서 유선비용 냈음, 제4소학교에 갔음 - 알로에, 김연(金燕)에 관함

〈1999년 10월 27일 (음력 9월 19일)〉 수요일 날씨 흐림/비
오전에 용주(龍周)집에 갔음 - 알로에에 관함, 난방 수리, 박순월(朴順月)선생이 왔음 - 김연(金燕)에 관함

〈1999년 10월 28일 (음력 9월 20일)〉 목요일 날씨 흐림/눈
시 교위(教委) 관공위(觀工委) 회의 - 관공위(觀工委) 지도부 개선(改選), 재구조, 총결재료에 관함, 중심신용사(信用社)에 가서 예금 인출

〈1999년 10월 29일 (음력 9월 21일)〉 금요일 날씨 흐림/맑음
신문과 TV 봤음, 건설은행, 저축은행에 가서 저금, 축국 중국:한국 1:1

〈1999년 10월 30일 (음력 9월 22일)〉 토요일 날씨 흐림/맑음
항아리 가져왔음, 신문과 TV 봤음, 미옥(美玉)과 영진(永珍)이 전화 왔음

〈1999년 10월 31일 (음력 9월 23일)〉 일요일 날씨 흐림/맑음
자치회회의 참석 - 실내 활동, TV 봤음

〈1999년 11월 1일 (음력 9월 24일)〉 월요일 날씨 바람/맑음
제4소학교에 가서 월급과 잡지 가져왔음, 맹잠(孟岺), 금순(今順)이 쌀 가져왔음(200근), 김치 만들기

〈1999년 11월 2일 (음력 9월 25일)〉 화요일 날씨 바람/맑음
총부 서기(書記), 회장 회의 참석 - 면말 총결에 관함

〈1999년 11월 3일 (음력 9월 26일)〉 수요일 날씨 맑음
저축은행에 가서 저금, 우체국에 가서 전화비 냈음(100위안), 신문과 TV 봤음

〈1999년 11월 4일 (음력 9월 27일)〉 목요일 날씨 흐림
우체국에 가서 TV신문과 조문일보 주문했음 - 이영(李瑛)의사와 같이 주문했음

〈1999년 11월 5일 (음력 9월 28일)〉 금요일 날씨 맑음
이영(李瑛)진료소에 주문 영수증 보내줬음, 박병렬(朴秉烈)의 장녀의 결혼식 참석

〈1999년 11월 6일 (음력 9월 29일)〉 토요일 날씨 맑음
미옥(美玉)과 영진(永珍)이 전화 왔음, 아내가 판석(板石)에서 집에 돌아왔음 - 동춘(東春) 분가, 아내가 이영(李瑛)진료소에 가서 주사 맞았음

〈1999년 11월 7일 (음력 9월 30일)〉 일요일

날씨 흐림
미옥(美玉)이 전화 왔음(3 번), 김치 완성 - 지하 채소창고로 옮겼음, 창일(昌日)이 왔다가 갔음, 아내가 이영(李瑛)진료소에 가서 주사 맞았음

〈1999년 11월 8일 (음력 10월 1일)〉 월요일 날씨 맑음
자료 봤음, 신문과 TV 봤음

〈1999년 11월 9일 (음력 10월 2일)〉 화요일 날씨 맑음
국제형세에 관한 자료 준비(하루 종일), 원학(元學)과 미옥(美玉)이 전화 왔음, 영진(永珍)이 전화 왔음

〈1999년 11월 10일 (음력 10월 3일)〉 수요일 날씨 맑음
국제형세에 관한 자료 준비 완성, TV 봤음, 보험회사에 갔다가 왔음, 미옥(美玉)이 전화 왔음

〈1999년 11월 11일 (음력 10월 4일)〉 목요일 날씨 흐림/비
보험회사에 가서 옛집의 보험료 냈음, 오후에 연길에 갔음(1:30), 옥희(玉姬)의 엄마가 전화 왔음

〈1999년 11월 12일 (음력 10월 5일)〉 금요일 날씨 흐림/맑음
아내가 연변(延邊)병원에 진료를 받으러 갔음, TV 봤음, 오후에 연변(延邊)축구대의 연습 봤음

〈1999년 11월 13일 (음력 10월 6일)〉 토요일 날씨 맑음/추움
치과에 가서 스케일링과 보철했음, 오후에 집에 돌아왔음(2:30~5:00), 영진(永珍)이 전화 왔음, 연길로 전화했음, 일본에서 전화 왔음 - 명숙(明淑)과 국진(國珍)

〈1999년 11월 14일 (음력 10월 7일)〉 일요일 날씨 맑음
지부 활동 참석 - 국제형세에 관한 강연 등

〈1999년 11월 15일 (음력 10월 8일)〉 월요일 날씨 눈/맑음
관공위(觀工委)에 가서 지부 총결자료 제출, 영진(永珍)이 전화 왔음 - 영진의 대학원 신청서에 관함

〈1999년 11월 16일 (음력 10월 9일)〉 화요일 날씨 맑음/바람
영진(永珍)이 전화 왔음, 인재센터와 인사(人事)국에 가서 영진(永珍)의 시험 신청자료 보냈음, 내몽골 사돈집으로 돈 보냈음, 미옥(美玉)이 전화 왔음

〈1999년 11월 17일 (음력 10월 10일)〉 수요일 날씨 맑음
제4소학교에 갔음 - 관공위(觀工委) 연말 업무총결에 관함, 일본에서 편지 왔음 - 명숙(明淑)

〈1999년 11월 18일 (음력 10월 11일)〉 목요일 날씨 맑음/바람

제4소학교에 가서 소년선봉대 활동 자료 심사 – 관공위(觀工委) 연말총결 준비, 둘째 숙모 와서 이영(李瑛)진료소에 문병하러 갔음, 태운(泰云)과 정금(貞今)이 왔음, 둘째 숙모가 정금(貞今)집에 갔음

〈1999년 11월 19일 (음력 10월 12일)〉 금요일 날씨 흐림/맑음

제4소학교에 자료를 가져갔음, 농업은행에 가서 예금 인출, 신문과 TV 봤음, 설화(雪花)의 어머니가 왔다가 갔음, 미옥(美玉)이 전화 왔음

〈1999년 11월 20일 (음력 10월 13일)〉 토요일 날씨 맑음

연길에 갔음(8:30~11:00), 오후에 치과에 갔음, TV 봤음, 영진(永珍)이 전화 왔음

〈1999년 11월 21일 (음력 10월 14일)〉 일요일 날씨 맑음

TV 봤음, 오후에 운동장에 가서 축구 경기 봤음 – 길림:선양 0:3

〈1999년 11월 22일 (음력 10월 15일)〉 월요일 날씨 맑음

집에 돌아왔음(9:00~11:40), 미옥(美玉)이 전화 왔음

〈1999년 11월 23일 (음력 10월 16일)〉 화요일 날씨 흐림/맑음

관공위(觀工委)의 총결자료 완성, 관공위(觀工委)에 가서 총결자료와 잡지비용 제출, 일본으로 편지 보냈음, 이영(李瑛)진료소에 진료를 받으러 갔음, 정옥(貞玉)이 문병하러 왔음

〈1999년 11월 24일 (음력 10월 17일)〉 수요일 날씨 흐림

정금(貞今)집에 숙모를 문병하러 갔음, 웅담약주 먹기 사작

〈1999년 11월 25일 (음력 10월 18일)〉 목요일 날씨 눈

신문과 TV 봤음, 창고의 창문 수리

〈1999년 11월 26일 (음력 10월 19일)〉 금요일 날씨 맑음/추움

신문과 TV 봤음, 시안[6]에서 전화 왔음 – 국진(國珍)

〈1999년 11월 27일 (음력 10월 20일)〉 토요일 날씨 맑음

신문과 TV 봤음, 연길에서 전화 왔음 – 미옥(美玉), 아내가 정화(廷華)집에 갔다가 왔음, 영진(永珍)이 전화 왔음 – 돈에 관함

〈1999년 11월 28일 (음력 10월 21일)〉 일요일 날씨 맑음

미옥(美玉)이 전화 왔음, 숙모, 정금(貞今)과 춘식(春植)이 왔다가 갔음, 내몽골 사돈집에서 전화 왔음 – 돈 받았음

---

6) 산서(陝西)성의 도시.

〈1999년 11월 29일 (음력 10월 22일)〉 월요일 날씨 맑음

신문과 TV 봤음

〈1999년 11월 30일 (음력 10월 23일)〉 화요일 날씨 맑음

비닐로 창문을 붙였음, 승일(承日)이 왔다가 갔음

〈1999년 12월 1일 (음력 10월 24일)〉 수요일 날씨 맑음

신문과 TV 봤음, 이발했음

〈1999년 12월 2일 (음력 10월 25일)〉 목요일 날씨 맑음

제4소학교에 갔음 - 학부모 지도 자료 가져갔음, 월급 받았음, 김선생과 박선생을 초대했음

〈1999년 12월 3일 (음력 10월 26일)〉 금요일 날씨 맑음

건설은행, 농업은행에 가서 예금 인출, 우체국에 가서 사천(四川)으로 1,000위안 보냈음, 동주(東周)가 왔다가 갔음

〈1999년 12월 4일 (음력 10월 27일)〉 토요일 날씨 눈/흐림

동주(東周)가 왔다가 갔음, 미옥(美玉)과 영진(永珍)이 전화 왔음, 신문과 TV 봤음

〈1999년 12월 5일 (음력 10월 28일)〉 일요일 날씨 맑음

스탠드 수리, TV 봤음, 축구 갑A 북경:랴오닝 1:1 - 친구 동주(東周)가 와서 같이 봤음

〈1999년 12월 6일 (음력 10월 29일)〉 월요일 날씨 맑음

총부, 자치회 총결회의 참석

〈1999년 12월 7일 (음력 10월 30일)〉 화요일 날씨 맑음

신문과 TV 봤음, 《노인세계》 봤음, 정금(貞今)집에 숙모를 문병하러 갔음

〈1999년 12월 8일 (음력 11월 1일)〉 수요일 날씨 맑음/흐림

신문과 TV 봤음, 일본에서 전화 왔음 - 국진(國珍)

〈1999년 12월 9일 (음력 11월 2일)〉 목요일 날씨 맑음/바람

농업은행, 중심신용사(信用社)에 가서 예금 인출, 전신국에 가서 욱순(旭順)집의 전기세 냈음, 축구 산동:다롄 1:1

〈1999년 12월 10일 (음력 11월 3일)〉 금요일 날씨 눈

제4소학교에 갔음 - 지부 연말총결에 관함, 지부 지도부 회의

〈1999년 12월 11일 (음력 11월 4일)〉 토요일 날씨 바람/맑음

미옥(美玉)이 전화 왔음, 점심에 창일(昌日)집의 초대 받았음 - 장인이 동행

〈1999년 12월 12일 (음력 11월 5일)〉 일요일 날씨 맑음

제4소학교에 갔음 - 지부 연말총결에 관함, 박교장과 공회(工會)주석 참석, 청두에서 전화 왔음 - 영진(永珍)이 돈 받았음

〈1999년 12월 13일 (음력 11월 6일)〉 월요일 날씨 맑음/바람

신문과 TV 봤음

〈1999년 12월 14일 (음력 11월 7일)〉 화요일 날씨 맑음

신문과 TV 봤음, 오후에 제4소학교에 가서 관공위(觀工委)의 위원들과 업무 및 표창대회에 관한 교류

〈1999년 12월 15일 (음력 11월 8일)〉 수요일 날씨 맑음

신문과 TV 봤음

〈1999년 12월 16일 (음력 11월 9일)〉 목요일 날씨 흐림/눈

미옥(美玉)이 전화 왔음, 아내가 연길에 갔음, 원학(元學)이 전화 왔음, 중심신용사(信用社)에 가서 예금 인출 - 순자(順子)에게 빌려줬음

〈1999년 12월 17일 (음력 11월 10일)〉 금요일 날씨 바람

정금(貞今)집에 숙모를 문병하러 갔음, 이영(李瑛)진료소에 갔다가 왔음

〈1999년 12월 18일 (음력 11월 11일)〉 토요일 날씨 바람

추월(秋月)의 가게에 갔음 - 안주임의 모친상에 관함, 정금(貞今)의 가게에 갔다가 왔음, 아내가 집에 돌아왔음

〈1999년 12월 19일 (음력 11월 12일)〉 일요일 날씨 바람

시 병원에 갔음 - 안주임의 모친의 장례식 참석, 모숙자(茅淑子) 부친의 장례식 참석, 김교장과 점심을 먹었음

〈1999년 12월 20일 (음력 11월 13일)〉 월요일 날씨 바람

※ 마카오 회귀 실황보도, 태운(泰云) 와서 같이 점심 먹었음, 아내가 일순(日淳)의 부친집에 진료를 받으러 갔음

〈1999년 12월 21일 (음력 11월 14일)〉 화요일 날씨 바람

신문과 TV 봤음, 99년에 중대사건 정리

〈1999년 12월 22일 (음력 11월 15일)〉 수요일 날씨 맑음

신문과 TV 봤음, (가정경제) 회계했음

〈1999년 12월 23일 (음력 11월 16일)〉 목요일 날씨 맑음

신문과 TV 봤음, 일본에서 전화 왔음 - 명숙(明淑)

〈1999년 12월 24일 (음력 11월 17일)〉 금요

일 날씨 흐림
중심신용사(信用社)에 가서 헌 영수증 가져와서 이영(李瑛)진료소로 보냈음, 정순(貞順)이 전화 왔음

〈1999년 12월 25일 (음력 11월 18일)〉 토요일 날씨 맑음
창일(昌日)이 와서 약을 가져갔음, 정옥(貞玉)의 가게에 가서 편지 가져왔음 - 국진(國珍)이 2만 엔화 보내왔음, 미옥(美玉)이 전화 왔음, 영진(永珍)과 임평(林平)이 전화 왔음

〈1999년 12월 26일 (음력 11월 19일)〉 일요일 날씨 맑음
바닥 닦았음, 창일(昌日)이 왔다가 갔음

〈1999년 12월 27일 (음력 11월 20일)〉 월요일 날씨 흐림/맑음
제4소학교에 갔음 - 퇴직교사 환급에 관함, 판석(板石)에 갔다가 왔음 - 민석(珉錫) 생일, 창일(昌日)의 차를 타고 갔음

〈1999년 12월 28일 (음력 11월 21일)〉 화요일 날씨 맑음
신문과 TV 봤음, 청두에서 편지 왔음 - 영진(永珍)과 임평(林平)

〈1999년 12월 29일 (음력 11월 22일)〉 수요일 날씨 맑음
정화(廷華)과 정화(廷華)의 아내 왔음 - 돈에 관함

〈1999년 12월 30일 (음력 11월 23일)〉 목요일 날씨 흐림/맑음
제4소학교에 가서 월급 받았음(2개월)

〈1999년 12월 31일 (음력 11월 24일)〉 금요일 날씨 맑음
신문과 TV 봤음, 2000년 문예공연 - 연변(延邊)과 중앙, 미옥(美玉)과 영진(永珍)이 전화 왔음, 저녁에 창일(昌日) 집에 갔음 - 11:45 북경경축대회 - 강택민(江澤民)[7]주석 강화(講話)

중 · 대 사건

〈1998년 12월 31일 (음력 11월 13일)〉 목요일
강택민(江澤民) 주석 강화(講話)

〈1999년 1월 1일 (음력 11월 14일)〉 금요일
전국 정협(政協)[8] 신년회에 강택민(江澤民) 주석 강화(講話)

〈1999년 3월 5일 (음력 1월 18일)〉 화요일
제 9회 2차 인대(人大)회의

〈1999년 2월 27일 (음력 1월 12일)〉 토요일
영진(永珍)과 임평(林平)의 결혼식 충칭 부릉(涪陵)에서 할 예정

---

7) 장쩌민(1926년 8월 17일 ~), 전 중국공산당 중앙위원회 총서기와 중국 주석.
8) 중국인민정치협상회의, 약칭 인민정협(人民政協).

〈1999년 3월 24일 (음력 2월 7일)〉 수요일
나토: 유고슬라비아 연방공화국에 대한 공습

〈1999년 5월 16일 (음력 4월 2일)〉 일요일
동춘(東春) 결혼식

〈1999년 6월 13일 (음력 4월 30일)〉 일요일
제3차 전국 교육업무 회의《중공중앙 국무원 결정》

〈1999년 7월 2일 (음력 5월 19일)〉 금요일
연길대학교 99년 졸업식 참석 - 미옥(美玉)이 석사 졸업

〈1999년 7월 3일 (음력 5월 20일)〉 토요일
미옥(美玉)이 입당(入黨)했음

〈1999년 7월 21일 (음력 6월 9일)〉 수요일
영진(永珍)과 임평(林平) 결혼식

〈1999년 7월 22일 (음력 6월 10일)〉 목요일
중공중앙 공지: 공산당원 법륜공 연습 금지

〈1999년 9월 19일 (음력 8월 10일)〉 일요일
정화(廷華)의 차녀 해란(海蘭) 결혼식

〈1999년 11월 18일 (음력 10월 11일)〉 목요일
중공중앙 국무원, 군사 위원회: "량탄일성(兩彈一星)[9)]" 연구 · 개발에 대한 표창, 뛰어난 공헌을 한 과학자에게 공훈훈장을 수여했음.

〈1999년 11월 22일 (음력 10월 15일)〉 월요일
중국공산당 제 15회 중앙위원회 제4차 전체회의

〈1999년 9월 19일~ 22일 (음력 8월 10일 ~13일)〉 일요일~수요일
《중공중앙: 국유기업의 개혁 · 발전 및 주요 문제에 대한 결정》

〈1999년 10월 1일 (음력 8월 22일)〉 금요일
중화인민공화국 성립 50주년 경축대회 - 국가 주석 강택민(江澤民) 강화(講話)

〈1999년 11월 21일 (음력 10월 14일)〉 일요일
중국 최초에 유인 우주선 비행 실험 성공

〈1999년 12월 20일 (음력 11월 13일)〉 월요일
中 · 葡[10)] 양국 정부 마카오 정권 인수인계식 진행
중화인민공화국과 마카오 특별 행정구 성립에 대한 경축
전국 각계: 마카오 회귀에 대한 경축

9) 원자 폭탄과 수소 폭탄 및 인공 위성.

10) 중국과 포르투갈.

2000년

〈2000년 1월 1일 (음력 11월 25일)〉 토요일
날씨 맑음
연길에서 전화 왔음 - 미옥(美玉), 일본에서 전화 왔음 - 명숙(明淑)과 국진(國珍), 아내가 미화(美花) 집에 가서 둘째 숙모 위문하러 갔음, 저녁에 승일(承日)집에 가서 원단을 보냈음, 영진(永珍)이 전화 왔음

〈2000년 1월 2일 (음력 11월 26일)〉 일요일
날씨 눈
TV 봤음, 연길에서 전화 왔음 - 동일(東日), 미옥(美玉)

〈2000년 1월 3일 (음력 11월 27일)〉 월요일
날씨 맑음/바람
TV 봤음, 건설은행에 가서 저금

〈2000년 1월 4일 (음력 11월 28일)〉 화요일
날씨 맑음
관공위(觀工委)에 가서 잡지 비용 내고 〈노인세계〉 가져옴, 제4소학교에 가서 김추월(金秋月)에게 줬음, 신문과 잡지 봤음, 연길로 전화했음

〈2000년 1월 5일 (음력 11월 29일)〉 수요일
날씨 흐림/맑음
주금화(朱錦花)가 전화 왔음, 신문과 TV 봤음, 복순(福順)이 왔음

〈2000년 1월 6일 (음력 11월 30일)〉 목요일
날씨 눈
전화해서 통계 - 퇴직교원(教員)의 주택 면적에 관함, 복순(福順)이 집에 돌아갔음, 동춘(東春)이 전화 왔음

〈2000년 1월 7일 (음력 12월 1일)〉 금요일
날씨 맑음/바람
제4소학교에 가서 퇴직교원의 주택 면적에 관한 통계결과 제출

〈2000년 1월 8일 (음력 12월 2일)〉 토요일
날씨 맑음
난방공급처에 갔다가 전기공급국에 가서 100위안 냈음, 미옥(美玉)이 전화 왔음, 영진(永珍)이 전화 왔음

〈2000년 1월 9일 (음력 12월 3일)〉 일요일
날씨 맑음
제5중학교에 갔음 - 정수(廷洙) 출근하지 않았음, 태운(泰云)집에 갔다가 왔음

〈2000년 1월 10일 (음력 12월 4일)〉 월요일 날씨 맑음/바람

난방공급처에 갔음 - 수리원이 와서 난방을 수리, 난방비 500위안 냈음, 미화(美花)의 어머니가 왔음

〈2000년 1월 11일 (음력 12월 5일)〉 화요일 날씨 맑음

어제 밤부터 이 · 퇴직 인원 등록표 작성, 시 교위(教委) 인사과에 가서 등록표를 제출

〈2000년 1월 12일 (음력 12월 6일)〉 수요일 날씨 흐림/눈

신방판(信訪辦)에 가서 이 · 퇴직 인원 등록표 가져왔음(복사), 관공위(觀工委)에 가서 잡지 가져왔음

〈2000년 1월 13일 (음력 12월 7일)〉 목요일 날씨 흐림/눈

(하루 종일) 지부 99년 활동 기록표 정리

〈2000년 1월 14일 (음력 12월 8일)〉 금요일 날씨 맑음

제4소학교에 갔음 - 김 교장에게 공모를 전달

〈2000년 1월 15일 (음력 12월 9일)〉 토요일 날씨 맑음

제5중학교에 갔음 - 정수(廷洙)가 출근하지 않았음, 미옥(美玉)이 전화 왔음(2번), 신문 봤음, 영진(永珍)이 전화 왔음

〈2000년 1월 16일 (음력 12월 10일)〉 일요일 날씨 맑음

제5중학교에 갔음 - 정수(廷洙)가 출근하지 않았음, 국진(國珍)이 전화 왔음, TV 봤음

〈2000년 1월 17일 (음력 12월 11일)〉 월요일 날씨 맑음

제5중학교에 갔음 - 정수(廷洙)에게 정화(廷華)의 상황 물어봤음, 중심신용사(信用社)에 갔음, 제4소학교의 박 서기 전화 왔음 - 양교장 사망, 각 지도자에게 전화해서 공지, 시 병원에 가서 양병석(楊炳石) 교장을 추도, 이영(李瑛)의사에게 1000위안 빌렸음

〈2000년 1월 18일 (음력 12월 12일)〉 화요일 날씨 맑음

(5:30) 시 병원에 가서 양병석(楊炳石)교장 장례식 참석 - 연길에 가서 화장(火葬), 연길에서 훈춘(琿春)에 돌아왔음 - 제4소학교 지도부 같이 점심 먹었음, 이영(李瑛)의사에게 1000위안 갚았음

〈2000년 1월 19일 (음력 12월 13일)〉 수요일 날씨 맑음

구두 수선, 신문과 TV 봤음

〈2000년 1월 20일 (음력 12월 14일)〉 목요일 날씨 맑음/추움

우체국에 갔음 - 길림일보 아직 못 받았음, 신문과 TV 봤음

〈2000년 1월 21일 (음력 12월 15일)〉 금요

일 날씨 맑음/추움
바닥 닦았음, 신문과 TV 봤음

〈2000년 1월 22일 (음력 12월 16일)〉 토요일 날씨 흐림
신문과 TV 봤음, 미옥(美玉)이 전화 왔음, 제4소학교 최해선(崔海善) 선생 집에 갔음 - 최진변(崔鎭變)선생 사망

〈2000년 1월 23일 (음력 12월 17일)〉 일요일 날씨 맑음
영진(永珍)이 전화 왔음, 최진변(崔鎭變)선생의 장례식 참석

〈2000년 1월 24일 (음력 12월 18일)〉 월요일 날씨 맑음
관공위(觀工委)에 가서 〈노인세계〉 가져옴, 신문과 TV 봤음

〈2000년 1월 25일 (음력 12월 19일)〉 화요일 날씨 맑음
태양(太陽)에 갔음 - 장인의 동생 사망 2주년, 창일(昌日) 운전

〈2000년 1월 26일 (음력 12월 20일)〉 수요일 날씨 맑음
태운(泰云) 집에 숙모 문병하러 갔음, 시 병원에 가서 아내의 검사결과 가져왔음, 영진(永珍)이 전화 왔음 - 충칭 부릉(涪陵)에 도착

〈2000년 1월 27일 (음력 12월 21일)〉 목요일 날씨 맑음
미옥(美玉)이 전화 왔음, 김추월(金秋月)의 가게에 가서《노인세계》가져왔음

〈2000년 1월 28일 (음력 12월 22일)〉 금요일 날씨 맑음
미옥(美玉)이 전화 왔음, 영진(永珍)이 전화 왔음, 이영(李瑛)진료소에 갔음 - 아내가 주사 맞았음, 양교장의 장녀의 초대 받았음, 신발 수선, 난방공급국의 수리원이 와서 난방 수리

〈2000년 1월 29일 (음력 12월 23일)〉 토요일 날씨 맑음
식수와 술 샀음, 난방공급국에 갔음, 아내가 이영(李瑛)진료소에 주사 맞으러 갔음

〈2000년 1월 30일 (음력 12월 24일)〉 일요일 날씨 맑음
제4소학교의 지도부 위문하러 왔음(200위안 받았음) - 지영자(池英子), 박민우(朴敏遇), 정신숙(鄭信淑), 임평(林平), 영진(永珍)과 미옥(美玉)이 전화 왔음, 복순(福順)이 전화 왔음 - 광춘(光春)집의 애기 태어났음(남자), 아내가 주사 맞으러 갔음

〈2000년 1월 31일 (음력 12월 25일)〉 월요일 날씨 맑음
신문과 TV 봤음, 난방공급국 와서 난방 검사 - 50위안 벌금, 아내가 주사 맞으러 갔음

〈2000년 2월 1일 (음력 12월 26일)〉 화요일

날씨 맑음
신문과 TV 봤음, 제4소학교에 가서 월급 받았음 - (1488위안-960위안=528위안), 이발했음

〈2000년 2월 2일 (음력 12월 27일)〉 수요일 날씨 맑음
건설은행에 가서 저금, 신문과 TV 봤음, 미옥(美玉)이 전화 왔음

〈2000년 2월 3일 (음력 12월 28일)〉 목요일 날씨 맑음
영진(永珍)과 임평(林平) 700위안 보내왔음, 제4소학교에 김동렬(金東烈)과 모휘석(茅輝錫)을 위문하러 갔음, 식수 샀음, 영진(永珍)이 전화 왔음

〈2000년 2월 4일 (음력 12월 29일)〉 금요일 날씨 맑음
바닥 닦았음, TV 봤음, 광춘(光春) 전화 왔음, 영진(永珍)과 임평(林平) 전화 왔음, 일본에서 전화 왔음 - 명숙(明淑)과 국진(國珍), 저녁에 승일(承日)집에 갔음

〈2000년 2월 5일 (음력 1월 1일)〉 토요일 날씨 맑음
승일(承日)집에 가서 설날 보냈음, 점심에 동일(東日)집, 미옥(美玉)집 도착, 밤에 복순(福順)과 동춘(東春)이 왔음, 창일(昌日)집에 가서 놀다가 집에 돌아왔음

〈2000년 2월 6일 (음력 1월 2일)〉 일요일 날씨 맑음
창일(昌日)집에 가서 설날 보냈음 - 승일(承日), 동일(東日), 미옥(美玉)과 가족들이 같이 갔음, 복순(福順)이 판석(板石)에 돌아갔음, 명숙(明淑)과 영진(永珍)이 전화 왔음, 미옥(美玉)에게 500위안 받았음, 미옥(美玉)과 원학(元學)이 집에 도착했음

〈2000년 2월 7일 (음력 1월 3일)〉 월요일 날씨 맑음
집에서 설날 보냈음 - 승일(承日), 창일(昌日), 동일(東日)에게 각 100위안을 받았음, 동일(東日)이 연길에 돌아갔음

〈2000년 2월 8일 (음력 1월 4일)〉 화요일 날씨 맑음
신문과 TV 봤음

〈2000년 2월 9일 (음력 1월 5일)〉 수요일 날씨 맑음
술통을 씻었음, TV 봤음

〈2000년 2월 10일 (음력 1월 6일)〉 목요일 날씨 맑음
우체국에 가서 내몽골 사돈 집으로 돈 보냈음, 최호준(崔浩俊) 위문하러 왔음 - 200위안, 아내과 원학(元學)이 미화(美花)집에 갔음 - 미화(美花)의 어머니 생신

〈2000년 2월 11일 (음력 1월 7일)〉 금요일 날씨 맑음
수위치 수리, 철진(哲珍), 계화(桂花), 태운

(泰云), 광혁(光赫)이 우리 집에 왔음

〈2000년 2월 12일 (음력 1월 8일)〉 토요일
날씨 맑음
TV 봤음

〈2000년 2월 13일 (음력 1월 9일)〉 일요일
날씨 맑음
일본에서 전화 왔음 - 국진(國珍), 영진(永珍)이 전화 왔음, 바닥 닦았음, TV 봤음

〈2000년 2월 14일 (음력 1월 10일)〉 월요일
날씨 맑음/바람
원학(元學)과 미옥(美玉)이 연길에 돌아갔음(11:30), 오후에 전화 왔음(2:50), 신문과 TV 봤음

〈2000년 2월 15일 (음력 1월 11일)〉 화요일
날씨 맑음
난방공급국에 가서 원학(元學)이 옛 집의 난방비 냈음(657.5위안), 우체국에 갔다가 안경을 수리하러 갔음

〈2000년 2월 16일 (음력 1월 12일)〉 수요일
날씨 맑음
신문과 TV 봤음, 복순(福順) 전화 왔음 - 기차표에 관함

〈2000년 2월 17일 (음력 1월 13일)〉 목요일
날씨 맑음
식수 샀음

〈2000년 2월 18일 (음력 1월 14일)〉 금요일
날씨 맑음
새 기차역에 가서 표 샀음(48위안), 태양사대(太陽四隊)에 갔음 - 정기(廷棋)집의 초대 받았음

〈2000년 2월 19일 (음력 1월 15일)〉 토요일
날씨 맑음
숙모 집에서 대보름 보냈음 - 정기(廷棋)집, 정화(廷華)집 왔음, 태양오대(太陽五隊)에 있는 셋째아버지 집에 갔음, 집에 돌아왔음 - 복순(福順)이 왔음, 미옥(美玉), 영진(永珍)이 전화 왔음

〈2000년 2월 20일 (음력 1월 16일)〉 일요일
날씨 맑음/바람
아침 5시에 기차역에 복순(福順)을 보냈음 - 복순(福順) 장춘(長春)에 갔음, 아내가 창일(昌日)집에 갔다가 왔음, 광춘(光春) 전화 왔음 - 복순(福順)이 무사히 도착

〈2000년 2월 21일 (음력 1월 17일)〉 월요일
날씨 맑음
신문과 TV 봤음, 칼슘 보충제 먹기 시작

〈2000년 2월 22일 (음력 1월 18일)〉 화요일
날씨 맑음/바람
신문과 TV 봤음, 칼슘 보충제 먹었음

〈2000년 2월 23일 (음력 1월 19일)〉 수요일
날씨 맑음
신문과 TV 봤음 - 45회 세계 탁구 단체전, 오

후 5시에 제2소학교 식당에 갔음 - 가게채의 TV 수신료에 관함

〈2000년 2월 24일 (음력 1월 20일)〉 목요일
날씨 맑음
TV 방송국에 가서 TV 수신료 냈음 - 새 집과 가게채

〈2000년 2월 25일 (음력 1월 21일)〉 금요일
날씨 맑음
신문과 TV 봤음 - 45회 세계 탁구 단체전(여자 중국:중국대만 1:2)

〈2000년 2월 26일 (음력 1월 22일)〉 토요일
날씨 흐림/눈
신문과 TV 봤음 - 45회 세계 탁구 단체전(남자 스웨덴:중국 1:2) 안봉하(安鳳霞)서기(書記)의 환갑잔치 참석, 미옥(美玉)이 전화 왔음, 영진(永珍)이 전화 왔음 - 청두

〈2000년 2월 27일 (음력 1월 23일)〉 일요일
날씨 맑음/눈
바닥 닦았음, 신문과 TV 봤음, 창일(昌日)이 왔다가 갔음 - 혈압 검사

〈2000년 2월 28일 (음력 1월 24일)〉 월요일
날씨 맑음/눈
신문과 TV 봤음, 창일(昌日)이 왔다가 갔음 - 고객에게 보낸 편지

〈2000년 2월 29일 (음력 1월 25일)〉 화요일
날씨 맑음
신문과 TV 봤음, 서가와 헌 신문 정리

〈2000년 3월 1일 (음력 1월 26일)〉 수요일
날씨 맑음
총부, 자치회(계획회) 참석 - 점심을 같이 먹었음

〈2000년 3월 2일 (음력 1월 27일)〉 목요일
날씨 맑음
신문과 TV 봤음, 제4소학교에 가서 월급 가져왔음, 아내가 태양(太陽)에 갔음, 지부 지도부 토론 - 3.8절 활동에 관함

〈2000년 3월 3일 (음력 1월 28일)〉 금요일
날씨 흐림/맑음
건설은행, 농업은행에 가서 저금, 제4소학교에 갔음 - 중심신용사(信用社)의 편지 나눔, 아내가 집에 돌아왔음

〈2000년 3월 4일 (음력 1월 29일)〉 토요일
날씨 바람
신문과 TV 봤음 - 축구 산동:랴오닝 2:4, 미옥(美玉)과 영진(永珍)이 전화 왔음

〈2000년 3월 5일 (음력 1월 30일)〉 일요일
날씨 맑음
TV 봤음 - 제9회 3차 인대(人大) 회의

〈2000년 3월 6일 (음력 2월 1일)〉 월요일 날씨 구름/바람
제4소학교에 갔음 - 3.8절 활동 비용 수납과 토론, 김화연(金花蓮) 선생에게 책 줬음, 동

춘(東春)이 전화 왔음 - 애기 태어났음

〈2000년 3월 7일 (음력 2월 2일)〉 화요일 날씨 맑음/바람

쇼핑센터에 갔다가 왔음, 승일(承日) 내용 생일, 영진(永珍)이 전화 왔음 - 대학원 시험 성적에 관함, 대학원(석사) 시험 성적 - 총:362점, 수학 58점, 정치 75점, 관리 83점, 일어 67점, 기술경제학 79점

〈2000년 3월 8일 (음력 2월 3일)〉 수요일 날씨 맑음/바람

제4소학교 퇴직교사 3.8절 활동 - 다이아몬드 게임 등, 아내가 성서 병원에 갔음 - 동춘(東春)의 애기 연길에 가서 입원

〈2000년 3월 9일 (음력 2월 4일)〉 목요일 날씨 맑음

식수 샀음, 이영(李瑛)진료소에 가서 경혈(經穴) 학습, 미옥(美玉)이 전화 왔음, 동춘(東春) 전화 왔음

〈2000년 3월 10일 (음력 2월 5일)〉 금요일 날씨 맑음

바닥 닦았음, 신문과 TV 봤음, 영진(永珍)이 전화 왔음

〈2000년 3월 11일 (음력 2월 6일)〉 토요일 날씨 맑음

일본에서 전화 왔음 - 국진(國珍), 미옥(美玉)이 전화 왔음, 약국, 쇼핑센터에 갔음, 당뇨병 약 샀음 - 468위안

〈2000년 3월 12일 (음력 2월 7일)〉 일요일 날씨 맑음

지부 활동 참석 - 총부와 지부계획 통과, 정오(廷伍) 생일 - 초대 받았음, 복순(福順)이 왔다가 판석(板石)에 갔음, 광춘(光春)이 전화 왔음

〈2000년 3월 13일 (음력 2월 8일)〉 월요일 날씨 맑음/바람

관공위(觀工委)에 갔음 - 출근하지 않았음, 신문과 TV 봤음, 영홍(永紅)이 와서 점심 같이 먹었음, 순월(順月)선생 왔다가 갔음, 호범(浩范) 부부가 왔다가 갔음 - 돈에 관함

〈2000년 3월 14일 (음력 2월 9일)〉 화요일 날씨 맑음/바람

쇼핑센터, 우체국에 갔음, 신문과 TV 봤음, 관공위(觀工委)에 갔음 - 제2유치원의 퇴직인원 제1유치원으로 전임에 관함

〈2000년 3월 15일 (음력 2월 10일)〉 수요일 날씨 구름/흐림

약국에 갔음, 신문과 TV 봤음, 전기공급국에 가서 전기세 냈음(100위안), 축구 일본:중국 0:0

〈2000년 3월 16일 (음력 2월 11일)〉 목요일 날씨 눈/맑음

아내가 연길에 갔음 - 전기장판 환불, 전신국에 가서 전화비 냈음, 가게채의 TV 수신료 20위안 받았음, 신문과 TV 봤음, 연길에서 전화 왔음 - 아내

〈2000년 3월 17일 (음력 2월 12일)〉 금요일
날씨 눈/맑음
학습필기 - 건강 · 위생의 상식, 영진(永珍)이 전화 왔음

〈2000년 3월 18일 (음력 2월 13일)〉 토요일
날씨 흐림/맑음
신문과 TV 봤음, 화자(花子) 전화 왔음 - 경자(京子)의 장남 결혼에 관함

〈2000년 3월 19일 (음력 2월 14일)〉 일요일
날씨 눈/맑음
바닥 닦았음, 신문과 TV 봤음, 점심에 창일(昌日)집에 갔음, 축구 천진:길림 2:0, 미옥(美玉)이 전화 왔음, 아내가 집에 돌아왔음

〈2000년 3월 20일 (음력 2월 15일)〉 월요일
날씨 맑음
식수 샀음, 약국에 갔음, 신문과 TV 봤음

〈2000년 3월 21일 (음력 2월 16일)〉 화요일
날씨 맑음
아침에 운동하기 시작, 영진(永珍)이 전화 왔음

〈2000년 3월 22일 (음력 2월 17일)〉 수요일
날씨 흐림
쇼핑센터에 가서 모자와 낚시 장비 샀음, 신문과 TV 봤음

〈2000년 3월 23일 (음력 2월 18일)〉 목요일
날씨 눈/맑음
자치회에 가서 신문 가져왔음, 상수도 회사에 갔음 - 수리원 와서 옛 집의 지하수도를 수리(50위안), 승일(承日)집에서 저녁 먹었음

〈2000년 3월 24일 (음력 2월 19일)〉 금요일
날씨 맑음/바람
옛 집에 가서 열쇠 줬음, 알로에주 만들기, 설화(雪花)가 왔다가 갔음, 〈정부업무보고〉 학습

〈2000년 3월 25일 (음력 2월 20일)〉 토요일
날씨 맑음/바람
신문과 TV 봤음, 미옥(美玉)이 전화 왔음, 축구 갑A 상해(上海):길림 2:1, 영진(永珍)이 전화 왔음

〈2000년 3월 26일 (음력 2월 21일)〉 일요일
날씨 맑음/바람
창일(昌日)이 왔다가 갔음, 이발했음, 축구 갑A 북경:천진 1:2

〈2000년 3월 27일 (음력 2월 22일)〉 월요일
날씨 흐림
신문과 TV 봤음, 동보약국에 가서 위약(胃藥) 샀음(66위안), 중심신용사(信用社)에 갔다가 왔음

〈2000년 3월 28일 (음력 2월 23일)〉 화요일
날씨 눈
복순(福順)이 전화 왔음 - 동춘(東春)의 애기 퇴원, 신문과 TV 봤음

〈2000년 3월 29일 (음력 2월 24일)〉 수요일 날씨 맑음/바람

식수 샀음, 정수(廷洙) 쌀 가져왔음, 신문과 TV 봤음, 전기장판 샀음 - 250위안

〈2000년 3월 30일 (음력 2월 25일)〉 목요일 날씨 맑음

총부 회의 참석 - 점심 같이 먹었음, 아내가 태양오대(太陽五隊)에 가서 경자(京子)의 장남 결혼식 참석

〈2000년 3월 31일 (음력 2월 26일)〉 금요일 날씨 비/맑음

바닥 닦았음, 신문과 TV 봤음, 영진(永珍)이 전화 왔음 - 석사 성적 합격, 아내가 집에 돌아왔음, 안주임과 시 병원에 이설매(李雪梅)를 문병하러 갔음

〈2000년 4월 1일 (음력 2월 27일)〉 토요일 날씨 맑음

중심신용사(信用社)에 갔음, 미옥(美玉)이 전화 왔음, 신문과 TV 봤음

〈2000년 4월 2일 (음력 2월 28일)〉 일요일 날씨 맑음

인대(人大) 2차 정부업무보고 학습, 축구 길림:사천 0:0, 국진(國珍) 전화 왔음

〈2000년 4월 3일 (음력 2월 29일)〉 월요일 날씨 흐림

제4소학교에 가서 월급 가져왔음, 형옥(邢玉) 왔음 - 집문서에 관함

〈2000년 4월 4일 (음력 2월 30일)〉 화요일 날씨 구름

창일(昌日)집에서 아침 먹었음, 태양(太陽)의 무덤에 갔음 - 장모의 비석에 관함, 복순(福順)이 전화 왔음, 승일(承日)집에 왔음, 집에 돌아왔음

〈2000년 4월 5일 (음력 3월 1일)〉 수요일 날씨 맑음

신문과 TV 봤음

〈2000년 4월 6일 (음력 3월 2일)〉 목요일 날씨 구름

시 관공위(觀工委) 회의 - 서류 학습, 1999년 연말총결, 2000년 계획

〈2000년 4월 7일 (음력 3월 3일)〉 금요일 날씨 흐림/구름

동보약국에 가서 약 샀음(66위안), 상점에 가서 상의(上衣) 샀음(80위안), 신문과 TV 봤음

〈2000년 4월 8일 (음력 3월 4일)〉 토요일 날씨 맑음

〈정부업무보고〉 학습, 식수 샀음, 신문과 TV 봤음, 미옥(美玉), 영진(永珍)이 전화 왔음

〈2000년 4월 9일 (음력 3월 5일)〉 일요일 날씨 흐림

지부활동 - 학습과 서류 전달, 축구 원난:길림 2:0

〈2000년 4월 10일 (음력 3월 6일)〉 월요일
날씨 눈/흐림
신문과 TV 봤음

〈2000년 4월 11일 (음력 3월 7일)〉 화요일
날씨 맑음/바람
관공위(觀工委)에 갔음 - 활동경비(300위안) 받았음, 제4소학교에 갔음 - 학생의 학업부담 경감에 관함, 연길에서 전화 왔음 - 경자(京子)

〈2000년 4월 12일 (음력 3월 8일)〉 수요일
날씨 맑음/바람
건설은행, 농업은행에 가서 저금

〈2000년 4월 13일 (음력 3월 9일)〉 목요일
날씨 맑음/구름
제4소학교에 가서 관공위(觀工委) 회의 진행 - 학생의 학업부담 경감에 관한 서류 및 계획 전달, 학교에서 점심 먹었음

〈2000년 4월 14일 (음력 3월 10일)〉 금요일
날씨 맑음/비
동보약국에 가서 약 샀음(468위안)

〈2000년 4월 15일 (음력 3월 11일)〉 토요일
날씨 맑음
승일(承日) 집에 갔음 - 장인 생신, 오후에 집에 돌아왔음, 위약(胃藥) 먹었음, 미옥(美玉)이 전화 왔음, 영진(永珍)이 전화 왔음

〈2000년 4월 16일 (음력 3월 12일)〉 일요일
날씨 흐림/구름
바닥 닦았음, 신문과 TV 봤음, 축구 갑A 길림: 심천 0:1

〈2000년 4월 17일 (음력 3월 13일)〉 월요일
날씨 맑음
식수 샀음, 아내가 향숙(香淑)의 아이의 돌잔치 참석, 신문과 TV 봤음

〈2000년 4월 18일 (음력 3월 14일)〉 화요일
날씨 맑음
제4소학교에 가서 집문서 냈음(토지증 연간 검사비용 20위안), 집문서와 토지증 받았음, 연길에 갔음(12:30)

〈2000년 4월 19일 (음력 3월 15일)〉 수요일
날씨 맑음
원학(元學) 생일 - 저녁에 사돈집, 친척, 원학(元學)의 친구가 왔음

〈2000년 4월 20일 (음력 3월 16일)〉 목요일
날씨 흐림/추움
미옥(美玉) 생일 - 영진(永珍)이 전화 왔음, 오후에 축구 갑A 길림:칭다오 1:1

〈2000년 4월 21일 (음력 3월 17일)〉 금요일
날씨 비
연길에서 집에 돌아왔음(10:50), 신문과 TV 봤음

〈2000년 4월 22일 (음력 3월 18일)〉 토요일
날씨 흐림/맑음

옛 집에 갔음 - 건설국(建設局) 면적 측정하러 왔음, 철거 준비, 영진(永珍)이 전화 왔음, 장춘(長春)에서 전화 왔음 - 광춘(光春)

〈2000년 4월 23일 (음력 3월 19일)〉 일요일
날씨 맑음
옛 집에 갔음 - 면적 측정 완성, 축구 산동:길림 2:0, 복순(福順)이 장춘(長春)에서 왔음 - 21:40

〈2000년 4월 24일 (음력 3월 20일)〉 월요일
날씨 구름/맑음
베란다 청소, 화분(花盆) 베란다로 옮겼음, 신문과 TV 봤음, 영진(永珍)이 전화 왔음 - 대학원 면접 합격

〈2000년 4월 25일 (음력 3월 21일)〉 화요일
날씨 맑음/흐림
관공위(觀工委)에 가서 책 받았음 - 김추월(金秋月)의 가게에 가져갔음, 우체국에 돈 찾으러 갔음(내몽골 사돈집 보내준 돈), 바닥 닦았음, 일본에서 전화 왔음 - 명숙(明淑)과 국진(國珍), 북경에서 전화 왔음 - 민석(珉錫)

〈2000년 4월 26일 (음력 3월 22일)〉 수요일
날씨 비
생일 - 정화(廷華), 정수(廷洙), 태운(泰云) 집, 춘식(春植) 집, 미화(美花) 집, 승일(承日), 창일(昌日) 집, 향숙(香淑), 원학(元學)(元學) 왔음, 영진(永珍), 미옥(美玉)이 전화 왔음, 일본에서 전화 왔음 - 명숙(明淑)과 국진(國珍)

〈2000년 4월 27일 (음력 3월 23일)〉 목요일
날씨 비
원학(元學)이 연길에 돌아갔음, 순자(順子), 운학(雲鶴) 왔음, 내몽골 사돈집으로 전화했음, 옥희(玉姬)의 자전거 수리

〈2000년 4월 28일 (음력 3월 24일)〉 금요일
날씨 맑음
농업은행에 갔음, 저축은행에 가서 저금, 식수 샀음

〈2000년 4월 29일 (음력 3월 25일)〉 토요일
날씨 맑음
시 주요 거리 관람 - 환경, 한국 - 러시아 - 중국 훈춘(琿春) 항공편 개통

〈2000년 4월 30일 (음력 3월 26일)〉 일요일
날씨 흐림/비
제4소학교에 가서 월급 받았음, 영진(永珍)의 대학원 입학 확인서 받았음, 임평(林平)이 200위안 보냈음, 인재교류센터에 가서 영진(永珍)의 개인서류 처리, 옛집의 세입자가 이사를 나갔음

〈2000년 5월 1일 (음력 3월 27일)〉 월요일
날씨 흐림/비
신문과 TV 봤음, 승일(承日)집에서 저녁 먹었음 - 장인을 위문하러 갔음

〈2000년 5월 2일 (음력 3월 28일)〉 화요일

날씨 맑음/비
신문과 TV 봤음, 우체국에 갔음 - 문 닫았음, 최석환(崔碩煥)에게편지 썼음

〈2000년 5월 3일 (음력 3월 29일)〉 수요일 날씨 맑음/비
옛 집에 갔음 - 열쇠 샀음 - 문 닫았음, 태양사대(太陽四隊)에 둘째숙모를 위문하러 갔음

〈2000년 5월 4일 (음력 4월 1일)〉 목요일 날씨 맑음
태양사대(太陽四隊)에서 집에 돌아왔음

〈2000년 5월 5일 (음력 4월 2일)〉 금요일 날씨 흐림/비
다롄에서 전화 왔음 - 모정자(茅貞子)선생, 우체국에 가서 편지 보냈음 - 최석환(崔碩煥), 건설은행에 가서 저금, 바닥 닦았음, 복순(福順) 전화 왔음

〈2000년 5월 6일 (음력 4월 3일)〉 토요일 날씨 비
복순(福順) 판석(板石)에서 왔음, 박순월(朴順月)선생이 왔다가 갔음 - 주택 구매에 관함, 책 봤음, 광춘(光春)이 전화 왔음

〈2000년 5월 7일 (음력 4월 4일)〉 일요일 날씨 구름/맑음
연길로 전화했음 - 어제 미옥(美玉) 북경에서 무사히 연길에 도착했음, 이영(李瑛)진료소에 갔음, 북경에서 전화 왔음 - 민석(珉錫), 중국 훈춘(琿春) - (러시아) 자루비노 - (한국) 속초 항공편 개통

〈2000년 5월 8일 (음력 4월 5일)〉 월요일 날씨 흐림/맑음
식수 샀음, 신문 봤음, 광춘(光春)의 옛집에 갔음

〈2000년 5월 9일 (음력 4월 6일)〉 화요일 날씨 흐림/맑음
제4소학교에 갔음 - 수리 도구 빌려왔음, 오후에 시 병원에 갔음 - 장인 입원

〈2000년 5월 10일 (음력 4월 7일)〉 수요일 날씨 비
주택관리국에 가서 틀린 이름 수정(延 → 廷), 신문과 TV 봤음, 아내와 복순(福順)이 시 병원에 장인을 돌봄

〈2000년 5월 11일 (음력 4월 8일)〉 목요일 날씨 비
아내와 복순(福順)이 시 병원에 장인을 돌봄, 알로에 술 만들기, 순월(順月)선생이 왔다가 갔음

〈2000년 5월 12일 (음력 4월 9일)〉 금요일 날씨 구름/맑음
아내와 복순(福順)이 시 병원에 장인을 돌봄, 주택관리국에 가서 이름 변경 - 정걸(廷杰) → 국진(國珍), 이발했음, 바닥 닦았음, 정옥(貞玉)집에 갔음 - 정옥(貞玉) 생일

〈2000년 5월 13일 (음력 4월 10일)〉 토요일
날씨 흐림
복순(福順)이 병원에 장인을 돌봄, 오전에 자치회 진행된 실내 활동 참석, 미옥(美玉)이 전화 왔음, 영진(永珍)이 전화 왔음, 광춘(光春)이 전화 왔음

〈2000년 5월 14일 (음력 4월 11일)〉 일요일
날씨 흐림/맑음
지부 활동 참석 - 학습 및 댄스 연습, 축구 갑A 길림:충칭 0:1, 미옥(美玉)이 전화 왔음 - 어머니의 날, 민석(珉錫), 임평(林平), 영진(永珍)이 전화 왔음

〈2000년 5월 15일 (음력 4월 12일)〉 월요일
날씨 맑음/비
옛집에 갔다가 왔음 - 전기공급국에 가서 전기세 냈음, 제4소학교에 갔음 - 녹음기 구매에 관함, 시 병원에 장인을 문병하러 갔음

〈2000년 5월 16일 (음력 4월 13일)〉 화요일
날씨 맑음
제4소학교, 쇼핑센터에 갔음 - 녹음기 구매(지부용, 200위안), 복순(福順) 집에 돌아갔음, 아내와 시 병원에 장인을 돌봄

〈2000년 5월 17일 (음력 4월 14일)〉 수요일
날씨 맑음/구름
저축은행에 가서 예금 인출, 약국에 가서 당뇨병 약 샀음 - 468위안, 장인 퇴원, ※옛집에 갔음(두 번) - 철거

〈2000년 5월 18일 (음력 4월 15일)〉 목요일
날씨 흐림/맑음
건설국(建設局)에 가서 철거통지서 가져왔음, 옛 집에 갔다가 왔음, 축구 갑A 랴오닝:길림 1:0, 호준(浩俊)이 호적부 가져왔음

〈2000년 5월 19일 (음력 4월 16일)〉 금요일
날씨 흐림/구름
일본으로 편지 보냈음, 광용(光龍) 옛집에 갔음, 아내가 장인 집에 가서 500위안 줬음, 식수 샀음, 영진(永珍)이 전화 왔음

〈2000년 5월 20일 (음력 4월 17일)〉 토요일
날씨 흐림
태운(泰云)과 같이 옛집에 가서 창고 정리, 정수(廷洙)가 와서 널빤지를 숙모 집으로 운송했음

〈2000년 5월 21일 (음력 4월 18일)〉 일요일
날씨 흐림/비
옛 집에 갔음, 수도관 샀음(10위안), 점심에 냉면 먹었음, 축구 갑A 길림:샤먼 2:1, 국진(國珍) 전화 왔음, 연길로 전화했음

〈2000년 5월 22일 (음력 4월 19일)〉 월요일
날씨 흐림/맑음
옛 집에 가서 수도관과 널빤지를 가져왔음

〈2000년 5월 23일 (음력 4월 20일)〉 화요일
날씨 구름/맑음
옛 집 철거 검수(합격), 전기공급국에 가서 전기세 냈음, 전시국에 가서 옛집의 전화비

냈음

〈2000년 5월 24일 (음력 4월 21일)〉 수요일 날씨 맑음

전시국에 가서 전화비 냈음, 관공위(觀工委)에 가서 서류 가져왔음, 제4소학교에 가서 서류 전달, 추월(秋月)의 가게에 가서《노인세계》가져갔음

〈2000년 5월 25일 (음력 4월 22일)〉 목요일 날씨 맑음

건설국(建設局)에 가서 철거비 받았음 - 27610위안, 농업은행, 중심신용사(信用社)에 가서 저금, 오후에 옛집에 가서 철거 상황 봤음

〈2000년 5월 26일 (음력 4월 23일)〉 금요일 날씨 흐림/맑음

추월(秋月)의 가게에 가서 봄 소풍에 관한 토론 - 방교장과 안주임, 보험회사에 갔다가 왔음, 바닥 닦았음, 영진(永珍)이 전화 왔음

〈2000년 5월 27일 (음력 4월 24일)〉 토요일 날씨 흐림/비

차세 냈음(모레 봄 소풍 시 사용 - 200위안), 미옥(美玉)이 전화 왔음, 영진(永珍)이 전화 왔음

〈2000년 5월 28일 (음력 4월 25일)〉 일요일 날씨 맑음

제4소학교에 갔음 - 봄 소풍에 관함, 창일(昌日)집에서 점심 먹었음 - 옥희(玉姬)에게 300위안 줬음, 철한(哲漢) 왔다가 갔음, 미옥(美玉)이 전화 왔음, 축구 갑A 선양:길림 3:1

〈2000년 5월 29일 (음력 4월 26일)〉 월요일 날씨 맑음

지부조직 봄 소풍 활동, 복순(福順)이 전화 왔음

〈2000년 5월 30일 (음력 4월 27일)〉 화요일 날씨 맑음

시 병원에 향선(香善)을 문병하러 갔음, 장인집에 장인 문병하러 갔음, 오경자(吳京子) 전화 왔음, 이영(李瑛)의사집에 축구 경기 보러 갔음 - 한국:유고슬라비아 0:0, 같이 저녁 먹었음

〈2000년 5월 31일 (음력 4월 28일)〉 수요일 날씨 맑음

식수 샀음, 제4소학교에 가서 월급 받았음(110위안 추가), 여자 축구 - 중국:미국 1:0, 영양 드링크제 샀음

〈2000년 6월 1일 (음력 4월 29일)〉 목요일 날씨 맑음

저축은행에 가서 저금, 이영(李瑛)진료소에 갔음

〈2000년 6월 2일 (음력 5월 1일)〉 금요일 날씨 맑음

시내에 갔음, 아내가 정수(廷洙)집에 갔음, 여자 축구 - 중국:호주 1:1

〈2000년 6월 3일 (음력 5월 2일)〉 토요일 날씨 맑음

시내에 갔음, 아내가 집에 돌아왔음, 신문과 TV 봤음, 영진(永珍)이 전화 왔음, 미옥(美玉)이 전화 왔음

〈2000년 6월 4일 (음력 5월 3일)〉 일요일 날씨 맑음

여자 축구 - 중국:일본 2:0, 일본에서 전화 왔음 - 명숙(明淑)과 국진(國珍), 축구 갑A 길림:다롄 2:3

〈2000년 6월 5일 (음력 5월 4일)〉 월요일 날씨 흐림/맑음

관공위(觀工委)에 가서 책 가져왔음, 제4소학교에 가서 영진(永珍)의 식량관계 가져와서 식량국에 가서 처리했음, 아내가 약 샀음 - 456.4위안

〈2000년 6월 6일 (음력 5월 5일)〉 화요일 날씨 비/구름

책, 신문과 TV 봤음

〈2000년 6월 7일 (음력 5월 6일)〉 수요일 날씨 맑음/비

화분(花盆) 정리, 바닥 청소, 신문과 TV 봤음

〈2000년 6월 8일 (음력 5월 7일)〉 목요일 날씨 흐림

바닥 닦았음, 신문과 TV 봤음, 여자 축구 중국:캐나다 2:2

〈2000년 6월 9일 (음력 5월 8일)〉 금요일 날씨 맑음

춘광위(春光委)에 갔음, 새 기차역에 갔다가 왔음, TV 봤음

〈2000년 6월 10일 (음력 5월 9일)〉 토요일 날씨 맑음/소나기

식수 샀음, 미옥(美玉)과 영진(永珍)이 전화 왔음, 여자 축구 - 중국:뉴질랜드 6:0

〈2000년 6월 11일 (음력 5월 10일)〉 일요일 날씨 맑음/비

지부 활동 - 당원(黨員) 민주 평의 및 모범 선정, 장인 집에 갔음 - 민석(珉錫)과 복순(福順)이 왔음, 갑A축구 경기, 유럽 축구 경기

〈2000년 6월 12일 (음력 5월 11일)〉 월요일 날씨 흐림/맑음

갑A축구 경기, 유럽 축구 경기, 신문 봤음, 아내가 태운(泰云)집에 갔음 - 태운(泰云) 생일

〈2000년 6월 13일 (음력 5월 12일)〉 화요일 날씨 흐림

자치회에 가서 활동경비 받았음(368위안), 신문 봤음, 유럽 축구 경기

〈2000년 6월 14일 (음력 5월 13일)〉 수요일 날씨 맑음

춘광위(春光委)에 갔다가 왔음, 신문과 TV 봤음, 유럽 축구 경기

〈2000년 6월 15일 (음력 5월 14일)〉 목요일

날씨 비/맑음
신문과 TV 봤음, 미옥(美玉)이 전화 왔음

〈2000년 6월 16일 (음력 5월 15일)〉 금요일
날씨 흐림/맑음
저축은행에 가서 저금, 신문과 TV 봤음

〈2000년 6월 17일 (음력 5월 16일)〉 토요일
날씨 맑음
미옥(美玉)이 전화 왔음, 연길에 갔음(8:30~10:30), 영진(永珍)이 전화 왔음, 연길 개발구역에 아파트를 보러 갔음

〈2000년 6월 18일 (음력 5월 17일)〉 일요일
날씨 맑음/흐림
TV 봤음, 축구 길림:천진 2:2, 영진(永珍)이 전화 왔음, 당뇨병 약 샀음

〈2000년 6월 19일 (음력 5월 18일)〉 월요일
날씨 맑음/비
연길에서 집에 돌아왔음(7:30~10:20), TV 봤음

〈2000년 6월 20일 (음력 5월 19일)〉 화요일
날씨 흐림/맑음
신문과 TV 봤음, 체육장에 가서 축구 경기 봤음, 영진(永珍)이 전화 왔음 - 내일 출발

〈2000년 6월 21일 (음력 5월 20일)〉 수요일
날씨 맑음
신문과 TV 봤음, 식수 샀음

〈2000년 6월 22일 (음력 5월 21일)〉 목요일
날씨 흐림/비
총부, 지부 서기(書記) 회의 참석 - 우수 당원(黨員) 선정, 8.15절 활동 준비, 고등학교 입학 시험 시작

〈2000년 6월 23일 (음력 5월 22일)〉 금요일
날씨 흐림/맑음
영진(永珍)이 전화 왔음 - 북경에 도착했음, 미옥(美玉)이 전화 왔음, 추월(秋月)의 가게에 가서 〈노인세계〉 가져왔음

〈2000년 6월 24일 (음력 5월 23일)〉 토요일
날씨 흐림/맑음
건축 공사 현장에 갔다가 왔음, 신문과 TV 봤음, 유럽 축구 경기 봤음, 연길로 전화했음 - 영진(永珍)이 연길에 도착했음

〈2000년 6월 25일 (음력 5월 24일)〉 일요일
날씨 흐림
미옥(美玉)이 전화 왔음, 신문과 TV 봤음, 축구 갑A 길림:상해(上海) 1:2

〈2000년 6월 26일 (음력 5월 25일)〉 월요일
날씨 흐림/맑음
자치회에 가서 총부회의 참석 - 우수당원(黨員) 등록표에 관함, 점심에 영진(永珍)이 도착했음

〈2000년 6월 27일 (음력 5월 26일)〉 화요일
날씨 흐림/맑음
자치회에 가서 우수 당원(黨員) 등록표 제출,

전화 회의 공지 - 각 퇴직교원 농업은행, 중심신용사(信用社)에 가서 예금 인출, 쇼핑센터에 갔음 - 영진(永珍)이 시계 사 줬음

〈2000년 6월 28일 (음력 5월 27일)〉 수요일 날씨 흐림/맑음
공산당 성립 79주년 보고회 참석 - 시 위(市委) 서기(書記)가 수경강(隨慶江)

〈2000년 6월 29일 (음력 5월 28일)〉 목요일 날씨 흐림
식수 샀음, 제4소학교에 갔음 - 7.1활동 상황 파악, 유럽 축구 경기 봤음

〈2000년 6월 30일 (음력 5월 29일)〉 금요일 날씨 흐림/비
자치회에 가서 입장권 가져왔음, 오후에 시 교위(教委) 당건(黨建)[1] 입당(入黨)식 및 표창대회 참석 - 우수 당원(黨員) 표창 받았음, 저녁 먹었음

〈2000년 7월 1일 (음력 5월 30일)〉 토요일 날씨 흐림/비
관공위(觀工委) 전화 왔음, 저축은행에 가서 예금 인출 - 약 샀음, 신문과 TV 봤음, 태양(太陽)에 전화 왔음

〈2000년 7월 2일 (음력 6월 1일)〉 일요일 날씨 맑음
일본에서 전화 왔음 - 명숙(明淑)과 국진(國珍), 영진(永珍)과 창일(昌日) 밀강(密江)에 여행하러 갔음, 삼숙 모 전화 왔음, 미옥(美玉)이 전화 왔음, 축구 사천:길림 1:0

〈2000년 7월 3일 (음력 6월 2일)〉 월요일 날씨 맑음/구름
태양오대(太陽五隊)에 있는 셋째아버지 집에 갔음, 집에 돌아왔음, 유럽 축구 경기

〈2000년 7월 4일 (음력 6월 3일)〉 화요일 날씨 흐림/맑음
자치회에 가서 활동 경비 300위안 받았음, 점심에 정금(貞今)집에 갔음 - 춘식(春植) 생일, 임평(林平)이 전화 왔음

〈2000년 7월 5일 (음력 6월 4일)〉 수요일 날씨 흐림/맑음
아침에 춘식(春植)집에 가서 밥 먹었음, 신문과 TV 봤음, 원학(元學) 전화 왔음 - 주택 구매에 관함

〈2000년 7월 6일 (음력 6월 5일)〉 목요일 날씨 소나기/맑음
제4소학교에 갔음 - 영진(永珍)의 석사 입학허가서 받았음, 식수 샀음, 바닥 닦았음, 이발했음, 신발 수선, 임평(林平)이 전화 왔음

〈2000년 7월 7일 (음력 6월 6일)〉 금요일 날씨 소나기/맑음
김추월(金秋月)의 가게에 가서 안주임에게 활동경비 줬음(668위안), 시장에 가서 물고

---

1) 党的建設(당의 건설), 중국 공산당의 사상 건설과 조직 건설.

기 가격 물어봤음, 알로에 술 만들기

〈2000년 7월 8일 (음력 6월 7일)〉 토요일 날씨 흐림/맑음

자치회 하계 소풍(지부별 활동 진행)

〈2000년 7월 9일 (음력 6월 8일)〉 일요일 날씨 흐림/맑음

판석(板石)의 민석(珉錫)집에 갔음 - 아내와 영진(永珍)이 동행, 집에 돌아왔음, 축구 갑A 길림:원남 3:0

〈2000년 7월 10일 (음력 6월 9일)〉 월요일 날씨 흐림/맑음

관공위(觀工委)에 갔음, 점심에 김달래반점에서 영진(永珍)과 냉면 먹었음, 원학(元學)이 전화 왔음 - 주택 구입 자금에 관함, 아내가 주화자(周花子)의 장녀의 결혼식 참석

〈2000년 7월 11일 (음력 6월 10일)〉 화요일 날씨 흐림/비

파출소(派出所), 식량관계국에 갔음 - 영진(永珍)의 식량관계에 관함, 신용사(信用社)에 가서 예금 인출, 오후에 연길에 갔음(3:00~5:30), 태운(泰云)이 왔다가 갔음

〈2000년 7월 12일 (음력 6월 11일)〉 수요일 날씨 흐림/비

주택구입 자금을 냈음(5만 위안), 연길에서 집에 돌아왔음(9:00~12:20), 미옥(美玉)이 전화 왔음, 임평(林平)이 전화 왔음

〈2000년 7월 13일 (음력 6월 12일)〉 목요일 날씨 맑음

신문과 TV 봤음, 오후에 식수 샀음

〈2000년 7월 14일 (음력 6월 13일)〉 금요일 날씨 흐림

제4소학교에 갔음, 관공위(觀工委)에 가서 《노인세계》가져갔음, 임평(林平)이 전화 왔음

〈2000년 7월 15일 (음력 6월 14일)〉 토요일 날씨 맑음

미옥(美玉)이 전화 왔음, 만억(萬亿)이 전화 왔음, 신문과 TV 봤음

〈2000년 7월 16일 (음력 6월 15일)〉 일요일 날씨 맑음/소나기

미옥(美玉)이 전화 왔음, 신문과 TV 봤음, 축구 심천:길림 3:0

〈2000년 7월 17일 (음력 6월 16일)〉 월요일 날씨 비/맑음

책, 신문과 TV 봤음

〈2000년 7월 18일 (음력 6월 17일)〉 화요일 날씨 비

중심신용사(信用社), 농업은행에 예금 인출, 창일(昌日)에게 1만 위안 빌려줬음, 임평(林平)이 전화 왔음, 태운(泰云) 와서 같이 밥 먹었음, 복순(福順)이 전화 왔음, 연길로 전화했음

〈2000년 7월 19일 (음력 6월 18일)〉 수요일
날씨 비/흐림
친구 동주(東周)가 왔음, 복순(福順)이 왔음, 장춘(長春)에서 전화 왔음 - 광춘(光春)

〈2000년 7월 20일 (음력 6월 19일)〉 목요일
날씨 흐림/비
추월(秋月)의 가게에 가서《노인세계》가져왔음, 창일(昌日) 집의 초대 받았음 - 영진(永珍) 대학원 입학 합격 위함, 창일(昌日)이 동행, 국진(國珍)이 전화 왔음

〈2000년 7월 21일 (음력 6월 20일)〉 금요일
날씨 흐림/비
연길에 갔음(8:30~11:30), TV 봤음

〈2000년 7월 22일 (음력 6월 21일)〉 토요일
날씨 흐림/비
원학(元學)집에서 TV 봤음, 주택 구입금 냈음 - 10,744위안

〈2000년 7월 23일 (음력 6월 22일)〉 일요일
날씨 맑음/비
TV 봤음, 프라이팬 수리

〈2000년 7월 24일 (음력 6월 23일)〉 월요일
날씨 맑음
연길 개발 구역에 아파트를 보러 갔음 - 50분 정도, 서 시장에 가 봤음, 화장실 물저장탱크 수리, 단전 · 단수

〈2000년 7월 25일 (음력 6월 24일)〉 화요일
날씨 맑음
웅담액(熊膽液)을 샀음, 영진(永珍)이 인삼 샀음, 단전 · 단수

〈2000년 7월 26일 (음력 6월 25일)〉 수요일
날씨 흐림
연길중앙소학교에 가서 문예활동 연습 관람, 영진(永珍)과 국진(國珍)의 결혼식 동영상 봤음

〈2000년 7월 27일 (음력 6월 26일)〉 목요일
날씨 흐림
영진(永珍)이 북경에 갔음 - 환송(10:45), 연길에서 집에 돌아왔음 - (2:40~5:30)

〈2000년 7월 28일 (음력 6월 27일)〉 금요일
날씨 비/흐림
신문과 TV 봤음, 설화(雪花)와 설화(雪花)의 어머니가 왔다가 갔음, 북경에서 전화 왔음 - 영진(永珍)

〈2000년 7월 29일 (음력 6월 28일)〉 토요일
날씨 비
신문과 TV 봤음

〈2000년 7월 30일 (음력 6월 29일)〉 일요일
날씨 비
미옥(美玉)이 전화 왔음, 신문과 TV 봤음, 축구 갑A 칭다오:길림 0:0

〈2000년 7월 31일 (음력 7월 1일)〉 월요일
날씨 비

신문과 TV 봤음

〈2000년 8월 1일 (음력 7월 2일)〉 화요일 날씨 맑음
제4소학교에 가서 월급 가져왔음, 새 전화선 설치, 승일(承日) 집, 광춘(光春) 집에 갔음 - 복순(福順)이 왔음

〈2000년 8월 2일 (음력 7월 3일)〉 수요일 날씨 맑음
승일(承日)집에 가서 아침 먹었음, 중심신용사(信用社)에 가서 예금 인출, 농업은행에 가서 순자(順子)의 1만 위안 갚았음, 건설은행에 가서 저금

〈2000년 8월 3일 (음력 7월 4일)〉 목요일 날씨 맑음
책과 TV 봤음, 충칭부릉(涪陵)에서 전화 왔음 - 영진(永珍)이 무사히 도착

〈2000년 8월 4일 (음력 7월 5일)〉 금요일 날씨 흐림/맑음
미옥(美玉)이 전화 왔음, 관공위(觀工委)에 가서 책 가져왔음

〈2000년 8월 5일 (음력 7월 6일)〉 토요일 날씨 흐림/구름
학습 필기 - "3개 대표[2)]" 내용, 식수 샀음

2) 중국 공산당이 '선진 생산력의 발전 요구 · 선진 문화의 전진 방향 · 가장 광범위한 인민의 근본 이익'을 대표한다는 말.

〈2000년 8월 6일 (음력 7월 7일)〉 일요일 날씨 흐림/맑음
지부 활동 - 학습, 노인의 날 활동 준비, 민우(敏遇) 와서 같이 밥 먹었음, 아내가 창일(昌日)집에 가서 1,000위안 줬음 - 옥희(玉姬) 고등학교 진학, 축구 길림:산동 2:0

〈2000년 8월 7일 (음력 7월 8일)〉 월요일 날씨 흐림/맑음
신문과 TV 봤음

〈2000년 8월 8일 (음력 7월 9일)〉 화요일 날씨 흐림/맑음
전기세 냈음(100위안), 오후에 이영(李瑛)진료소에 갔음 - 감기

〈2000년 8월 9일 (음력 7월 10일)〉 수요일 날씨 흐림
이 · 퇴직 주요 간부 학습 - 대만 문제, "3개 대표", 이영(李瑛)진료소에 갔음, 약 샀음(70위안)

〈2000년 8월 10일 (음력 7월 11일)〉 목요일 날씨 흐림/비
이 · 퇴직 주요 간부 학습 - 노인 보건, 당건(黨建) 경험 교류, 가게채 세금 1200위안 냈음

〈2000년 8월 11일 (음력 7월 12일)〉 금요일 날씨 맑음
영진(永珍)과 민석(珉錫) 전화 왔음, 저축은행에 가서 저금, 미화(美花)의 어머니 왔음,

창일(昌日) 생일인데 초대 받았음, 신문과 TV 봤음

〈2000년 8월 12일 (음력 7월 13일)〉 토요일
날씨 맑음
미옥(美玉)이 전화 왔음, 전화 왔음, 전신국에 가서 전화선 교체

〈2000년 8월 13일 (음력 7월 14일)〉 일요일
날씨 흐림/맑음
자치회에 노인의 날 활동 참석

〈2000년 8월 14일 (음력 7월 15일)〉 월요일
날씨 흐림/비
이영(李瑛)진료소에 가서 약 샀음, 신문과 TV 봤음, 연길로 전화했음

〈2000년 8월 15일 (음력 7월 16일)〉 화요일
날씨 흐림/비
중심신용사(信用社)에 가서 예금 인출, 노인의 날 - 원학(元學), 춘림(春林), 춘성(春晟) 전화 왔음, 아내가 장인을 위문하러 갔음, 창일(昌日)이 왔다가 갔음 - 100위안 받았음

〈2000년 8월 16일 (음력 7월 17일)〉 수요일
날씨 흐림/비
식수 샀음, 유미옥(劉美玉)의 아버지가 와서 가게채 계약 - 600위안/월

〈2000년 8월 17일 (음력 7월 18일)〉 목요일
날씨 흐림/비
조석제(趙石濟)집에 갔음 - 학교 교직원 주택의 방세 받았음(990위안), 신문과 TV 봤음

〈2000년 8월 18일 (음력 7월 19일)〉 금요일
날씨 흐림/맑음
바닥 닦았음, 신문과 TV 봤음

〈2000년 8월 19일 (음력 7월 20일)〉 토요일
날씨 흐림/비
미옥(美玉)이 전화 왔음, 신문과 TV 봤음, 이발했음

〈2000년 8월 20일 (음력 7월 21일)〉 일요일
날씨 흐림/비
설화(雪花) 결혼식 참석, 일본에서 전화 왔음 - 명숙(明淑)과 국진(國珍), 임평(林平)과 영진(永珍)이 전화 왔음, 축구 북경:길림 4:1

〈2000년 8월 21일 (음력 7월 22일)〉 월요일
날씨 비
연길에서 전화 왔음 - 오한근(吳漢根), 신문과 TV 봤음, 연길로 전화했음

〈2000년 8월 22일 (음력 7월 23일)〉 화요일
날씨 맑음
신문과 TV 봤음, 연길에서 전화 왔음 - 오한근(吳漢根), 장남 외출에 관함, 춘림(春林), 춘성(春晟) 입원, 축구 산동:충칭 1:3

〈2000년 8월 23일 (음력 7월 24일)〉 수요일
날씨 맑음
신문과 TV 봤음, 오후에 학교에 가서 신분증 번호 제출, 춘광위(春光委) 공사 현장에 갔다

가 왔음

〈2000년 8월 24일 (음력 7월 25일)〉 목요일 날씨 흐림/맑음

시 법원 와서 납부서 가져왔음 - 난방공급에 관한 문의 서면재료로 준비, 이영(李瑛)진료소에 갔다가 왔음

〈2000년 8월 25일 (음력 7월 26일)〉 금요일 날씨 흐림/맑음

전신국에 갔음 - 성(省) 교위(教委) 관공위(觀工委) 성립 10주년 총결표창 대회, 전화회의 실황

〈2000년 8월 26일 (음력 7월 27일)〉 토요일 날씨 흐림/맑음

식수 샀음, 최호준(崔浩俊) 왔음 - 돈에 관함, 미옥(美玉)이 전화 왔음, 춘림(春林)과 춘성(春晟)이 코 수술

〈2000년 8월 27일 (음력 7월 28일)〉 일요일 날씨 흐림/맑음

점심에 창일(昌日) 집의 초대 받았음 - 한국 손님 왔음, 축구 북경:우한 0:1, 임평(林平)과 영진(永珍)이 전화 왔음

〈2000년 8월 28일 (음력 7월 29일)〉 월요일 날씨 흐림/맑음

시 신방판(信訪辦)에 갔음 - 난방공급 서류 찾으러 갔음(없음), 제4소학교에 갔음 - 이영(李瑛)의 아들의 학력증명서에 관함

〈2000년 8월 29일 (음력 8월 1일)〉 화요일 날씨 흐림/맑음

신문과 TV 봤음, 아내가 태양오대(太陽五隊)에 갔음 - 셋째아버지 생신, 장춘(長春)에서 광춘(光春) 전화 왔음

〈2000년 8월 30일 (음력 8월 2일)〉 수요일 날씨 흐림/맑음

신문과 TV 봤음, 청두에서 전화 왔음, 복순(福順) 장춘(長春)에서 왔음

〈2000년 8월 31일 (음력 8월 3일)〉 목요일 날씨 흐림/맑음

관공위(觀工委)에 가서 활동경비 받았음, "3개 대표" 내용 시험, 제4소학교에 가서 월급 받았음, 장순옥(張順玉)의 장남 대학 진학인데 초대 받았음, 복순(福順)이 판석(板石)에 돌아갔음

〈2000년 9월 1일 (음력 8월 4일)〉 금요일 날씨 폭우

신문과 TV 봤음, 참깨잎을 묶고 절구다

〈2000년 9월 2일 (음력 8월 5일)〉 토요일 날씨 맑음

복사점에 가서 이영(李瑛)의 아들의 학력증명서 출력, 미옥(美玉)이 전화 왔음, 안영식(安永植)의 장녀가 대학 진학 - 초대 받았음, 은행에 가서 저금, 황추자(黃秋子)가 전화 왔음

〈2000년 9월 3일 (음력 8월 6일)〉 일요일 날씨 맑음

식수 샀음, 아내와 순월(順月)선생 고추장 만들기, 영진(永珍)과 임평(林平)이 전화 왔음

〈2000년 9월 4일 (음력 8월 7일)〉 월요일 날씨 흐림/맑음

관공위(觀工委)에 가서 "3개 대표" 시험 답안 제출, 신방판(信訪辦)에 갔음 - 난방공급 규정에 관함, 제4소학교에 갔음 - 이영(李瑛)의 아들의 학력증명서에 관함, 호준(浩俊)이 와서 호적부를 가져갔음

〈2000년 9월 5일 (음력 8월 8일)〉 화요일 날씨 흐림/구름

시 법원, 중심신용사(信用社) 소비자협회에 갔음 - 난방 공급에 대한 문의에 관함

〈2000년 9월 6일 (음력 8월 9일)〉 수요일 날씨 비/맑음

법원에 가서 문의서 제출, 신문과 TV 봤음

〈2000년 9월 7일 (음력 8월 10일)〉 목요일 날씨 추움/맑음

바닥 닦았음 - 대걸레 수리, 신문과 TV 봤음, 함총근(咸忠根)이 전화 왔음 - 장남 결혼식

〈2000년 9월 8일 (음력 8월 11일)〉 금요일 날씨 추움/맑음

김추월(金秋月)의 가게에 갔음 - 지부 지도부 회의(스승의 날에 관함), 신문과 TV 봤음, 조영순(趙英順)과 장녀가 왔음

〈2000년 9월 9일 (음력 8월 12일)〉 토요일 날씨 추움/맑음

미옥(美玉)이 전화 왔음, 제4소학교에 가서 스승의 날 활동 경비 가져왔음, 함총근(咸忠根)의 장남의 결혼식 참석, 오후에 TV 봤음

〈2000년 9월 10일 (음력 8월 13일)〉 일요일 날씨 추움/맑음

지부 스승의 날 활동 참석, 일본에서 전화 왔음 - 명숙(明淑)과 국진(國珍), 미옥(美玉)이 전화 왔음

〈2000년 9월 11일 (음력 8월 14일)〉 월요일 날씨 맑음

신문과 TV 봤음, 오후에 창일(昌日)의 차를 타서 태양사대(太陽四隊)에 갔음 - 정화(廷華), 정기(廷棋) 같이 밥을 먹었음

〈2000년 9월 12일 (음력 8월 15일)〉 화요일 날씨 맑음

정수(廷洙)집에 갔다가 성일(成日)집에 가서 점심 먹고 추석 보냈음, 둘째아바지의 묘지에 갔음

〈2000년 9월 13일 (음력 8월 16일)〉 수요일 날씨 맑음

신문과 TV 봤음, 봉순(鳳順)이 와서 점심을 먹어었, 영진(永珍)이 전화 왔음

〈2000년 9월 14일 (음력 8월 17일)〉 목요일 날씨 흐림/맑음

미옥(美玉)이 전화 왔음, 신문과 TV 봤음, 축구 길림:랴오닝 0:1, 식수 샀음

〈2000년 9월 15일 (음력 8월 18일)〉 금요일
날씨 흐림/비
27회 올림픽 개막식, 내몽골 사돈집의 송금 확인서 받았음(100위안), 연길에서 오경자(吳京子) 전화 왔음, 영진(永珍)과 임평(林平)이 전화 왔음 - 학교 기숙사

〈2000년 9월 16일 (음력 8월 19일)〉 토요일
날씨 폭우
가전점에 가서 전기선 샀음 - 승일(承日)집의 전기장판 수리, 미옥(美玉)이 전화 왔음, 우체국에 가서 예금 인출

〈2000년 9월 17일 (음력 8월 20일)〉 일요일
날씨 흐림/비
신문과 TV 봤음, 아내가 전기장판 승일(承日)집에 보냈음, 이영(李瑛)진료소에 갔음, 미옥(美玉)이 전화 왔음, 축구 샤먼:길림 1:0

〈2000년 9월 18일 (음력 8월 21일)〉 월요일
날씨 맑음
TV 봤음 - 올림픽

〈2000년 9월 19일 (음력 8월 22일)〉 화요일
날씨 맑음
신문과 TV 봤음 - 올림픽

〈2000년 9월 20일 (음력 8월 23일)〉 수요일
날씨 맑음
신문과 TV 봤음 - 올림픽, 정구(廷玖)가 와서 마장(麻將)[3] 테이블을 가져갔음, 미옥(美玉)이 전화 왔음

〈2000년 9월 21일 (음력 8월 24일)〉 목요일
날씨 맑음
신문과 TV 봤음 - 올림픽, 아내가 연길에 갔음 - 영애(英愛)의 환갑잔치

〈2000년 9월 22일 (음력 8월 25일)〉 금요일
날씨 맑음
신문과 TV 봤음 - 올림픽, 영진(永珍)이 전화 왔음

〈2000년 9월 23일 (음력 8월 26일)〉 토요일
날씨 흐림
신문과 TV 봤음 - 올림픽, 연길에 갔음(10:30~12:30), 오후에 새 집을 보러 갔음

〈2000년 9월 24일 (음력 8월 27일)〉 일요일
날씨 흐림/소나기
신문과 TV 봤음 - 올림픽, 아내 생일, 일본에서 전화 왔음 - 명숙(明淑)과 국진(國珍), 축구 길림:선양 1:1, 전기장판 수리

〈2000년 9월 25일 (음력 8월 28일)〉 월요일
날씨 맑음
연길 병원에 가서 위장 초음파 검사 - 왼쪽 신장 결서, 창일(昌日)이 전화 왔음, 약초를

---

3) 플라스틱 등으로 만든 중국의 실내 오락. 네 사람의 대국자가 글씨나 숫자가 새겨진 136개의 패를 가지고 짝을 맞추며 승패를 겨루는 놀이.

먹기 시작

〈2000년 9월 26일 (음력 8월 29일)〉 화요일
날씨 맑음
신문과 TV 봤음 - 올림픽, 미옥(美玉)이 전화 왔음 - 연길에 새 집의 난방비 152위안, 연길에서 집에 돌아왔음(9:00~12:00)

〈2000년 9월 27일 (음력 8월 30일)〉 수요일
날씨 맑음
관공위(觀工委)에 가서《노인세계》가져갔음, 추월(秋月)의 가게에 가서 책 나눴음, TV 방송국에 가서 TV 수신료 냈음, 우체국에 가서 예금 인출 - 영진(永珍) 보내준 200위안, 식수 샀음

〈2000년 9월 28일 (음력 9월 1일)〉 목요일
날씨 맑음
토지국에 가서 토지세 냈음, 시 병원에 진료를 받으러 갔음

〈2000년 9월 29일 (음력 9월 2일)〉 금요일
날씨 맑음
시 병원에 진료를 받으러 갔음
- 위 내시경 검사, B형 초음파 진단

〈2000년 9월 30일 (음력 9월 3일)〉 토요일
날씨 맑음
제4소학교에 가서 월급 받았음, 청소, 복순(福順) 전화 왔음, 미옥(美玉)과 영진(永珍)이 전화 왔음

〈2000년 10월 1일 (음력 9월 4일)〉 일요일
날씨 맑음
27회 올림픽 폐막식, 바닥 청소, 아내가 창일(昌日)집에 가서 저녁 먹었음, 영진(永珍)이 전화 왔음, 축구 다롄:길림 3:0

〈2000년 10월 2일 (음력 9월 5일)〉 월요일
날씨 흐림/비
연길에 갔음(8:30~10:30), 병원에 갔음 - 약 못 받았음, 운동복 샀음

〈2000년 10월 3일 (음력 9월 6일)〉 화요일
날씨 흐림/비
화분(花盆) 정리, 알로에 술 만들기, 형부가 왔다가 갔음

〈2000년 10월 4일 (음력 9월 7일)〉 수요일
날씨 맑음
연길시 병원에 가서 약 샀음 - 139위안, 오후에 집에 돌아왔음(2:50~5:00), 복순(福順) 왔음

〈2000년 10월 5일 (음력 9월 8일)〉 목요일
날씨 맑음
복순(福順)이 시 병원에 가서 검사결과 받고 판석(板石)에 돌아갔음, 저금, 수도꼭지 설치, 전기장판 수리, 아내가 태양오대(太陽五隊)에 갔음 - 순자(順子)의 차녀가 대학 진학

〈2000년 10월 6일 (음력 9월 9일)〉 금요일
날씨 흐림/비
시내 건축재료 상점에 갔음, 아내가 집에 돌

아왔음, 정화(廷華) 생일

〈2000년 10월 7일 (음력 9월 10일)〉 토요일 날씨 흐림

선풍기 청소, 학습필기 - 북한과 남한 형세에 관함, 미옥(美玉)이 전화 왔음, 영진(永珍)과 임평(林平)이 전화 왔음

〈2000년 10월 8일 (음력 9월 11일)〉 일요일 날씨 맑음/흐림

제 4소학교에 가서 지부 학습 활동 참석, 오후에 아내가 태양(太陽)에 갔다가 왔음, 오후에 우체국에 가서 전화비 냈음

〈2000년 10월 9일 (음력 9월 12일)〉 월요일 날씨 맑음

둘째숙모 생신 - 약 먹어서 참석하지 못했음, 아내가 집에 돌아왔음, 신문과 TV 봤음

〈2000년 10월 10일 (음력 9월 13일)〉 화요일 날씨 맑음

식수 샀음, 신문과 TV 봤음

〈2000년 10월 11일 (음력 9월 14일)〉 수요일 날씨 흐림/바람

자치회에 가서 활동경비 300위안 받았음, 중심신용사(信用社)에 갔다가 왔음, 창일(昌日)이 사과와 배를 가져왔음, 약초 다 먹었음

〈2000년 10월 12일 (음력 9월 15일)〉 목요일 날씨 맑음/바람

바닥 닦았음, 신문과 TV 봤음, 아시아 축구경기 시작, 광혁(光赫) 왔다가 갔음, 설화(雪花)와 옥수(玉洙)가 왔다가 갔음

〈2000년 10월 13일 (음력 9월 16일)〉 금요일 날씨 맑음/바람

단전, 반찬 만들기, 이영(李瑛)진료소에 갔음, 아시아 축국경기 중국:한국 2:2

〈2000년 10월 14일 (음력 9월 17일)〉 토요일 날씨 맑음

미옥(美玉)이 전화 왔음, 전기세 냈음(50위안), 신문과 TV 봤음, 영진(永珍)이 전화 왔음, 가게채의 방세 받았음

〈2000년 10월 15일 (음력 9월 18일)〉 일요일 날씨 맑음

저축은행에 가서 저금, 신문과 TV 봤음, 창일(昌日)이 왔다가 갔음

〈2000년 10월 16일 (음력 9월 19일)〉 월요일 날씨 맑음

신문과 TV 봤음, 창고 정리, 항아리 씻었음, 가스 샀음(52위안), 아시아 축구 경기 중국:인도네시아 4:0

〈2000년 10월 17일 (음력 9월 20일)〉 화요일 날씨 흐림/구름

신문과 TV 봤음, 이발했음

〈2000년 10월 18일 (음력 9월 21일)〉 수요일 날씨 맑음/바람

식수 샀음, 신문과 TV 봤음, 토지국에 가서

가계채의 세금 냈음(추가 150위안), 연길로 전화했음

〈2000년 10월 19일 (음력 9월 22일)〉 목요일 날씨 맑음
화자(花子)집에 갔음, 관공위(觀工委)에 가서 책 가져왔음, 제4소학교에 가서 미화(美花)의 노트비용 냈음(10.8위안), 형부 왔다가 갔음, 아시아 축구 경기 - 중국:쿠웨이트 0:0

〈2000년 10월 20일 (음력 9월 23일)〉 금요일 날씨 흐림/비
운학(운학) 집에 진료를 받으러 갔음 - 약초 샀음(100위안)

〈2000년 10월 21일 (음력 9월 24일)〉 토요일 날씨 맑음
미옥(美玉)이 전화 왔음 - 연길에 있는 새 집에 관함, 신문과 TV 봤음, 학교 교직원 주택에 가서 난방 수리(80위안), 영진(永珍)과 임평(林平)이 전화 왔음

〈2000년 10월 22일 (음력 9월 25일)〉 일요일 날씨 맑음
시내에 갔음 - 잡지 '생활의 친구' 샀음(23위안), 바닥 닦았음, 미옥(美玉)이 전화 왔음

〈2000년 10월 23일 (음력 9월 26일)〉 월요일 날씨 흐림/맑음
난방 수리 - 배관 누수, 신문과 TV 봤음, 옹담술 만들기, 아시아 축구경기 중국:카타르 3:1

〈2000년 10월 24일 (음력 9월 27일)〉 화요일 날씨 흐림/맑음
병원에 가서 B형 초음파 진단 - 결석 있음, 건축재료 상점에 갔음 - 난방 배기 뚜껑 교체

〈2000년 10월 25일 (음력 9월 28일)〉 수요일 날씨 맑음/바람
문 수리, 신문과 TV 봤음

〈2000년 10월 26일 (음력 9월 29일)〉 목요일 날씨 맑음/바람
거실 청소, 식수 샀음, 신문과 TV 봤음, 아시아 축구 경기 중국:일본 2:3

〈2000년 10월 27일 (음력 10월 1일)〉 금요일 날씨 맑음/바람
거실 청소, 건축재료 상점에 갔다가 왔음

〈2000년 10월 28일 (음력 10월 2일)〉 토요일 날씨 맑음/흐림
미옥(美玉)이 전화 왔음, 중심신용사(信用社), 시장에 갔다가 왔음 - 무 샀음

〈2000년 10월 29일 (음력 10월 3일)〉 일요일 날씨 맑음
연변(延邊)TV 교육 프로그램 봤음 - 미옥(美玉)이 자녀에 대한 교육에 관한 강의, 미옥(美玉)과 영진(永珍)이 전화 왔음, 창고 문 수리, 아시아 축구 경기 중국:한국 0:1, 일본:사우디아라비아 1:0

〈2000년 10월 30일 (음력 10월 4일)〉 월요

일 날씨 맑음
제4소학교에 갔음 - 노트 가져갔음, 철물점에 갔다가 왔음, 복순(福順)이 왔음

〈2000년 10월 31일 (음력 10월 5일)〉 화요일 날씨 흐림/맑음
제2난방공급처에 가서 난방비 400위안 냈음, 우체국에 가서 내몽골 사돈집으로 100위안 보냈음, 복순(福順)이 집에 돌아갔음, 배추 샀음, 연길에서 전화 왔음 - 설화(雪花)가 내일 한국에 감

〈2000년 11월 1일 (음력 10월 6일)〉 수요일 날씨 맑음
제4소학교에 가서 월급 받았음, 최소림(崔小林)수리부에 갔음 - 점심 같이 먹었음, 배추 샀음, 난방공급처에 가서 가게채의 난방비 500위안 냈음

〈2000년 11월 2일 (음력 10월 7일)〉 목요일 날씨 맑음
창고 정리, 저축은행에 가서 예금 인출

〈2000년 11월 3일 (음력 10월 8일)〉 금요일 날씨 흐림/맑음
총부, 자치회회의 - 연말 총결에 관함, 화장실의 변기 물저장탱크 수리

〈2000년 11월 4일 (음력 10월 9일)〉 토요일 날씨 흐림
변기 물저장탱크 수리, 신문과 TV 봤음, 미옥(美玉)이 전화 왔음, 춘기(春基)의 아들이 전화 왔음, 청두로 전화했음, 난방공급처의 사람 조사하러 왔음, 인구 조사

〈2000년 11월 5일 (음력 10월 10일)〉 일요일 날씨 맑음
식수 샀음, 난방 배기 뚜껑 수리, 축국 북경: 충칭 1:0

〈2000년 11월 6일 (음력 10월 11일)〉 월요일 날씨 흐림/비
제1난방공급처 와사 난방 수리, 철물점에 가서 재료 샀음, 바닥 닦았음

〈2000년 11월 7일 (음력 10월 12일)〉 화요일 날씨 맑음/바람
거실 문창에 방풍테이프 붙었음, 김치 만들기

〈2000년 11월 8일 (음력 10월 13일)〉 수요일 날씨 맑음/바람
난방 급열 부족, 학습 필기 〈십오계획건의〉

〈2000년 11월 9일 (음력 10월 14일)〉 목요일 날씨 흐림/바람
총부, 서기(書記) 회의 - 당원(黨員) 민주평의에 관함, 변기 수리

〈2000년 11월 10일 (음력 10월 15일)〉 금요일 날씨 흐림/맑음
제4소학교에 갔음, 신문과 TV 봤음, 초미(超美)가 전화 왔음 - 북경에서 연길로 갔음

〈2000년 11월 11일 (음력 10월 16일)〉 토요일 날씨 맑음

미옥(美玉)이 전화 왔음, 영진(永珍)이 전화 왔음, 이영(李瑛)진료소에 갔음 - 신문 · 간행물에 관함

〈2000년 11월 12일 (음력 10월 17일)〉 일요일 날씨 맑음

지부활동 - 학습, 연말 총결, 당원(黨員) 민주평의에 관함, 일본에서 전화 왔음 - 명숙(明淑)과 국진(國珍), 연길로 전화했음, 충칭:북경 4:1

〈2000년 11월 13일 (음력 10월 18일)〉 월요일 날씨 맑음

모휘석(茅輝錫) 교장 집에 갔음 - 민주평의에 관함, 시장에 가 봤음 - 채소를 창고로 옮겼음

〈2000년 11월 14일 (음력 10월 19일)〉 화요일 날씨 맑음

모휘석(茅輝錫)이 당원(黨員) 민주평의 등록표를 작성, 지부연말총결 자료 작성, 식수 샀음, 우체국에 가서 신문 · 간행물 주문했음, 이영(李瑛)진료소에 가서 영수증 줬음

〈2000년 11월 15일 (음력 10월 20일)〉 수요일 날씨 맑음/바람

제4소학교에 가서 박서기(書記)의 민주평의 등록표를 받았음, 지치회에 갔음 - 당원(黨員) 민주평의 등록표와 연말총결 자료 제출

〈2000년 11월 16일 (음력 10월 21일)〉 목요일 날씨 흐림

화분(花盆) 정리, 알로에 술 만들기, 신문과 TV 봤음

〈2000년 11월 17일 (음력 10월 22일)〉 금요일 날씨 눈/맑음

도구 상자 만들기

〈2000년 11월 18일 (음력 10월 23일)〉 토요일 날씨 맑음

상점에 정옥(貞玉)의 가게에 가서 복순(福順)에게 옷과 모자 샀음, 톱 샀음

〈2000년 11월 19일 (음력 10월 24일)〉 일요일 날씨 흐림/눈

전열대 안에 물건 정리, 아내가 창일(昌日)집에 갔음, 연길로 전화했음

〈2000년 11월 20일 (음력 10월 25일)〉 월요일 날씨 눈

제4소학교에 갔음 - 표준화 학교, 관공위(觀工委) 총결에 관함, 시 병원에 갔음 - 고 주임의 남편 사망, 전화로 통지

〈2000년 11월 21일 (음력 10월 26일)〉 화요일 날씨 맑음/추움

시 병원 - 연길 - 훈춘(琿春): 고주임의 남편의 추도식 참석 - 죽순(竹順), 순옥(順玉), 경애(京愛), 천호(川浩) 등 왔음

〈2000년 11월 22일 (음력 10월 27일)〉 수요

일 날씨 흐림
제4소학교의 관공위(觀工委) 연말총결 작성 후 복사

〈2000년 11월 23일 (음력 10월 28일)〉 목요일 날씨 눈/맑음
관공위(觀工委)에 가서 연말총결 제출, 추월(秋月)의 가게에 가서 〈노인세계〉 나눴음, 미옥(美玉)이 전화 왔음. 운학(雲鶴) 생일, 초미(超美)가 와서 아내와 같이 판석(板石)에 갔음

〈2000년 11월 24일 (음력 10월 29일)〉 금요일 날씨 맑음
지부 활동기록 정리, 아내가 집에 돌아왔음, 연길에 갔음(1:30~4:30), 연길에서 고급담배 피웠음 - 중화(中華), 6위안/갑

〈2000년 11월 25일 (음력 10월 30일)〉 토요일 날씨 눈
책과 TV 봤음, 아내가 암웨이 학습, 영진(永珍)이 전화 왔음

〈2000년 11월 26일 (음력 11월 1일)〉 일요일 날씨 맑음
책과 TV 봤음, 아내가 암웨이 학습

〈2000년 11월 27일 (음력 11월 2일)〉 월요일 날씨 맑음
연길에서 집에 돌아왔음(9:00~11:30), 아내가 연길에서 계속 암웨이 교육 학습, 미옥(美玉)이 전화 왔음

〈2000년 11월 28일 (음력 11월 3일)〉 화요일 날씨 맑음
지부 활동기록 정리, 신문과 TV 봤음, 연길로 전화했음

〈2000년 11월 29일 (음력 11월 4일)〉 수요일 날씨 맑음
식수 샀음, 관공위(觀工委)에 가서 통계표 가져왔음, 신문과 TV 봤음, 아내가 연길에서 집에 돌아왔음(9:30), 한국에서 전화 왔음(2번), 암웨이의 보건품 먹기 시작

〈2000년 11월 30일 (음력 11월 5일)〉 목요일 날씨 맑음
제4소학교에 갔음 - 관공위(觀工委) 통계에 관함, 초미(超美)가 전화 왔음, 연길로 전화했음

〈2000년 12월 1일 (음력 11월 6일)〉 금요일 날씨 맑음
문과 창문에 비닐로 붙었음(방풍), 신문과 TV 봤음

〈2000년 12월 2일 (음력 11월 7일)〉 토요일 날씨 구름/흐림
미옥(美玉)이 전화 왔음, 바닥 닦았음, 아내가 창일(昌日)집에 갔음, 영진(永珍)이 전화 왔음

〈2000년 12월 3일 (음력 11월 8일)〉 일요일 날씨 맑음
시장에 가서 체온계 샀음, 예금 인출, 영진(永

珍)이 전화 왔음(3 번)

〈2000년 12월 4일 (음력 11월 9일)〉 월요일 날씨 구름/흐림

중심신용사(信用社)에 가서 저금, 난방공급처에 갔음 - 난방 급열 부족, 아내가 승일(承日)집에 갔음

〈2000년 12월 5일 (음력 11월 10일)〉 화요일 날씨 맑음/추움

총부 자치회 연말총결 참석, 초미(超美) 전화 왔음 - 훈춘(琿春)에 도착, 아내가 창일(昌日)집에 갔음

〈2000년 12월 6일 (음력 11월 11일)〉 수요일 날씨 맑음/눈

창일(昌日) 집에 가서 아침 먹었음, 제4소학교에 가서 월급 받고 관공위(觀工委) 통계표 제출, 지부연말총결에 관함, 알로에 술 먹기 시작

〈2000년 12월 7일 (음력 11월 12일)〉 목요일 날씨 맑음

친구 동주(東周)가 와서 점심을 먹었음, 아내가 판석(板石)에 갔음 - 복순(福順)이 어제 다리 다쳤음

〈2000년 12월 8일 (음력 11월 13일)〉 금요일 날씨 흐림

제4소학교에 가서 지부회의 - 연말총결에 관함

〈2000년 12월 9일 (음력 11월 14일)〉 토요일 날씨 눈

자치회에 가소 활동경비 받았음, 창일(昌日)집에 가서 점심과 저녁 먹었음, 미옥(美玉)이 전화 왔음, 암웨이 지식 학습 - 초미(超美)가 강의, 아내가 집에 돌아왔음

〈2000년 12월 10일 (음력 11월 15일)〉 일요일 날씨 맑음

지부 연말총결 회의, 영진(永珍)이 전화 왔음

〈2000년 12월 11일 (음력 11월 16일)〉 월요일 날씨 바람/추움

신문과 TV 봤음, 지부 활동기록 정리, 오후에 판석(板石)에 갔음

〈2000년 12월 12일 (음력 11월 17일)〉 화요일 날씨 추움

신문과 TV 봤음, 장작 팼음

〈2000년 12월 13일 (음력 11월 18일)〉 수요일 날씨 맑음

집에 돌아왔음(10:00~10:40), 신문과 TV 봤음, 식수 샀음, 난방공급처에 가서 난방비 냈음(1,040위안), 추월(金秋月)의 가게에 결산하러 갔음, 연길에서 전화 왔음 - 초미(超美)

〈2000년 12월 14일 (음력 11월 19일)〉 목요일 날씨 맑음

이발했음, 중심신용사(信用社)에 가서 저금, 아내와 민석(珉錫) 전화 왔음, 가게채의 방세 받았음

〈2000년 12월 15일 (음력 11월 20일)〉 금요일 날씨 흐림

창일(昌日)의 차를 타서 판석(板石)에 갔음 - 민석(珉錫) 생일, 영진(永珍)이 전화 왔음

〈2000년 12월 16일 (음력 11월 21일)〉 토요일 날씨 흐림/바람

오전에 결산, 신문과 TV 봤음, 미옥(美玉)이 전화 왔음, 영진(永珍)이 전화 왔음

〈2000년 12월 17일 (음력 11월 22일)〉 일요일 날씨 맑음/흐림

새해 생활일지책자 만들기, 바닥을 닦았음, 일본에서 전화 왔음 - 명숙(明淑)과 국진(國珍), 초미(超美)가 전화 왔음, 북경에 있는 동일(東日)에게 전화했음

〈2000년 12월 18일 (음력 11월 23일)〉 월요일 날씨 눈

이영(李瑛)진료서에 갔음, 철물점에 갔다가 왔음, 신문과 TV 봤음

〈2000년 12월 19일 (음력 11월 24일)〉 화요일 날씨 바람

신문과 TV 봤음

〈2000년 12월 20일 (음력 11월 25일)〉 수요일 날씨 흐림/눈

초미(超美)가 전화 왔음, 신문과 TV 봤음

〈2000년 12월 21일 (음력 11월 26일)〉 목요일 날씨 맑음

연길로 전화했음, 중심신용사(信用社)에 갔음, 이영(李瑛)진료소에 갔음 - 대출에 관함, 점심에 우체국에 가서 국진(國珍)이 보내준 20만 엔화 가져왔음, 태운(泰云)이 전화 왔음

〈2000년 12월 22일 (음력 11월 27일)〉 금요일 날씨 맑음

초미(超美)가 전화 왔음(연길), 정옥(貞玉)이 전화 왔음, 같이 밥을 먹었음 - 태운(泰云) 한국에 갈 예정

〈2000년 12월 23일 (음력 11월 28일)〉 토요일 날씨 흐림

연길로 전화했음, 영진(永珍)과 미옥(美玉)이 전화 왔음, 식수 샀음, 신문과 TV 봤음

〈2000년 12월 24일 (음력 11월 29일)〉 일요일 날씨 맑음/바람

신문과 TV 봤음, 점심에 창일(昌日)집에 가서 밥 먹었음 - 승일(承日)이 닭고기를 가져왔음

〈2000년 12월 25일 (음력 11월 30일)〉 월요일 날씨 맑음/바람

신문과 TV 봤음, 정옥(貞玉)이 전화 왔음 - 연길에서 집에 도착, 태운(泰云)이 내일 한국에 감

〈2000년 12월 26일 (음력 12월 1일)〉 화요일 날씨 추움/맑음

신문과 TV 봤음, 미옥(美玉)이 전화 왔음, 정옥(貞玉) 전화 왔음 - 태운(泰云)이 무사히

한국에 도착

〈2000년 12월 27일 (음력 12월 2일)〉 수요일 날씨 맑음
신문과 TV 봤음

〈2000년 12월 28일 (음력 12월 3일)〉 목요일 날씨 맑음
시 교위(教委) 관공위(觀工委) 총결 · 계획 회의 참석, 초미(超美)가 전화 왔음

〈2000년 12월 29일 (음력 12월 4일)〉 금요일 날씨 맑음
제4소학교에 가서 관공위(觀工委) 제안서 제출, 월급 받았음, 영진(永珍)이 전화 왔음(2번)

〈2000년 12월 30일 (음력 12월 5일)〉 토요일 날씨 눈
미옥(美玉)이 전화 왔음, 난방공급처에 갔다가 왔음, 신문과 TV 봤음, 축구 다롄:충칭 4:1

〈2000년 12월 31일 (음력 12월 6일)〉 일요일 날씨 흐림/추움
식수 샀음, 바닥 닦았음, 신문과 TV 봤음, 태양사대(太陽四隊)에 가서 원단문예회《세계의 종소리》

중 · 대 사건

〈2000년 3월 3일~11일 음력 1월 28일~2월 6일〉
전국 정협(政協)[4] 제9회 3차 회의

〈2000년 11월 5일~15일 음력 10월 10일~20일〉
전국인대(人大) 제9회 3차 회의

〈2000년 3월 31일 (음력 2월 26일)〉
경자(京子)의 장남 결혼

〈2000년 4월 30일 (음력 3월 26일)〉
영진(永珍)의 대학원 입학 확인서 받았음
중국 훈춘(琿春) - (러시아) 자루비노 - (한국) 속초 항공편 개통

〈2000년 5월 23일 (음력 4월 20일)〉
옛 집 철거 검수(합격)

〈2000년 5월 25일 (음력 4월 22일)〉
건설국(建設局)에 가서 철거비 받았음 - 27610위안

〈2000년 6월 30일 (음력 5월 29일)〉
시 교위(教委) 당건(黨建) 입당(入黨)식 및 표창대회 참석 - 우수 당원(黨員) 표창 받았음

〈2000년 7월 6일 (음력 6월 5일)〉
영진(永珍)의 석사 입학 허가서를 받았음

〈1999년 8월 6일 (음력 6월 25일)〉

4) 중국인민정치협상회의, 약칭 인민정협(人民政協).

창일(昌日)의 장녀 옥희(玉姬) 고등학교 진학

〈2000년 8월 24일 (음력 7월 25일)〉
시 법원 와서 납부서 가져왔음 – 난방공급에 관한 문의 서면재료로 준비

〈2000년 9월 6일 (음력 8월 9일)〉
법원에 가서 문의서 제출

〈2000년 10월 1일 (음력 9월 4일)〉
국경일
27회 올림픽 폐막식

〈2000년 10월 9일~11일 (음력 9월 12일 ~14일)〉
중공 15회 5차 회의 –《10.5》계획건의

〈2000년 6월 13일~15일 (음력 5월 12일 ~14일)〉
북한 · 한국 – 김정일과 김대중 회담

〈2000년 8월 20일 (음력 7월 21일)〉
설화(雪花) 결혼 – 한국남자 여친

〈2000년 7월 12일 (음력 6월 11일)〉
연길 새 집 구입 – 60,744위안

2001년

〈2001년 1월 1일 (음력 12월 7일)〉 월요일
날씨 맑음
〈세계 서광〉 - 〈중국 대륙의 첫 서광〉 프로그램 시청 (5:30~7:00), 국내외 관광객 2,600여 명, 태양(太陽)에 있는 숙모 집에서 있다가 승일(承日) 집에 가서 원단을 보냈음, 일본에서 전화 왔음 - 명숙(明淑)과 국진(國珍), 영진(永珍)이 아침 운동 끝나서 전화 왔음

〈2001년 1월 2일 (음력 12월 8일)〉 화요일
날씨 흐림/맑음
미옥(美玉)이 전화 왔음, 동일(東日)이 전화 왔음, 신문과 TV 봤음

〈2001년 1월 3일 (음력 12월 9일)〉 수요일
날씨 맑음
신문과 TV 봤음, 한국에서 전화 왔음 - 설화(雪花), 옥수(玉洙)

〈2001년 1월 4일 (음력 12월 10일)〉 목요일
날씨 맑음
신문과 TV 봤음, 난방 배수, (부분)퇴직교사 김정자(金貞子)를 문병하러 갔음

〈2001년 1월 5일 (음력 12월 11일)〉 금요일
날씨 맑음
진신국(電信局)에 가서 전화비 냈음(100위안), 신문과 TV 봤음, 훈춘(琿春)에서 전화 왔음 - 초미(超美), 중심신용사(信用社)에 가서 TV신문과 종합신문, 영진(永珍)이 전화 왔음

〈2001년 1월 6일 (음력 12월 12일)〉 토요일
날씨 맑음
복순(福順)이 전화 왔음, 이영(李瑛)진료소에 갔음, 난방 배수, 미옥(美玉)이 전화 왔음

〈2001년 1월 7일 (음력 12월 13일)〉 일요일
날씨 맑음/흐림
보일러실에 갔다가 왔음, 문과 창문에 테이프 붙었음(방풍)

〈2001년 1월 8일 (음력 12월 14일)〉 월요일
날씨 눈/맑음
베란다 정리, 문과 창문에 테이프 붙었음(방풍)

〈2001년 1월 9일 (음력 12월 15일)〉 화요일
날씨 눈/바람
바닥 닦았음, 오후에 보일러실에 공인 불러

와서 난방 수리

〈2001년 1월 10일 (음력 12월 16일)〉 수요일 날씨 추움/맑음
문에 비닐테이프 붙였음(방풍)

〈2001년 1월 11일 (음력 12월 17일)〉 목요일 날씨 추움/맑음
중심신용사(信用社)에 가서 저금하고 신문 가져왔음, 상점에 갔다가 왔음, 식수 샀음, 영진(永珍)이 전화 왔음 - 방학, 내일 출발

〈2001년 1월 12일 (음력 12월 18일)〉 금요일 날씨 추움/맑음
신문과 TV 봤음

〈2001년 1월 13일 (음력 12월 19일)〉 토요일 날씨 추움/맑음
신문과 TV 봤음, 슬리퍼 수선(7.5위안), 주방의 하수도 뚫었음, 미옥(美玉)이 전화 왔음

〈2001년 1월 14일 (음력 12월 20일)〉 일요일 날씨 추움/맑음
북경에서 전화 왔음 - 영진(永珍)이 안정히 도착, 임평(林平), 아내가 태양사대(太陽四隊)에 갔음

〈2001년 1월 15일 (음력 12월 21일)〉 월요일 날씨 추움/맑음
바닥 닦았음, 전기세 냈음(100위안), 아내가 집에 돌아왔음 - 해란(海蘭)의 장녀 생일, 연길에 갔음(1:00~3:00)

〈2001년 1월 16일 (음력 12월 22일)〉 화요일 날씨 추움/맑음
오전에 기차역에 갔음 - 원학(元學)이 전국여행 떠났다가 왔음, 동일(東日) 연길에 왔음, 오후에 기차역에 가서 동일(東日), 영진(永珍)과 임평(林平)을 맞이하러 갔음

〈2001년 1월 17일 (음력 12월 23일)〉 수요일 날씨 맑음
초미(超美)집에 갔음 - 암웨이 강의 학습, 초영(超英)의 반점에서 같이 밥 먹었음 - 동일(東日), 영진(永珍)과 임평(林平)

〈2001년 1월 18일 (음력 12월 24일)〉 목요일 날씨 맑음
TV 봤음, 아내, 영진(永珍)과 임평(林平)이 시장에 갔음

〈2001년 1월 19일 (음력 12월 25일)〉 금요일 날씨 맑음
TV 봤음, 저녁에 철진(哲珍)이 미옥(美玉)집에 왔음 - 원학(元學)이 초대해 줬음, 내몽골 사돈집으로 100위안 보냈음

〈2001년 1월 20일 (음력 12월 26일)〉 토요일 날씨 맑음
미옥(美玉)과 원학(元學)이 용정(龍井)에 갔음, TV 봤음, 영진(永珍)이 비행기표 샀음

〈2001년 1월 21일 (음력 12월 27일)〉 일요일 날씨 맑음
연길에서 집에 돌아왔음 - 영진(永珍)과 임

평(林平)이 동행(10:00~12:50), 일본에서 전화 왔음 - 명숙(明淑)과 국진(國珍)

〈2001년 1월 22일 (음력 12월 28일)〉 월요일 날씨 맑음

관공위(觀工委)에 가서 잡지 〈노인세계〉 가져옴, 김동렬(金東烈)집에 위문하러 갔음, 제4소학교에 가서 월급 받았음, 중심신용사(信用社)에 가서 예금 인출하고 신문 가져왔음, 광춘(光春)이 왔음

〈2001년 1월 23일 (음력 12월 29일)〉 화요일 날씨 맑음

승일(承日) 집에 설날 보냄 - 민석(珉錫), 창일(昌日), 광춘(光春), 동춘(東春), 동일(東日)과 가족들이 왔음, 일본에서 전화 왔음 - 명숙(明淑)과 국진(國珍)

〈2001년 1월 24일 (음력 1월 1일)〉 수요일 날씨 맑음

승일(承日) 집에서 아침과 저녁 먹었음, 창일(昌日) 집에서 점심 먹었음, 설날 보냈음, 승일(承日)집 도문(圖們)에 갔음, 승일(承日) 집에서 잤음, 미옥(美玉)이 전화 왔음 - 사돈 아파서 못 왔음

〈2001년 1월 25일 (음력 1월 2일)〉 목요일 날씨 맑음/추움

승일(承日)집에서 아침 먹었음, 집에 돌아왔음, 미옥(美玉)이 전화 왔음

〈2001년 1월 26일 (음력 1월 3일)〉 금요일 날씨 맑음

집에서 설날 보냈음 - 민석(珉錫), 승일(承日), 창일(昌日), 동일(東日), 동일(東日), 광춘(光春), 동춘(東春)과 가족들이 왔음, 원학(元學)이 전화 왔음 - 사돈 사망

〈2001년 1월 27일 (음력 1월 4일)〉 토요일 날씨 흐림/눈

연길에 가서 사돈의 장례식 참석, 일본에서 전화 왔음 - 명숙(明淑)과 국진(國珍), 식수 샀음

〈2001년 1월 28일 (음력 1월 5일)〉 일요일 날씨 맑음

원학(元學)의 형집에 가서 아침 먹었음, 철진(哲珍)이 기차표 사서 원학(元學)집에 왔음, 집에 돌아왔음(13:20~15:20), 정옥(貞玉)과 창일(昌日)이 왔음

〈2001년 1월 29일 (음력 1월 6일)〉 월요일 날씨 맑음

영진(永珍)과 임평(林平)이 연길에 갔음 - 환송, 미옥(美玉)이 전화 왔음, 연길에서 전화 왔음 - 영진(永珍)과 임평(林平)이 안전히 도착, 창일(昌日)집에 가서 저녁 먹었음 - 동일(東日)이 동행

〈2001년 1월 30일 (음력 1월 7일)〉 화요일 날씨 맑음

광춘(光春) 장자의 생일파티 참석, 충칭 부릉(涪陵)에서 전화 왔음 - 사돈집, 연길로 전화했음, 영진(永珍)이 연길에서 선양에 갔음

〈2001년 1월 31일 (음력 1월 8일)〉 수요일
날씨 흐림/눈
신문과 TV봤음, 충칭 부릉(涪陵)에서 전화 왔음 - 영진(永珍)이 안전히 도착

〈2001년 2월 1일 (음력 1월 9일)〉 목요일 날씨 맑음/바람
제2난방공급처에 가서 원학(元學) 집의 난방비 냈음(258위안), 중심신용사(信用社)에 가서 저금하고 신문 가져왔음

〈2001년 2월 2일 (음력 1월 10일)〉 금요일
날씨 맑음/바람
관공위(觀工委)에 가서 책《광휘역정》가져왔음, 운학(雲鶴)집에 가서 은설(銀雪)의 졸업증 가져왔음, 아내가 영석(永錫) 집에 갔음 - 영석(永錫)의 모친 생신

〈2001년 2월 3일 (음력 1월 11일)〉 토요일
날씨 맑음/바람
임평(林平)과 영진(永珍)이 전화 왔음, 바닥 닦았음, 식수 샀음, 일본에서 전화 왔음 - 국진(國珍)

〈2001년 2월 4일 (음력 1월 12일)〉 일요일
날씨 맑음
미옥(美玉)이 전화 왔음(2번), 아내가 박성도(朴成道) 부모의 환갑잔치 참석, 복순(福順)이 전화 왔음 - 광춘(光春)이 표를 사서 장춘(長春)에 갔음, 내몽골 사돈집에서 전화 왔음 - 돈 받았음

〈2001년 2월 5일 (음력 1월 13일)〉 월요일
날씨 눈/맑음
중심신용사(信用社)에 가서 예금 인출,《생활의 친구》샀음, 광춘(光春)이 전화 왔음

〈2001년 2월 6일 (음력 1월 14일)〉 화요일
날씨 맑음
미옥(美玉)이 전화 왔음, 채휘석(蔡輝錫)집에 위문하러 갔음 - 안죽순(安竹順), 최순옥(崔順玉) 같이

〈2001년 2월 7일 (음력 1월 15일)〉 수요일
날씨 맑음/바람
중심신용사(信用社)에 가서 저금하고 신문 가져왔음, 아내가 판석(板石) - 도문(圖們) - 장춘(長春)에 갔음, 국진(國珍)의 학교 친구 박철(朴哲)이 왔다가 갔음

〈2001년 2월 8일 (음력 1월 16일)〉 목요일
날씨 맑음/바람
민석(珉錫)이 전화 왔음 - 아내가 안전히 도착했음, 초미(超美)가 전화 왔음

〈2001년 2월 9일 (음력 1월 17일)〉 금요일
날씨 맑음/바람
신문과 TV 봤음, 복순(福順)이 전화 왔음

〈2001년 2월 10일 (음력 1월 18일)〉 토요일
날씨 맑음/바람
영진(永珍)이 전화 왔음(2 번), 정구(廷玖)가 전화 왔음 - 생일, 참석하지 못했음, 이영(李瑛)진료소에 가서 위약(胃藥) 샀음

〈2001년 2월 11일 (음력 1월 19일)〉 일요일
날씨 맑음/바람
TV 봤음, 미옥(美玉)이 전화 왔음, 장춘(長春)에서 전화 왔음 - 선희(善姬), 광춘(光春)이 전화 왔음

〈2001년 2월 12일 (음력 1월 20일)〉 월요일
날씨 맑음/바람
식수 샀음, 국진(國珍)이 전화 왔음, 오후에 정옥(貞玉)과 미화(美花)의 어머니가 왔음 - 출국 신청서 작성(한국)

〈2001년 2월 13일 (음력 1월 21일)〉 화요일
날씨 맑음
정옥(貞玉)과 춘화(春花), 춘화(春花)의 어머니가 왔음 - 출국 신청에 관함(신천서 작성)

〈2001년 2월 14일 (음력 1월 22일)〉 수요일
날씨 맑음
중심신용사(信用社)에 갔음

〈2001년 2월 15일 (음력 1월 23일)〉 목요일
날씨 맑음
정수(廷洙) 생일 - 150위안 줬음, 참석하지 못했음, 라면 샀음

〈2001년 2월 16일 (음력 1월 24일)〉 금요일
날씨 맑음
연길에서 전화 왔음 - 월급에 관함, 퇴직 교원 최석환(崔石煥), 이영(李瑛)진료소에 가서 약 샀음, 상점에 가서 정옥(貞玉)에게 50위안 갚았음, 영진(永珍)이 전화 왔음 - 안전히 청두[1]에 도착

〈2001년 2월 17일 (음력 1월 25일)〉 토요일
날씨 맑음
장춘(長春)에 있는 광춘(光春)집으로 전화했음, 점심에 중심신용사(信用社)에 가서 친구들을 초대했음, 미옥(美玉)이 전화 왔음, 연길에 갔음 - 원학(元學)이 일하러 왔음

〈2001년 2월 18일 (음력 1월 26일)〉 일요일
날씨 맑음
TV 봤음, 미옥(美玉)과 연길 새 기차역에 갔음 - 아내가 왔음

〈2001년 2월 19일 (음력 1월 27일)〉 월요일
날씨 구름
TV 봤음, 약 먹기 시작

〈2001년 2월 20일 (음력 1월 28일)〉 화요일
날씨 맑음
연길에서 집에 돌아왔음(9:10~11:30), 연길로 전화했음, 중심신용사(信用社)에 가서 신문 가져왔음, 전기공급국에 가서 사람 불러와서 스위치 수리

〈2001년 2월 21일 (음력 1월 29일)〉 수요일
날씨 흐림/맑음
바닥 닦았음

1) 쓰촨(四川)성의 성도.

〈2001년 2월 22일 (음력 1월 30일)〉 목요일 날씨 구름/흐림

신문과 TV 봤음, 영진(永珍)과 임평(林平)이 전화 왔음

〈2001년 2월 23일 (음력 2월 1일)〉 금요일 날씨 흐림/맑음

제4소학교에 갔음 - 책 가져갔음, 보일러실의 공인 난방 검사하러 왔음

〈2001년 2월 24일 (음력 2월 2일)〉 토요일 날씨 맑음

미옥(美玉)이 전화 왔음, 승일(承日)집에 갔음 - 승일(承日) 생일, 마천자신용사(信用社)에 가서 예금 인출

〈2001년 2월 25일 (음력 2월 3일)〉 일요일 날씨 맑음/바람

길림(吉林)으로 전화했음, 정옥(貞玉) 왔음 - 대출에 관함, 식수 샀음

〈2001년 2월 26일 (음력 2월 4일)〉 월요일 날씨 맑음

자치회 원(元)선생 전화 왔음 - 28일 회의

〈2001년 2월 27일 (음력 2월 5일)〉 화요일 날씨 흐림

이영(李瑛)진료소에 갔음, 약을 먹기 사작

〈2001년 2월 28일 (음력 2월 6일)〉 수요일 날씨 맑음

총부, 자치회 회계회의 참석, 중심신용사(信用社)에 가서 신문 가져왔음

〈2001년 3월 1일 (음력 2월 7일)〉 목요일 날씨 맑음

승일(承日)집에 장인을 문병하러 갔음, 제4소학교에 가서 〈노인세계〉 가져옴, 퇴직교원에게 전화했음 - 월급 받을 시 신분증 지참

〈2001년 3월 2일 (음력 2월 8일)〉 금요일 날씨 맑음

총부 서기 긴급회의 참석 - 지부 활동계획, 제4소학교에 가서 신분증 번호 및 월급 카드 확인, 중심신용사(信用社)에 가서 저금하고 신문 가져왔음

〈2001년 3월 3일 (음력 2월 9일)〉 토요일 날씨 눈

미옥(美玉)이 전화 왔음, 옥희(玉姬)가 전화 왔음 - 명희(明姬)에 관함, 영진(永珍)이 전화 왔음

〈2001년 3월 4일 (음력 2월 10일)〉 일요일 날씨 흐림/바람

아내가 정오(廷伍) 생일의 초대를 받았음, 신문과 TV 봤음

〈2001년 3월 5일 (음력 2월 11일)〉 월요일 날씨 맑음/바람

동춘(東春)의 장녀의 생일파티 참석, 광춘(光春)이 와서 점심과 저녁 먹어 장춘(長春)에 갔음, 식수 샀음

〈2001년 3월 6일 (음력 2월 12일)〉 화요일
날씨 흐림/눈
광춘(光春)이 전화 왔음 - 안전히 도착, 중심신용사(信用社), 제4소학교, 주택관리국에 갔음 - 대출 3만 위안

〈2001년 3월 7일 (음력 2월 13일)〉 수요일
날씨 맑음/바람
제4소학교에 갔다가 추월(秋月)의 가게에 가서 지부 지도부 회의 진행 - 3.8절 활동에 관함, 정옥(貞玉) 와서 3만 위안 대출금 가져갔음

〈2001년 3월 8일 (음력 2월 14일)〉 목요일
날씨 맑음/바람
전기세 냈음, 이영(李瑛)진료소에 가서 약 샀음

〈2001년 3월 9일 (음력 2월 15일)〉 금요일
날씨 맑음/바람
바닥 닦았음, 미옥(美玉)이 전화 왔음

〈2001년 3월 10일 (음력 2월 16일)〉 토요일
날씨 맑음/바람
이영(李瑛)의사의 막내아들의 결혼식 참석, 호준(浩俊)이 호적부 가져왔음, 영진(永珍)이 전화 왔음

〈2001년 3월 11일 (음력 2월 17일)〉 일요일
날씨 맑음/바람
국진(國珍)이 전화 왔음, TV방송국에 가서 TV수신료 냈음(1~6월), 축구 경기(갑A) 사작

〈2001년 3월 12일 (음력 2월 18일)〉 월요일
날씨 맑음/바람
식수 샀음, 진신국(電信局)에 갔음 - 컴퓨터 고장, 아내가 창일(昌日)집에 갔음 - 옥희(玉姬) 생일

〈2001년 3월 13일 (음력 2월 19일)〉 화요일
날씨 맑음
진신국에 가서 전화비 냈음, 제4소학교에 가서 북한에 있는 춘경(春景)교장 보낸 편지 가져왔음

〈2001년 3월 14일 (음력 2월 20일)〉 수요일
날씨 흐림
중심신용사(信用社)에 가서 신문 가져왔음, 정옥(貞玉)과 광화(光華) 태양사대(太陽四隊)에서 쌀 100근 가져왔음, 호적부 2000년 9월 4일~2001년 3월 10일(6개월) 호준(浩俊)집에 있었음

〈2001년 3월 15일 (음력 2월 21일)〉 목요일
날씨 흐림/맑음
오후에 주용기(朱鎔基)[2] 기자 회견 실황 보도 시청, 북경에 있는 동일(東日)이 전화 왔음 - 인대(人大) 번역 초청 받았음

〈2001년 3월 16일 (음력 2월 22일)〉 금요일
날씨 맑음
전구 상점에 갔음

---

2) 주룽지, 1998.03 ~ 2003.03 중국 총리.

〈2001년 3월 17일 (음력 2월 23일)〉 토요일
날씨 맑음
학습 〈신세계 중요한 세 가지 임무〉 서류 , 미옥(美玉)과 영진(永珍)이 전화 왔음, 연길에서 전화 왔음 - 미화(美花)

〈2001년 3월 18일 (음력 2월 24일)〉 일요일
날씨 맑음/바람
한국에서 전화 왔음 - 태운(泰云), 축구 경기 봤음, 지부 학습활동 참석

〈2001년 3월 19일 (음력 2월 25일)〉 월요일
날씨 맑음/바람
환경보호국에 가서 최원수(崔元洙) 찾아 채숙자(蔡淑子)의 당(黨)비 받았음(63.6위안/년), 모휘석(茅輝錫) 58.8위안, 정자(貞子) 109.2위안, 숙자(淑子) 63.6위안, 한국에서 전화 왔음 - 태운(泰云), 가게채의 방세 받았음

〈2001년 3월 20일 (음력 2월 26일)〉 화요일
날씨 흐림/비
아침에 운동하기 시작, 방(方)교장집에 가서 당(黨)비 냈음, 광춘(光春)이 전화 왔음, 중심신용사(信用社)에 가서 영수증 받아서 이영(李瑛)의사에게 줬음

〈2001년 3월 21일 (음력 2월 27일)〉 수요일
날씨 맑음
중심신용사(信用社)에 가서 저금하고 신문 가져왔음, 추월(秋月)의 가게에 가서 《노인세계》 줬음, 식수 샀음(6위안), 가게채의 세탁기가게 폐업

〈2001년 3월 22일 (음력 2월 28일)〉 목요일
날씨 맑음/바람
시 교위(敎委) 관공위(觀工委)회의 참석

〈2001년 3월 23일 (음력 2월 29일)〉 금요일
날씨 맑음/바람
바닥 닦았음, 임평(林平)과 영진(永珍)이 전화 왔음

〈2001년 3월 24일 (음력 2월 30일)〉 토요일
날씨 흐림/눈
미옥(美玉)이 전화 왔음, 가게채 옆집 게게채 임대하고 싶음, 정수(廷洙) 전화 왔음 - 돈에 관함

〈2001년 3월 25일 (음력 3월 1일)〉 일요일
날씨 흐림/눈
원학(元學)이 전화 왔음 - 가게채에 관함, 가게채의 변기 수리, 미옥(美玉), 광춘(光春)이 전화 왔음, 축구 경기

〈2001년 3월 26일 (음력 3월 2일)〉 월요일
날씨 맑음/바람
아내가 병원에 가서 혈당 검사했음(혈당 8)

〈2001년 3월 27일 (음력 3월 3일)〉 화요일
날씨 맑음/바람
장춘(長春)으로 전화했음, 제4소학교에 갔음 - 관공위(觀工委) 업무에 관함

〈2001년 3월 28일 (음력 3월 4일)〉 수요일 날씨 맑음
중심신용사(信用社)에 가서 신문 가져왔음, 서점에 갔음 - 서점 차림에 관함

〈2001년 3월 29일 (음력 3월 5일)〉 목요일 날씨 맑음/흐림
중심신용사(信用社)에 가서 신문 가져왔음, 가게채의 세탁기 가져갔음, 축구 봤음

〈2001년 3월 30일 (음력 3월 6일)〉 금요일 날씨 맑음/눈
상점에 갔다가 왔음, 식수 샀음, 아내의 다리 상처 다시 도졌음

〈2001년 3월 31일 (음력 3월 7일)〉 토요일 날씨 맑음
인민광장 총공회에 갔다가 왔음, 가게채의 열쇠 받았음, 이발했음, 미옥(美玉)이 전화 왔음, 영진(永珍)이 전화 왔음

〈2001년 4월 1일 (음력 3월 8일)〉 일요일 날씨 맑음/비
장춘(長春)에서 전화 왔음 - 광춘(光春), 부동산 중개에 갔음, 축구 경기 봤음, 연길에서 전화 왔음 - 미옥(美玉)

〈2001년 4월 2일 (음력 3월 9일)〉 월요일 날씨 맑음/바람
제4소학교에 가서 월급 받았음, 오전에 훈춘(琿春) 혁명애국열사의 사적 작성 - 청명절에 관함

〈2001년 4월 3일 (음력 3월 10일)〉 화요일 날씨 맑음/바람
중심신용사(信用社)에 가서 예금 인출, 아내가 약 샀음(2,212위안), 정옥(貞玉) 아내를 문병하러 왔음, 초미(超美)가 전화 왔음 - 훈춘(琿春)에 도착

〈2001년 4월 4일 (음력 3월 11일)〉 수요일 날씨 맑음
연길로 전화했음 - 원학(元學) 생일(못 갔음), 미옥(美玉)이 전화 왔음, 아내의 약 샀음, 장인 생신의 초대 받았음, 오후에 제4소학교 6학년 학생들과 열사 묘역에 갔음, 중심신용사(信用社)에 가서 신문 가져왔음

〈2001년 4월 5일 (음력 3월 12일)〉 목요일 날씨 맑음/바람
원학(元學), 민석(珉錫)이 전화 왔음, 창일(昌日)의 차를 타서 태양(太陽)에 있는 둘째 아버지의 무덤에 갔음, 정수(廷洙)집에서 점심 먹었음, 집에 돌아왔음, 향선(香善)이 왔다가 갔음

〈2001년 4월 6일 (음력 3월 13일)〉 금요일 날씨 맑음/바람
미옥(美玉)이 전화 왔음, 자치회에 가서 활동 경비 50위안 받았음, 바닥 닦았음

〈2001년 4월 7일 (음력 3월 14일)〉 토요일 날씨 맑음/흐림
미옥(美玉)이 전화 왔음, 욱순(旭順)과 순월(順月)을 문병하러 왔음, 축구경기 봤음, 추

월(秋月)의 가게에 갔음 - 지부 활동에 관한 토론, 영진(永珍)이 전화 왔음

〈2001년 4월 8일 (음력 3월 15일)〉 일요일
날씨 흐림
연길로 전화했음 - 원학(元學)에게 생일 축하, 지부 활동 참석 - 학습, 게임, 학교 교직원 아파트의 방세 받았음(690위안), 창일(昌日)이 왔다가 갔음, 축구경기 봤음

〈2001년 4월 9일 (음력 3월 16일)〉 월요일
날씨 흐림
판석(板石)에서 전화 왔음 - 민석(珉錫), 전기공급국에 갔음, 식수 샀음

〈2001년 4월 10일 (음력 3월 17일)〉 화요일
날씨 흐림/맑음
전기공급국에 갔음 - 가게채에 관함

〈2001년 4월 11일 (음력 3월 18일)〉 수요일
날씨 흐림/맑음
중심신용사(信用社)에 가서 저금하고 신문 가져왔음, 오후에 자치회에 갔음 - 시험, 당원(黨員) 조사표에 관함, 정옥(貞玉)이 전화 왔음 - 한국에 가기 어렵다

〈2001년 4월 12일 (음력 3월 19일)〉 목요일
날씨 맑음/바람
동창 웅걸(雄杰) 전화 왔음, 친구 동주(東周)가 왔다가 갔음, 오후에 시 병원에 가서 추도식 참석 - 김화(金花)회계의 모친 상, 미옥(美玉)이 전화 왔음

〈2001년 4월 13일 (음력 3월 20일)〉 금요일
날씨 맑음/바람
쌍신(双新)촌 쌍신(双新)소학교에 갔음 - 쌍신(双新)소학교의 퇴직교사 명단에 관함, 미옥(美玉)이 연길에서 왔음, 명옥(明玉)이 전화 왔음

〈2001년 4월 14일 (음력 3월 21일)〉 토요일
날씨 맑음/흐림
보도 청소, 바닥 닦았음, 쌍신(双新)소학교 퇴직교사 김병삼(金秉三)집에 갔음 - 퇴직교사 등록표에 과함, 창일(昌日)과 욱순(旭順) 왔다가 갔음, 복순(福順) 왔다가 갔음, 영진(永珍)과 임평(林平)이 전화 왔음

〈2001년 4월 15일 (음력 3월 22일)〉 일요일
날씨 맑음/바람
생일 - 일본에서 전화 왔음 - 명숙(明淑)과 국진(國珍), 영진(永珍)과 광춘(光春)이 전화 왔음, 정화(廷華), 정수(廷洙), 정기(廷棋), 미화(美花), 승일(承日), 창일(昌日)과 가족들이 왔음

〈2001년 4월 16일 (음력 3월 23일)〉 월요일
날씨 맑음
관공위(觀工委)에 가서 당원(黨員)조사표를 제출, 가게채의 전기세 냈음, 원학(元學)과 미옥(美玉)이 연길에 갔음, 식수 샀음, 미옥(美玉)이 전화 왔음

〈2001년 4월 17일 (음력 3월 24일)〉 화요일
날씨 맑음/바람

음료수 환불, 오후에 시 문화체육센터에 가서 춘식(春植)을 찾았음

〈2001년 4월 18일 (음력 3월 25일)〉 수요일
날씨 맑음/바람
중심신용사(信用社)에 가서 저금하고 신문 가져왔음, 용정(龍井)에서 전화 왔음 - 주금화(朱錦花)

〈2001년 4월 19일 (음력 3월 26일)〉 목요일
날씨 맑음/바람
미옥(美玉)이 전화 왔음, 인민광장에 갔음 - 시 공판(公判)대회

〈2001년 4월 20일 (음력 3월 27일)〉 금요일
날씨 맑음
제4소학교, 추월(秋月)의 가게에 가서 송금표를 가져왔음, 우체국에 가서 내몽골 사돈집이 보내준 돈 찾았음(100위안)

〈2001년 4월 21일 (음력 3월 28일)〉 토요일
날씨 맑음/바람
내몽골 사돈집으로 전화했음, 미옥(美玉)이 전화 왔음, 영진(永珍)과 임평(林平)이 전화 왔음, 신화(新華)서점에 가서 책 샀음

〈2001년 4월 22일 (음력 3월 29일)〉 일요일
날씨 맑음
알로에 심었음, 상업빌딩에 갔음, 축구 중국:몰디브 10:1

〈2001년 4월 23일 (음력 4월 1일)〉 월요일
날씨 맑음/바람
쇼핑센터에 갔음, 상점에 가서 꽃 샀음, 화분(花盆)에 심었음

〈2001년 4월 24일 (음력 4월 2일)〉 화요일
날씨 맑음
오전에 미화(美花)의 어머니 보냈음 - 한국에 갔음, 정구(廷玖) 찾으러 갔음 - 없음, 지하 상점에 갔음, 정옥(貞玉)이 왔다가 갔음, 아내와 싸웠음, 식수 샀음

〈2001년 4월 25일 (음력 4월 3일)〉 수요일
날씨 맑음
시 교위(教委) 관공위(觀工委)회의 참석, 중심신용사(信用社)에 가서 신문 가져왔음, 미옥(美玉)이 전화 왔음, 신방판(信訪辦)에 가서 신문 가져왔음, 창일(昌日)에게 100위안 줬음 - 창일(昌日)의 아내 생일, 미옥(美玉)이 전화 왔음

〈2001년 4월 26일 (음력 4월 4일)〉 목요일
날씨 맑음
제4소학교에 갔음 - 관공위(觀工委) 업무에 관함, 추월(秋月)의 가게에 가서 임평(林平)이 보내준 송금표 가져왔음, 우체국에 가서 200위안 찾았음, 춘화(春花)가 전화 왔음 - 러시아에 간다

〈2001년 4월 27일 (음력 4월 5일)〉 금요일
날씨 맑음
바닥 닦았음, 세계 46회 탁구경기(단체)

〈2001년 4월 28일 (음력 4월 6일)〉 토요일
날씨 흐림/맑음
미옥(美玉)이 전화 왔음, 광장, 공안국, 우체국에 갔음, 세계 46회 탁구경기 - 중국:몰디브 1:0

〈2001년 4월 29일 (음력 4월 7일)〉 일요일
날씨 맑음
복순(福順)이 전화 왔음, 세계 46회 탁구경기 - 중국:벨기에 3:0, 시내에 갔음, 영진(永珍)이 전화 왔음

〈2001년 4월 30일 (음력 4월 8일)〉 월요일
날씨 맑음
쇼핑센터에 가서 고기와 채소 샀음, 중심신용사(信用社)에 가서 신문 가져왔음

〈2001년 5월 1일 (음력 4월 9일)〉 화요일 날씨 흐림
북경에서 전화 왔음 - 동일(東日), 정수(廷洙)의 아내가 쌀 가져왔음

〈2001년 5월 2일 (음력 4월 10일)〉 수요일
날씨 비/맑음
시내에 갔음, 이영(李瑛)진료소에 갔음, 식수 샀음

〈2001년 5월 3일 (음력 4월 11일)〉 목요일
날씨 흐림
정옥(貞玉)이 왔다가 갔음, 영진(永珍)이 전화 왔음, 조영순(趙英順)이 왔다가 갔음

〈2001년 5월 4일 (음력 4월 12일)〉 금요일
날씨 비/흐림
신문과 TV 봤음, 세계 46회 탁구경기 남자 복식, 여자 복식

〈2001년 5월 5일 (음력 4월 13일)〉 토요일
날씨 소나기
부동산 중개에서 연락 왔음 - 가게채 임대에 관함, 탁구 여자 준결승전 - (중국) 왕남(王楠):이명(李明) 3:1, 남자 복식 - 왕,염:공,류 3:0

〈2001년 5월 6일 (음력 4월 14일)〉 일요일
날씨 흐림/구름
미옥(美玉)이 전화 왔음, 탁구 여자 복식 - 왕남(王楠), 이국(李菊):양영(楊影), 손금(孫錦) 3:0, 남자 단식 - 왕력근(王勵勤):공령휘(孔令輝) 3:2, 아시아 축구 캄보디아:중국 0:4

〈2001년 5월 7일 (음력 4월 15일)〉 월요일
날씨 흐림/구름
복순(福順)이 전화 왔음 - 연길에 진료를 받으러 갔음, 제4소학교에 가서 월급 받았음, 연길에 갔음(12:30~3:00)

〈2001년 5월 8일 (음력 4월 16일)〉 화요일
날씨 흐림/소나기
복순(福順) 연변(延邊)병원에 진료를 받으러 갔음, 연길에서 집에 돌아왔음(3:50~6:00)

〈2001년 5월 9일 (음력 4월 17일)〉 수요일
날씨 비/흐림

미옥(美玉)이 전화 왔음, 쇼핑센터에 가서 복순(福順)을 보냈음, 정옥(貞玉)집에 갔음-광혁(光赫) 일본에 유학하러 갔음

〈2001년 5월 10일 (음력 4월 18일)〉 목요일
날씨 비/흐림
오전에 창일(昌日)집에 왔음, 점심에 아내가 창일(昌日)집에 왔음-물만두 사 왔음, 시장에 갔음

〈2001년 5월 11일 (음력 4월 19일)〉 금요일
날씨 맑음
미옥(美玉)이 전화 왔음, 중심신용사(信用社)에 가서 저금하고 신문 가져왔음, 제4소학교에 갔음-지부 활동, 동 시장에 가서 채소 샀음, 식수 샀음, 동춘(東春)이 전화 왔음

〈2001년 5월 12일 (음력 4월 20일)〉 토요일
날씨 맑음
신흥위(新興委) 당(黨) 지부대회 참석, 전기세 냈음, 축구 경기 봤음, 미옥(美玉)이 전화 왔음

〈2001년 5월 13일 (음력 4월 21일)〉 일요일
날씨 맑음
정옥(貞玉)이 전화 왔음-광혁(光赫)이 안전히 일본에 도착, 축구경기-중국:인도네시아 5:1, 영진(永珍)이 전화 왔음, 미옥(美玉)이 전화 왔음, 북경으로 전화했음-결혼 날짜에 관함

〈2001년 5월 14일 (음력 4월 22일)〉 월요일
날씨 맑음
신문과 TV 봤음, 미옥(美玉)이 전화 왔음, 친구 동주(東周) 왔다가 갔음, 바닥 닦았음

〈2001년 5월 15일 (음력 4월 23일)〉 화요일
날씨 맑음/구름
쇼핑센터에 가서 모자 샀음, 쌀과 채소 샀음, 복순(福順)이 전화 왔음

〈2001년 5월 16일 (음력 4월 24일)〉 수요일
날씨 맑음/바람
미옥(美玉)이 전화 왔음, 중심신용사(信用社)에 가서 신문 가져왔음

〈2001년 5월 17일 (음력 4월 25일)〉 목요일
날씨 맑음/구름
시내에 가서 각 건축 공사 현장에 갔음

〈2001년 5월 18일 (음력 4월 26일)〉 금요일
날씨 소나기
안주임이 아내를 문병하러 왔음, 강경숙(姜京淑)이 연길로 이사했음, 방교장이 왔다가 갔음

〈2001년 5월 19일 (음력 4월 27일)〉 토요일
날씨 맑음/구름
미옥(美玉)이 전화 왔음, 가게채 임대 계약-8천 위안/년, 창일(昌日)이 왔다가 갔음, 축구 경기 봤음

〈2001년 5월 20일 (음력 4월 28일)〉 일요일
날씨 맑음

부동산 중개에 갔음 - 가게채 임대에 관함, 축구 중국:캄보디아 3:1, 식수 샀음, 영진(永珍)이 전화 왔음

〈2001년 5월 21일 (음력 4월 29일)〉 월요일 날씨 흐림
유미옥(美玉)(劉美玉)의 아버지집에 갔음 - 가게채의 열쇠에 관함, 시내 건축 공사 현장에 가 봤음, 복순(福順)이 전화 왔음 - 회복 중

〈2001년 5월 22일 (음력 4월 30일)〉 화요일 날씨 흐림
이영(李瑛)진료소에 갔음 - 약 받았음, 창고 청소, 정옥(貞玉)이 전화 왔음

〈2001년 5월 23일 (윤달/음력 4월 1일)〉 수요일 날씨 구름
태양오대(太陽五隊)에서 전화 왔음 - 숙부 급병, 태양오대(太陽五隊)에 갔음 - 숙부 사망, 태양사대(太陽四隊)에 가서 점심을 먹었음

〈2001년 5월 24일 (윤달/음력 4월 2일)〉 목요일 날씨 비/맑음
숙부 장례식, 태양오대(太陽五隊) - 태양사대(太陽四隊) 저녁 먹었음 - 훈춘(琿春), 호두약주(藥酒) 먹기 사작

〈2001년 5월 25일 (윤달/음력 4월 3일)〉 금요일 날씨 비
연길에 있는 최석환(崔石煥)선생이 전화 왔음 - 월급에 관함, 중심신용사(信用社)에 가서 신문 가져왔음

〈2001년 5월 26일 (윤달/음력 4월 4일)〉 토요일 날씨 흐림/소나기
미옥(美玉)이 전화 왔음, 진신국(電信局)에 가서 가게채의 전화비 냈음(130위안), 바닥 닦았음, 정옥(貞玉)이 와서 저녁 먹었음

〈2001년 5월 27일 (윤달/음력 4월 5일)〉 일요일 날씨 맑음
중심신용사(信用社)에 가서 예금 인출, 가게채의 열쇠 복사, 국진(國珍)이 전화 왔음, 옥수(玉洙)이 전화 왔음, 축구 경기 - 인도네시아:중국 0:2, 한국에서 전화 왔음 - 옥수(玉洙), 이블 샀음(336위안)

〈2001년 5월 28일 (윤달/음력 4월 6일)〉 월요일 날씨 맑음/소나기
자치회 - 사람 없음, 중심신용사(信用社)에 갔음 - 방범용 철문에 관함

〈2001년 5월 29일 (윤달/음력 4월 7일)〉 화요일 날씨 흐림/소나기
자치회에 가서 책 가져왔음, 추월(秋月)의 가게에 가서 책 줬음, 진신국(電信局)에 갔음 - 가게채의 장거리 전화 불통, 영진(永珍)이 전화 왔음

〈2001년 5월 30일 (윤달/음력 4월 8일)〉 수요일 날씨 소나기/흐림
가게채와 새 집의 문창에 방범용 철망 설치,

중심신용사(信用社)에 가서 신문 가져왔음, 주방 환풍기 청소

〈2001년 5월 31일 (윤달/음력 4월 9일)〉 목요일 날씨 구름/소나기

시 노간부 회의 참석, 축구 경기 봤음, 주방 환풍기 설치(45위안), 가게채의 방세 받았음(2000위안)

〈2001년 6월 1일 (윤달/음력 4월 10일)〉 금요일 날씨 맑음/흐림

연길로 전화했음 - 6.1[3]절, 정수(廷洙) 왔음 - 대출 1만 위안, 중심신용사(信用社)에 갔음 - 대출에 관함, 추월(秋月)의 가게에 가서 월급 받았음, 지부 토론 - 소풍에 관함, 식수 샀음

〈2001년 6월 2일 (윤달/음력 4월 11일)〉 토요일 날씨 맑음/비

터미널에 가서 차 세냈음, 이발했음, 축구 경기 봤음

〈2001년 6월 3일 (윤달/음력 4월 12일)〉 일요일 날씨 맑음

지부 봄 소풍: 제4소학교 - 쌍신(双新) - 하산(河山), 쌍신(双新)소학교의 퇴직교사 동행

〈2001년 6월 4일 (윤달/음력 4월 13일)〉 월요일 날씨 맑음

창일(昌日)이 왔음 - 집 구매에 관함, 명훈(明勳) 보건 이불과 베게 가져왔음 - 증명서류에 관함, 바닥 닦았음

〈2001년 6월 5일 (윤달/음력 4월 14일)〉 화요일 날씨 흐림/맑음

영란(英蘭)의 어머니가 채소 가져왔음

〈2001년 6월 6일 (윤달/음력 4월 15일)〉 수요일 날씨 흐림/맑음

중심신용사(信用社)에 가서 신문 가져왔음, 전화비 냈음, 정수(廷洙)의 아내가 말레이시아에 갔음

〈2001년 6월 7일 (윤달/음력 4월 16일)〉 목요일 날씨 흐림/맑음

총부회의 참석 - 서류 학습, 당원(黨員) 민주평의에 관함, 이영(李瑛)진료소에 가서 주사 맞았음, 중심신용사(信用社)에 가서 대출 사인

〈2001년 6월 8일 (윤달/음력 4월 17일)〉 금요일 날씨 흐림/소나기

제4소학교에 가서 학교 아파트의 방세 받았음, 추월(秋月)에게 지부 활동경비 줬음(600위안), 박순월(朴順月) 왔음, 중심신용사(信用社)에 가서 저금, 한국에서 전화 왔음 - 설화(雪花)

〈2001년 6월 9일 (윤달/음력 4월 18일)〉 토요일 날씨 흐림/비

미옥(美玉)이 전화 왔음, 조영순(趙英順)이 왔다가 갔음, 축구경기 봤음

3) 6월1일 세계 아동의 날.

〈2001년 6월 10일 (윤달/음력 4월 19일)〉
일요일 날씨 맑음
병 씻었음, 축구경기 봤음, 약주(藥酒) 먹기 시작 - 호두약주(藥酒) 다 먹었음

〈2001년 6월 11일 (윤달/음력 4월 20일)〉
월요일 날씨 맑음/흐림
관공위(觀工委)에 가서 서류 가져왔음, 북경에서 전화 왔음 - 명숙(明淑)의 동생이 다쳤음

〈2001년 6월 12일 (윤달/음력 4월 21일)〉
화요일 날씨 맑음
초인종 사서 설치했음(15위안), 식수 샀음

〈2001년 6월 13일 (윤달/음력 4월 22일)〉
수요일 날씨 흐림
제4소학교에 갔음 - 관공위(觀工委) 서류 전달, 중심신용사(信用社)에 가서 신문 가져왔음

〈2001년 6월 14일 (윤달/음력 4월 23일)〉
목요일 날씨 소나기
북경에서 전화 왔음 - 명숙(明淑), 약 보냈음, 영란(英蘭)의 어머니가 채소 가져왔음, 축구경기 봤음

〈2001년 6월 15일 (윤달/음력 4월 24일)〉
금요일 날씨 흐림/맑음
당사(黨史) 지도 자료 준비

〈2001년 6월 16일 (윤달/음력 4월 25일)〉
토요일 날씨 흐림/맑음
당사(黨史) 지도 자료 준비 및 강의, 축구 경기 봤음, 중심신용사(信用社)에 가서 저금

〈2001년 6월 17일 (윤달/음력 4월 26일)〉
일요일 날씨 흐림/맑음
지부활동 - 당사(黨史) 학습, 당원(黨員) 민주평의 - 우수 당원(黨員) 선정하게 되었음, 국진(國珍)이 전화 왔음, 축구경기 봤음

〈2001년 6월 18일 (윤달/음력 4월 27일)〉
월요일 날씨 맑음
김병삼(金秉三)집에 당비(黨費) 받으러 갔음, 이영(李瑛)진료소에 갔음, 동주(東周)가 전화 왔음, 세계 청소녀 축구 경기 시작, 국진(國珍)이 전화 왔음, 정옥(貞玉)이 와서 저녁 먹었음, 정수(廷洙)의 아내가 전화 왔음 - 말레이시아에 도착, 바닥 닦았음

〈2001년 6월 19일 (윤달/음력 4월 28일)〉
화요일 날씨 흐림/맑음
관공위(觀工委)에 가사 당원(黨員) 민주평의 상황 보고, 중심신용사(信用社)에 가서 신문 가져왔음

〈2001년 6월 20일 (윤달/음력 4월 29일)〉
수요일 날씨 흐림
내몽골 사돈집으로 전화했음 - 명숙(明淑)의 동생 상황 물어봤음, 연길로 전화했음, 제4소학교에 가서 명숙(明淑) 보내준 약 받았음(2만 엔화), 창일(昌日)이 와서 저녁 먹었음

〈2001년 6월 21일 (음력 5월 1일)〉 목요일
날씨 흐림
세계 청소년 축구 경기 - 중국:우크라이나 0:0, 미국:칠레 4:1

〈2001년 6월 22일 (음력 5월 2일)〉 금요일
날씨 소나기
지부자치회 회장회의 - 노인의 날 활동에 관함

〈2001년 6월 23일 (음력 5월 3일)〉 토요일
날씨 흐림/맑음
미옥(美玉)이 전화 왔음, 시내에 갔다가 왔음, 정옥(貞玉) 1만 대출금 갚으러 왔음 - 같이 저녁 먹었음, 당원(黨員)대회에 관한 공지

〈2001년 6월 24일 (음력 5월 4일)〉 일요일
날씨 맑음
저축은행에 갔다가 왔음, 식수 샀음, 축구 경기 봤음

〈2001년 6월 25일 (음력 5월 5일)〉 월요일
날씨 맑음
상점에 갔음, 중심신용사(信用社), 저축은행에 가서 1만위안 대출금 갚았음, 내몽골에서 전화 왔음 - 명숙(明淑)

〈2001년 6월 26일 (음력 5월 6일)〉 화요일
날씨 맑음
책과 TV 봤음

〈2001년 6월 27일 (음력 5월 7일)〉 수요일
날씨 구름/맑음
채소와 항아리 씻었음, 사다리 수리, 중심신용사(信用社)에 가서 신문 가져왔음

〈2001년 6월 28일 (음력 5월 8일)〉 목요일
날씨 맑음/소나기
세계 청소년 축구 경기 - 중국:아르헨티나 1:2, 신문과 TV 봤음

〈2001년 6월 29일 (음력 5월 9일)〉 금요일
날씨 맑음
세계 청소년 축구 경기 봤음, 제4소학교에 가서 월급 받았음, 이영(李瑛)진료소에 진료를 받으러 갔음

〈2001년 6월 30일 (음력 5월 10일)〉 토요일
날씨 흐림/비
당(黨) 지식에 관한 시험, 오후에 당(黨) 성립 80주년 표창대회 참석 - 우수 당원(黨員) 선정하게 되었음, 미옥(美玉)이 전화 왔음, 영진(永珍)이 전화 왔음, 〈노인세계〉 제 6회

〈2001년 7월 1일 (음력 5월 11일)〉 일요일
날씨 흐림/비
당(黨) 지식에 관한 시험, 축구 경기 봤음

〈2001년 7월 2일 (음력 5월 12일)〉 월요일
날씨 비/맑음
세계 축구 경기 봤음, 중심신용사(信用社)에 가서 저금

〈2001년 7월 3일 (음력 5월 13일)〉 화요일

날씨 흐림/맑음
당(黨) 지식에 관한 시험, 정옥(貞玉)집에 갔음 - 둘째 숙모 훈춘(琿春)에 왔음(같이 점심 먹었음)

〈2001년 7월 4일 (음력 5월 14일)〉 수요일
날씨 흐림/비
당(黨) 지식에 관한 시험, 시 체육장에 가서 공판(公判)대회 봤음

〈2001년 7월 5일 (음력 5월 15일)〉 목요일
날씨 구름/비
시 병원에 창일(昌日)을 문병하러 갔음, 제4소학교에 갔음, 식수 샀음, 세계 청소년 축구 경기 준결승전 봤음, 중심신용사(信用社)에 가서 신문 가져왔음

〈2001년 7월 6일 (음력 5월 16일)〉 금요일
날씨 맑음
북경으로 전화했음, 우체국에 가서 당(黨) 지식에 관한 시험지 보냈음, 바닥 닦았음, 가게채의 방세 받았음(1,500위안), 학교 교직원 아파트의 방세 받았음(200위안)

〈2001년 7월 7일 (음력 5월 17일)〉 토요일
날씨 맑음
명옥(明玉) 전화 왔음 - 이사했음, 중심신용사(信用社)에 가서 저금, 축구 경기 봤음, 연길로 전화했음

〈2001년 7월 8일 (음력 5월 18일)〉 일요일
날씨 맑음
지부활동 - 당(黨) 지식에 관한 시험(구술 시험), 노인의 날에 관한 활동 준비, 영진(永珍)과 임평(林平)이 전화 왔음

〈2001년 7월 9일 (음력 5월 19일)〉 월요일
날씨 흐림
세계 청소년 축구 경기 봤음, 시내에 갔음, 약 먹었음

〈2001년 7월 10일 (음력 5월 20일)〉 화요일
날씨 비/맑음
방충망 만들기, 중심신용사(信用社)에 가서 신문 가져왔음

〈2001년 7월 11일 (음력 5월 21일)〉 수요일
날씨 맑음/소나기
전기세 냈음(100위안), 시내에 갔다가 왔음, 서장춘(徐長春)교장이 한국에서 돌아왔음

〈2001년 7월 12일 (음력 5월 22일)〉 목요일
날씨 맑음/소나기
아메리카 축구 경기 봤음, 오후에 창일(昌日)집에 갔음 - 한국 황학준(黃學俊)의 초대 받았음, 영진(永珍)이 전화 왔음

〈2001년 7월 13일 (음력 5월 23일)〉 금요일
날씨 맑음
시내에 가서 황학준(黃學俊)에게 신문 줬음, 제2소학교에 갔음 - 제4소학교의 전람회에 관함, 아메리카 축구 경기 봤음, ※올림픽 개최 신청(성공) - 중앙문예회

〈2001년 7월 14일 (음력 5월 24일)〉 토요일
날씨 맑음
미옥(美玉)이 전화 왔음, 축구 경기 봤음, 모스크바 주중대사관 초대회 참석, 둘째 숙모와 정옥(貞玉) 왔다가 갔음, 전국 기자 회견 봤음

〈2001년 7월 15일 (음력 5월 25일)〉 일요일
날씨 흐림/맑음
아메리카 축구 경기 봤음, 창일(昌日)이 왔다가 갔음, 일본에서 온 소화제 먹기 시작, 우체국에 가서 돈 보냈음 – 길림(吉林)신문 비용과 약비(藥費), 정금(貞今)이 왔다가 갔음

〈2001년 7월 16일 (음력 5월 26일)〉 월요일
날씨 맑음/비
아메리카 축구 경기 봤음, 퇴직 교직원 관리회에 가서 활동경비 받았음(1400위안), 책 가져왔음, 식수 샀음

〈2001년 7월 17일 (음력 5월 27일)〉 화요일
날씨 맑음
바닥 닦았음, 제1중, 제2중학교에 갔음, 중심신용사(信用社)에 가서 신문 가져왔음, 정금(貞今)과 정옥(貞玉)이 왔다가 갔음, 둘째 숙모가 정옥(貞玉)집에 갔음

〈2001년 7월 18일 (음력 5월 28일)〉 수요일
날씨 흐림/비
난방 고장, 제1중, 제2중학교에 가서 시 교육시스템의 운동회 봤음, 광춘(光春)이 와서 점심 먹었음, 일본에서 전화 왔음 – 명숙(明淑)과 국진(國珍)

〈2001년 7월 19일 (음력 5월 29일)〉 목요일
날씨 흐림/비
아메리카 축구 경기 봤음

〈2001년 7월 20일 (음력 5월 30일)〉 금요일
날씨 흐림
아메리카 축구 경기 봤음, 화자(花子)가 전화 왔음 – 돈에 관함

〈2001년 7월 21일 (음력 6월 1일)〉 토요일
날씨 흐림/맑음
신문과 TV 봤음, 미옥(美玉)이 전화 왔음, 웅담주(熊膽酒) 먹기 시작, 축구 경기 봤음

〈2001년 7월 22일 (음력 6월 2일)〉 일요일
날씨 흐림/맑음
신문과 TV 봤음, 복순(福順)이 왔다가 갔음, 가게채의 방세 받았음(500위안)

〈2001년 7월 23일 (음력 6월 3일)〉 월요일
날씨 맑음
아메리카 축구 경기 봤음, 점심에 정금(貞今)집에 갔음 – 춘식(春植) 생일, 영진(永珍)이 전화 왔음

〈2001년 7월 24일 (음력 6월 4일)〉 화요일
날씨 맑음
정금(貞今)집에 가서 아침 먹었음, 향란(香蘭)이 전화 왔음 – 장춘(長春)에 보낸 약 도착했음, 아메리카 축구 경기 봤음, 제4소학

교에 가서 안주임에게 활동경비 줬음(400위안)

〈2001년 7월 25일 (음력 6월 5일)〉 수요일
날씨 맑음
우체국에 가서 약 가져왔음, 이영(李瑛)진료소에 갔음 - 약 나눴음, 중심신용사(信用社)에 가서 신문 가져왔음, 원학(元學)의 옛집의 방세 받았음(450위안)

〈2001년 7월 26일 (음력 6월 6일)〉 목요일
날씨 흐림/비
아메리카 축구 경기 봤음 - 준결승전, 중심신용사(信用社)에 가서 저금

〈2001년 7월 27일 (음력 6월 7일)〉 금요일
날씨 흐림/비
아메리카 축구 경기 봤음 - 준결승전(임시정지), 이영(李瑛)진료소에 갔음 - 출근하지 않았음

〈2001년 7월 28일 (음력 6월 8일)〉 토요일
날씨 비
식수 샀음, 이영(李瑛)진료소에 갔음 - 출근하지 않았음, 연길로 전화했음, 만억(萬亿) 전화 왔음, 영진(永珍)이 전화 왔음

〈2001년 7월 29일 (음력 6월 9일)〉 일요일
날씨 맑음
이발했음, 이영(李瑛)진료소에 갔음 - 약에 관함, 축구 경기 봤음

〈2001년 7월 30일 (음력 6월 10일)〉 월요일
날씨 흐림
추월(秋月)의 가게에 가서 《노인세계》줬음, 아메리카 축구 경기 봤음

〈2001년 7월 31일 (음력 6월 11일)〉 화요일
날씨 비
바닥 닦았음, 아내가 만억(萬亿)의 손녀의 생일파티 참석

〈2001년 8월 1일 (음력 6월 12일)〉 수요일
날씨 비
제4소학교에 가서 월급 가져왔음 - 추월(秋月)이 대신에 미리 받았음

〈2001년 8월 2일 (음력 6월 13일)〉 목요일
날씨 비
중심신용사(信用社)에 가서 정수(廷洙)의 대출금 갚았음, 농업은행에 가서 저금, 정금(貞今) 왔음 - 프랑스에 갈 예정, 공안국 앞에 가서 김정철(金政哲)의 당비(黨費) 받았음

〈2001년 8월 3일 (음력 6월 14일)〉 금요일
날씨 흐림/맑음
월드컵 봤음 - 중국:북한 4:6, 아팠음

〈2001년 8월 4일 (음력 6월 15일)〉 토요일
날씨 맑음
미옥(美玉)이 전화 왔음 - 어제 충칭 부릉(涪陵)에 도착했음, 이영(李瑛)진료소에 가서 주사 맞았음 - 위장 감기

〈2001년 8월 5일 (음력 6월 16일)〉 일요일
날씨 맑음
창일(昌日) 와서 신분증 가져갔음, 영진(永珍)과 임평(林平)이 전화 왔음, 아내가 경석(炅錫)의 환갑잔치 참석, 축구 경기 봤음

〈2001년 8월 6일 (음력 6월 17일)〉 월요일
날씨 맑음
미옥(美玉)이 전화 왔음, 축구 경기 봤음

〈2001년 8월 7일 (음력 6월 18일)〉 화요일
날씨 흐림/맑음
정옥(貞玉)집으로 전화했음 - 둘째 숙모에게 인사, 정옥(貞玉)이 전화 왔음

〈2001년 8월 8일 (음력 6월 19일)〉 수요일
날씨 소나기/구름
서점에 가서《건당 7.1 강화》샀음, 중심신용사(信用社)에 가서 신문 가져왔음, 이영(李瑛)진료소에 가서 약 샀음, 창일(昌日)이 전화 왔음

〈2001년 8월 9일 (음력 6월 20일)〉 목요일
날씨 맑음
미옥(美玉)이 전화 왔음, 학습《중국공산당 성립 80주년 대회》강화(講話) 내용, 식수 샀음, 옥희(玉姬)과 영란(英蘭)이 왔다가 갔음

〈2001년 8월 10일 (음력 6월 21일)〉 금요일
날씨 맑음
바닥 닦았음, 세계 여자 배구 경기 - 중국:일본 3:1

〈2001년 8월 11일 (음력 6월 22일)〉 토요일
날씨 맑음
축구경기 봤음, 세계 여자 배구 경기 - 중국:독일 0:3

〈2001년 8월 12일 (음력 6월 23일)〉 일요일
날씨 맑음
지부활동 - 학습, 노인의 날 운동회 준비, 세계 여자 배구 경기 - 중국:브라질 3:1

〈2001년 8월 13일 (음력 6월 24일)〉 월요일
날씨 맑음
시장에 가 봤음, 복순(福順) 생일인데 아내가 초대 받았음, 창일(昌日)이 왔다가 갔음(100위안)

〈2001년 8월 14일 (음력 6월 25일)〉 화요일
날씨 흐림/맑음
아내가 병원에 가서 건강 검진했음

〈2001년 8월 15일 (음력 6월 26일)〉 수요일
날씨 흐림/맑음
자치회 노인의 날 운동회 참석, 미옥(美玉)이 전화 왔음

〈2001년 8월 16일 (음력 6월 27일)〉 목요일
날씨 구름
중심신용사(信用社)에 가서 예금 인출, 농업은행에 가서 저금, 세계 여자 배구 경기 - 중국:미국 3:1, 신문: 우체국 → 신춘(新春)약국

〈2001년 8월 17일 (음력 6월 28일)〉 금요일

날씨 흐림/맑음
영진(永珍)이 전화 왔음 - 부릉(涪陵)에서 청두로 갔음, 둘째숙모가 태양사대(太陽四隊)에 갔음

〈2001년 8월 18일 (음력 6월 29일)〉 토요일
날씨 흐림
아시아 축구경기(23:30~3:30), 웅담주(熊膽酒) 다 먹었음

〈2001년 8월 19일 (음력 7월 1일)〉 일요일
날씨 흐림
시장에 갔다가 왔음, 샌들 샀음(38위안), 세계 여자 배구 경기 - 중국:쿠바 3:1, 약 먹기 시작

〈2001년 8월 20일 (음력 7월 2일)〉 월요일
날씨 흐림
시장에 갔다가 왔음, 안경케이스 샀음(10위안), 아내가 연변(延邊)병원에 진료를 받으러 갔음 - 다리

〈2001년 8월 21일 (음력 7월 3일)〉 화요일
날씨 흐림/비
연길에서 집에 돌아왔음(8:00~10:20), 일본에서 전화 왔음 - 명숙(明淑)과 국진(國珍)(임신 2개월), 신춘(新春)약국에 가서 신문 가져왔음

〈2001년 8월 22일 (음력 7월 4일)〉 수요일
날씨 맑음/비
미옥(美玉)이 전화 왔음, 관공위(觀工委)에 가서 《노인세계》가져왔음, 창일(昌日) 와서 점심 먹었음 - 약 가져왔음(장수고려삼액: 280 2=560위안)

〈2001년 8월 23일 (음력 7월 5일)〉 목요일
날씨 맑음/소나기
난방공급처 와서 난방비 수납

〈2001년 8월 24일 (음력 7월 6일)〉 금요일
날씨 맑음
중심신용사(信用社)에 가서 예금 인출, 난방공급처에 가서 난방비 냈음(1,500위안)

〈2001년 8월 25일 (음력 7월 7일)〉 토요일
날씨 맑음/비
영자(英子)가 전화 왔음 - 장남 결혼식에 관함, 아시아 축구 경기 - 중국:아렌 3:0, 영진(永珍)이 전화 왔음

〈2001년 8월 26일 (음력 7월 8일)〉 일요일
날씨 맑음
바닥 닦았음, 식수 샀음, 아내가 영자(英子)의 장남의 결혼식 참석, 창일(昌日)집의 초대 받았음

〈2001년 8월 27일 (음력 7월 9일)〉 월요일
날씨 맑음
중심신용사(信用社)에 가서 신문 가져왔음, 아시아 축구 경기 - 중국:멕시코 4:1

〈2001년 8월 28일 (음력 7월 10일)〉 화요일
날씨 맑음

유리창 닦았음, 아내가 신춘(新春)약국에 가서 신문 가져왔음

〈2001년 8월 29일 (음력 7월 11일)〉 수요일
날씨 맑음
유리창 닦았음, 아내가 추월(秋月)의 가게에 가서 〈노인세계〉 줬음, 세계 대학생운동회 축구 준결승전 - 중국:우크라이나 0:1

〈2001년 8월 30일 (음력 7월 12일)〉 목요일
날씨 맑음
유리창 닦았음, 창일(昌日)생일인데 오후에 초대 받았음, 위약(胃藥) 먹었음, 세계 대학생운동회 여자 배구 - 중국:러시아 3:1

〈2001년 8월 31일 (음력 7월 13일)〉 금요일
날씨 맑음
유리창 닦았음, 정수(廷洙) 왔음 - 옥수수 가져왔음,
아시아 축구 경기 - 중국:오만 2:0, 남자농구 결승전 - 중국:유고슬라비아 61점:101점,
세계 대학생운동회 축구 결승전 - 일본:우크라이나 1:0, 남자농구 결승전 - 중국:미국 83:82

〈2001년 9월 1일 (음력 7월 14일)〉 토요일
날씨 맑음/소나기
농업은행에 가서 저금, 전기세 냈음, 세계 대학생운동회 폐막식, 미옥(美玉)이 전화 왔음

〈2001년 9월 2일 (음력 7월 15일)〉 일요일
날씨 소나기/흐림
유리창 닦았음(완성), 국내 축구 경기 - 북경:우한 0:0

〈2001년 9월 3일 (음력 7월 16일)〉 월요일
날씨 흐림/맑음
시 29회 운동대회 - 9.3기념일

〈2001년 9월 4일 (음력 7월 17일)〉 화요일
날씨 흐림/맑음
제2중학교, 교위(教委), 제6중학교에 갔음 - 옥희(玉姬) 전학에 관함, 창일(昌日) 전화 왔음, 시 운동대회 축구 경기 봤음

〈2001년 9월 5일 (음력 7월 18일)〉 수요일
날씨 흐림
제2중학교에 갔음 - 옥희(玉姬) 전학에 관함, 시 운동대회 봤음, 창일(昌日)이 전화 왔음, 식수 샀음, 미화(美花) 전화 왔음

〈2001년 9월 6일 (음력 7월 19일)〉 목요일
날씨 비
제2중학교에 가서 옥희(玉姬)의 전학 증명서 가져왔음, 남미 축구 경기 봤음, 영진(永珍)이 전화 왔음, 옥희(玉姬)와 옥희(玉姬)의 엄마가 와서 저녁을 먹었음

〈2001년 9월 7일 (음력 7월 20일)〉 금요일
날씨 맑음
영진(永珍)이 전화 왔음, 미옥(美玉)이 전화 왔음, 자치회에 가서 활동경비 받았음(600위안)

〈2001년 9월 8일 (음력 7월 21일)〉 토요일
날씨 비
제4소학교에 가서 스승의 날 활동경비 받았음(1,000위안), 지부 지도부 회의 - 안주임에게 활동비 600위안 줬음, 터미널에 가서 차세냈음(600위안), 미옥(美玉)이 전화 왔음

〈2001년 9월 9일 (음력 7월 22일)〉 일요일
날씨 비
지부 스승의 날 활동 - 훈춘(琿春)에서 출발해서 연길의 민속촌에 갔음(7:00~17:00), 축구 경기 - 다롄:산동 2:1, 미옥(美玉)집에 갔다가 왔음

〈2001년 9월 10일 (음력 7월 23일)〉 월요일
날씨 비/맑음
TV 봤음 - 아메리카 축구 경기, 영진(永珍)이 전화 왔음

〈2001년 9월 11일 (음력 7월 24일)〉 화요일
날씨 맑음
연길에서 집에 돌아왔음(7:30~9:40), 정금(貞今)이 왔다가 갔음

〈2001년 9월 12일 (음력 7월 25일)〉 수요일
날씨 맑음
화용(和龍)에서 전화 왔음 - 창일(昌日)과 옥희(玉姬)의 엄마, 전기세 냈음, 이발했음, 아시아 남자배구 - 중국:이란 3:0

〈2001년 9월 13일 (음력 7월 26일)〉 목요일
날씨 맑음
청소, 아시아 남자배구 - 중국:일본 0:3

〈2001년 9월 14일 (음력 7월 27일)〉 금요일
날씨 맑음
바닥 닦았음, 청년 축구 경기 - 북경:장춘 6:1, 상하이:산동 1:2

〈2001년 9월 15일 (음력 7월 28일)〉 토요일
날씨 맑음
미옥(美玉)이 전화 왔음, 도문(圖們)에 최순금(崔順今)을 문병하러 갔음, 일본에서 전화 왔음 - 명숙(明淑)과 국진(國珍), 영진(永珍)이 전화 왔음

〈2001년 9월 16일 (음력 7월 29일)〉 일요일
날씨 흐림/구름
원학(元學)이 전화 왔음 - 창일(昌日)의 전화번호 물어봤음

〈2001년 9월 17일 (음력 8월 1일)〉 월요일
날씨 맑음/바람
제4소학교에 가서 최순금(崔順今) 교장의 사진과 주소 제출, 영진(永珍)이 전화 왔음 - 안사돈 15일에 사망, 임평(林平)집으로 전화했음

〈2001년 9월 18일 (음력 8월 2일)〉 화요일
날씨 맑음/바람
화용(和龍)으로 전화했음, 화용(和龍)에서 전화 왔음 - 옥희(玉姬)의 엄마, 식수 샀음, 중심신용사(信用社)에 갔음 - 정옥(貞玉)의 대출금에 관함(5000위안), 국진(國珍)이 전

화 왔음 - 임평(林平)의 전화번호 물어봤음

〈2001년 9월 19일 (음력 8월 3일)〉 수요일
날씨 맑음/바람
진신국(電信局)에 가서 충칭 부릉(涪陵)으로 전보 보냈음, 화용(和龍)에서 창일(昌日)이 전화 왔음 - 옥희(玉姬) 전학에 관함

〈2001년 9월 20일 (음력 8월 4일)〉 목요일
날씨 맑음/바람
제2중학교에 갔음 - 옥희(玉姬) 전학에 관함, 자치회에 가서 책 가져왔음, 옥희(玉姬)의 엄마 전화 왔음, 창일(昌日) 왔다가 갔음, 약주(藥酒) 다 먹었음

〈2001년 9월 21일 (음력 8월 5일)〉 금요일
날씨 맑음
청두에서 전화 왔음 - 임평(林平), 옥희(玉姬)가 전화 왔음 - 훈춘(琿春)에 도착했음, 아시아 축구 경기 - 오만:카타르 0:3, 옥희(玉姬)가 제2중학교로 전학

〈2001년 9월 22일 (음력 8월 6일)〉 토요일
날씨 맑음
헌 편지 정리, 옥희(玉姬)의 엄마 왔다가 갔음, 세계 21회 대학생운동회 - 북경에서 개막식, 축구 경기 - 아랍 에미리트:우즈베키스탄 1:0

〈2001년 9월 23일 (음력 8월 7일)〉 일요일
날씨 맑음/흐림
미옥(美玉)이 전화 왔음, 시장에 가 봤음, 아메리카 축구 경기, 맥주 먹기 사작, 영진(永珍)이 전화 왔음

〈2001년 9월 24일 (음력 8월 8일)〉 월요일
날씨 흐림/비
북한으로 편지 보냈음

〈2001년 9월 25일 (음력 8월 9일)〉 화요일
날씨 맑음
농업은행에 가서 예금 인출, 시내에 가 봤음

〈2001년 9월 26일 (음력 8월 10일)〉 수요일
날씨 맑음
신문 봤음

〈2001년 9월 27일 (음력 8월 11일)〉 목요일
날씨 맑음
바닥 닦았음, 아시아 축구 경기 - 아랍 에미리트:중국 0:1

〈2001년 9월 28일 (음력 8월 12일)〉 금요일
날씨 맑음
TV방송 전화회《학부모 교육 업무총결 표창회》참석, 소화제 다 먹었음

〈2001년 9월 29일 (음력 8월 13일)〉 토요일
날씨 맑음
제4소학교에 가서 월급과 관공위(觀工委) 서류 가져왔음, 학교 교직원 아파트의 방세 받았음(200위안), 식수 샀음, 영진(永珍)이 전화 왔음, 축구 경기 - 장춘:강소 2:0

〈2001년 9월 30일 (음력 8월 14일)〉 일요일 날씨 맑음

미옥(美玉)이 전화 왔음, 정수(廷洙)에게 전화했음, 맥주 다 먹었음, 옥희(玉姬)의 엄마 전화 왔음, 영란(英蘭)의 엄마 전화 왔음

〈2001년 10월 1일 (음력 8월 15일)〉 월요일 날씨 맑음

창일(昌日)의 차를 타서 태양(太陽)에 있는 숙부의 무덤에 갔음, 둘째숙모집에서 점심을 먹었음, 창일(昌日)이 와서 저녁 먹었음

〈2001년 10월 2일 (음력 8월 16일)〉 화요일 날씨 맑음

아내가 창일(昌日)집에 갔음 – 안 갔음

〈2001년 10월 3일 (음력 8월 17일)〉 수요일 날씨 흐림

아침에 건축 공사현장에 가 봤음, 시장에 가 봤음

〈2001년 10월 4일 (음력 8월 18일)〉 목요일 날씨 비

미옥(美玉)이 전화 왔음, 영란(英蘭)의 엄마가 왔다가 갔음, 아시아 축구 경기 – 카타르:아랍 에미리트 1:2, 복순(福順)이 전화 왔음 – 병 위중

〈2001년 10월 5일 (음력 8월 19일)〉 금요일 날씨 맑음

농업은행에 가서 저금, 철물점에 가서 콘센트 샀음, 금주

〈2001년 10월 6일 (음력 8월 20일)〉 토요일 날씨 맑음

오전에 가게채의 문 수리(150위안), 축구 경기 봤음, 창일(昌日)이 왔다가 갔음

〈2001년 10월 7일 (음력 8월 21일)〉 일요일 날씨 맑음

철물점에 가서 유리 샀음, 아내가 판석(板石)에 갔음, 창일(昌日) 전화 왔음, 영진(永珍)이 전화 왔음, 아시아 축구 경기 – 중국:오만 1:0

〈2001년 10월 8일 (음력 8월 22일)〉 월요일 날씨 맑음

바닥 닦았음, 오후에 아내가 집에 돌아왔음, 금순(今順)이 전화 왔음

〈2001년 10월 9일 (음력 8월 23일)〉 화요일 날씨 소나기/맑음

금순(今順) 와서 고춧가루 팔았음, 시장에 가 봤음, 화분(花盆) 3개 샀음 – 5위안

〈2001년 10월 10일 (음력 8월 24일)〉 수요일 날씨 흐림/비

식수 샀음, 전화 공지 – 자치회 학습반, 방교장, 최주임, ※검은 참깨죽 먹기 시작

〈2001년 10월 11일 (음력 8월 25일)〉 목요일 날씨 구름

시 이 · 퇴직 '7.1 육중전회' 학습반 참석, 영진(永珍)이 전화 왔음

〈2001년 10월 12일 (음력 8월 26일)〉 금요

일 날씨 소나기/맑음

미옥(美玉)이 전화 왔음, 전만춘(全萬春)의 고희잔치 참석, 약 먹었음, 바닥 닦았음

〈2001년 10월 13일 (음력 8월 27일)〉 토요일 날씨 맑음

우체국에 가서 예금 인출 - 내몽골 사돈집 보내준 100위안, 아내 생일 - 장인, 창일(昌日), 복순(福順), 영란(英蘭), 정옥(貞玉) 왔음, 일본에서 전화 왔음 - 명숙(明淑)과 국진(國珍), 영진(永珍)과 임평(林平)이 전화 왔음, 창일(昌日) 전화 왔음

〈2001년 10월 14일 (음력 8월 28일)〉 일요일 날씨 맑음

지부활동 참석 - 실내 활동, 복순(福順) 집에 돌아갔음, 창일(昌日)이 전화 왔음, 동주(東周)가 전화 왔음

〈2001년 10월 15일 (음력 8월 29일)〉 월요일 날씨 흐림

미옥(美玉)이 전화 왔음(9:00 출발), 자치회에 가서 《노인세계》과 활동경비 400위안 가져왔음

〈2001년 10월 16일 (음력 8월 30일)〉 화요일 날씨 흐림/맑음

반찬 만들기, 약 먹었음

〈2001년 10월 17일 (음력 9월 1일)〉 수요일 날씨 맑음/바람

식수 샀음, 동주(東周)가 전화 왔음, 장수고려삼(高麗蔘)액을 먹기 시작

〈2001년 10월 18일 (음력 9월 2일)〉 목요일 날씨 맑음

제4소학교에 추월(秋月)의 가게에 가서 〈노인세계〉 줬음, 시내에 가 봤음

〈2001년 10월 19일 (음력 9월 3일)〉 금요일 날씨 흐림/구름

추월(秋月)의 가게에 가서 송금표를 가져왔음, 우체국에 돈 찾아서 농업은행에 가서 저금, 자치회에 칠십수 잔치 진행 - 23명 참석, 창일(昌日)이 전화 왔음, 금순(今順)이 와서 고춧가루 팔았음

〈2001년 10월 20일 (음력 9월 4일)〉 토요일 날씨 구름

연길로 전화했음, 오후에 경신(敬信)에 있는 동주(東周)집에 갔음(1:40~), 터미널에 가서 표 샀음, 명옥(明玉) 전화 왔음 - 설금(雪金)의 아이 생일잔치

〈2001년 10월 21일 (음력 9월 5일)〉 일요일 날씨 맑음

동주(東周) 집에서 놀았음(달래캐기)

〈2001년 10월 22일 (음력 9월 6일)〉 월요일 날씨 구름/맑음

동주(東周)집의 문을 설치했음

〈2001년 10월 23일 (음력 9월 7일)〉 화요일 날씨 맑음

집에 돌아왔음(버스: 9:15~10:00), 경신(敬信)으로 전화했음, 정옥(貞玉)이 전화 왔음

〈2001년 10월 24일 (음력 9월 8일)〉 수요일 날씨 맑음

미옥(美玉), 복순(福順)이 전화 왔음, 오후에 태양사대(太陽四隊)에 갔음 - 내일 정화(廷華) 생일, 전화기 단전

〈2001년 10월 25일 (음력 9월 9일)〉 목요일 날씨 맑음

바닥 닦았음, 시내에 갔음, 아내가 집에 돌아왔음, 축구 경기 봤음

〈2001년 10월 26일 (음력 9월 10일)〉 금요일 날씨 흐림/구름

이영(李瑛)진료소에 가서 약 샀음, 서해숙(徐海淑)선생이 감자 가져왔음(내일 북경에 간다), 영진(永珍)이 전화 왔음, 옥희(玉姬)의 엄마가 전화 왔음

〈2001년 10월 27일 (음력 9월 11일)〉 토요일 날씨 맑음

옥희(玉姬)의 엄마가 무를 가져왔음, 오후에 태양사대(太陽四隊)에 갔음

〈2001년 10월 28일 (음력 9월 12일)〉 일요일 날씨 흐림/맑음

둘째 숙모 생신, 오후에 집에 돌아왔음, 축구 경기 봤음

〈2001년 10월 29일 (음력 9월 13일)〉 월요일 날씨 맑음

시 호텔에 갔음 - 영란(英蘭) 면접에 관함, 창일(昌日)에게 전화했음, 북경에서 전화 왔음 - 서해숙(徐海淑), 조영순(趙英順)과 주미자(朱美子)가 왔다가 갔음

〈2001년 10월 30일 (음력 9월 14일)〉 화요일 날씨 맑음

북경에서 전화 왔음 - 서해숙(徐海淑), 정금(貞今)이 전화 왔음

〈2001년 10월 31일 (음력 9월 15일)〉 수요일 날씨 구름/흐림

아내가 정금(貞今)집에 가서 무 가져왔음

〈2001년 11월 1일 (음력 9월 16일)〉 목요일 날씨 맑음

제4소학교에 가서 월급 받았음, 학교 교직원 아파트의 방세 받았음(200위안)

〈2001년 11월 2일 (음력 9월 17일)〉 금요일 날씨 맑음

복순(福順)이 전화 왔음 - 훈춘(琿春)에 도착했음, 원학(元學)옛집의 난방비 냈음(200위안), 정옥(貞玉)이 전화 왔음, 전화비 냈음(100위안)

〈2001년 11월 3일 (음력 9월 18일)〉 토요일 날씨 맑음

미옥(美玉)이 전화 왔음 - 연길에 있는 새집의 방세 받았음, 보일러실의 공인 와서 난방 수리, 청두로 전화했음 - 내일 임평(林平) 생일

〈2001년 11월 4일 (음력 9월 19일)〉 일요일 날씨 맑음
바닥 닦았음, 축구 경기 봤음

〈2001년 11월 5일 (음력 9월 20일)〉 월요일 날씨 흐림/구름
TV 봤음

〈2001년 11월 6일 (음력 9월 21일)〉 화요일 날씨 맑음
TV 봤음, 시내에 가 봤음, 위약(胃藥)을 다 먹었음

〈2001년 11월 7일 (음력 9월 22일)〉 수요일 날씨 맑음
TV 방송국에 가서 TV 수신료 냈음(7~12월 84위안), 제4소학교에 가서 〈중공 제15회 육중전회 - 당풍(黨風) 개선〉 서류 가져왔음, 식수 샀음, 창일(昌日)이 전화 왔음

〈2001년 11월 8일 (음력 9월 23일)〉 목요일 날씨 흐림
관공위(觀工委)에 가서 통계표와 잡지 가져왔음, 아내가 승일(承日)집에 갔음, 축구 경기 봤음

〈2001년 11월 9일 (음력 9월 24일)〉 금요일 날씨 맑음
당(黨)의 15회 육중전회 〈강화 당풍(黨風) 개선에 관한 결정〉 서류 학습, 정옥(貞玉)이 전화 왔음

〈2001년 11월 10일 (음력 9월 25일)〉 토요일 날씨 맑음
보일러실에 갔음 - 수리원 없음, 이영(李瑛)진료소에 가서 약 샀음, 이발했음, 창일(昌日)이 왔다가 갔음, 중국 WTO에 가입

〈2001년 11월 11일 (음력 9월 26일)〉 일요일 날씨 맑음
미옥(美玉)이 전화 왔음, 명숙(明淑)이 전화 왔음, 지부 활동 - 학습, 모범 선정, 영진(永珍)이 전화 왔음, 전국구운회 개막식

〈2001년 11월 12일 (음력 9월 27일)〉 월요일 날씨 추움
우체국에 가서 신문 · 간행물 주문, 장춘(長春)으로 약비(藥費) 보냈음(880위안), 이영(李瑛)진료소에 갔음, 김치 만들기, 화분(花盆) 거실로 옮겼음

〈2001년 11월 13일 (음력 9월 28일)〉 화요일 날씨 바람
알로에 술 만들기, 최명선(崔明善)이 왔다가 갔음

〈2001년 11월 14일 (음력 9월 29일)〉 수요일 날씨 바람
지부 총결재료 작성

〈2001년 11월 15일 (음력 10월 1일)〉 목요일 날씨 바람
자치회에 가서 지부 총결재료 제출 및 잡지 주문, 식수 샀음

〈2001년 11월 16일 (음력 10월 2일)〉 금요일 날씨 바람/구름

복순(福順) 왔다가 판석(板石)에 갔음, 알로에 술 먹기 시작

〈2001년 11월 17일 (음력 10월 3일)〉 토요일 날씨 맑음

보일러실에 갔음(두 번) – 난방 공열 부족, 영진(永珍)이 전화 왔음

〈2001년 11월 18일 (음력 10월 4일)〉 일요일 날씨 맑음

일본에서 전화 왔음 – 명숙(明淑)과 국진(國珍), 김치 지하 창고로 옮겼음, 연길로 전화했음, 바닥 닦았음

〈2001년 11월 19일 (음력 10월 5일)〉 월요일 날씨 맑음

제4소학교에 갔음 – 관공위(觀工委) 연말 총결, 보일러실에 갔음 – 7층에 난방 공열 부족, 북한에서 편지 왔음, 승일(承日)이 왔다가 갔음, 제4소학교의 관공위(觀工委) 연말 총결 작성

〈2001년 11월 20일 (음력 10월 6일)〉 화요일 날씨 맑음

제4소학교의 관공위(觀工委) 연말 총결 작성(완성), 시 관공위(觀工委)에 가서 연말총결 제출, 지부 활동비 받았음

〈2001년 11월 21일 (음력 10월 7일)〉 수요일 날씨 맑음

제1난방공급처에 가서 제안 및 가게채의 난방비 냈음, 우체국에 가서 내몽골 사돈집으로 돈 보냈음, 가게채 출입문 수리, 구운회 준결승전 – 상하이:산동 4:2, 랴오닝:광동 4:0

〈2001년 11월 22일 (음력 10월 8일)〉 목요일 날씨 맑음

교위(教委) 인사과, 신방판(信訪辦), 관공위(觀工委)에 갔음 – 퇴직증에 관함, 잡지 가져왔음, 정금(貞今)과 국성(國成)이 왔음, 식수 샀음, 난방 공열

〈2001년 11월 23일 (음력 10월 9일)〉 금요일 날씨 맑음

보일러실의 공인 와서 난방 수리, 운학(雲鶴) 생일 – 점심 같이 먹었음, 창일(昌日)이 왔다가 갔음, 축구 경기 – 산동:광동 2:1, 랴오닝:상하이 2:0

〈2001년 11월 24일 (음력 10월 10일)〉 토요일 날씨 흐림/비

난방 수리(누수), 미옥(美玉)이 전화 왔음, 안전밸브 샀음(38위안), 영진(永珍)이 전화 왔음

〈2001년 11월 25일 (음력 10월 11일)〉 일요일 날씨 맑음/추움

난방공급처 처장과 수리원이 와서 난방 수리, 전국 구운회 폐막식, 창일(昌日) 전화 왔음, 순자(順子)가 전화 왔음

〈2001년 11월 26일 (음력 10월 12일)〉 월요

일 날씨 맑음/추움
보일러실의 공인 왔음, 장춘(長春)에서 전화 왔음 - 위약(胃藥) 40병 도착, 추월(秋月)의 가게에 가서 소포표를 가져왔음, 위약(胃藥) 먹기 시작, 참깨죽 다 먹었음, 우체국에 가서 약 가져왔음 - 이영(李瑛)에게 나눴음

〈2001년 11월 27일 (음력 10월 13일)〉 화요일 날씨 맑음/추움
보일러실, 난방공급처에 갔음 - 난방 공열 부족에 관함, 제4소학교에 가서 월급 받았음, 북경에서 전화 왔음 - 서해숙(徐海淑), 조영순(趙英順)이 와서 난방 검사

〈2001년 11월 28일 (음력 10월 14일)〉 수요일 날씨 흐림
보일러실의 수리원 와서 난방 수리, 화용(和龍)에서 전화 왔음 - 옥희(玉姬)의 엄마, 오후에 청소하고 바닥 닦았음

〈2001년 11월 29일 (음력 10월 15일)〉 목요일 날씨 맑음
농업은행에 가서 저금, 시내에 가 봤음, 보일러실의 공인 와서 난방 검사, 아내가 감기 걸렸음, 화용(和龍)에서 전화 왔음 - 창일(昌日)

〈2001년 11월 30일 (음력 10월 16일)〉 금요일 날씨 맑음/바람
보일러실에 갔음, 제4소학에 추월(秋月)의 가게에 가서 월급 받았음, 학교 교직원 아파트의 방세 받았음(200위안), 영진(永珍)이 전화 왔음, 제1난방공급처에 가서 새집과 가게채의 난방비 냈음, 내몽골 사돈집에서 전화 왔음 - 돈 받았음, 문창에 비닐테이프 붙었음

〈2001년 12월 1일 (음력 10월 17일)〉 토요일 날씨 맑음/바람
보일러실에 갔음, 농업은행에 갔음, 제2난방공급처에 가서 원학(元學)의 옛집의 난방비 200위안 냈음, 사장에 가서 비닐테이프 샀음, 미옥(美玉)이 전화 왔음, 풍순(風順)이 와서 점심을 같이 먹었음

〈2001년 12월 2일 (음력 10월 18일)〉 일요일 날씨 맑음/흐림
문창에 비닐테이프 붙었음, 오후에 보일러실에 갔음 - 난방 개선에 관함, 축구 경기 봤음, 식수 샀음

〈2001년 12월 3일 (음력 10월 19일)〉 월요일 날씨 맑음/바람
영진(永珍)이 전화 왔음, 보일러실의 공인 왔음, 가게채의 세입자 왔음 - 방세에 관한 토론, 복순(福順)이 전화 왔음

〈2001년 12월 4일 (음력 10월 20일)〉 화요일 날씨 맑음
총부, 자치회 총결회의 참석, 보일러실에 갔음 - 난방 개선하지 않았음, 정옥(貞玉)이 대출금 3000위안 갚으러 왔음 - 저녁 먹고 바닥 닦았음

〈2001년 12월 5일 (음력 10월 21일)〉 수요일 날씨 맑음

제4소학교에 가서 지부 총결회의 진행, 학교 식당 운영에 관한 토론, 추월(秋月)의 가게에 가서 책 줬음, 아내가 풍순(風順)집에 갔음 - 풍순(風順)이 일본에 갈 예정

〈2001년 12월 6일 (음력 10월 22일)〉 목요일 날씨 맑음

저축은행에 가서 정옥(貞玉)의 대출금 3000위안 갚았음, 축구 경기 - 랴오닝:심천 2:1

〈2001년 12월 7일 (음력 10월 23일)〉 금요일 날씨 맑음

오후에 제4소학교에 추월(秋月)의 가게에 갔음 - 지부 연말총결에 관함, 학교 지도부 초대(500위안), 지도부 회의

〈2001년 12월 8일 (음력 10월 24일)〉 토요일 날씨 맑음/구름

미옥(美玉)이 전화 왔음, 전기세 냈음, 상점에 가서 속옷 샀음, 영진(永珍)이 전화 왔음 - 임평(林平) 다롄으로 전근 갔음, 승일(承日)이 전화 왔음

〈2001년 12월 9일 (음력 10월 25일)〉 일요일 날씨 맑음

지부 연말총결회의 참석, 옥희(玉姬)과 옥희(玉姬)의 엄마가 왔다가 갔음, 연길로 전화했음, 축구 경기 봤음

〈2001년 12월 10일 (음력 10월 26일)〉 월요일 날씨 맑음

풍순(風順) 전화 왔음 - 안전히 일본에 도착했음, 태옥(太玉)이 전화 왔음 - 퇴직증에 관함, 정수(廷洙) 전화 왔음, 영진(永珍)이 전화 왔음 - 임평(林平)이 다롄에 갔음, 보일러실에 갔다가 왔음

〈2001년 12월 11일 (음력 10월 27일)〉 화요일 날씨 맑음

미옥(美玉)이 전화 왔음, 프라이팬 수리, 가스 샀음(58위안)

〈2001년 12월 12일 (음력 10월 28일)〉 수요일 날씨 흐림

보일러실의 공인 와서 난방 수리(1층~4층), 승일(承日)이 전화 왔음

〈2001년 12월 13일 (음력 10월 29일)〉 목요일 날씨 흐림/비

보일러실의 공인이 와서 난방 수리(1,2,3,5,6층)

〈2001년 12월 14일 (음력 10월 30일)〉 금요일 날씨 맑음/바람

장인 전화 왔음, 제1난방공급처 와서 난방 검사, 연길에 갔음(12:30~2:30), 영진(永珍)이 전화 왔음, 창일(昌日)이 전화 왔음

〈2001년 12월 15일 (음력 11월 1일)〉 토요일 날씨 맑음/바람

아내가 병원에 가서 인슐린 약 샀음(1,000위안)

〈2001년 12월 16일 (음력 11월 2일)〉 일요일 날씨 맑음/추움

빨래건조대 수리, 축구 경기 - 충칭:산시[4] 2:0

〈2001년 12월 17일 (음력 11월 3일)〉 월요일 날씨 맑음/추움

집에 돌아왔음(9:00~11:00), 노강(魯江) 전화 왔음 - 장남 결혼식에 관함, 식수 샀음, 연길로 전화했음

〈2001년 12월 18일 (음력 11월 4일)〉 화요일 날씨 맑음/추움

지부 활동기록 및 출석 통계 정리, 알로에 술 정지

〈2001년 12월 19일 (음력 11월 5일)〉 수요일 날씨 맑음/추움

지부 활동기록 및 출석 통계 정리, 생활일지 카드 만들기, 승일(承日)이 왔다가 갔음

〈2001년 12월 20일 (음력 11월 6일)〉 목요일 날씨 맑음

보일러실의 수리원이 와서 난방 누수 수리(50위안), 바닥 닦았음

〈2001년 12월 21일 (음력 11월 7일)〉 금요일 날씨 맑음

주방 공사 준비: 건축재료 준비(타일), 가계부 정리

4) 陕(Shǎn)' 또는 '秦(Qín)'으로 약칭하며, 성도는 시안(西安)임.

〈2001년 12월 22일 (음력 11월 8일)〉 토요일 날씨 맑음

서장춘(徐長春)교장이 강력 접착제 가져왔음, 영진(永珍)이 전화 왔음

〈2001년 12월 23일 (음력 11월 9일)〉 일요일 날씨 맑음

미옥(美玉)이 전화 왔음, 학습, 축구 경기(결승전) - 북경:다롄 0:1

〈2001년 12월 24일 (음력 11월 10일)〉 월요일 날씨 맑음

자치회에 가서 《노인세계》가져왔음, 친구 동주(東周) 왔음, 서해숙(徐海淑)선생이 왔다가 갔음 - 북경에서 돌아왔음, 동주(東周)와 같이 서해숙(徐海淑)선생이 집에 갔음

〈2001년 12월 25일 (음력 11월 11일)〉 화요일 날씨 맑음

동주(東周)와 같이 동창 김규빈(金奎彬)집에 가서 점심 먹었음(50위안), 집에 돌아왔음, 식수 샀음

〈2001년 12월 26일 (음력 11월 12일)〉 수요일 날씨 맑음

학습, 오후에 제4소학교에 가서 월급카드 받았음, 추월(秋月)의 가게에 가서 〈노인세계〉 줬음, 최순금(崔順今), 최석환(崔碩煥)에게 전화했음 - 월급카드에 관함

〈2001년 12월 27일 (음력 11월 13일)〉 목요일 날씨 맑음

공상은행에 가서 월급 받고 저축카드 만들었음, 이영(李瑛)진료소에 가서 위약(胃藥) 샀음

〈2001년 12월 28일 (음력 11월 14일)〉 금요일 날씨 맑음
학습, 정옥(貞玉)이 대출금 2,000위안 갚으러 왔음 - 같이 저녁 먹었음

〈2001년 12월 29일 (음력 11월 15일)〉 토요일 날씨 맑음/구름
학습, 저축은행에 가서 대출금 2,000위안 갚았음, 상점에 갔음, 이발했음, 미옥(美玉)이 전화 왔음, 서교장이 왔다가 갔음

〈2001년 12월 30일 (음력 11월 16일)〉 일요일 날씨 맑음
황노강(黃魯江)의 장남의 결혼식 참석, 학습

〈2001년 12월 31일 (음력 11월 17일)〉 월요일 날씨 흐림/눈
바닥 닦았음, 태양사대(太陽四隊)에 갔음, 학습, 정옥(貞玉), 춘식(春植)과 철진(哲珍) 등이 왔음

7월7일 1년: 1만 위안 080700100015450 - 중심신용사(信用社)
8월16일 1년: 1만 632276013001010591 - 농업은행
비번: 4256

〈2002년 1월 1일 (음력 11월 18일)〉 화요일
날씨 맑음/바람
숙모집에서 원단을 보냈음, 태양사대(太陽四隊)에서 집에 돌아왔음, 저녁에 승일(承日) 집에 가서 원단을 보냈음, 미옥(美玉)이 전화 왔음, 일본에서 전화 왔음 - 명숙(明淑)과 국진(國珍), 동일(東日)이 전화 왔음, 초미(超美)가 전화 왔음

〈2002년 1월 2일 (음력 11월 19일)〉 수요일
날씨 맑음/추움
영진(永珍)이 전화 왔음, 승일(承日), 창일(昌日)집에 왔다가 갔음, 판석(板石)에 있는 민석(珉錫)집에 갔음, 내몽골로 전화했음

〈2002년 1월 3일 (음력 11월 20일)〉 목요일
날씨 맑음/추움
민석(珉錫) 생일, 집에 돌아왔음

〈2002년 1월 4일 (음력 11월 21일)〉 금요일
날씨 맑음/눈
가게채의 방세 받았음(1,000위안), 식수 샀음, 창일(昌日)이 전화 왔음

〈2002년 1월 5일 (음력 11월 22일)〉 토요일
날씨 맑음/바람
미옥(美玉)이 전화 왔음, 사전 찾아서 학습

〈2002년 1월 6일 (음력 11월 23일)〉 일요일
날씨 맑음/눈
국진(國珍)이 전화 왔음 - 임신(여자애), 학습, 24회 성(省) · 항(港) 축구경기 - 광동:홍콩 1:1/3:0, 순주(順周)선생 전화 왔음 - 위병(胃病) 치료에 관함

〈2002년 1월 7일 (음력 11월 24일)〉 월요일
날씨 눈
방세와 난방비 연말결산, 약 먹었음

〈2002년 1월 8일 (음력 11월 25일)〉 화요일
날씨 바람
오후에 박교장 집에 갔음 - 박교장의 모친 사망, 옥희(玉姬)의 엄마가 전화 왔음 - 분옥(粉玉)에 관함

〈2002년 1월 9일 (음력 11월 26일)〉 수요일
날씨 맑음
박교장 모친의 장례식 참석, 제5학교의 조광묵(趙光默) 사망, 화용(和龍)으로 전화했음 - 창일(昌日) 집

〈2002년 1월 10일 (음력 11월 27일)〉 목요일 날씨 흐림

학습 필기 - 2001년 10대 국제 뉴스, 세계 탁구경기 봤음, 오늘부터 2001년 국제 탁구 경기(투어경기) 시작 - 남자 우승(자): 3만 7천 달러, 여자 우승(자): 2만 6천 달러

〈2002년 1월 11일 (음력 11월 28일)〉 금요일 날씨 맑음/흐림

조영순(趙英順)의 아들 와서 사진 찍어 줬음, 아내가 장인 집에 문병하러 갔음, 식수 샀음, 세계 탁구경기 봤음

〈2002년 1월 12일 (음력 11월 29일)〉 토요일 날씨 맑음

미옥(美玉), 영진(永珍)이 전화 왔음, 학습

〈2002년 1월 13일 (음력 12월 1일)〉 일요일 날씨 맑음

연길에서 전화 왔음 - 영란(英蘭) 300위안 잃어버렸음, 학습, 내몽골로 전화했음

〈2002년 1월 14일 (음력 12월 2일)〉 월요일 날씨 흐림/눈

신문과 TV 봤음, 조영순(趙英順) 사진 가져왔음, 알로에 술 먹기 시작

〈2002년 1월 15일 (음력 12월 3일)〉 화요일 날씨 맑음

바닥 닦았음, 학습, 공상은행에 가서 예금 인출하고 농업은행에 가서 저금, ※국경 수비 보조금 95 6=570위안

〈2002년 1월 16일 (음력 12월 4일)〉 수요일 날씨 맑음

미옥(美玉)이 전화 왔음, 창고 앞에 제설(除雪) - 김치 가져왔음

〈2002년 1월 17일 (음력 12월 5일)〉 목요일 날씨 맑음

연길에 갔음(9:50~12:20) - 안사돈 생신, 일본에서 편지 왔음 - 2만 엔화

〈2002년 1월 18일 (음력 12월 6일)〉 금요일 날씨 맑음

아내가 병원에 가서 인슐린 약 샀음

〈2002년 1월 19일 (음력 12월 7일)〉 토요일 날씨 맑음/구름

원학(元學)의 형 생일, 일본으로 편지 보냈음, 내몽골 사돈집으로 소포를 보냈음 - 아이의 옷

〈2002년 1월 20일 (음력 12월 8일)〉 일요일 날씨 흐림/눈

집에 돌아왔음(9:00~11:20), 정수(廷洙)와 정수(廷洙)의 아내가 왔다가 갔음, 연길로 전화했음, 미옥(美玉)이 전화 왔음, 영진(永珍)이 전화 왔음

〈2002년 1월 21일 (음력 12월 9일)〉 월요일 날씨 눈

오전에 제4소학교에 갔음 - 월급 명세서와 신분증번호 확인, 창일(昌日)이 전화 왔음

〈2002년 1월 22일 (음력 12월 10일)〉 화요일 날씨 구름/바람
식수 샀음, 학습필기 - 2001년 국내 10대 뉴스

〈2002년 1월 23일 (음력 12월 11일)〉 수요일 날씨 맑음/바람
일본으로 전화했음, 국진(國珍)이 전화 왔음, 2002년 사국 여자 축구경기 - 미국:노르웨이 0:1, 중국:독일 2:1

〈2002년 1월 24일 (음력 12월 12일)〉 목요일 날씨 맑음/바람
신문과 TV 봤음, 찐빵 샀음, 태양에서 전화 왔음 - 황일(黃日)의 모친상

〈2002년 1월 25일 (음력 12월 13일)〉 금요일 날씨 맑음
자치회에 가서 〈노인세계〉 가져왔음, 사국 여자 축구경기 - 미국:독일 0:0, 중국:노르웨이 0:3, 전화비 냈음(200위안)

〈2002년 1월 26일 (음력 12월 14일)〉 토요일 날씨 구름
황일(黃日)의 모친의 장례식 참석, 내몽골에서 전화 왔음 - 소포 받았음, 연길로 전화했음

〈2002년 1월 27일 (음력 12월 15일)〉 일요일 날씨 흐림
추월(秋月)의 가게에 가서《노인세계》줬음, 사국 여자 축구경기 - 노르웨이:독일 1:3, 중국:미국 0:2, 우유약 먹기 시작

〈2002년 1월 28일 (음력 12월 16일)〉 월요일 날씨 맑음
신문과 TV 봤음, 복순(福順)이 전화 왔음

〈2002년 1월 29일 (음력 12월 17일)〉 화요일 날씨 맑음
바닥 닦았음, TV 봤음

〈2002년 1월 30일 (음력 12월 18일)〉 수요일 날씨 맑음/바람
창고 앞에 제설(除雪) - 김치 가져왔음, 신문과 TV 봤음, 식수 샀음, 연길로 전화했음 - 춘림(春林), 춘성(春晟) 생일

〈2002년 1월 31일 (음력 12월 19일)〉 목요일 날씨 맑음
신문과 TV 봤음, ※1월부터 월급 - 정(廷): 1004.9위안, 황(黃): 937.2위안

〈2002년 2월 1일 (음력 12월 20일)〉 금요일 날씨 맑음/흐림
제4소학교의 회계 전화 왔음 - 월급 명세서에 관함, 정옥(貞玉)이 와서 춘성신용사(春城信用社)에 가서 예금 인출, 우체국에 가서 저금 - 한국에 가는 문제에 관함

〈2002년 2월 2일 (음력 12월 21일)〉 토요일 날씨 맑음
공상은행에 가서 예금 인출하고 농업은행에 가서 저금, 원학(元學)의 옛집의 난방비 냈음

(258위안), 충칭 부릉(涪陵)에서 전화 왔음 – 영진(永珍)

〈2002년 2월 3일 (음력 12월 22일)〉 일요일 날씨 맑음

임평(林平)과 영진(永珍)이 전화 왔음, 창일(昌日)이 전화 왔음

〈2002년 2월 4일 (음력 12월 23일)〉 월요일 날씨 맑음

시장에 가 봤음 – 쇼핑센터에 가 봤음, 나귀고기 샀음

〈2002년 2월 5일 (음력 12월 24일)〉 화요일 날씨 맑음

신발 수선(5위안), 이영(李瑛)진료소에 갔음

〈2002년 2월 6일 (음력 12월 25일)〉 수요일 날씨 맑음

미옥(美玉)이 전화 왔음, 제4소학교에 갔음 – 퇴직교원 회의: 월급에 관함, 위약(胃藥) 다 먹었음, 학교 교직원 아파트의 방세 받았음, 장인집에 갔음 – 동일(東日)과 영홍(永紅) 왔음

〈2002년 2월 7일 (음력 12월 26일)〉 목요일 날씨 맑음

자치회에 가서 《노인세계》가져왔음, 제4소학교의 회계가 식용두유 가져왔음(25kg), 정옥(貞玉)이 대출금 1만 위안 갚으러 왔음, 영진(永珍)이 전화 왔음

〈2002년 2월 8일 (음력 12월 27일)〉 금요일 날씨 구름/맑음

저축은행에 가서 정옥(貞玉)의 대출금 1만 위안 갚았음, 김병삼(金秉三) 집에 위문하러 갔음(50위안), 영진(永珍)이 전화 왔음 – 송금에 관함, 동일(東日)이 와서 점심 먹었음

〈2002년 2월 9일 (음력 12월 28일)〉 토요일 날씨 맑음/바람

미옥(美玉)이 전화 왔음, 영진(永珍)이 전화 왔음 – 송금 500위안, 동계 올림픽 개막식

〈2002년 2월 10일 (음력 12월 29일)〉 일요일 날씨 맑음

바닥 닦았음, 농업은행에 갔음 – 문 닫았음, 창고 앞에 제설(除雪) – 김치 가져왔음

〈2002년 2월 11일 (음력 12월 30일)〉 월요일 날씨 맑음

창일(昌日)이 전화 왔음, 농업은행에 갔음 – 문 닫았음, 동일(東日)과 광혁(光赫)이 전화 왔음, 연길로 전화했음, 영진(永珍)이 전화 왔음 – 훈춘(琿春)[1]에 도착, 일본에서 전화 왔음 – 명숙(明淑)과 국진(國珍), 장춘(長春)에서 전화 왔음 – 광춘(光春)

〈2002년 2월 12일 (음력 1월 1일)〉 화요일 날씨 맑음

승일(承日)집에 갔음, 점심에 원학(元學)과 미옥(美玉)이 왔음, 저녁에 창일(昌日)과 동

1) 훈춘: 지린(吉林)성에 있는 지명

일(東日)이 왔음, 부릉(涪陵) 사돈집으로 전화했음

〈2002년 2월 13일 (음력 1월 2일)〉 수요일
날씨 맑음
집에서 설날 보냈음 - 승일(承日), 창일(昌日), 동춘(東春), 동일(東日), 복순(福順)이 왔음, 식수 샀음

〈2002년 2월 14일 (음력 1월 3일)〉 목요일
날씨 맑음
아내, 원학(元學)과 미옥(美玉)이 장인 집에 갔음, 동창 웅걸(雄杰)과 동순(東淳)이 전화 왔음, 동일(東日)이 북경에 돌아갔음, 가게채의 방세 받았음(1000위안)

〈2002년 2월 15일 (음력 1월 4일)〉 금요일
날씨 맑음
동창 웅걸(雄杰)이 와서 점심을 먹었음

〈2002년 2월 16일 (음력 1월 5일)〉 토요일
날씨 맑음
아침에 원학(元學)이 연길에 돌아갔음, 문체용품점에 가서 줄넘기 샀음, 원학(元學)이 전화 왔음 - 안전히 도착

〈2002년 2월 17일 (음력 1월 6일)〉 일요일
날씨 흐림/눈
농업은행에 가서 저금하고 우체국에 가서 내몽골 사돈집으로 100위안 보냈음, 복순(福順)이 왔음

〈2002년 2월 18일 (음력 1월 7일)〉 월요일
날씨 맑음/바람
북경에서 전화 왔음 - 동일(東日), 초미(超美), 려영(麗英), 농업은행에 갔음, 식수 샀음

〈2002년 2월 19일 (음력 1월 8일)〉 화요일
날씨 맑음/바람
원학(元學)이 전화 왔음 - 당뇨병 약에 관함, 영진(永珍)이 전화 왔음 - 내일 청두[2]에 도착, 농업은행에 가서 미옥(美玉)이 준 1,000위안을 저금

〈2002년 2월 20일 (음력 1월 9일)〉 수요일
날씨 맑음
원학(元學)이 전화 왔음, 미옥(美玉)이 점심에 연길에 돌아갔음, 농업은행에 가서 영진(永珍)이 보내준 500위안 인출, 미옥(美玉)이 전화 왔음 - 안전히 도착

〈2002년 2월 21일 (음력 1월 10일)〉 목요일
날씨 흐림
화용(和龍)에 있는 순자(順子)가 전화 왔음 - 승일(承日) 생일에 관함, 바닥 닦았음

〈2002년 2월 22일 (음력 1월 11일)〉 금요일
날씨 흐림/구름
신문과 TV 봤음 - 미국 대통령 부시가 청화대학[3]에서 강연

---

2) 쓰촨(四川)성의 성도.
3) 중국 베이징(北京)에 있는 교육부 직속의 명문 종합대학.

〈2002년 2월 23일 (음력 1월 12일)〉 토요일
날씨 맑음
오후에 창일(昌日)이 화용(和龍)에서 돌아왔음 - 고려술 한 박스 가져왔음, 미옥(美玉)이 전화 왔음, 연변(延邊)방송 프로그램 청취 - 미옥(美玉): 심리학에 관한 강의

〈2002년 2월 24일 (음력 1월 13일)〉 일요일
날씨 맑음
식수 샀음, 이발했음

〈2002년 2월 25일 (음력 1월 14일)〉 월요일
날씨 구름
시내에 가 봤음, 오후에 태양사대(太陽四隊)에 갔음 - 정기(廷棋), 상진(相珍)과 같이 놀았음

〈2002년 2월 26일 (음력 1월 15일)〉 화요일
날씨 맑음
대보름 보냈음, 점심에 정기(廷棋)의 초대 받았음, 오후에 집에 돌아왔음, 일본에서 전화 왔음 - 명숙(明淑)과 국진(國珍), 미옥(美玉)이 전화 왔음

〈2002년 2월 27일 (음력 1월 16일)〉 수요일
날씨 맑음
내몽골 사돈집에서 전화 왔음 - 돈 받았음, 추월(秋月)의 가게에 가서《노인세계》줬음

〈2002년 2월 28일 (음력 1월 17일)〉 목요일
날씨 맑음
시장에 가 봤음, 청소비 냈음 - 18위안

〈2002년 3월 1일 (음력 1월 18일)〉 금요일
날씨 맑음/흐림
신문과 TV 봤음, 술병 씻었음

〈2002년 3월 2일 (음력 1월 19일)〉 토요일
날씨 맑음/바람
연변(延邊)방송 프로그램 청취 - 미옥(美玉): 심리학에 관한 강의, 미옥(美玉)과 영진(永珍)이 전화 왔음, 중국축구 협회 축구경기 - 다롄:상하이 0:2

〈2002년 3월 3일 (음력 1월 20일)〉 일요일
날씨 맑음
바닥 닦았음, 축구 경기 - 북경:팔일 5:0

〈2002년 3월 4일 (음력 1월 21일)〉 월요일
날씨 맑음
옥희(玉姬)의 엄마가 아내의 신분증 가져왔음, 자치회의 안주임 전화 왔음 - 회의 공지

〈2002년 3월 5일 (음력 1월 22일)〉 화요일
날씨 흐림/맑음
공상은행에 가서 예금 인출(월급), 농업은행에 가서 저금, 쌍신(双新)소학교의 김교장이 전화 왔음, 식수 샀음(식수표 11장 - 60위안), 물세 냈음(38.4위안)

〈2002년 3월 6일 (음력 1월 23일)〉 수요일
날씨 흐림/눈
총부, 자치회 계획회의 참석, 정수(廷洙)가 전화 왔음 - 생일에 관함

〈2002년 3월 7일 (음력 1월 24일)〉 목요일
날씨 맑음
제4소학교에 갔음 - 3.8절에 관한(1,000위안), 지부 지도부 회의 - 3.8절 활동 준비에 관함

〈2002년 3월 8일 (음력 1월 25일)〉 금요일
날씨 맑음
학교 교직원 아파트의 방세 받았음(200위안), TV 수신료(6개월) 냈음(84위안), 지부 활동 일정 제정, 회의 정보 정리

〈2002년 3월 9일 (음력 1월 26일)〉 토요일
날씨 맑음
지부 3.8절 활동 - 총부 계획 공지 및 토론, 연길로 전화했음, 연변(延邊)방송 프로그램 청취 - 미옥(美玉): 심리학에 관한 강의

〈2002년 3월 10일 (음력 1월 27일)〉 일요일
날씨 맑음
제4소학교 조석제(趙石濟)집에 갔음 - 채주임의 초대를 받았음, 다롄에 있는 채선생의 집으로 전화했음, 영진(永珍)이 전화 왔음, 거리(환경)관리비 냈음(24위안)

〈2002년 3월 11일 (음력 1월 28일)〉 월요일
날씨 흐림/맑음
풍순(風順)이 일본에서 돌아왔음 - 같이 점심을 먹었음

〈2002년 3월 12일 (음력 1월 29일)〉 화요일
날씨 맑음
공상은행에 갔음, 환경보호국에 가서 채정자(蔡貞子)과 채숙자(蔡淑子)의 당(黨)비 받았음, 전기세 냈음(100위안)

〈2002년 3월 13일 (음력 1월 30일)〉 수요일
날씨 맑음
총부 사무실에 가서 회의 참석 - 교당위(教黨委)[4] 시험 감독에 관함, 김병삼(金秉三)선생 집에 가서 당(黨)비 받았음

〈2002년 3월 14일 (음력 2월 1일)〉 목요일
날씨 맑음/구름
아내가 방(方)교장집에 당(黨)비 270위안 가져갔음, 장수고려삼(高麗蔘)액을 다 먹었음

〈2002년 3월 15일 (음력 2월 2일)〉 금요일
날씨 맑음
제3소학교에 가서 시험 감독 - 농촌 입당(入黨) 후보자 시험, 시험 감독비 50위안 받았음, 점심에 승일(承日)의 생일인데 초대 받았음

〈2002년 3월 16일 (음력 2월 3일)〉 토요일
날씨 맑음/흐림
바닥 닦았음, 한국에서 전화 왔음 - 설화(雪花)

〈2002년 3월 17일 (음력 2월 4일)〉 일요일
날씨 흐림/맑음
미옥(美玉)이 전화 왔음, 이영(李瑛)진료소

4) 교육국 당원(黨員) 위원회

에 갔음 - 간을 보호약 샀음

〈2002년 3월 18일 (음력 2월 5일)〉 월요일
날씨 맑음
승일(承日)이 전화 왔음 - 영석(永錫)의 모친상, 영석(永錫)집에 갔음, 영진(永珍)이 전화 왔음

〈2002년 3월 19일 (음력 2월 6일)〉 화요일
날씨 눈/맑음
미옥(美玉)이 전화 왔음 - 아내의 병에 관함, 오전에 영석(永錫)집에 갔음, 저녁에 집에 돌아왔음

〈2002년 3월 20일 (음력 2월 7일)〉 수요일
날씨 맑음/구름
영석(永錫)의 모친의 장례식 참석, 정수(廷洙)가 전화 왔음 - 정오(廷伍) 생일에 관함, 창일(昌日)이 전화 왔음 - 안전히 화용(和龍)에 도착했음, 정오(廷伍)의 초대 받았음

〈2002년 3월 21일 (음력 2월 8일)〉 목요일
날씨 흐림/바람
태양에서 전화 왔음 - 호준(浩俊), 집 판매에 관함, 박영호(朴永浩)의 생일인데 초대 받았음

〈2002년 3월 22일 (음력 2월 9일)〉 금요일
날씨 흐림
미옥(美玉)이 전화 왔음, 영진(永珍)이 전화 왔음 - 아팠음

〈2002년 3월 23일 (음력 2월 10일)〉 토요일
날씨 흐림/구름
신문과 TV 봤음

〈2002년 3월 24일 (음력 2월 11일)〉 일요일
날씨 맑음
일본에서 전화 왔음 - 국진(國珍), 안사돈 안전히 도착, 식수 샀음

〈2002년 3월 25일 (음력 2월 12일)〉 월요일
날씨 맑음
신문과 TV 봤음, 화용(和龍)에서 전화 왔음 - 옥희(玉姬)의 엄마

〈2002년 3월 26일 (음력 2월 13일)〉 화요일
날씨 흐림/비
시 교위(教委) 관공위(觀工委) 총결 · 계획회의 참석, 가게채의 방세 받았음(1000위안), 교육국에 가서 퇴직교사의 사진 제출 - 퇴직증에 관함

〈2002년 3월 27일 (음력 2월 14일)〉 수요일
날씨 맑음
총부 서기회의 참석 - 법륜공 문제에 관함

〈2002년 3월 28일 (음력 2월 15일)〉 목요일
날씨 맑음
미옥(美玉)이 전화 왔음, 연길에 갔음(12:30~14:20), 바닥 닦았음

〈2002년 3월 29일 (음력 2월 16일)〉 금요일
날씨 맑음

아내가 연변(延邊)병원에 진료를 받으러 갔음, 시장에 가 봤음, 춘학(春學) 생일 - 못 갔음

〈2002년 3월 30일 (음력 2월 17일)〉 토요일
날씨 맑음
연길시 하용촌에 가서 참관, 아침 운동하기 시작, 영진(永珍)이 전화 왔음

〈2002년 3월 31일 (음력 2월 18일)〉 일요일
날씨 맑음
화용(和龍)에 창일(昌日)집에 갔음(8:20~10:20), 점심에 창일(昌日)의 초대 받았음

〈2002년 4월 1일 (음력 2월 19일)〉 월요일
날씨 맑음/바람
33만 위안 저금 - 임무, 화용(和龍)에서 시장에 가 봤음, 양옥순(楊玉順)의 초대 받았음

〈2002년 5월 9일 (음력 3월 27일)〉 목요일
날씨 맑음
자치회에 가서《노인세계》가져왔음, 미옥(美玉)이 전화 왔음

〈2002년 5월 10일 (음력 3월 28일)〉 금요일
날씨 맑음
전화비 100위안 냈음, 시장에 가 봤음, 식수 샀음, 영진(永珍)이 전화 왔음, 정수(廷洙)가 전화 왔음

〈2002년 5월 11일 (음력 3월 29일)〉 토요일
날씨 흐림/맑음
미옥(美玉)이 전화 왔음, 풍순(風順)이 의자 가져왔음

〈2002년 5월 12일 (음력 4월 1일)〉 일요일
날씨 흐림/비
지부 활동 참석, 미옥(美玉)이 전화 왔음 - 어머니의 날

〈2002년 5월 13일 (음력 4월 2일)〉 월요일
날씨 흐림
전기세 냈음(100위안), 아파트 앞에 제초(除草), 영진(永珍)이 전화 왔음, 정옥(貞玉)이 전화 왔음

〈2002년 5월 14일 (음력 4월 3일)〉 화요일
날씨 흐림/맑음
제4소학교에 갔음 - 학부모 정보에 관함, 정수(廷洙)가 와서 대출금의 이자 900위안 냈음

〈2002년 5월 15일 (음력 4월 4일)〉 수요일
날씨 맑음
공상은행에 가서 예금 인출, 승일(承日) 집에 장인을 문병하러 갔음, 위약(胃藥) 먹기 시작, 승일(承日)의 아내가 생일인데 초대 받았음, 민석(珉錫)이 왔음

〈2002년 5월 16일 (음력 4월 5일)〉 목요일
날씨 맑음
제4소학교에 가서 학부모 정보 정리, 만억(萬亿)에게 전화했음

〈2002년 5월 17일 (음력 4월 6일)〉 금요일
날씨 맑음/구름
관공위(觀工委)에 가서 책 가져왔음, 화자(花子)가 왔다가 갔음, 식수 샀음, 창일(昌日)이 전화 왔음

〈2002년 5월 18일 (음력 4월 7일)〉 토요일
날씨 흐림/구름
아침(4:30)에 창일(昌日)집에 갔음 - 장인의 병세 위중, 승일(承日)이 집에 없음, 영진(永珍)과 미옥(美玉)이 전화 왔음

〈2002년 5월 19일 (음력 4월 8일)〉 일요일
날씨 흐림/맑음
화자(花子)가 전화 왔음, 화자(花子)집에 갔음 - 셋째 숙모와 여금(旅今) 훈춘(琿春)에 도착, 셋째 숙부 사망 1주년, 정옥(貞玉)이 전화 왔음 - 한국에 갈 문제에 관함, 창일(昌日)이 전화 왔음

〈2002년 5월 20일 (음력 4월 9일)〉 월요일
날씨 맑음
태양에 갔음 - 셋째숙부 사망 1주년, 태양사대(太陽四隊)에서 점심 먹고 집에 돌아왔음, 창일(昌日)이 전화 왔음, 정옥(貞玉)이 한국에 갔음 - 북경에서 출발

〈2002년 5월 21일 (음력 4월 10일)〉 화요일
날씨 맑음
한국에서 전화 왔음 - 설화(雪花)과 설화(雪花)의 엄마, 제4소학교에 가서 학부모의 정보를 정리, 이영(李瑛)진료소에 갔음

〈2002년 5월 22일 (음력 4월 11일)〉 수요일
날씨 소나기/맑음
제4소학교에 가서 학부모의 정보를 정리, 창일(昌日)이 전화 왔음

〈2002년 5월 23일 (음력 4월 12일)〉 목요일
날씨 맑음
제4소학교에 가서 학부모 정보 정리, 창일(昌日)의 아내 전화 왔음, 동주(東周)가 전화 왔음, 미옥(美玉)이 전화 왔음, 안주임집에 문병하러 갔음, 최주임, 방교장, 추월(秋月)과 토론 - 봄 소풍에 관함

〈2002년 5월 24일 (음력 4월 13일)〉 금요일
날씨 비/구름
제4소학교, 시장에 가 봤음, (100위안 썼음) - 봄 소풍 준비, 복순(福順)이 전화 왔음, 옥희(玉姬)의 엄마가 전화 왔음

〈2002년 5월 25일 (음력 4월 14일)〉 토요일
날씨 맑음/구름
지부 봄 소풍, 식수 샀음

〈2002년 5월 26일 (음력 4월 15일)〉 일요일
날씨 맑음/구름
일본에서 전화 왔음 - 명숙(明淑)과 국진(國珍), 동주(東周)와 통화했음, 바닥 닦았음, 영진(永珍)이 전화 왔음

〈2002년 5월 27일 (음력 4월 16일)〉 월요일
날씨 맑음
시내에 가 봤음, 오후에 공사 현장에 가 봤음

(도로 공사), 이영(李瑛)진료소에 갔음, 아내가 승일(承日) 집에 갔다가 왔음

〈2002년 5월 28일 (음력 4월 17일)〉 화요일
날씨 맑음
제4소학교에 갔음 - 학부모 정보에 관함, 우호에 공사 현장에 가 봤음(도로 공사)

〈2002년 5월 29일 (음력 4월 18일)〉 수요일
날씨 흐림/비
원학(元學)옛집의 변기 물저장탱크 수리(26위안), 북경에서 전화 왔음 - 정옥(貞玉)

〈2002년 5월 30일 (음력 4월 19일)〉 목요일
날씨 비/맑음
학부모에 관한 자료 작성, 옥희(玉姬)의 엄마가 전화 왔음, 영진(永珍)이 전화 왔음

〈2002년 5월 31일 (음력 4월 20일)〉 금요일
날씨 구름/맑음
오전에 제4소학교에 갔음 - 학부모 정보에 관함, 오후에 공사 현장에 가 봤음(도로 공사), 17회 월드컵 개막식

〈2002년 6월 1일 (음력 4월 21일)〉 토요일
날씨 흐림/구름
연길로 전화했음 - 6.1 아동절 축하, 시내에 갔음, 창일(昌日)이 전화 왔음 - 아내와 같이 장인집에 문병하러 갔음, 연길에서 전화 왔음 - 영란(英蘭), 학교 교직원 아파트의 세입자 나갔음, 17회 월드컵 봤음

〈2002년 6월 2일 (음력 4월 22일)〉 일요일
날씨 맑음
오전에 창일(昌日)이 왔다가 갔음, 창일(昌日)이 와서 저녁 먹었음, 식수 샀음

〈2002년 6월 3일 (음력 4월 23일)〉 월요일
날씨 맑음
교육국 - 관공위(觀工委) - 제1중학교에 가서 활동경비 받았음, 제4소학교에 갔음, 학교 교직원 아파트의 방세 받았음(5월달 250위안), 창일(昌日)이 전화 왔음

〈2002년 6월 4일 (음력 4월 24일)〉 화요일
날씨 맑음
미옥(美玉)이 전화 왔음, 관공위(觀工委) - 제4소학교(학부모 정보에 관함), 아내가 장인집에 문병하러 갔음

〈2002년 6월 5일 (음력 4월 25일)〉 수요일
날씨 맑음
미옥(美玉)에게 전화했음, 관공위(觀工委) - 시 제2실험 중학교의 재료 제출, 옥희(玉姬)의 엄마가 전화 왔음

〈2002년 6월 6일 (음력 4월 26일)〉 목요일
날씨 흐림/구름
김병삼(金秉三) 집에 당비(黨費) 받으러 갔음, 창일(昌日)이 전화 왔음

〈2002년 6월 7일 (음력 4월 27일)〉 금요일
날씨 흐림/맑음
가구점에 갔음, 학교 교직원 아파트에 갔음

- 방세에 관함, 이발했음, 연길로 전화했음, 오후에 아내가 연길에 갔음

〈2002년 6월 8일 (음력 4월 28일)〉 토요일
날씨 바람/맑음
학교 교직원 아파트에 갔음 - 방 안에 페인트 작업(140위안), 영진(永珍)이 전화 왔음, 아내가 집에 돌아왔음

〈2002년 6월 9일 (음력 4월 29일)〉 일요일
날씨 맑음
학교 교직원 아파트에 갔음 - 방 안에 페인트 작업, 지부활동 - 학습, 점심에 채주임, 김 선생과 같이 밥 먹었음, 우유를 다 먹었음

〈2002년 6월 10일 (음력 4월 30일)〉 월요일
날씨 흐림/비
학교 교직원 아파트에 갔음 - 방 안에 페인트 작업, 방세 - 250위안/월, 3개월 750위안 받았음

〈2002년 6월 11일 (음력 5월 1일)〉 화요일
날씨 소나기
신문 봤음, 옥희(玉姬)의 엄마가 전화 왔음, 식수 샀음

〈2002년 6월 12일 (음력 5월 2일)〉 수요일
날씨 소나기
시내에 갔음 - 저금, 시계 배터리 샀음, 아내가 장인집에 문병하러 갔음 - 아내가 다리 다쳤음, 승일(承日)과 복순(福順)이 전화 왔음

〈2002년 6월 13일 (음력 5월 3일)〉 목요일
날씨 소나기
신문 봤음, 창일(昌日)이 전화 왔음, 미옥(美玉)의 멈마가 전화 왔음, 영진(永珍)이 전화 왔음

〈2002년 6월 14일 (음력 5월 4일)〉 금요일
날씨 소나기
제4소학교 - 관공위(觀工委) 학부모에 관한 자료, 철물점에 가서 자물쇠 샀음, 점심에 학교의 집에 가서 자물쇠 교체했음(22위안) - 세입자 이사하러 왔음, 위약(위약) 다 먹었음

〈2002년 6월 15일 (음력 5월 5일)〉 토요일
날씨 구름/소나기
학교의 집에 가서 변기 수리, 영진(永珍)이 전화 왔음, 창일(昌日)의 아내가 왔다가 갔음, 저녁에 승일(承日)집의 초대 받았음, 장인 치료 (1,000위안), 미옥(美玉)이 전화 왔음, 연길로 전화했음, 월드컵 봤음

〈2002년 6월 16일 (음력 5월 6일)〉 일요일
날씨 구름/소나기
학교의 집에 가서 세입자와 계약하고 열쇠 줬음, 동 시장에 갔음, 이영(李瑛)진료소에 갔음

〈2002년 6월 17일 (음력 5월 7일)〉 월요일
날씨 맑음
자치회에 갔음 - 우수 당원(黨員) 명단과 제4소학교의 학부모 정보재료 제출, 미화(美花)가 전화 왔음

〈2002년 6월 18일 (음력 5월 8일)〉 화요일
날씨 소나기/맑음
형부가 왔음, 바닥 닦았음, 복순(福順)이 전화 왔음, 황재순(黃才淳)이 전화 왔음 - 환갑잔치, 식수 샀음

〈2002년 6월 19일 (음력 5월 9일)〉 수요일
날씨 비
관공위(觀工委)에 가서 학부모의 재료 가져가서 제4소학교의 교장에게 줬음, 북경에서 전화 왔음 - 동일(東日), 승일(承日)집에 가서 점심을 먹었음, 민석(珉錫)이 장인을 문병하러 왔음

〈2002년 6월 20일 (음력 5월 10일)〉 목요일
날씨 흐림/비
창일(昌日), 승일(承日)이 전화 왔음, 정옥(貞玉)이 전화 왔음 - 북경에서 집에 갔음 - 한국에 못 갔음, 황재순(黃才淳)의 환갑잔치 참석

〈2002년 6월 21일 (음력 5월 11일)〉 금요일
날씨 흐림/비
서장춘(徐長春)교장이 왔음, 점심에 정옥(貞玉)이 왔음 - 《3.7》약주 만들기, 월드컵 봤음

〈2002년 6월 22일 (음력 5월 12일)〉 토요일
날씨 구름
공상은행에 가서 예금 인출, 시내에 갔음, 미옥(美玉)이 전화 왔음, 영진(永珍)이 전화 왔음

〈2002년 6월 23일 (음력 5월 13일)〉 일요일
날씨 구름/맑음
연길로 전화했음, 원학(元學)과 미옥(美玉)이 연길에서 훈춘(琿春)으로 가서 장인을 문병하러 갔음, 약국에 가서 약 샀음, 쇼핑센터에 갔음, 물고기 샀음

〈2002년 6월 24일 (음력 5월 14일)〉 월요일
날씨 구름/맑음
아침에 원학(元學)과 미옥(美玉)이 연길에 돌아갔음, 미옥(美玉)이 전화 왔음, 풍순(風順)과 조영순(趙英順)이 왔다가 갔음, 학교 학부모의 정보를 확인

〈2002년 6월 25일 (음력 5월 15일)〉 화요일
날씨 맑음
창일(昌日)이 전화 왔음, 건축 공사현장에 가 봤음, 방 교장과 풍순(風順)이 왔다가 갔음, 식수 샀음(60위안), 제4소학교에 가서 사진 가져왔음 - 일본에서 보내 온 손녀의 사진, 월드컵 준결승전 봤음

〈2002년 6월 26일 (음력 5월 16일)〉 수요일
날씨 맑음
장인 집에 문병하러 갔음 - 사진 가져갔음, 강변에 산책하러 갔음

〈2002년 6월 27일 (음력 5월 17일)〉 목요일
날씨 맑음
신문과 TV 봤음, 미옥(美玉)이 전화 왔음, 베란다에 방충망 교체

〈2002년 6월 28일 (음력 5월 18일)〉 금요일
날씨 맑음
아침에 시장에 가서 채소 샀음, 제4소학교에 갔음 - 학부모 학교에 관함, 아내의 시계 수리, 옥희(玉姬)의 엄마가 전화 왔음

〈2002년 6월 29일 (음력 5월 19일)〉 토요일
날씨 구름/맑음
바닥 닦았음, 영진(永珍)이 전화 왔음, 월드컵 결승전 - 터키 3, 한국 4, 브라질 1, 독일 2

〈2002년 6월 30일 (음력 5월 20일)〉 일요일
날씨 맑음
아내와 같이 정안(靖安)진료소에 가서 약 샀음, 쇼핑센터에 갔다왔음, 물고기 샀음, 미옥(美玉)이 전화 왔음, 철진(哲珍)이 전화 왔음

〈2002년 7월 1일 (음력 5월 21일)〉 월요일
날씨 흐림/구름
자치회에 가서 《노인세계》가져왔음, 식수 샀음

〈2002년 7월 2일 (음력 5월 22일)〉 화요일
날씨 흐림/구름
제4소학교에 갔음 - 성 · 시(省 · 市) 학부모 학교 검사단(檢查團) 검사하러 왔음, 영재(英才)학교 - 장잠구안(長岑口岸) - 제3소학교 - 집에 돌아왔음, 국진(國珍)이 전화 왔음

〈2002년 7월 3일 (음력 5월 23일)〉 수요일
날씨 구름/맑음
연길로 전화했음, 미옥(美玉)이 전화 왔음, 정안(靖安)진료소에 가서 약 샀음, 쇼핑센터에 갔음, 고기와 채소 샀음, 창일(昌日)이 전화 왔음

〈2002년 7월 4일 (음력 5월 24일)〉 목요일
날씨 흐림/맑음
추월(秋月)의 가게에 가서 〈노인세계〉 줬음, 동 시장에 갔음, 오후에 도로 공사현장에 갔음, 정옥(貞玉)과 박정희(朴貞姬)가 왔음, 연길로 전화했음

〈2002년 7월 5일 (음력 5월 25일)〉 금요일
날씨 맑음/비
문 앞에 제초(除草), 창문에 비닐테이프 뗐음, 영진(永珍)이 전화 왔음

〈2002년 7월 6일 (음력 5월 26일)〉 토요일
날씨 비
학교의 집 팔았음 - 4만 3천 위안 받았음, 미옥(美玉)이 전화 왔음, 창일(昌日) 왔음 - 원학(元學)의 집문서 가져왔음, 이영(李瑛)진료소에 가서 약 샀음, 국성(國星)이 왔다가 갔음

〈2002년 7월 7일 (음력 5월 27일)〉 일요일
날씨 비
원학(元學)집에 가서 집문서 교체확인서 가져왔음, 식수 샀음

〈2002년 7월 8일 (음력 5월 28일)〉 월요일
날씨 구름/맑음

주택 관리국에 가서 원학(元學)집의 집문서 교체, 학교 집의 집문서 보류되었음 - 학교 주택 판매 금지

〈2002년 7월 9일 (음력 5월 29일)〉 화요일
날씨 흐림/소나기
학교에 가서 학교 주택의 방값 4만 3천 위안 돌려줬음, 연길로 전화했음 - 가게채의 문 설치 못했음, 세면대 수관 수리

〈2002년 7월 10일 (음력 6월 1일)〉 수요일
날씨 흐림
연길로 전화했음, 가게채의 방세 2,200위안 돌려줬음, 오후에 태평양 보험회사 발표회 참석, 이영(李瑛)진료소에 갔다 왔음

〈2002년 7월 11일 (음력 6월 2일)〉 목요일
날씨 흐림
미옥(美玉)이 전화 왔음, 춘식(春植) 전화 왔음 - 내일 춘식(春植) 생일, 정옥(貞玉)이 전화 왔음, 부동산 중개에 갔음, 무가당 호떡과 채소 샀음, 이영(李瑛)진료소, 약국에 갔다 왔음

〈2002년 7월 12일 (음력 6월 3일)〉 금요일
날씨 흐림/맑음
승남(승남)약국에 가서 꽃씨 샀음, 춘식(春植)의 생일파티 참석

〈2002년 7월 13일 (음력 6월 4일)〉 토요일
날씨 비/맑음
바닥 닦았음, 안 주임 우유 가져왔음

〈2002년 7월 14일 (음력 6월 5일)〉 일요일
날씨 구름/비
미옥(美玉)이 전화 왔음, 지부활동 - 학습, 이영(李瑛)진료소에 갔음, 축구경기 봤음, 보약 먹기 시작

〈2002년 7월 15일 (음력 6월 6일)〉 월요일
날씨 흐림/구름
전기세 냈음(100위안), 서 시장에 가서 채소 샀음, 이영(李瑛)진료소에 갔음, 가게채의 세입자 이사 나갔음

〈2002년 7월 16일 (음력 6월 7일)〉 화요일
날씨 흐림/구름
법원 - 주택 관리국 - 학교 주택의 집문서에 관함

〈2002년 7월 17일 (음력 6월 8일)〉 수요일
날씨 흐림/비
장인집에 문병하러 갔음, 북경에서 전화 왔음 - 동일(東日), 명숙(明淑) 취직에 관함

〈2002년 7월 18일 (음력 6월 9일)〉 목요일
날씨 비
신안교(新安橋) 공사현장에 갔음, 축구 경기 - 충칭:사천 2:0

〈2002년 7월 19일 (음력 6월 10일)〉 금요일
날씨 흐림/비
도로공사 현장에 갔음, 영진(永珍)이 전화 왔음

〈2002년 7월 20일 (음력 6월 11일)〉 토요일
날씨 비
미옥(美玉)이 전화 왔음, 일본에서 전화 왔음 - 명숙(明淑)과 국진(國珍), 식수 샀음

〈2002년 7월 21일 (음력 6월 12일)〉 일요일
날씨 구름
미옥(美玉)과 창일(昌日)이 전화 왔음, 광춘(光春)과 정옥(貞玉)이 왔다가 갔음, 이발했음

〈2002년 7월 22일 (음력 6월 13일)〉 월요일
날씨 흐림/구름
영란(英蘭)의 엄마가 왔다가 갔음, 채소 샀음, 바닥 닦았음

〈2002년 7월 23일 (음력 6월 14일)〉 화요일
날씨 흐림/구름
태양사대(太陽四隊)에 숙모를 문병하러 갔음, 집에 돌아왔음, 아내가 장인 집에 문병하러 갔음

〈2002년 7월 24일 (음력 6월 15일)〉 수요일
날씨 흐림/구름
시내에 가서 채소 샀음

〈2002년 7월 25일 (음력 6월 16일)〉 목요일
날씨 흐림/구름
도로공사 현장에 가 봤음

〈2002년 7월 26일 (음력 6월 17일)〉 금요일
날씨 흐림/맑음
이영(李瑛)진료소에 갔음 - 장인의 병에 관함, 도로공사 현장에 가 봤음, 영진(永珍)이 전화 왔음, 오후에 승일(承日)집에 갔음 - ※장인 15시 30분쯤 사망, 민석(珉錫)이 왔음, 동일(東日)이 북경에서 돌아왔음(23:30 도착했음)

〈2002년 7월 27일 (음력 6월 18일)〉 토요일
날씨 흐림/맑음
예금 인출에 관한 승일(承日)집에 갔다가 왔음, 장인의 유체(遺體) 장례식장으로 운송했음, 답사 작성, 미옥(美玉) 왔음

〈2002년 7월 28일 (음력 6월 19일)〉 일요일
날씨 맑음
장인 장례식, 장례식장에서 훈춘(琿春) 은하(銀河)빌딩으로 갔음, (추도회) 승일(承日)집에서 가정회의를 했음

〈2002년 7월 29일 (음력 6월 20일)〉 월요일
날씨 맑음
승일(承日)집에서 아침과 점심을 먹었음, 창일(昌日)이 화용(和龍)에 돌아갔음, 동일(東日)이 북경에 돌아갔음, 바닥 닦았음, 식수 샀음

〈2002년 7월 30일 (음력 6월 21일)〉 화요일
날씨 소나기/흐림
미옥(美玉)이 전화 왔음, 추월(秋月)의 가게에 가서 저축은행의 통장(월급카드) 가져왔음, 동일(東日)이 전화 왔음 - 안전히 도착, 초미(超美), 창일(昌日)이 전화 왔음

〈2002년 7월 31일 (음력 6월 22일)〉 수요일
날씨 흐림/맑음
신문과 TV 봤음

〈2002년 8월 1일 (음력 6월 23일)〉 목요일
날씨 구름
공상은행, 도시신용사(信用社)에 가서 예금 인출, 건설은행에 가서 저금, 가게채의 방세 받았음, 재정국 계산센터에 갔음 - 이름 변경하지 못했음

〈2002년 8월 2일 (음력 6월 24일)〉 금요일
날씨 흐림/비
공사 현장에 갔음, 오후에 훈춘(琿春)에 갔음 - 복순(福順) 생일

〈2002년 8월 3일 (음력 6월 25일)〉 토요일
날씨 구름/맑음
가게채 계약하고 방세 받았음 - 9,000위안/년, 건설은행에 가서 저금, 오후에 부동산 중개에 갔음, 영진(永珍)이 전화 왔음, 동창이 전화 왔음 - 동창 모임에 관함

〈2002년 8월 4일 (음력 6월 26일)〉 일요일
날씨 맑음/구름
미옥(美玉)이 전화 왔음, 가게채의 열쇠 복사하고 전화기 설치

〈2002년 8월 5일 (음력 6월 27일)〉 월요일
날씨 비/구름
예금 인출, 이영(李瑛)진료소에 갔음, 가게채의 수리비 냈음(300위안), 가게채의 TV수신료 냈음(70위안)

〈2002년 8월 6일 (음력 6월 28일)〉 화요일
날씨 맑음/구름
가게채 수리(누수) - 유선 TV 개통, 동창 전화 왔음, 식수 샀음, 오후에 철물점에 가서 콘센트 샀음

〈2002년 8월 7일 (음력 6월 29일)〉 수요일
날씨 비
시 정부 앞에 식당에서 동창들과 토론 - 동창 모임에 관함

〈2002년 8월 8일 (음력 6월 30일)〉 목요일
날씨 비/구름
자치회에 가서 활동경비 1630위안 받았음, 책 가져왔음, 내몽골 사돈집에서 전화 왔음, 옥희(玉姬)의 엄마가 전화 왔음

〈2002년 8월 9일 (음력 7월 1일)〉 금요일 날씨 흐림/구름
동 시장에 갔음, 채교장의 생일인데 초대 받았음

〈2002년 8월 10일 (음력 7월 2일)〉 토요일
날씨 구름
아내가 미옥(美玉)집에 가서 수도꼭지 수리했음(80위안), 도로공사 현장에 가 봤음, 동주(東周)에게 전화했음, 영진(永珍)이 전화 왔음, PC방에 가 봤음

〈2002년 8월 11일 (음력 7월 3일)〉 일요일

날씨 안개/맑음
미옥(美玉)에게 전화했음, 국진(國珍)이 전화 왔음, 바닥 닦았음, 오후에 도로공사 현장에 갔음, 영란(英蘭)의 엄마 왔음, 정옥(貞玉)과 향선(香善)이 왔다가 갔음

〈2002년 8월 12일 (음력 7월 4일)〉 월요일
날씨 안개/맑음
미옥(美玉)이 전화 왔음, 동창집에 갔음, 동창 이영월(李英月) 연길에서 훈춘(琿春)으로 왔음, 오후에 이영(李瑛)진료소에 가서 약 샀음

〈2002년 8월 13일 (음력 7월 5일)〉 화요일
날씨 맑음
오전에 제4소학교에 갔음 - 올해 퇴직교원(教員) 등록, 오후에 추월(秋月)의 가게에 가서 노인의 날 활동에 관한 토론 후 학교 지도부에게 보고했음

〈2002년 8월 14일 (음력 7월 6일)〉 수요일
날씨 맑음
새 터미널에 가서 차 세냈음, 점심에 박병렬(朴秉烈)의 생일파티의 초대 받았음, 오후에 승일(承日)이 왔음 - 축 노인의 날

〈2002년 8월 15일 (음력 7월 7일)〉 목요일
날씨 소나기/맑음
지부활동 - 연길공원에 갔음, 미옥(美玉)이 전화 왔음, 동창이 전화 왔음

〈2002년 8월 16일 (음력 7월 8일)〉 금요일
날씨 맑음
연길에서 오경자(吳京子) 전화 왔음, 농업은행에 가서 예금 인출, 공상은행에 가서 저금, 영양제 샀음(2,200위안), 춘화(春花)와 수옥(秀玉)이 왔다가 갔음, 전기세 냈음(100위안)

〈2002년 8월 17일 (음력 7월 9일)〉 토요일
날씨 흐림/구름
PC방에 갔음, 이영(李瑛)진료소에 갔음, 가게채의 전기세와 전화비 받았음, 복순(福順)이 왔다가 갔음, 동주(東周)가 전화 왔음, 아내가 홍화(紅花)의 결혼식 참석

〈2002년 8월 18일 (음력 7월 10일)〉 일요일
날씨 소나기/맑음
장국진(張國珍)의 장녀의 결혼식 참석, 조영순(趙英順)이 왔다가 갔음, 축구 경기 봤음

〈2002년 8월 19일 (음력 7월 11일)〉 월요일
날씨 맑음
미옥(美玉)이 전화 왔음, 도로공사 현장에 가봤음, 약주(藥酒) 먹었음, 이발했음

〈2002년 8월 20일 (음력 7월 12일)〉 화요일
날씨 맑음
화용(和龍)에 갔음(7:10~11:00) - 창일(昌日) 생일, 복순(福順)과 동춘(東春) 왔음, 정옥(貞玉)이 전화 왔음

〈2002년 8월 21일 (음력 7월 13일)〉 수요일
날씨 구름

화용(和龍)에서 연길로 갔음 - 미옥(美玉)집, 복순(福順)과 동춘(東春)이 동행

〈2002년 8월 22일 (음력 7월 14일)〉 목요일
날씨 비
승일(承日)집, 복순(福順) 훈춘(琿春)에 돌아갔음, 연길의 거리 구경

〈2002년 8월 23일 (음력 7월 15일)〉 금요일
날씨 구름
아내가 연변(延邊)병원에 가서 진료하고 약 샀음, 영진(永珍)이 전화 왔음

〈2002년 8월 24일 (음력 7월 16일)〉 토요일
날씨 맑음
연길에서 집에 돌아왔음(9:00~11:30), 훈춘(琿春)으로 전화했음, 도로공사 현장에 갔음, 식수 샀음

〈2002년 8월 25일 (음력 7월 17일)〉 일요일
날씨 맑음
마천자(馬川子)중학교 3년 1반 60학번 졸업생 모임

〈2002년 8월 26일 (음력 7월 18일)〉 월요일
날씨 흐림/구름
60학번 졸업생 단체 여행, 동일(東日)과 국성(國成)이 전화 왔음

〈2002년 8월 27일 (음력 7월 19일)〉 화요일
날씨 비
중국 - 국제 탁구 스타 대항전, 여자축구 - 중국:일본 4:0, 창일(昌日)이 전화 왔음, 포도주 먹기 시작, 아내 오늘부터 학술보고회 참석

〈2002년 8월 28일 (음력 7월 20일)〉 수요일
날씨 구름/맑음
재정국계산센터에 갔음 - 이번 달에 이름 변경하지 못함, 시내에 가 봤음, 정옥(貞玉)이 전화 왔음 - 정기(廷棋) 생일

〈2002년 8월 29일 (음력 7월 21일)〉 목요일
날씨 안개/맑음
자치회에 가서 〈노인세계〉 가져왔음, 추월(秋月)의 가게에 가서 〈노인세계〉 줬음, 바닥 닦았음, 여자축구 - 중국:한국 3:0, 복순(福順)이 전화 왔음, 정구(廷玖) 전화 왔음

〈2002년 8월 30일 (음력 7월 22일)〉 금요일
날씨 흐림/구름
세계상점에 갔음, 도로공사 현장에 갔음, 정기(廷棋) 생일인데 초대 받았음

〈2002년 8월 31일 (음력 7월 23일)〉 토요일
날씨 흐림/구름
미옥(美玉)이 전화 왔음, 동창 영월(영월) 전화 왔음, 예금 인출하고 저금, 도로공사 현장에 갔음, 여자축구경기 - 중국:러시아 2;1, 창일(昌日)이 전화 왔음

〈2002년 9월 1일 (음력 7월 24일)〉 일요일
날씨 비
학교의 가족아파트에 갔음 - 세입자 이사 나갔음, 150위안 돌려줬음, 노강(魯江)장녀의

결혼식 참석, 창일(昌日)이 전화 왔음, 주경자(朱京子)가 전화 왔음 - 환갑

〈2002년 9월 2일 (음력 7월 25일)〉 월요일 날씨 맑음

학교의 가족아파트에 갔음 - 세입자의 20위안 받았음, 춘식(春植)의 장남 대학에 진학해서 초대 받았음, 포도주 먹었음, 식수 샀음

〈2002년 9월 3일 (음력 7월 26일)〉 화요일 날씨 구름/맑음

《9.3》경축대회 및 공연 봤음(8:30), 학교의 가족아파트에 갔음, 영진(永珍)이 전화 왔음 (12:50)

〈2002년 9월 4일 (음력 7월 27일)〉 수요일 날씨 맑음

한국에서 전화 왔음 - 설화(雪花)와 설화(雪花)의 어머니, 이영(李瑛)진료소에 가서 1000위안 발렸음, 도로공사 현장에 갔음

〈2002년 9월 5일 (음력 7월 28일)〉 목요일 날씨 비/맑음

아내가 연길의 요양원에 갔음, 예금 인출해서 이영(李瑛)진료소에 가서 1000위안 갚았음, 동창집에 가서 점심 먹었음, 마장[5]쳤음 - 철진(哲珍)이 전화 왔음

5) 플라스틱 등으로 만든 중국의 실내 오락. 네 사람의 대국자가 글씨나 숫자가 새겨진 136개의 패를 가지고 짝을 맞추며 승패를 겨루는 놀이.

〈2002년 9월 6일 (음력 7월 29일)〉 금요일 날씨 맑음

동창 이영월(李英月)의 초대 받았음, 태양(太陽)에 둘째 숙모집에 갔음

〈2002년 9월 7일 (음력 8월 1일)〉 토요일 날씨 맑음

고인(故人)의 생일 - 동생 정웅(廷雄) 환갑, 집에 돌아왔음, 한국에서 전화 왔음 - 철진(哲珍)의 엄마

〈2002년 9월 8일 (음력 8월 2일)〉 일요일 날씨 구름

미옥(美玉)이 전화 왔음, 국진(國珍)이 전화 왔음, 도로공사 현장에 갔음

〈2002년 9월 9일 (음력 8월 3일)〉 월요일 날씨 맑음

학교에 가서 스승의 날 활동경비 1,000위안 받았음, 지부 지도부 회의하고 점심 같이 먹었음, 쇼핑센터에 가서 차 세냈음(120~200위안)

〈2002년 9월 10일 (음력 8월 4일)〉 화요일 날씨 구름

스승의 날 활동, 판석(板石)에 맹잠(孟岑)촌에 갔음, 김복순(福順)의 아들집에 갔음

〈2002년 9월 11일 (음력 8월 5일)〉 수요일 날씨 맑음/구름

정보회사에 가 봤음, 도로공사 현장에 갔음, 안주임 전화 왔음

〈2002년 9월 12일 (음력 8월 6일)〉 목요일
날씨 맑음/바람
도로공사 현장에 갔음, 2002년 세계 여자배구 선수권 대회 - 중국:브라질 3:2, 한국:이탈리아 0:3

〈2002년 9월 13일 (음력 8월 7일)〉 금요일
날씨 맑음/바람
도로공사 현장에 갔음, 승일(承日)이 전화 왔음, 이영(李瑛)진료소에 가서 주사 맞았음, 여자배구 - 중국:이틸리아 1:3, 미국:러시아 3:2, 바닥 닦았음

〈2002년 9월 14일 (음력 8월 8일)〉 토요일
날씨 맑음/비
미옥(美玉)이 전화 왔음, 도로공사 현장에 갔음, 아내가 요양원에서 돌아왔음, 연길로 전화했음

〈2002년 9월 15일 (음력 8월 9일)〉 일요일
날씨 맑음
창일(昌日)이 전화 왔음, 도로공사 현장에 갔음, 민석(珉錫)이 전화 왔음, 민석(珉錫)집으로 전화했음(두 번) - 판석(板石)에 못 갔음, 식수 샀음

〈2002년 9월 16일 (음력 8월 10일)〉 월요일
날씨 맑음
승일(承日)이 전화 왔음 - 저녁 먹으러 왔음(500위안 받았음), 학교, 동 시장, 도로공사 현장에 가 봤음

〈2002년 9월 17일 (음력 8월 11일)〉 화요일
날씨 흐림/맑음
관공위(觀工委) 회의 참석, 도로공사 현장에 가 봤음, 시 재정회계계산센터에 갔음, 미옥(美玉)이 전화 왔음, 황일(黃日)의 아내가 전화 왔음 - 영석(永石)의 결혼식에 관함

〈2002년 9월 18일 (음력 8월 12일)〉 수요일
날씨 맑음
판석(板石)에 민석(珉錫)집에 갔다가 왔음

〈2002년 9월 19일 (음력 8월 13일)〉 목요일
날씨 흐림/비
도로공사 현장에 가 봤음, 오후에 부대공사 현장에 가 봤음, 금주

〈2002년 9월 20일 (음력 8월 14일)〉 금요일
날씨 맑음
미옥(美玉)이 전화 왔음, 도로공사 현장에 가 봤음, 창일(昌日)과 승일(承日)이 전화 왔음, 아내가 승일(承日)집에 갔음

〈2002년 9월 21일 (음력 8월 15일)〉 토요일
날씨 맑음
승일(承日)집에 가서 아침을 먹었음, 장례식장에 갔음, 태양에 장인과 장모의 묘지에 가 봤음, 집에 돌아왔음, 영진(永珍)이 전화 왔음, 동일(東日)이 전화 왔음

〈2002년 9월 22일 (음력 8월 16일)〉 일요일
날씨 맑음
국진(國珍)이 전화 왔음, 영진(永珍)이 전화

왔음, 도로공사 현장에 가 봤음, 황일(黃日)의 둘째 아들의 결혼식 참석

〈2002년 9월 23일 (음력 8월 17일)〉 월요일
날씨 구름/비
도로공사 현장에 가 봤음, 정옥(貞玉)집에 가서 저녁 먹었음 - 정옥(貞玉)이 새집 샀음, 바닥 닦았음, 일본에서 전화 왔음 - 광혁(光赫), 한국에서 전화 왔음 - 태운(泰云)

〈2002년 9월 24일 (음력 8월 18일)〉 화요일
날씨 구름/맑음
자치회에 진행된 고희연 참석, 김병삼(金秉三)집으로 기념품을 보냈음, 동주(東周)가 전화 왔음, 규빈(奎彬)이 전화 왔음, 연길로 전화했음, 식수 샀음

〈2002년 9월 25일 (음력 8월 19일)〉 수요일
날씨 맑음
소림(小林)집에 갔다가 규빈(奎彬)집에 가서 사진을 가져왔음, 오후에 동주(東周)집에 갔음(15:10~)

〈2002년 9월 26일 (음력 8월 20일)〉 목요일
날씨 맑음
동주(東周)집에서 놀았음, 과수원에 가 봤음, 양돈장에 가 봤음

〈2002년 9월 27일 (음력 8월 21일)〉 금요일
날씨 흐림/구름
집에 돌아왔음(7:00~8:30), 동주(東周)집으로 전화했음, 부대공사 현장에 가 봤음, 도로공사 현장에 가 봤음

〈2002년 9월 28일 (음력 8월 22일)〉 토요일
날씨 흐림/맑음
관공위(觀工委)에 가서 학부모학교의 등록표 가져와서 제4소학교의 교장에게 전달했음, 미옥(美玉)이 전화 왔음, 내몽골 사돈집 보내준 500위안 받았음, 김금옥(金今玉)의 둘째 아들의 결혼식 참석

〈2002년 9월 29일 (음력 8월 23일)〉 일요일
날씨 흐림/구름
학교 주택에 가서 전기세 20위안 냈음, 우체국에 가서 예금 인출, 동창의 가게에 놀러 갔음, 학교 주택의 방세 받았음(260위안/월, 계약), 내몽골로 전화했음, 월급 받았음, 14회 아시안 게임 개막식 - 한국 부산

〈2002년 9월 30일 (음력 8월 24일)〉 월요일
날씨 흐림/소나기
연길로 전화했음, 미옥(美玉)과 영진(永珍)이 연길에서 왔음, 호텔, 터미널에 갔음, 공사 현장에 갔음, 창일(昌日)이 전화 왔음, 일본으로 전화했음

〈2002년 10월 1일 (음력 8월 25일)〉 화요일
날씨 흐림/비
창일(昌日)의 차를 타서 방천(防川)에 여행하러 갔음 -
영진(永珍), 미옥(美玉), 춘림(春林), 춘성(春晟)(10:15~13:30), 반점에서 점심 먹었음

〈2002년 10월 2일 (음력 8월 26일)〉 수요일
날씨 안개/비
아내, 미옥(美玉), 춘림(春林), 춘성(春晟) 판석(板石)에 갔음, 오후에 원학(元學)이 연길에서 왔음, 식수 샀음, 일본에서 전화 왔음 - 명숙(明淑)과 국진(國珍), 판석(板石)으로 전화했음, 판석(板石)에서 전화 왔음

〈2002년 10월 3일 (음력 8월 27일)〉 목요일
날씨 소나기/구름
복순(福順), 미옥(美玉)과 아내가 집에 돌아왔음, 한국에서 전화 왔음 - 태운(泰云), 아내 생일 - 민석(珉錫), 승일(承日), 창일(昌日), 정옥(貞玉) 등이 왔음, 창일(昌日) 집에 가서 저녁 먹었음

〈2002년 10월 4일 (음력 8월 28일)〉 금요일
날씨 흐림/구름
원학(元學)과 미옥(美玉)이 연길에 돌아갔음(6:20~8:20), 영진(永珍) 이영(李瑛)진료소에 진료를 받으러 갔음, 승일(承日) 집에 가서 저녁 먹었음 - 민석(珉錫), 창일(昌日)이 왔음

〈2002년 10월 5일 (음력 8월 29일)〉 토요일
날씨 구름/맑음
아시안 게임 봤음, 부대공사 현장에 가 봤음, 알로에 술 먹기 시작

〈2002년 10월 6일 (음력 9월 1일)〉 일요일
날씨 흐림/비
김성하(金成河)의 장남의 진학 잔치 참석, 미옥(美玉)이 전화 왔음, 창일(昌日)이 왔다가 갔음, 아내가 승일(承日) 집에 갔음

〈2002년 10월 7일 (음력 9월 2일)〉 월요일
날씨 흐림/구름
아내와 영진(永珍)이 창일(昌日)의 차를 타서 연길에 갔음(7:50~), 연길로 전화했음, 바닥 닦았음, 연길에서 전화 왔음

〈2002년 10월 8일 (음력 9월 3일)〉 화요일
날씨 구름/추움
관공위(關工委) 회의 - 안 했음, 연길로 전화했음(9:50~11:40)

〈2002년 10월 9일 (음력 9월 4일)〉 수요일
날씨 맑음
백화점, 쇼핑센터에 가서 상의(上衣) 샀음(150위안), 영진(永珍)이 다롄에 갔음 - 환송(18:05)

〈2002년 10월 10일 (음력 9월 5일)〉 목요일
날씨 흐림/맑음
동창의 초대 받았음, 다롄에서 전화 왔음 - 영진(永珍)이 안전히 도착했음

〈2002년 10월 11일 (음력 9월 6일)〉 금요일
날씨 흐림/맑음
관공위(關工委)회의 참석하지 못했음, 연길에서 집에 돌아왔음(7:30~9:40), 김교장에게 전화했음, 영란(英蘭)의 엄마가 약 가져왔음

〈2002년 10월 12일 (음력 9월 7일)〉 토요일

날씨 맑음
미옥(美玉)이 전화 왔음, 영진(永珍)이 전화 왔음 - 다롄에서 북경으로 갔음, 연길로 전화 했음, 영란(英蘭)의 엄마가 녹두를 가져와서 약을 만들기

〈2002년 10월 13일 (음력 9월 8일)〉 일요일 날씨 맑음
금순(今順)에게 전화했음, 지부활동 -《아리랑》동영상 봤음, 오후에 아내가 태양사대(太陽四隊)에 갔음, 북경에서 전화 왔음 - 영진(永珍), 천 선생을 초대했음

〈2002년 10월 14일 (음력 9월 9일)〉 월요일 날씨 맑음
제4소학교에 가서 퇴직교원 등록표 작성, 정화(廷華) 생일, 오후에 아내가 집에 돌아왔음, 식수 샀음, 민주평의 등록, 창일(昌日)이 전화 왔음 - 집 판매에 관함, 약 만들기, 14회 아시안 게임 폐막식 봤음

〈2002년 10월 15일 (음력 9월 10일)〉 화요일 날씨 흐림/맑음
오전에 상점에 가 봤음, 오후에 부대공사 현장에 가 봤음

〈2002년 10월 16일 (음력 9월 11일)〉 수요일 날씨 맑음
복순(福順)이 전화 왔음, 전기세 100위안 냈음, 상점에 가서 정화(廷華)과 정기(廷棋)에게 면도기 샀음, 오후에 태양사대(太陽四隊)에 갔음

〈2002년 10월 17일 (음력 9월 12일)〉 목요일 날씨 맑음/흐림
집에 돌아왔음, 둘째숙모 생신 - 정기(廷棋), 정오(廷伍), 정수(廷洙), 정옥(貞玉), 춘식(春植), 미란(美蘭),정구(廷玖)

〈2002년 10월 18일 (음력 9월 13일)〉 금요일 날씨 비/구름
복순(福順)이 전화 왔음, 금순(今順)에게 전화했음, 시내에 가 봤음

〈2002년 10월 19일 (음력 9월 14일)〉 토요일 날씨 맑음
미옥(美玉)이 전화 왔음, 신문과 TV 봤음, 정화로(靖和路) 도로공사 현장에 가 봤음

〈2002년 10월 20일 (음력 9월 15일)〉 일요일 날씨 맑음
시내에 가 봤음, 금순(今順)이 와서 고춧가루와 벌꿀 팔았음 - 20근 샀음(100위안), 오후에 김승호(金承浩)이 벌꿀 가져갔음, 일본에서 전화 왔음 - 명숙(明淑)과 국진(國珍)

〈2002년 10월 21일 (음력 9월 16일)〉 월요일 날씨 흐림/눈
진신국(電信局)에 가서 가게채의 전화(7530110) 일시 정지, 반찬 만들기, 북경에서 전화 왔음 - 영진(永珍)

〈2002년 10월 22일 (음력 9월 17일)〉 화요일 날씨 맑음/추움
화용(和龍)에서 전화 왔음 - 창일(昌日) 어제

밤에 안 왔음, 창일(昌日) 왔음, 화용(和龍)으로 전화했음, 승일(承日)집에 갔음 - 북한, 한국에 온 손님들을 초대, 민석(珉錫)이 왔음, 바닥 닦았음

〈2002년 10월 23일 (음력 9월 18일)〉 수요일 날씨 맑음/추움
이영(李瑛)진료소에 가서 타박상 약을 샀음, 거실로 화분(花盆) 옮겼음

〈2002년 10월 24일 (음력 9월 19일)〉 목요일 날씨 맑음/추움
화분(花盆) 정리, 알로에 술 만들기, 부대공사 현장에 가 봤음, 식수 샀음

〈2002년 10월 25일 (음력 9월 20일)〉 금요일 날씨 눈/구름
신문과 TV 봤음, 옥희(玉姬)의 엄마가 전화왔음 - 북한과 한국에 온 손님들을 초대했음

〈2002년 10월 26일 (음력 9월 21일)〉 토요일 날씨 눈/맑음
도로공사 현장에 가 봤음, 중의원(中醫院)에 가서 채 교장을 문병하러 갔음, 아내가 승일(承日)집에 가서 배추 가져왔음

〈2002년 10월 27일 (음력 9월 22일)〉 일요일 날씨 흐림/구름
전화비 200위안 냈음, 배추와 양배추 창고로 옮겼음, 미옥(美玉)이 전화 왔음

〈2002년 10월 28일 (음력 9월 23일)〉 월요일 날씨 맑음/바람
총부, 자치회 회의 참석, 정옥(貞玉)이 전화왔음 - 둘째 숙모가 정옥(貞玉) 집에 도착했음, 오후에 정옥(貞玉)집에 갔음

〈2002년 10월 29일 (음력 9월 24일)〉 화요일 날씨 맑음
집에 돌아왔음, 점심에 북한과 한국에 온 손님과 승일(承日)을 초대했음, 만든 약 먹기 시작

〈2002년 10월 30일 (음력 9월 25일)〉 수요일 날씨 맑음
무 샀음, 도시신용사에 가서 월급 받았음, 학교 주택의 난방비 1035위안 냈음, 안주임 전화 왔음

〈2002년 10월 31일 (음력 9월 26일)〉 목요일 날씨 흐림/비
장례식장에 가서 최영희(崔英姬)의 모친의 추도식 참석, 중의원(中醫院)에 가서 채 교장을 문병하러 갔음, 내일부터 난방 공열

〈2002년 11월 1일 (음력 9월 27일)〉 금요일 날씨 맑음/바람
관공위(觀工委)에 가서 통계표 가져왔음, 제4소학교에 갔음, TV 수신료 84위안 냈음, 북경에서 전화 왔음 - 영진(永珍)

〈2002년 11월 2일 (음력 9월 28일)〉 토요일 날씨 맑음
미옥(美玉)이 전화 왔음, 추월(秋月)의 가게

에 갔음, 채종변(蔡宗變)에게 소나무 꽃가루 받았음, 이영(李瑛)진료소에 갔음 - 없음

〈2002년 11월 3일 (음력 9월 29일)〉 일요일 날씨 맑음/바람

이영(李瑛)진료소에 갔음 - 꽃가루의 사용방법에 관함, 바닥 닦았음, 식수 샀음

〈2002년 11월 4일 (음력 9월 30일)〉 월요일 날씨 맑음/바람

시내에 가 봤음, 승일(承日)이 왔음 - 장인의 집과 월급카드에 관함, 내일 북경에 갈 예정, 옥희(玉姬)의 엄마가 전화 왔음

〈2002년 11월 5일 (음력 10월 1일)〉 화요일 날씨 맑음

제4소학교에 가서 인대대표 선발, 김병삼(金秉三)의 당비(黨費)를 받으러 갔음, 승일(承日)집에 가서 가스 가져왔음, 새 터미널에 가서 승일(承日)의 가족을 환송했음, 복순(福順)이 왔음

〈2002년 11월 6일 (음력 10월 2일)〉 수요일 날씨 맑음

관공위(觀工委)에 가서 통계표 제출, 이 · 퇴직교사 공비 120위안 받았음, 항아리 씻었음, 미옥(美玉)옛집의 방세 600위안 받았음, 연길에서 전화 왔음 - 미화(美花)

〈2002년 11월 7일 (음력 10월 3일)〉 목요일 날씨 눈/구름

난방비 냈음(가게채 500위안, 새집 300위안), 우체국에 가서 신문 주문했음(121.44위안), 북경에서 전화 왔음 - 승일(承日)이 안전히 도착했음, 미옥(美玉)집의 난방비 300위안 냈음

〈2002년 11월 8일 (음력 10월 4일)〉 금요일 날씨 맑음/추움

중공 16대 대표회의 개막식 - 강(江)서기 보고, 배추 샀음, 이영(李瑛)진료소에 가서 영수증 줬음(193.48위안)

〈2002년 11월 9일 (음력 10월 5일)〉 토요일 날씨 맑음

13회 사중전회(四中全會) 학습 필기, 김치 만들기, 아내가 정옥(貞玉)집에 가서 둘째숙모에게 인사하러 갔음, 미옥(美玉)에게 전화했음

〈2002년 11월 10일 (음력 10월 6일)〉 일요일 날씨 맑음

지부활동 - 학습 및 선진회의 선발, 점심에 남교직원들과 밥 먹었음, 창일(昌日)이 전화 왔음

〈2002년 11월 11일 (음력 10월 7일)〉 월요일 날씨 흐림

복순(福順)이 와서 점심을 먹고 판석(板石)에 돌아갔음, 식수 샀음

〈2002년 11월 12일 (음력 10월 8일)〉 화요일 날씨 맑음/구름

제4소학교에 갔음 - 관공위(觀工委) 업무총

결에 관함, 김동렬(金東烈)선생집에 가서 공비 120위안 줬음, 공상은행에 가서 모정자(茅貞子)의 간행물 비용 38위안을 받으러 갔음, 영진(永珍)이 전화 왔음

〈2002년 11월 13일 (음력 10월 9일)〉 수요일 날씨 맑음/구름

채소 창고로 옮겼음, 축구 경기 결승전 - 랴오닝:칭다오 3:1, 바닥 닦았음, 알로에 술 먹었음, 동주(東周)가 전화 왔음

〈2002년 11월 14일 (음력 10월 10일)〉 목요일 날씨 맑음/구름

전화 공지 - 퇴직교사 "기부"에 관함

〈2002년 11월 15일 (음력 10월 11일)〉 금요일 날씨 맑음/구름

추월(秋月)의 가게에 가서 퇴직교사의 기부금 받아서 안 주임에게 전달했음

〈2002년 11월 16일 (음력 10월 12일)〉 토요일 날씨 맑음

식량가게 가서 쌀 샀음(40근 1.3위안), 축구경기 - 칭다오:랴오닝 2:0

〈2002년 11월 17일 (음력 10월 13일)〉 일요일 날씨 흐림/눈

일본에서 전화 왔음 - 명숙(明淑)과 국진(國珍), 지부 연말총결 재료 준비, 미옥(美玉)이 전화 왔음, 북경에서 전화 왔음 - 영진(永珍), 우체국 가서 내몽골 사돈집으로 100위안 보냈음

〈2002년 11월 18일 (음력 10월 14일)〉 월요일 날씨 맑음

관공위(觀工委) 연말총결 재료 준비, 식수 샀음, 북경에서 전화 왔음 - 동일(東日)

〈2002년 11월 19일 (음력 10월 15일)〉 화요일 날씨 맑음/흐림

자치회에 가서 지부와 관공위(觀工委) 연말총결 재료 제출, 신문 주문, 〈노인세계〉 가져와서 추월(秋月)의 가게에 줬음, 아내가 정옥(貞玉) 집에 가서 둘째 숙모에게 인사하러 갔음

〈2002년 11월 20일 (음력 10월 16일)〉 수요일 날씨 맑음/흐림

약 만들기, 약 먹기 시작

〈2002년 11월 21일 (음력 10월 17일)〉 목요일 날씨 맑음

서 시장에 가서 비닐천 7m 샀음(7위안), 내몽골 사돈집에서 전화 왔음 - 돈 받았음

〈2002년 11월 22일 (음력 10월 18일)〉 금요일 날씨 맑음/구름

동주(東周)가 왔음 - 아가위 20근 가져왔음, 명옥(明玉)이 전화 왔음, 창문에 비닐천으로 붙였음, 영진(永珍)이 전화 왔음

〈2002년 11월 23일 (음력 10월 19일)〉 토요일 날씨 흐림

점심에 운학(雲鶴)의 생일파티 참석, 국진(國珍)이 전화 왔음, 북경, 연길로 전화했음,

미옥(美玉)이 전화 왔음, 바닥 닦았음

〈2002년 11월 24일 (음력 10월 20일)〉 일요일 날씨 맑음

미옥(美玉)이 전화 왔음, 황일(黃日)이 전화 왔음, 영진(永珍)이 전화 왔음

〈2002년 11월 25일 (음력 10월 21일)〉 월요일 날씨 맑음

복순(福順)이 왔다가 갔음, 오후에 황일(黃日)집에 갔음

〈2002년 11월 26일 (음력 10월 22일)〉 화요일 날씨 맑음

황일(黃日)이 부친의 장례식 참석, 식수 샀음, 북경에서 전화 왔음, 연길로 전화했음, 일본으로 전화했음

〈2002년 11월 27일 (음력 10월 23일)〉 수요일 날씨 맑음

미옥(美玉)이 전화 왔음, 〈16대 보고〉 학습

〈2002년 11월 28일 (음력 10월 24일)〉 목요일 날씨 맑음

신문과 TV 봤음, 이영(李瑛)진료소에 갔음 - 아가위로 약을 만들었음, 이발했음, 정옥(貞玉)이 와서 저녁 먹었음

〈2002년 11월 29일 (음력 10월 25일)〉 금요일 날씨 맑음

월급 받았음, 승일(承日)의 월급 저금, 오후에 미옥(美玉) 옛집의 난방비 358위안 냈음, 쇼핑센터에 가서 물고기 샀음

〈2002년 11월 30일 (음력 10월 26일)〉 토요일 날씨 맑음

미옥(美玉)이 전화 왔음, 아가위 정리, 아가위 술 만들기, 화용(和龍)으로 전화했음 - 순자(順子) 생일, 복순(福順)이 전화 왔음, 북경에서 전화 왔음 - 승일(承日)

〈2002년 12월 1일 (음력 10월 27일)〉 일요일 날씨 맑음

미옥(美玉)이 전화 왔음, 이영(李瑛)진료소에 갔음 - 변비에 관함, 주방 하수도 수리

〈2002년 12월 2일 (음력 10월 28일)〉 월요일 날씨 맑음

조석제(趙石濟)의 장인의 장례식 참석, 채주임과 박교장이 전화 왔음 - 못 받았음, 조영순(趙英順)이 전화 왔음 - 일본에서 돌아왔음, 화용(和龍)으로 전화했음 - 창일(昌日)이 신문에서 나왔음

〈2002년 12월 3일 (음력 10월 29일)〉 화요일 날씨 맑음

복순(福順)이 전화 왔음, 둘째숙모가 전화 왔음, 시 병원에 가서 아내의 검사결과 가져왔음, 영진(永珍)이 전화 왔음, 순월(順月)선생이 왔다가 갔음, 바닥 닦았음

〈2002년 12월 4일 (음력 11월 1일)〉 수요일 날씨 구름/흐림

총부, 지부회의 참석, 미옥(美玉)이 전화 왔음

〈2002년 12월 5일 (음력 11월 2일)〉 목요일 날씨 맑음
오후에 연길에 갔음(12:00~14:00)

〈2002년 12월 6일 (음력 11월 3일)〉 금요일 날씨 맑음
시장에 가서 옷 샀음(2934위안) - 환갑잔치 때 입을 옷

〈2002년 12월 7일 (음력 11월 4일)〉 토요일 날씨 맑음/추움
오전에 신발 샀음, 오후에 집에 돌아왔음(14:00~16:00), 미화(美花)가 전화 왔음, 연길로 전화했음, 정옥(貞玉)이 전화 왔음

〈2002년 12월 8일 (음력 11월 5일)〉 일요일 날씨 맑음/추움
지부 연말총결회의 - 게임, 점심 같이 먹었음, 수영 활동, 한국에서 전화 왔음, 일본으로 전화했음, 북경에서 전화 왔음 - 승일(承日)

〈2002년 12월 9일 (음력 11월 6일)〉 월요일 날씨 맑음/추움
난방비 냈음(가게채 540위안, 새 집 300위안), 풍순(風順)과 태옥(泰玉)이 전화 왔음, 아내가 김태옥(金泰玉) 집에 문병하러 갔음, 지치회에 가서 활동경비 1,780위안 받았음

〈2002년 12월 10일 (음력 11월 7일)〉 화요일 날씨 맑음/추움
오전에 2003년 생활일지 노트 만들기, 이영(李瑛)진료소에 갔음 - 집 판매에 관함, 창일(昌日)과 복순(福順)이 전화 왔음, 김금준(金今俊)이 전화 왔음

〈2002년 12월 11일 (음력 11월 8일)〉 수요일 날씨 맑음/추움
전화번호 기입, 민우(敏遇)가 전화 왔음 - 아들 참군 잔치에 관함, 식수 샀음

〈2002년 12월 12일 (음력 11월 9일)〉 목요일 날씨 맑음/추움
환갑잔치 초청 명단 작성, 민우(敏遇)의 아들 참군 잔치 참석, 창일(昌日)에게 전화했음, 북경으로 전화했음

〈2002년 12월 13일 (음력 11월 10일)〉 금요일 날씨 맑음
오후에 시 교육시스템 진행된 16대 정신 동원대회 참석, 이영(李瑛)진료소에 갔음

〈2002년 12월 14일 (음력 11월 11일)〉 토요일 날씨 흐림
복순(福順)과 미옥(美玉)이 전화 왔음, 복순(福順)이 왔음 - 당뇨병 약을 살 수 있는 조소 가져왔음, 진기세 100위안을 냈음, 상점에 가서 옷 샀음 - 환갑잔치 때 입을 옷(595위안), 영진(永珍)이 전화 왔음, 광춘(光春)에게 전화했음

〈2002년 12월 15일 (음력 11월 12일)〉 일요일 날씨 눈
이영(李瑛)진료소에 갔음 - 집 판매 계약에 관함, 진료를 받으러 갔음, 이영(李瑛)의사가

우리 집에 왔음 - 계약서에 관함, 복순(福順)이 전화 왔음

〈2002년 12월 16일 (음력 11월 13일)〉 월요일 날씨 눈

유리 닦았음, TV 봤음

〈2002년 12월 17일 (음력 11월 14일)〉 화요일 날씨 맑음/흐림

제4소학교에 갔음 - 관공위(觀工委)에 관한 공지 및 환갑잔치에 관한 공지, 북경에서 전화 왔음 - 승일(承日)과 승일(承日)의 아내

〈2002년 12월 18일 (음력 11월 15일)〉 수요일 날씨 맑음

민석(珉錫)과 윤정자(尹貞子)가 전화 왔음, 유리 닦았음, 바닥 닦았음, 식수 샀음, 미옥(美玉)이 전화 왔음

〈2002년 12월 19일 (음력 11월 16일)〉 목요일 날씨 맑음

거실의 문을 수리, 환경보호국에 가서 최원수(崔元洙)에게 당장(黨章)[6] 줬음, 쌀 샀음

〈2002년 12월 20일 (음력 11월 17일)〉 금요일 날씨 맑음

꽃 정리, 주방 청소, 향란(香蘭)이 전화 왔음 - 등록표에 관함, 한국에서 전화 왔음 - 정금(貞今), 대출금에 관함

〈2002년 12월 21일 (음력 11월 18일)〉 토요일 날씨 맑음

복순(福順)이 전화 왔음, 지도와 화보 청소, 정옥(貞玉)이 전화 왔음

〈2002년 12월 22일 (음력 11월 19일)〉 일요일 날씨 흐림/맑음

미옥(美玉)이 전화 왔음, 복순(福順)이 전화 왔음, 아내가 판석(板石)에 갔음, 화장실 청소, 영진(永珍)이 전화 왔음

〈2002년 12월 23일 (음력 11월 20일)〉 월요일 날씨 맑음

판석(板石)에 갔음 - 민석(珉錫) 생일, 원학(元學)의 차를 타서 집에 돌아왔음, 창일(昌日)의 아내가 전화 왔음

〈2002년 12월 24일 (음력 11월 21일)〉 화요일 날씨 흐림/맑음

춘식(春植)이 와서 정옥(貞玉)의 돈을 냈음(53,400위안), 춘성신용사(春城信用社)에 가서 저금(53600위안)

〈2002년 12월 25일 (음력 11월 22일)〉 수요일 날씨 맑음/추움

민석(珉錫)이 전화 왔음 - 춘택(春澤)의 전화번호에 관함, 윤정자(尹貞子)가 왔다가 갔음 - 환갑찬지의 축사에 관함, 춘성신용사(春城信用社)에 갔음

〈2002년 12월 26일 (음력 11월 23일)〉 목요일 날씨 맑음/추움

6) 중국 공산당 당헌.

춘식(春植)집에 가서 집문서 줬음, 점심에 정구(廷玖)과 촌장을 초대했음, 식수 샀음, 월급 받았음

〈2002년 12월 27일 (음력 11월 24일)〉 금요일 날씨 맑음

미옥(美玉)이 전화 왔음, 학교에 가서 지도원에게 이력서 줬음, 환갑잔치 공지, 전화비 100위안 냈음, 사진 액자 닦았음, 창문에 비닐로 붙였음

〈2002년 12월 28일 (음력 11월 25일)〉 토요일 날씨 맑음

전화 공지 - 환갑잔치 초청, 청두에서 전화 왔음 - 영진(永珍)

〈2002년 12월 29일 (음력 11월 26일)〉 일요일 날씨 맑음

미옥(美玉)이 전화 왔음, 건설은행에 가서 2,000위안 저금, 일본으로 전화했음

〈2002년 12월 30일 (음력 11월 27일)〉 월요일 날씨 맑음

자치회에 가서 퇴직교사 보조금 받았음, 터미널에 가서 차 세냈음, 바닥 닦았음

〈2002년 12월 31일 (음력 11월 28일)〉 화요일 날씨 맑음

미옥(美玉)이 전화 왔음, 한국에서 전화 왔음, 텔레비전을 수리(230위안), 오후에 태양사대(太陽四隊)에 갔음

2003년

〈2003년 1월 1일 (음력 11월 29일)〉 수요일
날씨 맑음/추움
북경에서 전화 왔음 - 국진(國珍) 안전히 도착했음, 동일(東日)에게 전화했음, 정옥(貞玉)이 전화 왔음, 연길로 전화했음, 미옥(美玉)이 전화 왔음, 태양사대(太陽四隊)에서 원단을 보냈음 - 정구(廷玖)와 영진(勇貞)이 왔음, 오전에 집에 돌아왔음, 창일(昌日)이 왔다가 갔음, 영진(永珍)이 청두에서 돌아왔음, 복순(福順)이 전화 왔음, 북경에서 전화 왔음 - 승일(承日)

〈2003년 1월 2일 (음력 11월 30일)〉 목요일
날씨 맑음/추움
미옥(美玉)이 전화 왔음, 한국에서 전화 왔음 - 설화(雪花), 복순(福順)과 창일(昌日)이 왔다가 갔음, 북경에서 전화 왔음 - 국진(國珍), 동일(東日), 1,000위안

〈2003년 1월 3일 (음력 12월 1일)〉 금요일
날씨 눈/맑음
채소 등 샀음, 국진(國珍)과 명숙(明淑) 북경에서 돌아왔음, 원학(元學)과 미옥(美玉) 연길에서 돌아왔음, 식수 샀음, 바닥 닦았음, 창일(昌日), 동춘(東春), 복순(福順)과 가족들이 전화 왔음

〈2003년 1월 4일 (음력 12월 2일)〉 토요일
날씨 맑음/추움
복순(福順), 창일(昌日), 정옥(貞玉), 미화(美花), 춘화(春花), 정오(廷伍)의 아내, 춘식(春植)과 가족들이 왔음, 승일(承日)이 북경에서 돌아왔음, 광춘(光春)이 돌아왔음, 한국에서 전화 왔음 - 영란(英蘭), 옥수(玉洙), 설화(雪花)의 엄마

〈2003년 1월 5일 (음력 12월 3일)〉 일요일
날씨 맑음/추움
환갑잔치 - 한국에서 전화 왔음 - 태운(泰云), 북경에서 전화 왔음 - 동일(東日)과 초미(超美), 영홍(永紅), 친척들 총 260여 명이 참석, 식수 샀음, 정금(貞今)이 전화 왔음

〈2003년 1월 6일 (음력 12월 4일)〉 월요일
날씨 맑음/추움
원학(元學)과 영란(英蘭)이 창일(昌日)의 차를 타서 연길에 돌아갔음, 건설은행에 가서 예금 인출해서 승일(承日)에게 줬음(2,500위안), 복순(福順)이 왔음, 채주임이 왔다가 갔음, 춘화(春花)가 음향기를 가져갔음, 동주

(東周)가 전화 왔음, 광춘(光春)이 전화 왔음

〈2003년 1월 7일 (음력 12월 5일)〉 화요일 날씨 맑음/추움

미옥(美玉), 국진(國珍)과 영진(永珍)이 같이 연길에 갔음, 위생관리비 18위안 냈음, 난방비 300위안 냈음

〈2003년 1월 8일 (음력 12월 6일)〉 수요일 날씨 맑음

명숙(明淑)과 국진(國珍)이 북경에 갔음(17:00) - 환송, 북경으로 전화했음, 동일(東日)이 전화 왔음

〈2003년 1월 9일 (음력 12월 7일)〉 목요일 날씨 맑음

영진(永珍) 북경 - 청두(10:40), 일본에서 전화 왔음 - 명숙(明淑)과 국진(國珍), 연길에서 집에 돌아왔음(13:50~15:40), 미옥(美玉)이 전화 왔음

〈2003년 1월 10일 (음력 12월 8일)〉 금요일 날씨 맑음

건설은행에 가서 예금 인출해서 중심신용사(信用社)에 가서 저금, 학교 주택의 방세 780위안 받았음, 전기세 냈음(100위안), 영진(永珍)이 전화 왔음 - 안전히 북경에 도착했음, 초미(超美)가 전화 왔음, 향선(香善)이 와서 약 가져갔음, 창일(昌日)에게 전화했음

〈2003년 1월 11일 (음력 12월 9일)〉 토요일 날씨 맑음

연길로 전화했음, 미옥(美玉)이 연길에서 왔음(16:00), 바닥 닦고 식탁 수리했음, 정수(廷洙)와 복순(福順)이 전화 왔음, 이영(李瑛)진료소에 갔음 - 정길(正吉) 만났음

〈2003년 1월 12일 (음력 12월 10일)〉 일요일 날씨 맑음

학교의 퇴직교사들을 초대했음, 미옥(美玉)이 연길에 돌아가서 전화 왔음, 내몽골에서 전화 왔음 - 명숙(明淑)이 안전히 도착했음

〈2003년 1월 13일 (음력 12월 11일)〉 월요일 날씨 흐림

청두에서 전화 왔음 - 영진(永珍)이 어제 안전히 도착했음, 미옥(美玉)이 전화 왔음, 친척들을 초대했음(총 7명)

〈2003년 1월 14일 (음력 12월 12일)〉 화요일 날씨 맑음/추움

자치회에 가서 특별보조금 받고 〈노인세계〉 가져왔음, 김동순(金東順)집에 가서 250위안 줬음, 전기수리가게에 가서 TV 리모컨을 가져왔음, 인수(仁洙)가 왔다가 갔음

〈2003년 1월 15일 (음력 12월 13일)〉 수요일 날씨 맑음

보일러실에 가 봤음 - 가게채의 난방 누수, 건설은행에 가서 장인의 특별 보조금 200위안 저금, 인수(仁洙)와 조영순(趙英順)이 왔다가 갔음, 식수 샀음

**〈2003년 1월 16일 (음력 12월 14일)〉 목요

일 날씨 흐림/맑음
시 병원에 한병렬(韓秉烈)을 문병하러 갔음(100위안)

〈2003년 1월 17일 (음력 12월 15일)〉 금요일 날씨 맑음
산사열매를 씻어서 술로 만들었음, 창일(昌日)이 전화 왔음 - 훈춘(琿春)에 제2중학교에서 학부모회

〈2003년 1월 18일 (음력 12월 16일)〉 토요일 날씨 맑음
이영(李瑛)진료소에 가 봤음, 가전수리가게에 가 봤음, 신발 수선했음, 오후에 중심신용사(信用社)에 예금 인출(536+100위안), 쇼핑센터에 가 봤음, 미옥(美玉)이 전화 왔음, 조광욱(趙光旭)이 전화 왔음

〈2003년 1월 19일 (음력 12월 17일)〉 일요일 날씨 맑음
슬리퍼 씻었음(25 켤레), 복순(福順)이 전화 왔음, 내몽골로 전화했음, 일본에서 전화 왔음 - 국진(國珍)

〈2003년 1월 20일 (음력 12월 18일)〉 월요일 날씨 맑음
내몽골에서 전화 왔음 - 명숙(明淑), 바닥 닦았음

〈2003년 1월 21일 (음력 12월 19일)〉 화요일 날씨 맑음
도시신용사(信用社)에 가 봤음 - 월급 아직 못 받았음, 아내가 빨래했음

〈2003년 1월 22일 (음력 12월 20일)〉 수요일 날씨 맑음
미옥(美玉)이 전화 왔음, 쇼핑센터에 가서 인삼 사서 아가위술에서 담겼음, 조영순(趙英順)이 왔다가 갔음

〈2003년 1월 23일 (음력 12월 21일)〉 목요일 날씨 맑음
우체국에 가서 300위안 보냈음, 세계 여자축구 경기 - 중국:독일 0:0, 서장춘(徐長春)교장이 와서 사진 봤음, 가스와 식수 샀음

〈2003년 1월 24일 (음력 12월 22일)〉 금요일 날씨 맑음
신문과 TV 봤음, 내몽골에서 전화 왔음

〈2003년 1월 25일 (음력 12월 23일)〉 토요일 날씨 맑음
청두에서 전화 왔음, 미옥(美玉)이 전화 왔음, 세계 여자축구 경기 - 중국:미국 2:0

〈2003년 1월 26일 (음력 12월 24일)〉 일요일 날씨 흐림
춘성신용사(春城信用社)에 가서 월급을 받았음, 가전수리가게의 수리원 와서 TV 세톱박스 설치, 아내가 태양이대(太陽二隊)에 갔음, 일본에서 전화 왔음 - 국진(國珍), 복순(福順)과 광춘(光春)이 전화 왔음

〈2003년 1월 27일 (음력 12월 25일)〉 월요

일 날씨 눈
우체국에 가서 전화비 200위안 냈음, 바닥 닦았음, 아내가 집에 돌아왔음, 제4소학교의 회계가 식용두유 25kg 가져왔음 - 설날 위문

〈2003년 1월 28일 (음력 12월 26일)〉 화요일 날씨 맑음/바람
은하(銀河)빌딩에 복사하러 갔음, 이영(李瑛)진료소에 약을 사러 갔음(100위안), 소화제 먹기 시작

〈2003년 1월 29일 (음력 12월 27일)〉 수요일 날씨 맑음/바람
《노인세계》지식 퀴즈 시작 - 답안 찾기, 세계 여자축구 경기 - 미국:독일 1:0, 중국:노르웨이 1:1, 아내가 이영(李瑛)진료소에 가서 주사 맞았음

〈2003년 1월 30일 (음력 12월 28일)〉 목요일 날씨 맑음
김순라(金順蘭)집(500위안)에 갔다가 김병삼(金秉三)집(50위안)에 가서 위문했음, 상점에 가 봤음, 연길로 전화했음 - 춘림(春林)과 춘성(春晟) 생일, 아내가 이영(李瑛)진료소에 가서 주사 맞았음

〈2003년 1월 31일 (음력 12월 29일)〉 금요일 날씨 맑음
미옥(美玉)이 전화 왔음, 일본에서 전화 왔음 - 국진(國珍), 오후에 창일(昌日)이 왔다가 갔음, 바닥 닦았음, 식수 샀음, 청두에서 전화 왔음, 북경에서 전화 왔음 - 동일(東日)

〈2003년 2월 1일 (음력 1월 1일)〉 토요일 날씨 맑음
원학(元學)과 미옥(美玉)이 연길에서 돌아왔음, 승일(承日)이 북경에서 돌아왔음, 영란(英蘭)이 도문(圖們)에서 돌아왔음, 일본에서 전화 왔음 - 국진(國珍), 복순(福順)이 전화 왔음

〈2003년 2월 2일 (음력 1월 2일)〉 일요일 날씨 맑음
복순(福順), 창일(昌日), 광춘(光春)과 가족들이 와서 설날을 보냈음, 충칭[1]에서 전화 왔음 - 임평(林平)

〈2003년 2월 3일 (음력 1월 3일)〉 월요일 날씨 맑음
아내와 미옥(美玉)이 판석(板石)에 갔음 - 창일(昌日)집 동행, 동창 엄동순(嚴東淳)집에 가서 친구들과 점심을 먹었음, 청두에서 전화 왔음 - 영진(永珍)

〈2003년 2월 4일 (음력 1월 4일)〉 화요일 날씨 맑음
〈노인세계〉 지식 퀴즈의 답안 찾기

〈2003년 2월 5일 (음력 1월 5일)〉 수요일 날씨 맑음
원학(元學)과 미옥(美玉)이 창일(昌日)의 차를 타서 연길에 돌아갔음, 미옥(美玉)이 전화

---
1) 중경, 중국 직할시(直轄市)의 하나, '渝(yú)'로 약칭함.

왔음, 풍순(風順)이 왔다가 갔음, 식수 샀음

〈2003년 2월 6일 (음력 1월 6일)〉 목요일 날씨 맑음

〈노인세계〉 지식 퀴즈의 답안 찾기(완성), 2002년 축구 경기 - 다롄:칭다오 1:0, 청소

〈2003년 2월 7일 (음력 1월 7일)〉 금요일 날씨 맑음/흐림

신문과 TV 봤음, 동창의 초대 받았는데 아파서 못 갔음

〈2003년 2월 8일 (음력 1월 8일)〉 토요일 날씨 흐림/맑음

제4소학교에 가서 소포 가져왔음, 우체국에 가서 산동에서 보내 온 당뇨병 약 가져왔음

〈2003년 2월 9일 (음력 1월 9일)〉 일요일 날씨 흐림/눈

내몽골로 전화했음 - 사돈집, 명숙(明淑), 동창이 전화 왔음, 미옥(美玉)이 전화 왔음

〈2003년 2월 10일 (음력 1월 10일)〉 월요일 날씨 맑음

동창 옥인(玉仁)집에 가서 친구들과 밥 먹었음

〈2003년 2월 11일 (음력 1월 11일)〉 화요일 날씨 맑음/바람

우체국에 가서 〈노인세계〉 지식 퀴즈의 답안 보냈음, 창일(昌日)이 전화 왔음, 동창이 전화 왔음 - 내일 약속, 북경에서 전화 왔음 - 동일(東日), 식수 샀음

〈2003년 2월 12일 (음력 1월 12일)〉 수요일 날씨 맑음

동창집에 가 봤음, 축구 경기 - 중국:브라질 0:0, 미옥(美玉)이 전화 왔음

〈2003년 2월 13일 (음력 1월 13일)〉 목요일 날씨 맑음

신문과 TV 봤음, 바닥 닦았음

〈2003년 2월 14일 (음력 1월 14일)〉 금요일 날씨 맑음

총부, 자치회 회의 참석, 오후에 태양사대(太陽四隊)에 갔음

〈2003년 2월 15일 (음력 1월 15일)〉 토요일 날씨 맑음/흐림

태양사대(太陽四隊)에서 대보름 보냈음, 점심에 정기(廷棋)집의 초대 받았음, 오후에 집에 돌아왔음, 내몽골에서 전화 왔음 - 명숙(明淑), 북경에서 전호 왔음 - 승일(承日), 복순(福順)이 전화 왔음

〈2003년 2월 16일 (음력 1월 16일)〉 일요일 날씨 맑음

동창집에 가서 친구들과 만났음, 미옥(美玉)이 전화 왔음

〈2003년 2월 17일 (음력 1월 17일)〉 월요일 날씨 맑음

정옥(貞玉)이 전화 왔음, 내몽골 사돈집으로

전화했음, 동창집에 가서 친구들과 밥 먹었음

〈2003년 2월 18일 (음력 1월 18일)〉 화요일
날씨 구름
정오(廷伍)집에 갔음 - 정구(廷玖) 생일

〈2003년 2월 19일 (음력 1월 19일)〉 수요일
날씨 눈/구름
동창집에 가서 친구들과 밥 먹었음

〈2003년 2월 20일 (음력 1월 20일)〉 목요일
날씨 맑음
농업은행에 가서 예금 인출하고 건설은행에 가서 저금

〈2003년 2월 21일 (음력 1월 21일)〉 금요일
날씨 맑음
전화기 샀음(50위안), 전화기 설치 신청, 춘휘(春輝)미용실에 가서 〈노인세계〉 가져왔음

〈2003년 2월 22일 (음력 1월 22일)〉 토요일
날씨 맑음
미옥(美玉)에게 전화했음, 우체국에 가서 편지 보냈음 - 〈노인세계〉 지식 퀴즈 답안에 관함, 미옥(美玉) 옛 집의 방세 받았음(600위안), 정수(廷洙)가 전화 왔음

〈2003년 2월 23일 (음력 1월 23일)〉 일요일
날씨 맑음
점심에 동생 정수(廷洙)의 생일파티 차석 - 오미자 식당

〈2003년 2월 24일 (음력 1월 24일)〉 월요일
날씨 눈
책, 신문과 TV 봤음

〈2003년 2월 25일 (음력 1월 25일)〉 화요일
날씨 맑음
추월(秋月)의 가게에 가서〈노인세계〉 줬음, 박성도(朴成道)의 엄마와 방연자(方蓮子)가 전화 왔음, 아내가 우체국에 가서 〈노인세계〉 지식 퀴즈 답안 보냈음

〈2003년 2월 26일 (음력 1월 26일)〉 수요일
날씨 눈/맑음
이일순(李日淳)의 부친의 추도식 참석 - 이종변(李宗變) 사망

〈2003년 2월 27일 (음력 1월 27일)〉 목요일
날씨 맑음
미옥(美玉)이 전화 왔음, 최영남(崔英南)을 찾으러 가서 동일(東日)과 국진(國珍)의 주소 줬음

〈2003년 2월 28일 (음력 1월 28일)〉 금요일
날씨 흐림
최창환(崔昌煥)의 환갑잔치 참석, 아내가 경춘(炅春)의 손녀의 생일잔치 참석, 식수 샀음, 난방비 300위안 보냈음

〈2003년 3월 1일 (음력 1월 29일)〉 토요일
날씨 맑음
도시신용사(信用社)에 가서 월급 받았음, 미옥(美玉)이 전화 왔음, 북경에서 전화 왔음 -

승일(承日)

〈2003년 3월 2일 (음력 1월 30일)〉 일요일 날씨 흐림/눈

영진(永珍)에게 전화했음, 영진(永珍)이 전화 왔음, 내몽골로 전화했음 - 명숙(明淑) 28일에 북경에 갔음, 바닥 닦았음

〈2003년 3월 3일 (음력 2월 1일)〉 월요일 날씨 맑음/바람

노동국에 갔음 - 승일(承日) 아내의 양로보험료에 관함, 신방판(信訪辦)에 가서 승일(承日)의 당비(黨費) 냈음(259.2위안/년), 환경보호국에 가서 채숙국(蔡淑局)의 당비(黨費)를 받았음(63.6위안), 승일(承日)에게 전화했음

〈2003년 3월 4일 (음력 2월 2일)〉 화요일 날씨 맑음/바람

총부, 자치회 회의 참석, 승일(承日) 생일, 제2중학교의 최교장이 왔다가 갔음, 복순(福順)이 전화 왔음, 북경으로 전화했음, 다롄에서 전화 왔음 - 정자(貞子)

〈2003년 3월 5일 (음력 2월 3일)〉 수요일 날씨 맑음/바람

농업은행에 가서 예금 인출하고 춘성신용사(春城信用社)에 가서 저금, 오훙에 복순(福順) 와서 약 가져갔음, 도문(圖們)에서 전화 왔음, 인대(人大) 10회 1차 보고회의 봤음

〈2003년 3월 6일 (음력 2월 4일)〉 목요일 날씨 맑음

추월(秋月)의 가게에 가서 지부회의 진행 - 3.8절 활동에 관한, 최주임에게 활동경비 1780위안 줬음

〈2003년 3월 7일 (음력 2월 5일)〉 금요일 날씨 맑음

노동국에 가서 승일(承日) 아내의 양로비 1,608위안 냈음, 제4소학교에 가서 지부 활동경비 1,000위안 받았음, 퇴직교원의 연락처 작성

〈2003년 3월 8일 (음력 2월 6일)〉 토요일 날씨 맑음

웅걸(雄杰)이 전화 왔음, 미옥(美玉)이 전화 왔음, 지부에 3.8절 활동 진행 - 실내 활동, 계획 통과

〈2003년 3월 9일 (음력 2월 7일)〉 일요일 날씨 맑음

점심에 정오(廷伍) 생일파티 참석, 동창 웅걸(雄杰)과 박교장이 전화 왔음, 일본에서 전화 왔음 - 국진(國珍), 명숙(明淑)이 안전히 일본에 도착했음

〈2003년 3월 10일 (음력 2월 8일)〉 월요일 날씨 맑음

점심에 아내와 같이 박영호(朴永浩)의 생일파티 참석 - 철호(哲浩)이 동행, 김순복(金順福)이 전화 왔음

〈2003년 3월 11일 (음력 2월 9일)〉 화요일

날씨 맑음
친구 동주(東周)가 전화 왔음, 한병렬(韓秉烈) 전화 왔음 - 이사했음

〈2003년 3월 12일 (음력 2월 10일)〉 수요일
날씨 흐림/구름
김병삼(金秉三)집, 채휘석(蔡輝錫)집에 가서 당비(黨費) 받았음, 채교장에게 귤 샀음(25위안), 퇴직간부[2](干部) 등록표 작성

〈2003년 3월 13일 (음력 2월 11일)〉 목요일
날씨 맑음/바람
제4소학교에 가서 퇴직교사 등록표 및 연락처 줬음, 복사

〈2003년 3월 14일 (음력 2월 12일)〉 금요일
날씨 맑음/바람
총부에 가서 지부당비(黨費) 냈음(596.4위안), 소화제 샀음, 창일(昌日) 아내 전화 왔음

〈2003년 3월 15일 (음력 2월 13일)〉 토요일
날씨 맑음
미옥(美玉)이 전화 왔음, 경춘(炅春)이 전화 왔음, 태양(太陽)으로 전화했음, 영진(永珍)이 전화 왔음, 바다 닦았음, 식수 샀음

〈2003년 3월 16일 (음력 2월 14일)〉 일요일
날씨 맑음/흐림
일본에서 전화 왔음 - 국진(國珍), 싸움, 화용(和龍)에서 전화 왔음 - 창일(昌日), 판석(板石)으로 전화했음

〈2003년 3월 17일 (음력 2월 15일)〉 월요일
날씨 맑음
영석(永錫)집에 갔음 - 영석(永錫)의 모친 사망 1주년, 복순(福順)이 왔다가 갔음, 창일(昌日)이 전화 왔음

〈2003년 3월 18일 (음력 2월 16일)〉 화요일
날씨 맑음/흐림
정옥(貞玉)이 전화 왔음 - 춘학(春學) 생일, 인대(人大) 10회 1차 회의 폐막식 봤음

〈2003년 3월 19일 (음력 2월 17일)〉 수요일
날씨 맑음
시 병원에 가서 아내의 검사 결과 가져왔음(혈당 8.5)

〈2003년 3월 20일 (음력 2월 18일)〉 목요일
날씨 맑음
김춘찬(金春燦)의 환갑잔치 참석, 미국은 이라크에서 전쟁을 일으켰음

〈2003년 3월 21일 (음력 2월 19일)〉 금요일
날씨 맑음
일본에서 편지 왔음 - 명숙(明淑), 제4소학교에 가서 퇴직교사의 연락처 가져왔음, 바다 닦았음, 식수 샀음

〈2003년 3월 22일 (음력 2월 20일)〉 토요일
날씨 맑음
미옥(美玉)이 전화 왔음, 연길로 전화했음,

2) 지도자, 관리자. 당(黨)간부.

장인의 비석을 주문하러 갔음, 북경에서 전화 왔음 - 승일(承日), 태양(太陽)에서 전화 왔음 - 성일(成日), 일본으로 전화했음

〈2003년 3월 23일 (음력 2월 21일)〉 일요일
날씨 맑음
미옥(美玉)이 전화 왔음, 우체국에 가서 일본으로 편지 보냈음, 영진(永珍)이 전화 왔음

〈2003년 3월 24일 (음력 2월 22일)〉 월요일
날씨 맑음/구름
신흥위(新興委)사무실에 가서 가게채, 학교주택, 새집의 토지세 292위안 냈음, 창일(昌日)이 전화 왔음

〈2003년 3월 25일 (음력 2월 23일)〉 화요일
날씨 맑음
자치회에 가서 퇴직교사 명단 냈음, 관공위(觀工委)[3]에 갔음 - 올해부터 주임직을 담당하지 못했음, 약 먹었음

〈2003년 3월 26일 (음력 2월 24일)〉 수요일
날씨 소나기/맑음
황재순(黃才淳)이 전화 왔음 - 내일 황경광(黃炅光)의 장녀의 결혼식에 관함, TV 수신료 126위안 냈음, 인대(人大) 11차 1차 회의 내용 〈정부보고〉 학습

3) 中國關心下一代工作委員會(簡称：中國關工委), 于1990年2月經党中央國務院批准成立.다음 세대에 대한 관심과 교육을 실시한 조직의 약칭. 1990년 2월 중국공산당 중앙국무원 허가 창립.

〈2003년 3월 27일 (음력 2월 25일)〉 목요일
날씨 맑음
황경광(黃炅光)의 장녀의 결혼식 참석

〈2003년 3월 28일 (음력 2월 26일)〉 금요일
날씨 맑음
가게채의 유선TV 일시정지 신청(30위안), 관공위(觀工委) 상무 확대회의 참석 - 총결 · 계획, 정수(廷洙)와 안정희(安貞姬)가 전화 왔음, 형부가 왔다가 갔음

〈2003년 3월 29일 (음력 2월 27일)〉 토요일
날씨 맑음
태양(太陽)에서 전화 왔음 - 성일(成日), 장인의 비석 제작 완성, 도시신용사(信用社)에 가서 월급 받았음, 건설은행에 가서 저금, 미옥(美玉)이 전화 왔음

〈2003년 3월 30일 (음력 2월 28일)〉 일요일
날씨 맑음/흐림
일본에서 전화 왔음 - 국진(國珍), 태양(太陽)으로 전화했음 - 저녁에 성일(成日)이 가서 장인의 비석 가져갔음, 식수 샀음, 창일(昌日)이 전화 왔음, 김정자(金貞子)가 왔다가 갔음

〈2003년 3월 31일 (음력 2월 29일)〉 월요일
날씨 맑음
아내가 태일(泰日) 둘째 아들의 결혼식 참석, 일본에서 전화 왔음 - 명숙(明淑)과 국진(國珍), 바닥 닦았음, 미옥(美玉)이 전화 왔음, 창일(昌日)이 전화 왔음, 창문에 비닐천 뗐음

〈2003년 4월 1일 (음력 2월 30일)〉 화요일 날씨 맑음

일본에서 전화 왔음 - 명숙(明淑)과 국진(國珍)이 귀국할 예정, 부대 주변에 가 봤음, 수집한 자료 정리(TV신문에서 가정생활에 관한 자료), 창일(昌日)이 전화 왔음, 판석(板石)으로 전화했음

〈2003년 4월 2일 (음력 3월 1일)〉 수요일 날씨 맑음

제4소학교에 갔음 - 관공위(觀工委) 업무 계획 전달, 북경에서 전화 왔음 - 승일(承日)

〈2003년 4월 3일 (음력 3월 2일)〉 목요일 날씨 맑음

제4소학교 청명절 활동 - 오전에 애국열사의 사적에 관한 강연 준비( ), 오후에 열사 묘역에 가서 애국열사 사적 강연, 정구(廷玖)가 전화 왔음 - 이발 기술 배웠음, 정구(廷玖)에게 200위안 줬음

〈2003년 4월 4일 (음력 3월 3일)〉 금요일 날씨 맑음

창일(昌日)의 아내가 전화 왔음, 창일(昌日)이 술을 가져갔음, 북경에서 전화 왔음 - 동일(東日)

〈2003년 4월 5일 (음력 3월 4일)〉 토요일 날씨 맑음

창일(昌日)의 차를 타서 장례식장에 가서 장인의 유골 가져가서 태양(太陽)에 장인의 묘지에 갔음 - 유골함 묻었음, 집에 돌아왔음, 미옥(美玉)이 전화 왔음, 연길로 전화했음, 창일(昌日)이 왔다가 갔음

〈2003년 4월 6일 (음력 3월 5일)〉 일요일 날씨 맑음

학교에 가서 학교 주택의 방세 받았음(260위안/월), 일본으로 전화했음 - 국진(國珍) 한국에 갔음

〈2003년 4월 7일 (음력 3월 6일)〉 월요일 날씨 흐림

지혜(智慧) 생일, 관공위(觀工委)에 가서 〈학교 주간〉 잡지비용 39위안 냈음, 〈노인세계〉 가져왔음, 추월(秋月)의 가게에 가서〈노인세계〉 줬음, 새집 난방비 252위안 냈음

〈2003년 4월 8일 (음력 3월 7일)〉 화요일 날씨 맑음

미옥(美玉)이 전화 왔음, 아내가 채영숙(蔡英淑)의 환갑잔치 참석, 다롄에서 전화 왔음 - 채정자(菜貞子), 이영(李瑛)진료소에 갔음, 승일(承日)이 전화 왔음

〈2003년 4월 9일 (음력 3월 8일)〉 수요일 날씨 맑음/바람

일본으로 편지 보냈음, 식수 샀음

〈2003년 4월 10일 (음력 3월 9일)〉 목요일 날씨 맑음

처남 동일(東日) 생일 - 북경으로 전화했음, 바닥 닦았음, 이발했음

〈2003년 4월 11일 (음력 3월 10일)〉 금요일
날씨 흐림/비
제4소학교에 갔음 - 지부 활동실에 관함, 지부 회계 최주임과 만났음 - 환갑잔치 축의금에 관함

〈2003년 4월 12일 (음력 3월 11일)〉 토요일
날씨 흐림/비
미옥(美玉)이 전화 왔음, 전기세 100위안 냈음, 일본에서 전화 왔음 - 명숙(明淑)과 국진(國珍)

〈2003년 4월 13일 (음력 3월 12일)〉 일요일
날씨 맑음
지부 활동 - 학습, 스포츠댄스, 점심에 냉면 먹었음

〈2003년 4월 14일 (음력 3월 13일)〉 월요일
날씨 맑음
영진(永珍)에게 전화했음, 창일(昌日)이 전화 왔음, 복순(福順)이 전화 왔음

〈2003년 4월 15일 (음력 3월 14일)〉 화요일
날씨 맑음/구름
미옥(美玉)에게 전화했음, 물세를 냈음, 복순(福順)이 왔다가 연길에 갔음, 연길에 갔음(12:30~2:50)

〈2003년 4월 16일 (음력 3월 15일)〉 수요일
날씨 구름
사위 원학(元學) 생일, 양력은 동일(東日)의 생일, 아침에 연길시내에 가 봤음, 난방 공열 정지

〈2003년 4월 17일 (음력 3월 16일)〉 목요일
날씨 맑음
미옥(美玉) 생일, 약 샀음, 옷걸이 수리, 약 먹기 시작

〈2003년 4월 18일 (음력 3월 17일)〉 금요일
날씨 흐림/비
집에 돌아왔음, 연길로 전화했음, 복순(福順) 판석(板石)에 돌아갔음, 민석(珉錫)이 전화 왔음, 창일(昌日)이 전화 왔음

〈2003년 4월 19일 (음력 3월 18일)〉 토요일
날씨 흐림/비
미옥(美玉)이 전화 왔음, 장규성(張奎星)이 전화 왔음 - 내일 환갑잔치, 베란다 청소, 영진(永珍)이 전화 왔음

〈2003년 4월 20일 (음력 3월 19일)〉 일요일
날씨 흐림/비
장규성(張奎星)의 환갑잔치 참석, 일본에서 전화 왔음 - 명숙(明淑)과 국진(國珍)

〈2003년 4월 21일 (음력 3월 20일)〉 월요일
날씨 맑음
미옥(美玉)이 전화 왔음, 식수 샀음, 신문 봤음

〈2003년 4월 22일 (음력 3월 21일)〉 화요일
날씨 맑음/구름
북경에서 전화 왔음 - 승일(承日)과 동일(東

日), 연길로 전화했음, 원학(元學)과 미옥(美玉) 왔음, 바닥 닦았음

〈2003년 4월 23일 (음력 3월 22일)〉 수요일 날씨 맑음/구름

생일, 창일(昌日)이 전화 왔음, 정화(廷華)이 전화 왔음, 창일(昌日)등 가족들이 왔음, 원학(元學)이 아침 먹고 연길에 돌아갔음

〈2003년 4월 24일 (음력 3월 23일)〉 목요일 날씨 맑음/구름

미옥(美玉) 연길에 돌아갔음, 신문 봤음

〈2003년 4월 25일 (음력 3월 24일)〉 금요일 날씨 맑음

학교 주택, 추월(秋月)의 가게에 갔음

〈2003년 4월 26일 (음력 3월 25일)〉 토요일 날씨 맑음

이향란(李香蘭)의 부친의 환갑잔치 참석, 김교장의 초대 받았음, 자치회 원선생이 전화 왔음 - 5월달 지부 활동 일시정지

〈2003년 4월 27일 (음력 3월 26일)〉 일요일 날씨 맑음

주민 대청소 활동 참석, 동창의 재혼식 참석, 일본에서 전화 왔음 - 명숙(明淑)과 국진(國珍)

〈2003년 4월 28일 (음력 3월 27일)〉 월요일 날씨 맑음/흐림

이영(李瑛)진료소, 방역소에 가서 소독액 샀음(35위안), 실내 소독 작업, 월급 받았음

〈2003년 4월 29일 (음력 3월 28일)〉 화요일 날씨 맑음

신문과 TV 봤음, 약 샀음(344위안)

〈2003년 4월 30일 (음력 3월 29일)〉 수요일 날씨 맑음/바람

이영(李瑛)진료소에 가서 둘째 숙모 먹는 약 샀음(100위안), 태양사대(太陽四隊)에 갔음, 안주임이 왔음(어제 심천에서 돌아왔음)

〈2003년 5월 1일 (음력 4월 1일)〉 목요일 날씨 맑음

오전에 집에 돌아왔음, 실내 소독(2번), 정옥(貞玉)이 전화 왔음 - 정수(廷洙)의 대출금에 관함

〈2003년 5월 2일 (음력 4월 2일)〉 금요일 날씨 맑음

미옥(美玉)이 전화 왔음, 이영(李瑛)진료소에 갔음, 연길로 전화했음

〈2003년 5월 3일 (음력 4월 3일)〉 토요일 날씨 구름

창일(昌日)에게 전화했음 - 옥희(玉姬) 화용(和龍)에서 5.1절 보내서 안 왔음, 이영(李瑛)진료소에 가서 사스[4]에 관한 중약(中藥) 처방 가져왔음

---

4) 사스(SARS). 중증 급성 호흡기 증후군).

〈2003년 5월 4일 (음력 4월 4일)〉 일요일 날씨 맑음

북경으로 전화했음 - 분선(粉善) 생일, 실내 소독(3번), 시내 상점에 가 봤음, 화분(花盆) 샀음, 정옥(貞玉)이 왔음 - 정수(廷洙)의 대출금 3,000위안 가져왔음, 제4소학교의 김 교장이 전화 왔음 - 각 교원에게 교사 과외 금지에 관한 공지 전달

〈2003년 5월 5일 (음력 4월 5일)〉 월요일 날씨 흐림/구름

안주임집에 가서 책 보내줬음, 춘성신용사(春城信用社)에 가서 저금, 미옥(美玉)이 전화 왔음, 약 먹기 시작, 학교 주택의 방세 260위안 받았음

〈2003년 5월 6일 (음력 4월 6일)〉 화요일 날씨 구름/맑음

〈노인세계〉 잡지 내용 분류, 미옥(美玉) 옛집의 방세 받았음, 바닥 닦았음, 식수 샀음

〈2003년 5월 7일 (음력 4월 7일)〉 수요일 날씨 흐림

〈노인세계〉 잡지 내용 분류

〈2003년 5월 8일 (음력 4월 8일)〉 목요일 날씨 맑음/바람

문방구점에 가서 스템플러와 전구 샀음, 〈노인세계〉 잡지 내용 분류하고 책자 만들기, 미옥(美玉)이 전화 왔음

〈2003년 5월 9일 (음력 4월 9일)〉 금요일 날씨 맑음/바람

가게채 임대, 구세탁기 팔았음(15위안), 약 먹기 시작, 금주, 북경에서 전화 왔음 - 승일(承日), 〈노인세계〉 잡지 내용 분류하고 책자 만들기, 실내 소독(4번)

〈2003년 5월 10일 (음력 4월 10일)〉 토요일 날씨 맑음/바람

창일(昌日)이 전화 왔음, 책자 만들기(완성), 영진(永珍)이 전화 왔음, 〈석양빛〉 내용 분류

〈2003년 5월 11일 (음력 4월 11일)〉 일요일 날씨 맑음/바람

미옥(美玉)이 전화 왔음 - 어머니의 날, 〈석양빛〉 내용 분류 및 책자 만들기

〈2003년 5월 12일 (음력 4월 12일)〉 월요일 날씨 비/구름

동생 정옥(貞玉)의 생일인데 초대 받았음, 오전에 자치회에 가서 〈노인세계〉 가져와서 추월(秋月)의 가게에 가서 줬음, 복순(福順)이 전화 왔음

〈2003년 5월 13일 (음력 4월 13일)〉 화요일 날씨 구름

정옥(貞玉)집에 가서 아침 먹었음, 아내가 최수연(崔秀姸)의 생일파티 참석

〈2003년 5월 14일 (음력 4월 14일)〉 수요일 날씨 맑음

자치회에 가서 지부 당비(黨費)를 냈음, 소화제 다 먹었음, 식수 샀음, 시내에 가 봤음

〈2003년 5월 15일 (음력 4월 15일)〉 목요일
날씨 맑음
공상은행에 가서 예금 인출하고 건설은행에 가서 저금(5000위안), 실내 소독(5번)

〈2003년 5월 16일 (음력 4월 16일)〉 금요일
날씨 맑음
김병삼(金秉三)집에 당비(黨費)를 받으러 갔음, 제4소학교에 가서 책값 받았음

〈2003년 5월 17일 (음력 4월 17일)〉 토요일
날씨 맑음
미옥(美玉)이 전화 왔음, 학교 주택의 임대 광고 작성, 아내가 방영자(方英子)의 생일파티 참석, 휴지 샀음

〈2003년 5월 18일 (음력 4월 18일)〉 일요일
날씨 흐림/구름
김채자(金菜子) 집에 갔음, 오후에 집에 돌아왔음, 일본에서 전화 왔음 - 국진(國珍), 바닥 닦았음

〈2003년 5월 19일 (음력 4월 19일)〉 월요일
날씨 흐림/맑음
시내 - 제4소학교 - 정화로(靖和路) - 신안교(新安橋) - 호텔

〈2003년 5월 20일 (음력 4월 20일)〉 화요일
날씨 맑음
오전에 산에 가서 흙 가져왔음, 49회 세계 탁구 경기 봤음

〈2003년 5월 21일 (음력 4월 21일)〉 수요일
날씨 맑음
오전에 산에 가서 흙 가져왔음, 49회 세계 탁구 경기 봤음

〈2003년 5월 22일 (음력 4월 22일)〉 목요일
날씨 흐림/구름
화분에 흙 교체(하루 종일)

〈2003년 5월 23일 (음력 4월 23일)〉 금요일
날씨 흐림
서 시장에 가 봤음, 약 샀음(1,990위안-200위안), 탁구 경기, 실내 소독(6번)

〈2003년 5월 24일 (음력 4월 24일)〉 토요일
날씨 흐림
미옥(美玉)이 전화 왔음, 탁구 경기, 식수 샀음

〈2003년 5월 25일 (음력 4월 25일)〉 일요일
날씨 흐림/구름
일본에서 전화 왔음 - 국진(國珍), 창고 정리, 옥희(玉姬)가 와서 저녁 먹었음 - 옥희(玉姬)에게 100위안 줬음, 옥희(玉姬)의 엄마가 전화 왔음

〈2003년 5월 26일 (음력 4월 26일)〉 월요일
날씨 흐림/구름
세입자와 상담하고 계약 - 가게채 임대(조선조), 부동산 중개에 가 봤음

〈2003년 5월 27일 (음력 4월 27일)〉 화요일

날씨 구름/맑음
가게채의 임대 계약서 작성, 전화비 200위안 냈음, 영진(永珍)이 전화 왔음

〈2003년 5월 28일 (음력 4월 28일)〉 수요일 날씨 구름/맑음
가게채의 방세 받았음(4,200위안), 월급 받았음, 저금, 아침에 시내에 가 봤음

〈2003년 5월 29일 (음력 4월 29일)〉 목요일 날씨 흐림/비
새 터미널, 쇼핑센터, 도로공사 현장에 가 봤음, 바닥 닦았음, 복순(福順)이 와서 점심 먹었음

〈2003년 5월 30일 (음력 4월 30일)〉 금요일 날씨 흐림/맑음
동 시장에 가 봤음, 미옥(美玉)이 전화 왔음, 실내 소독(7번), 전화 왔음

〈2003년 5월 31일 (음력 5월 1일)〉 토요일 날씨 맑음
시장에 가서 마늘 샀음, 쇼핑센터에 가서 운동화 샀음(10위안), 북경에서 전화 왔음 - 승일(承日)과 동일(東日), 가게채의 전화비 냈음(102위안), 동일에게 전화했음 - 청명절 때 장인 묘지의 비용에 관함, 정옥(貞玉)이 전화 왔음 - 옥수(玉洙)의 아내 1,000위안 보냈음, 위생관리비 18위안 냈음

〈2003년 6월 1일 (음력 5월 2일)〉 일요일 날씨 맑음
학교 주택의 세입자 이사 나갔음, TV 수신료 70위안 냈음, 춘림(春林)과 춘성(春晟)에게 전화했음 - 6.1 아동절

〈2003년 6월 2일 (음력 5월 3일)〉 월요일 날씨 맑음/구름
추월(秋月)의 가게에 가서 지도부 회의, 옥수(玉洙)의 1,000위안 받았음, 춘성신용사(春城信用社)에 가서 저금, 전신국에 가 봤음

〈2003년 6월 3일 (음력 5월 4일)〉 화요일 날씨 맑음/구름
부동산 중개에 갔음 - 학교 주택 임대, 모자 샀음(2위안), 식수 샀음

〈2003년 6월 4일 (음력 5월 5일)〉 수요일 날씨 맑음/구름
춘의(春義) 생일, 오후에 제4소학교에 가서 일본에서 보내온 지혜(智慧)의 생일사진 가져왔음

〈2003년 6월 5일 (음력 5월 6일)〉 목요일 날씨 맑음
쇼핑센터에 가서 차 세냈음, 자치회에 가서 〈노인세계〉 가져왔음

〈2003년 6월 6일 (음력 5월 7일)〉 금요일 날씨 흐림
연길로 전화했음, 제4소학교에 갔음 - 관공위(觀工委)에 관함, 추월(秋月)의 가게에 가서 〈노인세계〉 줬음, 판석(板石)으로 전화했음, 오후에 학교 주택에 갔음 - 상담, 임대에

관함

〈2003년 6월 7일 (음력 5월 8일)〉 토요일 날씨 흐림/비

미옥(美玉)이 전화 왔음, 창일(昌日)이 전화 왔음, 저녁에 창일(昌日)집의 초대 받았음, 바닥 닦았음, 복순(福順)이 왔다가 갔음, 이발했음

〈2003년 6월 8일 (음력 5월 9일)〉 일요일 날씨 맑음

지부 활동 - 봄 소풍 취소, 실내 활동, 일본에서 전화 왔음 - 명숙(明淑)과 국진(國珍), 복순(福順)이 집에 돌아갔음

〈2003년 6월 9일 (음력 5월 10일)〉 월요일 날씨 흐림

복순(福順)이 전화 왔음, 북경에서 전화 왔음 - 승일(承日), 가게채 가게 개업

〈2003년 6월 10일 (음력 5월 11일)〉 화요일 날씨 구름/맑음

태운(泰云) 생일, 창고 정리, 항아리 씻었음

〈2003년 6월 11일 (음력 5월 12일)〉 수요일 날씨 비/맑음

중국은행에 가서 전기세 100위안 냈음(학교 주택의 전기세 35위안), 원진(元珍)의 엄마가 왔다가 갔음, 미옥(美玉)이 전화 왔음, 식수 샀음

〈2003년 6월 12일 (음력 5월 13일)〉 목요일 날씨 흐림/비

정옥(貞玉)이 전화 왔음, 터미널 - 제5중학교 - 쇼핑센터

〈2003년 6월 13일 (음력 5월 14일)〉 금요일 날씨 구름/맑음

운전 시험 연습장에 가 봤음

〈2003년 6월 14일 (음력 5월 15일)〉 토요일 날씨 구름

제초(除草), 꽃 심었음, 영진(永珍)이 전화 왔음, 실내 소득(8), 북경에서 전화 왔음 - 승일(承日), 29일에 돌아올 예정, 베란다의 방충망 교체

〈2003년 6월 15일 (음력 5월 16일)〉 일요일 날씨 흐림

승일(承日)에게 전화했음, 창일(昌日)이 전화 왔음, 미옥(美玉)이 전화 왔음 - 아버지의 날, 지부 회의 - 민주평의

〈2003년 6월 16일 (음력 5월 17일)〉 월요일 날씨 흐림/구름

자치회에 가서 당원(黨員) 민주평의 결과 보고 및 우수당원(黨員) 신청, 쇼핑센터에 갔음

〈2003년 6월 17일 (음력 5월 18일)〉 화요일 날씨 구름/비

이영(李瑛)진료소에 갔음, 학교 주택에 갔음 - 임대에 관함, 약 먹었음

〈2003년 6월 18일 (음력 5월 19일)〉 수요일

날씨 흐림/구름
영진(永珍)이 전화 왔음 - 임평(林平)과 이혼, 베란다 방충망 교체, 바닥 닦았음

〈2003년 6월 19일 (음력 5월 20일)〉 목요일
날씨 맑음
원진(元珍)과 원진(元珍)의 엄마가 와서 알로에 가져갔음, 아시아 여자축구 경기 봤음

〈2003년 6월 20일 (음력 5월 21일)〉 금요일
날씨 구름
침실에 방충망 교체했음(23위안), 유리 닦았음, 식수 샀음

〈2003년 6월 21일 (음력 5월 22일)〉 토요일
날씨 맑음
미옥(美玉)이 전화 왔음 - 영진(永珍)에 관함, 아시아 여자축구 경기 봤음, 실내 소독(9)

〈2003년 6월 22일 (음력 5월 23일)〉 일요일
날씨 흐림/구름
건설은해에 가서 저금, 우체국 - 신안교(新安橋) - 상점, 영진(永珍)이 전화 왔음, 학교 주택에 갔음 - 임대에 관함

〈2003년 6월 23일 (음력 5월 24일)〉 월요일
날씨 흐림/비
미옥(美玉)이 전화 왔음 - 연길의 새집에 관함

〈2003년 6월 24일 (음력 5월 25일)〉 화요일
날씨 흐림/비
신문과 TV 봤음, 실내 소득(10)

〈2003년 6월 25일 (음력 5월 26일)〉 수요일
날씨 흐림/비
신문과 TV 봤음

〈2003년 6월 26일 (음력 5월 27일)〉 목요일
날씨 흐림/비
창일(昌日)이 전화 왔음 - 옥희(玉姬)의 수능시험 성적: 418점, 아침에 시장에 가서 채소 샀음, 북경에서 전화 왔음 - 승일(承日)의 안내, 29일에 돌아올 예정

〈2003년 6월 27일 (음력 5월 28일)〉 금요일
날씨 흐림
창일(昌日)이 전화 왔음

〈2003년 6월 28일 (음력 5월 29일)〉 토요일
날씨 비
도시신용사(信用社)에 가서 월급 받아서 건설은행에 가서 저금

〈2003년 6월 29일 (음력 5월 30일)〉 일요일
날씨 비/흐림
오전에 학교 주택에 갔음 - 임대에 관함, 아가위 술통 정리하고 씻었음, 식수 샀음, 바닥 닦았음

〈2003년 6월 30일 (음력 6월 1일)〉 월요일
날씨 흐림
복순(福順)이 전화 왔음, 민석(珉錫)과 같이 왔음, 창일(昌日)이 전화 왔음, 영란(英蘭)이

전화 왔음, 승일(承日)과 가족이 북경에서 돌아왔음

〈2003년 7월 1일 (음력 6월 2일)〉 화요일 날씨 비
미옥(美玉)이 전화 왔음, 옥희(玉姬)의 엄마가 전화 왔음, 영홍(永紅)이 전화 왔음, 춘식(春植)이 전화 왔음

〈2003년 7월 2일 (음력 6월 3일)〉 수요일 날씨 비
춘식(春植) 생일인데 저녁에 초대 받았음, 정옥(貞玉)이 전화 왔음 - 와서 정수(廷洙)의 대출금1,000위안 갚았음, 영홍(永紅)이 북경에서 돌아왔음

〈2003년 7월 3일 (음력 6월 4일)〉 목요일 날씨 비
아침에 춘식(春植) 집에 가서 밥 먹었음, 춘성신용사(春城信用社)에 가서 저금, 영진(永珍)이 전화 왔음 - 청두에서 북경으로 갔음, 승일(承日)과 가족이 판석(板石)에 갔음, 영홍(永紅)이 여권 신청했음(한국에 갈 예정)

〈2003년 7월 4일 (음력 6월 5일)〉 금요일 날씨 구름/맑음
채종변(蔡宗變)의 초대 받았음 - 환갑잔치에 관함, 승일(承日)과 가족이 판석(板石)에서 돌아왔음

〈2003년 7월 5일 (음력 6월 6일)〉 토요일 날씨 비
정수(廷洙)가 와서 낡은 신발 가져갔음, 신문과 TV 봤음, 일본에서 전화 왔음 - 국진(國珍)

〈2003년 7월 6일 (음력 6월 7일)〉 일요일 날씨 구름/맑음
경자(敬子)가 전화 왔음, 학교 주택에 갔음 - 임대에 관함, 축구 경기 - 산동:북경 0:0, 영홍(永紅)이 북경에 갔음, 북경에서 전화 왔음 - 동일(東日), 영진(永珍)이 동일(東日)집에 갔음

〈2003년 7월 7일 (음력 6월 8일)〉 월요일 날씨 흐림/구름
옥희(玉姬)의 엄마가 전화 왔음, 미옥(美玉)이 전화 왔음, 식수 샀음, 실내 소독, 승일(承日) 옛집에 갔음, 북경에서 전화 왔음 - 영홍(永紅)이 안전히 도착했음

〈2003년 7월 8일 (음력 6월 9일)〉 화요일 날씨 비/흐림
영란(英蘭)이 전화 왔음, 오후에 학교 주택에 갔음 - 임대에 관함, 200위안/월

〈2003년 7월 9일 (음력 6월 10일)〉 수요일 날씨 흐림
채휘석(蔡輝錫)교장이 전화 왔음, 신문과 TV 봤음

〈2003년 7월 10일 (음력 6월 11일)〉 목요일 날씨 비/구름
부동산 중개에 가서 열쇠 가져왔음, 제4소학

교에 갔음 - 관공위(觀工委) 업무에 관함, 지도부 회의 - 환갑잔치 기부에 관함

〈2003년 7월 11일 (음력 6월 12일)〉 금요일
날씨 맑음
자치회에 가서 활동경비 2,958위안 및《노인세계》가져왔음, 채종변(蔡宗燮)의 환갑잔치 참석, 동창 옥인(玉仁)이 전화 왔음 - 영월(英月) 생일에 관함

〈2003년 7월 12일 (음력 6월 13일)〉 토요일
날씨 맑음
미옥(美玉)에게 전화했음, 동창 영월(英月)이 전화 왔음 - 생일 파티 안함, 영진(永珍)이 전화 왔음, 동일(東日)에게 전화했음 - 려영(麗瑛) 생일

〈2003년 7월 13일 (음력 6월 14일)〉 일요일
날씨 흐림
지부 활동 - 노래 배우기, 학습, 학교 주택에 가서 방세 600위안 받아서 저금했음 - 세입자 이사 왔음, 아가위 술 다 먹었음, 일본에서 전화 왔음 - 명숙(明淑)과 국진(國珍)

〈2003년 7월 14일 (음력 6월 15일)〉 월요일
날씨 비/흐림
옥희(玉姬)의 엄마가 전화 왔음, 승일(承日)이 전화 왔음, 승일(承日)과 같이 건설은해에 돈 찾으러 갔음 - 승일(承日)의 월급

〈2003년 7월 15일 (음력 6월 16일)〉 화요일
날씨 흐림/구름
아내가 승일(承日)집에 갔다가 병원에 건강검진하러 갔음, 승일(承日)집에 가서 저녁 먹었음, 바닥 닦았음, 미옥(美玉)이 전화 왔음, 동일(東日)이 전화 왔음, 물세 냈음

〈2003년 7월 16일 (음력 6월 17일)〉 수요일
날씨 흐림/구름
태양(太陽)에 갔음 - 장인 사망 1주년 추도, 창일(昌日), 영석(永錫), 복순(福順) 등 친척들이 왔음, 집에 돌아왔음

〈2003년 7월 17일 (음력 6월 18일)〉 목요일
날씨 흐림
신문과 TV 봤음, 승일(承日)의 아내가 신발 가져왔음, 축구 경기 봤음

〈2003년 7월 18일 (음력 6월 19일)〉 금요일
날씨 비
신문과 TV 봤음, 〈7.3술〉 먹기 시작

〈2003년 7월 19일 (음력 6월 20일)〉 토요일
날씨 비
신문과 TV 봤음, 북경에서 전화 왔음 - 영진(永珍)

〈2003년 7월 20일 (음력 6월 21일)〉 일요일
날씨 비
신문과 TV 봤음, 미옥(美玉)이 전화 왔음, 축구 경기 - 북경:심천 0:1

〈2003년 7월 21일 (음력 6월 22일)〉 월요일
날씨 흐림

북경에서 전화 왔음 - 명숙(明淑)이 어제 일본에서 북경에 도착했음

〈2003년 7월 22일 (음력 6월 23일)〉 화요일 날씨 흐림/비

신문과 TV 봤음, 복순(福順)집으로 전화했음, 식수 샀음

〈2003년 7월 23일 (음력 6월 24일)〉 수요일 날씨 비/흐림

아내가 복순(福順)의 생일파티 참석하러 갔음, 승일(承日)이 전화 왔음, 약 먹기 시작

〈2003년 7월 24일 (음력 6월 25일)〉 목요일 날씨 흐림/소나기

신문과 TV 봤음, 송홧가루 다 먹었음, 이발했음

〈2003년 7월 25일 (음력 6월 26일)〉 금요일 날씨 구름/흐림

오전에 총부 회의 참석 - 노인의 날 활동에 관함, 영진(永珍)이 전화 왔음

〈2003년 7월 26일 (음력 6월 27일)〉 토요일 날씨 흐림

제4소학교에 갔음 - 퇴직교사 월급 명세서에 관함

〈2003년 7월 27일 (음력 6월 28일)〉 일요일 날씨 흐림

미옥(美玉)이 전화 왔음, 승일(承日)이 전화 왔음, 바닥 닦았음, 일본에서 전화 왔음 - 국진(國珍)

〈2003년 7월 28일 (음력 6월 29일)〉 월요일 날씨 흐림/비

지부 당원(黨員) 현황 통계표 작성

〈2003년 7월 29일 (음력 7월 1일)〉 화요일 날씨 흐림

신문과 TV 봤음, 바닥 닦았음

〈2003년 7월 30일 (음력 7월 2일)〉 수요일 날씨 흐림/맑음

도시신용사(信用社)에 가서 월급 받았음, 채 선생이 전화 왔음 - 훈춘(琿春)에 도착했음

〈2003년 7월 31일 (음력 7월 3일)〉 목요일 날씨 흐림/구름

신문과 TV 봤음, 명옥(明玉)이 전화 왔음 - 승일(承日)에 관함, 승일(承日) 집으로 전화했음, 미옥(美玉) 집으로 전화했음 - 안전에 관함

〈2003년 8월 1일 (음력 7월 4일)〉 금요일 날씨 구름

신문과 TV 봤음, 북경에서 전화 왔음 - 영진(永珍), 김 서기 전화 왔음 - 생일 초대

〈2003년 8월 2일 (음력 7월 5일)〉 토요일 날씨 흐림

정옥(貞玉)이 전화 왔음 - 정수(廷洙)의 대출금 1,000위안 아내에게 보내왔음, 신문과 TV 봤음

〈2003년 8월 3일 (음력 7월 6일)〉 일요일 날씨 구름/맑음

건설은행에 가서 예금 인출하고 춘성신용사(春城信用社)에 가서 저금했음, 내몽골 사돈집으로 전화했음, 창일(昌日)집으로 전화했음 - 옥희(玉姬)가 연변(延邊)대학 농업학과 합격

〈2003년 8월 4일 (음력 7월 7일)〉 월요일 날씨 맑음

김 서기의 생일파티 참석

〈2003년 8월 5일 (음력 7월 8일)〉 화요일 날씨 맑음

미옥(美玉)이 전화 왔음

〈2003년 8월 6일 (음력 7월 9일)〉 수요일 날씨 흐림/비

도로공사 현장에 가 봤음

〈2003년 8월 7일 (음력 7월 10일)〉 목요일 날씨 흐림/구름

자치회에 가서 당원(黨員) 현황 통계표 제출하고 〈노인세계〉 가져왔음, 연수학교에 갔다가 터미널에 갔음, 미옥(美玉)옛집에 가서 수도꼭지 수리하고 방세 600위안 받았음

〈2003년 8월 8일 (음력 7월 11일)〉 금요일 날씨 안개/맑음

안주임이 우리 집에 왔음 - 다음 주 지부 활동 일정에 관함, 화용(和龍)에서 전화 왔음, 오후에 화용(和龍)에 갔음(1:30~4:50)

〈2003년 8월 9일 (음력 7월 12일)〉 토요일 날씨 구름

창일(昌日)의 생일인데 초대 받았음 - 승일(承日)이 훈춘(琿春)에서 왔음

〈2003년 8월 10일 (음력 7월 13일)〉 일요일 날씨 흐림/구름

화용(和龍)에서 집에 돌아왔음(6:50~10:40), 복순(福順)이 판석(板石)에 돌아갔음, 동창 규빈(奎彬)이 전화 왔음 - 가정 갈등에 관함, 미옥(美玉)이 전화 왔음, 국진(國珍)이 전화 왔음

〈2003년 8월 11일 (음력 7월 14일)〉 월요일 날씨 맑음

전기세 100위안 냈음, 향선(香善)과 명렬(明烈)이 왔음 - 한국에서 돌아왔음

〈2003년 8월 12일 (음력 7월 15일)〉 화요일 날씨 구름/맑음

자치회에 가서 8.15활동 경비 295위안 받았음, 세계 청소년 축구 경기 - 중국:핀란드 1:2

〈2003년 8월 13일 (음력 7월 16일)〉 수요일 날씨 구름/맑음

오후에 학교에 갔음 - 관공위(觀工委) 업무에 관함, 신임의 최교장과 만남, 노인의 날에 관함, 바닥 닦았음, 승일(承日)이 전화 왔음

〈2003년 8월 14일 (음력 7월 17일)〉 목요일 날씨 구름

점심에 옥희(玉姬)의 진학 잔치 참석, 복순

(福順), 승일(承日)과 가족들이 왔음, 미옥(美玉)이 전화 왔음 - 노인의 날

〈2003년 8월 15일 (음력 7월 18일)〉 금요일
날씨 구름
자치회에 진행된 8.15 경축회 참석, 내몽골에서 전화 왔음 - 명숙(明淑)

〈2003년 8월 16일 (음력 7월 19일)〉 토요일
날씨 구름
축구 2급 경기, 세계 청소년 축구 경기 봤음

〈2003년 8월 17일 (음력 7월 20일)〉 일요일
날씨 구름
터미널에 가서 차 세냈음(600위안), 오후에 지부 지도부회의 - 여행에 관함, 내몽골 사돈집으로 전화했음 - 내몽골에 지진 발생했음

〈2003년 8월 18일 (음력 7월 21일)〉 월요일
날씨 구름
지부 성원 여행 - 7:10~18:10, 김응호(金應浩)의 장녀의 진학 잔치 참석, 정옥(貞玉)이 전화 왔음

〈2003년 8월 19일 (음력 7월 22일)〉 화요일
날씨 구름
아내가 태양(太陽)에 갔음 - 정기(廷棋) 생일(6:15~15:00), 일본으로 전화했음, 바닥 닦았음, 미옥(美玉)이 전화 왔음, 연길로 전화했음, 세계 청소년 축구 경기

〈2003년 8월 20일 (음력 7월 23일)〉 수요일
날씨 구름
신문과 TV 봤음, 축구 경기 봤음

〈2003년 8월 21일 (음력 7월 24일)〉 목요일
날씨 맑음
공상은행에 가서 저금했음, 이영(李瑛)의사와 최영자(崔英子)가 전화 왔음, 식수 샀음(60위안)

〈2003년 8월 22일 (음력 7월 25일)〉 금요일
날씨 흐림/비
진호(鎭浩)가 왔음 - 돈에 관함, 2만 위안 필요

〈2003년 8월 23일 (음력 7월 26일)〉 토요일
날씨 맑음/바람
미옥(美玉)이 전화 왔음, 축구경기 봤음, 영진(永珍)이 전화 왔음, 광춘(光春)이 전화 왔음 - 광춘(光春)의 장모의 환갑잔치에 관함

〈2003년 8월 24일 (음력 7월 27일)〉 일요일
날씨 맑음/바람
복순(福順)집으로 전화했음, 광춘(光春)의 장모의 환갑잔치 참석, 진호(鎭浩)가 왔음 - 돈 못 빌렸음, 방교장이 전화 왔음

〈2003년 8월 25일 (음력 7월 28일)〉 월요일
날씨 맑음
미옥(美玉)이 전화 왔음, 연길에 갔음(9:50~12:00)

〈2003년 8월 26일 (음력 7월 29일)〉 화요일

날씨 맑음
원학(元學)의 새집에 가 봤음

〈2003년 8월 27일 (음력 7월 30일)〉 수요일 날씨 구름/흐림
백화점에 가 봤음, 미옥(美玉)이 신발(140위안), 상의(60위안), 바지(50위안)를 사 줬음, 오후에 축구경기 봤음

〈2003년 8월 28일 (음력 8월 1일)〉 목요일 날씨 구름/비
책과 TV 봤음

〈2003년 8월 29일 (음력 8월 2일)〉 금요일 날씨 구름
시계 샀음(80위안), 미옥(美玉)이 미화(美花)집, 철진(哲珍)집을 초대했음, 영진(永珍)이 전화 왔음

〈2003년 8월 30일 (음력 8월 3일)〉 토요일 날씨 맑음
집에 돌아왔음(9:00~10:40), 미옥(美玉)에게 전화했음, 동일(東日)이 전화 왔음, 승일(承日)의 아내가 전화 왔음

〈2003년 8월 31일 (음력 8월 4일)〉 일요일 날씨 맑음
도시신용사(信用社)에 가서 월급 받았음, 건설은행에 가서 저금, 내몽골 사돈집으로 전화했음, 한국에서 전화 왔음 - 설화(雪花)

〈2003년 9월 1일 (음력 8월 5일)〉 월요일 날씨 맑음
복순(福順)이 전화 왔음, 세계 청소년 추국경기, 미옥(美玉)이 전화 왔음, 공상은행에 가서 예금 인출해서 우체국은행에 가서 돈 보냈음 - 미옥(美玉) 1만위안, 광춘(光春) 200위안, 채교장이 전화 왔음 - 당비(黨費)에 관함, 이영(李瑛)의사가 우리 집에 왔다가 갔음

〈2003년 9월 2일 (음력 8월 6일)〉 화요일 날씨 흐림/맑음
이영(李瑛)의사와 경신(敬信), 옥천동(玉泉洞)에 갔다가 왔음(8:00~16;50)

〈2003년 9월 3일 (음력 8월 7일)〉 수요일 날씨 맑음
영진(永珍) 생일, 시 〈9.3〉 경축 운동회 봤음, 광춘(光春)이 전화 왔음 - 돈 받았음, 축구 경기

〈2003년 9월 4일 (음력 8월 8일)〉 목요일 날씨 맑음
이영(李瑛)의사가 우산을 보내왔음, 오후에 축구경기 봤음, 바닥 닦았음

〈2003년 9월 5일 (음력 8월 9일)〉 금요일 날씨 비
오전에 축구경기 봤음, 오후에 신문과 TV 봤음

〈2003년 9월 6일 (음력 8월 10일)〉 토요일 날씨 맑음

미옥(美玉), 창일(昌日)이 전화 왔음, 시 축구 경기 결승전 봤음, 칠삼술 다 먹었음

〈2003년 9월 7일 (음력 8월 11일)〉 일요일
날씨 맑음
국진(國珍)이 전화 왔음, 영란(英蘭)의 엄마가 전화해서 왔음 - 고려삼액 298위안, 북경에서 전화 왔음 - 동일(東日), 창일(昌日)이 전화 왔음, 내몽골로 1000위안 보냈음 - 명숙(明淑)이 아파서 치료

〈2003년 9월 8일 (음력 8월 12일)〉 월요일
날씨 맑음/구름
연길에 가서 강 선생의 부친의 추도식 참석 - 안주임, 방교장, 김추월이 동행(7:10~16:00), 터미널에 가서 차 세냈음(300위안), 식수 샀음

〈2003년 9월 9일 (음력 8월 13일)〉 화요일
날씨 구름/비
오후에 제4소학교에 가서 스승의 날 활동 경비 1,000위안 받았음, 알로에 술 먹기 시작

〈2003년 9월 10일 (음력 8월 14일)〉 수요일
날씨 비/맑음
스승의 날 - 지부 소풍 활동: 밀강(밀강) - 훈춘(琿春) 댄스홀에 갔음(7:35~16:40), 내몽골에서 전화 왔음 - 명숙(明淑) 돈 받았음, 영진(永珍)이 전화 왔음, 정옥(貞玉)이 왔음

〈2003년 9월 11일 (음력 8월 15일)〉 목요일
날씨 맑음
승일(承日) 집에 가서 아침 먹어서 태양(太陽)에 장인과 장모의 묘지에 가서 성묘(7:00~12:00), 북경에서 전화 왔음 - 동일(東日)

〈2003년 9월 12일 (음력 8월 16일)〉 금요일
날씨 구름
정수(廷洙)가 전화 왔음, 제4소학교 허삼용(許三龍)의 부친의 추도식 참석, 아시아 남자 배구 경기 - 중국:한국 2:3

〈2003년 9월 13일 (음력 8월 17일)〉 토요일
날씨 소나기/구름
미옥(美玉)이 전화 왔음 - 새집 팔았음, 이영(李瑛)의사 전화 왔음 - 낚시하고 있음

〈2003년 9월 14일 (음력 8월 18일)〉 일요일
날씨 맑음/바람
낚싯대 샀음(43위안), 이발했음

〈2003년 9월 15일 (음력 8월 19일)〉 월요일
날씨 맑음
오후에 훈춘(琿春)에서 도하(圖河)로 가서 낚시, 미옥(美玉)이 전화 왔음 - 집값 받았음

〈2003년 9월 16일 (음력 8월 20일)〉 화요일
날씨 안개/맑음
하루 종일에 낚시하고 있음

〈2003년 9월 17일 (음력 8월 21일)〉 수요일
날씨 소나기/구름
창일(昌日)이 전화 왔음, 춘성(春晟)의 작문

수상

〈2003년 9월 18일 (음력 8월 22일)〉 목요일
날씨 소나기/구름
오전에 낚시하고 오후에 정수(廷洙)의 차를 타서 집에 돌아왔음, 식수 샀음, 복순(福順)이 왔다가 갔음, 이영(李瑛)의사에게 전화했음

〈2003년 9월 19일 (음력 8월 23일)〉 금요일
날씨 맑음
자치회에 가서《노인세계》가져와서 추월(秋月)의 가게에 가서 〈노인세계〉 줬음

〈2003년 9월 20일 (음력 8월 24일)〉 토요일
날씨 맑음
이영(李瑛)의사 전화 왔음, 김승호(金承浩)와 규빈(奎彬)집에 갔음 - 동창회에 관함, 미옥(美玉)에게 전화했음 - 송금에 관함

〈2003년 9월 21일 (음력 8월 25일)〉 일요일
날씨 맑음
세계 여자 축구 경기, 미옥(美玉)이 전화 왔음 - 송금 1만 위안, 연길로 전화했음 - 돈 받았음, 건설은해에 가서 저금, 일본에서 전화 왔음 - 국진(國珍), 명숙(明淑)이 안전히 도착했음

〈2003년 9월 22일 (음력 8월 26일)〉 월요일
날씨 맑음
미옥(美玉)이 전화 왔음, 원학(元學)과 미옥(美玉)이 왔음, 이영(李瑛)의사가 전화 왔음, 바닥 닦았음, 승일(承日)이 전화 왔음, 복순(福順)이 왔음

〈2003년 9월 23일 (음력 8월 27일)〉 화요일
날씨 맑음
아내 생일 - 가족, 친척들과 밥 먹었음, 오전에 원학(元學)과 미옥(美玉)이 연길에 돌아갔음, 오후에 복순(福順)이 집에 돌아갔음, 일본에서 전화 왔음 - 국진(國珍)과 명숙(明淑)

〈2003년 9월 24일 (음력 8월 28일)〉 수요일
날씨 맑음
자치회에 조직된 고희 경축회 참석 - 최순금(崔順今)교장, 김해옥(金海玉)과 만났음

〈2003년 9월 25일 (음력 8월 29일)〉 목요일
날씨 맑음
창일(昌日)이 전화 왔음, 세계 여자배구 경기 봤음, 영진(永珍) 생일, 식수 샀음

〈2003년 9월 26일 (음력 9월 1일)〉 금요일
날씨 맑음
오후에 학교에 가서 사과와 배를 가져왔음, 정수(廷洙)가 와서 200위안 빌려 달랐음

〈2003년 9월 27일 (음력 9월 2일)〉 토요일
날씨 맑음/구름
채교장이 전화 왔음 - 당비(黨費)에 관함, 학교에 가서 퇴직교사 등록표 작성, 채교장의 당비를(黨費) 받으러 갔음, 퇴직교사 김선생을 방문하러 갔음, 월급 받았음

〈2003년 9월 28일 (음력 9월 3일)〉 일요일
날씨 맑음
정옥(貞玉)이 전화 왔음, 세계 여자축구 경기

〈2003년 9월 29일 (음력 9월 4일)〉 월요일
날씨 맑음
미옥(美玉)이 전화 왔음, 세계 여자축구 경기, 이영(李瑛)의사 전화 왔음 - 집에 도착했음

〈2003년 9월 30일 (음력 9월 5일)〉 화요일
날씨 맑음
함충근(咸忠根)이 전화 왔음 - 둘째아들의 결혼식에 관함, 동창회 준비

〈2003년 10월 1일 (음력 9월 6일)〉 수요일
날씨 구름
아내가 동석(東碩)의 장남의 결혼식 참석, 동창회 참석 준비(5:00~7:00), 승일(承日)집의 초대 받았음, 미옥(美玉)이 전화 왔음

〈2003년 10월 2일 (음력 9월 7일)〉 목요일
날씨 구름/바람
동창회 참석(9:00~16:00), 아침 먹었음(7:00), 낡은 식탁 팔았음, 저녁에 승일(承日)집에서 국경절 초대 - 민석(珉錫)과 창일(昌日)의 가족들이 참석

〈2003년 10월 3일 (음력 9월 8일)〉 금요일
날씨 맑음/바람
세계 여자축구 경기, 북경에서 전화 왔음, 오후에 아내가 태양사대(太陽四隊)에 갔음

〈2003년 10월 4일 (음력 9월 9일)〉 토요일
날씨 맑음/바람
정화(廷華) 생일, 함충근(咸忠根)의 둘째 아들의 결혼식 참석, 아내가 오후에 집에 돌아왔음, 박교장이 왔음, 연길로 전화했음, 화용(和龍)으로 전화했음

〈2003년 10월 5일 (음력 9월 10일)〉 일요일
날씨 맑음
쇼핑센터에 가 봤음, 아내의 약과 스위치 샀음, 스위치 수리, 일본에서 전화 왔음 - 명숙(明淑)과 국진(國珍), 세계 여자축구 경기(준결승)

〈2003년 10월 6일 (음력 9월 11일)〉 월요일
날씨 안개/맑음
건설은행에 가서 예금 인출 - 정수(廷洙) 대출금 1000위안, 춘성신용사(春城信用社)에 가서 저금, 아가위 정리해서 술 만들기, 오후에 태양사대(太陽四隊)에 갔음

〈2003년 10월 7일 (음력 9월 12일)〉 화요일
날씨 안개/맑음
둘째숙모 생신 - 정기(廷棋), 정수(廷洙), 춘식(春植), 정옥(貞玉)과 가족들이 참석, 오후에 집에 돌아왔음, 아내와 말다툼했음

〈2003년 10월 8일 (음력 9월 13일)〉 수요일
날씨 맑음/구름
북경에서 전화 왔음 - 동일(東日), 신문과 TV 봤음, 관공위(觀工委)의 영춘(迎春)이 전화 왔음 - 학부모학교의 자료에 관함

〈2003년 10월 9일 (음력 9월 14일)〉 목요일 날씨 안개/구름
연길에 있는 동창이 전화 왔음, 정기(廷棋) 전화 왔음 - 대출에 관함, 관공위(觀工委)의 안주임이 전화 왔음, 반찬을 만들었음

〈2003년 10월 10일 (음력 9월 15일)〉 금요일 날씨 비/구름
자치회에 가서 책 가져왔음, 제4소학교에 갔음 - 학부모학교의 자료에 관함

〈2003년 10월 11일 (음력 9월 16일)〉 토요일 날씨 구름
연길에 있는 오경자(吳京子)가 전화 왔음, 민석(珉錫)이 전화 왔음, 베란다 정리, 바닥 닦았음, 북경에서 전화 왔음 - 영진(永珍), 미옥(美玉)이 전화 왔음

〈2003년 10월 12일 (음력 9월 17일)〉 일요일 날씨 흐림/눈
지부 활동 - 실내 활동, 세계 여자축구 경기 - 미국:캐나다 3:1, 식수 샀음

〈2003년 10월 13일 (음력 9월 18일)〉 월요일 날씨 구름
세계 여자축구 경기 - 독일:스위스 2:1, 바닥 닦았음

〈2003년 10월 14일 (음력 9월 19일)〉 화요일 날씨 맑음
반찬 만들었음, 책과 TV 봤음, 친구 동주(東周)가 전화 왔음

〈2003년 10월 15일 (음력 9월 20일)〉 수요일 날씨 구름
중국 유인 우주선 신주5호 시험 비행 성공 , 학교 주택의 방세 600위안 받았음

〈2003년 10월 16일 (음력 9월 21일)〉 목요일 날씨 맑음
중국 유인 우주선 신주5호 성공 착륙, 물세 냈음, 김규빈(金奎彬)의 외손녀의 돌잔치 참석, 황선생을 문병하러 갔음

〈2003년 10월 17일 (음력 9월 22일)〉 금요일 날씨 맑음
무 90근 샀음, 민석(珉錫)이 전화 왔음, 신문과 TV 봤음

〈2003년 10월 18일 (음력 9월 23일)〉 토요일 날씨 맑음/바람
미옥(美玉), 영진(永珍)이 전화 왔음

〈2003년 10월 19일 (음력 9월 24일)〉 일요일 날씨 맑음
자치회에 조직된 실내게임 경기 참석 - 지부 성원 10명 참석, 같이 점심 먹었음

〈2003년 10월 20일 (음력 9월 25일)〉 월요일 날씨 구름
건설은행에 가서 예금 인출하고 난방비 960위안 냈음, 비닐 장판 샀음(145위안)

〈2003년 10월 21일 (음력 9월 26일)〉 화요일 날씨 맑음

비닐 장판 갈았음, 파 샀음, 바닥 닦았음, 식수 샀음

〈2003년 10월 22일 (음력 9월 27일)〉 수요일 날씨 흐림/비

관공위(觀工委)의 김주임 전화 왔음 - 제4소학교는 성급(省級) 학부모학교로 평정하게 되었음, 우체국에 가서 편지 보냈음, 양배추 샀음

〈2003년 10월 23일 (음력 9월 28일)〉 목요일 날씨 맑음/구름

금순(今順) 고춧가루 가져왔음, 춘성신용사(春城信用社)에 가서 예금전표 돌렸음(2만 위안), 복순(福順) 왔다가 갔음, 일본으로 편지 보냈음, 배추 100근 샀음, 미옥(美玉)과 승일(承日)이 전화 왔음

〈2003년 10월 24일 (음력 9월 29일)〉 금요일 날씨 맑음/구름

관공위(觀工委) - 제4소학교 - 학생들 작문시합, 아가위 술 먹기 시작, 알로에 술 다 먹었음, 오후에 시 병원에 가서 최덕용(崔德龍)을 문병하러 갔음

〈2003년 10월 25일 (음력 10월 1일)〉 토요일 날씨 맑음/구름

영진(永珍)이 전화 왔음, 아내가 김정자(金貞子)집에 갔음, 저녁에 학교 주택에 갔음(누수)

〈2003년 10월 26일 (음력 10월 2일)〉 일요일 날씨 맑음

금순(今順)이 와서 고춧가루 팔았음, 금순(今順)의 언니의 환갑잔치 참석, 오늘부터 난방 공열

〈2003년 10월 27일 (음력 10월 3일)〉 월요일 날씨 맑음

신문과 TV 봤음, 자치회 원(元)선생이 전화 왔음

〈2003년 10월 28일 (음력 10월 4일)〉 화요일 날씨 맑음

전화비 100위안 냈음, 우체국에 가서 편지 보냈음 - 영진(永珍)에게 사진 보냈음, 창일(昌日)이 전화 왔음

〈2003년 10월 29일 (음력 10월 5일)〉 수요일 날씨 맑음/바람

시 노간부(幹部)[5]국 서기회의 참석 - 성(省)이 · 퇴직 회의 정신 전달, 옥희(玉姬)의 엄마가 전화 왔음 - 약 보내왔음, 터미널에 약을 받으러 갔음(17:30)

〈2003년 10월 30일 (음력 10월 6일)〉 목요일 날씨 맑음

춘성신용사(春城信用社)에 가서 월급 받았음, 승일(承日)이 와서 약 가져갔음

〈2003년 10월 31일 (음력 10월 7일)〉 금요일 날씨 맑음

5) 지도자, 관리자. 당(黨)간부.

새 집의 난방비 300위안 냈음, 금순(今順) 와서 고춧가루 팔았음, 자치회 전주임 전화 왔음 - 순란(順蘭)선생에 관함, 창일(昌日)이 전화 왔음 - 저금에 관함, 향순(香順)이 와서 고춧가루 가져갔음

〈2003년 11월 1일 (음력 10월 8일)〉 토요일 날씨 흐림/맑음
자치회 원(元)주임이 전화 왔음 - 책에 관함, 김치 만들기, 영진(永珍)이 전화 왔음, 일본에서 전화 왔음 - 국진(國珍), 식수 샀음

〈2003년 11월 2일 (음력 10월 9일)〉 일요일 날씨 안개/맑음
건설은행에 가서 예금 인출하고 춘성신용사(春城信用社)에 가서 저금, 고추장 만들기, 서해숙(徐海淑)이 와서 도와 줬음, 미옥(美玉)이 전화 왔음

〈2003년 11월 3일 (음력 10월 10일)〉 월요일 날씨 구름/바람
자치회에 가서 〈노인세계〉 가져왔음, 물고기 샀음, 아내가 최경석(崔京錫)의 생일파티 참석

〈2003년 11월 4일 (음력 10월 11일)〉 화요일 날씨 맑음
관공위(觀工委)에 가서 공지 가져가서 학교에 가서 교장에게 줬음, 북경에서 전화 왔음 - 영진(永珍)의 편지를 받았음

〈2003년 11월 5일 (음력 10월 12일)〉 수요일 날씨 흐림/맑음
화분 거실로 옮겼음, 바닥 닦았음

〈2003년 11월 6일 (음력 10월 13일)〉 목요일 날씨 구름
원학(元學)의 옛집의 방세 600위안 받았음, 커튼 수선, 이발했음

〈2003년 11월 7일 (음력 10월 14일)〉 금요일 날씨 구름/바람
자치회에 가서 학습서류 가져왔음, 가게채의 난방비 500위안 냈음, 원학(元學)의 옛집의 난방비 658위안을 냈음

〈2003년 11월 8일 (음력 10월 15일)〉 토요일 날씨 맑음
북경에서 영진(永珍)이 전화 왔음, 미옥(美玉)이 전화 왔음, 각 교직원에게 전화 공지 - 12월 기부에 관함

〈2003년 11월 9일 (음력 10월 16일)〉 일요일 날씨 맑음
지부활동 참석 - 학습서류 및 선진회원 선정, 안주임이 최영희(崔英姬)의 남편을 문병하러 갔음, 신문 비용 냈음

〈2003년 11월 10일 (음력 10월 17일)〉 월요일 날씨 맑음
호준(浩俊)이 와서 호적부 가져갔음, 중국은행에 가서 전기세 냈음(100위안), 식수 샀음

〈2003년 11월 11일 (음력 10월 18일)〉 화요

일 날씨 맑음
미옥(美玉)이 전화 왔음, 내몽골 사돈집으로 전화했음, 동창 금옥(今玉)이 전화 왔음 - 환갑잔치에 관함

〈2003년 11월 12일 (음력 10월 19일)〉 수요일 날씨 맑음
신문과 TV 봤음, 복순(福順)이 전화 왔음, 창일(昌日)이 전화 왔음, 샤워했음

〈2003년 11월 13일 (음력 10월 20일)〉 목요일 날씨 맑음
지부 연말총결 재료 작성, 영진(永珍)이 전화 왔음, 서선생의 둘째 딸이 전화 왔음, 방영자(方英子)가 사진 보내 왔음, 영양제 다 먹었음

〈2003년 11월 14일 (음력 10월 21일)〉 금요일 날씨 흐림
자치회에 가서 연말총결 자료 제출, 아내가 김정자(金貞子)집에 갔음, 학교 주택 누수(돈 안 받았음), 창일(昌日)이 전화 왔음 - 연변 축구팀 현황에 관함

〈2003년 11월 15일 (음력 10월 22일)〉 토요일 날씨 구름
연길로 전화했음, 미옥(美玉)이 전화 왔음, 건설은행에 가서 예금 인출했음, 아내가 연길에 진료하러 갔음, 창일(昌日)이 전화 왔음

〈2003년 11월 16일 (음력 10월 23일)〉 일요일 날씨 맑음/바람
일본에서 전화 왔음 - 국진(國珍), 영진(永珍)이 전화 왔음, 김서기가 전화 왔음, 창일(昌日)과 미옥(美玉)이 전화 왔음, 동창 금옥(今玉)의 환갑잔치 참석

〈2003년 11월 17일 (음력 10월 24일)〉 월요일 날씨 맑음
TV 봤음

〈2003년 11월 18일 (음력 10월 25일)〉 화요일 날씨 맑음
연길로 전화했음, 아내가 집에 돌아왔음, 김춘찬(金春燦)이 전화 왔음 - 당비(黨費)에 관함, 미옥(美玉)이 전화 왔음, 아내가 인슐린 주사 맞기 시작

〈2003년 11월 19일 (음력 10월 26일)〉 수요일 날씨 맑음
신문과 TV 봤음, 순자(順子) 생일

〈2003년 11월 20일 (음력 10월 27일)〉 목요일 날씨 흐림/눈
미옥(美玉)이 전화 왔음, 관공위(觀工委)에 가서 통계표 가져왔음, 서해숙(徐海淑) 선생이 왔다가 갔음, 약 먹었음

〈2003년 11월 21일 (음력 10월 28일)〉 금요일 날씨 맑음/바람
누나 생신, 제설(除雪), 미옥(美玉)이 전화 왔음

〈2003년 11월 22일 (음력 10월 29일)〉 토요일 날씨 맑음/바람

영진(永珍)이 전화 왔음, 동창 옥인(玉仁)이 전화 왔음 - 환갑잔치에 관함, 명옥(明玉)이 전화 왔음 - 내일 생일, 화장실에 물 저장탱크 수리, 바닥 닦았음

〈2003년 11월 23일 (음력 10월 30일)〉 일요일 날씨 맑음
운학(雲鶴) 생일, TV 수신료 84위안 냈음

〈2003년 11월 24일 (음력 11월 1일)〉 월요일 날씨 흐림
복순(福順)이 전화 왔음, 복순(福順)이 와서 정안(靖安)진료소에 진료를 받으러 갔음 - 심장병, 일본에서 전화 왔음 - 명숙(明淑)과 국진(國珍)

〈2003년 11월 25일 (음력 11월 2일)〉 화요일 날씨 바람/맑음
신문과 TV 봤음, 미옥(美玉)이 전화 왔음 - 독감 걸렸음, 채소 가져왔음

〈2003년 11월 26일 (음력 11월 3일)〉 수요일 날씨 눈/바람
제4소학교에 갔음 - 관공위(觀工委) 연말총결에 관함, 건설은행에 가서 예금 인출했음, 오후에 아내가 연길에 갔음, 연길에서 전화 왔음 - 아내가 안전히 도착했음

〈2003년 11월 27일 (음력 11월 4일)〉 목요일 날씨 맑음
관공위(觀工委) 연말총결 자료 정리해서 관공위(觀工委)에 가서 연말총결자료 및 통계표 제출, 식수 샀음, 정옥(貞玉)이 전화 왔음, 아내 전화 왔음

〈2003년 11월 28일 (음력 11월 5일)〉 금요일 날씨 흐림
민석(珉錫)이 전화 왔음 - 복순(福順)에 관함, 판석(板石)으로 전화했음

〈2003년 11월 29일 (음력 11월 6일)〉 토요일 날씨 흐림/비
동창 옥인(玉仁)의 환갑잔치 참석 - 동주(東周), 규빈(奎彬) 등 동창들이 참석, 연길에서 전화 왔음 - 아내, 승일(承日)이 전화 왔음, 영진(永珍)이 전화 왔음

〈2003년 11월 30일 (음력 11월 7일)〉 일요일 날씨 맑음
도시신용사(信用社)에 가서 월급 받았음, 이영(李瑛)진료소에 가서 약 샀음, 주사 맞았음, 실내 소독

〈2003년 12월 1일 (음력 11월 8일)〉 월요일 날씨 맑음
연길에서 전화 왔음 - 아내, 새집의 난방비 300위안 냈음, 주방에 하수도 수리, 채소 가져왔음

〈2003년 12월 2일 (음력 11월 9일)〉 화요일 날씨 맑음
아내가 집에 돌아왔음(8:00~10:00), 미옥(美玉)이 전화 왔음, 판석(板石)으로 전화했음, 정옥(貞玉)이 전화 왔음

〈2003년 12월 3일 (음력 11월 10일)〉 수요일 날씨 맑음

가게채의 난방비 500위안 냈음, 정옥(貞玉)의 가게에 가서 정수(廷洙)가 빌린 200위안 받았음

〈2003년 12월 4일 (음력 11월 11일)〉 목요일 날씨 맑음

도시신용사(信用社)에 가서 저금했음

〈2003년 12월 5일 (음력 11월 12일)〉 금요일 날씨 맑음

미옥(美玉)이 전화 왔음, 총부, 지부 자치회 연말총결 회의 참석

〈2003년 12월 6일 (음력 11월 13일)〉 토요일 날씨 눈/바람

미옥(美玉)이 전화 왔음, 판석(板石)으로 전화했음 - 복순(福順)의 병세 물어봤음, 영진(永珍)이 전화 왔음 - 서해숙(徐海淑)의 둘째 딸과 연애하지 않음

〈2003년 12월 7일 (음력 11월 14일)〉 일요일 날씨 맑음/바람

오전에 계산, 미옥(美玉)이 전화 왔음

〈2003년 12월 8일 (음력 11월 15일)〉 월요일 날씨 맑음/바람

위생관리비(청소비) 18위안 냈음

〈2003년 12월 9일 (음력 11월 16일)〉 화요일 날씨 맑음/바람

자치회에 가서 신문과 간행물 비용 냈음, 〈노인세계〉 가져왔음, 승일(承日)이 전화 왔음, 북경에서 편지 왔음 - 영진(永珍)이 서해숙(徐海淑)의 둘째 딸의 사진을 보내 왔음

〈2003년 12월 10일 (음력 11월 17일)〉 수요일 날씨 맑음/바람

신문과 TV 봤음

〈2003년 12월 11일 (음력 11월 18일)〉 목요일 날씨 맑음/바람

창일(昌日)이 전화 왔음 - 민석(珉錫) 생일파티 참석하지 못함, 지부 지도부 회의 참석 - 연말총결에 관함, 바닥 닦았음

〈2003년 12월 12일 (음력 11월 19일)〉 금요일 날씨 맑음

지부 연말총결 - 제4소학교 장교장, 박주임이 참석, 미옥(美玉)이 전화 왔음, 화장실에 하수도 막혔음, 공인 와서 수리했음(60위안), 판석(板石)으로 전화했음

〈2003년 12월 13일 (음력 11월 20일)〉 토요일 날씨 맑음

판석(板石)에 갔음 - 민석(珉錫) 생일, 박영호(朴永浩)가 전화 왔음, 북경에서 전화 왔음 - 영진(永珍), 창일(昌日)이 전화 왔음

〈2003년 12월 14일 (음력 11월 21일)〉 일요일 날씨 맑음

직업고등학교 이선생의 추도식 참석, 자치회 원(元)선생이 전화 왔음, 장득수(張得洙)가

전화 왔음 - 환갑잔치에 관함

〈2003년 12월 15일 (음력 11월 22일)〉 월요일 날씨 맑음

신문과 TV 봤음

〈2003년 12월 16일 (음력 11월 23일)〉 화요일 날씨 맑음/흐림

미옥(美玉)이 전화 왔음 - 내일 북경에 공부하러 갈 예정, 자치회에 가서 지부 체육단련 통계표 제출

〈2003년 12월 17일 (음력 11월 24일)〉 수요일 날씨 눈/구름

문에 비닐천 붙였음, 복순(福順)이 전화 왔음 - 약에 관함, 복순(福順)이 전화 왔음 - 시 병원에서 시티 촬영

〈2003년 12월 18일 (음력 11월 25일)〉 목요일 날씨 흐림

창에 비닐로 붙였음, 제4소학교의 회계 김화(金花)가 전화 왔음 - 퇴직교사 등록표에 관함, 창일(昌日)이 전화 왔음 - 내일 이사

〈2003년 12월 19일 (음력 11월 26일)〉 금요일 날씨 맑음

창일(昌日)의 새집에 가 봤음 - 점심에 초대 받았음, 승일(承日)이 왔음, 제4소학교에 가서 퇴직교사 명단 제출

〈2003년 12월 20일 (음력 11월 27일)〉 토요일 날씨 맑음/추움

영진(永珍)이 전화 왔음, 동일(東日)에게 전화했음 - 미옥(美玉)과 영진(永珍)이 동일(東日)집에 갔음

〈2003년 12월 21일 (음력 11월 28일)〉 일요일 날씨 맑음

신문과 TV 봤음, 판석(板石)으로 전화했음 - 복순(福順)의 병세에 관함, 일본에서 전화 왔음 - 명숙(明淑)과 국진(國珍)

〈2003년 12월 22일 (음력 11월 29일)〉 월요일 날씨 맑음

판석(板石)에서 전화 왔음 - 복순(福順), 아내가 판석(板石)에 복순(福順)을 문병하러 갔음, 오연옥(吳蓮玉)이 전화 왔음 - 복순(福順)의 병세에 관함

〈2003년 12월 23일 (음력 12월 1일)〉 화요일 날씨 맑음

판석(板石)에서 전화 왔음 - 복순(福順), 채주임이 전화 왔음, 오후에 아내가 집에 돌아왔음, 북경에서 전화 왔음 - 미옥(美玉)

〈2003년 12월 24일 (음력 12월 2일)〉 수요일 날씨 맑음

춘성신용사(春城信用社)에 가서 예금 인출해서 저금 - 정옥(貞玉) 54,400위안, 실내 소독, 오후에 이영(李瑛)진료소에 갔음

〈2003년 12월 25일 (음력 12월 3일)〉 목요일 날씨 맑음/바람

정옥(貞玉)이 전화 왔음 - 태운(泰云)이 모레

한국에서 돌아올 예정, 이발했음, 승일(承日)이 전화 왔음

〈2003년 12월 26일 (음력 12월 4일)〉 금요일 날씨 맑음

도시신용사(信用社)에 가서 월급 받아서 저금했음

〈2003년 12월 27일 (음력 12월 5일)〉 토요일 날씨 맑음

전화비 100위안 냈음, 연길로 전화했음 - 안사돈 생신, 영진(永珍)이 전화 왔음, 일본에서 편지와 2만 엔화 보내 왔음, 정옥(貞玉)집으로 전화했음 - 태운(泰云) 도착해서 태양(太陽)에 갔음

〈2003년 12월 28일 (음력 12월 6일)〉 일요일 날씨 맑음

태운(泰云)이 전화 왔음 - 어제 집에 도착했음, 퇴직교사 김순란(金順蘭)이 전화 왔음, 정옥(貞玉)이 전화 왔음, 약 샀음(13,600위안?)

〈2003년 12월 29일 (음력 12월 7일)〉 월요일 날씨 맑음/바람

장득수(張得洙)의 환갑잔치 참석, 학교 주택 전화 왔음 - 화장실 누수, 방(方)교장이 전화 왔음 - 채정자(蔡貞子)의 당적(黨籍)에 관함

〈2003년 12월 30일 (음력 12월 8일)〉 화요일 날씨 맑음

정옥(貞玉)집으로 전화했음, 태운(泰云)과 정옥(貞玉)이 왔음, 정수(廷洙), 정오(廷伍)가 왔음, 바닥 닦았음, 김일(김일) 집으로 전화했음 - 학교 주택 누수에 관함, 옥희(玉姬)의 엄마, 영란(英蘭)의 엄마가 전화 왔음

〈2003년 12월 31일 (음력 12월 9일)〉 수요일 날씨 맑음

옥희(玉姬)의 엄마가 전화 왔음, 전신국에 갔음 - 가게채의 전화번호에 관함, 북경에서 전화 왔음 - 미옥(美玉), 영진(永珍)과 영홍(永紅)이 동일(東日)집에 있음, 한국에서 전화 왔음 - 정금(貞今)

2004년

〈2004년 1월 1일 (음력 12월 10일)〉 목요일
날씨 맑음
신문재료 정리, 북경에서 전화 왔음 - 영홍(永紅), 판석(板石)에서 전화 왔음 - 복순(福順), 일본에서 전화 왔음 - 국진(國珍)과 명숙(明淑), 승일(承日), 창일(昌日), 옥희(玉姬)과 가족들이 와서 원단을 보냈음, 북경에서 전화 왔음 - 동일(東日), 안 주임이 전화했음 - 최영희(崔英姬)의 남편 사망

〈2004년 1월 2일 (음력 12월 11일)〉 금요일
날씨 구름
최영희(崔英姬)의 남편의 장례식 참석, 훈춘(琿春)에 돌아왔음, 연길에서 전화 왔음 - 미화(美花)

〈2004년 1월 3일 (음력 12월 12일)〉 토요일
날씨 맑음
전기세 100위안 냈음, 신문재료 정리, 북경에서 전화 왔음 - 영진(永珍)

〈2004년 1월 4일 (음력 12월 13일)〉 일요일
날씨 맑음
신화(新華)서점에 가서 〈解夢法千字文〉[1] 샀음, 휴대폰 개통 - 100위안/월

〈2004년 1월 5일 (음력 12월 14일)〉 월요일
날씨 맑음
새 집의 난방비 300위안 냈음, 신문과 TV 봤음, 실내 소독

〈2004년 1월 6일 (음력 12월 15일)〉 화요일
날씨 맑음
서정자(徐貞子)이 전화 왔음 - 18일에 환갑잔치, 신문과 TV 봤음

〈2004년 1월 7일 (음력 12월 16일)〉 수요일
날씨 구름/바람
(우체국) 신문 · 잡지 판매처에 가서 TV신문과 종합참고신문 주문했음, 약 다 먹었음, 주미자(朱美子) 전화 왔음

〈2004년 1월 8일 (음력 12월 17일)〉 목요일
날씨 구름/바람
자치회에 가서 〈노인세계〉 가져가서 추월(秋月)의 가게로 보냈음, 정옥(貞玉)이 전화 왔

1) 꿈을 해석하는 방법.

음 - 저녁에 정옥(貞玉)의 초대 받았음

〈2004년 1월 9일 (음력 12월 18일)〉 금요일 날씨 맑음

친구 동주(東周) 전화 왔음, 약 먹기 시작, 제4소학교의 민우(敏遇) 전화 왔음 - 지도부 위문하러 왔음, 과일과 채소 가져왔음

〈2004년 1월 10일 (음력 12월 19일)〉 토요일 날씨 맑음/바람

춘성신용사(春城信用社)에 가서 예금 인출하고 저금

〈2004년 1월 11일 (음력 12월 20일)〉 일요일 날씨 맑음

영진(永珍)이 전화 왔음, 태양(太陽)에 갔음 - 춘식(春植)의 차 타서 정수(廷洙)의 초대 받았음, 집에 돌아왔음, 이기삼(李基三) 전화 왔음 - 15일에 환갑잔치, 복순(福順) 왔다가 갔음, 판석(板石)으로 전화했음 - 복순(福順)의 병세에 관함

〈2004년 1월 12일 (음력 12월 21일)〉 월요일 날씨 흐림/구름

자치회에 가서 이 · 퇴직 간부 보조금 받았음, 김동렬(金東烈) 집에 위문하러 갔음(320위안+50위안), 학교 주택의 세입자에게 방세 돌려줬음(1개월)

〈2004년 1월 13일 (음력 12월 22일)〉 화요일 날씨 맑음/추움

신문과 TV 봤음, 바닥 닦았음

〈2004년 1월 14일 (음력 12월 23일)〉 수요일 날씨 맑음/추움

우체국에 갔음 - 주문한 신문 아직 못 받았음

〈2004년 1월 15일 (음력 12월 24일)〉 목요일 날씨 맑음/추움

이기삼(李基三)의 환갑잔치 참석, (우체국) 신문 · 잡지 판매처에 가서 신문 샀음, 윤정자(尹貞子) 왔다가 갔음, 연길로 전화했음, 미옥(美玉)이 전화 왔음, 안주임 전화 왔음 - 채교장 위문에 관함

〈2004년 1월 16일 (음력 12월 25일)〉 금요일 날씨 맑음/추움

국진(國珍) 생일, 화용(和龍)에서 전화 왔음 - 창일(昌日)

〈2004년 1월 17일 (음력 12월 26일)〉 토요일 날씨 맑음/추움

미옥(美玉) 집으로 전화했음, 채 교장 집에 위문하러 갔음, 춘식(春植) 전화 왔음 - 저녁에 초대 받았음, 영숙(英淑) 와서 1000위안 대출금 갚았음

〈2004년 1월 18일 (음력 12월 27일)〉 일요일 날씨 맑음

미옥(美玉)과 정옥(貞玉)이 전화 왔음, 춘성신용사(春城信用社)에 가서 저금, 도시신용사(信用社)에 가서 월급 받았음, 김병삼(金秉三) 집에 가서 위문했음(50위안), 아내가 김정자(金貞子)의 환갑잔치 참석, 판석(板石)으로 전화했음

〈2004년 1월 19일 (음력 12월 28일)〉 월요일 날씨 흐림/맑음

미옥(美玉)이 전화 왔음, 연길에 미옥(美玉) 집으로 전화했음 - 영진(永珍) 아직 안 도착, 연길에서 전화 왔음 - 영진(永珍), 북경에서 연길에 도착했음

〈2004년 1월 20일 (음력 12월 29일)〉 화요일 날씨 맑음

일본에서 전화 왔음 - 국진(國珍), 일본으로 전화했음 - 명숙(明淑) 생일, 학교 주택의 세입자 전화 왔음 - 누수, 미옥(美玉)이 전화 왔음, 영진(永珍)이 전화 왔음 - 15:30 출발, 17:28 안전히 도착했음, 바닥 닦았음, 식수 샀음

〈2004년 1월 21일 (음력 12월 30일)〉 수요일 날씨 눈/바람

미옥(美玉)이 전화 왔음, 건설은행에 가서 예금 인출 - 영진(永珍) 보내준 1,000위안, 우체국에 가서 신문 샀음, 오후에 태양사대(太陽四隊)에 갔음, 영진(永珍)과 같이 갔음, 철진(哲珍) 연길에서 왔음, 실내 소독

〈2004년 1월 22일 (음력 1월 1일)〉 목요일 날씨 바람/추움

태양사대(太陽四隊)에서 설날 보냈음, 오전에 택시 타서 집에 돌아왔음(20위안), 원학(元學)과 미옥(美玉) 연길에서 왔음, 일본에서 전화 왔음 - 광춘(光春), 북경에서 전화 왔음 - 동일(東日), 영홍(永紅)

〈2004년 1월 23일 (음력 1월 2일)〉 금요일 날씨 맑음

민석(珉錫) 집, 창일(昌日) 집, 동춘(東春), 선희(善姬) 와서 창일(昌日) 집에 가서 설날 보냈음, 한국에서 전화 왔음 - 설화(雪花)와 설화(雪花)의 엄마, 국진(國珍)이 전화 왔음

〈2004년 1월 24일 (음력 1월 3일)〉 토요일 날씨 맑음

일본으로 전화했음 - 국진(國珍) 양력 생일, 아내, 미옥(美玉)과 영진(永珍)이 창일(昌日)집에 갔음, 동창 전화 왔음, 일본에서 전화 왔음 - 국진(國珍)과 명숙(明淑), 창일(昌日) 왔음

〈2004년 1월 25일 (음력 1월 4일)〉 일요일 날씨 맑음

태운(泰云) 왔음, 오후에 원학(元學), 미옥(美玉)과 영진(永珍)이 연길에 갔음(13:40~15:40), 연길에서 전화 왔음 - 안전히 도착했음

〈2004년 1월 26일 (음력 1월 5일)〉 월요일 날씨 맑음

미옥(美玉)에게 전화했음, 인숙(仁淑)이 왔다가 갔음, 영진(永珍)이 전화 왔음 - 연길에서 북경으로 돌아갔음(10:40~)

〈2004년 1월 27일 (음력 1월 6일)〉 화요일 날씨 맑음

영진(永珍)이 전화 왔음 - 지하철에서 있음 (12:20 안전히 도착했음), 출입문 수리, 미옥

(美玉)이 전화 왔음, 친구 동주(東周) 왔음

〈2004년 1월 28일 (음력 1월 7일)〉 수요일
날씨 맑음
정옥(貞玉)집으로 전화했음 - 태운(泰云) 한국에 갔음, 아침에 동주(東周) 집에 돌아갔음, 춘성신용사(春城信用社)에 가서 저금, 오후에 축구 경기 봤음 - 중국:러시아 3:0

〈2004년 1월 29일 (음력 1월 8일)〉 목요일
날씨 맑음
(우체국) 신문 · 잡지 판매처에 갔음 - 주문한 신문 아직 못 받았음

〈2004년 1월 30일 (음력 1월 9일)〉 금요일
날씨 맑음
(우체국) 신문 · 잡지 판매처에 가서 TV 신문 샀음, 오후에 축구 경기 봤음, 아내가 이순일(李淳日) 동생의 결혼식 참석하러 갔음

〈2004년 1월 31일 (음력 1월 10일)〉 토요일
날씨 맑음
판석(板石)으로 전화했음 - 복순(福順) 장춘(長春)에 진료를 받으러 갔음, 아내가 돌아왔음, 미옥(美玉)이 전화 왔음, 동 시장에 가서 연초 샀음, 이발했음

〈2004년 2월 1일 (음력 1월 11일)〉 일요일
날씨 흐림/눈
아내와 인숙(仁淑) 같이 학교 주택에 가 봤음, 축구 경기 - 여자) 중국:미국 0:0, 남자) 중국:러시아 2:0

〈2004년 2월 2일 (음력 1월 12일)〉 월요일
날씨 맑음/바람
제설(除雪), 미옥(美玉)이 전화 왔음 - 방세 받았음, 민석(珉錫)이 전화 왔음 - 복순(福順)이 장춘(長春)에서 입원했음, 판석(板石)으로 전화했음

〈2004년 2월 3일 (음력 1월 13일)〉 화요일
날씨 맑음/바람
승일(承日) 집으로 전화했음, 책 봤음, 여자 축구 경기 봤음 - 중국:스웨덴 2:2

〈2004년 2월 4일 (음력 1월 14일)〉 수요일
날씨 맑음/바람
(우체국) 신문 · 잡지 판매처에 가서 신문 샀음, 승일(承日)집으로 전화했음

〈2004년 2월 5일 (음력 1월 15일)〉 목요일
날씨 맑음
미옥(美玉)이 전화 왔음, 승일(承日)집 와사 대보름 보냈음, 방영자(方英子)가 전화 왔음, 장춘(長春), 판석(板石)으로 전화했음, 화용(和龍)에서 전화 왔음 - 창일(昌日), 산사열매 술 다 먹었음

〈2004년 2월 6일 (음력 1월 16일)〉 금요일
날씨 맑음
백화점에 가서 환금: 2만 엔화 → 1556위안, 민석(珉錫)이 전화 왔음 - 동춘(東春) 장춘(長春)에 갔음(500위안 줬음), 바닥 닦았음

〈2004년 2월 7일 (음력 1월 17일)〉 토요일

날씨 맑음
내몽골 사돈집으로 전화했음, 자치회에 가서 〈노인세계〉 가져왔음, 가게채의 방세 8,400위안 받았음, 장춘(長春)에서 전화 왔음 - 동춘(東春)과 복순(福順)

〈2004년 2월 8일 (음력 1월 18일)〉 일요일
날씨 맑음
동생 정오(廷伍) 생일, 아내가 시 병원에 순월(順月)을 문병하러 갔음, 정옥(貞玉)이 전화 왔음, 일본에서 전화 왔음 - 광춘(光春), 미옥(美玉)에게 전화했음

〈2004년 2월 9일 (음력 1월 19일)〉 월요일
날씨 맑음
오후에 학교 주택에 갔음 - 세입자 이사 나갔음(160위안 받았음)

〈2004년 2월 10일 (음력 1월 20일)〉 화요일
날씨 맑음
이영(李瑛)진료소에 갔음, 조카 북한에서 왔음 - 초대해 줬음

〈2004년 2월 11일 (음력 1월 21일)〉 수요일
날씨 흐림/구름
아내가 시 병원에 순월(順月)을 문병하러 갔음, 아내가 김춘설(金春雪)의 환갑잔치 참석하러 갔음, 우체국에 가서 신문 샀음

〈2004년 2월 12일 (음력 1월 22일)〉 목요일
날씨 맑음
은행에 가서 학교 주택의 전기카드 가져왔음, 우체국에 가서 신문 샀음, 정수(廷洙) 전화 왔음, 중고시장에 가 봤음, 아내가 학교 주택에 가서 방세 받았음 - 18일부터 260위안/월

〈2004년 2월 13일 (음력 1월 23일)〉 금요일
날씨 맑음
일본으로 전화했음 - 명숙(明淑) 생일, (양력) 정수(廷洙) 생일 - 태양(太陽)에 가서 밥 같이 먹었다가 돌아왔음, 영진(永珍)이 전화 왔음, 장춘(長春)에서 전화 왔음 - 복순(福順) 병세에 관함

〈2004년 2월 14일 (음력 1월 24일)〉 토요일
날씨 맑음/구름
임대계약서를 복사, 도시신용사(信用社)에 가서 저금했음, 창일(昌日)이 전화 왔음, 고주임이 왔다가 갔음, 아내가 학습반 참석, 정옥(貞玉)이 전화 왔음

〈2004년 2월 15일 (음력 1월 25일)〉 일요일
날씨 맑음
물세 38.4위안 냈음, 아내가 주화자(朱花子)의 환갑잔치 참석하러 갔음, 미옥(美玉)이 전화 왔음, 서장춘(徐長春)교장이 왔다가 갔음

〈2004년 2월 16일 (음력 1월 26일)〉 월요일
날씨 구름
학교 주택에 갔음 - 세입자 이사하러 왔음, 물 공급국에 갔음 - 미옥(美玉) 옛 집의 물세에 관함, 장춘(長春)으로 전화했음 - 복순(福順)의 병세에 관함

〈2004년 2월 17일 (음력 1월 27일)〉 화요일
날씨 맑음/바람
승일(承日)의 아내 전화 왔음, 미옥(美玉)이 전화 왔음, 축구 경기 봤음, 새 집 난방비 300위안 냈음

〈2004년 2월 18일 (음력 1월 28일)〉 수요일
날씨 맑음
전신국에 가서 TV수신료 84위안 냈음, 학교 주택의 방세 1,560위안 받았음, 승일(承日)이 전화 왔음, 신문 샀음, 미옥(美玉) 옛집의 물세 182.4위안 냈음

〈2004년 2월 19일 (음력 1월 29일)〉 목요일
날씨 맑음
오전에 총부회의 참석 - 당비(黨費) 및 성·시(省·市) 조직부 서류에 관함

〈2004년 2월 20일 (음력 2월 1일)〉 금요일
날씨 맑음
제4소학교에 갔음 - 퇴직교사 월급 명세서에 관함, 퇴직당원(黨員) 당비(黨費) 계산, 옥희(玉姬)의 엄마가 전화 왔음, 창일(昌日)집에 가서 저녁 먹었음, 도시신용사(信用社)에 가서 저금했음

〈2004년 2월 21일 (음력 2월 2일)〉 토요일
날씨 흐림/비
승일(承日) 생일인데 초대 받았음, 복순(福順)이 장춘(長春)에서 판석(板石)으로 돌아갔음, 복순(福順)이 전화 왔음, 영진(永珍)이 전화 왔음, 미옥(美玉)이 전화 왔음

〈2004년 2월 22일 (음력 2월 3일)〉 일요일
날씨 흐림/눈
연길, 판석(板石)으로 전화했음 - 연길에 못 감, 당비(黨費) 수납 명세를 복사

〈2004년 2월 23일 (음력 2월 4일)〉 월요일
날씨 맑음
총부에 가서 당비(黨費) 수납 명세서 제출 및 채정자(蔡貞子) 입당(入黨) 소개서 신청, 교육국 당위(黨委) - 시위(市委) 조직부 - 상업은행

〈2004년 2월 24일 (음력 2월 5일)〉 화요일
날씨 흐림/눈
판석(板石)으로 전화했음, 민석(珉錫)이 왔다가 갔음, 혈당 측정기 샀음, 미옥(美玉)이 전화 왔음, 연길로 전화했음

〈2004년 2월 25일 (음력 2월 6일)〉 수요일
날씨 눈
춘성신용사(春城信用社)에 가서 예금 인출하고 저금, 우체국에 가서 신문 샀음, 영진(永珍)이 전화 왔음, 바닥 닦았음

〈2004년 2월 26일 (음력 2월 7일)〉 목요일
날씨 맑음
동생 정오(廷伍) 생일인데 저녁에 초대 받았음, 베란다 정리

〈2004년 2월 27일 (음력 2월 8일)〉 금요일
날씨 맑음
아내가 연길에 갔음, 박 교장의 생일인데 점

심에 초대 받았음, 전화비 100위안 냈음, 영진(永珍)이 전화 왔음

〈2004년 2월 28일 (음력 2월 9일)〉 토요일
날씨 맑음/흐림
아내가 연길에서 전화 왔음, 복순(福順)이 전화 왔음

〈2004년 2월 29일 (음력 2월 10일)〉 일요일
날씨 맑음
연길로 전화했음, 아내가 연길에서 돌아왔음(13:10~15:20), 미옥(美玉)이 전화 왔음, 정수(廷洙)집으로 전화했음 - 한국에 가는 문제에 관함

〈2004년 3월 1일 (음력 2월 11일)〉 월요일
날씨 맑음/추움
최소림(崔小林) 전화 왔음 - 이영(李瑛)진료소에 갔음, 정수(廷洙)의 아내 왔음 - 한국에 가는 문제에 관함, 영진(永珍)에게 전화했음, 복순(福順)이 전화 왔음, 아내가 오후에 판석(板石)에 인숱린 주사기 보냈음

〈2004년 3월 2일 (음력 2월 12일)〉 화요일
날씨 맑음/추움
시계수리부에 가서 시곗줄 수리, 도시신용사(信用社)에 가서 월급 받았음, 판석(板石)에서 전화 왔음, 오후에 아내가 돌아왔음

〈2004년 3월 3일 (음력 2월 13일)〉 수요일
날씨 맑음/추움
총부, 지부 계획회의 참석, 창일(昌日)과 승일(承日)이 전화 왔음 - 집 판매에 관함, 미옥(美玉)이 전화 왔음, 올림픽 축구 예선경기 봤음 - 중국:한국 0:1

〈2004년 3월 4일 (음력 2월 14일)〉 목요일
날씨 맑음/추움
우체국에 가서 신문 샀음, 승일(承日) 왔음 - 집 판매 및 집문서 변경에 관함, 대렌에서 모정자(毛貞子) 전화 왔음 - 입당(入黨) 소개서 받았음

〈2004년 3월 5일 (음력 2월 15일)〉 금요일
날씨 맑음/추움
지부 활동기록 정리, 인대(人大)[2] 2차 정부업무 보고회의 청취, 영란(英蘭)의 엄마가 전화 왔음

〈2004년 3월 6일 (음력 2월 16일)〉 토요일
날씨 맑음/추움
지부 지도부회의 - 3.8절 활동에 관함, 북경으로 전화했음 - 초미(超美)가 받았음, 연초 샀음

〈2004년 3월 7일 (음력 2월 17일)〉 일요일
날씨 맑음
지부 활동 - 계획 통과, 게임 등, 3.8절 활동 준비, 일본에서 전화 왔음 - 국진(國珍)과 명숙(明淑), 미옥(美玉)이 전화 왔음

〈2004년 3월 8일 (음력 2월 18일)〉 월요일

2) 인민대표대회의 약칭.

날씨 맑음
승일(承日)이 전화 왔음, 신문과 TV 봤음

〈2004년 3월 9일 (음력 2월 19일)〉 화요일
날씨 맑음
신문과 TV 봤음, 김만춘(金萬春) 회장 전화 왔음 - 학습반에 관함

〈2004년 3월 10일 (음력 2월 20일)〉 수요일
날씨 흐림
김만춘(金萬春)집으로 전화했음, 우체국에 가서 신문 주문했음

〈2004년 3월 11일 (음력 2월 21일)〉 목요일
날씨 맑음/바람
미옥(美玉)에게 전화했음, 신문과 TV 봤음

〈2004년 3월 12일 (음력 2월 22일)〉 금요일
날씨 맑음/바람
아내와 같이 연길에 가서 학습반 참석(6:30~14:00), 복순(福順)이 전화 왔음 - 연길에서 집에 도착

〈2004년 3월 13일 (음력 2월 23일)〉 토요일
날씨 맑음
복순(福順)에게 전화했음, 정옥(貞玉)이 전화 왔음, 박영호(朴永浩)와 박병렬(朴秉烈) 집에 문병하러 갔음

〈2004년 3월 14일 (음력 2월 24일)〉 일요일
날씨 맑음
추월(秋月)의 가게에 가서 최소림(崔小林)의 입당(入黨) 소개서 가져왔음, 10회 인대 2차 회의 폐막식 봤음, 미옥(美玉)이 전화 왔음, 영진(永珍)이 전화 왔음

〈2004년 3월 15일 (음력 2월 25일)〉 월요일
날씨 맑음
자치회에 가서 입당(入黨) 소개서 제출, 제4소학교에 갔음 - 김병삼(金秉三)의 추도식에 관함

〈2004년 3월 16일 (음력 2월 26일)〉 화요일
날씨 눈/맑음
김병삼(金秉三)선생의 추도식에 참석 - 김정철(金政哲)이 동행, 창일(昌日)에게 전화했음, 승일(承日)집으로 전화했음

〈2004년 3월 17일 (음력 2월 27일)〉 수요일
날씨 맑음/바람
영석(永錫)집에 갔음 - 영석(永錫)의 모친 사망 2주년 추도, 승일(承日)이 전화 왔음, 창일(昌日)이 전화 왔음

〈2004년 3월 18일 (음력 2월 28일)〉 목요일
날씨 맑음/바람
최소림(崔小林)집에 문병하러 갔음, 우체국에 갔음 - 신문 없음, 승일(承日)이 전화 왔음, 관공위(關工委)[3] 안 서기 전화 왔음 - 재료에 관함

---

3) 中國關心下一代工作委員會(簡称：中國關工委), 于1990年2月經党中央國務院批准成立.다음 세대에 대한 관심과 교육을 실시하는 조직의 약칭. 1990년 2월 중국공산당 중앙국무원 허가로 창립.

〈2004년 3월 19일 (음력 2월 29일)〉 금요일 날씨 맑음
(우체국) 신문 · 잡지 판매처에 가서 신문 샀음 - 신문 봤음, (23세 미만)축구경기 봤음, 쌀 100근 샀음

〈2004년 3월 20일 (음력 2월 30일)〉 토요일 날씨 맑음
신문과 TV 봤음, 미옥(美玉)이 전화 왔음, 축구 경기 봤음

〈2004년 3월 21일 (윤달 음력 2월 1일)〉 일요일 날씨 맑음
백화점에 가 봤음, 북경에서 영진(永珍)이 전화 왔음, 축구 경기 봤음

〈2004년 3월 22일 (윤달 음력 2월 2일)〉 월요일 날씨 맑음
신문과 TV 봤음, 샤워했음, 이발했음

〈2004년 3월 23일 (윤달 음력 2월 3일)〉 화요일 날씨 구름
복순(福順)이 와서 약 사서 갔음, 복순(福順) 전화 왔음, 오연옥(吳蓮玉)이 전화 왔음, 축구 경기 봤음

〈2004년 3월 24일 (윤달 음력 2월 4일)〉 수요일 날씨 비/구름
총부 회의 참석 - 교육당위(黨委)업무 및 당원(黨員) 서류에 관함, 신문 샀음, 창일(昌日)의 아내가 전화 왔음 - 집에 관함, 승일(承日)이 전화 왔음 - 집에 관함

〈2004년 3월 25일 (윤달 음력 2월 5일)〉 목요일 날씨 맑음
등산, 창일(昌日)이 전화 왔음, 청소년 여자 축구 경기 봤음

〈2004년 3월 26일 (윤달 음력 2월 6일)〉 금요일 날씨 맑음
신문 샀음, 쇼핑센터에 가서 낚시도구 샀음, 영진(永珍)이 전화 왔음

〈2004년 3월 27일 (윤달 음력 2월 7일)〉 토요일 날씨 눈/구름
전화 공지 - 당원(黨員) 등록표에 관함, 축구 경기 봤음

〈2004년 3월 28일 (윤달 음력 2월 8일)〉 일요일 날씨 눈/소나기
전화 공지 - 당원(黨員) 등록표에 관함, 미옥(美玉)이 전화 왔음, 일본에서 전화 왔음 - 국진(國珍)과 명숙(明淑), 축구 경기 봤음

〈2004년 3월 29일 (윤달 음력 2월 9일)〉 월요일 날씨 흐림
도시신용사(信用社)에 가서 월급 받아서 저금했음, 이영(李瑛)진료소에 갔음, 여자 축구 경기 봤음, 바닥 닦았음

〈2004년 3월 30일 (윤달 음력 2월 10일)〉 화요일 날씨 흐림
신문과 TV 봤음

〈2004년 3월 31일 (윤달 음력 2월 11일)〉

수요일 날씨 맑음/바람

(우체국) 신문 · 잡지 판매처에 가서 신문 샀음, 이영(李瑛)진료소에 갔음, 아시아 축구 경기 봤음 – 중국:중국홍콩 1:0

〈2004년 4월 1일 (윤달 음력 2월 12일)〉 목요일 날씨 구름/흐림

승일(承日)이 전화 왔음, 축구 경기 봤음

〈2004년 4월 2일 (윤달 음력 2월 13일)〉 금요일 날씨 눈/흐림

승일(承日)이 전화 왔음 – 김민자(金敏子)의 장례식 참석, 민석(珉錫)이 전화 왔음(4번), 창일(昌日)이 전화 왔음, 미옥(美玉)이 전화 왔음

〈2004년 4월 3일 (윤달 음력 2월 14일)〉 토요일 날씨 맑음

옥희(玉姬)의 엄마가 전화 왔음 – 청명절에 관함, 축구 경기 봤음, 승일(承日)이 전화 왔음 – 내일 초대

〈2004년 4월 4일 (윤달 음력 2월 15일)〉 일요일 날씨 맑음

승일(承日)이 전화 왔음, 승일(承日)집에 가서 점심 먹었음, 물세 36.8위안 냈음

〈2004년 4월 5일 (윤달 음력 2월 16일)〉 월요일 날씨 맑음

복순(福順) 전화 왔음, 보일러실에 갔음 – 난방기 소리 났음, 당원(黨員) 등록표 작성

〈2004년 4월 6일 (윤달 음력 2월 17일)〉 화요일 날씨 맑음

관공위(觀工委) 회의 – 작년 총결 및 올해 계획에 관함, 식수 샀음, 안주임 전화 왔음 – 고주임의 모친상에 관한 공지

〈2004년 4월 7일 (윤달 음력 2월 18일)〉 수요일 날씨 맑음

일본으로 전화했음 – 지혜(智慧) 생일, 일본에서 전화 왔음 – 국진(國珍)과 명숙(明淑), (우체국) 신문 · 잡지 판매처에 가서 신문 샀음

〈2004년 4월 8일 (윤달 음력 2월 19일)〉 목요일 날씨 맑음/구름

북경에서 전화 왔음 – 동일(東日), 쇼핑센터에 가서 인삼 사서 인삼술을 만들었음, 미옥(美玉)이 전화 왔음, 베란다 청소하고 화분 정리

〈2004년 4월 9일 (윤달 음력 2월 20일)〉 금요일 날씨 맑음

미옥(美玉)이 전화 왔음 – 〈셋째 동서 존경합니다〉 문장 신문에 나왔음

〈2004년 4월 10일 (윤달 음력 2월 21일)〉 토요일 날씨 맑음

중국은행에 가서 전기세 100위안 냈음

〈2004년 4월 11일 (윤달 음력 2월 22일)〉 일요일 날씨 구름

지부 활동 참석 – 학습, 댄스

〈2004년 4월 12일 (윤달 음력 2월 23일)〉 월요일 날씨 맑음/바람

전신국에 갔음 - 유선TV 수신 고장, 영진(永珍)이 전화 왔음, 승일(承日)이 전화 왔음 - 집에 관함

〈2004년 4월 13일 (윤달 음력 2월 24일)〉 화요일 날씨 구름

승일(承日)이 와서 점심 먹고 갔음, 청소년 축구 경기 봤음

〈2004년 4월 14일 (윤달 음력 2월 25일)〉 수요일 날씨 맑음

정수(廷洙)집으로 전화했음, (우체국) 신문 · 잡지 판매처에 가서 신문 샀음, 승일(承日)이 전화 왔음 - 집에 관함, 식수 샀음

〈2004년 4월 15일 (윤달 음력 2월 26일)〉 목요일 날씨 구름

승일(承日)이 전화 왔음 - 집에 관함, 시내에 가 봤음, 신문과 TV 봤음, 민석(珉錫)이 전화 왔음, 난방 공열 정지

〈2004년 4월 16일 (윤달 음력 2월 27일)〉 금요일 날씨 안개/구름

북경으로 전화했음 - 동일(東日) 양력 생일, 축구 경기 봤음, 아내가 승일(承日) 집에 갔음, 승일(承日)이 전화 왔음 - 집에 관함, 승일(承日)집에 가서 점심 먹었음

〈2004년 4월 17일 (윤달 음력 2월 28일)〉 토요일 날씨 맑음

미옥(美玉)이 전화 왔음, 축구 경기 봤음

〈2004년 4월 18일 (윤달 음력 2월 29일)〉 일요일 날씨 흐림/맑음

정옥(貞玉)의 가게에 가서 정수(廷洙)의 대출금 2,930위안 받았음, 정옥(貞玉)이 전화 왔음, 자치회 원(元)주임이 전화 왔음 - 전화 공지: 태극권 학습에 관함

〈2004년 4월 19일 (음력 3월 1일)〉 월요일 날씨 구름

정옥(貞玉)집으로 전화했음, 안주임이 전화 왔음 - 남편 다쳤음, 바닥 닦았음

〈2004년 4월 20일 (음력 3월 2일)〉 화요일 날씨 구름

아침에 태극권 학습하기 시작 - 자치회 조직, 가게채의 집문서를 복사, 김옥자(金玉子)가 전화 왔음

〈2004년 4월 21일 (음력 3월 3일)〉 수요일 날씨 흐림

(우체국) 신문 · 잡지 판매처에 가서 신문 샀음, 축구 경기 봤음, 축구 경기 봤음, 아내가 풍순(風順)집에 갔음

〈2004년 4월 22일 (음력 3월 4일)〉 목요일 날씨 소나기

고주임의 아내를 문병하러 왔음, 식수 샀음

〈2004년 4월 23일 (음력 3월 5일)〉 금요일 날씨 소나기

신문과 TV 봤음

〈2004년 4월 24일 (음력 3월 6일)〉 토요일
날씨 맑음/바람
동일(東日)에게 전화했음 축구 경기 봤음

〈2004년 4월 25일 (음력 3월 7일)〉 일요일
날씨 흐림/맑음
미옥(美玉)이 전화 왔음

〈2004년 4월 26일 (음력 3월 8일)〉 월요일
날씨 구름
재정국(財政局) 회계계산센터에 가서 통장 교체, 시 병원에 최소림(崔小林)의 아내를 문병하러 갔음

〈2004년 4월 27일 (음력 3월 9일)〉 화요일
날씨 맑음
산책, 동일(東日) 생일

〈2004년 4월 28일 (음력 3월 10일)〉 수요일
날씨 맑음
태극권 학습, 최소림(崔小林)의 아내 김귀옥(金貴玉)의 추도식 참석

〈2004년 4월 29일 (음력 3월 11일)〉 목요일
날씨 구름/바람
미옥(美玉)에게 전화했음, 민석(珉錫)에게 전화했음, 미옥(美玉)이 전화 왔음, 도시신용사(信用社)에 가서 월급 받았음, 우체국에 전화비 100위안 냈음, 신문 샀음

〈2004년 4월 30일 (음력 3월 12일)〉 금요일
날씨 맑음
미옥(美玉)에게 전화했음, 연길에 갔음(12:10~13:50), 예금 인출, 이발했음

〈2004년 5월 1일 (음력 3월 13일)〉 토요일
날씨 맑음
미옥(美玉)과 원학(元學)의 초대 받았음, 아내와 결혼 40주년 기념 - 사진 찍었음

〈2004년 5월 2일 (음력 3월 14일)〉 일요일
날씨 흐림/비
연길에 있는 주택에 갔음 - 세입자 이사 나갔음, 원학(元學)이 소풍하러 갔음, 영진(永珍)이 전화 왔음, 창일(昌日)이 전화 왔음

〈2004년 5월 3일 (음력 3월 15일)〉 월요일
날씨 흐림/비
원학(元學) 생일인데 같이 밥 먹었음 - 사돈집, 민석(珉錫)과 복순(福順) 왔음, 북경에서 전화 왔음 - 영진(永珍)

〈2004년 5월 4일 (음력 3월 16일)〉 화요일
날씨 맑음
미옥(美玉) 생일, 일본에서 전화 왔음 - 국진(國珍), 집 구매에 관함, 민석(珉錫) 집에 돌아갔음, 원학(元學)에게 휴대폰 받았음, 식수 샀음

〈2004년 5월 5일 (음력 3월 17일)〉 수요일
날씨 구름/바람
창일(昌日)이 전화 왔음, 오후에 집에 돌아왔

음(15:30~17:30)

〈2004년 5월 6일 (음력 3월 18일)〉 목요일
날씨 맑음/바람
최소림(崔小林) 전화 왔음 - 학교 주택 창문에 관함, 세입자 전화 왔음, 신문 샀음, 휴대폰 요금 130위안 냈음, 창일(昌日)이 전화 왔음, 창일(昌日)집에 가서 점심 먹었음, 연길에서 전화 왔음

〈2004년 5월 7일 (음력 3월 19일)〉 금요일
날씨 맑음
승일(承日)의 아내 전화 왔음, 시내에 가 봤음, 미옥(美玉) 옛 집의 방세 600위안 받았음

〈2004년 5월 8일 (음력 3월 20일)〉 토요일
날씨 맑음
미옥(美玉)에게 전화했음, 제4소학교 최 교장에게 전화했음 - 내일 수업 있어서 지부활동 취소, 시내, 동 시장에 가 봤음

〈2004년 5월 9일 (음력 3월 21일)〉 일요일
날씨 맑음
일본에서 국진(國珍)이 전화 왔음 - 집 구매에 관함, 북경에서 전화 왔음 - 동일(東日)과 승일(承日), 정옥(貞玉)과 정기(廷棋) 전화 왔음, 바닥과 유리 닦았음, 식수 샀음

〈2004년 5월 10일 (음력 3월 22일)〉 월요일
날씨 맑음
일본에서 전화 왔음 - 국진(國珍)과 명숙(明淑), 북경에서 전화 왔음 - 동일(東日)과 영홍(永紅), 한국에서 전화 왔음 - 태운(泰云)과 정진(貞珍), 창일(昌日)이 전화 왔음

〈2004년 5월 11일 (음력 3월 23일)〉 화요일
날씨 맑음
향선(香善)과 백명렬(白明烈)이 와서 밥 먹었음, 축구 경기 봤음

〈2004년 5월 12일 (음력 3월 24일)〉 수요일
날씨 구름/비
우체국에 가서 신문 샀음, 신용사(信用社)에 가서 저금했음, 복순(福順)이 왔다가 갔음

〈2004년 5월 13일 (음력 3월 25일)〉 목요일
날씨 구름/비
노간부국(老幹部局) 문체활동실에 가서 축구 경기 봤음, 복순(福順)이 전화 왔음, 미옥(美玉)이 전화 왔음 - 일본에서 사진 보내왔음

〈2004년 5월 14일 (음력 3월 26일)〉 금요일
날씨 맑음
신문과 TV 봤음, 출입문 닦았음

〈2004년 5월 15일 (음력 3월 27일)〉 토요일
날씨 구름/맑음
아내가 순월(順月)집에 갔음, 영진(永珍)에게 전화했음

〈2004년 5월 16일 (음력 3월 28일)〉 일요일
날씨 맑음
창범(昌范) 둘째 아들의 결혼식 참석, 복순

(福順)에게 전화했음, 미옥(美玉)이 전화 왔음

〈2004년 5월 17일 (음력 3월 29일)〉 월요일
날씨 비
신문과 TV 봤음, 식수 샀음

〈2004년 5월 18일 (음력 3월 30일)〉 화요일
날씨 맑음
자치회에 가서 〈노인세계〉 가져왔음, 추월(秋月)의 가게에 가서 〈노인세계〉 줬음, 제4소학교에 가서 신문 가져왔음

〈2004년 5월 19일 (음력 4월 1일)〉 수요일
날씨 비/구름
신문 샀음, 쇼핑센터에 가서 술병 샀음

〈2004년 5월 20일 (음력 4월 2일)〉 목요일
날씨 흐림
신문과 TV 봤음, 자치회 원(元)선생 전화 왔음 - 내일 학교에 가서 특별 보조금 받음, 안주임이 전화 왔음 - 외출

〈2004년 5월 21일 (음력 4월 3일)〉 금요일
날씨 비
승일(承日)이 전화 왔음 - 어제 북경에서 집에 돌아왔음, 학교 주택에 갔음 - 세입자 이사 나갔음

〈2004년 5월 22일 (음력 4월 4일)〉 토요일
날씨 비
분선(粉善) 생일 - 점심에 초대 받았음, 복순(福順)이 왔음

〈2004년 5월 23일 (음력 4월 5일)〉 일요일
날씨 구름
학교 주택에 가서 광고지 붙였음, 창일(昌日)에게 전화했음, 미옥(美玉)이 전화 왔음, 영진(永珍)이 전화 왔음

〈2004년 5월 24일 (음력 4월 6일)〉 월요일
날씨 구름/맑음
학교 주택에 가서 문창 설치, 점심에 최소림(崔小林)의 초대 받았음, 동창 규빈(奎彬)이 전화 왔음

〈2004년 5월 25일 (음력 4월 7일)〉 화요일
날씨 맑음
전신국에 가서 유선TV의 수신카드 가져왔음, 학교 주택, 부동산 중개에 가 봤음, 연초 샀음

〈2004년 5월 26일 (음력 4월 8일)〉 수요일
날씨 구름
지치회 소풍활동 참석(8:30~16:10), 미옥(美玉)이 전화 왔음 - 집 구매에 관함

〈2004년 5월 27일 (음력 4월 9일)〉 목요일
날씨 맑음
일본에서 편지 왔음 - 지혜(智慧)의 사진, 전신국에 가서 유선TV의 수신카드 가져왔음, 전기세 30위안 냈음, TV수신료 냈음

〈2004년 5월 28일 (음력 4월 10일)〉 금요일

날씨 맑음/비
도시신용사(信用社)에 가서 월급 받았음, 바닥 닦았음, 식수 샀음

〈2004년 5월 29일 (음력 4월 11일)〉 토요일
날씨 비/구름
도시신용사(信用社)에 가서 저금했음

〈2004년 5월 30일 (음력 4월 12일)〉 일요일
날씨 흐림/비
정옥(貞玉) 생일 - 저녁에 초대 받았음, 정옥(貞玉) 집으로 전화했음, 영진(永珍)이 전화 왔음, 미옥(美玉)이 전화 왔음, 채휘석(蔡輝錫) 집에 가서 당비(黨費) 받았음, 연길로 전화했음

〈2004년 5월 31일 (음력 4월 13일)〉 월요일
날씨 맑음
신문과 TV 봤음, 안 주임 집으로 전화했음 - 봄 소풍에 관함, 동창 김금옥(金今玉)이 전화 왔음

〈2004년 6월 1일(음력 4월 14일)〉 화요일
날씨 맑음
서 시장에서 채소를 샀음, 셋째숙모의 생신, 회의를 했음-봄 소풍에 관함

〈2004년 6월 2일(음력 4월 15일)〉 수요일
날씨 맑음
규빈(奎彬)집에서 초대를 받았음-장녀가 스페인에서 돌아왔음-승호(承浩), 영월(英月), 정자(貞子), 연자(蓮子)가 참가했음

〈2004년 6월 3일(음력 4월 16일)〉 목요일
날씨 맑음
봄 소풍남산 녹원을 참관했음-총 8명, 당비(黨費)를 냈음, 연길로 전화했음-미옥(美玉)에서 전화가 왔음-집이 팔림에 관함

〈2004년 6월 4일(음력 4월 17일)〉 금요일
날씨 맑음
신문을 샀음, 약을 샀음, 영란 어머님이 집으로 왔음-마늘을 가져왔음, 창일(昌日)이 화용(和龍)에서 전화가 왔음, 학교 주택에 가서 방세를 받았음, 신문을 찾으러 제4소학교에 갔음.

〈2004년 6월 5일(음력 4월 18일)〉 토요일
날씨 맑음
자치회원 선생이 전화가 왔음, 미옥(美玉)이 연길에서 전화가 왔음-미화(美花)가 내일 한국으로 갈 예정, 화분에서 녹의 뚱을 놓아두었음

〈2004년 6월 6일(음력 4월 19일)〉 일요일
날씨 맑음/구름
정옥(貞玉)이 전화 왔음, 베란다에서 방충망을 설치함, 학교주택으로 갔다 왔음, 미옥(美玉)집으로 전화했음, 미옥(美玉)집에서 미화(美花)를 초대했음

〈2004년 6월 7일(음력 4월 20일)〉 월요일
날씨 맑음
이영(李瑛)진료소에 갔다 왔음,

〈2004년 6월 8일(음력 4월 21일)〉 화요일 날씨 맑음
아내가 학교 주택에 갔다 왔음, 회의를 했음-7월1일 당비(黨費)에 관함. 정수를 샀음

〈2004년 6월 9일(음력 4월 22일)〉 수요일 날씨 맑음
설화(雪花)와 미화(美花)가 한국에서 전화가 왔음-미화(美花)가 안전하게 도착했음, 신문을 샀음,

〈2004년 6월 10일(음력 4월 23일)〉목요일 날씨 맑음
정옥(貞玉)이 전화 왔음, 두 번째 숙모님이 정옥(貞玉) 집에 왔음, 미옥(美玉)에서 전화가 왔음

〈2004년 6월 11일(음력 4월 24일)〉 금요일 날씨 맑음
제4소학교 추월 가게로 신문을 받았음, 〈노인세계〉를 가져갔음, 아내가 봄나들이를 했음, 중국은행에서 전기세를 냈음 50위안

〈2004년 6월 12일(음력 4월 25일)〉 토요일 날씨 맑음
정옥(貞玉)집에서 둘째 숙모와 셋째숙모를 만났음

〈2004년 6월 13일(음력 4월 26일)〉 일요일 날씨 구름
회의 활동을 참가했음-민주 회의, 우수당원(黨員)을 뽑았음, 창일(昌日)이 집에 왔다 갔음, 영진(永珍)이 북경에서 전화가 왔음

〈2004년 6월 14일(음력 4월 27일)〉 월요일 날씨 맑음
승일(承日)과 창일(昌日)의 가족들에게 점심을 초대했음

〈2004년 6월 15일(음력 4월 28일)〉 화요일 날씨 맑음
신문을 봤음, 텔레비전을 봤음

〈2004년 6월 16일(음력 4월 29일)〉 수요일 날씨 맑음/구름
우체국에 가서 신문을 샀음, 박교장이 연길에서 전화가 왔음-손자의 병 때문에 실내 활동을 참가하지 못함, 신문을 봤음, 텔레비전을 봤음

〈2004년 6월 17일(음력 4월 30일)〉 목요일 날씨 흐림/구름
미옥(美玉)이 연길에서 전화가 왔음-집이 팔림에 관함, 정옥(貞玉)이 전화 왔음, 신문을 봤음, 텔레비전을 봤음, 정수를 샀음

〈2004년 6월 18일(음력 5월 1일)〉 금요일 날씨 흐림/구름
신문을 봤음, 텔레비전을 봤음, 미옥(美玉)이 연길에서 전화가 왔음

〈2004년 6월 19일(음력 5월 2일)〉 토요일 날씨 흐림/맑음
퇴직교원 동희(東熙)의 장례식을 참가했음-

훈춘(琿春)-양수(凉水)-훈춘(琿春), 아내가 정옥(貞玉)집에 갔음

〈2004년 6월 20일(음력 5월 3일)〉 일요일
날씨 흐림/맑음
실내 게임에 참가했음-점심을 제5중학교 교원과 같이 먹었음, 미옥(美玉)이 전화 왔음, 내몽골 사돈집으로 전화했음

〈2004년 6월 21일(음력 5월 4일)〉 월요일
날씨 흐림/비
정옥(貞玉)에서 전화가 왔음-정수(廷洙)가 대출에 관함, 오후에 제4소학교에 갔음-미공, 신문을 가져왔음,

〈2004년 6월 22일(음력 5월 5일)〉 화요일
날씨 구름/비
시 공위(工委)회의를 참가했음-중앙 제8호 문서를 배워하는 것과 관련됨, 명숙(明淑)이 일본에서 전화가 왔음-집이 팔림에 관련됨-13일 이사함

〈2004년 6월 23일(음력 5월 6일)〉 수요일
날씨 구름/비
통신사에 갔다 왔음, 건설은행에서 돈을 찾았음, 도시신용사에 예금했음, 우체국에 가서 신문을 샀음,

〈2004년 6월 24일(음력 5월 7일)〉 목요일
날씨 맑음
침실의 방충망을 바꿨음, 정옥(貞玉)이 전화 왔음-정수(廷洙)가 700위안 냈음-창문, 영진(永珍)이 전화 왔음, 미옥(美玉)이 연길(延吉)에서 전화가 왔음-집이 팔림에 관함,

〈2004년 6월 25일(음력 5월 8일)〉 금요일
날씨 흐림/비
회의를 참가했음, 교육국당위원의 상장을 받았음, 아내가 학교 주택에 갔다 왔음, 미옥(美玉)에서 전화가 왔음, 학교 전기세 30위안을 냈음, 국진(國珍)이 일본에서 전화가 왔음

〈2004년 6월 26일(음력 5월 9일)〉 토요일
날씨 맑음
미옥(美玉)에서 전화가 왔음-집이 팔림에 관함, 북경에 영진(永珍)에게 전화했음

〈2004년 6월 27일(음력 5월 10일)〉 일요일
날씨 맑음
춘성신용사에 갔다 왔음, 연길(延吉)에 미옥(美玉)집으로 전화했음-집이 팔림에 관함, 잡초를 제거했음, 국진(國珍)이 일본에서 전화가 왔음, 정옥(貞玉)집에서 저녁을 먹었음-태운(泰云)과 통화했음

〈2004년 6월 28일(음력 5월 11일)〉 월요일
날씨 맑음
태운(泰云) 서방 생일, 중심신용사(中心信用社)에서 5만 위안을 대출했음 - 공산은행, 연길(延吉)로 전화했음-전화가 왔음-집을 사는 62500위안을 송금했음,

〈2004년 6월 29일(음력 5월 12일)〉 화요일
날씨 구름/비

연길로 전화했음, 학교 주택에서 갔다 왔음-집이 팔림에 과함, 탄산수소나트슘 약을 다 먹었음

〈2004년 6월 30일(음력 5월 13일)〉 수요일 날씨 맑음

제4소학교로 중앙8호 문서 내용을 전달했음(교급 이상의 교원이 참가해야 함), 신문을 샀음, 아내가 학교 주태에 갔음-집이 팔림에 관함

〈2004년 7월 1일(음력 5월 14일)〉 목요일 날씨 흐림

연길로 전화했음, 집이 팔림에 과한 문서를 신청했음. 1,650위안을 냈음, 창일(昌日)이 전화 왔음, 자치회에 가서 〈노인세계〉를 가져왔음, 정철(政哲)이 전화 왔음-초대함,

〈2004년 7월 2일(음력 5월 15일)〉 금요일 날씨 비

중심신용사에서 대출했음 - 42035.28위안, 전화비 100위안, 도시신용사에 가서 월급을 받았음, 예금했음, 이영(李瑛)진료소에서 갔다 왔음, 춘련이 전화 왔음

〈2004년 7월 3일(음력 5월 16일)〉 토요일 날씨 맑음

추월(秋月)의 가게에 가서 〈노인세계〉를 가져왔음, 전 학교 주태의 차가인을 50위안 물세를 달랬음, 영진(永珍)이 전화 왔음, 복순(福順)이 집에 와서 점심을 먹고 집으로 돌아갔음

〈2004년 7월 4일(음력 5월 17일)〉 일요일 날씨 흐림

제4소학교에 가서 약을 가져왔음, 아내가 정옥(貞玉)집에 갔음,

〈2004년 7월 5일(음력 5월 18일)〉 월요일 날씨 맑음

신문을 봤음, 텔레비전을 봤음

〈2004년 7월 6일(음력 5월 19일)〉 화요일 날씨 맑음

누이가 안도(安圖)에서 왔음, 아내의 언니가 정옥(貞玉)집에 갔다 왔음, 신문을 봤음, 텔레비전을 봤음

〈2004년 7월 7일(음력 5월 20일)〉 수요일 날씨 흐림

우체국에 가서 신문을 샀음

〈2004년 7월 8일(음력 5월 21일)〉 목요일 날씨 흐림/비

제4소학교에 갔음-의료보험, 신문을 가져왔음, 누나가 이불을 만들었음, 진호(鎭浩)집으로 갔음, 다롄에 있는 정자(貞子)가 전화 왔음,

〈2004년 7월 9일(음력 5월 22일)〉 금요일 날씨 흐림

스위치를 샀음, 오후에 창일(昌日)이 전화 왔음-승일(承日)과 창일(昌日)집에 왔다 갔음, 창일(昌日)이 식당에서 초대했음

〈2004년 7월 10일(음력 5월 23일)〉 토요일
날씨 흐림
미옥(美玉)이 연길(延吉)에서 전화 왔음, 제4초등학교에 갔음-중앙 문서에 관함, 정옥(貞玉)이 전화 왔음

〈2004년 7월 11일(음력 5월 24일)〉 일요일
날씨 흐림
회의 활동-학습 실내 활동, 점심에 소고기국수를 먹었음, 영진(永珍)이 전화 왔음, 누나가 명옥(明玉)집에서 왔음, 보험 비용을 냈음

〈2004년 7월 12일(음력 5월 25일)〉 월요일
날씨 흐림
누나가 연길로 갔음

〈2004년 7월 13일(음력 5월 26일)〉 화요일
날씨 흐림/비
추월(秋月)의 가게에 갔음-백두산 회사를 참관하는 것을 신청

〈2004년 7월 14일(음력 5월 27일)〉 수요일
날씨 흐림
영호(永浩)의 순자 생일의 초대를 받았음, 미옥(美玉)이 연기에서 전화가 왔음, 전기세 60위안을 냈음

〈2004년 7월 15일(음력 5월 28일)〉 목요일
날씨 흐림
복순(福順)이 집으로 왔음, 점심을 먹고 갔음

〈2004년 7월 16일(음력 5월 29일)〉 금요일
날씨 흐림/맑음
연길에서 전화가 왔음-집에 관함

〈2004년 7월 17일(음력 6월 1일)〉 토요일
날씨 맑음
제4소학교에 가서 신문을 가져갔음, 창고 문창을 열었음, 물세를 냈음(42.20위안), 아시아축구대회의 개막식을 봤음, 이발했음

〈2004년 7월 18일(음력 6월 2일)〉 일요일
날씨 구름
국진(國珍)이 일본에서 전화가 왔음, 공산은행에서 돈을 찾고 도시신용사에서 예금했음, 연길에 미옥(美玉) 집으로 전화했음-원학(元學)이 받았음

〈2004년 7월 19일(음력 6월 3일)〉 월요일
날씨 흐림/비
춘식(春植) 생일, 연길에서 웅담가루를 샀음 600위안

〈2004년 7월 20일(음력 6월 4일)〉 화요일
날씨 구름
연길에서 전화가 왔음, 텔레비전을 봤음, 춘림(春林)과 춘성(春晟)에게 4,000위안을 주었음(중학교 입학), 미옥(美玉)에게 2,000위안을 주었음 장식비

〈2004년 7월 21일(음력 6월 5일)〉 수요일
날씨 맑음
신문과 TV 봤음 - 아시아 축구 경기 - 중국: 인도네시아 5:0

〈2004년 7월 22일(음력 6월 6일)〉 목요일
날씨 맑음
연길에서 집에 돌아왔음(7:30~9:30), 미옥(美玉)이 전화 왔음, 북경에서 전화 왔음 - 동일(東日), 장인 제삿날 참석하지 못함

〈2004년 7월 23일(음력 6월 7일)〉 금요일
날씨 맑음
도시신용사(信用社)에 가서 예금 인출하고 농촌중심신용사(信用社)에 가서 대출금 갚았음(8042위안), 정옥(貞玉)이 전화 왔음, 원학(元學)이 전화 왔음, 승일(承日)이 전화 왔음

〈2004년 7월 24일(음력 6월 8일)〉 토요일
날씨 구름/소나기
신문과 TV 봤음

〈2004년 7월 25일(음력 6월 9일)〉 일요일
날씨 구름/비
신문과 TV 봤음, 남미 축구 경기 봤음

〈2004년 7월 26일(음력 6월 10일)〉 월요일
날씨 구름/맑음
제4소학교에 가서 신문 가져와서 신문 봤음, 식수 샀음, 미옥(美玉)이 전화 왔음 - 연길에 있는 집 인테리어에 관함

〈2004년 7월 27일(음력 6월 11일)〉 화요일
날씨 비
신문과 TV 봤음, 창일(昌日)이 전화 왔음, 승일(承日)이 전화 왔음, 판석(板石)으로 전화했음 - 복순(福順) 아팠음

〈2004년 7월 28일(음력 6월 12일)〉 수요일
날씨 안개/맑음
신문 샀음, 도시신용사(信用社)에 가서 예금 인출했음, 아내가 동 시장에 가서 채소 가져왔음, 정옥(貞玉)이 전화 왔음 - 정수(廷洙)의 대출금 400위안 받았음

〈2004년 7월 29일(음력 6월 13일)〉 목요일
날씨 맑음
학교 주택에 갔음 - 물세에 관함, 신문 가져왔음, 아내가 정옥(貞玉)집에 갔음 - 춘식(春植)에게 100위안 줬음

〈2004년 7월 30일(음력 6월 14일)〉 금요일
날씨 흐림/비
신문과 TV 봤음, 창일(昌日)이 왔다가 갔음, 아시아 축구 경기 봤음

〈2004년 7월 31일(음력 6월 15일)〉 토요일
날씨 비/구름
아내와 미옥(美玉)이 정옥(貞玉) 집에 둘째 숙모를 문병하러 갔음, 바닥 닦았음

〈2004년 8월 1일(음력 6월 16일)〉 일요일
날씨 구름/맑음
춘성신용사(春城信用社)에 가서 월급 받아서 저금했음, 승일(承日)이 전화 왔음, 창일(昌日)의 아내 전화 왔음 - 장인의 제사에 관함, 영진(永珍)이 전화 왔음

〈2004년 8월 2일(음력 6월 17일)〉 월요일
날씨 비/구름
태양(太陽)에 갔음 - 장인 사망 2주년 축구, 복순(福順)집, 승일(承日)집, 창일(昌日)집, 성일(成日)집, 등 가족들이 참석

〈2004년 8월 3일(음력 6월 18일)〉 화요일
날씨 안개/맑음
미옥(美玉)과 복순(福順)이 창일(昌日)의 차를 타서 연길에 돌아갔음, 죽순(竹順), 태옥(泰玉), 춘찬(春燦)이 전화 왔음, 아시아 축구 경기 준결승전 - 중국:이란 1:1

〈2004년 8월 4일(음력 6월 19일)〉 수요일
날씨 비/맑음
우체국에 가서 신문 샀음, 복순(福順) 전화 왔음 - 연길에서 판석(板石)으로 돌아갔음, 아내가 제2소학교진료소에 갔음 - 자치회 운영된 진료소, 동생이 와서 100위안 빌렸음

〈2004년 8월 5일(음력 6월 20일)〉 목요일
날씨 맑음
신문과 TV 봤음

〈2004년 8월 6일(음력 6월 21일)〉 금요일
날씨 맑음
운동장에 가서 성(省) 중 · 소학생 축구 경기 봤음, 약국에 가서 소화제 샀음, 미옥(美玉) 옛집의 방세 600위안 받았음, 2층 누수, 식수 샀음

〈2004년 8월 7일(음력 6월 22일)〉 토요일
날씨 흐림/맑음
연길로 전화했음, 성(省) 중 · 소학생 축구 경기 봤음, 오후에 학교에 가서 신문 가져왔음, 복순(福順)이 전화 왔음, 아시아 축구 경기(결승전) - 중국:일본 1:2

〈2004년 8월 8일(음력 6월 23일)〉 일요일
날씨 흐림/구름
성(省) 중 · 소학생 축구 경기 봤음, 영호(永浩), 죽순(竹順), 춘찬(春燦) 전화 왔음, 영진(永珍)이 전화 왔음

〈2004년 8월 9일(음력 6월 24일)〉 월요일
날씨 맑음
판석(板石)에 갔음 - 복순(福順) 생일, 연길에서 전화 왔음 - 미옥(美玉)

〈2004년 8월 10일(음력 6월 25일)〉 화요일
날씨 맑음
신문과 TV 봤음, 김정철(金政哲)이 전화 왔음

〈2004년 8월 11일(음력 6월 26일)〉 수요일
날씨 흐림/비
미옥(美玉)에게 전화했음 - 미옥(美玉) 북경에 갈 예정, 올림픽 여자축구 경기(예선) - 중국:독일 0:8, 자치회 지도부 회의 - 노인의 날에 관함

〈2004년 8월 12일(음력 6월 27일)〉 목요일
날씨 흐림/비
자치회에 가서 지부활동경비 36,30위안 받

왔음, 동일(東日)에게 전화했음 – 미옥(美玉) 안전히 도착했음

〈2004년 8월 13일(음력 6월 28일)〉 금요일
날씨 구름/맑음
중국은행에 가서 전기세 60위안 냈음, 시내에 가 봤음, 통신사 와서 전화 검사했음 – 동일(東日)집

〈2004년 8월 14일(음력 6월 29일)〉 토요일
날씨 구름/소나기
통신사 와서 전화 검사했음 – 통화재료 필요, 올림픽 개막식 봤음(2:00~5:40)

〈2004년 8월 15일(음력 6월 30일)〉 일요일
날씨 구름/소나기
노인의 날, 전화 공지: 지부활동 – 실내게임 및 노래(퇴직교사 7명 참석), 창일(昌日)이 전화 왔음

〈2004년 8월 16일(음력 7월 1일)〉 월요일
날씨 구름
제4소학교에 추월(秋月)의 가게 갔음 – 의료보험증에 관함

〈2004년 8월 17일(음력 7월 2일)〉 화요일
날씨 맑음
(우체국) 신문 · 잡지 판매처에 가서 신문 샀음, 승일(承日)이 전화 왔음, 주화자(周花子) 왔다가 갔음, 김순란(金順蘭)선생 전화 왔음 – 돈에 관함, 승일(承日)이 옥수수를 가져왔음

〈2004년 8월 18일(음력 7월 3일)〉 수요일
날씨 맑음
저녁에 정옥(貞玉)집에 둘째숙모를 위문하러 갔음, 식수 샀음

〈2004년 8월 19일(음력 7월 4일)〉 목요일
날씨 구름
원학(元學)에게 전화했음, 복순(福順)이 전화 왔음 – 연길에 진료를 받으러 갔음

〈2004년 8월 20일(음력 7월 5일)〉 금요일
날씨 맑음
미옥(美玉)이 전화 왔음 – 북경에서 집에 도착, 이영(李瑛)의사가 왔음

〈2004년 8월 21일(음력 7월 6일)〉 토요일
날씨 맑음
정옥(貞玉)이 전화 왔음 – 둘째숙모가 태양(太陽)에 돌아갔음, 정수(廷洙)의 대출금 500위안 받았음, 김남준(金南俊)이 전화 왔음 – 생일에 관함, 복순(福順)이 전화 왔음

〈2004년 8월 22일(음력 7월 7일)〉 일요일
날씨 맑음
미옥(美玉)에게 전화했음, 이발했음

〈2004년 8월 23일(음력 7월 8일)〉 월요일
날씨 구름
아침 4시에 이영(李瑛)의사의 아들의 차를 타서 도하(圖河)에 갔음, 미옥(美玉)이 전화 왔음

〈2004년 8월 24일(음력 7월 9일)〉 화요일
날씨 맑음
오전에 낚시했음, 오후에 도하(圖河)에서 집에 돌아왔음

〈2004년 8월 25일(음력 7월 10일)〉 수요일
날씨 맑음
(우체국) 신문 · 잡지 판매처에 가서 신문 샀음, 신용사(信用社)에 가서 예금 인출, 화용(和龍), 연길, 판석(板石)으로 전화했음, 장춘(長春)에서 전화 왔음 - 창일(昌日), 이영(李瑛)의사 왔다가 갔음

〈2004년 8월 26일(음력 7월 11일)〉 목요일
날씨 흐림
주민센터에 가서 토지세 99위안 냈음, 공안국(公安局)에 가서 호적부 교체(9위안), 원학(元學)에게 전화했음, 식수 샀음, 바닥 닦았음

〈2004년 8월 27일(음력 7월 12일)〉 금요일
날씨 구름
태양(太陽)에서 전화 왔음 - 정기(廷棋), 미옥(美玉)이 전화 왔음, 창일(昌日) 생일 - 장춘(長春)에서 공부하고 있음, 아내가 밤새 올림픽 봤음

〈2004년 8월 28일(음력 7월 13일)〉 토요일
날씨 흐림/비
제4소학교에 가서 신문 가져왔음

〈2004년 8월 29일(음력 7월 14일)〉 일요일
날씨 흐림/비
영진(永珍)이 전화 왔음, 일본에서 전화 왔음 - 국진(國珍), 미옥(美玉)에게 전화했음, 동일(東日)에게 전화했음, 올림픽 봤음

〈2004년 8월 30일(음력 7월 15일)〉 월요일
날씨 흐림/비
도시신용사(信用社)에 가서 월급 받고 저금했음, 올림픽 폐막식 봤음

〈2004년 8월 31일(음력 7월 16일)〉 화요일
날씨 맑음/구름
미옥(美玉)이 전화 왔음 - 연길에 있는 주택 인테리어 완성

〈2004년 9월 1일(음력 7월 17일)〉 수요일
날씨 맑음/구름
아내가 주민센터에 가서 호적에 연령 확인, (우체국) 신문 · 잡지 판매처에 가서 신문 가져왔음, 의약회사에 가서 위약(胃藥) 샀음

〈2004년 9월 2일(음력 7월 18일)〉 목요일
날씨 맑음/구름
시내에 가 봤음, 신문과 TV 봤음, 가스 샀음(63위안)

〈2004년 9월 3일(음력 7월 19일)〉 금요일
날씨 맑음
미옥(美玉)이 전화 왔음

〈2004년 9월 4일(음력 7월 20일)〉 토요일
날씨 맑음/구름

제4소학교에 가서 신문 가져왔음, 연초 샀음, 식수 샀음, 영진(永珍)이 전화 왔음

〈2004년 9월 5일(음력 7월 21일)〉 일요일
날씨 맑음/구름
미옥(美玉)에게 전화했음, 정화(廷華)와 정기(廷棋)에게 전화했음, 정옥(貞玉)이 전화 왔음, 자치회에 가서 〈노인세계〉 가져가서 추월(秋月)의 가게로 보냈음

〈2004년 9월 6일(음력 7월 22일)〉 월요일
날씨 맑음
오후에 태양(太陽)에 갔음 - 정기(廷棋) 생일, 저녁에 집에 돌아왔음

〈2004년 9월 7일(음력 7월 23일)〉 화요일
날씨 흐림/비
복순(福順) 전화 왔음 - 어제 연길에 진료를 받으러 갔음, 채휘석(蔡輝錫) 전화 왔음, 연길에서 안주임 전화 왔음

〈2004년 9월 8일(음력 7월 24일)〉 수요일
날씨 맑음/구름
석기(錫基) 집으로 전화했음 - 승일(承日)과 복순(福順)의 전화번호 알려줬음, 저녁에 석기(錫基)의 장녀 대학 진학잔치 참석했음, 복순(福順) 왔다가 갔음

〈2004년 9월 9일(음력 7월 25일)〉 목요일
날씨 구름/비
전화 공지 - 스승의 날에 관함

〈2004년 9월 10일(음력 7월 26일)〉 금요일
날씨 맑음
스승의 날: 지부 조직된 소풍 참석 - 38명 참석

〈2004년 9월 11일(음력 7월 27일)〉 토요일
날씨 맑음/구름
미옥(美玉)이 전화 왔음

〈2004년 9월 12일(음력 7월 28일)〉 일요일
날씨 흐림/비
미옥(美玉)에게 전화했음, 동일(東日)에게 전화했음, 제4소학교에 가서 신문 가져왔음, 영진(永珍)이 전화 왔음, 점심에 장운락(張云洛) 생일파티 참석했음

〈2004년 9월 13일(음력 7월 29일)〉 월요일
날씨 구름
정오(廷伍), 이보림(李寶林) 전화 왔음 - 장녀의 호적에 관함, 오후에 와서 호적부 가져갔음, 정옥(貞玉)이 전화 왔음, 미옥(美玉)이 전화 왔음 - 원학(元學)의 조카 대학 진학, 내일 친척 초대함

〈2004년 9월 14일(음력 8월 1일)〉 화요일
날씨 맑음
연길에 갔음(8:10~10:00), 원학(元學)의 조카 대학 진학잔치 참석했음, 오후에 연길에 있는 주택에 가서 인테리어 현황 봤음(1600위안)

〈2004년 9월 15일(음력 8월 2일)〉 수요일

날씨 구름
오후에 연길 병원에 가서 진단하고 약 샀음(320위안)

〈2004년 9월 16일(음력 8월 3일)〉 목요일
날씨 비
오전에 서 시장에 가 봤음, 오후에 연길에서 집에 돌아왔음(1:50~3:50), 미옥(美玉)이 전화 왔음, 식수 샀음

〈2004년 9월 17일(음력 8월 4일)〉 금요일
날씨 흐림/맑음
(우체국) 신문 · 잡지 판매처에 가서 신문 샀음, 전기세 70위안 냈음, 부동산 중개에 갔음 - 임대에 관함

〈2004년 9월 18일(음력 8월 5일)〉 토요일
날씨 흐림/비
TV수신료 56위안 냈음, 중고시장에 가 봤음, 승일(承日)이 전화 왔음 - 집 판매에 관함

〈2004년 9월 19일(음력 8월 6일)〉 일요일
날씨 맑음/바람
승일(承日) 왔음 - 집 사는 사람 와서 집 봤음, 항아리 씻었음, 영진(永珍)에게 전화했음, 일본에서 전화 왔음 - 국진(國珍), 일본으로 전화했음, 동일(東日)에게 전화했음

〈2004년 9월 20일(음력 8월 7일)〉 월요일
날씨 맑음/구름
영진(永珍)이 전화 왔음 - 영석(永錫)의 전화번호에 관함, 영진(永珍) 생일, 학교에 가서 신문 가져왔음, 전기세 납부카드 만들었음

〈2004년 9월 21일(음력 8월 8일)〉 화요일
날씨 맑음
연길에서 춘학(春學) 전화 왔음 - 장남 결혼식에 관함, 창일(昌日)이 전화 왔음, 중교회사에 가서 임대계약서 작성(300위안/월), 헌 옷 팔았음

〈2004년 9월 22일(음력 8월 9일)〉 수요일
날씨 맑음
주방 하수도 수리, 정옥(貞玉)이 전화 왔음

〈2004년 9월 23일(음력 8월 10일)〉 목요일
날씨 맑음
아침에 정옥(貞玉) 왔다가 갔음, 헌 책 정리, 오후에 (우체국) 신문 · 잡지 판매처에 가서 신문 샀음

〈2004년 9월 24일(음력 8월 11일)〉 금요일
날씨 맑음/구름
복순(福順) 전화 왔음, 정수기 수리(200위안), 식수 샀음

〈2004년 9월 25일(음력 8월 12일)〉 토요일
날씨 흐림/구름
동일(東日)에게 전화했음 - 영진(永珍) 양력 생일, 자치회 조직된 고희연 참석, 금순(今順) 전화 왔음, 승일(承日) 집으로 전화했음

〈2004년 9월 26일(음력 8월 13일)〉 일요일
날씨 구름/맑음

승일(承日)집에 갔음 - 이사, 복순(福順) 왔다가 갔음, 동주(東周)와 영월(英月) 전화 왔음

〈2004년 9월 27일(음력 8월 14일)〉 월요일
날씨 구름/맑음
연길에서 철진(哲珍) 전화 왔음, 향선(香善) 전화 왔음 - 일본에서 편지 왔음, 옷장에 유리문 설치, 바닥 닦았음, 오후에 학교에 가서 국진(國珍)의 편지 가져왔음 - 구인광고

〈2004년 9월 28일(음력 8월 15일)〉 화요일
날씨 맑음
아침에 승일(承日) 집에 가서 밥 먹었음, 택시 타서 태양(太陽)에 성묘하러 갔음 - 장인 · 장모, 집에 돌아왔음, 미옥(美玉)집으로 전화했음, 승일(承日)집으로 전화했음, 창일(昌日)이 전화 왔음

〈2004년 9월 29일(음력 8월 16일)〉 수요일
날씨 맑음
(우체국) 신문 · 잡지 판매처에 가서 신문 샀음, 전화비 100위안 냈음, 도시신용사(信用社)에 가서 월급 받고 예금 인출했음, 오후에 연길에 갔음(2:05~5:00)

〈2004년 9월 30일(음력 8월 17일)〉 목요일
날씨 맑음
연길에 있는 주택에 가서 청소했음

〈2004년 10월 1일(음력 8월 18일)〉 금요일
날씨 맑음/구름
일본으로 전화했음 - 구인광고 받았음, 오전에 집 청소, 오후에 비닐 장판 샀음(1510위안)

〈2004년 10월 2일(음력 8월 19일)〉 토요일
날씨 비/구름
점심에 춘학(春學) 장남의 결혼식 참석, 오후에 집에 돌아왔음(2:20~4:00), 미옥(美玉)에게 전화했음

〈2004년 10월 3일(음력 8월 20일)〉 일요일
날씨 맑음
동주(東周) 둘째 딸의 결혼식 참석 - 동창들과 동주(東周)집에 갔음, 미옥(美玉)에게 전화했음 - 중교회사에 가서 임대계약서 해약했음

〈2004년 10월 4일(음력 8월 21일)〉 월요일
날씨 맑음
동주(東周) 집에서 놀고 사진 찍었음, 오후에 집에 돌아왔음(1:10~2:00), 창일(昌日)이 전화 왔음

〈2004년 10월 5일(음력 8월 22일)〉 화요일
날씨 맑음
광장 앞에 갔음 - 차 세내고 싶었음, 베란다 정리, 영진(永珍)에게 전화했음

〈2004년 10월 6일(음력 8월 23일)〉 수요일
날씨 맑음
승일(承日) 집으로 전화했음, 승일(承日) 와서 유리 가져갔음, 유리와 비닐 팔았음(30위

안), 헌 책 팔았음(81.6위안) 정옥(貞玉) 집으로 전화했음, (우체국) 신문 · 잡지 판매처에 가서 신문 샀음

〈2004년 10월 7일(음력 8월 24일)〉 목요일 날씨 맑음
금순(今順) 전화 왔음, 전기세 납부카드 가져왔음, 춘성신용사(春城信用社)에 가서 예금 인출, 표 환불(30위안), 상점에 가서 정옥(貞玉) 봤음, 안주임 왔다가 갔음, 식수 샀음

〈2004년 10월 8일(음력 8월 25일)〉 금요일 날씨 맑음
자치회에 가서《노인세계》가져와서 이사할 예정 알려줬음, 미옥(美玉)에게 전화했음

〈2004년 10월 9일(음력 8월 26일)〉 토요일 날씨 맑음
지부활동 - 지도부 성원 조정, 실내 활동, 학습, 환송회 - 21명 참석, 당비(黨費) 냈음(1년)

〈2004년 10월 10일(음력 8월 27일)〉 일요일 날씨 맑음
아내 생일, 점심에 가족과 친척들 초대했음, 일본에서 전화 왔음 - 국진(國珍)과 명숙(明淑), 영진(永珍)이 전화 왔음, 동일(東日) 전화 왔음

〈2004년 10월 11일(음력 8월 28일)〉 월요일 날씨 안개/맑음
미옥(美玉)이 전화 왔음, 제4소학교에 가서 관공위(觀工委) 재료 냈음, 지부 및 학교 지도부의 초대 받았음 - 우리 집을 환송해 줬음

〈2004년 10월 12일(음력 8월 29일)〉 화요일 날씨 흐림/눈
미옥(美玉)이 전화 왔음, 전기세 20위안 냈음, 금순(今順)에게 전화했음

〈2004년 10월 13일(음력 8월 30일)〉 수요일 날씨 맑음
(우체국) 신문 · 잡지 판매처에 가서 신문 샀음, 창고 정리, 세입자 나갔음, 바닥 닦았음

〈2004년 10월 14일(음력 9월 1일)〉 목요일 날씨 맑음
금순(今順) 와서 고춧가루 팔았음, 사과 가져왔음, 조영순(趙英順)이 와서 나무판 가져갔음

〈2004년 10월 15일(음력 9월 2일)〉 금요일 날씨 맑음
아침에 승일(承日) 집의 배추밭에 가서 배추 수확했음, 이사 준비, 오후에 조영순(趙英順)과 승일(承日) 와서 도와줬음, 원학(元學)과 미옥(美玉) 왔음, 식수 샀음(60위안)

〈2004년 10월 16일(음력 9월 3일)〉 토요일 날씨 맑음
이사: 훈춘(琿春) - 연길, 복순(福順)집, 승일(承日)집, 정옥(貞玉), 정오(廷伍) 왔음, 창일(昌日) 돌아왔음, 철진(哲珍) 돌아왔음, 지부 지도부 와서 환송해 줬음

〈2004년 10월 17일(음력 9월 4일)〉 일요일 날씨 맑음
복순(福順) 집, 승일(承日)집 훈춘(琿春)으로 돌아갔음, 미옥(美玉) 도와주면서 거실 정리했음, 일본에서 전화 왔음 - 국진(國珍), 영진(永珍)이 전화 왔음

〈2004년 10월 18일(음력 9월 5일)〉 월요일 날씨 구름
실내 정리, 전선 설치, 청소, 휴대폰 정지

〈2004년 10월 19일(음력 9월 6일)〉 화요일 날씨 맑음
철물점에 가서 도어 후크 샀음, 미옥(美玉) 왔음 - 전화기 설치에 관함 바닥 닦았음

〈2004년 10월 20일(음력 9월 7일)〉 수요일 날씨 맑음
서 시장에 가서 물건 사서 열쇠 복순(福順)사 했음, TV 신문 샀음, 통신사 와사 전화기 설치했음, 원학(元學) 왔다가 갔음, 미옥(美玉)이 전화 왔음

〈2004년 10월 21일(음력 9월 8일)〉 목요일 날씨 흐림
비닐 장판 갈았음, 미옥(美玉)이 전화 왔음, 복순(福順) 전화 왔음

〈2004년 10월 22일(음력 9월 9일)〉 금요일 날씨 맑음/바람
태양(太陽)으로 전화했음 - 정화(廷華) 생일, 잉크 샀음, 원학(元學)과 미옥(美玉) 왔다가 갔음, 창일(昌日)이 전화 왔음, 바닥 닦았음

〈2004년 10월 23일(음력 9월 10일)〉 토요일 날씨 맑음
죽순(竹順)에게 전화했음, 화장실 정리, 동일(東日)에게 전화했음, 미옥(美玉)이 전화 왔음

〈2004년 10월 24일(음력 9월 11일)〉 일요일 날씨 구름
미옥(美玉)과 동창 와서 초대했음, 오후에 태양사대(太陽四隊)에 갔음(13:10~)

〈2004년 10월 25일(음력 9월 12일)〉 월요일 날씨 맑음
휴대폰 정지, 둘째 숙모 생신, 훈춘(琿春)에 가서 예금 인출하고 송금했음(17,500위안), 오후에 공안국(公安局)에 가서 여권 만들었음, 밤에 정옥(貞玉)집에서 잤음

〈2004년 10월 26일(음력 9월 13일)〉 화요일 날씨 맑음/추움
미옥(美玉) 옛 집에 가서 임대 계약서 작성(300위안/월)

〈2004년 10월 27일(음력 9월 14일)〉 수요일 날씨 맑음
통신사에 가서 휴대폰 계약 종료, 미옥(美玉) 옛집의 난방비 600위안 냈음, 신문 샀음, 승일(承日)집에서 먹고 잤음

〈2004년 10월 28일(음력 9월 15일)〉 목요

일 날씨 맑음
오전에 예금 인출하고 송금했음, 오후에 훈춘(琿春)에서 연길로 돌아갔음 - 원학(元學)의 차 타서 가구 가져갔음, 미옥(美玉)이 전화 왔음, 창일(昌日)이 전화 왔음

〈2004년 10월 29일(음력 9월 16일)〉 금요일 날씨 맑음
오전에 옷걸이 닦았음, 오후에 시장에 가 봤음, 미옥(美玉) 왔다가 갔음, 창일(昌日)이 전화 왔음 - 휴대폰 가져왔음

〈2004년 10월 30일(음력 9월 17일)〉 토요일 날씨 맑음
오전에 우체국은행, 시장에 가 봤음, 연초 샀음, 미옥(美玉)과 영진(永珍)이 전화 왔음

〈2004년 10월 31일(음력 9월 18일)〉 일요일 날씨 맑음
철물점에 가 봤음, 세탁기 배수관 샀음, 바닥 닦았음, 초미(超美)에게 전화했음

〈2004년 11월 1일(음력 9월 19일)〉 월요일 날씨 맑음
공상은행에 가서 예금 인출, 난방비 1410.4위안 냈음, 식수 샀음, 미옥(美玉) 와서 점심 먹었음, 정옥(貞玉)이 전화 왔음

〈2004년 11월 2일(음력 9월 20일)〉 화요일 날씨 흐림
아내가 병원에 진료를 받으러 갔음, 시내에 가 봤음, 미옥(美玉)이 휴대폰 요금 200위안 냈음, 미옥(美玉)이 약초 가져왔음

〈2004년 11월 3일(음력 9월 21일)〉 수요일 날씨 흐림
일본에서 전화 왔음 - 국진(國珍), 서 시장에 가서 신문 샀음

〈2004년 11월 4일(음력 9월 22일)〉 목요일 날씨 흐림/맑음
동광춘(東光春)촌에 가 봤음, 복순(福順) 전화 왔음, 관공위(觀工委)의 김영춘(金永春) 전화 왔음

〈2004년 11월 5일(음력 9월 23일)〉 금요일 날씨 흐림/비
시내에 가 봤음, 신문과 TV 봤음

〈2004년 11월 6일(음력 9월 24일)〉 토요일 날씨 맑음
누나, 안사돈 왔음 - 점심에 초대해 줬음

〈2004년 11월 7일(음력 9월 25일)〉 일요일 날씨 구름/비
창일(昌日) 화용(和龍)에 가는 길에 왔다가 갔음, 동주(東周), 규빈(奎彬)과 승호(承浩) 전화 왔음, 미옥(美玉)이 전화 왔음, 국진(國珍)이 전화 왔음 - 책 보냄에 관함, 누나가 바닥 닦았음, 영진(永珍)이 전화 왔음

〈2004년 11월 8일(음력 9월 26일)〉 월요일 날씨 흐림/구름
강변에 가 봤음, 동일(東日), 세입자, 미옥(美

玉)이 전화 왔음, 누나가 바닥 닦았음, 가게채의 세입자 전화 왔음, 오후에 누나가 집에 돌아갔음

〈2004년 11월 9일(음력 9월 27일)〉 화요일 날씨 안개/구름

훈춘(琿春)에 갔음(8:50~10:40) - 가게채 임대에 관함, 신문 샀음, 동주(東周) 전화 왔음, 미옥(美玉) 왔다가 갔음

〈2004년 11월 10일(음력 9월 28일)〉 수요일 날씨 구름/비

시장에 가서 연초 샀음, 신문과 TV 봤음, 바닥 닦았음

〈2004년 11월 11일(음력 9월 29일)〉 목요일 날씨 비/구름

시장에 가서 술 샀음, 정금(貞今) 생일, 오후에 춘성(春晟) 학교의 학부모회 참석하지 못했음 - 미옥(美玉) 참석했음, 미옥(美玉)이 전화 왔음 - 일본에서 책 보내왔음 - 국진(國珍)

〈2004년 11월 12일(음력 10월 1일)〉 금요일 날씨 구름/맑음

미옥(美玉) 책 가져왔음, 제4소학교로 전화했음, 바닥 닦았음, 식수 샀음

〈2004년 11월 13일(음력 10월 2일)〉 토요일 날씨 맑음

전기세 100위안 냈음, 미옥(美玉)집에 가서 점심 먹었음, 책상 샀음(300위안), 미옥(美玉)이 전화 왔음

〈2004년 11월 14일(음력 10월 3일)〉 일요일 날씨 구름

미옥(美玉)이 전화 왔음, 영진(永珍)이 전화 왔음, 이영(李瑛)의사에게 전화했음, 춘학(春學)에게 전화했음, 바닥 닦았음]

〈2004년 11월 15일(음력 10월 4일)〉 월요일 날씨 맑음

승일(承日)이 전화 왔음 - 여권 나왔음, 수도관 페인트 작업, 미옥(美玉)이 전화 왔음

〈2004년 11월 16일(음력 10월 5일)〉 화요일 날씨 맑음

승일(承日)에게 전화했음, 미옥(美玉) 와서 같이 점심 먹었음, 이발했음, 바닥 닦았음

〈2004년 11월 17일(음력 10월 6일)〉 수요일 날씨 맑음

승호(承浩)가 내 사진 가져왔음, 미옥(美玉)이 전화 왔음, 오후에 훈춘(琿春)에 갔음 - 승일(承日) 집에서 잤음, 영월(英月)에게 전화했음

〈2004년 11월 18일(음력 10월 7일)〉 목요일 날씨 맑음

공안국(公安局)에 가서 여권 가져왔음, 공증처에 가서 서류 공증, 약 샀음, 북한에서 편지 왔음 - 춘경(春景)

〈2004년 11월 19일(음력 10월 8일)〉 금요일 날씨 맑음
약 샀음(1,100위안), 미옥(美玉)에게 전화했음, 훈춘(琿春)에서 돌아왔음(9:40~11:40), 승일(承日)집으로 전화했음

〈2004년 11월 20일(음력 10월 9일)〉 토요일 날씨 맑음
미옥(美玉)이 전화 왔음, 아내가 미옥(美玉)집에 갔음, 옥인(玉仁)집으로 전화했음, 창일(昌日)이 전화 왔음, 영진(永珍)이 전화 왔음, 일본에서 전화 왔음 - 국진(國珍), 바닥 닦았음

〈2004년 11월 21일(음력 10월 10일)〉 일요일 날씨 맑음
춘학(春學) 형 집에 가서 점심 먹었음, 통신사 다시 등록, 미옥(美玉)이 전화 왔음,

〈2004년 11월 22일(음력 10월 11일)〉 월요일 날씨 맑음
비자 신청하러 갔음, 미옥(美玉)에게 전화했음

〈2004년 11월 23일(음력 10월 12일)〉 화요일 날씨 흐림
미옥(美玉), 철진(哲珍)과 같이 비자 신청 수속했음(120위안), 미옥(美玉) 와서 점심 먹었음

〈2004년 11월 24일(음력 10월 13일)〉 수요일 날씨 맑음
동창 영월(英月) 와서 점심 먹었음, 춘식(春植)에게 전화했음, 식수 샀음, 바닥 닦았음

〈2004년 11월 25일(음력 10월 14일)〉 목요일 날씨 맑음
아내가 시장에 가서 식품 샀음, 미옥(美玉)이 전화 왔음, 창일(昌日)이 전화 왔음

〈2004년 11월 26일(음력 10월 15일)〉 금요일 날씨 눈
춘학(春學)의 형 와서 점심 먹었음, 옥희(玉姬)의 엄마 전화 왔음, 바닥 닦았음

〈2004년 11월 27일(음력 10월 16일)〉 토요일 날씨 맑음/추움
북경에서 전화 왔음 - 영진(永珍), 복순(福順)과 정옥(貞玉)에게 전화했음, 미옥(美玉)에게 전화했음, 책과 TV봤음

〈2004년 11월 28일(음력 10월 17일)〉 일요일 날씨 맑음
일본으로 전화했음, 미옥(美玉)이 전화 왔음, 화용(和龍)으로 전화했음, 바닥 닦았음

〈2004년 11월 29일(음력 10월 18일)〉 월요일 날씨 맑음
내몽골로 전화했음 - 안사돈 생신, 동창 영월(英月) 와서 보건품 추천, 미옥(美玉)이 전화왔음

〈2004년 11월 30일(음력 10월 19일)〉 화요일 날씨 맑음

미옥(美玉)이 전화 왔음, 아내가 서 시장에 가서 식품 샀음, 도매시장에 가서 신문과 연초 샀음, 바닥 닦았음

〈2004년 12월 1일(음력 10월 20일)〉 수요일 날씨 맑음

책상 정리, 영월(英月) 와서 보건품 추천, 아내가 서 시장에 가서 쇠고기 샀음 - 일본에 갈 때 가져감, 미옥(美玉)이 전화 왔음

〈2004년 12월 2일(음력 10월 21일)〉 목요일 날씨 맑음

미옥(美玉)이 전화 왔음, 철진(哲珍)에게 전화했음, 바닥 닦았음, 영월(英月) 전화 왔음 - 보건품 부족

〈2004년 12월 3일(음력 10월 22일)〉 금요일 날씨 맑음/구름

화용(和龍)에 갔음(8:50~10:40), 창일(昌日) 집에 도착

〈2004년 12월 4일(음력 10월 23일)〉 토요일 날씨 비/눈

창일(昌日) 집에 있음, 원학(元學)에게 전화했음, 철진(哲珍) 전화 왔음 - 계약서 및 기차표에 관함, 연변외사(延邊外事) 서비스회사로 전화했음 - 비자 나왔음

〈2004년 12월 5일(음력 10월 24일)〉 일요일 날씨 맑음/구름

창일(昌日)의 차 타서 집에 돌아왔음(8:30~9:50), 연변외사(延邊外事) 서비스회사에 가서 비자 가져왔음, 창일(昌日)이 전화 왔음, 영진(永珍)이 전화 왔음, 영순(英順) 전화 왔음, 미옥(美玉)이 전화 왔음

〈2004년 12월 6일(음력 10월 25일)〉 월요일 날씨 구름

도문(圖們) 출입국에 가서 건강검진(304.52=609위안), 미옥(美玉)이 전화 왔음

〈2004년 12월 7일(음력 10월 26일)〉 화요일 날씨 맑음

복순(福順), 승일(承日), 창일(昌日)이 전화 왔음, 순자(順子) 생일, 북경에 갈 준비, 바닥 닦았음, 미옥(美玉)의 동창 초대해 줬음, 죽순(竹順)에게 전화했음

〈2004년 12월 8일(음력 10월 27일)〉 수요일 날씨 맑음

북경에 갈 준비 - 11:45 출발 - 미옥(美玉)집 와서 환송, 영월(英月) 전화 왔음

〈2004년 12월 9일(음력 10월 28일)〉 목요일 날씨 안개/구름

11:25 북경에 도착했음 - 동일(東日)와서 영접했음, (12:10) 동일(東日)집에 도착, 저녁에 영진(永珍)과 밥 먹었음

〈2004년 12월 10일(음력 10월 29일)〉 금요일 날씨 구름

오전에 시내에 가 봤음, 약 샀음

〈2004년 12월 11일(음력 10월 30일)〉 토요

일 날씨 구름

오전에 마트에 갔음, 오후에 사돈집의 둘째 딸이 비행기표 보내왔음, 3560 2=7120위안

〈2004년 12월 12일(음력 11월 1일)〉 일요일 날씨 비

북경공항에서 10:00 출발, 12:20 오사카 도착, 국진(國珍)의 차 타서 16:20 덕도(德島)에 도착

〈2004년 12월 13일(음력 11월 2일)〉 월요일 날씨 맑음

일본 시간으로 조정, 오전에 산책, 책 봤음

〈2004년 12월 14일(음력 11월 3일)〉 화요일 날씨 맑음

산책, 복순(福順), 승일(承日), 정옥(貞玉)에게 전화했음

〈2004년 12월 15일(음력 11월 4일)〉 수요일 날씨 맑음

산책, 도쿄에서 전화 왔음 - 광춘(光春), 책 봤음

〈2004년 12월 16일(음력 11월 5일)〉 목요일 날씨 맑음/구름

산책, 책 봤음

〈2004년 12월 17일(음력 11월 6일)〉 금요일 날씨 맑음/구름

산책, 책 봤음

〈2004년 12월 18일(음력 11월 7일)〉 토요일 날씨 구름/소나기

보육원 음악회 참석했음, 마트에 가 봤음

〈2004년 12월 19일(음력 11월 8일)〉 일요일 날씨 맑음

마트에 가 봤음, 북경에서 전화 왔음 - 영진(永珍), 〈나의 추억〉 마쳤음

〈2004년 12월 20일(음력 11월 9일)〉 월요일 날씨 구름/소나기

산책, 〈大運을 잡으시오〉 읽기

〈2004년 12월 21일(음력 11월 10일)〉 화요일 날씨 맑음

산책, 연길에서 미옥(美玉) 메일 왔음, 〈大運을 잡으시오〉 마쳤음

〈2004년 12월 22일(음력 11월 11일)〉 수요일 날씨 맑음

산책

〈2004년 12월 23일(음력 11월 12일)〉 목요일 날씨 구름/소나기

황 탄생일, 마트에 가 봤음, 〈풋 사랑〉 김영현 책 읽기

〈2004년 12월 24일(음력 11월 13일)〉 금요일 날씨 맑음

산책

〈2004년 12월 25일(음력 11월 14일)〉 토요

일 날씨 맑음
산책

〈2004년 12월 26일(음력 11월 15일)〉 일요일 날씨 구름
국진(國珍)과 같이 낚시하러 갔음, 미옥(美玉)에게 전화했음

〈2004년 12월 27일(음력 11월 16일)〉 월요일 날씨 맑음
산책, 마트에 가 봤음, 독서

〈2004년 12월 28일(음력 11월 17일)〉 화요일 날씨 맑음
산책, 마트에 가 봤음, 독서

〈2004년 12월 29일(음력 11월 18일)〉 수요일 날씨 흐림/비
산책, 마트에 가 봤음, 〈풋 사랑〉 마쳤음

〈2004년 12월 30일(음력 11월 19일)〉 목요일 날씨 맑음
산책, 마트에 가 봤음, 국진(國珍) 휴일

〈2004년 12월 31일(음력 11월 20일)〉 금요일 날씨 맑음/구름
영진(永珍)이 전화 왔음, 도쿄에서 전화 왔음 - 광춘(光春), 물만두 만들었음 - 원단 준비, 9:30~10:00 비와 눈 내렸음

2005년

〈2005년 1월 1일(음력 11월 21일)〉 토요일
날씨 맑음/구름
일본에서 신정을 지냈음, 국진(國珍)의 차를 타서 바닷가에서 낚시했음, 달력에 기재된 내용을 배우기 시작했음

〈2005년 1월 2일(음력 11월 22일)〉 일요일
날씨 구름
산책했음, 국진(國珍의 친구가 집으로 와서 같이 물만두를 만들었음, 사진을 찍었음, 달력에 기재된 내용을 배웠음

〈2005년 1월 3일(음력 11월 23일)〉 월요일
날씨 맑음
산책했음, 오후에 국진(國珍)의 차를 타서 마트와 국진(國珍)의 직장에 갔다 왔음, 연길로 전화했음, 영진(永珍)이 북경에서 전화 왔음 - 원학(元學)이 교통사를 났음, 달력에 기재된 내용을 배웠음

〈2005년 1월 4일(음력 11월 24일)〉 화요일
날씨 구름/바람
산책했음, 오후에 국진(國珍)의 차를 타서 전망(展望)요양소에 갔다 왔음, 영진(永珍)이 북경에서 전화가 왔음, 달력에 기재된 내용을 배웠음

〈2005년 1월 5일(음력 11월 25일)〉 수요일
날씨 구름/바람
산책했음, 오후에 국진(國珍)의 차를 타서 전망(展望)요양소에 갔다 왔음, 마트나 다른 곳으로 갔다 왔음, 달력에 기재된 내용을 배웠음

〈2005년 1월 6일(음력 11월 26일)〉 목요일
날씨 흐림/비
산책했음, 마트에 갔다 왔음, 국진(國珍)이 일하기 시작했음, 달력에 기재된 내용을 배웠음

〈2005년 1월 7일(음력 11월 27일)〉 금요일
날씨 구름
산책했음, 연길에 있는 원학(元學)에게 병문안을 하러 전화해 주었음, 달력에 기재된 내용을 배웠음

〈2005년 1월 8일(음력 11월 28일)〉 토요일
날씨 맑음
산책했음, 연길에 있는 미옥(美玉에게 전화했음, 달력에 기재된 내용을 배웠음

〈2005년 1월 9일(음력 11월 29, 30일)〉 일요일 날씨 비/눈
국진(國珍)의 차를 타서 명정대교(鳴汀大橋)를 참관했음, 마트에 갔음, 영진(永珍)이 북경에서 전화가 왔음, 달력에 기재된 내용을 배웠음

〈2005년 1월 10일(음력 12월 1일)〉 월요일 날씨 맑음/구름
산책했음, 마트에 갔음, 달력에 기재된 내용을 배웠음

〈2005년 1월 11일(음력 12월 2일)〉 화요일 날씨 구름/비
산책했음, 온 하루 달력에 기재된 내용을 배웠음

〈2005년 1월 12일(음력 12월 3일)〉 수요일 날씨 구름/ 바람
온 하루 달력에 기재된 내용을 배웠음

〈2005년 1월 13일(음력 12월 4일)〉 목요일 날씨 맑음
산책했음, 달력에 기재된 내용을 끝났음, 연길에 있는 미옥(美玉에게 전화했음

〈2005년 1월 14일(음력 12월 5일)〉 금요일 날씨 구름
산책했음, 책 〈리더스다이제스트〉를 독서했음, 광춘(光春)이 도쿄에서 전화가 왔음

〈2005년 1월 15일(음력 12월 6일)〉 토요일 날씨 흐림/비
산책했음, 책 〈리더스다이제스트〉를 독서했음

〈2005년 1월 16일(음력 12월 7일)〉 일요일 날씨 맑음/구름
국진(國珍)의 차를 타서 문화공원을 참관했음, 도서관에서 책을 빌렸음

〈2005년 1월 17일(음력 12월 8일)〉 월요일 날씨 맑음/바람
산책했음, 책 〈我給江青▩秘書〉[1]를 독서했음

〈2005년 1월 18일(음력 12월 9일)〉 화요일 날씨 맑음
산책했음, 책 〈我給江青▩秘書〉를 독서했음

〈2005년 1월 19일(음력 12월 10일)〉 수요일 날씨 맑음/흐림
산책했음, 책 〈我給江青▩秘書〉를 독서했음, 연길에 있는 미옥(美玉에게 전화했음

〈2005년 1월 20일(음력 12월 11일)〉 목요일 날씨 맑음/구름
책 〈我給江青▩秘書〉를 독서했음

〈2005년 1월 21일(음력 12월 12일)〉 금요일 날씨 구름
책 〈我給江青▩秘書〉를 끝냈음, 기차표를 어떻게 해야 되는지를 북경에 있는 영진(永珍)

1) 『나는 강청(江淸)의 비서로서』.

에게 전화했음

〈2005년 1월 22일(음력 12월 13일)〉 토요일 날씨 맑음

산책했음, 책 〈우리시대, 우리작가〉(최창학 지음)를 독서했음

〈2005년 1월 23일(음력 12월 14일)〉 일요일 날씨 흐림/비

책 〈우리시대, 우리작가〉(최창학 지음)를 독서했음, 물만두를 만들었음

〈2005년 1월 24일(음력 12월 15일)〉 월요일 날씨 맑음/비

산책했음, 책 〈우리시대, 우리작가〉(최창학 지음)를 독서했음, 국진(國珍)의 생일(양력)

〈2005년 1월 25일(음력 12월 16일)〉화요일 날씨 구름

산책했음, 책 〈우리시대, 우리작가〉(최창학 지음)를 독서했음, 〈공업고등학교〉를 읽었음

〈2005년 1월 26일(음력 12월 17일)〉 수요일 날씨 맑음/구름

산책했음, 책 〈공업고등학교〉를 읽었음

〈2005년 1월 27일(음력 12월 18일)〉 목요일 날씨 구름/흐린

산책했음, 책 〈공업고등학교〉를 읽었음, 광춘(光春)이 도쿄에서 전화가 왔음

〈2005년 1월 28일(음력 12월 19일)〉 금요일 날씨 맑음

산책했음, 〈박물관〉을 읽었음, 책 〈우리시대, 우리작가〉(최창학 지음)를 독서했음

〈2005년 1월 29일(음력 12월 20일)〉 토요일 날씨 맑음

산책했음, 마트에 갔음, 책 〈우리시대, 우리작가〉(최창학 지음)를 독서했음, 영진(永珍)이 북경에서 전화가 왔음

〈2005년 1월 30일(음력 12월 21일)〉 일요일 날씨 구름

국진(國珍)의 차를 타서 백화점을 참관했음, 연길에 있는 미옥(美玉에게 전화했음, 책 〈우리시대, 우리작가〉(최창학 지음)를 독서했음

〈2005년 1월 31일(음력 12월 22일)〉 월요일 날씨 눈

산책했음, 책 〈우리시대, 우리작가〉(최창학 지음)를 끝냈음

〈2005년 2월 1일(음력 12월 23일)〉 화요일 날씨 흐림/눈

16시부터 맑아졌지만 춥다, 책 〈ㅁㅁㅁ〉(조정래 지음)을 독서했음

〈2005년 2월 2일(음력 12월 24일)〉 수요일 날씨 맑음/바람

산책했음, 책 〈ㅁㅁㅁ〉(조정래 지음)를 독서했음

〈2005년 2월 3일(음력 12월 25일)〉 목요일

날씨 맑음/바람
산책했음, 책 〈ㅁㅁㅁ〉(조정래 지음)를 독서했음, 국진(國珍)의 생일

〈2005년 2월 4일(음력 12월 26일)〉 금요일
날씨 구름
산책했음, 마트에 갔음, 책 〈ㅁㅁㅁ〉(조정래 지음)를 끝냈음

〈2005년 2월 5일(음력 12월 27일)〉 토요일
날씨 구름
산책했음, 지혜(智慧)의 문구를 샀음, 책 〈ㅁㅁㅁ〉(이동하 지음)를 독서하기 시작했음

〈2005년 2월 6일(음력 12월 28일)〉 일요일
날씨 구름
국진(國珍)의 차를 타서 마트 갔음, 한식 식당에서 점심을 먹었음(명숙明淑 생일), 북경에 있는 동일(東日), 연길에 있는 미옥(美玉에게 전화했음

〈2005년 2월 7일(음력 12월 29일)〉 월요일
날씨 흐림/ 밤에 비가 왔음
산책하다가 마트에 갔음, 독서했음

〈2005년 2월 8일(음력 12월 30일)〉 화요일
날씨 흐림/비
산책하다가 마트에 갔음, 물만두를 만들었음, 내몽골에서 집으로 전화가 왔음, 지혜(智慧)에게 800위안 줬음

〈2005년 2월 9일(음력 1월 1일)〉 수요일 날씨 맑음/구름
산책하다가 마트에 갔음, 훈춘(琿春)에 정화(廷華)집으로 전화했음, 18시30분 축구 경기를 봤음: 일본-조선, 10만 엔화+5만 엔화)-미옥(美玉)

〈2005년 2월 10일(음력 1월 2일)〉 목요일
날씨 흐림/구름
산책하다가 마트에 갔음, 독서했음

〈2005년 2월 11일(음력 1월 3일)〉 금요일
날씨 구름
북경으로 가기를 준비함, 북경에 있는 초미(超美)에게 전화했음, 영진(永珍)이 북경에서 전화가 왔음, 미옥(美玉이 전화가 왔음

〈2005년 2월 12일(음력 1월 4일)〉 토요일
날씨 맑음
국진차를 타서 도쿠시마에서 오사카 공항으로 갔음(9시~11시 45분), 비행기를 타서 오사카에서 북경의(14시 15분~17시 15분) 동일(東日 집으로 도착했음(영진(永珍)이 마중했음)

〈2005년 2월 13일(음력 1월 5일)〉 일요일
날씨 구름
점심에 명숙(明淑)의 동생이 한 턱 냈음, 국진(國珍)이 일본에서 전화가 왔음

〈2005년 2월 14일(음력 1월 6일)〉 월요일
날씨 흐림
동일의 집에서 아침, 점심을 먹었음, 동일 집

에서 출발하여 북경 역에서 차를 탔음(14시~), 13 → 15호 차실, 정구(廷九)를 만나서 저녁을 먹었음

〈2005년 2월 15일(음력 1월 7일)〉 화요일
날씨 맑음
종구와 함께 아침을 먹었음, 13시26분 연길로 도착했음, 미옥(美玉과 춘성(春晟)이 마중했음

〈2005년 2월 16일(음력 1월 8일)〉 수요일
날씨 흐림/눈
미옥(美玉집에서 돌아왔음, 훈춘에 있는 승일(承日) 집과 판석(板石)에 복순(福順)의 집으로 전화했음, 복순(福順)집에서 전화가 왔음

〈2005년 2월 17일(음력 1월 9일)〉 목요일
날씨 구름
시내 종양병원으로 가서 검사를 받았음-미옥(美玉과 같이, 훈춘(琿春)에 있는 정옥(貞玉) 집으로 전화했음, 화용(和龍)에 있는 창일 집에서 전화가 왔음

〈2005년 2월 18일(음력 1월 10일)〉 금요일
날씨 흐림
미옥(美玉) 집으로 갔고 종양 병원에서 수술을 받았음(엉덩이):260위안, 점적 주사-90위안, 일본에 있는 국진과 명숙이 전화가 왔음, (약-2월 18일 끝났음, 3월3일부터 먹고-5월 26일까지 끝났음)

〈2005년 2월 19일(음력 1월 11일)〉 토요일
날씨 흐림/눈
아파트 단지 병원으로 가서 점적 주사했음-35위안

〈2005년 2월 20일(음력 1월 12일)〉 일요일
날씨 맑음/바람
아파트 단지 병원으로 가서 점적 주사했음-35위안, 북경에 있는 영진(永珍) 집에서 전화가 왔음. 창일(昌日)과 순자(順子)가 집으로 왔음, 춘린(春林)과 춘성(春晟)이 집으로 왔음

〈2005년 2월 21일(음력 1월 13일)〉 월요일
날씨 맑음/바람
춘린과 춘성이 자기 집으로 갔음, 오후에 종양 병원으로 갔음, 셈을 쳤음, 서점으로 가서 한국 국어사전(420위안)과 〈現代漢語詞典〉(60위안), 스케줄을 잘 작성하고 메모도 잘 했음

〈2005년 2월 22일(음력 1월 14일)〉 화요일
날씨 흐림
백화점으로 가서 로그북과 TV신문지 등을 샀음, 미옥(美玉)에서 전화가 왔음, 국진(國貞)에서 전화가 왔음

〈2005년 2월 23일(음력 1월 15일)〉 수요일
날씨 맑음/바람
돈 찾으로 공산은행에 갔음, 미옥(美玉) 집으로 책을 보내러 우체국으로 갔음(일본)-293.40위안, 전화비를 냈음(100위안), 철진

(哲珍) 부부가 대보름을 보내러 집으로 왔음, 일본에 있는 명숙(明淑)과 국진(國珍에게 전화했음

〈2005년 2월 24일(음력 1월 16일)〉 목요일
날씨 맑음
오전에 종양 병원으로 갔음, 백화점으로 가서 전구를 샀음(54위안), 전구를 갈았음 등

〈2005년 2월 25일(음력 1월 17일)〉 금요일
날씨 맑음/추움
오전에 장에서 콩과 백추 등을 샀음, 오후에 원학(元學 집으로 갔음, 미옥(美玉이 마이크로웨이브 오븐을 사주었음(330위안), 원학 집에서 저녁을 먹고 잤음, 등불을 수리했음, 사돈 생신을 축하하러 내몽골 사돈 집으로 전화했음, 오늘부터 약을 먹기 시작했음-2006년2월10일 전 먹어야 됨, 제10기 3차 인민 대표 대회 폐막

〈2005년 2월 26일(음력 1월 18일)〉 토요일
날씨 맑음
원학(元學 집을 떠나서 집으로 가서 마이크로웨이브 오븐을 설치했음, 규린(圭林)과 춘성(春晟)이 집으로 왔음, 정구(廷久) 생일

〈2005년 2월 27일(음력 1월 19일)〉 일요일
날씨 맑음
규린(圭林)과 춘성(春晟) 함께 원학 집으로 갔음, 점심에 원학(元學 조카의 결혼식, 원학(元學 집에서 집으로 돌았음, 캐비닛을 샀음-135위안, 정수를 샀음

〈2005년 2월 28일(음력 1월 20일)〉 월요일
날씨 맑음
종양 병원으로 가서 실밥을 풀었음, 미옥(美玉에서 전화가 왔음(일하기, 수업하기), 창일(昌日)이 화용(和龍)에서 명태를 가져왔음, 전화를 받고 나서 화용(和龍)으로 전화했음, 컴퓨터를 독하기 시작했음

〈2005년 3월 1일(음력 1월 21일)〉 화요일
날씨 맑음
돈 찾으러 도시신용사(信用社)로 갔음, 가정용 다기능용도의 바닥 닦기를 사러 서 시장과 백화점으로 갔음(110위안), 미옥(美玉)에서 전화가 왔음

〈2005년 3월 2일(음력 1월 22일)〉 수요일
날씨 맑음
산책했음, 컴퓨터를 배웠음

〈2005년 3월 3일(음력 1월 23일)〉 목요일
날씨 맑음
훈춘(琿春) 태양(太陽)으로 전화했음-정수(廷洙)의 생일을 축하하러 했음, 미옥(美玉)이 전화 왔음 PC 책상과 〈노년세계〉를 가져왔음

〈2005년 3월 4일(음력 1월 24일)〉 금요일
날씨 맑음
〈노년 세계〉를 읽었음, 제10회 3차 인민대표(人民代表) 회의가 개막됨

〈2005년 3월 5일(음력 1월 25일)〉 토요일

날씨 맑음
상처를 검사하러 연길시 제2병원으로 갔음, 춘린(春林)과 춘성(春晟)이 왔음, 미옥(美玉)이 전화 왔음, 영진(永珍)이 전화 왔음, 국진(國珍)이 일본에서 전화가 왔음-한국국어사전을 받았음

〈2005년 3월 6일(음력 1월 26일)〉 일요일
날씨 맑음
훈춘(琿春)에 있는 안주임에게 전화했음, 영업채을 임대하는 차가인에서 전화가 왔음, 전심에 집에서 바닥을 닦았음, 원학(元學)에서 전화가 왔음, 미옥(美玉)이 왔음, 영진(永珍)에서 전화가 왔음,

〈2005년 3월 7일(음력 1월 27일)〉 월요일
날씨 맑음/바람
훈춘(琿春)에 있는 승일(承日)에게 전화했음, 오후에 승일(承日)집으로 갔음

〈2005년 3월 8일(음력 1월 28일)〉 화요일
날씨 맑음/바람
훈춘 퇴직 스승의 날의 활동을 참가했음-놀았음, 밤에서 정옥(貞玉)집에서 잤음,

〈2005년 3월 9일(음력 1월 29일)〉 수요일
날씨 흐림/눈
월급을 찾으러 도시신용사(城市信用社)로 갔음(4개월의 월급), 춘성신용사(春城信用社)에서 이자를 받았음, 공산은행에서 송급했음(18,000위안), 영업집의 임대료를 받았음(7,700위안), 태양사대(太陽四隊)에서 잤음

〈2005년 3월 10일(음력 2월 1일)〉 목요일
날씨 흐림/눈
컴퓨터에서 "화투"를 놀았음, 오후에 훈춘(琿春)에 승일(承日)집에 자러 갔음, 민석(珉錫)과 승일(承日)집으로 전화했음

〈2005년 3월 11일(음력 2월 2일)〉 금요일
날씨 맑음/바람
승일(承日)의 생일이기에 점심에서 한턱을 냈음, 밤에서 창일(昌日)집으로 가서 저녁을 먹었음

〈2005년 3월 12일(음력 2월 3일)〉 토요일
날씨 맑음/바람
훈춘에서 집으로 돌아왔음(8시10분~10시10분), 미옥(美玉)집으로 가서 점심을 먹었음, 오후에 시내 체육 광장에 갔음, 미옥(美玉)집에서 잤음

〈2005년 3월 13일(음력 2월 4일)〉 일요일
날씨 맑음/구름
아내가 창일(昌日)의 차를 타서 훈춘(琿春)에서 집으로 돌아왔음, 미옥(美玉)집에서 돌아가고 바닥을 닦았음, 오후에 축구 경기를 봤음, 오후에 춘린(春林)과 춘성(春晟)이 왔음

〈2005년 3월 14일(음력 2월 5일)〉 월요일
날씨 맑음
춘린(春林)과 춘성(春晟)이 학교에 갔음, 돈 찾으러 공산은행으로 갔음, 도시신용사(城市信用社)로 갔음, 미옥(美玉)이 전화 왔음, 바닥을 닦음, 정수를 샀음, 간을 치료약을 끝났

음, 간을 보호하는 약을 먹기 시작해야함-5월20일까지 끝내야 됨

〈2005년 3월 15일(음력 2월 6일)〉 화요일
날씨 맑음+8도
TV의 신문과 채소를 사러 장으로 갔음, 동창인 부길(富吉), 영월(英月), 옥인(玉仁)이 점심을 먹으러 집으로 왔음, 바닥을 닦았음

〈2005년 3월 16일(음력 2월 7일)〉 수요일
날씨 맑음/구름
훈춘(琿春)으로 전화했음-정오의 생일을 축하했음, 미옥(美玉)에서 전화가 왔음, 원학(元學)에게 전화했음, 아주 축구 경기: 산동-태국1:0/선전-한국0:0

〈2005년 3월 17일(음력 2월 8일)〉 목요일
날씨 흐림
원학(元學)이 인터넷의 수수를 대신 신청해주러 집으로 전화해서 신분증을 달랬음, 바닥을 닦았음

〈2005년 3월 18일(음력 2월 9일)〉 금요일
날씨 맑음
직원이 인터넷을 설치해주러 왔음, 원학(元學)에게 전화했음, 바닥을 닦았음

〈2005년 3월 19일(음력 2월 10일)〉 토요일
날씨 맑음
멀티탭과 돼지고기를 사러 장을 보았음, 오전에 원학(元學)이 집으로 왔음, 오후에 미옥(美玉)과 춘린(春林), 춘성(春晟)이 집으로 왔음, 이영(李瑛)의사가 훈춘(琿春)에서 전화 왔음, 원학(元學)의 친구가 컴퓨터를 설치해주러 집으로 왔음, 창일(昌日)이 화용(和龍)에서 전화 왔음

〈2005년 3월 20일(음력 2월 11일)〉 일요일
날씨 맑음/바람
원학(元學)이 아침을 먹고 자기 집으로 돌아갔음, 국진(國珍)은 일본에서, 영진(永珍)은 북경에서 전화가 왔음, 정수를 샀음, 바닥을 닦았음,

〈2005년 3월 21일(음력 2월 12일)〉 월요일
날씨 맑음
원학(元學)에게 전화했음, 멀티탭을 수리했음, 채소 도매시장에 갔음

〈2005년 3월 22일(음력 2월 13일)〉 화요일
날씨 맑음/구름
TV의 신문지를 사러 도매시장 갔음

〈2005년 3월 23일(음력 2월 14일)〉 수요일
날씨 맑음/구름
전기세를 내러 허난중행(河南中行)으로 갔음(50위안), 안경 등을 사러 시장을 갔음(30위안), 강옥(姜玉)에서 전화가 왔음, 훈춘(琿春)의 차가인에서 전화가 왔음-난방의 물에 관함

〈2005년 3월 24일(음력 2월 15일)〉 목요일
날씨 맑음/바람
옷거리를 수리했음, 강옥에게 전화했음(대학

에 과함), 바닥을 닦았음

〈2005년 3월 25일(음력 2월 16일)〉 금요일
날씨 맑음/바람
춘학(春學)은 자기 생일이기에 한 턱을 냈음, 춘학(春學)에게 전화했음, 점심에 미옥(美玉)이 집으로 와서 밥을 먹었음, 밤에 아주 축구월드컵 경기를 봤음

〈2005년 3월 26일(음력 2월 17일)〉 토요일
날씨 맑음
미옥(美玉)은 프린터를 설치해주러 전화해주었음, 춘린(春林)과 춘성(春晟)이 집으로 왔음, 영진(永珍)은 북경에서 전화가 왔음, 바닥을 닦았음

〈2005년 3월 27일(음력 2월 18일)〉 일요일
날씨 맑음
춘린(春林)과 춘성(春晟)이 아침을 먹고 학원에 갔음, 점심을 먹고 학원에 갔음, 원학(元學)과 미옥(美玉)에게 전화했음

〈2005년 3월 28일(음력 2월 19일)〉 월요일
날씨 비/구름
노년간부국-노년대학교 사무실로 가서 입학에 관한 문제를 물었음, 바닥을 닦았음

〈2005년 3월 29일(음력 2월 20일)〉 화요일
날씨 맑음/바람
노년간부대학교에 가서 등록하고 학비를 내며 교재를 샀음(139.20위안), 미옥(美玉)이 전화해주고 집으로 와서 점심을 먹었음, 창일(昌日)은 화용(和龍)에서 전화가 왔음

〈2005년 3월 30일(음력 2월 21일)〉 수요일
날씨 맑음
일본어 수업하러 노년간부대학교에 갔음, 오후에 담인선생님 찰대옥(札大玉)이 전화했음-일본어 공부에 과함, 위생비를 냈음(74.60위안), 원학(元學)에게 전화했음, 동창 영월(英月)에서 전화가 왔음, 오후에 아시아 월드컵 예선을 왔음, 오전에 남미월드컵 예선을 봤음

〈2005년 3월 31일(음력 2월 22일)〉 목요일
날씨 맑음/바람
미옥(美玉)에서 전화가 왔음, 점심에 약을 사오고 점심을 같이 먹었음, 이영(李瑛) 선생님은 훈춘(琿春)에서 전화가 왔음, 바닥을 닦았음

〈2005년 4월 1일(음력 2월 23일)〉 금요일
날씨 맑음
원학(元學)집으로 가서 초급일본어 수업 교재와 중급의 테이프를 가져왔음, 신화서점(新華書店)에서 초급의 테이프를 샀음(28위안), 공산은행에서 돈을 찾았음, 이영(李瑛) 의사는 훈춘(琿春)에서 전화가 왔음

〈2005년 4월 2일(음력 2월 24일)〉 토요일
날씨 맑음
철진(哲珍)집으로 전화했음, 이영(李瑛)의사를 마중하러 연변병원으로 갔음, 영진(永珍)은 북경에서 전화가 왔음, 점심을 먹고 광장

에서 갑A급의 축구 경기를 봤음, 미옥(美玉)에서 전화가 왔음, 안내가 강옥(姜玉) 집으로 갔음, 녹음기 샀음-70위안

〈2005년 4월 3일(음력 2월 25일)〉 일요일
날씨 맑음
이영(李瑛)의사와 같이 외국인서비스센터에 갔음: 한국으로 가는 여행과 무역백화점(國貿百貨)을 물어봄, 철진(哲珍)에서 전화가 왔음, 훈춘(琿春)의 성일(承日)집으로 갔음, 창일(昌日)은 화용(和龍)에서 전화가 왔음, 천진이 도와주러 외국인서비스센터로 왔음, 옥희(玉姬)는 화용(和龍)에서 전화가 왔음, 국진(國珍은 일본에서 전화가 왔음

〈2005년 4월 4일(음력 2월 26일)〉 월요일
날씨 맑음/바람
노년간부국으로 가서 일본어 공부했음, 미옥(美玉에서 전화가 왔음, 이영 의사(李瑛)는 훈춘(琿春)에서 전화가 왔음, 훈춘(琿春)에 있는 철진(哲珍)에게 전화했음

〈2005년 4월 5일(음력 2월 27일)〉 화요일
날씨 맑음/바람
미옥(美玉)집으로 갔음~(디지털 카메라 렌즈와 후프 마우스를 샀음)-미옥(美玉)이 사줬음, 바닥을 닦았음, 점심에 식당에서 냉면을 먹었음

〈2005년 4월 6일(음력 2월 28일)〉 수요일
날씨 비
노년간부국에서 일본어를 공부했음, 축구경기를 보았음: 선전과 베트남5:0+산동과 인도네시아1:0

〈2005년 4월 7일(음력 2월 29일)〉 목요일
날씨 흐림
채소도매시장에서 채소를 샀음(무, 배추와 돼지고기), 지혜(智慧) 생일을 축하하러 일본으로 전화했음, 바닥을 닦았음

〈2005년 4월 8일(음력 2월 30일)〉 금요일
날씨 맑음/바람
일본과 북경에서 전화가 왔음,

〈2005년 4월 9일(음력 3월 1일)〉 토요일 날씨 맑음/바람
시내 제13중학교에서 학생들의 축구 경기를 봤음(춘린(春林)과 춘성(春晟)), 머리를 자렸음, 채소도매시장에서 닭고가와 돼지고기를 샀음, 샤워를 했음, 바닥을 닦았음, 원학(元學이 집으로 왔음, 국진(國珍)은 일본에서 전화가 왔음, 대화했음, 정수를 샀음

〈2005년 4월 10일(음력 3월 2일)〉 일요일
날씨 구름
원학(元學)이 집으로 왔음, 오전에 집으로 돌아왔음, 국진(國珍)은 일본에서 전화가 왔음-인터넷에 관함, 바닥을 닦았음

〈2005년 4월 11일(음력 3월 3일)〉 월요일
날씨 구름/흐림
오늘부터 비타민을 먹기 시작했음, 칼슈과 비타민D, 노년 간부대학교에서 일본어를 공

부했음, 미옥(美玉)에서 전화가 왔음, 아내가 이종범(李宗范)에게 중약을 샀음(300위안),

〈2005년 4월 12일(음력 3월 4일)〉 화요일
날씨 흐림
미옥(美玉)집으로 가서 시계를 찾았음, 서 시장에서 채소를 샀음, 세계를 수리했음, 바닥을 닦았음, 미옥(美玉)에서 전화가 왔음

〈2005년 4월 13일(음력 3월 5일)〉 수요일
날씨 맑음/바람
노년간부대학교에서 일본어를 공부했음, 철진의 아내 계화(桂花)에서 전화가 왔음

〈2005년 4월 14일(음력 3월 6일)〉 목요일
날씨 맑음/바람
복순(福顺)은 판석에서 전화가 왔음, 추월(秋月)은 훈춘(琿春)에서 전화가 왔음-결혼식 요청, 미옥(美玉)에서 전화가 왔음, 채소시장에서 술과 말린 두부를 샀음

〈2005년 4월 15일(음력 3월 7일)〉 금요일
날씨 맑음/바람
공산은행에서 돈을 찾았음, 냉장고를 수리했음500위안, 원학(元學)과 미옥(美玉)에서 전화가 왔음(다시 걸어주었음)

〈2005년 4월 16일(음력 3월 8일)〉 토요일
날씨 맑음/구름
미옥(美玉)에서 전화가 왔음-미옥(美玉)집으로 갔음- 미옥(美玉)은 식당에서 철진(哲珍)과 가족을 초대했음 - 철진(哲珍)이 한국으로 갈 예정이기에, 영진(永珍)은 북경에서 전화가 왔음, 일본의 국진과 대화했음

〈2005년 4월 17일(음력 3월 9일)〉 일요일
날씨 맑음/바람
동일(東日)에게 생일 축하해주러 북경으로 전화했음, 공항에 갔음, 철진(哲珍)이 들어가기 때문에 보지 못했음, 미옥(美玉)과 같이 돌아왔음, 철진(哲珍)의 아내는 훈춘(琿春)에서 전화가 왔음, 축구 경기를 봤음, 바닥을 닦았음, 철진(哲珍)이 한국으로 외사 연수함(반년)

〈2005년 4월 18일(음력 3월 10일)〉 월요일
날씨 바람,
노년간부(幹部)대학교에서 일본어를 공부했음, 오후에 태운(泰云)이 한국에서 오는 것을 반가워하러 공항으로 갔음-훈춘(琿春)으로 갔음, 16시20분, 백화점에 갔음, 하남시장(河南市場)에서 잎담배를 샀음

〈2005년 4월 19일(음력 3월 11일)〉 화요일
날씨 흐림
백화점과 무역백화점에서 공책과 TV신문을 샀음, 아내가 결핵병원에서 검사를 받았음, 미옥(美玉)이 집으로 와서 컴퓨터로 자료를 준비했음, 바닥을 닦았음

〈2005년 4월 20일(음력 3월 12일)〉 수요일
날씨 흐림/바람
노년간부대학교에서 일본어를 공부했음, 창일(昌)은 화용(和龍)에서 전화가 왔음, 정수

를 샀음60위안

〈2005년 4월 21일(음력 3월 13일)〉 목요일
날씨 흐림
일본어를 공부했음

〈2005년 4월 22일(음력 3월 14일)〉 금요일
날씨 구름/비
미옥(美玉)이 전화 왔음, 윤풍선(尹鳳善)이 훈춘(琿春)에서 전화 왔음-아들의 결혼식 요청, 오후에 원학(元學)의 친구 집에서 저녁을 먹었음, 9시 돌아왔음, 원학(元學)에게 전화했음

〈2005년 4월 23일(음력 3월 15일)〉 토요일
날씨 비
아침에 원학(元學)의 생일 축하하러 원학(元學)집으로 갔음, 시장을 걸어갔음, 아참, 점심, 저녁을 다 먹고 집으로 돌아왔음, 훈춘으로 전화했음, 원학(元學)이 벨트 두 개 가져왔음

〈2005년 4월 24일(음력 3월 16일)〉 일요일
날씨 흐림
미옥(美玉)의 생일을 축하하러 미옥(美玉) 집으로 갔음, 중행에 가서 전기세를 냈음. 70위안, 채소시장에서 술을 샀음, 국진(國珍)이 일본에서 전화했음, 추월(秋月)선생님이 훈춘(琿春)에서 전화 왔음, 아내가 병원에 주사를 맞으러 갔음

〈2005년 4월 25일(음력 3월 17일)〉 월요일
날씨 비
오전에 노년간부(幹部)대학교에서 일본어를 공부했음, 훈춘(琿春) 차가인에게 전화했음, 윤풍선(尹鳳善)에서 전화가 왔음, 바닥을 닦았음

〈2005년 4월 26일(음력 3월 18일)〉 화요일
날씨 맑음
훈춘(琿春)의 승일(承日) 집으로 전화했음-승일이 북경에서 출발했음, 미옥(美玉)가 전화 왔음, 공산은행에서 돈을 찾았음, 원학(元學)과 친구가 집으로 와서 컴퓨터를 조정했음, 일부 일본어 수강생들이 산을 구경하러 갔음

〈2005년 4월 27일(음력 3월 19일)〉 수요일
날씨 맑음
노년간부대학교에서 일본어를 공부했음, 명숙(明淑)이 북경에서 전화 왔음

〈2005년 4월 28일(음력 3월 20일)〉 목요일
날씨 흐림
일본에 있는 국진(國珍)에게 전화했음, 복순(福順)이 전화 왔음, 바닥을 닦았음, 미옥(美玉)이 전화 왔음, 찰순월(札順月)이 훈춘(琿春)에서 전화했음, 가스를 샀음. 93위안

〈2005년 4월 29일(음력 3월 21일)〉 금요일
날씨 흐림
민석(珉錫)이 훈춘(琿春)에서 승일(承日)집으로 갔음, 미옥(美玉)이 집으로 왔음, 일본 국진과 대화했음, 춘학(春學)에서 전화가 왔

음, 축구A:연변-절강1:2, 바닥을 닦았음,

〈2005년 4월 30일(음력 3월 22일)〉 토요일 날씨 흐림

명숙(明淑)과 사돈집에서 전화 왔음-생일축하, 정수를 샀음, 동일이 북경에서 전화가 왔음, 아참에 채소시장에서 채소를 샀음, 일본 국진과 대화했음, 민석(珉錫), 승일(承日), 태운(泰云), 창일(昌日), 춘학(春學)과 원학(元學), 미옥(美玉) 등 가족들이 왔음

〈2005년 5월 1일(음력 3월 23일)〉 일요일 날씨 구름/비

영진(永珍)이 북경에서 전화가 왔음, 북경에 명숙(明淑)과 사돈과 대화했음, 바닥을 닦았음, 오후에 채소시장에서 과일을 샀음, 화투를 놀았음

〈2005년 5월 2일(음력 3월 24일)〉 월요일 날씨 맑음

미옥(美玉)집에서 아침을 먹고 집으로 돌아왔음-미옥(美玉)이 전화 왔음, 텔레비전이 오지 않음, 바닥을 닦았음

〈2005년 5월 3일(음력 3월 25일)〉 화요일 날씨 구름/맑음

일본어를 공부했음, TV신문을 봤음, 아내가 미옥(美玉)집으로 갔음

〈2005년 5월 4일(음력 3월 26일)〉 수요일 날씨 구름

일본어를 공부했음, TV신문을 봤음, 제48계 세계 탁구 경기 대회 (상하이에서) 올림-(남녀 혼합 복식, 남자 복식:공링훈(孔令輝)+왕호(王浩) - 챔피언

〈2005년 5월 5일(음력 3월 27일)〉 목요일 날씨 흐림/구름

일본어를 공부했음, TV신문을 봤음, 명숙(明淑)이 북경에서 일본으로 돌아갔음, 바닥을 닦았음

〈2005년 5월 6일(음력 3월 28일)〉 금요일 날씨 비/눈

미옥(美玉)에게 전화했음, 일본어를 공부했음, TV신문을 봤음,

〈2005년 5월 7일(음력 3월 29일)〉 토요일 날씨 흐림

미옥(美玉)과 가족들이 우리 집에 왔음, 창일(昌日)과 가족들이 훈춘(琿春)에서 집으로 와서 점심을 먹고 화용(和龍)으로 돌아갔음, 영진(永珍)이 북경에서 전화했음, 국진(國珍)과 대화했음

〈2005년 5월 8일(음력 4월 1일)〉 일요일 날씨 구름/비

미옥(美玉)과 가족들이 아침을 먹고 집으로 돌아갔음- 미옥(美玉)에서 전화 왔음, 바닥을 닦았음

〈2005년 5월 9일(음력 4월 2일)〉 월요일 날씨 비/구름

오전에 노년간부대학교에서 일본어를 공부

했음, 오후에 러시아 뉴스를 봤음

〈2005년 5월 10일(음력 4월 3일)〉 화요일
날씨 맑음/비
정옥(貞玉)이 훈춘(琿春)에서 전화했음, 미옥(美玉)에게 전화했음, 시내 텔레비전 비용을 냈음164위안, 중행中行에서 전기세를 냈음 50위안, 텔레비전 신문지를 샀음, 바닥을 닦았음

〈2005년 5월 11일(음력 4월 4일)〉 수요일
날씨 맑음/비
분선(粉善)의 생일 축하하러 훈춘(琿春)으로 전화했지만 통화 못했음, 훈춘(琿春)에서 전화가 왔음, 오진에 노년간부(幹部)대학교에서 일본어를 공부했음, 정수를 샀음

〈2005년 5월 12일(음력 4월 5일)〉 목요일
날씨 맑음/비
전화비를 내러 우체국으로 갔음. 100위안, 서시장에서 수돗물 관도를 샀음 5위안, 오후에 제13중학교에 가서 춘린(春林)의 학부모회에 참석했음, 복순(福順)에서 전화가 왔음-호준(浩俊)이 살인에 관함, 바닥을 닦았음

〈2005년 5월 13일(음력 4월 6일)〉 금요일
날씨 구름/맑음
일본어를 공부했음, 텔레비전을 봤음, 미옥(美玉)에서 전화가 왔음, 훈춘(琿春) 차가인에서 전화가 왔음, 600위안을 송금해 주었음, 옥희(玉姬)의 엄마에서 전화가 왔음-호준(浩俊)의 살인에 관함, 미옥(美玉)의 전화비 50위안을 냈음

〈2005년 5월 14일(음력 4월 7일)〉 토요일
날씨 맑음
영진(永珍)이 북경에서 전화가 왔음, 아내가 원학의 생일파티 참가했음, 훈춘(琿春)의 화자(花子)집으로 전화했음-병문안, 일본에 있는 국진(國珍)과 대화했음, 미옥(美玉)에서 전화가 왔음

〈2005년 5월 15일(음력 4월 8일)〉 일요일
날씨 맑음
일본어를 공부했음, 텔레비전을 봤음, 바닥을 닦았음

〈2005년 5월 16일(음력 4월 9일)〉 월요일
날씨 비/흐림
오전에 노년간부대학교에서 일본어를 공부했음, 미옥(美玉) 집으로 전화했음-전화가 왔기 때문에

〈2005년 5월 17일(음력 4월 10일)〉 화요일
날씨 흐림/비
신화서점에서 일한한일사전 58.7위안과 만년력 7위안에 샀음, 바닥을 닦았음, TV신문을 샀음

〈2005년 5월 18일(음력 4월 11일)〉 수요일
날씨 맑음/비
노년간부대학교에서 일본어를 공부했음, 미옥(美玉)에서 전화가 왔음, 춘학(春學)에서 전화가 왔음, 훈춘(琿春)의 복순(福順)에서

전화가 왔음-호준(浩俊)이의 자수에 관함

〈2005년 5월 19일(음력 4월 12일)〉 목요일
날씨 맑음
훈춘(琿春)의 정옥(貞玉)에게 전화했음-생일 축하함, 공행에서 돈을 찾았음, 채소시장에서 기름을 샀음, 바닥을 닦았음

〈2005년 5월 20일(음력 4월 13일)〉 금요일
날씨 맑음/구름
도시신용사에 가서 월급을 받았음-(3~4개월의 월급), 공행으로 예금했음, 채소시장에서 파를 샀음 등, 창일(昌日)이 화용에서 전화가 왔음

〈2005년 5월 21일(음력 4월 14일)〉 토요일
날씨 구름/비
훈춘(琿春) 이영(李瑛)에게 전화했음, 셋째숙모에게 생일 축하함, 이발했음, 미옥(美玉)이 집으로 왔음, 광장에서 축구 경기를 봤음, 바닥을 닦았음

〈2005년 5월 22일(음력 4월 15일)〉 일요일
날씨 구름/비
미옥(美玉)이 집으로 와서 아침을 같이 먹었음, 오전에 중앙채널(中央電視台)의 주봉(珠穆朗瑪峰) 등산 프로그램을 봤음-생방송

〈2005년 5월 23일(음력 4월 16일)〉 월요일
날씨 비/구름
아침에 노년간부대학교에서 일본어를 공부했음

〈2005년 5월 24일(음력 4월 17일)〉 화요일
날씨 맑음/비
계화(桂花)에서 전화가 왔음-철진(哲珍)의 엄마가 한국에서 돌아오기에 오후에 집으로 올 것임+춘화(春花)도 같이 올 것임-저녁을 먹고 집 가지 않음, 바닥을 닦았음, 미옥(美玉)에서 전화가 왔음

〈2005년 5월 25일(음력 4월 18일)〉 수요일
날씨 맑음/비
오전의 노년간부대학교에서 일본어를 공부했음-반비 30위안을 냈음, 아시아축구경기를 봤음, 미옥(美玉)에서 전화가 왔음

〈2005년 5월 26일(음력 4월 19일)〉 목요일
날씨 흐림/비
신화서점에서 〈일조한(日朝漢)대사전〉을 샀음. 60위안, 〈휴대형 일한사전(袖珍日漢詞典)〉을 샀음, 바닥을 닦았음, 정수를 샀음

〈2005년 5월 27일(음력 4월 20일)〉 금요일
날씨 맑음/비
화용으로 가서 노년대학교의 봄놀이 프로그램을 참가했음, 컴퓨터 수리가게의 전화가 왔음, 훈춘(琿春)에 안주임에서 전화가 왔음 봄놀이와 관련

〈2005년 5월 28일(음력 4월 21일)〉 토요일
날씨 구름
도문(圖門)에서 연변특산물 회사를 참관했음, 춘림(春林)과 춘성(春晟)이 집으로 왔음

〈2005년 5월 29일(음력 4월 22일)〉 일요일
날씨 맑음/구름
춘린(春林)과 춘성(春晟)이 아침을 먹고 집으로 돌아갔음, 일본으로 소포를 보냈음-국수 등, 바닥을 닦았음, 영진(永珍)이 북경에서 전화가 왔음, 미옥(美玉)에서 전화가 왔음

〈2005년 5월 30일(음력 4월 23일)〉 월요일
날씨 구름
오전에 노년간부대학교에서 일본어를 공부했음, 아내 친구 영애(英愛)가 집으로 와서 점심을 먹고 집으로 돌아갔음, 미옥(美玉)에서 전화가 왔음, 훈춘(琿春)에 순월(順月)에게 전화했음

〈2005년 5월 31일(음력 4월 24일)〉 화요일
날씨 맑음/비
아내가 물세를 해결하러 갔음-예전에 없는 것은 이제 70위안을 내야 됨, 바닥을 닦았음, 미옥(美玉)에서 전화가 3번 왔음, 원학(元學에게 전화했음, 훈춘(琿春)에 순월(順月)에서 전화 왔음
물세: 387도=7335.30+90*3=1005.30위안,

〈2005년 6월 1일(음력 4월 25일)〉 수요일
날씨 구름/바람
오전에 노년간부대학교에서 일본어를 공부했음, 미옥(美玉)에서 전화가 왔음-복순(福順)에 병에 관함, 훈춘(琿春)의 순월(順月)에서 전화가 왔음-연변병원에서 검사를 받음,

〈2005년 6월 2일(음력 4월 26일)〉 목요일
날씨 구름/바람
복순(福順)이 연변병원에서 진료를 받으러 집으로 왔음, 미옥(美玉)이 집에 왔다 갔음, 장춘(長春)에서 전화가 왔음

〈2005년 6월 3일(음력 4월 27일)〉 금요일
날씨 구름/흐림
복순(福順)이 아침을 먹고 약 사러 병원에 갔음-훈춘(琿春)의 집으로 도착하고 전화가 왔음, 미옥(美玉)에서 전화가 왔음, 춘학(春學)에서 전화가 왔음, 도시신용사에 가서 월급을 받았음-5월,

〈2005년 6월 4일(음력 4월 28일)〉 토요일
날씨 맑음/비
미옥(美玉)에서 전화가 왔음, 춘림(春林)과 춘성(春晟)이 집으로 왔음, 영진(永珍)이 북경에서 전화가 왔음, 일본과 대화했음, 오후에 체육장에서 축구A급 경기를 봤음

〈2005년 6월 5일(음력 4월 29일)〉 일요일
날씨 맑음
춘림(春林)과 춘성(春晟)이 아침을 먹고 집으로 돌아갔음, 미옥(美玉)에서 전화가 왔음

〈2005년 6월 6일(음력 4월 30일)〉 월요일
날씨 맑음/구름
오전에 노년간부대학교에서 일본어를 공부했음, 방송국이 촬영하러 왔음, 미옥(美玉)집에 갔다 왔음-아내가 약을 찾으러 왔음

〈2005년 6월 7일(음력 5월 1일)〉 화요일 날

씨 흐림/맑음
채소시장에서 말린 두부와 술을 샀음, 국진(國珍)이 일본에서 전화가 왔음-소포를 받았음, 바닥을 닦았음

〈2005년 6월 8일(음력 5월 2일)〉 수요일 날씨 구름
오전에 노년간부대학교에서 일본어를 공부했음, 동기 영월(英月)에서 전화가 왔음-아내가 받았음, 축구경기를 봤음

〈2005년 6월 9일(음력 5월 3일)〉 목요일 날씨 구름
아침에 노년간부대학교에서 일본어를 공부했음, 훈춘에 정오(廷伍)집으로 전화했음-원진(元珍)이 수능 성적에 관한~승일(承日)이 훈춘(琿春)에서 전화가 왔음

〈2005년 6월 10일(음력 5월 4일)〉 금요일 날씨 구름/비
미옥(美玉)에서 전화가 왔음, 동기 이영월(李英月)이 된장을 가져왔음, 바닥을 닦았음

〈2005년 6월 11일(음력 5월 5일)〉 토요일 날씨 맑음/비
원학(元學이 집으로 왔음- 〈노년세계〉를 가져왔음, 춘의(春義)의 생일, 훈춘(琿春)에 복순(福順)에게 전화했음-전화가 오기에, 영징이 북경에서 전화가 왔음, 창일(昌日)이 화용(和龍)에서 전화가 왔음, 춘성(春晟)과 춘림(春林)이 집으로 왔음, 정수를 샀음, 일본과 대화했음

〈2005년 6월 12일(음력 5월 6일)〉 일요일 날씨 구름/비
오후에 원학(元學)과 미옥(美玉)이 집으로 왔음, 원학(元學)이 자가용을 샀음, 일본과 대화했음, 바닥을 닦았음

〈2005년 6월 13일(음력 5월 7일)〉 월요일 날씨 구름/소나기
원학(元學) 집 구성원들 아침을 먹고 자기 집으로 갔음, 오전에 노년간부대학교에서 일본어를 공부했음, 학습위원이 대신 수업했음-담임선생님이 병을 걸렸음(입원)

〈2005년 6월 14일(음력 5월 8일)〉 화요일 날씨 비
온 종일 일본어를 공부했음, 미옥(美玉)집으로 전화했음-아내가 미옥(美玉)집으로 갔음, 바닥을 닦았음, 일본어 단어를 공부했음, 세계청년축구경기를 봤음

〈2005년 6월 15일(음력 5월 9일)〉 수요일 날씨 구름
오전에 노년간부대학에서 일본어를 공부했음-대신교원이 강의했음

〈2005년 6월 16일(음력 5월 10일)〉 목요일 날씨 구름/비
미옥(美玉)에서 전화가 왔음, 오후 훈춘(琿春)에서 태운(泰云)집으로 갔음, 바닥을 닦았음

〈2005년 6월 17일(음력 5월 11일)〉 금요일

날씨 구름
밤에 태운의 생일 파티를 참가했음, 축구경기를 봤음, 점심에 모임(찰, 김, 채), 오전에 추월이 상점으로 가서 돈을 갚았음, 150위안, 당비 60위안

〈2005년 6월 18일(음력 5월 12일)〉 토요일
날씨 구름
밤에서 태운(泰云) 집-춘화(春花) 집, 셋째 숙모에게 병문안-정오(廷伍)집(점심밥)-승일(承日) 집

〈2005년 6월 19일(음력 5월 13일)〉 일요일
날씨 구름
아침을 머고 훈춘(琿春)에서 집으로 도착했음. 8시55분~10시, 미옥(美玉)에게 전화했음, 밤에 미옥(美玉) 집으로 갔음

〈2005년 6월 20일(음력 5월 14일)〉 월요일
날씨 비
미옥(美玉)집에서 노년간부대학교에서 일본어를 공부했음, 오후에 철진(哲珍) 엄마와 계화가 집에 왔다갔음-호적부를 찾았음, 정옥(貞玉)이 훈춘(琿春)에서 전화했음.

〈2005년 6월 21일(음력 5월 15일)〉 화요일
날씨 구름/소나기
일본어를 공부했음, 아내가 미옥(美玉) 집으로 갔음, 재봉틀을 팔았음 100위안, 미옥(美玉)에서 전화가 왔음, 축구경기를 봤음. 중국~독일2:3

〈2005년 6월 22일(음력 5월 16일)〉 수요일
날씨 구름
오전에 노년간부대학교에서 일본어를 공부했음, 중행에서 전기비용을 냈음 70위안, 잎담배를 샀음

〈2005년 6월 23일(음력 5월 17일)〉 목요일
날씨 구름
일본어를 독학했음-초급 일본어 상 하의 단어표를 베껴 쓰기

〈2005년 6월 24일(음력 5월 18일)〉 금요일
날씨 비
일본어를 독학했음-초급 일본어 상 하의 단어표를 베껴 쓰기, 영진(永珍)이 북경에서 전화했음

〈2005년 6월 25일(음력 5월 19일)〉 토요일
날씨 비/구름
일본어를 독학했음, 미옥(美玉)과 춘림(春林), 춘성(春晟)이 집으로 왔음, 영진(永珍)에서 전화가 왔음, 바닥을 닦았음, 미옥(美玉)에서 전화가 왔음, 일본과 대화했음, 창일(昌日)이 화용(和龍)에서 전화가 왔음, 정수를 샀음

〈2005년 6월 26일(음력 5월 20일)〉 일요일
날씨 비/구름
미옥(美玉)이 아침을 먹고 자기 집으로 돌아갔음, 일본어를 독학했음, 바닥을 닦았음

〈2005년 6월 27일(음력 5월 21일)〉 월요일

날씨 흐림
오전에 노년간부대학교에서 일본어를 공부했음, 전화비를 냈음 100위안, 영진(永珍)이 북경에서 전화가 왔음-송금4500, 미옥(美玉)에서 전화가 왔음-송금을 받았음

〈2005년 6월 28일(음력 5월 22일)〉 화요일
날씨 비/구름
일본어를 독학했음

〈2005년 6월 29일(음력 5월 23일)〉 수요일
날씨 비/구름
노년간부대학교에서 일본어를 공부했음-기말, 합창 연습, 오후 정전되었음

〈2005년 6월 30일(음력 5월 24일)〉 목요일
날씨 구름/비
일본어를 독학했음, 오후에 노년간부대학교 연출을 참가했음, 아침에 정전이 끝냈음, 미옥(美玉)에서 전화가 왔음, 일본어반의 반장 초대

〈2005년 7월 1일(음력 5월 25일)〉 금요일
날씨 구름
일본어 독학했음-초급 상 하의 단어표 베껴쓰기 완성했음, 훈춘(琿春)에 정오 집으로 전화했음-수능성적 :최원진(崔元珍)이 528점

〈2005년 7월 2일(음력 5월 26일)〉 토요일
날씨 구름
일본어 독학했음- 중급 상의 단어표를 공부했음, 오후에 광장에서 축구A급의 경기:연변~하문1:2

〈2005년 7월 3일(음력 5월 27일)〉 일요일
날씨 구름/비
일본어 독학했음, 창일이 화용(和龍)에서 전화했음, 영진(永珍)이 북경에서 전화했음

〈2005년 7월 4일(음력 5월 28일)〉 월요일
날씨 흐림/비
일본어를 독학했음, 동기에서 전화가 왔음

〈2005년 7월 5일(음력 5월 29일)〉 화요일
날씨 구름/비
미옥(美玉)에서 전화가 왔음, 도시신용사(城市信用社)에서 월급을 찾았음 6월, 바닥을 닦았음, 일본어를 독학했음

〈2005년 7월 6일(음력 6월 1일)〉 수요일 날씨 흐림
일본어를 독학했음, 2012년 올림픽을 봤음-영국 당선, 채소시장에서 텔레비전 신문지를 샀음

〈2005년 7월 7일(음력 6월 2일)〉 목요일 날씨 맑음
일본어를 독학했음, 아내가 녹음기를 수리하러 갔음 10위안, 바닥을 닦았음, 미옥(美玉)에서 전화가 몇 번 왔음, 춘림(春林)과 춘성(春晟)이 집으로 왔음-기말 시험을 끝냈음

〈2005년 7월 8일(음력 6월 3일)〉 금요일 날씨 구름

춘식(春植)생일, 일본어를 독학했음, 미옥(美玉)에서 전화가 왔음

〈2005년 7월 9일(음력 6월 4일)〉 토요일 날씨 흐림
일본어를 독학했음, 일본과 대화하지 못하기에 축구 라디오를 들었음-청도~연변2:0, 바닥을 닦았음, 원학에서 전화가 왔음

〈2005년 7월 10일(음력 6월 5일)〉 일요일 날씨 흐림
일본어를 독학했음, 일본과 채팅하려고못했음, 원학과 미옥(美玉)이 집으로 왔음, 순자(順子)에서 전화가 왔음-순자(順子)와 향실(春實)이 점심을 먹고 갔음

〈2005년 7월 11일(음력 6월 6일)〉 월요일 날씨 흐림
원학(元學)이 집에서 아침을 먹고 자기 집으로 돌아갔음, 오후 4시 30분에 춘성(春晟)의 가부장회의를 참가했음(2년3반), 일본어를 독학했음, 오후에 원학(元學)이 왔다 갔음, 바닥을 닦았음

〈2005년 7월 12일(음력 6월 7일)〉 화요일 날씨 구름
일본어 독학했음, 중급 상의 단어 베껴 쓰기를 완성했음, 중급을 시작했음, 영진(永珍)이 북경에서 전화가 왔음

〈2005년 7월 13일(음력 6월 8일)〉 수요일 날씨 흐림
일본어 독학했음, 중행으로 가서 전기세를 냈음. 50위안, 시장에서 돼지고기와 잎담배를 샀음, 아내가 약을 샀음

〈2005년 7월 14일(음력 6월 9일)〉 목요일 날씨 구름
일본어를 독학했음, 공행에서 돈 찾고 약비를 냈음. 2,000위안, 미옥(美玉)에서 전화가 왔음,

〈2005년 7월 15일(음력 6월 10일)〉 금요일 날씨 비
일본어를 독학했음, 원학(元學)이 왔음, 바닥을 닦았음

〈2005년 7월 16일(음력 6월 11일)〉 토요일 날씨 맑음
일본어를 독학했음, 창일(昌日)이 화용(和龍)에서 전화가 왔음-집에 왔다갔음-병원에서 검사하렴, 축구경기: 연변~상하이 4:2, 원학이 아침을 먹고 자기 집으로 돌아가고 일했음, 춘성(春晟)과 춘림(春林)이 점심에 집으로 오고 밤에 자기 집으로 갔음, 머리를 잘랐음, 바닥을 닦았음

〈2005년 7월 17일(음력 6월 12일)〉 일요일 날씨 맑음
일본어를 독학했음, 춘학 운하에서 전화가 왔음-집에 왔다갔음, 복순(福順)이 훈춘(琿春)에서 전화가 왔음, 일본과 인터넷으로 대화했음, 북경에 초미(超美)에게 전화했음, 창일(昌日) 미옥(美玉)에서 전화가 왔음, 영진

이 북경에서 전화했음-한족과의 연애를 끝냈음.

〈2005년 7월 18일(음력 6월 13일)〉 월요일
날씨 맑음
일본어를 독학했음, 미옥(美玉)에게 전화했음

〈2005년 7월 19일(음력 6월 14일)〉 화요일
날씨 맑음
일본어를 독학했음, 영진이 북경에서 전화가 왔음, 미옥(美玉)에서 전화가 왔음

〈2005년 7월 20일(음력 6월 15일)〉 수요일
날씨 맑음
일본어를 독학했음, 채소도매시장에서 텔레비전 시문과 채소를 샀음,

〈2005년 7월 21일(음력 6월 16일)〉 목요일
날씨 맑음
일본어를 독학했음, 미옥(美玉)에서 전화가 왔음, 훈춘의 서해숙(徐海淑) 선생님에서 전화가 왔음, 북경에 영진(永珍)에게 전화했음-전화가 왔기에, 일본어 선생님에서 전화가 왔음-퇴원했음

〈2005년 7월 22일(음력 6월 17일)〉 금요일
날씨 흐림/소나기
일본어를 독학했음, 미옥(美玉)에서 전화가 왔음-병원에서 돌아오고 집으로 왔음, 원학(元學)이 집에 왔다갔음, 정금(貞今)이 훈춘에서 전화가 왔음-한국에서 갔다 왔음, 서해숙(徐海淑)에서 전화가 왔음

〈2005년 7월 23일(음력 6월 18일)〉 토요일
날씨 구름
미옥(美玉)이 아침을 먹고 병원으로 갔다 집으로 돌아왔음, 춘림(春林)과 춘성(春晟)이 점심에 집으로 왔음, 바닥을 닦았음, 일본어를 독학했음, 영진(永珍)이 북경에서 전화가 왔음, 인터넷으로 일본과 대화했음

〈2005년 7월 24일(음력 6월 19일)〉 일요일
날씨 흐림
창일이 화룡(和龍)에서 전화가 왔음-집으로 왔음-돌아갔음, 춘림(春林)과 춘성(春晟)이 저녁을 먹고 집으로 돌아갔음, 일본어를 독학했음-중급 하의 단어 베껴 쓰기를 끝냈음, 우체국에 전화비 100위안을 냈음, 바닥을 닦았음

〈2005년 7월 25일(음력 6월 20일)〉 월요일
날씨 비
정금(貞今)이 훈춘(琿春)에서 전화했음- 점심 전에 정금(貞今)과 국성(國成)이 집으로 왔음, 밤에 미옥(美玉)이 집으로 왔음: 정금(貞今)이 식당에서 초대해주었음, 옥희(玉姬) 엄마가 화룡(和龍)에서 전화했음

〈2005년 7월 26일(음력 6월 21일)〉 화요일
날씨 구름
미옥(美玉)이 아침을 먹고 자기 집으로 갔음, 정금(貞今)과 국성(國成)이 오전에 돌아갔음-정금(貞今)에게 1660위안 주었음-나에

게 160위안, 일본어 회화를 독학했음

〈2005년 7월 27일(음력 6월 22일)〉 수요일
날씨 소나기
일본어 회화를 독학했음, 아내가 미옥(美玉) 집으로 갔음-미옥(美玉)이 초대했음, 문발을 샀음28위안, 밤에 춘림(春林)과 춘성(春晟)이 집으로 왔음

〈2005년 7월 28일(음력 6월 23일)〉 목요일
날씨 비
춘림(春林)과 춘성(春晟)이 아침을 먹고 갔음, 일본어를 독학했음, 창일(昌日)이 화용(和龍)에서 전화했음, 바닥을 닦았음, 정수를 샀음

〈2005년 7월 29일(음력 6월 24일)〉 금요일
날씨 비
복순(福順) 생일을 축하하러 훈춘(琿春)에 전화했음, 백화점에서 신발을 샀음. 150위안, 미옥(美玉)에서 전화가 왔음, 일본어 회화를 독학했음

〈2005년 7월 30일(음력 6월 25일)〉 토요일
날씨 구름
미옥(美玉)에서 전화가 왔음, 일본어 회화를 독학했음, 점심에 춘림(春林)과 춘성(春晟)이 집으로 왔음, 바닥을 닦았음, 영진(永珍)이 북경에서 전화했음, 옥희(玉姬) 엄마가 화용(和龍)에서 전화했음

〈2005년 7월 31일(음력 6월 26일)〉 일요일
날씨 구름
일본어 회화를 독학했음, 아침에 원학(元學)이 집으로 왔음-밥을 먹고 일하러 갔음, 밤에 미옥(美玉)과 원학(元學)이 집으로 왔음, 안족순(安竹順)이 훈춘(琿春)에서 전화했음-상장에 관함, 오후에 인민체육장에서 축구경기를 봤음: 연변~조선 올림픽 팀3:1

〈2005년 8월 1일(음력 6월 27일)〉 월요일
날씨 비
일본어를 독학했음, 미옥(美玉)과 원학(元學이 아침을 먹고 일하러 갔음, 점심에 미옥(美玉)이 집에서 밥을 먹고 일하러 갔음, 승일(承日)承日이 훈춘(琿春)에서 전화했음, 춘림(春林)과 춘성(春晟)이 점심을 먹고 공부했음

〈2005년 8월 2일(음력 6월 28일)〉 화요일
날씨 구름/비
오전에 창성시장(昌城市場)에 갔음-오후에 연변병원에서 검사를 받았음-견과절주위염: 주사 약150위안, 일본어를 독학했음, 원학(元學)의 차를 타서 돌아왔음-미옥(美玉)과 같이

〈2005년 8월 3일(음력 6월 29일)〉 수요일
날씨 비/구름
일본어를 독학했음, 도시신용사(城市信用社)에서 월급을 찾았음, 통신사의 직원이 와서 200(300)위안 전화비를 받았음, 창일(昌日)이 화용(和龍)에서 전화했음, 바닥을 닦았음

〈2005년 8월 4일(음력 6월 30일)〉 목요일 날씨 구름
일본어를 독학했음, 오후에 연변 병원에서 치료를 받았음. 8,620위안

〈2005년 8월 5일(음력 7월 1일)〉 금요일 날씨 구름/비
일본어를 독학했음, 오후에 미옥(美玉) 집이 집으로 왔음(원학이 초대했음), 최군자(崔君子)가 훈춘(琿春)에서 전화했음(환갑)

〈2005년 8월 6일(음력 7월 2일)〉 토요일 날씨 맑음
일본어를 독학했음, 원학이 집에서 아침을 먹고 일하고 공부했음, 우체국에서 전화비 100위안을 냈음, 시장에서 잎담배를 샀음, 정수를 샀음

〈2005년 8월 7일(음력 7월 3일)〉 일요일 날씨 맑음
일본어를 독학했음, 오전에 연변병원에서 치료를 받았음 -주사106.8위안, 도매시장에서 채소를 샀음, 영진(永珍)이 북경에서 전화했음, 정옥(廷伍)은 훈춘에서 전화했음-원진(元珍)이 대학교에 붙여서 한 턱 내야 됨

〈2005년 8월 8일(음력 7월 4일)〉 월요일 날씨 맑음/구름
일본어를 독학했음, 오후에 아내가 훈춘에 갔음(내일 정오 초대함)

〈2005년 8월 9일(음력 7월 5일)〉 화요일 날씨 구름
일본어를 독학했음, 아내가 훈춘(琿春)에서 전화했음-복순(福順) 집에 있음

〈2005년 8월 10일(음력 7월 6일)〉 수요일 날씨 비/구름
창일(昌日)의 아내가 화용(和龍)에서 전화했음, 일본어 독학했음, 미옥(美玉)에서 전화가 왔음, 아내가 훈춘에서 집으로 도착했음, 도매시장에서 텔레비전 신문지를 샀음, 〈일어 첫걸음〉 한 번 끝났음, 회화 초급을 시작했음,

〈2005년 8월 11일(음력 7월 7일)〉 목요일 날씨 비/구름
일본어 독학했음, 오후에 연변 병원에 치료를 받았음. 100위안, 바닥을 닦았음, 오전에 아내가 화용(和龍)으로 갔음-창일(昌日)집에서 전화가 왔음, 미옥(美玉)에서 전화가 왔음-종합주간신문지에 관함

〈2005년 8월 12일(음력 7월 8일)〉 금요일 날씨 비/구름
점심에 춘림(春林)과 춘성(春晟)이 우리 집으로 왔음, 밤에 원학(元學)과 강옥(姜玉)이 집으로 왔음, 창옥(玉)과 창일(昌日)에서 전화가 왔음

〈2005년 8월 13일(음력 7월 9일)〉 토요일 날씨 비/구름
일본어 독학했음, 아내가 화용(和龍)에서 집으로 돌아왔음, 원학(元學)과 미옥(美玉)이

아침을 먹고 축구 라디오 채널을 들었음: 광주~연변0:0, 일본 국진(國珍)에게 전화했음-인터넷 안 되기 때문임, 춘림(春林)과 춘성(春晟)이 오후에 집으로 돌아왔음, 머리를 잘렸음, 바닥을 닦았음

〈2005년 8월 14일(음력 7월 10일)〉 일요일
날씨 맑음
일본어 독학했음, 오전에 연변병원에서 치료를 받았음. 100위안, 중행으로 가서 전기세 70위안을 냈음, 화용(和龍)에 옥희(玉姬) 엄마와 훈춘(琿春)에 안 주임에서 전화가 왔음, 영진(永珍)에서 전화가 왔음, 원학(元學)이 노인의 날을 축하하러 오후에 초대했음, 국진(國珍)에서 선화가 왔음: 인터넷에서 대화에 관련

〈2005년 8월 15일(음력 7월 11일)〉 월요일
날씨 맑음
일본어 독학했음, 원학(元學)집에서 아침을 먹고 갔음, 화용(和龍)으로 전화했음

〈2005년 8월 16일(음력 7월 12일)〉 화요일
날씨 비/구름
일본어를 독학했음, 창일(昌日)의 생일, 아침에 미옥(美玉)이 고기를 가져왔음, 미옥(美玉)이 북대하(北戴河)로 갔음, 도매시장에서 채소와 텔레비전 신문지를 샀음

〈2005년 8월 17일(음력 7월 13일)〉 수요일
날씨 비
일본어를 독학했음, 향실에서 전화가 왔음, 아시아축구예선경기를 봤음:한국~사우디아라비아
0:1/우즈베키스탄~쿠웨이트3:2, 바닥을 닦았음

〈2005년 8월 18일(음력 7월 14일)〉 목요일
날씨 비
일본어를 독학했음

〈2005년 8월 19일(음력 7월 15일)〉 금요일
날씨 구름/맑음
일본어를 독학하였음, 오전에 춘림(春林)과 춘성(春晟)이 집으로 왔음, 밤에 원학(元學)이 집으로 왔음, 영진(永珍)이 북경에서 전화했음,

〈2005년 8월 20일(음력 7월 16일)〉 토요일
날씨 맑음
일본어를 독학했음, 아침에 원학(元學)의 차 타고 수상시장(水上市場)과 도매시장에서 채소를 샀음, 원학(元學)이 아침을 먹고 일하러 갔음, 북경에 있는 동일(東日)에게 전화했음, 동일(東日)과 국진(國珍)과 인터넷으로 대화했음, 오후에 축구경기를 봤음:장춘~연변3:1

〈2005년 8월 21일(음력 7월 17일)〉 일요일
날씨 구름/맑음
일본어를 독학했음, 춘림(春林)과 춘성(春晟)이 점심을 먹고 공부했음

〈2005년 8월 22일(음력 7월 18일)〉 월요일

날씨 맑음
아침에 계화(桂花) 집에서 아침을 먹었음-정주廷洙 아내인 영숙(英淑)이 한국으로 가는 것을 배웅했음-점심에 정주(廷洙)가 초대한, 정주(廷洙)에서 전화가 왔음: 영숙(英淑)이 안전하게 한국으로 도착했음, 정전되었음: 아침~16시, 창일(昌日)이 화용(和龍)에서 전화했음,

〈2005년 8월 23일(음력 7월 19일)〉 화요일
날씨 구름/맑음
일본어를 독학했음, 오전에 춘성(春晟)이 오후에 춘림(春林)이 집으로 왔음

〈2005년 8월 24일(음력 7월 20일)〉 수요일
날씨 구름
일본어를 독학했음-초급 회화를 한번 끝났음-중급 시작하기, 정전되었음. 5시30분~15시30분

〈2005년 8월 25일(음력 7월 21일)〉 목요일
날씨 비
일본어를 독학했음, 춘림(春林)이 아침을 먹고 집으로 돌아갔음

〈2005년 8월 26일(음력 7월 22일)〉 금요일
날씨 비/구름
정막(廷模) 생일, 춘성(春晟)이 오전에 집으로 돌아왔음, 화타병원(華佗医院)에서 진료를 받았음: 소화불량

〈2005년 8월 27일(음력 7월 23일)〉 토요일
날씨 구름/맑음
일본어를 독학했음(녹음을 들었음), 밤에 원학(元學) 춘림(春林)과 춘성(春晟)이 집에서 밥을 먹었음(구운 오리를 가져왔음), 12시 기차역 가서 미옥(美玉)을 마중하고 집으로 돌아왔음

〈2005년 8월 28일(음력 7월 24일)〉 일요일
날씨 구름/맑음
일본어를 독학했음(중급 상의 녹음을 들었음), 미옥(美玉)에서 전화가 왔음-오후에 집에 왔다갔음

〈2005년 8월 29일(음력 7월 25일)〉 월요일
날씨 구름
노년간부대학에서 일본어를 공부했음-회화 개학, 복순(福順)이 훈춘(琿春)에서, 창일(昌日)이 화용(和龍)에서 전화했음, 찰영남(札永南)이 내일 초대함

〈2005년 8월 30일(음력 7월 26일)〉 화요일
날씨 맑음
일본어 회화를 독학했음, 오후에 채소도매시장에서 고추를 샀음, 아내가 고추를 잘라서 말렸음, 정수와 수표를 샀음. 60위안,

〈2005년 8월 31일(음력 7월 27일)〉 수요일
날씨 비/구름
일본어 회화를 독학했음, 도시저축조합에서 월급을 찾았음, 미옥(美玉)에서, 창일(昌日)이 화용(和龍)에서, 영남永男이 훈춘(琿春)에서 전화했음

〈2005년 9월 1일(음력 7월 28일)〉 목요일 날씨 비/구름

노년간부대학교에서 일본어를 공부했음(중급하의 21절부터)-오후에, 오후에 원학(元學)과 미옥(美玉)이 집에 왔다갔음, 북경에 영진(永珍)에게 전화했음, 바닥을 닦았음

〈2005년 9월 2일(음력 7월 29일)〉 금요일 날씨 맑음

일본어를 독학했음-중급하의 21절, 미옥(美玉)과 영진(永珍)이 북경에서 전화가 왔음

〈2005년 9월 3일(음력 7월 30일)〉 토요일 날씨 맑음

일본어를 공부했음, 중앙채널에 〈9.3〉의 대회의 생방송을 봤음, 밤에 미옥(美玉) 춘림(春林)과 춘성(春晟)이 집으로 왔음, 일본과 인터넷으로 대화했음, 창일(昌日)이 훈춘에서 전화가 왔음, 바닥을 닦았음

〈2005년 9월 4일(음력 8월 1일)〉 일요일 날씨 맑음

원학(元學)이 아침을 먹으로 집에 왔음(집 구성원과 같이)-아침을 끝나고 일하러 갔음, 일본어를 독학했음(회화 초급 교과서를 읽었음)

〈2005년 9월 5일(음력 8월 2일)〉 월요일 날씨 비/구름

노년간부대학교에서 일본어를 공부했음, 창일(昌日)과 창일 아내가 집에 왔음(훈춘에서)-점심을 먹고 화용(和龍)으로 돌아갔음

〈2005년 9월 6일(음력 8월 3일)〉 화요일 날씨 비/맑음

일본어를 독학했음, 서점과 백화점에서 〈日本語讀音速査詞典〉과 텔레비전 신문지를 샀음, 사해옥(舍海玉)의 사무실로 갔음-전화비 100위안을 냈음, 오금자(吳今子)에서 전화가 왔음, 미옥(美玉)에서 전화가 왔음

〈2005년 9월 7일(음력 8월 4일)〉 수요일 날씨 맑음

일본어를 독학했음, 동기 영월英月이 집에 왔다갔음,-동기인 옥인玉仁 집에 초대를 받았음, 부길(富吉)도 참가했음, 밤에 미옥(美玉)이 집으로 와서 버섯을 먹었음, 바닥을 닦았음

〈2005년 9월 8일(음력 8월 5일)〉 목요일 날씨 맑음

노년간부대학교에서 일본어를 공부했음(22절)-오후에, 미옥(美玉) 집이 아침을 먹고 일하러 갔음, 훈춘(琿春)에 안 주임과 박 총장에서 전화가 왔음

〈2005년 9월 9일(음력 8월 6일)〉 금요일 날씨 구름/맑음

일본어를 독학했음, 오후에 훈춘(琿春)으로 갔음(14시30분~16시), 훈춘(琿春)에 승일(承日)에게 전화했음, 밤에서 승일(承日) 집에서 잤음, 원학(元學)에게 전화했음

〈2005년 9월 10일(음력 8월 7일)〉 토요일 날씨 맑음

영진의 생일, 제4초등학교 스승의 날의 활동을 참가했음- 영안 관문촌에서 야유했음

〈2005년 9월 11일(음력 8월 8일)〉 일요일
날씨 맑음/구름
훈춘(琿春)에서 집으로 도착했음(8시20분~10시20분), 일본어를 독학했음, 영진이 북경에서 전화가 왔음, 훈춘(琿春)에 승일(承日)에게 전화했음, 미옥(美玉) 집으로 전화했음, 일본과 인터넷에서 대화했음, 미옥(美玉)과 춘림(春林), 춘성(春晟)이 집으로 왔음

〈2005년 9월 12일(음력 8월 9일)〉 월요일
날씨 맑음
오전에 노년간부대학교에서 일본어를 공부했음, 점심에 스승의 날의 활동을 참가했음, 미옥(美玉) 춘림(春林)과 춘성(春晟)이 아침을 먹고 일했음, 훈춘(琿春) 차가인에서 전화가 왔음, 바닥을 청소하였음, 정수를 샀음

〈2005년 9월 13일(음력 8월 10일)〉 화요일
날씨 구름
훈춘(琿春)의 승일(承日)에게 전화했음, 훈춘(琿春)에 가서 영업집을 파는 것을 상의함 7시30분~9시30분, 미옥(美玉)에서 전화가 왔음, 승일(承日) 집에서 점심을 먹고 집에 도착했음 13시
40분~14시40분, 창일(昌日)이 화용(和龍)에서 전화했음, 미옥(美玉)에서 전화가 왔음

〈2005년 9월 14일(음력 8월 11일)〉 수요일
날씨 맑음
하루 종일 일본어를 독학했음

〈2005년 9월 15일(음력 8월 12일)〉 목요일
날씨 맑음
오후에 노년간부대학교老干部大學에서 일본어를 공부했음(45분), 창일(昌日)이 화용(和龍)에서 전화했음-오후에 집으로 왔음(소고기 등을 가지고)-훈춘(琿春) 갔음

〈2005년 9월 16일(음력 8월 13일)〉 금요일
날씨 비/구름
철진(哲珍)이 한국에서 전화했음, 미옥(美玉)에서 전화가 왔음, 오후에 춘린春林의 제13중학교에 있어서의 가부장 회의를 참가했음. 17시~18시, 오전에 유리를 닦았음, 오후에 축구 경기를 봤음: 연변~허난1:0

〈2005년 9월 17일(음력 8월 14일)〉 토요일
날씨 비/구름
영진(永珍)이 북경에서 전화했음, 창일(昌日)이 훈춘(琿春)에서 전화했음, 밤에 미옥(美玉)이 집에 왔음

〈2005년 9월 18일(음력 8월 15일)〉 일요일
날씨 구름/맑음
미옥(美玉)이 아침을 먹고 일하러 갔음, 오전에 책을 읽어보고 제12계 축구경기를 봤음-춘림(春林)과 춘성(春晟)과 함께, 바닥을 청소했음. 영진(永珍)이 북경에서 전화했음, 일본과 인터넷으로 대화했음

〈2005년 9월 19일(음력 8월 16일)〉 월요일

날씨 맑음
오전에 노년간부대학교에서 일본어를 공부했음-반비 30위안을 냈음

〈2005년 9월 20일(음력 8월 17일)〉 화요일
날씨 구름
일본어 반의 일부 학생들이 가울 야유를 했음(榆樹川)-기차~자동차, 화용(和龍)에 차일 집으로 갔음, 복순(福順)이 훈춘(琿春)에서 전화했음-민석(珉錫)이 입원하였음, 미옥(美玉)에서 전화가 왔음

〈2005년 9월 21일(음력 8월 18일)〉 수요일
날씨 구름
계화(桂花)에서 전화가 왔음, 경신(敬信)의 친구가 훈춘(琿春)에서 전화했음. 바닥을 닦았음

〈2005년 9월 22일(음력 8월 19일)〉 목요일
날씨 구름/맑음
오후에 노녀간부대학교에서 일본어를 공부했음, 하남시장에서 신발을 샀음 35위안+잎담배 9위안+텔레비전 신문지, 미옥(美玉)에서 전화가 왔음

〈2005년 9월 23일(음력 8월 20일)〉 금요일
날씨 맑음
오후에 노년간부대학의 제8계 운동대회를 참가했음, (일본어반의 1명, 영어반의 2명, 문예반의 3명), 점심에 일본어반이 생활개선

〈2005년 9월 24일(음력 8월 21일)〉 토요일
날씨 맑음
훈춘(琿春) 병원에서 민석을 병문안해줌, 8시 50분~10시40분, 영진(永珍)과 복순(福順)에서 전화가 왔음, 점심에 복순(福順)이 한턱 사주었음, 훈춘(琿春)에서 집으로 도착했음(13시30분~15시20분), 축구 경기를 들었음

〈2005년 9월 25일(음력 8월 22일)〉 일요일
날씨 맑음
북경에 동일(東日) 집으로 전화했음, 영진(永珍)의 생일, 일본과 인터넷으로 대화했음, 창일(昌日)에서 전화가 왔음, 바닥을 닦았음, 액체 가스를 샀음. 70+35=105위안

〈2005년 9월 26일(음력 8월 23일)〉 월요일
날씨 구름/맑음
오전에 노년간부대학교에 갔음(교사가 일이 있어서 수업 정지) 중행에서 전기비를 냈음 60위안, 정수를 샀음, 신화서점(新華書店)에 가서 핸드폰 선을 샀음-8위안,

〈2005년 9월 27일(음력 8월 24일)〉 화요일
날씨 구름/비
세계 17세 청년 축구 경기를 봤음, 일본어를 독학했음

〈2005년 9월 28일(음력 8월 25일)〉 수요일
날씨 구름/맑음
원학(元學)과 미옥(美玉)이 집에 왔다갔음, ㅁㅁ를 가져왔음, 미옥(美玉)이 점심을 먹고 일하러 갔음, 바닥을 닦았음, 창일(昌日)이

화용(和龍)에서 온 전화를 받았음, 이발했음

〈2005년 9월 29일(음력 8월 26일)〉 목요일
날씨 구름
오후에 노년간부대학에서 일본어를 공부했음, 일본어 반의 반장을 초대했음, 복순(福順)과 승일(承日)이 훈춘(琿春)에서 왔음, 미옥(美玉)이 집으로 왔음, 일본과 인터넷에서 대화했음, 바닥을 닦았음

〈2005년 9월 30일(음력 8월 27일)〉 금요일
날씨 흐림
복순(福順)과 승일(承日)이 같이 공항으로 갔음, 창일(昌日)이 집으로 왔음, 안사돈들이 왔음, 바닥을 닦았음, 창일(昌日)이 점심을 먹고 훈춘으로 갔음, 도시신용사에서 월급을 찾았음

〈2005년 10월 1일(음력 8월 28일)〉 토요일
날씨 맑음
아침에 미옥(美玉) 집이 아침을 먹으로 집으로 왔음, 미옥(美玉)이 장춘(長春)으로 갔음, 오후에 동일(東日)이 집으로 와서 저녁을 먹고 초영(超英) 집으로 갔음, 일본과 인터넷으로 대화했음, 북경에 영진(永珍)에게 전화했음

〈2005년 10월 2일(음력 8월 29일)〉 일요일
날씨 구름
창일(昌日)이 훈춘에서 전화했음. 3번, 동일(東日)에서 전화가 왔음, 원학(元學)이 아침을 먹고 화용(和龍)에서 신락원(新樂院)의 기차표를 사러 갔음, 미옥(美玉)이 장춘에서 전화가 왔음, 미옥(美玉)의 영업집을 임대한 차가인에서 전화가 왔음-이사함

〈2005년 10월 3일(음력 9월 1일)〉 월요일
날씨 맑음
춘림(春林)과 춘성(春晟)이 아침을 먹고 집으로 왔음, 일본어를 독학했음, 미옥(美玉)이 장춘에서 집으로 도착했음

〈2005년 10월 4일(음력 9월 2일)〉 화요일
날씨 바람
일본어를 독학했음, 아내가 미옥(美玉)집으로 가서 커튼을 가져왔음, 훈춘(琿春)에 안주임에게 전화했음-주래애(朱來愛)집의 장남의 결혼식과 관련됨, 미옥(美玉)에서 전화가 왔음

〈2005년 10월 5일(음력 9월 3일)〉 수요일
날씨 맑음
영진(永珍)이 북경에서 전화가 왔음-김화자(金花子)와 약혼해서 안 됨, 훈춘의 서해숙(徐海淑)에게 전화했음, 미옥(美玉)에서 전화가 왔음, 이란(依蘭)과 순란(順蘭) 선생님에게 전화했음, 원학(元學) 집에 초대했음

〈2005년 10월 6일(음력 9월 4일)〉 목요일
날씨 흐림/추움
가스비 1,676.9위안, 점심에 기차역으로 가서 동일(東日)이 북경으로 가는 것을 배웅했음, 미옥(美玉)에서 전화가 왔음

〈2005년 10월 7일(음력 9월 5일)〉 금요일 날씨 흐림/비

원학(元學)의 차를 타고 원학의 새집을 구경했음, 오후에 춘림(春林)과 춘성(春晟)이 집으로 왔음, 바닥을 닦았음, 일본어를 독학했음, 창일(昌日)이 화룡(和龍)에서, 동일(東日)이 북경에서 전화했음, 미옥(美玉)에서 전화가 왔음-명호가 초대함(明浩)

〈2005년 10월 8일(음력 9월 6일)〉 토요일 날씨 구름/맑음

원학과 미옥이 집에서 아침을 먹고 원학이 갔음, 창일(昌日)이 화룡(和龍)에서 전화했음, 화룡(和龍) 갔음 9시40분~10시40분, 점심을 먹고 등산했음

〈2005년 10월 9일(음력 9월 7일)〉 일요일 날씨 맑음

화룡(和龍)에서 집으로 갔음 8시30분~10시, 정옥(貞玉) 집에 도착했음

〈2005년 10월 10일(음력 9월 8일)〉 월요일 날씨 맑음

아침에 미옥(美玉)이 집에 왔다갔음-예금 증서를 가져왔음, 훈춘(琿春)에 정옥에게 전화했음, 오전에 노년간부대학교에서 일본어를 공부했음, 전화비 100위안을 냈음, 오후에 훈춘(琿春)으로 갔음

〈2005년 10월 11일(음력 9월 9일)〉 화요일 날씨 맑음

점심에 태양사대(太陽四隊)로 도착했음, 정화(廷華) 생일, 아침에 정옥(貞玉) 집에서 아침을 먹고 훈춘(琿春)의 새집에 갔음-난방비용 935위안, 온돌의 비용이 2,700위안

〈2005년 10월 12일(음력 9월 10일)〉 수요일 날씨 구름

태양사대(太陽四隊)에서 춘경(春景)과 경석(炅錫)의 집으로 병문안을 했음, 시내 병원에서 민석(珉錫)을 병문안을 했음, 오후에 원학(元學)의 임대된 집으로 갔음(요금 230위안), 승일(承日)집에서 잤음, 미옥(美玉)이 연길에서 전화했음

〈2005년 10월 13일(음력 9월 11일)〉 목요일 날씨 맑음

아침에 승일(承日) 집에서 밥을 먹고 훈춘(琿春)의 새집을 봤음(온돌의 상황), 오후에 태양사대(太陽四隊)로 갔음

〈2005년 10월 14일(음력 9월 12일)〉 금요일 날씨 맑음

둘째 숙모의 생신, 오후에 태양사대(太陽四隊)에서 돌아오고 저녁을 먹었음, 승일(承日)의 집에서 잤음.

〈2005년 10월 15일(음력 9월 13일)〉 토요일 날씨 맑음

정금(貞今) 집에서 아침을 먹고 훈춘(琿春)의 새집을 가서 온돌을 알아보고 훈춘(琿春)에서 집으로 돌아왔음, 훈춘(琿春) 정옥(貞玉) 집으로 전화했음, 정수를 샀음

〈2005년 10월 16일(음력 9월 14일)〉 일요일 날씨 맑음

텔레비전을 봤음, 도매시장에서 채소를 샀음(오후), 미옥(美玉)에서 전화가 왔음, 영진(永珍)이 북경에서 전화했음, 창일(昌日)이 훈춘(琿春)에서 화용(和龍)으로 갔고 전화가 왔음

〈2005년 10월 17일(음력 9월 15일)〉 월요일 날씨 맑음

오전에 노년간부대학교에서 일본어를 공부했음, 미옥(美玉)에서 전화가 왔음, 오후에 아내가 미옥(美玉) 집으로 갔음, 훈춘(琿春) 승일(承日)에게 전화했음, 승일(承日)이 훈춘(琿春)에서 전화했음-온돌과 관련된

〈2005년 10월 18일(음력 9월 16일)〉 화요일 날씨 맑음

백화점에서 바닥 닦기를 수리함, 약국에서 구기자를 샀음, 술로 구기자를 담겼음,

〈2005년 10월 19일(음력 9월 17일)〉 수요일 날씨 맑음

미옥(美玉)이 아침에 집으로 왔다갔음~물건을 찾으러 왔음, 도매시장에서 채소를 샀음, 바닥을 닦았음

〈2005년 10월 20일(음력 9월 18일)〉 목요일 날씨 맑음

아침에 원학(元學)이 집으로 왔다갔음~물건을 찾으러 왔음, 철진(哲珍)에서 전화가 왔음-어제 한국에서 집으로 도착했음, 일본어를 독학했음, 오후에 노년간부대학교에서 일본어를 공부했음-한 시간만 공부했음~교사들이 회의를 참가했기 때문임

〈2005년 10월 21일(음력 9월 19일)〉 금요일 날씨 구름

원학(元學)의 새 집으로 갔음, 바닥을 청소하고 원학(元學)의 차를 타고 돌아왔음, 원학(元學)이 점심을 먹고 일하러 갔음, 화용(和龍)에 창일(昌日) 집으로 전화했음, 미옥(美玉)에게 전화했음

〈2005년 10월 22일(음력 9월 20일)〉 토요일 날씨 맑음

원학(元學)의 이사를 도와줬음, 점심에 식당에서 초대를 받았음, 창일(昌日)이 집으로 왔다갔음-옥희(玉姬)의 옷을 가져왔음, 승일(承日)이 훈춘(琿春)에서 전화했음, 일본과 인터넷으로 대화했음

〈2005년 10월 23일(음력 9월 21일)〉 일요일 날씨 맑음

일본어를 독학했음, 옥희(玉姬)가 집으로 와서 점심을 먹고 옷을 가져갔음, 훈춘(琿春)의 승일(承日)에게 전화했음-온돌과 관련 있음

〈2005년 10월 24일(음력 9월 22일)〉 월요일 날씨 맑음/바람

노년간부대학교에서 일본어를 공부했음-오전에, 승일(承日)이 훈춘(琿春)에서 전화했음, 순자(順子)가 화용(和龍)에서 전화했음, 춘경(春景)이 부탁했음, 조선 손님이 훈춘

(琿春)에서 전화했음

〈2005년 10월 25일(음력 9월 23일)〉 화요일 날씨 맑음
오후에 일본어를 독학했음, 미옥(美玉)과 원학(元學)에게 전화했음, 오후에 도매시장에서 텔레비전 시문지, 바닥을 닦았음

〈2005년 10월 26일(음력 9월 24일)〉 수요일 날씨 맑음
일본어를 독학했음, 미옥(美玉)에서 전화가 왔음, 안 주임이 훈춘(琿春)에서 전화했음-통계에 관련됨, 점심에 원학(元學)이 집으로 와서 채소와 쌀을 가져갔음, 훈춘(琿春)에 복순(福順) 승일(承日) 금순(今順)에게 전화했음-훈춘(琿春)의 새집의 온돌을 완성했음

〈2005년 10월 27일(음력 9월 25일)〉 목요일 날씨 흐림
오후에 노년간부대학교에서 일본어를 공부했음, 일본어를 독학했음, 화용(和龍)에서 창일이 전화했음

〈2005년 10월 28일(음력 9월 26일)〉 금요일 날씨 흐림/비
일본어를 독학했음, 중급 하의 단어를~ 밤에 춘림(春林)과 춘성(春晟)이 집으로 왔음, 바닥을 닦았음

〈2005년 10월 29일(음력 9월 27일)〉 토요일 날씨 구름/바람
원학(元學)과 미옥(美玉)이 아침을 먹으러 집으로 돌아갔음, 창일(昌日)이 집으로 도착했음(쌀을 가져왔음, 창일 차 타고 훈춘(琿春)으로 갔음, 훈춘(琿春)에 도착하고 새집의 난방비를 냈음, 아내가 국한(國漢)의 큰 아들의 결혼식을 참가했음, 훈춘(琿春)에 창일(昌日) 집에서 잤음, 정옥(貞玉)에게 돈을 빌려주었음

〈2005년 10월 30일(음력 9월 28일)〉 일요일 날씨 맑음
훈춘(琿春)에서 집으로 도착했음, 창일(昌日) 집에서 아침을 먹었음, 미옥(美玉)에게 전화했음, 바닥을 청소했음

〈2005년 10월 31일(음력 9월 29일)〉 월요일 날씨 맑음
오전에 노년간부대학교에서 일본어를 공부했음, 창일(昌日)이 훈춘(琿春)에서 집으로 가고 점심을 먹고 화용(和龍)으로 갔음

〈2005년 11월 1일(음력 9월 30일)〉 화요일 날씨 맑음
미옥(美玉)에서 전화가 왔음, 정금(貞今) 생일, 오전에 화용(和龍)으로 가서 신용연합사에서 대출했음. 30만 위안, 점심에 식당에서 냉면을 먹었음

〈2005년 11월 2일(음력 10월 1일)〉 수요일 날씨 맑음
화용(和龍)에서 창일(昌日)의 차를 타고 집으로 도착했음(기사가 운전했음)-호적부를 가져갔음, 화용(和龍)에 창일(昌日)에게 전

화했음, 바닥을 닦았음, 미옥(美玉) 집에서 저녁을 먹고 돌아왔음

〈2005년 11월 3일(음력 10월 2일)〉 목요일 날씨 맑음/흐림

오후에 노년간부대학교에서 일본어를 공부했음, 오전에 일본어를 독학했음, 가스교체

〈2005년 11월 4일(음력 10월 3일)〉 금요일 날씨 맑음

일본어를 독학했음, 원학(元學)에서 전화가 왔음, 밤에서 춘림(春林)과 춘성(春晟)이 집으로 왔음, 정수를 샀음

〈2005년 11월 5일(음력 10월 4일)〉 토요일 날씨 흐림/구름

일본어를 독학했음, 춘림(春林)과 춘성(春晟)이 점심을 먹고 공부했음, 바닥을 닦았음, 일본과 인터넷으로 대화했음

〈2005년 11월 6일(음력 10월 5일)〉 일요일 날씨 맑음

옥희(玉姬)가 창일(昌日)의 차를 타고 훈춘(琿春)에서 집으로 도착하여 점심을 먹고 갔음(호적부를 가져왔음), 바닥을 닦았음, 북경의 영진에게 전화했음, 동주(東周)에게 전화했음, 춘찬(春燦)에게 전화했음, 일본어를 독학했음

〈2005년 11월 7일(음력 10월 6일)〉 월요일 날씨 맑음

오전에 노년간부대학교에서 일본어를 공부했음

〈2005년 11월 8일(음력 10월 7일)〉 화요일 날씨 맑음

일본어를 공부했음, 오후에 도매시장에서 텔레비전 신문지와 말린 두부를 샀음, 민석(珉錫)에서 전화가 왔음

〈2005년 11월 9일(음력 10월 8일)〉 수요일 날씨 맑음

일본어 회화를 독학했음, 친구 동주에서 전화가 왔음-연길에 있음

〈2005년 11월 10일(음력 10월 9일)〉 목요일 날씨 구름/흐림

미옥(美玉)에서 전화가 왔음, 동주(東周)와 함께 무역센터로 갔음, 미옥(美玉)의 친구 영월(英月)과 옥인(玉仁)도 같이 왔음, 점심에 영월(英月)이 밥을 사 주고 점심을 먹었으며 집으로 왔음, 밤에 동주(東周)를 배웅했음

〈2005년 11월 11일(음력 10월 10일)〉 금요일 날씨 맑음

훈춘(琿春)의 정옥(貞玉)에게서 전화 왔음, 철진(哲珍) 집에서 저녁을 먹고 바닥을 닦았음, 공산은행과 저신용사에서 돈을 찾았음(1600+500), 정옥에게 돈을 빌려주었음. 2,200위안, 영진이 북경에서 전화했음

〈2005년 11월 12일(음력 10월 11일)〉 토요일 날씨 맑음

철진(哲珍)의 집에서 아침을 먹고 집으로 돌

아왔음, (철진(哲珍)이 홍삼 가루를 주었음), 오후에 공항으로 가서 태운(泰云)이 한국으로 가는 것을 배웅했음, 훈춘(琿春)에 복순(福順)에게 전화했음

〈2005년 11월 13일(음력 10월 12일)〉 일요일 날씨 맑음
훈춘(琿春) 승일(承日)에서 전화가 왔음, 아내가 원학(元學)의 차를 타고 원학(元學) 집으로 갔다가 오후에 돌아왔음, 훈춘(琿春)의 새집에 차가인에서 전화가 왔음, 바닥을 닦았음

〈2005년 11월 14일(음력 10월 13일)〉 월요일 날씨 맑음
오전에 노년간부대학교에서 일본어를 공부했음, 전화비를 냈음(100위안),

〈2005년 11월 15일(음력 10월 14일)〉 화요일 날씨 구름
일본어를 공부했음, 도매시장에서 텔레비전 신문지를 샀음, 아내가 병원에서 검사를 받았음, 화용(和龍)에 창일(昌日)에서 전화가 왔음

〈2005년 11월 16일(음력 10월 15일)〉 수요일 날씨 맑음
일본어를 공부했음, 최향춘(崔香春)이 하얼빈에서 전화했음

〈2005년 11월 17일(음력 10월 16일)〉 목요일 날씨 맑음
오후에 노년간부대학교에서 일본어를 공부했음, 중행에서 전기세를 냈음 50위안, 바닥을 닦았음, 정수를 샀음

〈2005년 11월 18일(음력 10월 17일)〉 금요일 날씨 맑음
일본어 독학했음, 일본의 국진(國珍)과 대화했음, 훈춘(琿春)에 승일에서 전화가 왔음

〈2005년 11월 19일(음력 10월 18일)〉 토요일 날씨 맑음
내몽골로 전화했음, 안사돈 생일, 일본어를 독학했음, 오후 채소도매시장에 가서 무를 샀음, 미옥(美玉)에서 전화가 왔음. 바닥을 닦았음, 머리를 잘랐음

〈2005년 11월 20일(음력 10월 19일)〉 일요일 날씨 맑음
일본어를 독학했음, 미옥(美玉)에서 전화가 왔음, 원학(元學) 차타고 원학(元學) 집으로 갔음,

〈2005년 11월 21일(음력 10월 20일)〉 월요일 날씨 맑음
오전에 노년간부대학교에서 일본어를 공부했음, 미옥(美玉)에서 전화가 왔음, 화용(和龍)에 창일(昌日)에서 전화가 왔음

〈2005년 11월 22일(음력 10월 21일)〉 화요일 날씨 구름
일본어를 독학했음, 아내가 병원으로 갔음

〈2005년 11월 23일(음력 10월 22일)〉 수요일 날씨 구름
일본어를 독학했음, 화용(和龍)에 순자(順子)에서 전화가 왔음, 훈춘(琿春)에 안 주임에서 전화가 왔음, 미옥(美玉)에서 전화가 왔음

〈2005년 11월 24일(음력 10월 23일)〉 목요일 날씨 구름
오후에 노년간부대학교에서 일본어를 공부했음, 오전에 일본어를 독학했음, 바닥을 닦았음

〈2005년 11월 25일(음력 10월 24일)〉 금요일 날씨 맑음
일본어를 독학했음, 복순(福順)이 훈춘(琿春)에서 집으로 갔으며 점심을 먹고 원학(元學) 집으로 갔음

〈2005년 11월 26일(음력 10월 25일)〉 토요일 날씨 맑음
일본어를 독학했음, 아내가 아침을 먹고 집으로 돌아왔음, 춘성(春晟)이 점심에 집으로 와서 오후 공부했음, 복순(福順)이 훈춘(琿春)에서 집으로 돌아갔으며 점심을 먹고 원학(元學) 집으로 갔음

〈2005년 11월 27일(음력 10월 26일)〉 일요일 날씨 흐림/눈
점심에 창일(昌日) 집에서 순자(順子)의 생일을 축하했으며 훈춘(琿春)에서 집으로 돌아왔음, 춘림(春林)과 춘성(春晟)이 아침을 먹고 공부했음, 영진(永珍)이 북경에서 전화가 왔음

〈2005년 11월 28일(음력 10월 27일)〉 월요일 날씨 눈
오전에 노년간부대학교에서 일본어를 공부했음

〈2005년 11월 29일(음력 10월 28일)〉 화요일 날씨 맑음/바람
일본어를 독학했음, 순옥(順玉) 생일, 미옥(美玉)에서 전화가 왔음

〈2005년 11월 30일(음력 10월 29일)〉 수요일 날씨 맑음
일본어를 독학했음, 도시신용사(城市信用社)에서 월급을 받았음, 공행에서 예금했음, 밤에 춘성(春晟)이 집으로 와서 저녁을 먹고 잤음, 바닥을 닦았음, 정수를 샀음

〈2005년 12월 1일(음력 11월 1일)〉 목요일 날씨 눈
오후에 노년간부대학교에서 일본어를 공부했음, 오전에 일본어를 독학했음, 춘성(春晟)이 아침을 먹고 학교 갔음, 원학(元學)과 미옥(美玉)에서 전화가 왔음, 바닥을 닦았음

〈2005년 12월 2일(음력 11월 2일)〉 금요일 날씨 맑음
일본어를 독학했음, 정사(貞舍)가 훈춘(琿春)에서 전화가 왔음-승일(承日) 전화번호와 관련됨, 도매시장에서 텔레비전 신문지와

말린 두부와 잎담배를 샀음

〈2005년 12월 3일(음력 11월 3일)〉 토요일 날씨 바람

일본어를 독학했음, 북경에 동일에게 전화했음, 일본과 인터넷으로 대화했음, 미옥(美玉)에게 전화했음, 바닥을 닦았음

〈2005년 12월 4일(음력 11월 4일)〉 일요일 날씨 흐림/눈

훈춘에 복순에게 전화했음, 미옥(美玉)에서 전화가 왔음, 훈춘에 승일에게 전화했음, 영진이 북경에서 전화가 왔음, 바닥을 닦았음

〈2005년 12월 5일(음력 11월 5일)〉 월요일 날씨 흐림

오전에 노년간부대학에서 일본어를 공부했음

〈2005년 12월 6일(음력 11월 6일)〉 화요일 날씨 맑음

일본어를 독학했음, 아내가 시장에서 고려인삼과 더덕을 샀음, 조선에 춘경에서 전화가 왔음

〈2005년 12월 7일(음력 11월 7일)〉 수요일 날씨 맑음

일본어를 독학했음, 동주(東周)가 훈춘(琿春) 경신(敬信)에서 전화했음, 미옥(美玉)에서 전화가 왔음, 집으로 왔다갔고 전화번호를 변경했음. 228060

〈2005년 12월 8일(음력 11월 8일)〉 목요일 날씨 맑음

오후 노년간부대학교에서 일본어를 공부했음, 조선 춘경에 안사돈에서 전화가 왔음, 바닥을 닦았음

〈2005년 12월 9일(음력 11월 9일)〉 금요일 날씨 맑음

아침에 원학(元學)이 집으로 왔음(휴대폰을 가져왔음), 이란(依蘭)에 민석(珉錫)에서 전화가 왔음, 일본어를 독학했음, 미옥(美玉)에서 전화가 왔음, 임대계약서를 작성했음

〈2005년 12월 10일(음력 11월 10일)〉 토요일 날씨 맑음

미옥(美玉)과 춘림(春林)과 춘성(春晟)이 오후에 집으로 왔음, 화용(和龍)에 창일(昌日)에서 전화가 왔음, 〈노년세계〉를 주문했음, 바닥을 닦았음, 일본으로 전화했음, 휴대폰을 요금을 냈음 50위안, 조선에 삼촌에게 편지를 썼음, 정수를 샀음

〈2005년 12월 11일(음력 11월 11일)〉 일요일 날씨 맑음

원학(元學)이 집으로 왔다갔음, 미옥(美玉)과 춘림(春林)과 춘성(春晟)이 아침을 먹고 자기 집으로 돌아갔음. 일본으로 배달을 보냈음(고려인삼 등), 직원이 정수기를 수리하러 왔음, 바닥을 닦았음

〈2005년 12월 12일(음력 11월 12일)〉 월요일 날씨 구름

오전에 노년간부대학교에서 일본어를 공부했음, 계화(桂花)에서 전화가 왔음, 철진(哲珍)의 엄마가 한국으로 갔음

〈2005년 12월 13일(음력 11월 13일)〉 화요일 날씨 맑음

우체국으로 가서 편지를 보냈음(조선으로), 백화점에서 ㅁㅁㅁㅁㅁ를 샀음, 전화비를 냈음 100위안, 텔레비전 신문을 샀음, 북경에 동일(東日)에서 전화가 왔음, 미옥(美玉)에서 전화가 왔음

〈2005년 12월 14일(음력 11월 14일)〉 수요일 날씨 맑음

일본어를 독학하였음, 창일(昌日)이 화용(和龍)에서, 동주東周가 훈춘(琿春)에서 전화했음, 바닥을 닦았음

〈2005년 12월 15일(음력 11월 15일)〉 목요일 날씨 맑음

오후에 노년간부대학교에서 일본어를 공부했음, 오전에 일본어를 독학했음, 바닥을 닦았음

〈2005년 12월 16일(음력 11월 16일)〉 금요일 날씨 눈

채소 도매시장에서 야채를 샀음, 텔레비전 신문지를 보았음

〈2005년 12월 17일(음력 11월 17일)〉 토요일 날씨 맑음

미옥(美玉)에서 전화가 왔음, 일본과 인터넷으로 대화했음

〈2005년 12월 18일(음력 11월 18일)〉 일요일 날씨 맑음

일본어를 독학했음, 오전에 훈춘(琿春)에 정옥(貞玉)에게 전화했음, 미옥(美玉)은 집에 왔음 (임대계약서를 가져왔음), 북경에 영진(永珍)에서 전화가 왔음. 훈춘(琿春)에 복순(福順)에게 전화를 했음, 바닥을 닦았음

〈2005년 12월 19일(음력 11월 19일)〉 월요일 날씨 맑음

오전에 노년간부대학교에서 본 학기의 일본어를 끝냈음, 전기세를 내러 중행에 갔음, 승일(承日)에서 전화가 왔음, 화용(和龍)에 창일의 아내에서 전화가 왔음, 일본어반 제4조 조장에서 전화가 왔음 -장소를 정리함에 관련됨

〈2005년 12월 20일(음력 11월 20일)〉 화요일 날씨 맑음

민석(珉錫) 생일, 강옥(姜玉)에서 전화가 왔음-국진(國珍)이 배달을 받았음, 원학(元學)이 집으로 와서 실리콘을 가져왔음, 오후에 도매시장에서 돼지고기를 샀음, 잎담배를 샀음, 오전에 싱크대를 설치했음,

〈2005년 12월 21일(음력 11월 21일)〉 수요일 날씨 구름

일본어를 독학했음, 훈춘(琿春) 판서板石에 복순(福順)에서 전화가 왔음, 바닥을 닦았음

〈2005년 12월 22일(음력 11월 22일)〉 목요일 날씨 맑음
점심에 일본어 반에서 올린 학기말의 총결대회에 참가했음, 일본어를 독학했음, 원학(元學)이 집에 왔다 갔음

〈2005년 12월 23일(음력 11월 23일)〉 금요일 날씨 맑음
신문을 봤음, 텔레비전을 보았음.

〈2005년 12월 24일(음력 11월 24일)〉 토요일 날씨 맑음
일본어를 독학했음, 미옥(美玉)에서 전화가 왔음, 동일(東日)이 북경에서 전화했음, 영진(永珍)이 북경에서 전화했음, 훈춘(琿春)에 복순(福順)에서 전화가 왔음,

〈2005년 12월 25일(음력 11월 25일)〉 일요일 날씨 맑음
원학의 차를 타고 송도원(松濤園)에 갔음, 복순이 전화했음, 민석(珉錫)과 복순(福順)이 훈춘(琿春)에서 왔음, 창일(昌日)에서 전화가 왔음, 송도원에서 집으로 도착했음(10시~10시30분), 밤에 미옥(美玉)과 춘림(春林)과 춘성(春晟)이 집으로 와서 크리스마스 선물을 샀음,

〈2005년 12월 26일(음력 11월 26일)〉 월요일 날씨 맑음
미옥(美玉)과 춘림(春林)과 춘성(春晟)이 아침을 먹고 일하러 갔음, 훈춘(琿春)에 차가인에서 전화가 왔음-가게 임대에 관련됨, 정수를 샀음, 도시저축조합에서 월급을 받았음, 신발을 수선했음, 훈춘(琿春)에 조영준(趙英俊)에게 전화했음

〈2005년 12월 27일(음력 11월 27일)〉 화요일 날씨 맑음
훈춘(琿春)에 승일(承日)에게 전화했음, 훈춘(琿春)에 갔음(8시50분~10시50분), 영업집이 임대되는 것과 관련됨-월세 750위안, 한꺼번에 4,500위안을 받아야 함, 훈춘(琿春)에서 집으로 돌아갔음(14시05분~16시), 정옥에서 전화가 왔음

〈2005년 12월 28일(음력 11월 28일)〉 수요일 날씨 맑음
도시신용사에서 예금했음, 미옥(美玉)에서 전화가 왔음, 춘학(春學)의 아내에서 전화가 왔음(3번)

〈2005년 12월 29일(음력 11월 29일)〉 목요일 날씨 맑음
달력노트를 만들었음, 화용(和龍)에 창일(昌日) 집으로 전화했음, 춘학(春學) 아내에서 전화가 왔음

〈2005년 12월 30일(음력 11월 30일)〉 금요일 날씨 눈
장부를 만들었음, 송도원(松濤園)으로, 훈춘신용사(琿春信用社)로 복순(福順)에게 전화했음, 일본어를 독학했음, 미옥(美玉)에서 전화가 왔음

〈2005년 12월 31일(음력 12월 1일)〉 금요일 날씨 맑음

훈춘(琿春) 정옥(廷玉)과 철진(哲珍)에게 전화했음, 훈춘(琿春) 태양사대(太陽四隊)로 갔음. 15시30분~18시, 미옥(美玉)에서 전화가 왔음, 훈춘(琿春) 태양사대(太陽四隊)에 정화(廷華)에게 전화했음, 정옥(貞玉), 정주(廷洙), 정금(貞今), 정오(廷伍), 정구(廷九), 철진(哲珍) 집 정모(廷模)와 가족들이 모여서 조선에 관한 문제를 논의하였음-밤에 정화(廷華) 집에서 잤음

2006년

〈2006년 1월 1일(음력 12월 2일)〉 일요일
날씨 맑음
태양사대(太陽四隊)에 있는 숙모집에서 원단을 보냈음- 미란이 왔음, 정화(廷華) 집에서 잤음

〈2006년 1월 2일(음력 12월 3일)〉 월요일
날씨 맑음
태양사대(太陽四隊)에서 승일(承日)집으로 갔음(오전), 연길에 미옥(美玉)이 전화 왔음, 오후에 춘성신용사(春城信用社)에 갔음(휴무), 정금(貞今)이 전화 왔음, 승일(承日)집에서 잤음,

〈2006년 1월 3일(음력 12월 4일)〉 화요일
날씨 맑음
춘성신용사(春城信用社)에 예금 인출하러 갔음, 변방대(邊防隊)[1]에 갔음, 정금(貞今)집에서 점심을 먹었음, 밤에 창일(昌日)이 전화했음, 승일(承日)집에서 잤음

〈2006년 1월 4일(음력 12월 5일)〉 수요일
날씨 맑음
훈춘(琿春)에서 원학(元學) 집으로 갔음(7:55-9:50), 사돈 생신잔치 참석했음, 창일(昌日)이 나에게 신분증을 주었음, 원학(元學)집에서 집으로 돌아왔음, 명숙(明淑)집으로 전화를 했음, 북경에 있는 동일(東日)에게 전화를 했음

〈2006년 1월 5일(음력 12월 6일)〉 목요일
날씨 맑음
공업은행 성신용사(信用社)에 가서 돈을 찾았음, 미옥(美玉)과 원학(元學)이 집에 왔음(약과 주전자를 가져갔음), 영진(永珍)이 전화했음, 청소했음

〈2006년 1월 6일(음력 12월 7일)〉 금요일
날씨 맑음
미옥(美玉)이 전화했음(지갑을 찾았음), 미옥(美玉)과 원학(元學)이 왔음, 수도세를 납부했음(28,5위안)

〈2006년 1월 7일(음력 12월 8일)〉 토요일
날씨 맑음
산책했음, 춘림(春林)과 춘성(春晟)이 왔음, 정수를 샀음, 승일(承日) 집으로 전화했음, 미옥(美玉)에게 전화했음, 일본에 있는 국진과

1) 국경 주변을 지키는 곳,

인터넷으로 영상 통화했음, 바닥을 닦았음

〈2006년 1월 8일(음력 12월 9일)〉 일요일 날씨 맑음

국진(國珍)에게 전화를 했음, 서시장에 가 봤음(라디오 고쳤음 20위안), 도시신용사(信用社)에서 적금을 찾았음, 정옥(貞玉)과 정수(廷洙)에게 전화했음, 정수(廷洙)가 전화했음, 원학(元學)이 온수기 설치 때문에 우리 집에 왔다가 갔음

〈2006년 1월 9일(음력 12월 10일)〉 월요일 날씨 맑음

훈춘(琿春)에 갔음(7:30-9:20), 변방부대(邊防部隊)[2]에 수속을 처리하러 갔지만 못했음, 명순(明順)의 꼬치집에서 점심을 먹었음, 원학(元學)이 와서 온수기를 설치했음, 복순(福順)이 전화했음

〈2006년 1월 10일(음력 12월 11일)〉 화요일 날씨 구름

춘림(春林)과 춘성(春晟)이 아침을 먹고 학교에 갔음, 오후 4:30에 춘성(春晟)반의 학부모회의에 참석했음(원학(元學)의 차를 탔음), 미옥(美玉)이 전화했음, 바닥을 닦았음

〈2006년 1월 11일(음력 12월 12일)〉 수요일 날씨 맑음

도매시장에 가서 TV 가이드북을 사 왔음, 원학(元學)이 집에 왔음(종합신문 등을 가져왔음), 미옥(美玉)이 전화했음, 복순(福順), 창일(昌日)이 전화 왔음

〈2006년 1월 12일(음력 12월 13일)〉 목요일 날씨 구름

일본어 학습(듣기), 춘학(春學)이 전화 왔음, 바닥을 닦았음

〈2006년 1월 13일(음력 12월 14일)〉 금요일 날씨 구름

일본어 학습(듣기), 오전에 춘림(春林)과 춘성(春晟)이 집에 왔음, 미옥(美玉)이 전화했음(3번)

〈2006년 1월 14일(음력 12월 15일)〉 토요일 날씨 맑음

일본어 학습(듣기), 춘림(春林)과 춘성(春晟)이 점심을 먹고 학원에 갔음, 정수를 샀음(수표 60위안), 북경에서 영진(永珍)이 전화 왔음, 미옥(美玉)이 전화 왔음, 바닥을 닦았음

〈2006년 1월 15일(음력 12월 16일)〉 일요일 날씨 흐림 구름

일본어 학습(듣기), 원학(元學)이 집에 왔음(수도꼭지를 샀음), 북경에서 영진(永珍)이 전화했음 - 송금에 관함, 창일(昌日)이 전화 왔음

〈2006년 1월 16일(음력 12월 17일)〉 월요일 날씨 맑음

공업은행에 가서 돈을 찾았음, 철진(哲珍)이

2) 국경 수비대.

전화 왔음(3번), 영진(永珍)에게 전화를 했음(송금3만 5천 위안을 받았음), 이발했음, 바닥을 닦았음

〈2006년 1월 17일(음력 12월 18일)〉 화요일 날씨 맑음
중국은행에 가서 전기세를 납부했음, 우체국에 가서 전화요금을 납부했음(각 100위안), 북한으로 전보(電報)를 보냈음, 미옥(美玉)이 전화 왔음(3번), 잎담배를 샀음, 수도꼭지를 사서 설치했음

〈2006년 1월 18일(음력 12월 19일)〉 수요일 날씨 맑음
미옥(美玉)이 왔다가 오후에 집에 갔음, 건재가게에 가서 수도꼭지를 고쳐서 설치했음, 세입자가 전화 왔음(물이 새는 것에 관함)

〈2006년 1월 19일(음력 12월 20일)〉 목요일 날씨 맑음
일본어 학습(듣기), 화장실을 정리했음, 바닥을 닦았음

〈2006년 1월 20일(음력 12월 21일)〉 금요일 날씨 맑음
미옥(美玉)이 왔다가 갔음, 오후에 춘림(春林)과 춘성(春晟)이 왔음, 중심신용사(信用社)에 갔음(월급이 안 나왔음), 정옥(貞玉)이 전화 왔음(내일 한국으로 감), 바닥을 닦았음

〈2006년 1월 21일(음력 12월 22일)〉 토요일 날씨 맑음
일본어 학습(듣기), 미옥(美玉)이 전화 왔음, 일본에 인터넷으로 통화했음, 북한에서 전화가 왔음, 북한에서 춘경(春景)사위가 전화했음 - 전보(電報)를 받았음, 정수를 샀음

〈2006년 1월 22일(음력 12월 23일)〉 일요일 날씨 추움
일본어 학습(듣기), 춘림(春林)과 춘성(春晟)이 아침을 먹고 학원에 갔음, 복순(福順)에게 전화했음, 북경에서 동일(東日)이 전화 왔음, 화용(和龍)에서 창일(昌日)이 전화 왔음, 바닥을 닦았음

〈2006년 1월 23일(음력 12월 24일)〉월요일 날씨 맑음
일본어 학습(듣기), 원학(元學)과 미옥(美玉)이 전화 왔음(소포를 받았음), 일본으로 명숙(明淑)과 국진(國珍)에게 전화했음, 가스를 샀음(73위안)

〈2006년 1월 24일(음력 12월 25일)〉 화요일 날씨 맑음
일본어 학습(듣기), 국진(國珍)의 생일, 도매시장에 가서 신문 등을 샀음, 철진(哲珍)과 계화(桂花)에게 전화했음, 미옥(美玉)이 왔다가 갔음(과일을 가져왔음)

〈2006년 1월 25일(음력 12월 26일)〉 수요일 날씨 구름
화용(和龍)에서 창일(昌日)이 전화 왔음, 도매 시장에 가서 신문과 무를 샀음, 원학(元學)과 미옥(美玉)이 집에 왔음(소포를 가져

왔음), 향선(香善)에게 전화했음 - 정옥(貞玉)이 한국에 잘 도착했음), 바닥을 닦았음

〈2006년 1월 26일(음력 12월 27일)〉 목요일 날씨 맑음

일본어 학습했음, 도매 시장에 가서 채소 등을 샀음, 미옥(美玉)이 전화 왔음, 화용(和龍)에서 창일(昌日)의 아내가 전화했음, 춘림(春林)과 춘성(春晟)이 집에 왔음, 북경 영진(永珍)이 전화 왔음, 순월(順月)이 전화 왔음,

〈2006년 1월 27일(음력 12월 28일)〉 금요일 날씨 맑음

원학(元學)과 미옥(美玉)이 집에 왔음, 화용(和龍)에서 창일(昌日)과 순자(順子)가 전화했음, 창일(昌日)과 옥희(玉姬)가 집에 왔음(선물을 가져왔음), 북경에서 영진(永珍)이 전화 왔음, 원학(元學)의 차를 타서 공항에 영진(永珍)을 마중하러 갔음(21:30~23:00) 원학(元學)이 약을 가져왔음, 정수를 샀음

〈2006년 1월 28일(음력 12월 29일)〉 토요일 날씨 맑음

일본에 있는 명숙(明淑)에게 전화해서 (음력)생일을 축하했음, 원학(元學)과 영진(永珍)이 송도원(松濤園)[3]에 가서 민석과 복순(福順)을 데려왔음, 화용(和龍)에 있는 창일(昌日)집에서 점심을 먹었다가 훈춘(琿春)으로 갔음, 안도(安圖)에서 강철(康哲)이 전화 왔음, 내몽골에서 사돈이 전화했음, 바닥을 닦았음,

〈2006년 1월 29일(음력 1월 1일)〉 일요일 날씨 구름

송도원(松濤園)에서 민석이 전화했음, 승일(承日)이 전화 왔음, 일본에서 광춘(光春)이 전화 왔음, 장춘(長春)에서 선희(善姬)가 전화했음, 훈춘(琿春)에서 전화 왔음, 정화(廷華)집으로 전화했음, 영진(永珍)이 여자 친구를 만났음, 원학(元學)과 미옥(美玉)이 저녁을 먹고 집에 돌아갔음,

〈2006년 1월 30일(음력 1월 2일)〉 월요일 날씨 맑음

원학(元學)집에 갔음, 춘림(春林)과 춘성(春晟)의 (양력)생일, 설날을 보냈음, 한국에서 미화(美花)와 미화(美花)의 엄마가 전화했음, 춘화가 전화했음, 철진(哲珍)이 원학(元學)집에 왔음(기차표를 가져왔음), 영진(永珍)의 여자 친구가 집에 왔음

〈2006년 1월 31일(음력 1월 3일)〉 화요일 날씨 맑음

복순(福順)이 원학(元學)집에서 송도원(松濤園)으로 돌아갔음, 춘림(春林)과 춘성(春晟)을 데리고 집에 돌아왔음, 영진(永珍)이 나에게 1천 위안을 줬음

〈2006년 2월 1일(음력 1월 4일)〉 수요일 날씨 맑음

원학(元學)과 미옥(美玉)이 집에 왔음, 영진(永珍)의 여자 친구 유진(幽辰)이 집에 왔다가

---

3) 지명.

밤에 돌아갔음, 송도원(松濤園)에서 전화가 왔음, 일본으로 인터넷 통화했음, 청소했음

〈2006년 2월 2일(음력 1월 5일)〉 목요일 날씨 구름
창일(昌日)이 전화 왔음(점심에 옴), 오후에 창일(昌日)집에 갔음, 북경에 있는 동일(東日)집으로 전화했음, 영진(永珍)의 여자 친구 유진(幽辰)이 왔음, 영진(永珍)이 북경에 돌아가서 같이 환송했음

〈2006년 2월 3일(음력 1월 6일)〉 금요일 날씨 맑음 추움
일본어 학습했음, 순금(順今)의 생일, 영진(永珍)에게 전화 했음, 전등을 수리했음, 북경에서 영진(永珍)과 초미(超美)가 전화했음(안전히 도착했음), 미옥(美玉)이 전화했음

〈2006년 2월 4일(음력 1월 7일)〉 토요일 날씨 맑음 추움
일본어 학습했음, 원학(元學)과 미옥(美玉)이 왔다가 갔음, 춘림(春林)과 춘승이 왔음, 미옥(美玉)이 전화했음, 화용(和龍)에서 옥희(玉姬)의 엄마가 전화했음

〈2006년 2월 5일(음력 1월 8일)〉 일요일 날씨 맑음
일본어 학습(듣기), 미옥(美玉)이 전화 왔음, 밤에 원학(元學)과 미옥(美玉)이 왔음, 바닥을 닦았음

〈2006년 2월 6일(음력 1월 9일)〉 월요일 날씨 구름 작은 눈
일본어 학습(듣기), 원학(元學)과 미옥(美玉)이 아침을 먹고 출근했음, 밤에 미옥(美玉)이 왔음, 북한에서 전화가 왔음, 해옥(海玉)이 전화 왔음

〈2006년 2월 7일(음력 1월 10일)〉 화요일 날씨 구름 작은 눈
미옥(美玉)이 아침을 먹고 출근했음, 청소했음

〈2006년 2월 8일(음력 1월 11일)〉 수요일 날씨 맑음 추움
일본어 학습(듣기), 도매시장에 가서 TV가이드북과 채소 등을 샀음, 미옥(美玉)이 전화 왔음, 하유진(河幽辰)이 전화 왔음

〈2006년 2월 9일(음력 1월 12일)〉 목요일 날씨 맑음
일본어 학습(듣기), 춘림(春林)과 춘승이 점심을 먹고 원학(元學)의 차를 타고 집에 돌아갔음, 미옥(美玉)이 전화 왔음, 바닥을 닦았음

〈2006년 2월 10일(음력 1월 13일)〉 금요일 날씨 구름
일본어 학습(듣기), 미옥(美玉)이 전화 왔음, 밤에 원학(元學)과 미옥(美玉)이 왔음,

〈2006년 2월 11일(음력 1월 14일)〉 토요일 날씨 맑음
시내에 형광등을 사 와서 설치했음, 원학(元學)과 미옥(美玉)이 아침을 먹고 출근했음,

오후에 원학(元學)과 미옥(美玉)이 왔다가 밤에 돌아갔음, 정수를 샀음, 북경에서 영진(永珍)이 전화 왔음, 한국에서 정금(貞今)이 전화 왔음, 화용(和龍)에서 창일(昌日)이 전화 왔음, 일본으로 인터넷 통화했음, 북경에서 동일(東日)집으로 전화했음

〈2006년 2월 12일(음력 1월 15일)〉 일요일
날씨 구름
일본어 학습(듣기), 춘림(春林)과 춘성(春晟)이 점심을 먹고 집에 돌아갔음, 정화(廷華)집으로 전화했음, 북경에 있는 동일(東日)집으로 전화했음, 북한에 전화가 왔음

〈2006년 2월 13일(음력 1월 16일)〉 월요일
날씨 구름 비
일본어 학습(듣기), 명숙(明淑)의 생일, 북경에서 영진(永珍)이 전화 왔음, 미옥(美玉)이 전화 왔음, 원학(元學)이 전화 왔음, 송도원(松濤園)에서 복순(福順)이 전화했음, 청소했음

〈2006년 2월 14일(음력 1월 17일)〉 화요일
날씨 구름 비
내몽골로 전화해서 사돈에게 생신을 축하했음, 원학(元學), 춘림(春林)과 춘성(春晟)이 집에 와서 컴퓨터를 가져가서 수리했음, 도매시장에 가서 신문을 샀음, 복순(福順)이 송도원(松濤園)에서 왔음, 북한에서 전화가 왔음, 동창 영월(英月)이 전화했음

〈2006년 2월 15일(음력 1월 18일)〉 수요일
날씨 맑음
일본어 학습(듣기), 정구(廷玖)의 생일, 복순(福順)이 아침을 먹어 훈춘(琿春)에 갔음, 전화가 왔음 (안전히 도착했음) 원학(元學), 춘림(春林), 춘성(春晟)이 컴퓨터를 가져왔음, 원학(元學)이 집에 돌아갔음, 마루를 청소했음,

〈2006년 2월 16일(음력 1월 19일)〉 목요일
날씨 맑음 구름
창일(昌日)집으로 전화했음, 원학(元學)과 미옥(美玉)이 아침을 먹고 집에 돌아했음, 오후에 유진(幽辰)이 집에 왔음, 북경에서 영진(永珍)이 전화 왔음, 바닥을 닦았음

〈2006년 2월 17일(음력 1월 20일)〉 금요일
날씨 맑음 추움
일본어 학습(듣기), 화용(和龍)에서 옥희(玉姬)의 엄마가 전화했음, 오후에 화용(和龍)으로 갔음(15:30~17:30), 밤에 춘림(春林)과 춘성(春晟)이 집에 돌아갔음

〈2006년 2월 18일(음력 1월 21일)〉 토요일
날씨 맑음
화용(和龍)에 있는 창일(昌日)집에서 신문과 텔레비전을 봤음

〈2006년 2월 19일(음력 1월 22일)〉 일요일
날씨 구름
화용연사(和龍聯社)[4]에 저금을 찾으러 갔음

---

4) 신용사(信用社), 신용 조합의 약칭.

(31만 5천 위안), 점심에 영진(永珍)의 동창 명호(明浩)가 초대했음, 연길 원학(元學)이 전화 왔음, 미옥(美玉)에게 전화를 했음, 미옥(美玉)과 원학(元學)이 왔음

〈2006년 2월 20일(음력 1월 23일)〉 월요일 날씨 맑음

정수(廷洙)의 생일, 화용(和龍)에서 돌아왔음(8:30~10:30), 도매 시장에 채소를 사러 갔음, 화용(和龍)에 있는 창일(昌日) 집으로 전화했음, 밤에 원학(元學)과 미옥(美玉)이 왔음, 청소했음

〈2006년 2월 21일(음력 1월 24일)〉 화요일 날씨 구름

원학(元學)과 미옥(美玉)이 아침을 먹고 출근했음, 전화료를 내러 우체국에 갔음(100위안), TV가이드북을 샀음, 북한에서 전화가 왔음, 정수를 샀음

〈2006년 2월 22일(음력 1월 25일)〉 수요일 날씨 맑음

밤에 춘림(春林)과 춘성(春晟)이 집에 돌아갔음, 춘학(春學)의 아내와 동창 옥인(玉人)이 전화 했음, 화용(和龍)에서 창일(昌日)이 전화했음, 바닥을 닦았음

〈2006년 2월 23일(음력 1월 26일)〉 목요일 날씨 맑음

일본어 학습(듣기), 화용(和龍)에서 창일(昌日)과 송도원(松濤園)에서 복순(福順)이 전화했음, 춘학(春學)의 아내와 미옥(美玉)이 전화 왔음

〈2006년 2월 24일(음력 1월 27일)〉 금요일 날씨 맑음

일본어 학습했음, 화자 생일, 화용(和龍) 창일(昌日)의 집에 전화를 했음, 청소했음

〈2006년 2월 25일(음력 1월 28일)〉토요일 날씨 소설 흐림

일본어 학습(듣기와 회화) 태양(태양)에서 정수(廷洙)가 전화 왔음(북한에서 편지가 왔음), 북경에서 영진(永珍)과 화용(和龍)에서 창일(昌日)이 전화 왔음, 일본으로 명숙(明淑)에게 전화했음, 미옥(美玉)집으로 전화했음

〈2006년 2월 26일(음력 1월 29일)〉일요일 날씨 소설 맑음

일본어 학습(회화) 화용(和龍)에서 옥희(玉姬)의 엄마가 전화 왔음, 미옥(美玉)이 전화 왔음(병이 걸림), 바닥을 닦았음

〈2006년 2월 27일(음력 1월 30일)〉월요일 날씨 소설 맑음

일본어 학습(회화) 중심신용사(信用社)에 저금하러 갔음, 미옥(美玉)에게 전화했음, 화용(和龍)에서 옥희(玉姬)의 엄마가 전화했음, 북한에서 전화가 왔음, 유진이 전화 왔음, 이발했음

〈2006년 2월 28일 (음력 2월 1일)〉화요일 날씨 구름

병원에 갔음(원학(元學)이 수술(8:20~10:20), 화용(和龍)에서 옥희(玉姬)의 엄마가 전화했음, 일본으로 국진(國珍)집과 북경으로 영진(永珍) 집으로 전화했음, 국진(國珍)이 전화 왔음

〈2006년 3월 1일 (음력 2월 2일)〉수요일 날씨 소설 구름

훈춘(琿春)으로 전화해서 승일(承日)에게 생일을 축하했음, 승일(承日)의 생일파티를 참석하러 훈에 갔음(9:16-10:10), 승일(承日) 집에서 잤음, 아내가 원학(元學)을 문병하러 병원에 갔음, 아침에 옥희(玉姬)가 왔다가 갔음

〈2006년 3월 2일 (음력 2월 3일)〉목요일 날씨 맑음

북한에 가는 통행증 때문에 정수(廷洙)와 같이 훈춘(琿春) 변방대(邊防隊)에 갔음, 훈춘(琿春)에서 돌아왔음(15:10-17:30)

〈2006년 3월 3일 (음력 2월 4일)〉금요일 날씨 맑음

점심에 병원에 원학(元學)에게 문병을 하러 갔음(밥을 가져갔음), 미옥(美玉)이 전화 왔음, 정수(廷洙)에게 전화했음, 화용(和龍)에서 옥희(玉姬)의 엄마가 전화했음, 옥희(玉姬)가 집에 왔음(책을 가져갔음), 북한에서 전화가 왔음

〈2006년 3월 4일 (음력 2월 5일)〉토요일 날씨 맑음

점심에 병원에 문병하러 갔음(밥을 가져갔음), 새 터미널에 갔다가 왔음, 잎담배와 정수를 샀음, 박영호(朴永浩)가 환갑잔치 때문에 전화했음, 청소했음

〈2006년 3월 5일 (음력 2월 6일)〉일요일 날씨 소설 작은 비 구름

점심에 병원에 밥을 보내러 갔음, 일본에서 국진(國珍)이 전화했음, 명숙(明淑)에게 전화했음(인터넷 잘 안 됨), 바닥을 닦았음

〈2006년 3월 6일 (음력 2월 7일)〉월요일 날씨 맑음

정오의 생일, 오전에 검진을 받으러 제2병원에 갔음(귀), 병원에 밥을 보내러 갔음, 화용(和龍)에서 순자(順子)가 전화했음, 손목시계를 수리했음, 미옥(美玉)이 전화 왔음

〈2006년 3월 7일 (음력 2월 8일)〉화요일 날씨 맑음 구름

점심에 병원에 밥을 보내러 갔음, 오후에 아내가 훈춘(琿春)에 갔음, 승일(承日)에게 전화를 했음, 화용(和龍)에서 순자(順子)가 전화했음, 미옥(美玉)이 전화 왔음

〈2006년 3월 8일 (음력 2월 9일)〉수요일 날씨 맑음

일본어 학습(회화), 병원에 원학(元學)을 문병하러 갔음, 송도원(松濤園)에서 복순(福順)이 전화가 왔음, 훈에서 집에 도착했음, 당비를 냈음

〈2006년 3월 9일 (음력 2월 10일)〉목요일
날씨 맑음
노년간부대학교에 갔음, 개학했음(신임 교사가 가르침), 아내가 옥수(玉洙)의 차자의 결혼식 참석하러 갔음, 미옥(美玉)이 전화 왔음, 원학(元學)이 퇴원했음, 화용(和龍)에서 순자(順子)가 전화했음, 청소했음

〈2006년 3월 10일 (음력 2월 11일)〉금요일
날씨 진눈깨비
병원에 갔음, 원학(元學)이 집에 왔음, 신용사(信用社)에 월급을 찾으러 갔음(2월), 미옥(美玉)과 가족이 왔음, '노년세계'를 가져왔음(1~3월), 화용(和龍)에서 순자(順子)가 전화 왔음, 박영호(朴永浩)가 전화했음

〈2006년 3월 11일 (음력 2월 12일)〉토요일
날씨 맑음 바람
원학(元學)과 미옥(美玉)이 아침을 먹고 출근했음, 춘림(春林)과 춘성(春晟)이 공부하러 갔음, 밤에 돌아갔음, 화용(和龍)에서 창일(昌日)이 전화 왔음, 북경에서 영진(永珍)이 전화 왔음

〈2006년 3월 12일 (음력 2월 13일)〉일요일
날씨 구름
미옥(美玉)이 오전에 집에 왔음, (오래된 헌 옷을 가져와서 정리했음) 오후에 집에 돌아갔음, 춘림(春林)과 춘성(春晟)이 오전에 공부하러 갔음, 오후에 집에 돌아갔음, 일본에서 국진(國珍)이 전화 왔음, 미옥(美玉)이 영진(永珍)에게 전화를 했음, 정수(廷洙)에게 전화했음, 승일(承日)에게 전화했음

〈2006년 3월 13일 (음력 2월 14일)〉월요일
날씨 맑음
오후에 노년간부대학교에 일본어를 공부하러 갔음, 미옥(美玉)과 원학(元學)이 전화했음, 원학(元學)이 옷을 가져갔음, 정수를 샀음, 정수(廷洙)가 훈춘(琿春)에서 왔음(옷을 가져왔음), 북한에 갈 걸을 준비함, 화용(和龍)에서 순자(順子)가 전화했음, 바닥을 닦았음

〈2006년 3월 14일 (음력 2월 15일)〉화요일
날씨
연길에서 삼합(三合)까지(8:00-9:00) → 중국 세관 → 북한 세관(검사를 받았음) → 춘경(春景) 집에 도착(9:00-17:00)

〈2006년 3월 15일 (음력 2월 16일)〉수요일
날씨 맑음 구름
북한 외사처(外事處)[5]에 수속하러 갔음, 회령(會寧)시장을 구경했음, 오후에 부친과 숙부 · 모의 묘지에 성묘하러 갔음, 밤에 춘희(春姬)집에서 초대를 받았음

〈2006년 3월 16일 (음력 2월 17일)〉목요일
날씨 맑음
북한 세관 → 중국 세관 → 삼합(三合) → 용정(龍井) → 집(8:00-14:20), 미옥(美玉)이 전화 왔음, 철진(哲珍)이 전화 왔음, 밤에 식

5) 외사 사무실.

당에서 철진(哲珍)이 초대했음

〈2006년 3월 17일 (음력 2월 18일)〉금요일
날씨 맑음
중국은행에 전기세를 내러 갔음(80위안), 공상은행에 돈을 찾으러 갔음(15,000위안), 미옥(美玉)이 전화 왔음

〈2006년 3월 18일 (음력 2월 19일)〉토요일
날씨 흐림 구름
누나가 안도(安圖)에서 왔음, 미옥(美玉)이 전화 왔음, 일본으로 국진(國珍)에게 인터넷 통화했음, 화용(和龍)에서 창일(昌日)이 전화 왔음, 여금(旅今)에게 전화했음, 위생비를 냈음(74.4위안), 청소했음, 누나가 바닥을 닦았음

〈2006년 3월 19일 (음력 2월 20일)〉일요일
날씨 맑음
일본어 학습(듣기) 해옥(海玉)이 전화 왔음, 흥렬(興烈)의 초대를 받았음(17:00) - 해옥(海玉)과 춘희(春姬)이 동행, 북경에서 영진(永珍)과 화용(和龍)에서 순자(順子)가 전화했음, 미옥(美玉)에게 전화했음

〈2006년 3월 20일 (음력 2월 21일)〉월요일
날씨 맑음
오후에 노년간부대학교에 일본어를 공부하러 갔음, 아내와 누나가 미옥(美玉) 집에 갔다가 오후에 돌아왔음, 미옥(美玉)이 전화 왔음, 전화비를 냈음(100위안), 종합신문을 샀음, 바닥을 닦았음

〈2006년 3월 21일 (음력 2월 22일)〉화요일
날씨 맑음
오전에 한연(韓延)직업학교에 컴퓨터학습반을 신청하러 갔음, 오후에 컴퓨터를 배우기 시작함(학비 150위안), 북경에서 영진(永珍)이 전화 왔음, 순자(順子)가 화용(和龍)에서 왔다가 집에 돌아갔음(누나에게 손목시계를 줬음)

〈2006년 3월 22일 (음력 2월 23일)〉수요일
날씨 흐림 구름
오전에 컴퓨터를 자습했음, 오후에 컴퓨터를 배우러 갔음, 오후에 누나가 집에 돌아갔음, 송도원(松濤園)에서 복순(福順)이 전화 왔음, 화용(和龍)에서 순자(順子)에게 전화했음, 누나가 바닥을 닦았음

〈2006년 3월 23일 (음력 2월 24일)〉목요일
날씨 맑맑음 바람
오전에 노년간부(幹部)대학교에 일본어를 공부하러 갔음, 오후에 컴퓨터를 배우러 갔음, 해숙(海淑)이 전화 왔음, 미옥(美玉)이 전화 왔음

〈2006년 3월 24일 (음력 2월 25일)〉금요일
날씨 구름
오후에 컴퓨터를 공부하러 갔음, 공상은행에 돈을 찾으러 갔음, 밤에 태운(泰云)과 가족이 왔음, 미옥(美玉)이 전화 왔음, 최순옥(崔順玉)에게 전화했음, 훈춘(琿春)에서 순자(順子)가 전화 했음, 정수를 샀음, 바닥을 닦았음

〈2006년 3월 25일 (음력 2월 26일)〉토요일
날씨 구름 바람
훈춘(琿春)에 박영호(朴永浩)의 환갑잔치 참석하러 갔음, 원학(元學)과 미옥(美玉)이 아침을 먹고 출근했음, 일본으로 인터넷 통화했음, 가게채에 갔다왔음(7:30-9:15)(14:05-15:50), 북경으로 동일(東日)에게 전화했음, 미옥(美玉)이 전화 왔음, 당(黨)비를 냈음, 컴퓨터를 자습

〈2006년 3월 26일 (음력 2월 27일)〉일요일
날씨 구름
아침에 원학(元學)과 미옥(美玉)이 집에 왔음, 저녁을 먹고 집에 돌아갔음, 미옥(美玉)이 약을 샀음, 옥희(玉姬)가 집에 왔음, 화용(和龍)에서 순자(順子)에게 전화했음, 창일(昌日)이 전화 왔음, 영호가 전화했음

〈2006년 3월 27일 (음력 2월 28일)〉월요일
날씨 눈 흐림
오전에 컴퓨터를 자습했음, 오후에 노년간부대학교에 일본어를 공부하러 갔음, 영호가 전화 했음(환갑날에 교통비를 못 줬기 때문에)

〈2006년 3월 28일 (음력 2월 29일)〉화요일
날씨 구름
오전에 컴퓨터를 자습했음, 오후에 학교에 컴퓨터를 배우러 갔음, 연길에서 한동우(韓東羽)가 전화 왔음, 북경에서 영진(永珍)과 화용(和龍)에서 창일(昌日)이 전화했음

〈2006년 3월 29일 (음력 3월 1일)〉수요일
날씨 맑음
컴퓨터를 자습했음, 오후에 학교에 컴퓨터를 배우러 갔음, 도시신용사에 월급을 찾으러 갔음, 미옥(美玉)과 원학(元學)이 전화 왔음, 춘림(春林)이 집에 왔다가 돌아갔음, 청소했음, 가스를 교체했음

〈2006년 3월 30일 (음력 3월 2일)〉목요일
날씨 맑음
오전에 노년간부(幹部)대학교에 일본어를 공부하러 갔음, 오후에 학교에 컴퓨터를 공부하러 갔음, 시곗줄 등을 샀음(20위안), 송도원(松濤園)에서 복순(福順)이 전화 왔음, 모레에 집에 돌아감

〈2006년 3월 31일 (음력 3월 3일)〉금요일
날씨 구름 닭음
오전에 컴퓨터를 독학했음, 오후에 학교에 컴퓨터를 공부하러 갔음, 환풍기를 수리했음, 미옥(美玉)에게 전화를 했음

〈2006년 4월 1일 (음력 3월 4일)〉토요일 날씨 흐림
한동우(韓東羽)에게 전화를 했음, 한동우(韓東羽)와 만나서 점심을 초대했음, 오후에 돌아왔음

〈2006년 4월 2일(음력 3월 5일)〉 일요일 날씨 구름 비
컴퓨터를 독학했음, 창일(昌日)이 전화 왔음, 미옥(美玉)이 집에 왔음(쌀 등을 가져갔음), 바닥을 닦았음

〈2006년 4월 3일(음력 3월 6일)〉 월요일 날씨 맑음13도

오전에는 컴퓨터를 독학했음, 오후에 노년간부(幹部)대학교에 가서 일본어를 공부했음, 미옥(美玉)이 전화 왔음, 판석(板石)으로 복순(福順)에게 전화했음

〈2006년 4월 4일(음력 3월 7일)〉 화요일 날씨 맑음

컴퓨터를 독학했음, 오후에 학교에 가서 컴퓨터를 배웠음, 커튼받침대를 설치했음, 창일(昌日)과 가족이 왔음(가방을 가져갔음)

〈2006년 4월 5일(음력 3월 8일)〉 수요일 날씨 구름

컴퓨터를 독학했음, 오후에 학교에 가서 컴퓨터를 배웠음, 북경에서 영진(永珍)이 전화 왔음, 정화(廷華)와 승일(承日)집으로 전화했음(청명절에 관하여), 바닥을 닦았음, 정수를 샀음

〈2006년 4월 6일(음력 3월 9일)〉 목요일 날씨 맑음

북경으로 전화해서 오전에 노년간부(幹部)대학에 가서 일본어를 공부했음, 오후에 학교에 가서 컴퓨터를 배웠음, 일본에 전화해서 지혜(智慧)에게 생일을 축하했음, 일본어 학습반의 반비 30위안을 납부했음

〈2006년 4월 7일(음력 3월 10일)〉 금요일 날씨 흐림 비

오전에 컴퓨터를 독학했음, 오후에 중학에 가서 컴퓨터를 배웠음, 저녁에 춘림(春林)이 집에 왔음, 미옥(美玉)이 전화 왔음, 북경에서 영진(永珍), 화용(和龍)에서 순자(順子), 장춘(長春)에서 창일(昌日)이 전화했음, 정옥(貞玉)이 전화 왔음(한국에서 돌아왔음)

〈2006년 4월 8일(음력 3월 11일)〉 토요일 날씨 구름

컴퓨터 독학했음, 한동우(韓東羽)에게 전화했음, 미옥(美玉)이 전화 왔음, 북경에서 영진(永珍)이 전화 왔음, 일본에서 국진(國珍)이 전화 왔음

〈2006년 4월 9일(음력 3월 12일)〉 일요일 날씨 맑음 구름

컴퓨터를 독학했음, 유진(幽辰)이 전화 왔음, 미옥(美玉)이 전화 왔음, 원학(元學)이 전화 왔음, 청소했음, 춘림(春林)이 오후에 축구를 연습했음, 춘림(春林)이 학교에 가서 축구경기를 했음, 저녁에 집에 갔음(책가방 20위안)

〈2006년 4월 10일(음력 3월 13일)〉 월요일 날씨 흐림

컴퓨터를 독학했음, 계화(桂花)가 전화했음(여금이 전화 왔음)(정옥이 집에 와서 점심을 먹고 집에 갔음), 최흥렬(崔興烈)이 전화했음, 오후에 노년간부대학에서 일본어를 공부했음, 미옥(美玉)에게서 전화가 왔음

〈2006년 4월 11일(음력 3월 14일)〉 화요일 날씨 흐림 맑음

컴퓨터를 독학했음, 오후에 학교에 가서 컴

퓨터를 배웠음, 원학(元學)의 차를 타고 원학(元學)집에 가서 저녁을 먹었음, 칼을 갈았음

〈2006년 4월 12일(음력 3월 15일)〉 수요일
날씨 맑음 구름
원학(元學)에게 생일을 축하했음, 원학(元學)집에서 잤음

〈2006년 4월 13일(음력 3월 16일)〉 목요일
날씨 맑음
미옥(美玉)에게 생일을 축하했음, 오후에 학교에 가서 컴퓨터를 배운 후에 집에 왔음

〈2006년 4월 14일(음력 3월 17일)〉 금요일
날씨 맑음
오후에 학교에 가서 컴퓨터를 배웠음, 오전에 텔레비전을 봤음 – 경제 · 무역 포럼, 미옥(美玉)이 전화했음, 화용(和龍)에서 순자(順子)가 전화했음, 저녁에 춘성(春晟)이 집에 왔음, 전기세 20위안을 납부했음

〈2006년 4월 15일(음력 3월 18일)〉 토요일
날씨 구름 흐림 눈
컴퓨터를 독학했음, 미옥(美玉) 전화 왔음, 화용(和龍)에서 순자(順子), 훈춘(琿春)에서 승일(承日) 전화 왔음, 일본으로 인터넷 통화했음, 정옥(貞玉)에게 전화했음(둘째 숙모와 통화했음), 오후에 축구 경기 방송을 들었음

〈2006년 4월 16일(음력 3월 19일)〉 일요일
날씨 구름
컴퓨터를 독학했음, 동일(東日)의 (음력)생일, 오후에 춘성(春晟)이 집에 갔음, 미옥(美玉), 원학(元學) 전화 왔음, 복순(福順)에게 전화했음, 이발했음, 청소했음

〈2006년 4월 17일(음력 3월 20일)〉 월요일
날씨 흐림, 구름
컴퓨터를 독학했음, 오후에 노년간부대학에 가서 일본어를 공부했음, 전화요금 100위안을 납부했음, 공상은행에 가서 돈을 찾으러 갔음

〈2006년 4월 18일(음력 3월 21일)〉 화요일
날씨 흐림, 눈
오후에 학교에 가서 컴퓨터를 배웠음, 일본에 있는 국진(國珍)과 채팅했음, 미옥(美玉), 원학(元學)이 집에 왔음, 복순(福順)과 승일(承日)의 가족들이 왔음, 일본에서 광춘(光春)이 전화했음, 화용(和龍)에서 창일(昌日) 전화 왔음, 청소했음, 춘학(春學) 집으로 전화했음, 경찰이 호적을 조사하러 왔음

〈2006년 4월 19일(음력 3월 22일)〉 수요일
날씨 흐림 비 눈 폭설
생일, 정수(廷洙)과 정구(廷九)가 전화했음, 북경에서 동일(東日)과 영진(永珍) 전화 왔음, 내몽골에서 사돈이 전화했음, 원학(元學), 미옥(美玉)과 유진(幽辰)이 집에 왔음, 일본으로 채팅했음, 철진(哲珍) 전화 왔음

〈2006년 4월 20일(음력 3월 23일)〉 목요일
날씨 폭설 구름
신문과 TV를 봤음

〈2006년 4월 21일(음력3월 24일)〉 금요일 날씨 맑음 구름

컴퓨터를 독학했음, 오후에 학교에 가서 컴퓨터를 배웠음, 저녁에 춘림(春林)이 집에 왔음, 화용(和龍)에서 순자(順子)로부터 전화가 왔음, 도시신용사(信用社)에 가서 저금했음, 청소했음, 정수를 샀음

〈2006년 4월 22일(음력3월 25일)〉 토요일 날씨 구름 소우

컴퓨터를 독학했음(오전, 오후), 춘림(春林)이 아침을 먹고 공부하러 갔음, 화용(和龍)에서 창일(昌日) 전화 왔음, 축구경기방송 들었음

〈2006년 4월 23일(음력3월 26일)〉 일요일 날씨 흐림 눈 비

오전에 컴퓨터를 독학했음, 미옥(美玉) 전화 왔음, 해옥(海玉) 전화 왔음, 일본으로 채팅했음

〈2006년 4월 24일(음력3월 27일)〉 월요일 날씨 구름

오전에 컴퓨터를 독학했음, 여금(旅今) 생일, 오후에 노년간부대학에 가서 일본어를 배웠음, 바닥을 닦았음,

〈2006년 4월 25일(음력3월 28일)〉 화요일 날씨 맑음 구름

오전에 컴퓨터를 독학했음, 오후에 학교에 가서 컴퓨터를 배웠음, 한국에서 태운(泰云)이 전화 했음, 미옥(美玉)에게 전화했음

〈2006년 4월 26일(음력3월 29일)〉 수요일 날씨 맑음 구름

오전에 컴퓨터를 독학했음, 원학(元學)의 (양력)생일, 오전에 미옥(美玉)이 집에 와서 머리를 염색해 줬음, 제 48회 세계탁구경기를 봤음

〈2006년 4월 27일(음력3월 30일)〉 목요일 날씨 맑음 구름

오전에 노년간부대학에 가서 일본어를 배웠음

〈2006년 4월 28일(음력3월 31일)〉 금요일 날씨 맑음 구름

승일(承日)과 창일(昌日)에게 전화를 했음, 영홍(永紅)과 순자(順子)가 전화했음, 미옥(美玉) 전화 왔음, 해옥(海玉) 전화 왔음, 승일(承日)의 사돈 가족들이 왔다가 오후에 훈춘(琿春)에 갔음(14:25~16:05), 청소했음

〈2006년 4월 29일(음력4월 2일)〉 토요일 날씨 맑음 구름

명문(名門)식당에서 영홍(永紅)의 결혼식에 참석했음, 원학(元學)과 미옥(美玉) 연길에서 훈춘(琿春)으로 갔음, 승일(承日) 집에서 잤음

〈2006년 4월 30일(음력4월 3일)〉 일요일 날씨 소우 구름

미옥(美玉) 전화 왔음, 점심에 승일(承日)이 진달래식당에서 승일(承日)의 사돈을 초대했음 - 복순(福順)과 순자(順子)의 가족들이

왔음, 오후에 정옥(貞玉)집에 가서 둘째 숙모를 문안했음

〈2006년 5월 1일(음력4월 4일)〉 월요일 날씨 구름

미옥(美玉) 전화 왔음, 분선(粉善)의 생일, 정옥(貞玉)집에서 아침을 먹고 창일(昌日) 집으로 갔음, 창일(昌日)의 차를 타고 판석(板石)에 가서 명태공장을 참관했음, 동춘(東春)이 점심을 초대했음, 창일(昌日) 집에서 잤음

〈2006년 5월 2일(음력4월 5일)〉 화요일 날씨 맑음 구름 소우

미옥(美玉) 전화 왔음, 북경으로 동일(東日)에게 전화했음, 영진(永珍)이 동일(東日)집에 왔음, 점심에 창일(昌日)이 초대했음 - 민석과 복순(福順)이 같이 왔음, 저녁에 동춘(동춘)과 향화(香花)가 왔음

〈2006년 5월 3일(음력4월 6일)〉 수요일 날씨 맑음

창일(昌日)집에서 연길로 갔음, 창일(昌日)과 순자(順子)가 아침을 먹고 화용(和龍)으로 갔음, 화용(和龍)에서 창일(昌日) 집으로 전화했음, 북경으로 동일(東日)에게 전화했음, 승일(承日)집으로 전화했음, 청소

〈2006년 5월 4일(음력4월 7일)〉 목요일 날씨 맑음 구름 비

미옥(美玉)이 전화 왔음, 아내가 원학(元學)의 형의 생일파티를 참석하러 갔음, 저녁에 미옥(美玉)이 집에 왔음, 북경에서 영진(永珍)과 유진(幽辰)이 전화 왔음, 일본으로 채팅했음

〈2006년 5월 5일(음력4월 8일)〉 금요일 날씨 맑음

시장에 가서 콘센트를 샀음, 약주를 샀음, 콘센트를 설치했음, 오후에 미옥(美玉)이 출근했음, 저녁에 집에 왔음,

〈2006년 5월 6일(음력4월 9일)〉 토요일 날씨 맑음

아침에 원학(元學)이 집에 왔음, 미옥(美玉)과 쌍둥이 원학(元學)의 차를 타고 집에 갔음, 축구경기 방송을 들었음, 정수를 샀음, 도시신용사(信用社)에 가서 월급을 찾았음, 북경에서 영진(永珍) 전화 왔음, 유진(幽辰)이 집에 도착했음, 청소했음

〈2006년 5월 7일(음력4월 10일)〉 일요일 날씨 구름 소우

미옥(美玉) 전화 왔음, 유진(幽辰) 전화 왔음, 도매시장에 가서 두부와 잎담배를 샀음

〈2006년 5월 8일(음력4월 11일)〉 월요일 날씨 구름 소우

컴퓨터를 독학했음, 오후에 노년간부대학에서 일본어를 배웠음, 아침에 원학(元學)이 집에 왔음, 미옥(美玉)이 시계 등을 가져갔음, 바닥을 닦았음

〈2006년 5월 9일 (음력 4월 12일)〉 화요일

날씨 구름
훈춘(琿春)으로 전화해서 정옥(貞玉)에게 생일을 축하했음, 오전에 컴퓨터 독학을 했음, 오후에 학교에 가서 컴퓨터를 배웠음, 승일(承日) 전화 왔음(북경에서 집에 안전히 도착했음)

〈2006년 5월 10일(음력 4월 13일)〉 수요일
날씨 구름 소우
오전에 컴퓨터를 독학했음, 오후에 학교에 가서 컴퓨터를 배웠음, 미옥(美玉) 전화 왔음

〈2006년 5월 11일(음력 4월 14일)〉 목요일
날씨 맑음
오전에 노년간부(幹部)대학에 가서 일본어를 배웠음, 오후에 학교에 가서 컴퓨터를 배웠음, 셋째 숙모 생신, 미옥(美玉) 전화 왔음

〈2006년 5월 12일(음력 4월 15일)〉 금요일
날씨 맑음
컴퓨터를 독학했음, 오후에 학교에 가서 컴퓨터를 배웠음, 사진을 찍었음, 콘센트, 플러그와 전선 등을 샀음, 미옥(美玉) 전화 왔음

〈2006년 5월 13일(음력 4월 16일)〉 토요일
날씨 구름 소우
컴퓨터를 독학했음, 물세를 냈음, 저녁에 미옥(美玉)과 유진(幽辰)이 왔음, 일본으로 채팅했음, 북경에서 영진(永珍) 전화 왔음, 동일(東日)에게 전화했음, 집에 와서 바닥을 닦았음

〈2006년 5월 14일(음력 4월 17일)〉 일요일
날씨 맑음 구름
컴퓨터를 독학했음, 점심에 미옥(美玉)의 친구가 초대했음(어머니의 날 행사), 북경에서 영진(永珍)이 전화했음, 훈춘(琿春)에서 안죽순(安竹順)이 전화했음

〈2006년 5월 15일(음력 4월 18일)〉 월요일
날씨 맑음
오전에 컴퓨터 독학을 했음, 오후에 노년간부대학에서 일본어를 배웠음

〈2006년 5월 16일(음력 4월 19일)〉 화요일
날씨 맑음 29도
오전에 컴퓨터를 독학을 했음, 오후에 한연직업기술학교에서 컴퓨터를 배웠음(사진을 냈음), 미옥(美玉)으로부터 전화가 왔음,

〈2006년 5월 17일(음력 4월 20일)〉 수요일
날씨 맑음 구름
컴퓨터를 독학했음, 오후에 한연(韓延)직업학교에서 컴퓨터를 배웠음, 도시신용사(信用社)에 가서 돈을 찾았음,

〈2006년 5월 18일(음력 4월 21일)〉 목요일
날씨 맑음
오전에 노년간부대학에서 일본어를 배웠음, 오후에 한연(韓延)직업학교에서 컴퓨터를 배웠음, 전화요금 100위안을 납부했음, 전기세 70위안을 납부했음, 미옥(美玉)에게 전화했음

〈2006년 5월 19일(음력 4월 22일)〉 금요일
날씨 맑음
오후에 한연(韓延)직업학교에서 컴퓨터를 배웠음, 원학(元學)이 국진(國珍)의 가족사진과 편지를 가져왔음, 청소했음

〈2006년 5월 20일(음력 4월 23일)〉 토요일
날씨 맑음
오전에 컴퓨터를 독학했음, 화용(和龍)으로 창일(昌日)에게 전화했음, 오후에 축구경기 방송을 들었음, 미옥(美玉) 전화 왔음, 북경에서 영진(永珍) 전화 왔음, 복순(福順) 전화 왔음, 정수를 샀음(60위안)

〈2006년 5월 21일(음력 4월 24일)〉 일요일
날씨 흐림 중우
원학(元學)의 차를 타서 화용(和龍)에 있는 중의원(中醫院)에 가서 창일(昌日)을 문병했음, 점심을 먹은 후에 돌아왔음, 아내가 창일(昌日)집에서 잤음, 춘기(春基)가 전화가 왔음, 복순(福順)이 전화 왔음

〈2006년 5월 22일(음력 4월 25일)〉 월요일
날씨 구름
오후에 노년간부대학에서 일본어를 배웠음, 미옥(美玉) 전화 왔음, 정옥(貞玉)이 전화 왔음(집 구매에 관함), 바닥을 닦았음

〈2006년 5월 23일(음력 4월 26일)〉 화요일
날씨 구름 비
아침에 화용(和龍)에서 아내가 전화 왔음, 원학(元學)과 정옥(貞玉)에게 전화했음, 미옥(美玉) 전화 왔음, 오전에 컴퓨터를 독학했음, 오후에 한연(韓延)직업학교에서 컴퓨터를 배웠음, 오후에 아내가 화용(和龍)에서 돌아왔음

〈2006년 5월 24일(음력 4월 27일)〉 수요일
날씨 맑음
오전에는 컴퓨터를 독학했음, 오후에는 한연(韓延)직업학교에서 컴퓨터를 배웠음

〈2006년 5월 25일(음력 4월 28일)〉 목요일
날씨 구름
오전에 노년간부대학에 일본어를 배웠음, 오후에 한연(韓延)직업학교에서 컴퓨터를 배웠음, 순자(順子)가 전화했음(창일이 입원했음)

〈2006년 5월 26일(음력 4월 29일)〉 금요일
날씨 맑음
오전에 연변병원에 창일(昌日)을 문병하러 갔음, 창일(昌日)이 점심을 초대했음, 한연(韓延)직업학교에서 컴퓨터를 배웠음, 원학(元學)에게 전화를 했음, 미옥(美玉)이 전화 왔음

〈2006년 5월 27일(음력 5월 1일)〉 토요일
날씨 구름
오전에 컴퓨터를 독학했음, 창일(昌日)에게 전화를 했음, 미옥(美玉) 전화 왔음, 축구경기 방송을 들었음

〈2006년 5월 28일(음력 5월 2일)〉 일요일

날씨 구름 비
원학(元學)의 차를 타서 용정(龍井)에 원학(元學)의 형의 생일모임에 참석했음, 용정(龍井)에서 돌아왔다가 저녁에 원학(元學) 집에 갔음, 창일(昌日)이 원학(元學) 집에 갔음, 일본으로 채팅했음, 북경에서 영진(永珍) 전화 왔음

〈2006년 5월 29일(음력 5월 3일)〉 월요일 날씨 구름
오전에 신문을 봤음, 오후에 노년간부대학에서 일본어 배웠음, 연변병원에서 순자(順子)가 전화했음, 바닥을 닦았음

〈2006년 5월 30일(음력 5월 4일)〉 화요일 날씨 맑음
오전에 컴퓨터 독학했음, 도시신용사(信用社)에 가서 월급을 찾았음, 오후에 한연(韓延)직업학교에서 컴퓨터를 배웠음, 미옥(美玉)에게 전화했음, 안경을 구입했음(50위안)

〈2006년 5월 31일(음력 5월 5일)〉 수요일 날씨 구름 맑음
오전 컴퓨터를 독학했음, 오후에 한연(韓延)직업학교에서 컴퓨터를 배웠음, 공상은행에 가서 저금했음, 창일(昌日)과 가족이 와서 저녁을 먹은 후에 연변병원으로 돌아갔음, 복순(福順) 전화 왔음, 광춘(光春)의 아내가 4월 28일에 일본으로 감

〈2006년 6월 1일(음력 5월 6일)〉 목요일 날씨 흐림 비 맑음
오전에 노년간부대학에서 일본어 배웠음, 오후에 한연(韓延)직업학교에서 컴퓨터를 배웠음, 전기세 50위안을 납부했음

〈2006년 6월 2일(음력 5월 7일)〉 금요일 날씨 맑음
오후에 한연(韓延)직업학교에서 컴퓨터를 배웠음, 미옥(美玉)에게 전화했음, 승일(承日) 전화 왔음(수도 계량기 설치에 관함)

〈2006년 6월 3일(음력 5월 8일)〉 토요일 날씨 비 맑음
영진(永珍) 전화 왔음, 춘기(春基)과 손자 생일, 도매시장에 가서 채소와 잎담배 등을 샀음, 저녁에 창일(昌日)과 원학(元學)의 가족들이 와서 밥을 먹은 후에 돌아갔음, 쌍둥이가 컴퓨터게임을 했음, 청소했음, 축구경기 방송을 들었음

〈2006년 6월 4일(음력 5월 9일)〉 일요일 날씨 구름 맑음 번개 비
컴퓨터를 독학했음, 정옥(貞玉)에게 전화했음, 쌍둥이 아침 전에 집에 돌아갔음, 미옥(美玉)과 유진(幽辰) 전화 왔음, 일본에 있는 국진(國珍)과 채팅했음(소리가 잘 안 들렸음), 바닥을 닦았음

〈2006년 6월 5일(음력 5월 10일)〉 월요일 날씨 구름 맑음
컴퓨터를 독학했음, 오후에 노년간부대학에서 일본어를 배웠음, 순자(順子)에게 전화했음, 창일(昌日) 전화 왔음, 정수를 구입했음

〈2006년 6월 6일(음력 5월 11일)〉 화요일
날씨 구름
한국에 전화했음-태운(泰云) 생일(연결이 안 됐음) 오후에 한연(韓延)직업학교에서 컴퓨터를 배웠음, 연변병원에 갔음-창일(昌日) 퇴원(훈춘에 갔음)

〈2006년 6월 7일(음력 5월 12일)〉 수요일
날씨 구름 번개 비
오후에 한연(韓延)직업학교에서 컴퓨터를 배웠음, 정기(廷棋)가 집에 왔음, 복순(福順)과 창일(昌日)이 전화했음, 아침에 원학(元學) 집에 왔음(세숫대 등을 가져왔음)

〈2006년 6월 8일(음력 5월 13일)〉 목요일
날씨 구름 소우
오전에 노년간부대학에서 일본어를 배웠음, 오후에 한연(韓延)직업학교에서 컴퓨터를 배웠음, 전화요금(100위안)과 TV시청비(186위안) 납부했음, 정기(廷棋)가 아침을 먹고 병원에 갔음, 미옥(美玉)에게 전화했음

〈2006년 6월 9일(음력 5월 14일)〉 금요일
날씨 구름 흐림
오전에 컴퓨터를 독학했음, 오후에 한연(韓延)직업학교에서 컴퓨터를 배웠음, 아침에 원학(元學)이 집에 왔다갔음(야채 가져갔음), 청소했음

〈2006년 6월 10일(음력 5월 15일)〉 토요일
날씨 구름
노년간부(幹部)대학 일본어반의 봄 소풍 활동에 참석했음, 아침에 미옥(美玉)이 집에 왔음, 북경에서 영진(永珍) 전화 왔음, 일본으로 채팅했음

〈2006년 6월 11일(음력 5월 16일)〉 일요일
날씨 흐림 소우
컴퓨터를 독학했음, 창일(昌日)에게 전화했음, 오후에 누나가 집에 왔음(알로에 등을 가져왔음)

〈2006년 6월 12일(음력 5월 17일)〉 월요일
날씨 구름
오후에 노년간부(幹部)대학에서 일본어를 배웠음, 전화기록부를 잃어버린 것을 발견했음(신분증, 돈100위안), 창일(昌日) 전화 왔음(내일 집에 옴), 새 세입자가 전화했음(이사를 나감)

〈2006년 6월 13일(음력 5월 18일)〉 화요일
날씨 구름 번개 비
오후에 한연(韓延)직업학교에서 컴퓨터를 배웠음, 안죽순(安竹順)에게 전화했음, 오후에 창일(昌日) 집에서 돌아왔음, 옥희(玉姬)가 와서 저녁을 먹고 학교로 돌아갔음, 동일(東日)이 차를 몰고 왔다가 갔음

〈2006년 6월 14일(음력 5월 19일)〉 수요일
날씨 비
유진(幽辰) 생일, 오후에 한연(韓延)직업학교에서 컴퓨터를 배웠음, 미옥(美玉) 전화 왔음, 창일(昌日)가족이 아침을 먹고 원학(元學)의 차를 타고 공항에 갔음(북경으로), 창

일(昌日) 전화 왔음(안전히 도착했음), 청소했음

〈2006년 6월 15일(음력 5월 20일)〉 목요일
날씨 번개 비
오전 노년간부대학에서 일본어를 배웠음, 오후에 한연(韓延)직업학교에서 컴퓨터를 배웠음, 노년간부대학 새 학기의 등록금 200위안을 납부했음, 독일 축구경기 시청했음

〈2006년 6월 16일(음력 5월 21일)〉 금요일
날씨 구름
오후에 한연(韓延)직업학교에서 컴퓨터를 배웠음, 오전에 컴퓨터 독학을 할 수 없었음(컴퓨터가 고장)

〈2006년 6월 17일(음력 5월 22일)〉 토요일
날씨 구름
미옥(美玉)이 전화 왔음, 가족들이 아버지의 날을 축하해 줬음(200위안+200위안), 밥을 먹은 후에 돌아갔음, 청소했음

〈2006년 6월 18일(음력 5월 23일)〉 일요일
날씨 맑음 구름 번개 비
아침에 원학(元學)이 집에 와서 밥 먹고 돌아갔음, 쌍둥이가 차를 타고 복습하러 갔음, 승일(承日)에게 전화했음, 오전에 컴퓨터를 독학했음, 북경에서 영진(永珍)이 아버지의 날을 축하한다는 전화했음, 일본으로 채팅했음, 바닥을 닦았음, 정수를 샀음

〈2006년 6월 19일(음력 5월 24일)〉 월요일
날씨 흐림 비
오전에 컴퓨터를 독학하고 오후에 노년간부대학에서 일본어를 배웠음, 이발했음

〈2006년 6월 20일(음력 5월 25일)〉 화요일
날씨 구름 비
오전에 컴퓨터 독학하고 오후에 한연(韓延)직업학교에서 컴퓨터를 배웠음, 경신(敬信)에서 동국(東國)이 전화 왔음

〈2006년 6월 21일(음력 5월 26일)〉 수요일
날씨 맑음 비
오후에 한연(韓延)직업학교에서 컴퓨터를 배웠음

〈2006년 6월 22일(음력 5월 27일)〉 목요일
날씨 맑음 번개 비
오전에 노년간부대학에 갔는데 선생이 사정이 있어서 휴강했음, 오후에 한연(韓延)직업학교에서 컴퓨터를 배웠음, 정옥(貞玉)이 전화 왔음, 원학(元學)에게 전화했음

〈2006년 6월 23일(음력 5월 28일)〉 금요일
날씨 구름
오후에 노년간부대학에서 일본어를 배웠음, 철진(哲珍)에게 전화했음, 정옥(貞玉) 전화 왔음, 원학(元學)과 미옥(美玉) 전화 왔음

〈2006년 6월 24일(음력 5월 29일)〉 토요일
날씨 구름
오후에 컴퓨터를 독학했음, 북경에서 영진(永珍)이 전화 왔음, 미옥(美玉)이 전화했음,

일본으로 채팅했음(웅담분과 인삼을 사와야 함), 청소했음

〈2006년 6월 25일(음력 5월 30일)〉 일요일 날씨 구름
오후에 컴퓨터를 독학했음, 승일(承日), 동일(東日)과 창일(昌日)에게 전화했음

〈2006년 6월 26일(음력 6월 1일)〉 월요일 날씨 구름 비
오전에 우체국에 가서 일본으로 소포(국수 등)를 보냈음(555위안), 오후에 노년 간부대학에서 일본어 배웠음, 아침에 원학(元學)이 옷과〈노인세계〉를 가져왔음, 정옥(貞玉)이 전화했음

〈2006년 6월 27일(음력 6월 2일)〉 화요일 날씨 구름 비
오전에 예술극장에 가서 노년간부대학 졸업 앨범촬영을 했음, 오후에 한연(韓延)직업학교에서 컴퓨터를 배웠음, 미옥(美玉) 전화 왔음

〈2006년 6월 28일(음력 6월 3일)〉 수요일 날씨 맑음 구름
춘식(春植) 생일, 오전에 식품장에 가서 간장을 샀음, 오후에 한연(韓延)직업학교에서 컴퓨터 배웠음, 오전에 컴퓨터를 독학했음

〈2006년 6월 29일(음력 6월 4일)〉 목요일 날씨 맑음
오전에 노년간부대학에 갔음(선생이 사정이 있어서 휴강했음), 오후에 한연(韓延)직업학교에서 컴퓨터를 배웠음, 정수를 샀음, 도시신용사(信用社)에 가서 월급을 찾았음, 공업은행에 가서 저금했음, 청송(青松)이 전화했음

〈2006년 6월 30일(음력 6월 5일)〉 금요일 날씨 맑음 소우
승일(承日)과 정옥(貞玉)에게 전화했음, 김화(金花) 생일, 오전에 노년간부대학에서 일본어 배웠음, 오후에 한연(韓延)직업학교에서 컴퓨터 배웠음, 오후에 쌍둥이 집에 왔음, 저녁에 원학(元學) 가족이 왔다가 갔음

〈2006년 7월 1일(음력 6월 6일)〉 토요일 날씨 많음
북경에서 영진(永珍)이 전화 왔음, 아침에 미옥(美玉)과 원학(元學)이 와서 아침을 먹고 출근했음, 저녁에 미옥(美玉)과 원학(元學) 집에 왔음,

〈2006년 7월 2일(음력 6월 7일)〉 일요일 날씨 맑음
창일(昌日)이 전화했음(집에 도착했음), 승일(承日)에게 전화했음, 미옥(美玉)과 원학(元學)이 아침을 먹고 출근했음, 오전에 도매시장에 가서 장을 봤음, 세입자가 전화했음, 저녁에 미옥(美玉)이 와서 저녁을 먹고 집에 갔음, 쌍둥이도 저녁을 먹고 집에 갔음

〈2006년 7월 3일 (음력 6월 8일)〉 월요일 날씨 맑음
오후에 노년간부대학에 가서 좌담회를 참석

했음(반장이 초대했음), 졸업앨범 찍었음, 승일(承日)이 전화했음, 미옥(美玉) 전화 왔음, 바닥을 닦았음

〈2006년 7월 4일 (음력 6월 9일)〉 화요일 날씨 맑음
일본어반의 소풍 활동을 참석했음, 일본에서 명숙(明淑)이 전화 왔음(소포를 받았음), 미옥(美玉)이 전화 왔음, 승일(承日)에게 전화했음

〈2006년 7월 5일 (음력 6월 10일)〉 수요일 날씨 구름
오후에 한연(韓延)직업학교에가서 컴퓨터를 배웠음, 오전에 공업은행에 갔지만 일이 이루지 못했음, 독일 축구경기 반결승전을 시청했음, 원학(元學)이 집에 왔음, 통장을 가져왔음, 미옥(美玉)이 전화 왔음

〈2006년 7월 6일 (음력 6월 11일)〉 목요일 날씨 흐림, 구름
대학에 가서 제9회 졸업식에 참석했음, 공연을 했음, 반에서 좌담회를 했음, 창일(昌日)이 전화 왔음, 정옥(貞玉)이 전화 왔음

〈2006년 7월 7일 (음력 6월 12일)〉 금요일 날씨 맑음
오전에 컴퓨터 독학을 했음, 오후에 한연(韓延)직업학교에서 컴퓨터를 배웠음, 승일(承日)에게 전화했음

〈2006년 7월 8일 (음력 6월 13일)〉 토요일 날씨 구름, 동풍
아침 전에 채소시장에 가서 장을 봤음, 오전에 컴퓨터 독학을 했음, 오후에 한연(韓延)직업학교에 가서 컴퓨터의 이론을 배웠음, 점심에 미옥(美玉)이 전화 왔음(집에 와서 점심을 먹고 출근했음), 북경에서 영진(永珍) 전화 왔음

〈2006년 7월 9일 (음력 6월 14일)〉 일요일 날씨 구름 동풍
수리기사가 집에 와서 정수기를 수리하고 소독해 주었음(20위안), 미옥(美玉)이 집에 와서 점심을 먹고 출근했음, 일본으로 채팅했음, 청소했음, 정수를 샀음, 독일 축구경기를 봤음

〈2006년 7월 10일 (음력 6월 15일)〉 월요일 날씨 구름 비
오전에 채소시장에 가서 장을 봤음, 오후에 한연(韓延)직업학교에 가서 컴퓨터를 배웠음, 미옥(美玉)에게 전화했음

〈2006년 7월 11일 (음력 6월 16일)〉 화요일 날씨 구름 비
아침에 미옥(美玉)이 집에 왔음, 시내에 있는 공항에 가서 돈을 찾았음(4만 5천 위안), 개발구공업은행에 가서 저금했음(3만 위안), 정옥(貞玉) 전화 왔음, 정옥(貞玉)과 광혁(光赫)이 와서 점심을 먹은 후에 철진(哲珍)집으로 갔음, 원학(元學)과 미옥(美玉)도 같이 왔음

〈2006년 7월 12일 (음력 6월 17일)〉 수요일
날씨 맑음
오후에 한연(韓延)직업학교에 가서 컴퓨터를 배웠음, 바닥을 닦았음

〈2006년 7월 13일 (음력 6월 18일)〉 목요일
날씨 번개 비
오전에 전화번호를 다시 적었음, 오후에 한연(韓延)직업학교에 가서 컴퓨터를 배웠음, 정옥(貞玉)에게 전화를 했음, 순자(順子)가 전화했음

〈2006년 7월 14일 (음력 6월 19일)〉 금요일
날씨 번개 비 구름,
오전에 컴퓨터 독학을 했음, 오후에 한연(韓延)직업학교에 가서 컴퓨터를 배웠음, 순자(順子)가 전화했음

〈2006년 7월 15일 (음력 6월 20일)〉토요일
날씨 맑음 번개 비
복순(福順)과 승일(承日) 전화 왔음, 쌍둥이가 집에 왔음, 북경에서 영진(永珍)이 전화 왔음(여자 친구와 헤어졌음), 미옥(美玉) 전화 왔음, 미옥(美玉)이 와서 점심을 먹고 출근했음

〈2006년 7월 16일 (음력 6월 21일)〉 일요일
날씨 맑음 번개 비
쌍둥이가 아침을 먹고 집에 갔음, 미옥(美玉) 전화 왔음, 일본으로 전화했음, 청소했음

〈2006년 7월 17일 (음력 6월 22일)〉 월요일
날씨 맑음
오후에 한연(韓延)직업학교에 가서 컴퓨터를 배웠음

〈2006년 7월 18일 (음력 6월 23일)〉 화요일
날씨 맑음
오전에 채소도매시장에 갔음, 오후에 한연(韓延)직업학교에 가서 컴퓨터를 배웠음

〈2006년 7월 19일 (음력 6월 24일)〉 수요일
날씨 구름
복순(福順)의 생일인데 훈춘(琿春)으로 전화했음, 창일(昌日) 전화 왔음 오전에 한연(韓延)직업학교에 가서 방학회의에 참가했음, 정수를 샀음,

〈2006년 7월 20일 초복 (음력 6월 25일)〉 목요일 날씨 흐림
신문을 읽고 텔레비전을 시청했음, 미옥(美玉)에게 전화를 했음, 바닥을 닦았음

〈2006년 7월 21일 (음력 6월 26일)〉 금요일
날씨 비 구름
우체국에 가서 저금했음(100위안), 중국은행에 가서 돈을 찾아서 정기요금카드를 발급받았음, 공업은행에 가서 돈을 찾아서 전화요금을 납부했음(100위안), 미옥(美玉) 전화 왔음 (컴퓨터 수리기사가 와서 컴퓨터를 고침), 원학(元學)과 미옥(美玉)이 왔음

〈2006년 7월 22일(음력 6월 27일)〉 토요일
날씨 비

오후에 쌍둥이가 집에 왔음, 미옥(美玉)도 왔음, 북경에서 영진(永珍) 전화 왔음, 축구경기를 시청했음

〈2006년 7월 23일(음력 6월 28일)〉 일요일
날씨 구름
오후에 쌍둥이와 미옥(美玉)이 집에 갔음, 축구경기 시청했음

〈2006년 7월 24일(음력 6월 29일)〉 월요일
날씨 구름
아침을 먹기 전에 시장에 가서 채소를 샀음, 오전에 컴퓨터 수리기사가 와서 컴퓨터를 수리 해 주었음, 미옥(美玉)이 전화 왔음, 오후에 공업은해에 가서 2천 위안을 출금했음, 청소했음

〈2006년 7월 25일(음력 7월 1일)〉 화요일
날씨 구름
미옥(美玉)이 왔음(2천 위안을 가져갔음),창일(昌日)이 전화 왔음, 가스 샀음(67위안), 오전에 컴퓨터를 연습했음, 일본에서 국진(國珍)이 전화 왔음

〈2006년 7월 26일(음력 7월 2일)〉 수요일
날씨 맑음 구름
오전에 컴퓨터 연습했음, 오후에 한연(韓延)직업학교에 가서 컴퓨터를 배웠음

〈2006년 7월 27일(음력 7월 3일)〉 목요일
날씨 맑음 구름
원학(元學)과 미옥(美玉)이 집에 왔음, 아내와 미옥(美玉)이 같이 병원에 갔음, 오후에 한연(韓延)직업학교에 가서 컴퓨터를 배웠음

〈2006년 7월 28일(음력 7월 4일)〉 금요일
날씨 맑음 구름
오전에 컴퓨터를 연습했음, 오후에 한연(韓延)직업학교에 가서 컴퓨터를 배웠음, 북경으로 영진(永珍)에게 전화했음, 아시아 여자축구경기 반결승을 봤음, 저녁에 미옥(美玉)과 쌍둥이이가 집에 왔음, 승일(承日) 전화 왔음, 바닥을 닦았음

〈2006년 7월 29일(음력 7월 5일)〉 토요일
날씨 맑음 구름
오후에 한연(韓延)직업학교에 가서 컴퓨터 이론을 배웠음, 미옥(美玉), 원학(元學)과 춘성(春晟)이 아침 먹기 전에 집에 돌아갔음, 춘림(春林)은 오후에 공부하러 갔음, 북경에서 동일(東日)이 전화 왔음, 국진(國珍)과 인터넷 통화를 했음, 북경에서 영진(永珍)이 전화 왔음, 저녁에 미옥(美玉)이 왔음, 컴퓨터 연습했음

〈2006년 7월 30일(음력 7월 6일)〉 일요일
날씨 맑음 구름 비
아침 먹은 후에 시험하러 갔음, 점심을 먹은 후에 시험하러 갔음, 쌍둥이가 일찍 와서 컴퓨터 하고 점심을 먹은 후에 집에 갔음, 신용사(信用社)에 가서 월급을 찾아 저축했음, 청소했음, 정수를 샀음

〈2006년 7월 31일(음력 7월 7일)〉 월요일 날씨 구름

미옥(美玉)에게 전화를 했음, 오전에 공업은행에서 돈을 찾았음(3천 위안), 오후에 한연(韓延)직업학교에 가서 컴퓨터 연습했음

〈2006년 8월 1일(음력 7월 8일)〉 화요일 날씨 비

미옥(美玉) 전화 왔음(원학의 형에게 돈을 빌리는 문제에 관함), 공업은행에 가서 돈을 찾았음(원학의 형에게 빌릴 돈17,000위안), 원학(元學)이 와서 돈을 가져갔음, 오후에 한연(韓延)직업학교에 가서 컴퓨터를 배웠음, 저녁에 미옥(美玉)과 원학(元學)이 집에 와서 저녁을 먹고 돌아갔음

〈2006년 8월 2일(음력 7월 9일)〉 수요일 날씨 흐림 구름

오전에 원학(元學)의 차를 타서 공항에 갔음(미옥이 학술 교류 때문에 한국에 감), 이발했음, 오후에 한연(韓延)직업학교에 가서 컴퓨터를 배웠음

〈2006년 8월 3일(음력 7월 10일)〉 목요일 날씨 구름 더움

승일(承日) 전화 왔음, 일본어반의 예순(藝順)이 전화했음, 일본으로 채팅했음, 승일(承日)에게, 창일(昌日)에게, 예순(藝順)에게 전화했음

〈2006년 8월 4일(음력 7월 11일)〉 금요일 날씨 구름 더움

오전에 쌍둥이가 왔음, 점심에 원학(元學) 와서 밥을 먹고 출근했음, 바닥을 닦았음, 오후에 훈춘(琿春)에 갔음(14:20-16:00), 창일(昌日)집으로 갔음

〈2006년 8월 5일(음력 7월 12일)〉 토요일 날씨 구름 더움

창일(昌日)의 생일, 오전에 가게채, 주민센터 등에 갔음, 창일(昌日)이 왔음, 민석과 승일(承日)의 가족들이 참석하러 왔음

〈2006년 8월 6일(음력 7월 13일)〉 일요일 날씨 구름 더움

오전에 난방공급처에 가서 난방개선비를 납부했음(650위안, 미옥 집:399위안), 새집에 갔음, 쌍둥이에게 전화했음

〈2006년 8월 7일(음력 7월 14일)〉 월요일 날씨 구름 더움

오전에 주민센터, 공안국(公安局)에 가서 호적부와 신분증 재발급 및 증명사진 찍었음, 점심에 승일(承日)이 왔음, 미옥(美玉)에게 전화를 했음(안전히 도착했음)

〈2006년 8월 8일(음력 7월 15일)〉 화요일 날씨 구름 더움

동춘(東春)의 차를 타서 훈춘(琿春)에서 돌아왔음(4:30-6:20), 규빈(奎彬)이 전화했음, 안 주임이 전화했음, 오후에 한연(韓延)직업학교에 가서 컴퓨터를 배웠음, 저녁에 원학(元學)이 와서 밥 먹고 집에 갔음, 청소했음

〈2006년 8월 9일(음력 7월 16일)〉 말복 수요일 날씨 흐림 번개 비
오후에 한연(韓延)직업학교에서 컴퓨터 배웠음

〈2006년 8월 10일(음력 7월 17일)〉 목요일 날씨 흐림 번개 비 구름
오전에 신문을 읽고 오후에 한연(韓延)직업학교에서 컴퓨터 배웠음

〈2006년 8월 11일(음력 7월 18일)〉 금요일 날씨 구름 맑음
오전에 컴퓨터 고장이 나서 연습할 수 없었음, 오후에 한연(韓延)직업학교에 가서 컴퓨터 연습했음, 미옥(美玉) 전화 왔음, 순월(順月) 전화 왔음, 정수를 샀음

〈2006년 8월 12일(음력 7월 19일)〉 토요일 날씨 구름 맑음
미옥(美玉)에게 전화했음, 북경에서 영진(永珍)이 전화 왔음, 수리기사가 와서 주방 환풍기를 고쳤음(75위안), 일본으로 국진(國珍)과 채팅했음, 계화(桂花)가 전화했음, 오전에 일본어 학습했음

〈2006년 8월 13일(음력 7월 20일)〉 일요일 날씨 흐림 비
미옥(美玉)에게 전화를 했음, 안 주임에게 전화를 했음(노인의 날에 행사를 참석하지 못함), 바닥을 닦았음

〈2006년 8월 14일(음력 7월 21일)〉 월요일 날씨 흐림 비 구름
오후에 한연(韓延)직업학교에 가서 컴퓨터를 배웠음, 오전에 일본어 학습했음, 미옥(美玉) 전화 왔음

〈2006년 8월 15일(음력 7월 22일)〉 화요일 날씨 흐림 구름
정기(廷棋) 생일, 미옥(美玉) 전화 왔음, 노인의 날인데 원학(元學)의 초대를 받았음, 창일(昌日) 전화 왔음, 북경에서 영진(永珍) 전화 왔음, 청소했음

〈2006년 8월 16일(음력 7월 23일)〉 수요일 날씨 맑음
오후에 한연(韓延)직업학교에서 컴퓨터 배웠음, 북경에서 영진(永珍) 전화 왔음, 민석에게 전화했음(연길병원에 검진을 받으러 왔음)

〈2006년 8월 17일(음력 7월 24일)〉 목요일 날씨 맑음 비 맑음
오후에 한연(韓延)직업학교에서 컴퓨터를 연습했음, 미옥(美玉)이 전화 왔음, 창일(昌日), 과복선(福善)이 전화 왔음(호적부에 관함)

〈2006년 8월 18일(음력 7월 25일)〉 금요일 날씨 맑음
여행사에 갔음(백두산 여행에 관함), 아침 밥 먹기 전에 원학(元學)이 두부 등을 가져왔음, 일본으로 채팅했음, 미옥(美玉)에게 전화했음

〈2006년 8월 19일(음력 7월 26일)〉 토요일 날씨 구름 맑음

규빈(奎彬)에게 전화했음, 미옥(美玉)에게 전화했음, 오후에 미옥(美玉)이 집에 왔음, 축구경기를 시청했음, 정수를 샀음, 바닥을 닦았음

〈2006년 8월 20일(음력 7월 27일)〉 일요일 날씨 흐림-소우-중우

원학(元學)과 미옥(美玉)이 집에 왔음, 컴퓨터 수리 기사가 집에 와서 수리해 주었음, 일본어를 학습했음, 오후에 원학(元學)이 와서 저녁을 먹고 집에 갔음, 일본으로 채팅했음

〈2006년 8월 21일(음력 7월 28일)〉 월요일 날씨 구름

미옥(美玉) 전화 왔음, 아침에 춘성(春晟)이 책을 찾으러 왔음, 오후에 한연(韓延)직업학교에 가서 컴퓨터를 연습했음, 영월(英月)이 전화 왔음, 창일(昌日)이 전화 왔음, 옥희(玉姬)가 집에 왔음, 해옥(海玉)이 전화 왔음, 청소했음

〈2006년 8월 22일(음력 7월 29일)〉 화요일 날씨 맑음

동국(東國)에게 전화했음, 원학(元學)이 집에 왔음, 순자(順子)가 전화했음(차녀의 결혼식에 관함) 일본어 학습했음

〈2006년 8월 23일(음력 7월 30일)〉 수요일 날씨 흐림 비

오전에 훈춘(琿春)에 동창 김규빈(金奎彬)의 환갑잔치 참석했음(8:00-10:00), 훈춘(琿春)에서 돌아왔음(16:00-18:00)

〈2006년 8월 24일(음력 윤달 7월 1일)〉 목요일 날씨 구름 맑음

영옥이 전화 왔음, 오전에 미옥(美玉)이 와서 점심 먹고 집에 갔음,

〈2006년 8월 25일(음력 7월 2일)〉 금요일 날씨 구름

저녁에 학생 김영옥(金英玉)의 초대를 받았음(17:50-20:00), 오전에 주사 맞았음(감기)

〈2006년 8월 26일(음력 7월 3일)〉 토요일 날씨 구름 중우

우체국에 가서 전기세(60위안), 전화요금(100위안)을 납부했음, 축구경기 시청했음, 저녁에 원학(元學), 미옥(美玉)과 철진(哲珍)이 집에 와서 밥을 먹었음, 청소했음

〈2006년 8월 27일(음력 7월 4일)〉 일요일 날씨 중우 구름

아침에 일본으로 채팅했음, 공항에 여금(旅今)을 마중하러 갔음, 저녁에 미옥(美玉)과 원학(元學)이 왔음, 바닥을 닦았음

〈2006년 8월 28일(음력 7월 5일)〉 월요일 날씨 구름

여금(旅今)과 함께 훈춘(琿春)에 가서 순자(順子)의 차녀 결혼식에 참석했음, 영진(永珍)이 북경에 돌아간 후 전화했음(안전히 도착했음)

〈2006년 8월 29일(음력 7월 6일)〉 화요일 날씨 흐림 구름
도시신용사(信用社)에 가서 월급을 찾아서 공업은행에 저금했음, 오후에 한연(韓延)직업학교에서 컴퓨터 연습했음(컴퓨터 교육과정 수료)

〈2006년 8월 30일(음력 7월 7일)〉 수요일 날씨 맑음
오전에 환풍기 수리했음, 창일(昌日)이 전화왔음, 정수를 샀음, 청소했음

〈2006년 8월 31일(음력 7월 8일)〉 목요일 날씨 구름
컴퓨터를 연습했음, 아내가 안마 족욕기를 샀음(350위안), 20세 이하 여자축구경기를 시청했음

〈2006년 9월 1일(음력 윤달 7월 9일)〉 금요일 날씨 흐림 구름
컴퓨터 연습했음, 미옥(美玉) 전화 왔음

〈2006년 9월 2일(음력 7월 10일)〉 토요일 날씨 흐림 소우 구름
컴퓨터 연습했음, 미옥(美玉)이 와서 점심 먹은 후에 출근했음, 북경 영진(永珍)이 전화했음, 복순(福順)에게 전화했음, 국진(國珍)과 통화했음

〈2006년 9월 3일(음력 7월 11일)〉 일요일 날씨 흐림 비
컴퓨터 연습했음, 복순(福順)에게 전화했음, 미옥(美玉)이 전화 왔음, 저녁에 미옥(美玉)이 술 한 박스를 가져왔음

〈2006년 9월 4일(음력 7월 12일)〉 월요일 날씨 구름
창일(昌日)에게 전화했음, 여금(旅今)이 전화했음, 바닥을 닦았음

〈2006년 9월 5일(음력 7월 13일)〉 화요일 날씨 구름
신문 읽고 텔레비전을 봤음

〈2006년 9월 6일(음력 7월 14일)〉 수요일 날씨 구름 소우
오후에 노년간부(幹部)대학 일본어반 개강인데 학교에 갔음, 초급교재를 샀음(64위안), 안죽순(安竹順)이 전화했음(스승의 날에 관함), 미옥(美玉) 전화 왔음, 창일(昌日) 전화 왔음

〈2006년 9월 7일(음력 7월 15일)〉 목요일 날씨 흐림 맑음
고추 썰었음, 텔레비전 봤음

〈2006년 9월 8일(음력 7월 16일)〉 금요일 날씨 구름 비
신문 읽고 텔레비전 보았음, 정수를 샀음(60위안)

〈2006년 9월 9일(음력 7월 17일)〉 토요일 날씨 비
북경에서 영진(永珍) 전화 왔음, 미옥(美玉)

전화 왔음, 국진(國珍)과 채팅했음, 축구경기를 시청했음

〈2006년 9월 10일(음력 7월 18일)〉 일요일
날씨 맑음
신문을 읽고 텔레비전을 봤음, 창일(昌日) 전화 왔음, 안죽순(安竹順)에게 전화했음(스승의날 행사에 참석하지 못함), 민석에게 전화했음, 저녁에 원학(元學)집에서 초대를 받았음

〈2006년 9월 11일(음력 7월 19일)〉 월요일
날씨 맑음
노년간부대학에서 일본어 배웠음(오전), 창일(昌日)이 전화했음

〈2006년 9월 12일(음력 7월 20일)〉 화요일
날씨 흐림 맑음
오전에 노년간부대학에서 일본어를 배우고 오후에 신문 읽고 텔레비전을 보았음

〈2006년 9월 13일(음력 7월 21일)〉 수요일
날씨 흐림(안개) 맑음
오후에 노년간부대학에서 일본어 배웠음, 우체국에 가서 전기세(80위안), 전화요금(100위안)을 납부했음

〈2006년 9월 14일(음력 7월 22일)〉 목요일
날씨 안개 맑음
오전에 전기세 납부명세를 조회하러 갔음, 미옥(美玉) 전화 왔음, 오후에 도매시장에 가서 고추와 잎담배 등을 샀음

〈2006년 9월 15일(음력 7월 23일)〉 금요일
날씨 흐림 구름
오전 오후에 도매시장에 가서 고추 샀음(35근×0,35=12위안)

〈2006년 9월 16일(음력 7월 24일)〉 토요일
날씨 흐림 비 맑음
오전에 환풍기를 고치고 선풍기를 청소했음, 일본에 있는 국진(國珍)과 채팅했음, 승일(承日)과 영진(永珍) 전화 왔음, 창일(昌日) 전화 왔음, 바닥을 닦았음

〈2006년 9월 17일(음력 7월 25일)〉 일요일
날씨 맑음
오전에 고추 썰었음, 미옥(美玉) 전화 왔음

〈2006년 9월 18일(음력 7월 26일)〉 월요일
날씨 맑음
오전에 노년간부대학에서 일본어를 배웠음

〈2006년 9월 19일(음력 7월 27일)〉 화요일
날씨 맑음
아침 먹기 전에 고추를 썰고 오후에 도매시장에 가서 장을 보았음, 미옥(美玉) 전화 왔음, 쌀을 샀음

〈2006년 9월 20일(음력 7월 28일)〉 수요일
날씨 맑음
오후에 노년간부(幹部)대학에서 일본어를 배우고 컴퓨터 연습했음, 아침에 원학(元學)이 〈노세계〉를 가져왔음

〈2006년 9월 21일(음력 7월 29일)〉 목요일
날씨 맑음
오후에 노년간부대학에서 일본어를 배우고 컴퓨터 연습했음, 동창이 전화 왔음(차남의 결혼식에 관함), 미옥(美玉)이 전화 왔음 - 내일 민석이 입원함

〈2006년 9월 22일(음력 8월 1일)〉 금요일
날씨 맑음
오전에 백화점에 가서 유리를 닦는 도구를 샀음, 서점에 가서 일본어 비디오를 샀음(50위안, 42위안), 북경에서 동일(東日)이 전화 왔음, 민석이 입원 못했음, 일본어 듣기를 들었음(상, 하-불합격), 창일(昌日)이 전화 왔음, 민석이 입원에 관해서 미옥(美玉)이 전화 왔음

〈2006년 9월 23일(음력 8월 2일)〉 토요일
날씨 맑음
오전에 서점에 듣기 테이프를 바꾸러 갔음, 오후에 도매시장에 갔음, 미옥(美玉) 전화 왔음

〈2006년 9월 24일(음력 8월 3일)〉 일요일
날씨 맑음
아침에 원학(元學)이 집에 왔음(소고기 반찬과 돈을 가져왔음), 미옥(美玉)이 전화 왔음, 도시신용사(信用社)에 가서 저금했음, 복순(福順)에게 전화했음

〈2006년 9월 25일(음력 8월 4일)〉 월요일
날씨 구름
영진(永珍) 생일, 오전에 노년간부(幹部)대학에서 일본어 배웠음, 승일(承日)과 미옥(美玉) 전화 왔음, 공항에 민석과 복순(福順)을 보내러 갔음(북경으로 감)

〈2006년 9월 26일(음력 8월 5일)〉 화요일
날씨 구름 흐림 비
컴퓨터 연습했음, 창일(昌日) 전화 왔음, 동일(東日)에게 전화했음, 바닥을 닦았음, 영진(永珍)에게 전화했음

〈2006년 9월 27일(음력 8월 6일)〉 수요일
날씨 흐림 구름
오후에 노년간부(幹部)대학에 가서 일본어를 배웠음(컴퓨터 중급반의 수업료 160위안, 학생회비 40위안), 미옥(美玉) 전화 왔음

〈2006년 9월 28일(음력 8월 7일)〉 목요일
날씨 흐림 맑음 번개 비
북경으로 영진(永珍)에게 전화해서 (음력)생일을 축하했음, 오후에 노년간부대학에서 일본어를 배웠음, 오전에 일본어 연습했음, 미옥(美玉) 전화 왔음, 동일(東日)과 영진(永珍)에게 전화했음 - 민석에 관함, 민석과 복순(福順)이 내일 돌아옴(입원이 못했음), 영진(永珍)이 전화 왔음

〈2006년 9월 29일(음력 8월 8일)〉 금요일
날씨 구름
시내 가서 수도관을 사서 수리했음

〈2006년 9월 30일(음력 8월 9일)〉 토요일

날씨 구름 맑음
초미(超美) 생일, 아침 전에 도매시장 가서 장을 보았음, 도시신용사(信用社)에 가서 월급을 찾았음, 복순(福順)에게 전화했음(어제 북경에서 돌아왔음), 정수를 샀음, 창일(昌日) 전화 왔음, 동일(東日) 전화 왔음, 일본에서 국진(國珍)이 전화했음, 축구경기 시청했음

〈2006년 10월 1일(음력 8월 10일)〉 일요일
날씨 맑음
원학(元學)에게 전화했음, 동일(東日) 전화 왔음, 점심에 동일(東日)이 와서 초대했음, 바닥을 닦았음, 동춘(東春) 전화 왔음, 민석이 치료를 받으러 연길에 옴, 복순(福順) 전화 왔음

〈2006년 10월 2일(음력 8월 11일)〉 월요일
날씨 흐림 구름
동창 영월(英月)의 차남의 결혼식에 참석했음 - 동주(東周) 등 동창들이 왔음, 미옥(美玉) 전화 왔음

〈2006년 10월 3일(음력 8월 12일)〉화요일
날씨 안개 맑음
오전에 여동생의 장녀의 결혼식에 참석했음, 춘학(春學)에게 전화를 했음, 유리를 닦았음, 우후에 미옥(美玉)집에 갔음, 동일(東日)을 초대했음, 저녁에 돌아왔음, 미옥(美玉) 전화 왔음

〈2006년 10월 4일(음력 8월 13일)〉수요일
날씨 안개 맑음
오후 2시에 동일(東日)과 같이 창일(昌日) 집에 갔음, 창일(昌日) 전화 왔음

〈2006년 10월 5일(음력 8월 14일)〉목요일
날씨 안개 맑음
창일(昌日) 집에서 컴퓨터를 연습했음, 텔레비전을 봤음, 북경에서 영진(永珍) 전화 왔음, 정옥(貞玉)과 정수(廷洙)에게 전화했음

〈2006년 10월 6일(음력 8월 15일)〉금요일
날씨 안개 맑음
창일(昌日)집에서 태양(太陽)에 있는 숙부의 묘지에 가서 성묘했음, 저녁을 먹었음

〈2006년 10월 7일(음력 8월 16일)〉토요일
날씨 안개 맑음
태양(太陽)에서 창일(昌日)집으로 가서 점심을 먹고 연길로 갔음(14:20-16:30), 동일(東日)이 연길에서 북경으로 갔음, 창일(昌日)에게 전화를 했음, 미옥(美玉) 전화 왔음

〈2006년 10월 8일(음력 8월 17일)〉일요일
날씨 구름 맑음 비
북경에서 동일(東日)이 전화 왔음(안전히 도착했음), 창일(昌日)에게 전화했음, 최순옥(崔順玉)이 전화했음, 안죽순(安竹順)에게 전화했음, 누나가 전화했음, 청소했음

〈2006년 10월 9일(음력 8월 18일)〉월요일
날씨 구름 맑음
오전에 창일(昌日)과 같이 이사했음, 저금을

인출했음, 창일(昌日)에게 전화했음

〈2006년 10월 10일(음력 8월 19일)〉화요일
날씨 구름 맑음
중심신용사(信用社)에 가서 돈을 인출했음, 난방비를 납부했음(1667원), 최순옥(崔順玉)이 전화 했음, 미옥(美玉) 전화 왔음, 원학(元學)이 같이 집에 왔음(컴퓨터, 소고기, 야채 등을 가져갔음)

〈2006년 10월 11일(음력 8월 20일)〉수요일
날씨 구름(-1)
오전에 〈노인세계〉를 읽었음, 오후에 노년간부대학에서 일본어 배웠음, 미옥(美玉) 전화 왔음

〈2006년 10월 12일(음력 8월 21일)〉목요일
날씨 구름
아침을 먹기 전에 도매시장에서 야채를 샀음, 오전에 일본어를 배웠음(듣기), 원학(元學)에게 전화를 했음, 창일(昌日) 전화 왔음, 청소했음

〈2006년 10월 13일(음력 8월 22일)〉금요일
날씨 구름
춘화가 전화했음(아이 생일), 국진(國珍)에게 전화했음, 유리를 닦았음(오전8:00-11:20)

〈2006년 10월 14일(음력 8월 23일)〉토요일
날씨 구름 비
노년간부대학 일본어반 가을 소풍 활동에 참석했음, 창일(昌日) 전화 왔음, 동일(東日)과 국진(國珍)에게 전화했음, 미옥(美玉) 전화 왔음

〈2006년 10월 15일(음력 8월 24일)〉일요일
날씨 흐림 구름
아내가 춘화의 차남 생일파티를 참석했음, 춘화가 전화했음, 일본어 배웠음, 북경에서 영진(永珍) 전화 왔음, 창일(昌日)에게 전화했음, 승일(承日)의 아내가 전화했음

〈2006년 10월 16일(음력 8월 25일)〉월요일
날씨 구름
오전에 노년간부대학에서 일본어 배웠음, 가게채의 난방비를 납부했음, 창일(昌日) 전화 왔음, 전기세 60위안과 전화요금 50위안을 냈음, 창일(昌日) 집에서 잤음

〈2006년 10월 17일(음력 8월 26일)〉화요일
날씨 구름
창일(昌日) 집에서 컴퓨터를 연습했음, 연길에서 미옥(美玉)이 전화했음

〈2006년 10월 18일(음력 8월 27일)〉수요일
날씨 구름 맑음
점심에 창일(昌日) 집에서 있었음, 아내의 생일, 복순(福順), 승일(承日), 동춘(東春)과 가족들이 왔음, 북경에서 동일(東日)과 영진(永珍) 전화 왔음, 미옥(美玉) 전화 왔음, 집에 돌아왔음

〈2006년 10월 19일(음력 8월 28일)〉목요일

날씨 흐림 구름 구름
신문을 읽었음, 텔레비전을 봤음, 아내가 안마 족욕기를 가져왔음(고쳤음)

〈2006년 10월 20일(음력 8월 29일)〉금요일
날씨 안개 맑음
저녁에 미옥(美玉) 집에서 초대를 받았음, 아내의 생일인데 500위안을 받았음, 바닥을 닦았음, 정수를 샀음

〈2006년 10월 21일(음력 8월 30일)〉토요일
날씨 맑음 비
한국에서 설화(雪花)과 옥수(玉洙)가 왔음, 점심에 설화(雪花)가 초대했음, 일본에서 국진(國珍)이 전화했음

〈2006년 10월 22일(음력 9월 1일)〉일요일
날씨 비 안개
일본어 배웠음(듣기), 중앙장정(中央長征)승리 70주년 기념대회를 관람했음, 미옥(美玉) 전화 왔음, 북경에서 영진(永珍)이 전화했음

〈2006년 10월 23일(음력 9월 2일)〉월요일
날씨 구름
오전에 노년간부대학에서 일본어 배웠음, 오후에 도매시장에서 야채를 샀음

〈2006년 10월 24일(음력 9월 3일)〉화요일
날씨 구름
신문을 읽었음, 텔레비전을 봤음

〈2006년 10월 25일(음력 9월 4일)〉수요일
날씨 흐림 비
아침에 원학(元學)이 집에 와서 옷을 가져갔음, 오전에 일본어 배웠음, 오후에 노년간부대학에서 일본어 배웠음, 청소했음

〈2006년 10월 26일(음력 9월 5일)〉목요일
날씨 맑음
오전에 일본어 배웠음, 오후에 노년간부대학에서 일본어 배웠음, 춘일(春日) 전화 왔음

〈2006년 10월 27일(음력 9월 6일)〉금요일
날씨 맑음 구름
오전에 일본어 배웠음, 창일(昌日) 전화 왔음

〈2006년 10월 28일(음력 9월 7일)〉토요일
날씨 안개 구름
오전에 일본어 배웠음(듣기), 미옥(美玉) 전화 왔음(오전에 집에 온 적이 있었음)

〈2006년 10월 29일(음력 9월 8일)〉일요일
날씨 구름
도시중심신용사(信用社)에 가서 월급을 찾았음, 북경에서 영진(永珍)이 전화했음, 복순(福順)에게 전화했음, 이발했음, 오후에 미옥(美玉)이 집에 와서 소고기와 고추김치를 가져갔음, 정수(廷洙)에게 전화했음, 계화(桂花)가 전화했음(영진에 관함)

〈2006년 10월 30일(음력 9월 9일)〉월요일
날씨 맑음
정화(廷華) 생일, 노년간부대학에서 일본어 배웠음, 북경에서 동일(東日) 전화 왔음, 춘

일 전화 왔음, 정수(廷洙)와 정옥(貞玉)에게 전화했음, 정수를 샀음

<2006년 10월 31일(음력 9월 10일)>화요일
날씨 구름
오전에 일본어 배웠음, 공상은행에 가서 저금했음, 신문을 읽었음, 텔레비전을 봤음

<2006년 11월 1일(음력 9월 11일)>수요일
날씨 맑음
오전에 일본어 배웠음, 오후에 태양(太陽)에 갔음, 청소했음, 정옥(貞玉)과 복선(福善)에게 전화했음

<2006년 11월 2일(음력 9월 12일)>목요일
날씨 맑음
둘째 숙모에게 생신을 축하드렸음, 한국에서 정금(貞今) 전화 왔음, 오후에 태양(太陽)에서 창일(昌日) 집으로 갔음

<2006년 11월 3일(음력 9월 13일)>금요일
날씨 맑음
오전에 운학(雲鶴) 집에 문병하러 갔음(100원), 집에 돌아왔음, 미옥(美玉) 전화 왔음, 일본에서 국진(國珍)이 전화했음

<2006년 11월 4일(음력 9월 14일)>토요일
날씨 구름
오전, 오후에 일본어 배웠음, 북경에서 영진(永珍)이 전화했음, 미옥(美玉) 전화 왔음

<2006년 11월 5일(음력 9월 15일)>일요일
날씨 구름 추움
오전, 오후에 일본어 배웠음, 바닥을 닦았음

<2006년 11월 6일(음력 9월 16일)>월요일
날씨 구름 추움
오전에 노년간부대학에서 일본어 배웠음

<2006년 11월 7일(음력 9월 17일)>화요일
날씨 구름 추움
오전에 일본어 배웠음(듣기)

<2006년 11월 8일(음력 9월 18일)>수요일
날씨 맑음 구름
일본어 배웠음(듣기), 정일(廷日)의 생일, 오후에 노년간부대학에서 일본어 배웠음, 전시세를 납부했음, 정수를 샀음, 청소했음

<2006년 11월 9일(음력 9월 19일)> 목요일
날씨 맑음 구름
오전에 일본어 학습했음, 오후에 노간부국에 시사보고회 청취하러 갔음, 미옥(美玉) 전화 왔음

<2006년 11월 10일(음력 9월 20일)> 금요일 날씨 구름
일본어 학습했음, 도매시장에 가서 쌀 등을 샀음, 창일(昌日) 전화 왔음, 미옥(美玉)에게 전화했음(컴퓨터 시험에 관함)

<2006년 11월 11일(음력 9월 21일)> 토요일 날씨 구름
일본어독학(듣기), 저녁에 미옥(美玉)이 와

서 초대했음(컴퓨터를 가져왔음, 우리에게 400위안을 주었음), 국진(國珍)과 채팅했음, 신분증을 보내러 왔음, 청소했음

〈2006년 11월 12일(음력 9월 22일)〉 일요일 날씨 구름
서 시장에 가서 인삼, 구기자 등을 샀음, 춘림(春林)과 춘성(春晟)이 점심을 먹은 후에 집에 갔음, 북경에서 영진(永珍)이 전화했음

〈2006년 11월 13일(음력 9월 23일)〉 월요일 날씨 구름
오전에 노년간부대학에서 일본어를 배웠음

〈2006년 11월 14일(음력 9월 24일)〉 화요일 날씨 구름
오전, 오후에 일본어 학습했음, 미옥(美玉) 전화 왔음(쌍둥이가 2차 시험을 잘 봤음), 바닥을 닦고 정수를 샀음

〈2006년 11월 15일(음력 9월 25일)〉 수요일 날씨 구름
오전에 일본어 학습했음, 오후에 노년간부대학에서 일본어 배웠음, 창일(昌日) 전화 왔음

〈2006년 11월 16일(음력 9월 26일)〉 목요일 날씨 구름
오전에 일본어 학습했음(듣기), 세계여자배구경기를 시청했음, 복순(福順)이 전화 왔음

〈2006년 11월 17일(음력 9월 27일)〉 금요일 날씨 맑음
오전에 일본어 학습했음(단어 필기), 오후에 옥희(玉姬)가 와서 책을 가져갔음

〈2006년 11월 18일(음력 9월 28일)〉 토요일 날씨 흐림 구름
오전, 오후에 일본어 학습했음(단어), 여동생 순자(順子)의 생일, 북경에서 영진(永珍)이 전화 했음, 국진(國珍), 명숙(明淑)과 채팅했음

〈2006년 11월 19일(음력 9월 29일)〉 일요일 날씨 흐림 구름
오전, 오후에 일본어 학습했음(단어), 누나가 집에 왔음, 복순(福順)과 정옥(貞玉)에게 전화했음, 미옥(美玉) 전화 왔음, 청소하고 바닥을 닦았음

〈2006년 11월 20일(음력 9월 30일)〉 월요일 날씨 흐림 구름
오전에 노년간부대학에서 일본어 배웠음, 정금(貞今)의 생일, 오후에 일본어 학습했음(단어), 설화(雪花)가 전화했음(내일 한국에 돌아감), 정수를 샀음

〈2006년 11월 21일(음력 10월 1일)〉 화요일 날씨 소설 흐림 구름
오전에 일본어 학습했음(듣기), 오전에 공항에 설화(雪花)를 보내러 갔다가 왔음(9:35), 미옥(美玉)에게 전화했음

〈2006년 11월 22일(음력 10월 2일)〉 수요일 날씨 맑음 추움

오전에 일본어 학습했음(단어-1~12과 다 쓰고 카드 만들었음), 오후에 노년간부대학에서 일본어를 배웠음, 옥희(玉姬)의 엄마가 전화했음, 미옥(美玉) 전화 왔음

〈2006년 11월 23일(음력 10월 3일)〉 목요일 날씨 맑음
오전, 오후 일본어 학습했음(필기, 단어), 오전에 미옥(美玉)이 집에 왔음, 창일(昌日) 전화 왔음

〈2006년 11월 25일(음력 10월 5일)〉 토요일 날씨 맑음
미옥(美玉) 전화 왔음, 태운(泰云) 집으로 갔음(500위안을 주었음, 미옥(美玉)과 같이 갔음) (14:30-16:10), 바닥을 닦았음

〈2006년 11월 26일(음력 10월 6일)〉 일요일 날씨 구름 소설
정옥(貞玉)의 장남 광혁(光赫)의 결혼식에 참석했음, 오후에 집에 돌아왔음(13:10-15:10), 정옥(貞玉)과 옥희(玉姬)의 엄마에게 전화했음, 미옥(美玉)에게 전화했음

〈2006년 11월 27일(음력 10월 7일)〉 월요일 날씨 맑음
오전에 노년간부(幹部)대학에서 일본어 배웠음, 미옥(美玉) 전화 왔음

〈2006년 11월 28일(음력 10월 8일)〉 화요일 날씨 흐림 소설
오전, 오후에 일본어 학습했음(단어필기), 아침에 원학(元學)이 집에 와서 약을 가져갔음, 미옥(美玉)에게 전화했음

〈2006년 11월 29일(음력 10월 9일)〉 수요일 날씨 맑음
오전에 일본어 학습했음, 오후에 노년간부대학에서 일본어 배웠음, 미옥(美玉) 전화 왔음(영진의 집 문제에 관함)

〈2006년 11월 30일(음력 10월 10일)〉 목요일 날씨 맑음
오전에 일본어 학습했음(듣기), 도시신용사(信用社)에 가서 월급을 찾았음, 판복순(福順)이 전화했음, 창일(昌日) 전화 왔음

〈2006년 12월 1일(음력 10월 11일)〉 금요일 날씨 맑음 구름
일본어 학습(단어 연습), 미옥(美玉) 전화 왔음

〈2006년 12월 2일(음력 10월 12일)〉 토요일 날씨 맑음 구름
15회 아시아경기 개막식을 시청했음, 각종 운동 경기를 시청했음, 정수(廷洙)를 샀음, 미옥(美玉)에게 전화했음, 바닥을 닦았음, 북경에서 영진(永珍)이 전화했음, 국진(國珍)과 채팅했음

〈2006년 12월 3일(음력 10월 13일)〉 일요일 날씨 맑음 구름
일본어 학습했음(단어 연습), 도매시장에 가서 장을 보았음, 북경에서 영진(永珍)이 전화

했음

〈2006년 12월 4일(음력 10월 14일)〉 월요일 날씨 맑음 구름
오전에 노년간부대학에서 일본어 배웠음, 아침에 원학(元學)이 〈노인세계〉 등을 가져왔음, 안주임이 전화했음(송년회)

〈2006년 12월 5일(음력 10월 15일)〉 화요일 날씨 맑음 구름
일본어 학습했음(듣기)

〈2006년 12월 6일(음력 10월 16일)〉 수요일 날씨 맑음 구름
오전에 일본어 학습했음(단어), 오후에 노년간부(幹部)대학에서 일본어 배웠음, 미옥(美玉)에게 전화했음, 한국에서 설화(雪花)가 전화 왔음

〈2006년 12월 7일(음력 10월 17일)〉 목요일 날씨 소설 맑음 구름
(60위안) 〈노인세계〉를 주문하러 갔음, 진료소에 가서 치료를 받았음(오십견), 바닥을 닦았음, 미옥(美玉)에게 전화했음, 정옥(貞玉)과 태운(泰云)이 전화했음

〈2006년 12월 8일(음력 10월 18일)〉 금요일 날씨 맑음
사돈 생신(전화 연결이 잘 안 되었음), 아침에 원학(元學) 집에 와서 약을 가져갔음, 일본으로 국진(國珍)에게 전화했음, 계화(桂花)와 정옥(貞玉)에게 전화했음

〈2006년 12월 9일(음력 10월 19일)〉 토요일 날씨 맑음 구름
북경에서 영진(永珍)이 전화했음, 복순(福順) 전화 왔음, 미옥(美玉) 전화 왔음, 원학(元學)이 집에 왔음, 원학(元學)의 차를 타서 원학(元學)집으로 가서 저녁 먹고 돌아왔음

〈2006년 12월 10일(음력 10월 20일)〉 일요일 날씨 맑음 구름
경자(京子) 생일, 아침을 먹은 후에 원학(元學)의 차를 타서 원학(元學)집으로 갔음, 저녁을 먹은 후 집에 돌아왔음

〈2006년 12월 11일(음력 10월 21일)〉 월요일 날씨 맑음 구름
오전에 노년간부(幹部)대학에서 일본어 배웠음, 점심에 반에서 학기총결회의, 미옥(美玉) 전화 왔음, 전화요금 100위안과 전기세 70위안 납부했음

〈2006년 12월 12일(음력 10월 22일)〉 화요일 날씨 맑음 구름
오전에 일본어 학습했음(단어 외우기)

〈2006년 12월 13일(음력 10월 23일)〉 수요일 날씨 맑음 구름
오전에 일본어 학습했음(단어 외우기), 오후에 노년간부대학에서 일본어 배웠음(1학기 끝났음)

〈2006년 12월 14일(음력 10월 24일)〉 목요일 날씨 맑음 구름

오전에 일본 노래를 연습했음, 오후에 노년간부대학에서 원단문예공연에 참석했음, 창일(昌日) 전화 왔음, 청소했음

〈2006년 12월 15일(음력 10월 25일)〉 화요일 날씨 맑음 구름

오후에 창일(昌日) 집에 갔음(15:00-16:30), 옥희(玉姬)의 엄마가 전화했음, 정수를 샀음, 안죽순(安竹順)에게 전화했음(송년회에 참석하지 못함), 해옥(海玉)이 전화했음

〈2006년 12월 16일(음력 10월 26일)〉 토요일 날씨 맑음

순자(順子) (옥희(玉姬)의 엄마)의 생일, 저녁에 복순(福順), 승일(承日), 동춘(東春)과 가족들이 왔음, 미옥(美玉)에게 전화했음, 북경에서 영진(永珍)이 전화했음

〈2006년 12월 17일(음력 10월 27일)〉 일요일 날씨 맑음

훈춘(琿春)에서 돌아왔음(8:55~10:30), 국진(國珍)과 채팅했음, 창일(昌日)에게 전화했음, 미옥(美玉)과 원학(元學)이 집에 왔음, 영진(永珍)에게 전화했음

〈2006년 12월 18일(음력 10월 28일)〉 월요일 날씨 맑음

도시신용사(信用社)와 공업은행에 가서 돈을 찾았음, 우체국에 가서 송금했음(내몽골 사돈으로 300위안+200위안), 미옥(美玉) 전화 왔음, 영진(永珍)에게 전화했음, 손옥(順玉)누나의 생일, 승일(承日)과 내몽골 사돈에게 전화했음

〈2006년 12월 19일(음력 10월 29일)〉 화요일 날씨 맑음

훈춘(琿春)에 갔음(7:30-9:40), 공안국(公安局)에서 전화왔음(신분증 원본을 달라고 했음), 승일(承日)에게 전화했음, 오후에 공업은행에 가서 돈을 찾아서 송금했음(영진(永珍)에게 11만 위안 보냈음), 아침에 원학(元學)이 집에 왔음, 영진(永珍)에게 전화했음, 복순(福順) 전화 왔음

〈2006년 12월 20일(음력 11월 1일)〉 수요일 구름

오전에 도시신용사(信用社)에 돈을 찾으러 갔음, 북경에서 영진(永珍)이 전화했음(새집을 마련했음), 청소했음

〈2006년 12월 21일(음력 11월 2일)〉 목요일 날씨 흐림 구름

오전에 일본어 학습했음(본문 번역), 진료소에 가서 오십견 치료를 받았음, 영진(永珍)에게 전화했음, 미옥(美玉) 전화 왔음, 내몽골 사돈이 전화했음(송금 받았음)

〈2006년 12월 22일(음력 11월 3일)〉 금요일 날씨 흐림 구름

오전에 일본어 학습했음(본문 번역), 진료소에 가서 오십견 치료를 받았음, 가스를 샀음(75위안)

〈2006년 12월 23일(음력 11월 4일)〉 토요

일 날씨 구름
오전 오후에 일본어 학습했음(본문 번역), 창일(昌日) 전화 왔음, 명숙(明淑)이 북경에 갔음, 북경에서 영진(永珍)이 전화했음, 국진(國珍)과 채팅했음, 정수를 샀음(60위안)

〈2006년 12월 24일(음력 11월 5일)〉 일요일 날씨 맑음
오전에 일본어 학습했음(단어), 오후에 도매시장에 가서 장을 보았음, 동일(東日)에게 전화했음, 미옥(美玉) 전화 왔음, 청소했음

〈2006년 12월 25일(음력 11월 6일)〉 월요일 날씨 맑음 구름
오전, 오후 일본어 학습했음(단어), 도시신용사(信用社)에 가서 월급을 찾았음, 진료소에 갔음, 어깨 치료 안 했고 한약을 샀음(35위안)

〈2006년 12월 26일(음력 11월 7일)〉 화요일 날씨 맑음 구름 눈
오전에 일본어 학습했음(단어13~24과 다 쓰고 카드 공책 만들기), 진료소에 가서 오십견 치료를 받았음, 내몽골에서 명숙(明淑)에서 전화 왔음(안전히 도착했음), 저녁에 원학(元學)이 집에 와서 약을 가져갔음, 미옥(美玉)에서 전화 왔음

〈2006년 12월 27일(음력 11월 8일)〉 수요일 눈 날씨 맑음
일본어 학습했음(단어 외우기), 승일(承日) 전화 왔음(월세를 받았음), 연말결산, 청소하고 바닥을 닦았음

〈2006년 12월 28일(음력 11월 9일)〉 목요일 날씨 맑음 추움
달력일기장을 만들었음, 일본어 학습했음(단어 외우기)

〈2006년 12월 29일(음력 11월 10일)〉 금요일 날씨 맑음 추움
오전에 일본어 학습했음(단어 외우기), 미옥(美玉) 전화 왔음, 복순(福順) 전화 왔음, 이발했음

〈2006년 12월 30일(음력 11월 11일)〉 토요일 날씨 맑음
일본어 학습했음(단어 외우기), 컴퓨터 연습했음, 북경에서 영진(永珍)에게 전화했음, 정수를 샀음, 미옥(美玉)에게 전화했음, 인터넷이 연결 잘 안 돼서 국진(國珍)에서 전화 왔음

〈2006년 12월 31일(음력 11월 12일)〉 일요일 날씨 맑음
원학(元學)과 미옥(美玉)이 집에 왔음(사과 등을 사 왔음), 저녁에 쌍둥이가 집에 왔음, 북경에서 동일(東日)에게서 전화 왔음, 창일(昌日)에게 전화했음, 청소하고 바닥을 닦았음

2007년

〈2007년 1월 1일(음력 11월 13일)〉 월요일 날씨 맑음

오전에 원학(元學)과 미옥(美玉)에 집에 왔음-저녁을 먹어서 갔음. 오전에 일본어를 독학하였음-녹음을 들었음. 북경 영진(永珍)이 전화 왔음-국진(國珍)이 북경에 도착하였음. 복순(福順), 승일(承日), 창일(昌日)로부터 전화 왔음. 점심에 옥기(玉姬)가 집에 왔음.

〈2007년 1월 2일(음력 11월 14일)〉 화요일 날씨 흐림/구름

오전에 일본어를 독학하였음-단어를 외웠음. 미옥(美玉)이 전화 왔음. 북경 영진(永珍)에게 전화하였음-전화 왔음. 방바닥을 쓸었음.

〈2007년 1월 3일(음력 11월 15일)〉 수요일 날씨 구름

오전에 일본어를 독학하였음-단어를 외웠음. 시장에 가서 방송 신문과 종합 신문을 샀음. 아침에 원학(元學)이 배추 등을 가져왔음.

〈2007년 1월 4일(음력 11월 16일)〉 목요일 날씨 구름

북경 동일(東日), 국진(國珍)으로부터 전화 왔음-국진(國珍)이 북경에서 집에 도착하였음(20.10-22.00). 원학(元學) 한 집안이 집에 왔음-공항에 가서 국진(國珍)을 마중하였음-24.00시에 원학(元學)이 집에 갔음.

〈2007년 1월 5일(음력 11월 17일)〉 금요일 날씨 구름

원학(元學), 미옥(美玉)이 집에 왔음. 원학 집에 가서 점심과 저녁을 먹고 돌아왔음-철진(哲珍) 한 집도 왔음. 민석(珉錫), 승일(承日), 창일(昌日)에 전화하였음. 북경 영진(永珍) 전화 왔음.

〈2007년 1월 6일(음력 11월 18일)〉 토요일 날씨 폭설

폭설때문에 이륙하지 못하여서 국진(國珍)이 북경에 가지 못하였음. 북경 동일(東日), 영진(永珍), 명숙(明淑)에게 전화하였음. 북경 영진(永珍) 전화 왔음. 미옥(美玉) 쌍둥이 집에 왔음. 정수를 샀음.

〈2007년 1월 7일(음력 11월 19일)〉 일요일 날씨 맑음

북경 동일(東日)부터 전화 왔음. 명숙(明淑)

이 전화 왔음. 영진(永珍)이 전화 왔음(5-6). 철진(哲珍) 전화 왔음. 저녁에 국진(國珍)이 북경에 갔음(23.00 이륙하였음). 북경 국진(國珍)에게 전화하였음. (2.00시에 국진(國珍) 전화 왔음-집에 잘 도착하였음). 복순(福順)에게 전화하였음.

〈2007년 1월 8일(음력 11월 20일)〉 월요일 날씨 구름
전화하여서 민석(珉錫)에게 생일 축하를 주었음. 일본 국진(國珍)부터 전화 왔음(집에 잘 도착하였음, 16.00). 창일(昌日)부터 전화 왔음. 철진(哲珍), 미옥(美玉)이 전화 왔음.

〈2007년 1월 9일(음력 11월 21일)〉 화요일 날씨 구름
우편에 가서 전화비(100원)와 전기비(60원)를 냈음. 일본 명숙(明淑)에게 전화하였음-집에 잘 도착하였음.

〈2007년 1월 10일(음력 11월 22일)〉 수요일 날씨 맑음
일본어를 독학하였음-어휘. 단지 서무실에 갔음-〈노인 세계〉가 들어오지 않았음. 미옥(美玉) 전화 왔음.

〈2007년 1월 11일(음력 11월 23일)〉 목요일 날씨 맑음
미옥(美玉)이 집에 왔음-아내와 같이 병원에 가서 검사를 받았음. 옥기(玉姬) 어머니로부터 전화 왔음. 방바닥을 쓸었고 닦았음.

〈2007년 1월 12일(음력 11월 24일)〉 금요일 날씨 맑음
일본어를 독학하였음-어휘. 정수를 샀음.

〈2007년 1월 13일(음력 11월 25일)〉 토요일 날씨 맑음
일본어를 독학하였음-녹음을 들었음, 어휘. 미옥(美玉)에게 전화하였음. 북경 영진(永珍)이 전화 왔음-영진(永珍)에게 전화하였음. 일본 국진(國珍)과 인터넷 하였음. -등록하지 않았음.

〈2007년 1월 14일(음력 11월 26일)〉 일요일 날씨 맑음
일본어를 독학하였음-어휘. 컴퓨터를 연습하였음. 미옥(美玉), 계화(桂花)에게 전화하였음. 일본 국진(國珍)으로부터 전화 왔음. 북경으로 전화하였음-전화 왔음-결혼 날짜에 대하여.

〈2007년 1월 15일(음력 11월 27일)〉 월요일 날씨 맑음
일본어를 독학하였음-어휘. 미옥(美玉) 전화 왔음. 북경 영진(永珍)에게 전화하였음-전화 왔음.

〈2007년 1월 16일(음력 11월 28일)〉 화요일 날씨 구름
일본어를 독학하였음-어휘. 도매 시장에 가서 야채 등을 샀음. 미옥(美玉)에게 전화하였음. 창일(昌日)부터 전화 왔음.

〈2007년 1월 17일(음력 11월 29일)〉 수요일 날씨 구름/흐림
일본어를 독학하였음-어휘. 미옥(美玉) 전화 왔음-미옥(美玉)에게 전화하였음. 아내가 룽징 주금화(朱錦花)에게 전화하였음-영진(永珍)이 연애에 대하여. 방바닥을 쓸었음.

〈2007년 1월 18일(음력 11월 30일)〉 목요일 날씨 구름
일본어를 독학하였음-어휘. 아침에 원학(元學)이 야채 등을 가져갔음. 미옥(美玉)이 전화 왔음. 방바닥을 닦았음.

〈2007년 1월 19일(음력 12월 1일)〉 금요일 날씨 맑음/구름
일본어를 독학하였음-어휘. 단지에 가서 〈노인 세계〉를 가져왔음. 북경 영진(永珍)이 전화 왔음. 정수를 샀음.

〈2007년 1월 20일(음력 12월 2일)〉 토요일 날씨 구름
일본어를 독학하였음-어휘. 미옥(美玉)이 전화 왔음. 춘린(春林)에게 전화하였음-일본으로 인터넷이 안 되었음.

〈2007년 1월 21일(음력 12월 3일)〉 일요일 날씨 구름
일본어를 독학하였음-어휘. 원학과 미옥(美玉)이 집에 왔음(점심)-전화 왔음. 북경 영진(永珍)에게 전화하였음-영진(永珍)이 일을 하러 상하이에 갔음-전화 왔음. 정옥(貞玉)에게 전화하였음. 일본에 있는 국진(國珍)으로부터 전화 왔음.

〈2007년 1월 22일(음력 12월 4일)〉 월요일 날씨 구름
일본어를 독학하였음-어휘. 미옥(美玉)이 전화 왔음. 방바닥을 쓸었음.

〈2007년 1월 23일(음력 12월 5일)〉 화요일 날씨 맑음
일본어를 독학하였음-어휘. 점심에 원학(元學)집에 가서 안사돈의 생일 잔치에 참석하였음(원학의 차를 탔음). 상하이 영진(永珍)으로부터 전화 왔음. 저녁에 원학(元學)의 차를 타서 집에 왔음.

〈2007년 1월 24일(음력 12월 6일)〉 수요일 날씨 맑음
룽징에 갔음(영진-미화). 미화(美花)의 부모님을 뵈었음-결혼에 대하여 얘기하였음. 미옥(美玉) 전화 왔음. 미옥(美玉)에게 전화하였음.

〈2007년 1월 25일(음력 12월 7일)〉 목요일 날씨 맑음
하남 백화점에 가서 텔레비전 등을 샀음. 안축순(安竹順)부터 전화 왔음-월급을 받기에 대하여. 미옥(美玉) 전화 왔음. 승일(承日)에게 전화하였음. 북경 영진(永珍)이 전화 왔음(상하이로부터 북경으로)

〈2007년 1월 26일(음력 12월 8일)〉 금요일 날씨 맑음

추급한 월급을 찾아갔음. 오후에 집에 왔음(14.05-16.10). 북경 영진(永珍) 전화 왔음. 승일(承日)과 같이 점심을 먹었음.

〈2007년 1월 27일(음력 12월 9일)〉 토요일 날씨 구름

미옥(美玉)에게 전화하였음-전화 왔음-컴퓨터 수리에 대하여. 일본 명숙(明淑)에게 전화하였음-인터넷이 안 됨에 대하여. 정수를 샀음. 방바닥을 닦았음.

〈2007년 1월 28일(음력 12월 10일)〉 일요일 날씨 구름

오전에 일본어를 독학하였음-어휘. 북경 영진(永珍)에게 전화하였음. 복순(福順)에게 전화하였음. 오후에 미옥(美玉)이 집에 왔음(영진(永珍)이 결혼 5000위안). 옥기(玉姬)가 명태알을 가져왔음. 창일(昌日)부터 전화 왔음.

〈2007년 1월 29일(음력 12월 11일)〉 월요일 날씨 구름

일본어를 독학하였음-어휘. 도시 신용사에 갔음-월급이 들어오지 않았음. 미옥(美玉)이 전화 왔음.

〈2007년 1월 30일(음력 12월 12일)〉 화요일 날씨 흐름/눈

일본어를 독학하였음-어휘. 복순(福順)으로부터 전화 왔음. 미옥(美玉) 전화 왔음. 원학(元學)이 집에 왔음-원학(元學)의 차를 타서 원학(元學)집에 갔다 왔음-쌍둥이의 생일.

〈2007년 1월 31일(음력 12월 13일)〉 수요일 날씨 구름/바람/추움

일본어를 독학하였음-어휘. 도매 시장에 가서 야채 등을 샀음. 시내에 가서 종합 신문을 샀음. 북경 영진(永珍)이 전화 왔음. 월급을 받았음-임금을 올렸음.

〈2007년 2월 1일(음력 12월 14일)〉 목요일 날씨 구름

일본어를 독학하였음-녹음을 들었음, 어휘. 방바닥을 쓸었음.

〈2007년 2월 2일(음력 12월 15일)〉 금요일 날씨 맑음

일본어를 독학하였음-어휘. 커튼을 쳤음. 주방을 닦았음. 북경 영진(永珍)으로부터 전화 왔음. 미옥(美玉)에게 전화하였음. 북경 동일(東日)부터 전화 왔음.

〈2007년 2월 3일(음력 12월 16일)〉 토요일 날씨 구름/눈/바람

저녁에 일본어를 독학하였음-어휘. 하루종일 유리, 문을 닦았음. 원학과 미옥이 집에 왔음-식당 예약에 대하여(오후). 일본 국진으로부터 전화 왔음.

〈2007년 2월 4일(음력 12월 17일)〉 일요일 날씨 맑음

일본어를 독학하였음-어휘. 미옥이 전화 왔음. 북경 영진부터 전화 왔음. 정옥, 연영(延延模), 연주, 연옥, 연구, 춘식(春植), 옥기 어머니, 동춘(東春)에게 전화하였음-영진(永

珍) 결혼식 초대. 방바닥을 닦았음.

〈2007년 2월 5일(음력 12월 18일)〉 월요일 날씨 맑음

서 시장에 가서 수도꼭지를 샀음-수도꼭지를 설치하였음(14위안). 북경 영진(永珍)이 전화 왔음(2번). 오후에 창일(昌日)이 와서 저녁을 먹었음.

〈2007년 2월 6일(음력 12월 19일)〉 화요일 날씨 맑음

영진(永珍), 미화(美花)가 북경에서 집에 도착하였음.(10.40-13.20). 원학(元學), 미옥(美玉)이 공항에 가서 마중하였음. 저녁에 쌍둥이가 집에 왔음. 창일(昌日)이 아침을 먹어서 갔음. 방바닥을 닦았음.

〈2007년 2월 7일(음력 12월 20일)〉 수요일 날씨 맑음

영진(永珍), 미화(美花)가 원학(元學)의 차를 타서 롱징에 갔음. 쌍둥이가 아침을 먹어서 학원에 갔음. 롱징 영진(永珍) 전화 왔음. 우편에 가서 전화비(100위안), 전기비(50위안)를 냈음. 복순(福順)으로부터 전화 왔음.

〈2007년 2월 8일(음력 12월 21일)〉 목요일 날씨 맑음

토끼를 정리하였음. 롱징 영진(永珍)이 전화 왔음. 오후에 백화점에 가서 텔레비전(1299위안)과 운수기(888위안)를 샀음. 설치해주는 인원이 와서 설치하였음(108위안). 일본 국진(國珍)으로부터 전화 왔음. 원학(元學)이 집에 왔음.

〈2007년 2월 9일(음력 12월 22일)〉 금요일 날씨 맑음/구름

시내에 가서 폐쇄 제폼을 샀음(5위안). 2번 갔고 설치하였음. 계화(桂花)가 옷을 사주었음. 아내와 미옥(美玉)이 국제 무역 빌딩에 가서 영진, 미화(美花)의 옷을 샀음-영진(永珍), 미화(美花)가 롱징에 갔음. 정수를 샀음. 내몽 사돈부터 전화 왔음.

〈2007년 2월 10일(음력 12월 23일)〉 토요일 날씨 흐림

점심에 원학(元學), 미옥(美玉)이 집에 왔음-영진(永珍)의 결혼식 준비에 대하여. 창일(昌日)로부터 전화 왔음. 일본 국진(國珍), 명숙(明淑)에게 전화하였음. 롱징 영진(永珍)이 전화 왔음. 방바닥을 쓸었고 닦았음.

〈2007년 2월 11일(음력 12월 24일)〉 일요일 날씨 맑음/구름

신용사에 가서 돈을 찾았음. 롱징 영진(永珍)이 집에 왔음. 영진(永珍)이 승일(承日), 창일(昌日), 복순(福順)에게 전화하였음. 원학(元學), 미옥(美玉)이 집에 왔음. 일본 국진(國珍)으로부터 전화 왔음. 철진(哲珍)에게 전화하였음. 방바닥을 닦았음.

〈2007년 2월 12일(음력 12월 25일)〉 월요일 날씨 맑음

원학(元學)의 차를 타서 롱징에 가서 사돈을 뵈었음. 점심에 한턱을 내고 돌아왔음. 일본

국진(國珍)으로부터 전화 왔음. 복순(福順)으로부터 전화 왔음.

〈2007년 2월 13일(음력 12월 26일)〉 화요일 날씨 흐림/눈

일본으로 전화하여서 명숙(明淑)에게 생일 축하를 주었음. 룽징 영진(永珍) 전화 왔음. 미옥(美玉) 전화 왔음. 원학(元學)이 술을 가져왔음. 창일(昌日), 동춘(東春)에게 전화하였음. 도매 시장에 가서 야채를 샀음.

〈2007년 2월 14일(음력 12월 27일)〉 수요일 날씨 폭설/바람

한국 원진(元珍) 어미니부터 전화 왔음. 북경 동일(東日)이 전화 왔음. 저녁에 창일(昌日) 집에서 정화(廷華), 정영(廷楧), 정옥(貞玉), 정옥(廷伍), 만역(万亿)이 집에 왔음. 복순(福順)으로부터 전화 왔음. 방바닥을 닦았음.

〈2007년 2월 15일(음력 12월 28일)〉 목요일 날씨 구름

영진(永珍)의 결혼식. 북경 동일(東日), 일본 광춘(光春), 웨이하이부터 전화 왔음. 승일(承日) 집, 동춘(東春), 정수(廷洙), 국진(國珍)이 결혼식에 왔음. 원학(元學)도 참석하였음. 복순(福順)이 전화 왔음. 정수를 샀음.

〈2007년 2월 16일(음력 12월 29일)〉 금요일 날씨 맑음

창일(昌日) 집에서 아침을 먹어서 갔음. 원학(元學)이 저녁을 먹어서 집에 갔음. 창일(昌日)부터 전화 왔음-집에 잘 도착하였음. 북경 동일(東日)에게 전화하였음.

〈2007년 2월 17일(음력 12월 30일)〉 토요일 날씨 구름/맑음

공행에 가서 돈을 찾았음(영진의 돈). 원학(元學), 미옥(美玉)이 사진과 영상 사진을 가져왔음. 일본 광춘(光春)으로부터 전화 왔음. 영진(永珍), 미화(美花)가 룽징에 갔음. 일본 국진(國珍), 명숙(明淑)이 전화 왔음. 룽징 사돈부터 전화 왔음. 방바닥을 닦았음.

〈2007년 2월 18일(음력 1월 1일)〉 일요일 날씨 맑음

내몽고 사돈, 작은 어머니, 복순(福順)에게 전화하였음. 룽징 영진(永珍), 미화(美花), 원학(元學) 한 집안이 집에 와서 설날을 보냈음. 아침에 원학(元學)의 차를 타서 원학(元學)의 집에 가서 설날을 보냈음. 승일(承日), 복순(福順), 안도(安圖), 강철(康哲)로부터 전화 왔음.

〈2007년 2월 19일(음력 1월 2일)〉 월요일 날씨 맑음

미옥(美玉) 집에서 아침을 먹고 집에 왔음. 점심에 미옥(美玉) 집에 가서 설날을 보냈음. 영진(永珍), 미옥(美玉)도 같이 갔음. 동창 영월(英月)이 전화 왔음. 저녁에 원학(元學)의 차를 타서 돌아왔음. 정수를 샀음.

〈2007년 2월 20일(음력 1월 3일)〉 화요일 날씨 구름

오후에 영진(永珍), 미화(美花)가 룽징에 갔

음. 일본 광춘(光春)부터 전화 왔음. 미옥(美玉)이 전화 왔음.

〈2007년 2월 21일(음력 1월 4일)〉 수요일
날씨 맑음
오후에 룽징 영진(永珍)이 집에 왔음. 저녁에 미옥(美玉) 한 집안이 집에 와서 밥을 먹고 갔음. 정수를 샀음(2위안).

〈2007년 2월 22일(음력 1월 5일)〉 목요일
날씨 구름
오후에 미화(美花)가 룽징에서 집에 왔음. 오후에 미옥(美玉) 한 집안이 집에 와서 저녁을 먹었음. (21.30-23.00). 원학(元學)의 차를 타고 공항에 갔음. 영진(永珍), 미화(美花)가 북경에 갔음. 방바닥을 쓸었음. 정수를 샀음.

〈2007년 2월 23일(음력 1월 6일)〉 금요일
날씨 맑음/바람
남순(南順)이 생일. 오전에 미옥(美玉)이 집에 왔음. 전화 왔음. 북경 영진(永珍), 미화(美花)부터 전화 왔음(집에 잘 도착하였음). 방바닥을 닦았음.

〈2007년 2월 24일(음력 1월 7일)〉 토요일
날씨 맑음
창일(昌日)로부터 전화 왔음. 미옥(美玉) 전화 왔음. 미옥(美玉)에게 전화하였음. 북경 영진(永珍), 미화(美花)에게 전화하였음.

〈2007년 2월 25일(음력 1월 8일)〉 일요일
날씨 맑음/구름
일본어를 독학하였음-어휘. 미옥(美玉)이 전화 왔음.

〈2007년 2월 26일(음력 1월 9일)〉 월요일
날씨 구름
컴퓨터 수리 인원이 와서 컴퓨터를 수리하였음. 일본 국진(國珍)과 인터넷으로 대화하였음. 일본어를 독학하였음-어휘. 복순(福順)부터 전화 왔음. 미옥(美玉)이 전화 왔음-미옥(美玉)에게 전화했음.

〈2007년 2월 27일(음력 1월 10일)〉 화요일
날씨 맑음
컴퓨터를 연습하였음. 일본어를 독학하였음-어휘.

〈2007년 2월 28일(음력 1월 11일)〉 수요일
날씨 맑음
도시 신용사에 가서 월급을 찾아서 저금하였음. 미옥(美玉)이 전화 왔음. 일본어를 독학하였음-어휘.

〈2007년 3월 1일(음력 1월 12일)〉 목요일
날씨 구름/흐름
일본어를 독학하였음-어휘. 창일(昌日) 한 집안이 집에 왔음. 옥기(玉姬)가 내일 천진(天津)에 갔음. 일본한터 인터넷으로 대화하였음. 미옥(美玉)이 전화 왔음. 정수를 샀음. 방바닥을 쓸었고 닦았음.

〈2007년 3월 2일(음력 1월 13일)〉 금요일
날씨 흐림/소우

옥기(玉姬)가 천진에 가기를 환송하였음. 오후에 창일(昌日)의 차를 타서 창일(昌日) 집에 갔음. 오전에 자동차 판매회사에서 나돌았음. 미옥(美玉)에게 전화하였음. 연주(延洙)에게 전화하였음.

〈2007년 3월 3일(음력 1월 14일)〉 토요일
날씨 흐림/눈
오전에 난방소에 갔음-난방비에 대하여. 영업집. 시내에서 나돌았음-시계 배터리를 갈았음. 오후에 태양 사대 작은 어머니 집에 갔음. 화투를 쳤음. 안 주임께 전화하였음.

〈2007년 3월 4일(음력 1월 15일)〉 일요일
날씨 폭설
원소절. 창일(昌日)에게 전화하였음. 화투를 쳤음. 북경 영진(永珍)이 전화 왔음.

〈2007년 3월 5일(음력 1월 16일)〉 월요일
날씨 폭설/바람
화투를 쳤음. 미옥(美玉)이 전화 왔음. 민석(珉錫)에게 전화하였음. 창일(昌日)로부터 전화 왔음.

〈2007년 3월 6일(음력 1월 17일)〉 화요일
날씨 바람
화투를 쳤음. 내몽고 사돈의 생일. (전화하였음). 북경 영진(永珍)이 전화 왔음.

〈2007년 3월 7일(음력 1월 18일)〉 수요일
날씨 맑음/바람
연구(延玖) 생일(태양에서 시내에 가서 생일바티에 참석하였음). 오후에 창일(昌日) 집에 갔음. 안 주임께서 전화했음.

〈2007년 3월 8일(음력 1월 19일)〉 목요일
날씨 맑음/바람
복순(福順)에게 전화하였음. 룽징 사돈의 생일. (전화하였지만 안 되었음). 당비를 냈음(76위안). 연길 미옥(美玉)이 전화 왔음. 퇴직 교원 〈3.8〉활동에 참석하였음. 오후에 승일(承日) 집에 갔음-동일(東日)이 왔음-잤음.

〈2007년 3월 9일(음력 1월 20일)〉 금요일
날씨 맑음
승일(承日) 집-창일(昌日) 집에서 집에 왔음(9.40-12.00). 승일(承日), 옥기(玉姬) 어머니에게 전화하였음. 미옥(美玉), 노간 대학, 우체국에게 전화하였음. 우체국-신분증에 대하여. 연구(延玖)부터 전화 왔음.

〈2007년 3월 10일(음력 1월 21일)〉 토요일
날씨 눈
일본어를 독학하였음. 일본 국진(國珍), 광춘(光春)과 인터넷으로 대화하였음. 룽징 사돈에게 전화하였음. 미옥(美玉)이 전화 왔음. 북경 영진(永珍)이 전화 왔음(2번). 복순(福順)로부터 전화 왔음.

〈2007년 3월 11일(음력 1월 22일)〉 일요일
날씨 바람/구름
우편에 가서 전화비(100위안)와 전기비(100위안)를 냈음. 복순(福順)에게 전화하였음.

신용사에 가서 저금하였음. 내몽 사돈으로부터 전화 왔음. 북경 영진(永珍), 정옥(貞玉)에게 전화하였음.

〈2007년 3월 12일(음력 1월 23일)〉 월요일
날씨 맑음
연주(延洙)에게 전화하여서 생일 축하를 주었음. 단지에 가서 〈노인 세계〉를 가져왔음. 내몽 사돈에게 전화하였음. 우편국 인원이 신분증과 예금 인출 통지서를 가져왔음. 계화(桂花)에게 전화하였음. 저녁에 원학(元學)이 와서 밥을 먹고 갔음.

〈2007년 3월 13일(음력 1월 24일)〉 화요일
날씨 맑음
노간 대학에 가서 일본어를 배웠음(개학). 우편국에 가서 돈을 찾았음(500위안). 미옥(美玉)에게 전화하였음-전화 왔음.

〈2007년 3월 14일(음력 1월 25일)〉 수요일
날씨 맑음
컴퓨터를 연습하였음. 일본어를 독학하였음-어휘. 방바닥을 쓸었음.

〈2007년 3월 15일(음력 1월 26일)〉 목요일
날씨 맑음
일본어를 독학하였음-어휘. 오후에 노간 대학에 가서 일본어를 배웠음. 정수를 샀음.

〈2007년 3월 16일(음력 1월 27일)〉 금요일
날씨 맑음
신문과 텔레비전을 보았음-11회 인민 대표대회의 기자 회견-.

〈2007년 3월 17일(음력 1월 28일)〉 토요일
날씨 맑음
미옥(美玉) 전화 왔음. 일본 국진(國珍), 광춘(光春)과 인터넷으로 대화하였음. 영진(永珍), 미화(美花)에게 전화하였음. 창일(昌日)부터 전화 왔음. 방바닥을 닦았음.

〈2007년 3월 18일(음력 1월 29일)〉 일요일
날씨 맑음
일본어를 독학하였음-어휘. 오후에 미옥(美玉) 한 집안이 와서 밥을 먹고 갔음. 일본 국진(國珍), 광춘(光春)과 인터넷으로 대화하였음. 복순(福順)부터 전화 왔음-복순(福順)에게 전화하였음. 이발하였음.

〈2007년 3월 19일(음력 2월 1일)〉 월요일
날씨 맑음
컴퓨터를 연습하였음. 신문과 텔레비전을 보았음. 창일(昌日)부터 전화 왔음.

〈2007년 3월 20일(음력 2월 2일)〉 화요일
날씨 맑음
전화하여서 승일(承日)에게 생일 축하를 주었음. 오전에 노간 대학에 가서 일본어를 배웠음. 점심에 일본어 반의 남자들이 여자들에게 한택을 냈음.(3.8 부녀절).

〈2007년 3월 21일(음력 2월 3일)〉 수요일
날씨 구름/맑음
신문과 텔레비전을 보았음. 미옥(美玉)에게

전화하였음-전화 왔음.

〈2007년 3월 22일(음력 2월 4일)〉 목요일
날씨 맑음/구름
오전에 일본어를 독학하였음. 오후에 노간 대학에 가서 일본어를 배웠음. 승일(承日)부터 전화 왔음-난방비에 대하여. 샤워하였음.

〈2007년 3월 23일(음력 2월 5일)〉 금요일
날씨 맑음
오후에 회촌(琿春)에 갔음(14.25-16.20)-정옥(貞玉) 집에 갔음-미옥(美玉)이 전화 왔음. 원학(元學)에게 전화하였음. 방바닥을 쓸었음.

〈2007년 3월 24일(음력 2월 6일)〉 토요일
날씨 흐림/비눈
오전에 난방소에 가서 원학(元學) 집의 난방 비용을 냈음. 점심에 향선(香善)의 결혼식에 참석하였음. 승일(承日) 집, 민석(珉錫) 집에게 전화하였음. 오후에 창일(昌日) 집에 가서 저녁을 먹고 잤음. 북경 영진(永珍)부터 전화 왔음.

〈2007년 3월 25일(음력 2월 7일)〉 일요일
날씨 구름/바람
점심에 연옥(延伍) 생일 바티에 참석하였음. 오전에 명태장에 갔음. (복순(福順)이 왔음). 창일(昌日)이 전화 왔음. 연길 미옥(美玉)이 전화 왔음-전화하였음. 오후에 집에 왔음. 정수를 샀음.

〈2007년 3월 26일(음력 2월 8일)〉 월요일
날씨 맑음
일본어를 독학하였음-어휘. 신문과 텔레비전을 보았음. 방바닥을 닦았음.

〈2007년 3월 27일(음력 2월 9일)〉 화요일
날씨 맑음
오전에 노간 대학에 가서 일본어를 배웠음. 오후에 신문과 텔레비전을 보았음.

〈2007년 3월 28일(음력 2월 10일)〉 수요일
날씨 맑음/구름
오전에 일본어를 독학하였음-전화 용어에 관하여. 오후에 도매 시장에 가서 야채를 샀음. 정옥(貞玉)이 전화 왔음-전화하였음. 미옥(美玉)이 전화 왔음-쌍둥이의 시험 성적.

〈2007년 3월 29일(음력 2월 11일)〉 목요일
날씨 구름
오전에 일본어를 독학하였음-전화 용어에 관하여. 오후에 노간 대학에 가서 일본어를 배웠음. 시계 배터릴를 갈았음. 공항 정옥(貞玉)이 전화 왔음-한국에 갔음. 미옥(美玉)에게 전화하였음-전화 왔음.

〈2007년 3월 30일(음력 2월 12일)〉 금요일
날씨 맑음/구름
일본어를 독학하였음-어휘. 도시 신용사에 가서 월급을 찾았고 저금하였음. 아침에 원학(元學)이 집에 와서 야채를 가져갔음.

〈2007년 3월 31일(음력 2월 13일)〉 토요일

날씨 눈/흐림
컴퓨터를 독학하였고 연습하였음. 북경 영진(永珍)이 전화 왔음. 일본 국진(國珍)과 인터넷으로 대화하였음. 방바닥을 쓸었음.

〈2007년 4월 1일(음력 2월 14일)〉 일요일
날씨 구름
북경 미화(美花), 동일(東日) 집에게 전화하였음. 일본 광춘(光春)과 인터넷으로 대화하였음. 미옥(美玉)에게 전화하였음. 원학(元學)이 집에 와서 저녁을 먹고 갔음. 방바닥을 닦았음. 정수를 샀음.

〈2007년 4월 2일(음력 2월 15일)〉 월요일
날씨 구름
노간 대학에 가서 일본어를 배웠음. 신문과 텔레비전을 보았음. 박순월(朴順月)이 전화 왔음.

〈2007년 4월 3일(음력 2월 16일)〉 화요일
날씨 맑음/구름
춘학(春學) 형에게 전화하였음. 오전에 노간 대학에 가서 일본어를 배웠음. 점심에 춘학(春學)의 생일 파티에 참석하였음.

〈2007년 4월 4일(음력 2월 17일)〉 수요일
날씨 구름
일본어를 독학하였음-어휘. 창일(昌日)부터 전화 왔음.

〈2007년 4월 5일(음력 2월 18일)〉 목요일
날씨 맑음
일본어를 독학하였음-어휘. 승일(承日)에게 전화하였음-아내가 내일 병원에 가서 주사를 맞음. 미옥(美玉)이 전화 왔음.

〈2007년 4월 6일(음력 2월 19일)〉 금요일
날씨 흐름/비
일본어를 독학하였음-어휘. 오후에 도매 시장에 가서 야채를 샀음. 미옥(美玉)이 전화 왔음.

〈2007년 4월 7일(음력 2월 20일)〉 토요일
날씨 흐림/비
일본에 전화하여서 지혜(智慧)에게 생일 축하를 주었음. 국진(國珍)과 인터넷으로 대화하였음. 일본어를 독학하였음-녹음을 들었음, 어휘. 북경 영진(永珍), 복순(福順)으로부터 전화 왔음. 아침에 원학(元學), 미옥(美玉)이 집에 왔음. 방바닥을 쓸었고 닦았음.

〈2007년 4월 8일(음력 2월 21일)〉 일요일
날씨 맑음/구름/비
일본어를 독학하였음-어휘.

〈2007년 4월 9일(음력 2월 22일)〉 월요일
날씨 구름
일본어를 독학하였음-어휘 노트. 단지에 가서 〈노인 세계〉를 가져왔음. 정수를 샀음.

〈2007년 4월 10일(음력 2월 23일)〉 화요일
날씨 맑음/구름
오전에 노간 대학에 가서 일본어를 배웠음. 전화비(100위안)와 전기비(60위안)를 냈음.

계화(桂花)가 전화 왔음. 점심에 일본어 반의 팀장 등에게 한턱을 냈음. 미옥(美玉)이 전화 왔음.

〈2007년 4월 11일(음력 2월 24일)〉 수요일
날씨 맑음
일본어를 독학하였음-어휘. 공행에 가서 돈을 찾았음. 미옥(美玉)이 전화 왔음.

〈2007년 4월 12일(음력 2월 25일)〉 목요일
날씨 구름/소우
일본어를 독학하였음-어휘. 오후에 노간 대학에 가서 일본어를 배웠음. 진료소에 가서 주사를 맞았음-감기.

〈2007년 4월 13일(음력 2월 26일)〉 금요일
날씨 흐림/비
일본어를 독학하였음-어휘. 미옥(美玉)이 전화 왔음. 일본 미화(美花), 국서(國瑞)에게 전화하였음. 일본 명숙(明淑)과 인터넷으로 대화하였음. 오전에 진료소에 가서 주사를 맞았음-감기.

〈2007년 4월 14일(음력 2월 27일)〉 토요일
날씨 흐림/비
일본어를 독학하였음-어휘. 오후에 시장에 운동장에 가서 축구 경기를 보았음. 원학(元學)이 입장권을 주었음.

〈2007년 4월 15일(음력 2월 28일)〉 일요일
날씨 구름/맑음
이미화(美花) 생일. 일본어를 독학하였음-어휘 노트. 미옥(美玉)이 전화 왔음. 창일(昌日)부터 전화 왔음. 박신옥(朴信玉)이 전화했음. 원학(元學)이 와서 야채를 가져갔음. 방바닥을 쓸었음.

〈2007년 4월 16일(음력 2월 29일)〉 월요일
날씨 눈/구름
북경한테 전화하여서 동일(東日)에게 생일 축하해주었음. 일본어를 독학하였음-어휘. 방바닥을 닦았음. 정수를 샀음.

〈2007년 4월 17일(음력 3월 1일)〉 화요일
날씨 눈/구름
오전에 노간 대학에 가서 일본어를 배웠음. 바닥을 쓸었음. 점심에 일본어 반의 여학생들이 한턱을 냈음. 저녁에 원학(元學)이 미옥(美玉)의 공력 생일을 위하여 한턱을 냈음.

〈2007년 4월 18일(음력 3월 2일)〉 수요일
날씨 구름
오전에 노간 대학에 가서 컴퓨터를 배웠음(중급)-개학. 복순(福順)으로부터 전화 왔음. 아침에 미옥(美玉)이 집에 왔음-검사를 받으러 병원에 갔음-전화 왔음.

〈2007년 4월 19일(음력 3월 3일)〉 목요일
날씨 비/구름
오전에 일본어를 독학하였음-어휘노트. 오후에 노간 대학에 가서 일본어를 배웠음(바닥을 쓸었음). 원학(元學)이 술을 가져왔음.

〈2007년 4월 20일(음력 3월 4일)〉 금요일

날씨 구름
일본어를 독학하였음-문법. 공행에 가서 이금하였음. 신용사에 가서 돈을 찾았음. 창일(昌日)로부터 전화 왔음. 미옥(美玉)에게 전화하였음.

〈2007년 4월 21일(음력 3월 5일)〉 토요일
날씨 구름
일본어를 독학하였음-문법. 북경 영진(永珍), 미화(美花)부터 전화 왔음. 일본 국진(國珍)과 인터넷으로 대화하였음. 점심에 미옥(美玉)이 와서 밥을 먹고 갔음.

〈2007년 4월 22일(음력 3월 6일)〉 일요일
날씨 구름
컴퓨터를 연습하였음. 일본어를 독학하였음-어휘. 방바닥을 쓸었음.

〈2007년 4월 23일(음력 3월 7일)〉 월요일
날씨 맑음/구름
일본어를 독학하였음-어휘. 오후에 노간 대학에 가서 컴퓨터를 배웠음.

〈2007년 4월 24일(음력 3월 8일)〉 화요일
날씨 맑음/구름
오전에 노간 대학에 가서 일본어를 배웠음.

〈2007년 4월 25일(음력 3월 9일)〉 수요일
날씨 구름/소우
동일(東日) 생일(농). 오전에 노간 대학에 가서 컴퓨터를 배웠음. 일본어를 독학하였음-어휘. 미옥(美玉) 전화 왔음.

〈2007년 4월 26일(음력 3월 10일)〉 목요일
날씨 맑음/바람
일본어를 독학하였음-어휘 노트. 오후에 노간 대학에 가서 일본어를 배웠음. 정수를 샀음. 방바닥을 쓸었고 닦았음.

〈2007년 4월 27일(음력 3월 11일)〉 금요일
날씨 맑음
컴퓨터를 연습하였음. 일본어를 독학하였음-어휘.

〈2007년 4월 28일(음력 3월 12일)〉 토요일
날씨 맑음/구름
오전에 노간 대학에 가서 컴퓨터를 연습하였음. 오후에 운동장에 가서 축구 경기를 보았음. 일본 국진(國珍)과 인터넷으로 대화하였음. 창일(昌日)로부터 전화 왔음.

〈2007년 4월 29일(음력 3월 13일)〉 일요일
날씨 맑음
신용사에 가서 월급을 찾았음. 미옥이 전화 왔음. 북경 영진(永珍), 태양 연영(延■)이 전화 왔음. 복순(福順)에게 전화하였음.

〈2007년 4월 30일(음력 3월 14일)〉 월요일
날씨 구름
월급을 찾았음. 점심에 옥기(玉姬), 원학(元學), 미옥(美玉)이 집에 와서 점심을 먹어서 갔음. 미옥(美玉)이 전화 왔음. 춘학(春學) 아내가 전화 왔음. 이발하였음. 목욕하였음.

〈2007년 5월 1일(음력 3월 15일)〉 화요일

날씨 흐림/소우
아침에 원학(元學)의 차를 타서 원학(元學)의 집에 갔음. 원학(元學) 생일(농). 방송 신문, 종합 신문을 샀음. 북경 영진(永珍)부터 전화 왔음.

〈2007년 5월 2일(음력 3월 16일)〉 수요일
날씨 흐림/맑음
미옥(美玉) 생일(농). 원학(元學), 미옥(美玉)이 같이 왔다갔음. 미옥(美玉) 집에서 집에 왔음. (걸어서, 50분). 저녁에 미옥(美玉)에게 전화하였음-컴퓨터 시청 문제.

〈2007년 5월 3일(음력 3월 17일)〉 목요일
날씨 구름/소우
일본어를 독학하였음-어휘 노트. 미옥(美玉)에게 전화하였음. 지방 조선 사람이 전화 왔음. 방바닥을 쓸었음.

〈2007년 5월 4일(음력 3월 18일)〉 금요일
날씨 구름
오전에 방국철(方國哲) 집에 가서 신옥(信玉)과 만나고 점심을 먹어서 왔음-전화하였음. 일본 국진(國珍), 광춘(光春)과 인터넷으로 대화하였음. 미옥(美玉)에게 전화하였음-컴퓨터에 대하여-문제를 찾아냈음. 물비를 냈음(100위안).

〈2007년 5월 5일(음력 3월 19일)〉 토요일
날씨 구름/흐림
컴퓨터를 연습하였음. 북경 영진(永珍)이 전화 왔음. 정수를 샀음.

〈2007년 5월 6일(음력 3월 20일)〉 일요일
날씨 맑음
일본어를 독학하였음-어휘. 북경 영진(永珍)부터 전화 왔음-이체하였음. 미옥(美玉)이 전화 왔음. 신옥(信玉)이 전화 왔음. 아내가 텔레비전 장을 샀음(390위안).

〈2007년 5월 7일(음력 3월 21일)〉 월요일
날씨 맑음/구름
침실을 청소하였음. 춘학(春學) 형이 와서 점심을 먹고 갔음. 일본 국진(國珍), 명숙(明淑)과 인터넷으로 대화하였음. 연화(延華), 연구(延玖) 집에 왔음(선기〈善姬〉). 방바닥을 쓸었고 닦았음.

〈2007년 5월 8일(음력 3월 22일)〉 화요일
날씨 맑음/구름
북경 동일(東日), 영진(永珍), 미화(美花), 연주(延洙), 연옥(延伍), 민석(珉錫), 내몽 안사돈으로부터 전화 왔음. 점심에 식당에서 생일을 위하여 한턱을 냈음. 저녁에 원학(元學)과 미옥(美玉)이 와서 밥을 먹고 갔음. 바닥을 쓸었음.

〈2007년 5월 9일(음력 3월 23일)〉 수요일
날씨 구름
미화(美花) 생일(농). 오전에 노년간부(幹部)대학에 가서 컴퓨터를 배웠음-바닥을 쓸었음. 한국 정옥(貞玉)으로부터 전화 왔음-생일 축하.

〈2007년 5월 10일(음력 3월 24일)〉 목요일

날씨 구름/맑음
오전에 일본어를 독학하였음. 오후에 노간 대학에 가서 일본어를 배웠음. 연구(延玖)부터 전화 왔음. 공행에 가서 영진(永珍)이 이체기록을 보았음. 전화비(100위안)와 전기세(70위안)를 냈음. 마를 샀음.

〈2007년 5월 11일(음력 3월 25일)〉 금요일
날씨 구름
국제 무역 회사와 서시장에 가서 폐쇄선, 슬리퍼, 모자 등을 샀음. 폐쇄선을 설치하였음. 원학(元學)이 휴대폰을 가져왔음. 미옥(美玉)에게 전화하였음.

〈2007년 5월 12일(음력 3월 26일)〉 토요일
날씨 구름/비
점심에 일본어 반의 반장님의 아들의 결혼식에 참석하였음. 오후에 축구 경기를 보았음. 북경 영진(永珍), 미화(美花), 일본 국진(國珍)으로부터 전화 왔음(인터넷이 안 되었음).

〈2007년 5월 13일(음력 3월 27일)〉 일요일
날씨 구름
일본어를 독학하였음-어휘 노트. 미옥(美玉)이 전화 왔음. 바닥을 쓸었음. 정수를 샀음.

〈2007년 5월 14일(음력 3월 28일)〉 월요일
날씨 구름/소우
오후에 노간 대학에 가서 컴퓨터를 배웠음. (바닥을 쓸었음). 계화(桂花), 춘학(春學) 아내가 전화 왔음. 창일(昌日) 집한테 전화하였음-전화 왔음.

〈2007년 5월 15일(음력 3월 29일)〉 화요일
날씨 구름/흐림
오전에 노간 대학에 가서 일본어를 배웠음. 미옥(美玉)이 전화 왔음. 복순(福順), 승일(承日)에게 전화하였음.

〈2007년 5월 16일(음력 3월 30일)〉 수요일
날씨 구름/비
오전에 노간 대학에 가서 컴퓨터를 연습하였음(선생님이 안 오셨음), 바닥을 쓸었음.

〈2007년 5월 17일(음력 4월 1일)〉 목요일
날씨 비
일본어를 독학하였음-본문을 읽었음. 오후에 노간 대학에 가서 일본어를 배웠음. 하남 시장에 가서 산약 등을 샀음. 미옥이 전화 왔음.

〈2007년 5월 18일(음력 4월 2일)〉 금요일
날씨 구름/비
오전에 컴퓨터를 연습하였음. 저녁에 미옥(美玉)이 집에 와서 야채 등을 가져갔음.

〈2007년 5월 19일(음력 4월 3일)〉 토요일
날씨 구름/소우
오전에 룡징에 가서 룡징 안사돈께 생일 축하를 드렸음. 오후에 룡징에서 집에 도착하였음. 아내가 룡징에서 회춘(琿春)에 갔음(전화 왔음-잘 도착하였음). 일본 국진(國珍)과 인터넷으로 대화하였음. 축구 경기를 보았음.

〈2007년 5월 20일(음력 4월 4일)〉 일요일
날씨 맑음/구름
분선(粉善)에게 전화하여서 생일 축하를 주었음. 아내, 승일(承日)에게 전화하였음. 오전에 원학(元學)이 집에 왔음. 아내가 전화했음. 바닥을 쓸었음.

〈2007년 5월 21일(음력 4월 5일)〉 월요일
날씨 맑음
오후에 노간 대학에 가서 컴퓨터를 배웠음. 미옥(美玉)이 전화 왔음. 오전에 아내가 집에 도착하였음. 창일(昌日)로부터 전화 왔음. 방바닥을 닦았음.

〈2007년 5월 22일(음력 4월 6일)〉 화요일
날씨 맑음/구름
오전에 노간 대학에 가서 컴퓨터를 배웠음. 미옥(美玉)이 전화 왔음. 저녁에 원학(元學)과 미옥(美玉)이 집에 왔음. 일본 국진(國珍)과 인터넷으로 대화하였음.

〈2007년 5월 23일(음력 4월 7일)〉 수요일
날씨 맑음/구름
오전에 노간 대학에 가서 컴퓨터를 배웠음. 북경 영진(永珍)이 전화 왔음. 저녁에 원학(元學)의 차를 타서 원학 형의 생일 바티에 참석하였음. 원학(元學), 미옥(美玉)이 20:55 집에 갔음.

〈2007년 5월 24일(음력 4월 8일)〉 목요일
날씨 구름/비
일본어를 독학하였음-녹음을 들었음, 낭독하였음. 오후에 노간 대학에 가서 일본어를 배웠음. 정수를 샀음.

〈2007년 5월 25일(음력 4월 9일)〉 금요일
날씨 구름/비
노간 대학 일본어 반의 봄 소풍에 갔음. (비가 와서 허 학생 집에서 활동하였음).

〈2007년 5월 26일(음력 4월 10일)〉 토요일
날씨 맑음/구름
컴퓨터를 독학하였음. 민석(珉錫)이 전화 왔음. 오후에 운동장에 가서 축구 경기를 보았음. 일본 국진(國珍), 지혜(智慧)와 인터넷으로 대화하였음. 바닥을 쓸었음.

〈2007년 5월 27일(음력 4월 11일)〉 일요일
날씨 맑음/구름
농촌 신용사에 갔음. 축구 경기를 보았음. 안축순(安竹順)이 전화 왔음-월급 통장에 대하여.

〈2007년 5월 28일(음력 4월 12일)〉 월요일
날씨 흐림/소우
정옥(貞玉) 생일. 오후에 노간 대학에 가서 컴퓨터를 배웠음. 하남 시장에 가서 산약을 샀음.

〈2007년 5월 29일(음력 4월 13일)〉 화요일
날씨 흐림/소나기
오전에 노간 대학에 가서 일본어를 배웠음.

〈2007년 5월 30일(음력 4월 14일)〉 수요일
날씨 구름/소우
작은 어머니의 생일. 오전에 노간 대학에 가서 컴퓨터를 배웠음. 오후에 신용사에서 돈을 찾았음-통장을 바꾸었음. 미옥(美玉)이 전화 왔음. 북경 영진(永珍)이 전화 왔음-전화하였음.

〈2007년 5월 31일(음력 4월 15일)〉 목요일
날씨 맑음
오후에 노간 대학에 가서 일본어를 배웠음. 미옥(美玉)이 전화 왔음. 안축순(安竹順)이 전화 왔음-월급 통장에 대하여. 철진(哲珍)이 전화 왔음. 정수를 샀음. 바닥을 닦았음.

〈2007년 6월 1일(음력 4월 16일)〉 금요일
날씨 구름
컴퓨터를 연습하였음.

〈2007년 6월 2일(음력 4월 17일)〉 토요일
날씨 구름
컴퓨터를 연습하였음. 미옥(美玉)이 전화 왔음. 원학(元學)이 전화 왔음. 오후에 쌍둥이 집에 왔음. 북경 영진(永珍), 미화(美花)가 전화 왔음. 일본 국진(國珍)과 인터넷으로 대화하였음. 바닥을 쓸었음.

〈2007년 6월 3일(음력 4월 18일)〉 일요일
날씨 구름
아침에 원학(元學)이 와서 밥을 먹고 갔음(쌍둥이와 같이). 컴퓨터를 연습하였음.

〈2007년 6월 4일(음력 4월 19일)〉 월요일
날씨 구름/소우
오후에 노간 대학에 가서 컴퓨터를 배웠음. 오전에 일본어를 독학하였음. 하남 시장에 가서 산약 등을 샀음.

〈2007년 6월 5일(음력 4월 20일)〉 화요일
날씨 구름/소우
오전에 노간 대학에 가서 일본어를 배웠음. 오후에 컴퓨터를 연습하였음. 창일(昌日)부터 전화 왔음.

〈2007년 6월 6일(음력 4월 21일)〉 수요일
날씨 구름/소우
오전에 노간 대학에 가서 컴퓨터를 배웠음. 미옥(美玉)에게 전화하였음.

〈2007년 6월 7일(음력 4월 22일)〉 목요일
날씨 구름/소우
오후에 노간 대학에 가서 일본어를 배웠음. 오전에 컴퓨터를 연습하였음. 오전에 원학(元學)이 집에 왔음(충전기를 가져갔음). 미옥(美玉)이 전화 왔음. 정수를 샀음.

〈2007년 6월 8일(음력 4월 23일)〉 금요일
날씨 구름
오전에 컴퓨터를 연습하였음. 1시에 축구 경기를 보았음. 창일(昌日)부터 전화 왔음.

〈2007년 6월 9일(음력 4월 24일)〉 토요일
날씨 맑음/구름
오전에 컴퓨터를 연습하였음. 영업집을 임대

하는 사람부터 전화 왔음. 원학(元學)에게 전화하였음. 승일(承日), 해숙(海淑)에게 전화하였음. 일본 국진(國珍)과 인터넷으로 대화하였음.

〈2007년 6월 10일(음력 4월 25일)〉 일요일
날씨 맑음/구름
일본어를 독학하였음-녹음을 들었음, 읽기. 3시에 축구 경기를 보았음. 승일(承日)에게 전화하였음. 북경 영진(永珍)부터 전화 왔음.

〈2007년 6월 11일(음력 4월 26일)〉 월요일
날씨 맑음
오후에 노간 대학에 가서 컴퓨터를 배웠음. 바닥을 닦았음.

〈2007년 6월 12일(음력 4월 27일)〉 화요일
날씨 맑음
오전에 노간 대학에 가서 일본어를 배웠음. 하남 시장에 가서 마 등을 샀음. 복순(福順)부터 전화 왔음. 미옥(美玉)이 전화 왔음. 저녁에 원학(元學), 미옥(美玉)이 집에 왔음.

〈2007년 6월 13일(음력 4월 28일)〉 수요일
날씨 맑음
노간 대학에 가서 컴퓨터를 배웠음. 전화비(100위안)와 전기비(100위안)를 냈음. 승일(承日)부터 전화 왔음-방의 임대에 대하여. 정수를 샀음.

〈2007년 6월 14일(음력 4월 29일)〉 목요일
날씨 맑음
오전에 컴퓨터를 연습하였음. 오후에 노간 대학에 가서 일본어를 배웠음. 시청비를 냈음(192위안). 신옥(信玉)이 전화 왔음.

〈2007년 6월 15일(음력 5월 1일)〉 금요일
날씨 맑음
오전에 컴퓨터를 연습하였음. 오후에 일본어를 독학하였음. 김화(金花)에게 전화하였음-월급 통장에 대하여. 이발하였음

〈2007년 7월 23일(음력 6월 10일)〉 월요일
날씨 맑음
컴퓨터 연습, 승일(承日)한테 전화했음, 바닥 닦았음, 창일(昌日)과 복순(福順) 전화 왔음, 미옥(美玉) 전화 왔음 - 북경에 가는 문제에 관함

〈2007년 7월 24일(음력 6월 11일)〉 화요일
날씨 맑음
컴퓨터 연습, 일본어 학습 - 회화, 영진(永珍) 전화 왔음, 미옥(美玉) 전화 왔음, 원학(元學)과 미옥(美玉) 와서 옷 가져갔음 - 북경에 가져가서 영진(永珍)한테 줬음

〈2007년 7월 25일(음력 6월 12일)〉 수요일
날씨 맑음
컴퓨터 연습, 오후에 도매시장에 가서 채소 샀음, 창일(昌日) 전화 왔음, 승일(承日)집으로 전화했음, 아시아 축구 경기 봤음

〈2007년 7월 26일(음력 6월 13일)〉 목요일
날씨 맑음

컴퓨터 연습, 일본어 학습 - 회화, 식수 샀음, 창일(昌日)한테 전화했음, 식수 샀음

〈2007년 7월 27일(음력 6월 14일)〉 금요일
날씨 맑음/흐림
컴퓨터 연습, 일본어 학습 - 회화

〈2007년 7월 28일(음력 6월 15일)〉 토요일
날씨 비/구름
컴퓨터 연습, 일본어 학습 - 회화, 신용사(信用社)에 가서 예금 인출, 청소, 아시아 축구경기 봤음, 영진(永珍) 전화 왔음, 국진(國珍)과 인터넷 채팅 했음

〈2007년 7월 29일(음력 6월 16일)〉 일요일
날씨 흐림/구름
컴퓨터 연습, 일본어 학습 - 회화, 아시아 축구경기 봤음, 민석(珉錫) 전화 왔음

〈2007년 7월 30일(음력 6월 17일)〉 월요일
날씨 흐림/구름
컴퓨터 연습, 일본어 학습 - 회화, 바닥 닦았음

〈2007년 7월 31일(음력 6월 18일)〉 화요일
날씨 흐림/비
컴퓨터 연습, 일본어 학습 - 회화, 오후에 시내에 가서 종합신문 샀음, 승일(承日) 전화 왔음 - 훈춘(琿春)의 가게채와 새집에 관함

〈2007년 8월 1일(음력 6월 19일)〉 수요일
날씨 비
컴퓨터 연습, 미옥(美玉) 전화 왔음 - 한국에 돌아왔음, 식수 샀음, 창일(昌日) 전화 왔음, 오후에 이발했음

〈2007년 8월 2일(음력 6월 20일)〉 목요일
날씨 흐림/구름
컴퓨터 연습, 일본어 회화 학습, 오후에 미옥(美玉) 와서 저녁 먹었음

〈2007년 8월 3일(음력 6월 21일)〉 금요일
날씨 흐림
컴퓨터 연습, 일본어 회화 학습, 미옥(美玉) 집으로 전화했음 - 춘식(春植) 받았음

〈2007년 8월 4일(음력 6월 22일)〉 토요일
날씨 비/흐림
컴퓨터 연습, 일본어 회화 학습, 오후에 체육장에 갔음 - 축구경기 시작하지 않았음, 청소, 창일(昌日) 전화 왔음, 영진(永珍) 전화 왔음, 국진(國珍)과 인터넷 채팅 했음

〈2007년 8월 5일(음력 6월 23일)〉 일요일
날씨 구름
창일(昌日) 전화 왔음, 복순(福順) 전화 왔음, 미옥(美玉) 전화 왔음 - 훈춘(琿春) 집의 방세 받았음, 바닥 닦았음, 제4소학교의 금화(今花)한테 전화했음, 오후에 창일(昌日)집에 갔음(14:20~16:00), 저녁에 승일(承日) 와서 같이 먹었음

〈2007년 8월 6일(음력 6월 24일)〉 월요일
날씨 맑음/구름

복순(福順) 생일 – 점심에 같이 밥 먹었음, 창일(昌日) 일하는 장소에 갔음, 복순(福順)집에서 잤음

〈2007년 8월 7일(음력 6월 25일)〉 화요일
날씨 맑음/구름

복순(福順)과 시 병원에 갔음 – 아내가 입원했음, 미옥(美玉)한테 전화했음, 창일(昌日)과 승일(承日) 문병하러 왔음, 신용사(信用社)에 가서 월급통장 만들었음

〈2007년 8월 8일(음력 6월 26일)〉 수요일
날씨 흐림/비

가게채의 TV수신료 192위안 냈음, 창일(昌日) 와서 돌봄, 영진(永珍)과 미옥(美玉) 전화 왔음

〈2007년 8월 9일(음력 6월 27일)〉 목요일
날씨 구름/맑음

새집의 전기세 130위안 냈음, 미옥(美玉) 연길에서 병원에 왔음, 점심에 복순(福順), 동춘(東春)과 창일(昌日) 같이 밥 먹었음, 미옥(美玉)이 창일(昌日)집에서 잤음, 영진(永珍) 전화 왔음

〈2007년 8월 10일(음력 6월 28일)〉 금요일
날씨 구름

물 공급국에 갔음, 미옥(美玉) 아침 5시에 연길에 돌아갔음, 6:30 전화 왔음, 창일(昌日) 와서 돌봄, 정화(廷華) 문병하러 왔음, 가게채에 가서 광고지 붙였음, 새 집의 영수증 받았음

〈2007년 8월 11일(음력 6월 29일)〉 토요일
날씨 구름/비

창일(昌日) 와서 돌봄, 정기(廷棋) 문병하러 왔음, 저녁에 정옥(貞玉) 문병하러 왔음(100위안), 제4소학교의 퇴직 교사들 문병하러 왔음(30 8=240위안)

〈2007년 8월 12일(음력 6월 30일)〉 일요일
날씨 구름

순자(順子) 문병하러 왔음(100위안), 일본에서 전화 왔음 – 국진(國珍), 미옥(美玉) 전화 왔음, 제4소학교의 퇴직교사들 문병하러 왔음 – 죽순(竹順), 순옥(順玉), 영자(英子) 등 문병하러 왔음(30 6+100=280위안)

〈2007년 8월 13일(음력 7월 1일)〉 월요일
날씨 흐림/비

영진(永珍) 전화 왔음, 미옥(美玉) 전화 왔음, 창일(昌日) 와서 돌봄

〈2007년 8월 14일(음력 7월 2일)〉 화요일
날씨 흐림/비

오전에 제4소학교에 가서 중 · 한 문예활동 참석, 점심에 학교의 초대 받았음, 노인의 날 보냈음

〈2007년 8월 15일(음력 7월 3일)〉 수요일
날씨 구름

중교중개회사에 가서 임대 등록, 저녁에 원학(元學)과 미옥(美玉) 와서 같이 노인의 날 보냈음

〈2007년 8월 16일(음력 7월 4일)〉 목요일
날씨 흐림/비
아침에 5:05 원학(元學)과 미옥(美玉) 연길에 돌아갔음, 정화(廷華) 와서 1,000위안 대출금 줬음, 신용사(信用社)에 가서 통장 가져왔음, 고복순(福順)(高福順) 만나서 100위안 줬음, 오후에 아내가 퇴원, 병원 옮긴 수속했음, 병원 - 제4소학교 - 노동국

〈2007년 8월 17일(음력 7월 5일)〉 금요일
날씨 흐림/비
시 병원에 가서 결산 - 이루지 못했음, 해미(海美)집에 문병하러 갔음, 훈춘(琿春)에서 연변병원으로 갔음(10:00~11:40), 눈 시력검사 - 입원 필요 없음, 약 샀음

〈2007년 8월 18일(음력 7월 6일)〉 토요일
날씨 비/흐림
신용사(信用社)에 가서 저금했음, 미옥(美玉)과 원학(元學) 왔음, 국진(國珍)한테 전화했음 - 인터넷 잘 안됨, 연길에서 전화 왔음 - 동일(東日), 순자(順子) 전화 왔음 - 가게 채의 방세에 관함

〈2007년 8월 19일(음력 7월 7일)〉 일요일
날씨 구름/맑음
컴퓨터 연습, 일본에서 전화 왔음 - 국진(國珍), 축구 경기 봤음, 북경에서 전화 왔음 - 영진(永珍), 미옥(美玉)한테 전화했음, 청소, 식수 샀음

〈2007년 8월 20일(음력 7월 8일)〉 월요일
날씨 흐림/구름
노간부(老幹部)[1]대학교에 가서 일본어 공부 - 개학, 북경에서 전화 왔음 - 승일(承日), 미옥(美玉) 전화 왔음

〈2007년 8월 21일(음력 7월 9일)〉 화요일
날씨 맑음/구름
컴퓨터 연습, 미옥(美玉) 전화 왔음, 바닥 닦았음, 동일(東日) 전화 왔음, 옥희(玉姬), 원학(元學)과 미옥(美玉) 왔음 - 저녁 먹어서 갔음

〈2007년 8월 22일(음력 7월 10일)〉 수요일
날씨 맑음
오전에 컴퓨터 연습, 오후에 (老干部) 대학교에 가서 일본어 공부, 춘의(春義)의 형 전화 왔음

〈2007년 8월 23일(음력 7월 11일)〉 목요일
날씨 맑음
아침 안 먹고 한미(韓美)전과 외래 환자 진료부에 가서 검사했음 - 오후에 가서 검사결과 가져왔음, 미옥(美玉) 전화 왔음, 일본에서 전화 왔음 - 국진(國珍), 복순(福順)과 창일(昌日) 전화 왔음

〈2007년 8월 24일(음력 7월 12일)〉 금요일
날씨 맑음
창일(昌日) 생일, 원학(元學)의 차 타서 훈춘(琿春)에 갔음(7:30~9:30), 시 병원에

1) 지도자, 관리자. 당(黨)간부.

가서 결산(1,999.6위안), 집에 돌아왔음(15:00~16:00), 정기(廷棋) 전화 왔음

〈2007년 8월 25일(음력 7월 13일)〉 토요일
날씨 맑음
컴퓨터 연습, 공상은행에 가서 저금했음, 오후에 광장에 가서 축구 경기 봤음, 식수 샀음, 일본에서 전화 왔음 - 국진(國珍), 원학(元學) 전화 왔음 - 추국 경기에 관함

〈2007년 8월 26일(음력 7월 14일)〉 일요일
날씨 흐림
도문(圖們)에 가서 김병숙(金炳淑)의 환갑잔치 참석했음(7:30~9:00), 집에 돌아왔음, 영진(永珍) 전화 왔음, 미옥(美玉)과 동일(東日) 전화했음

〈2007년 8월 27일(음력 7월 15일)〉 월요일
날씨 맑음/구름
동일(東日) 왔다가 10시에 북경에 돌아갔음, 미옥(美玉) 와서 점심 먹고 갔음, 창일(昌日) 전화 왔음, 복순(福順) 전화 왔음

〈2007년 8월 28일(음력 7월 16일)〉 화요일
날씨 맑음
창일(昌日) 전화 왔음 - 연길에 와서 집 구매에 관함, 노간부(老幹部)대학교 결석, 아내가 한미(韓美)전과 외래 환자 진료부에 가서 진료했음, 미옥(美玉) 전화 왔음, 동일(東日) 전화청소하고 바닥 닦았음

〈2007년 8월 29일(음력 7월 17일)〉 수요일
날씨 맑음
오전에 컴퓨터 연습, 오후에 노간부(老幹部)대학교에 가서 일본어 공부, 미옥(美玉) 전화 왔음

〈2007년 8월 30일(음력 7월 18일)〉 목요일
날씨 맑음
오전에 컴퓨터 연습, 신용사(信用社)에 가서 월급 받아서 저금했음

〈2007년 8월 31일(음력 7월 19일)〉 금요일
날씨 맑음
오전에 컴퓨터 연습, 정옥(貞玉) 전화 왔음, 미옥(美玉) 전화 왔음, 식수 샀음

〈2007년 9월 1일(음력 7월 20일)〉 토요일
날씨 맑음
백화점에 가서 녹음기 수리, 일본어 학습, 녹음 듣기, 영진(永珍) 전화 왔음, 원학(元學)과 미옥(美玉) 전화 왔음 - 저녁에 와서 밥 먹었음, 국진(國珍)과 인터넷 채팅 했음, 청소

〈2007년 9월 2일(음력 7월 21일)〉 일요일
날씨 맑음
컴퓨터 연습, 국진(國珍)과 인터넷 채팅 했음, 탁구 경기 봤음, 창일(昌日) 전화 왔음

〈2007년 9월 3일(음력 7월 22일)〉 월요일
날씨 구름
정기(廷棋) 생일, 오후에 박영호(朴永浩)집에 갔음, 점심에 식당에서 밥 먹었음, 오후에 돌아왔음

〈2007년 9월 4일(음력 7월 23일)〉 화요일
날씨 맑음
컴퓨터 연습, 바닥 닦았음

〈2007년 9월 5일(음력 7월 24일)〉 수요일
날씨 맑음
컴퓨터 연습, 도매시장에 가서 채소 샀음, 북경에서 전화 왔음 - 동일(東日)

〈2007년 9월 6일(음력 7월 25일)〉 목요일
날씨 구름
정옥(貞玉)과 미옥(美玉)한테 전화했음, 태양사대(太陽四隊)에 갔음(4:30~16:30), TV 셋톱 박스 교체하러 갔음, 정기(廷棋)집에서 저녁 먹었음, 이발했음

〈2007년 9월 7일(음력 7월 26일)〉 금요일
날씨 흐림/비
태양사대(太陽四隊)에서 훈춘(琿春) 식당에 가서 정기(廷棋)의 장남의 결혼식 참석, 미옥(美玉) 전화 왔음, 순자(順子)집에 둘째 숙모를 문병하러 갔음, 집에 돌아왔음(13:30~16:30), 죽순(竹順) 전화 왔음

〈2007년 9월 8일(음력 7월 27일)〉 토요일
날씨 흐림/비
오전에 TV 세톱 박스 설치, 오후에 체육장에 가서 추국 경기 봤음, 식수 샀음, 창일(昌日) 전화 왔음, 초미(超美)한테 전화했음, 미옥(美玉) 전화 왔음, 국진(國珍)과 인터넷 채팅 했음, 식수 샀음

〈2007년 9월 9일(음력 7월 28일)〉 일요일
날씨 비
컴퓨터 연습, 일본어 학습, 연변병원에 원학(元學)의 형을 문병하러 갔음, 원학(元學) 왔음, 영진(永珍) 전화 왔음, 복순(福順)한테 전화했음, 초미(超美)한테 전화했음

〈2007년 9월 10일(음력 7월 29일)〉 월요일
날씨 흐림/비
오전에 노간부(老干部) 대학교에 가서 일본어 공부, 항저우에서 전화 왔음 - 김영자(金英子), 전화비 100위안, 전기세 50위안 냈음, 어제 승일(承日) 전화 왔음, 창일(昌日) 전화 왔음

〈2007년 9월 11일(음력 8월 1일)〉 화요일
날씨 구름
신문 봤음, 여자축구 경기 봤음, 청소하고 바닥 닦았음, 연길에서 전화 왔음 - 정옥(貞玉), 정옥(貞玉)과 태운(泰云) 북경에 경유해서 한국에 갔음

〈2007년 9월 12일(음력 8월 2일)〉 수요일
날씨 구름
컴퓨터 연습, 박순월(朴順月) 약초 보내 왔음, 오후에 노간부(老干部) 대학교에 가서 일본어 공부, 미옥(美玉) 전화 왔음, 세계 여자축구 경기 봤음

〈2007년 9월 13일(음력 8월 3일)〉 목요일
날씨 구름
신화(신화)서점 앞에 가서 약 가져왔음 - 초

영(초영)의 남편, TV선 연길 · 설치, 컴퓨터 연습

〈2007년 9월 14일(음력 8월 4일)〉 금요일
날씨 흐림/구름
노간부(老幹部)대학교에 제 10회 운동회 참석 - 일본어 반 1등, 점심에 밥 같이 먹었음, 오후에 같이 댄스홀에 갔음, 창일(昌日)한테 전화했음, 미옥(美玉) 전화 왔음

〈2007년 9월 15일(음력 8월 5일)〉 토요일
날씨 비
컴퓨터 연습, 영진(永珍)한테 전화했음, 국진(國珍)과 인터넷 채팅 했음, 세계 여자축구 경기 - 중국:브라질 0:4

〈2007년 9월 16일(음력 8월 6일)〉 일요일
날씨 구름
컴퓨터 연습, 일본어 낭독 연습, 식수 샀음

〈2007년 9월 17일(음력 8월 7일)〉 월요일
날씨 구름
영진(永珍) 음력 생일, 오전에 노간부(老幹部)대학교에 가서 일본어 공부, 창일(昌日) 전화 왔음, 미옥(美玉) 전화 왔음, 오후에 컴퓨터 연습, 청소

〈2007년 9월 18일(음력 8월 8일)〉 화요일
날씨 구름
컴퓨터 연습, 창일(昌日) 전화 왔음 - 디지털 TV에 관함, 동주(東周) 전화 왔음

〈2007년 9월 19일(음력 8월 9일)〉 수요일
날씨 비
오전에 컴퓨터 연습, 오후에 창일(昌日)집에 갔음(14:20~14:50), 세계 여자축구 경기 봤음

〈2007년 9월 20일(음력 8월 10일)〉 목요일
날씨 비
창일(昌日)의 차 타서 TV방송국에 가서 가게채의 TV 세톱 박스 가져왔음, 오전에 승일(承日)과 밥 먹었음, 점심 먹고 집에 돌아왔음(12:40~14:50)

〈2007년 9월 21일(음력 8월 11일)〉 금요일
날씨 구름/맑음
컴퓨터 연습, 오전에 하남백화점에 가서 TV 신문 샀음, 신발 수선(15위안)

〈2007년 9월 22일(음력 8월 12일)〉 토요일
날씨 맑음
미옥(美玉) 전화 왔음, 일본에서 전화 왔음 - 국진(國珍), 오후에 세계 여자축구 경기 봤음, 청소하고 바닥 닦았음

〈2007년 9월 23일(음력 8월 13일)〉 일요일
날씨 흐림/맑음
컴퓨터 연습, 도매시장에 가서 고춧가루 샀음(20근 0.4위안), 세계 여자축구 경기 봤음, 국진(國珍)과 인터넷 채팅했음, 영진(永珍)과 미옥(美玉) 전화 왔음

〈2007년 9월 24일(음력 8월 14일)〉 월요일

날씨 흐림/맑음
오전에 노간부(老幹部)대학교에 가서 일본어 공부, 점심에 식당에서 먹었음, 반비(班費)[2] 30위안 냈음, 창일(昌日) 전화 왔음

〈2007년 9월 25일(음력 8월 15일)〉 화요일
날씨 맑음/구름
북경으로 전화했음 – 영진(永珍) 양력생일, 컴퓨터 연습, 고추 썰었음, 청소하고 바닥 닦았음

〈2007년 9월 26일(음력 8월 16일)〉 수요일
날씨 구름
오전에 컴퓨터 연습, 오후에 노간부(老幹部)대학교에 가서 일본어 공부, 공상은행에 가서 예금 인출(2,000위안), 영진(永珍)과 미옥(美玉) 전화 왔음, 세계 여자축구 경기 봤음, 식수 샀음

〈2007년 9월 27일(음력 8월 17일)〉 목요일
날씨 소나기/구름
컴퓨터 연습, 영진(永珍)과 미옥(美玉)한테 전화했음, 승일(承日)의 아내가 전화 왔음 – 북경에서 돌아왔음, 원학(元學) 전화 왔음

〈2007년 9월 28일(음력 8월 18일)〉 금요일
날씨 맑음
아침에 원학(元學) 고추 사 왔음, 고추 정리, 여금(旅今) 전화 왔음 – 점심 먹고 14:00 출발 웨이하이로 갔음

2) 학년 · 반 · 조 등의 활동 경비.

〈2007년 9월 29일(음력 8월 19일)〉 토요일
날씨 맑음
고추 썰었음 – 건조, 은행에 가서 월급 받았음, 청소, 박일남(朴日男) 전화 왔음

〈2007년 9월 30일(음력 8월 20일)〉 일요일
날씨 맑음
초미(超美) 양력생일, 오후에 원학(元學)의 쌍둥이 왔음, 원학(元學)의 차 타고 연변제1중학에 가서 장거리 달리기 경기 봤음 – 춘림(春林) 3등, 춘성(春晟) 11등, 도매시장에 가서 채소 샀음, 세계 여자축구 경기 봤음, 국진(國珍)과 인터넷 채팅 했음

〈2007년 10월 1일(음력 8월 21일)〉 월요일
날씨 맑음
오전에 컴퓨터 연습, 쌍둥이 아침 먹고 집에 갔음, 오후에 원학(元學) 와서 쇠고기 가져갔음, 영진(永珍)한테 전화했음, 사돈집으로 전화했음, 점심에 철진(哲珍) 와서 밥 먹었음

〈2007년 10월 2일(음력 8월 22일)〉 화요일
날씨 맑음
오전에 도매시장에 가서 가지 샀음, 세계 장애인 올림픽 개막식 봤음(상하이)

〈2007년 10월 3일(음력 8월 23일)〉 수요일
날씨 맑음/구름
오전에 컴퓨터 연습, 가지 썰고 건조 시켰음, X전화 왔음 – 반공(反共)? 원학(元學)집으로 전화했음 – 미옥(美玉) 안 왔음, 청소하고 바닥 닦았음

〈2007년 10월 4일(음력 8월 24일)〉 목요일 날씨 구름/맑음
오전에 컴퓨터 연습, 고추 정리, 저녁에 미옥(美玉) 와서 밥 먹었음, 식수 먹었음

〈2007년 10월 5일(음력 8월 25일)〉 금요일 날씨 안개/맑음
오전에 컴퓨터 연습, 원학(元學) 와서 아침 먹고 갔음, 청소

〈2007년 10월 6일(음력 8월 26일)〉 토요일 날씨 맑음/흐림
오전에 컴퓨터 연습, 오후에 원학(元學)의 차 타서 축구경기 보러 갔음, 영진(永珍) 전화 왔음, 창일(昌日) 전화 왔음, 미옥(美玉) 전화 왔음, 바닥 닦았음

〈2007년 10월 7일(음력 8월 27일)〉 일요일 날씨 구름
아내 생일 - 승일(承日)집, 복순(福順), 등 가족들 왔음, 내몽골에서 전화 왔음, 국진(國珍), 광춘(光春)과 인터넷 채팅했음, 영진(永珍) 전화 왔음

〈2007년 10월 8일(음력 8월 28일)〉 월요일 날씨 구름/바람
오전에 노간부(老干部) 대학교에 가서 일본어 공부, 미옥(美玉) 전화 왔음, 청소, 창일(昌日)한테 전화했음 - 가게채의 난방에 관함

〈2007년 10월 9일(음력 8월 29일)〉 화요일 날씨 맑음
컴퓨터 연습, 신용사(信用社)에 가서 저금했음, 미옥(美玉) 전화 왔음

〈2007년 10월 10일(음력 8월 30일)〉 수요일 날씨 구름
오전에 컴퓨터 연습, 오후에 노간부(老幹部) 대학교에 가서 일본어 공부, 원학(元學) 전화 왔음, 원학(元學) 왔음 - 한국TV 설치에 관함

〈2007년 10월 11일(음력 9월 1일)〉 목요일 날씨 맑음
오전에 컴퓨터 연습, 원학(元學)한테 전화했음한국TV 설치하지 않음, 설치 인원 왔음, 청소

〈2007년 10월 12일(음력 9월 2일)〉 금요일 날씨 맑음
컴퓨터 연습, 신용사(信用社)에 가서 예금 인출, 난방비 1667위안 냈음, 원학(元學)과 미옥(美玉) 왔음, 박영호(朴永浩) 전화 왔음, 아내가 한미(韓美)병원의 조직된 소풍 활동 참석하러 갔음, TV신호 없음

〈2007년 10월 13일(음력 9월 3일)〉 토요일 날씨 맑음
백화점에 가서 박영호(朴永浩)와 만났음, 서시장에 가 봤음, 공원에 갔음, 식당에 가서 밥 먹었음(69위안), 영진(永珍) 전화 왔음

〈2007년 10월 14일(음력 9월 4일)〉 일요일 날씨 구름

컴퓨터 연습, 오후에 아내가 돌아왔음, 미옥(美玉) 전화 왔음, 국진(國珍)과 인터넷 채팅 했음, 식수 샀음, 바닥 닦았음

〈2007년 10월 15일(음력 9월 5일)〉 월요일 날씨 구름
오전에 노간부(老幹部)대학교에 가서 일본어 공부, 저녁에 원학(元學) 와서 가방 가져갔음, 창일(昌日) 전화 왔음, 전기세 50위안 냈음, 전화비 100위안 냈음, 전환기 샀음(12위안)

〈2007년 10월 16일(음력 9월 6일)〉 화요일 날씨 구름
오전에 컴퓨터 연습, 미옥(美玉) 전화 왔음

〈2007년 10월 17일(음력 9월 7일)〉 수요일 날씨 구름
오전에 컴퓨터 연습, 오후에 노간부(老幹部)대학교에 가서 일본어 공부, 영진(永珍) 전화 왔음

〈2007년 10월 18일(음력 9월 8일)〉 목요일 날씨 구름/비
오전에 컴퓨터 연습, 미옥(美玉) 전화 왔음, 청소, 승일(承日) 전화 왔음, 태양(太陽)으로 전화했음 - 정화(廷華) 생일파티 참석하지 못함

〈2007년 10월 19일(음력 9월 9일)〉 금요일 날씨 흐림/비
정화(廷華) 생일, 오전에 근년의 난방비 영수증 정리, 공상은행에 가서 예금 인출했음, 창일(昌日) 전화 왔음, 미옥(美玉)한테 전화했음

〈2007년 10월 20일(음력 9월 10일)〉 토요일 날씨 구름/바람
오전에 컴퓨터 연습, 오후에 축구 경기 봤음, 영진(永珍) 전화 왔음, 창일(昌日) 전화 왔음, 이발했음

〈2007년 10월 21일(음력 9월 11일)〉 일요일 날씨 구름
오전에 훈춘(琿春)에 갔음(8:00~10:00), 새집 난방비 2028위안, 미옥(美玉) 옛집의 난방비 864위안 냈음, 점심에 창일(昌日)집에 가서 밥 먹었음, 오후에 태양사대(太陽四隊)에 갔음(15:00~15:30), 정화(廷華)와 정기(廷棋)에게 100위안 줬음

〈2007년 10월 22일(음력 9월 12일)〉 월요일 날씨 구름/바람
둘째숙모 생신, 오전에 화투를 쳤음, 아내가 전화 왔음, 오후에 창일(昌日)집에 갔음(15:00~15:30), 승일(承日) 와서 같이 저녁 먹었음

〈2007년 10월 23일(음력 9월 13일)〉 화요일 날씨 맑음
오전에 물 공급회사에 갔음 - 가게채의 물세에 관함(13:10~15:30), 난방 공급회사에 가서 가게채의 난방비 잔액 319위안 가져왔음, 창일(昌日)집에서 점심 먹고 연길에 돌아왔음

〈2007년 10월 24일(음력 9월 14일)〉 수요일 날씨 맑음
오전에 컴퓨터 연습, 오후에 노간부(老幹部) 대학교에 가서 컴퓨터 공부, 간장 샀음, 영진(永珍) 전화 왔음, 원학(元學) 왔음 - 세차

〈2007년 10월 25일(음력 9월 15일)〉 목요일 날씨 맑음
오전에 컴퓨터 연습, 영진(永珍) 전화 왔음 - 미화(美花)가 남자 아이 낳았음, 식수 샀음, 미옥(美玉) 전화 왔음, 일본으로 전화했음 - 명숙(明淑), 식수 샀음, 반찬 정리, 청소

〈2007년 10월 26일(음력 9월 16일)〉 금요일 날씨 맑음
한자 학습, 도매시장에 가서 채소 샀음, 미옥(美玉) 전화 왔음, 영진(永珍)한테 전화했음

〈2007년 10월 27일(음력 9월 17일)〉 토요일 날씨 맑음/구름
오전에 컴퓨터 연습, 저녁에 원학(元學) 와서 저녁 먹었음, 바닥 닦았음, 승일(承日)집으로 전화했음, 영진(永珍), 미화(美花)한테 전화했음

〈2007년 10월 28일(음력 9월 18일)〉 일요일 날씨 구름/흐림
오전에 컴퓨터 연습, 학습, 승일(承日)집으로 전화했음, 미옥(美玉) 전화 왔음, 영진(永珍) 전화 왔음, 국진(國珍)과 인터넷 채팅했음

〈2007년 10월 29일(음력 9월 19일)〉 월요일 날씨 구름
노간부(老干部) 대학교에 가서 일본어 공부, 미화(美花)한테 전화했음

〈2007년 10월 30일(음력 9월 20일)〉 화요일 날씨 맑음
오전에 컴퓨터 연습, 신용사(信用社)에 가서 월급 받아서 저금했음, 영진(永珍)한테 전화했음, 일본어반의 반장 전화 왔음 - 보고회에 관함

〈2007년 10월 31일(음력 9월 21일)〉 수요일 날씨 구름/비
오전에 노간부(老幹部)대학교에 가서 김광진(金光振)의 '17대'정신 보고회 청취

〈2007년 11월 1일(음력 9월 22일)〉 목요일 날씨 구름
오전에 컴퓨터 연습, 원학(元學) 와서 배추 가져갔음

〈2007년 11월 2일(음력 9월 23일)〉 금요일 날씨 구름
오전에 컴퓨터 연습, 상점에 가서 담배 샀음, 약 샀음

〈2007년 11월 3일(음력 9월 24일)〉 토요일 날씨 구름
오전에 컴퓨터 연습 및 일본어 학습, 미옥(美玉) 전화 왔음, 식수 샀음, 영진(永珍) 전화 왔음, 창일(昌日) 전화 왔음, 청소

〈2007년 11월 4일(음력 9월 25일)〉 일요일 날씨 구름
컴퓨터 연습, 오후에 도매시장에 가서 채소 샀음, 바닥 닦았음, 영진(永珍) 전화 왔음 - 손자의 이름에 관함, 국진(國珍)과 인터넷 채팅했음, 미옥(美玉) 전화 왔음

〈2007년 11월 5일(음력 9월 26일)〉 월요일 날씨 구름
오전에 노간부(老幹部)대학교에 가서 일본어 공부, 영진(永珍) 전화 왔음 - 손자의 이름에 관함

〈2007년 11월 6일(음력 9월 27일)〉 화요일 날씨 구름
일본어 학습과 컴퓨터 연습, 영진(永珍) 전화 왔음 - 손자의 이름에 관함, 지호(智皓), 창일(昌日) 전화 왔음 - 가게채 방세에 과함

〈2007년 11월 7일(음력 9월 28일)〉 수요일 날씨 구름
오전에 일본어 회화 연습, 오후에 노간부(老幹部)대학교에 가서 일본어 공부

〈2007년 11월 8일(음력 9월 29일)〉 목요일 날씨 맑음/구름
일본어 회화 연습, 어휘과 문법 학습, 고춧가루 만들기

〈2007년 11월 9일(음력 9월 30일)〉 금요일 날씨 흐림/비
정금(貞今) 생일, 일본어 단어 학습, 컴퓨터 연습, 영진(永珍) 전화 왔음

〈2007년 11월 10일(음력 10월 1일)〉 토요일 날씨 비/흐림
일본어 학습, 죽순(竹順) 전화 왔음, 유리 닦았음(9:00~11:30), 미옥(美玉) 전화 왔음, 복순(福順)과 창일(昌日) 전화 왔음

〈2007년 11월 11일(음력 10월 2일)〉 일요일 날씨 맑음/구름
일본어 어휘 학습, 국진(國珍)과 인터넷 채팅했음, 미옥(美玉)한테 전화했음, 영진(永珍)한테 전화했음, 청소하고 바닥 닦았음

〈2007년 11월 12일(음력 10월 3일)〉 월요일 날씨 맑음/구름
오전에 노간부(老幹部)대학교에 가서 일본어 공부, 오후에 일본어 어휘 학습

〈2007년 11월 13일(음력 10월 4일)〉 화요일 날씨 구름
컴퓨터 연습, 일본어 학습 - 회화, 어휘, 신옥(信玉) 전화 왔음, 북경으로 전화했음 - 안사돈 생일

〈2007년 11월 14일(음력 10월 5일)〉 수요일 날씨 맑음
오전에 일본어 어휘 학습, 신옥(信玉) 누나 생일인데 초대 받았음

〈2007년 11월 15일(음력 10월 6일)〉 목요일 날씨 맑음

일본어 어휘 학습, 컴퓨터 연습, 아시아 청소년 축구 경기 봤음, 미옥(美玉)한테 전화했음

〈2007년 11월 16일(음력 10월 7일)〉 금요일 날씨 맑음
일본어 학습 - 회화, 어휘, 연결어 학습

〈2007년 11월 17일(음력 10월 8일)〉 토요일 날씨 구름
일본어 학습 - 어휘, 컴퓨터 연습, 바닥 닦았음, 영진(永珍)한테 전화했음, 보건품 먹기 시작했음

〈2007년 11월 18일(음력 10월 9일)〉 일요일 날씨 맑음/추움
일본어 어휘 학습 - 컴퓨터 연습, 바닥 닦았음

〈2007년 11월 19일(음력 10월 10일)〉 월요일 날씨 흐림
오전에 노간부(老幹部)대학교에 가서 일본어 공부, 점심에 허(許)반장의 초대 받았음

〈2007년 11월 20일(음력 10월 11일)〉 화요일 날씨 눈/구름
일본어 어휘 학습, 컴퓨터 연습, 창일(昌日)한테 전화했음 - 불통, 식수 샀음, 철진(哲珍) 전화 왔음, 복순(福順)한테 전화했음, 철진(哲珍)한테 전화했음

〈2007년 11월 21일(음력 10월 12일)〉 수요일 날씨 구름
오전에 일본어 어휘 학습, 노간부(老幹部)대학교에 가서 일본어 공부, 미옥(美玉) 전화 왔음, 창일(昌日) 전화 왔음

〈2007년 11월 22일(음력 10월 13일)〉 목요일 날씨 구름
일본어 어휘 학습, 컴퓨터 연습, 오후에 도매시장에 가서 채소 샀음

〈2007년 11월 23일(음력 10월 14일)〉 금요일 날씨 구름
일본어 어휘 학습, 컴퓨터 연습, 정금(貞今) 전화 왔음 - 한국에서 돌아왔음

〈2007년 11월 24일(음력 10월 15일)〉 토요일 날씨 구름
일본어 어휘 학습, 컴퓨터 연습, 저녁에 원학(元學) 와서 밥 먹었음 - 쌀 샀음, 국진(國珍)과 인터넷 채팅했음 - 지호(智皓)의 사진 봤음, 청소

〈2007년 11월 25일(음력 10월 16일)〉 일요일 날씨 구름
일본어 어휘 학습, 컴퓨터 연습, 국진(國珍)과 인터넷 채팅했음, 미옥(美玉)한테 전화했음 - 지호(智皓)의 사진에 관함, 바닥 닦았음

〈2007년 11월 26일(음력 10월 17일)〉 월요일 날씨 맑음/구름
감기 걸려서 노간부(老幹部)대학교에 못 갔음, 허(許)반장한테 전화해서 결석했음, 일본어 어휘 학습

〈2007년 11월 27일(음력 10월 18일)〉 화요일 날씨 맑음

내몽골 안사돈 생신, 일본어 어휘 학습, 컴퓨터 연습, 식수 샀음, 오후에 진료소에 가서 주사 맞았음(18위안)

〈2007년 11월 28일(음력 10월 19일)〉 수요일 날씨 맑음

진료소에 가서 주사 맞았음, 노간부(老幹部)대학교에 못 갔음, 허(許)반장한테 전화했음, 일본어 어휘 학습, 컴퓨터 연습, 복순(福順) 전화 왔음

〈2007년 11월 29일(음력 10월 20일)〉 목요일 날씨 맑음

오전에 심(沈)진료서에 가서 주사 맞았음(25위안+5위안 약), 일본어 어휘 학습, 컴퓨터 연습, 오후에 신용사(信用社)에 가서 월급 받아서 공상은행에 가서 저금했음

〈2007년 11월 30일(음력 10월 21일)〉 금요일 날씨 맑음

오전에 심(沈)진료서에 가서 주사 맞았음, 일본어 어휘 학습, 컴퓨터 연습

〈2007년 12월 1일(음력 10월 22일)〉 토요일 날씨 맑음

일본어 어휘와 듣기 학습, 컴퓨터 연습, 물세 냈음(22위안), 청소, 미옥(美玉) 전화 왔음, 미옥(美玉) 와서 점심 먹었음, 영진(永珍) 전화 왔음

〈2007년 12월 2일(음력 10월 23일)〉 일요일 날씨 맑음

일본어 어휘 학습, 영진(永珍) 전화 왔음, 한국에서 전화 왔음 - 정옥(貞玉), 국진(國珍)과 인터넷 채팅했음, 옥희(玉姬)한테 전화했음, 창일(昌日) 전화 왔음, 바닥 닦았음

〈2007년 12월 3일(음력 10월 24일)〉 월요일 날씨 맑음

노간부(老幹部)대학교에 가서 일본어 공부, 일본어 어휘 학습

〈2007년 12월 4일(음력 10월 25일)〉 화요일 날씨 맑음

일본어 어휘 학습, 컴퓨터 연습, 식수전표 샀음(70위안)

〈2007년 12월 5일(음력 10월 26일)〉 수요일 날씨 맑음

오전에 일본어 어휘 학습, 순자(順子) 생일 - 훈춘(琿春)으로 전화했음, 오후에 노간부(老幹部)대학교에 가서 일본어 공부, 창일(昌日)집으로 전화했음 - 순자(順子) 북한에서 돌아왔음, 전화비 100위안 및 전기세 100위안 냈음

〈2007년 12월 6일(음력 10월 27일)〉 목요일 날씨 맑음/구름

일본어 어휘 학습, 컴퓨터 연습, 오후에 도매시장에 가서 산약(山藥) 샀음

〈2007년 12월 7일(음력 10월 28일)〉 금요

일 날씨 구름/흐림
순옥(順玉) 생일, 일본어 어휘와 본몬 학습

〈2007년 12월 8일(음력 10월 29일)〉 토요일 날씨 맑음
일본어 어휘와 본몬 학습, 이발했음, 청소, 원학(元學) 와서 저녁 먹었음, 영진(永珍) 전화 왔음 - 지호(智皓) 사진

〈2007년 12월 9일(음력 10월 30일)〉 일요일 날씨 맑음
일본어 어휘와 본몬 학습, 국진(國珍)과 인터넷 채팅했음

〈2007년 12월 10일(음력 11월 1일)〉 월요일 날씨 맑음
오전에 노간부(老幹部)대학교에 가서 일본어 공부, 합창연습, 청소

〈2007년 12월 11일(음력 11월 2일)〉 화요일 날씨 흐림/눈
일본어 본몬 학습, 청소하고 바닥 닦았음

〈2007년 12월 12일(음력 11월 3일)〉 수요일 날씨 맑음
오전에 일본어 본몬 학습, 오후에 노간부(老幹部)대학교에 가서 일본어 공부, 청소, 창일(昌日) 전화 왔음, 식수 샀음

〈2007년 12월 13일(음력 11월 4일)〉 목요일 날씨 맑음
하루 종일 어휘와 일본어 본몬 학습(필기 완성), 미옥(美玉)에게 전화했음, 창일(昌日) 전화 왔음

〈2007년 12월 14일(음력 11월 5일)〉 금요일 날씨 맑음/구름
일본어 본몬(하) 학습 - 필기 시작, 아침에 원학(元學) 달력 가져왔음

〈2007년 12월 15일(음력 11월 6일)〉 토요일 날씨 구름
일본어 본몬 학습, 미옥(美玉) 전화 왔음, 바닥 닦았음

〈2007년 12월 16일(음력 11월 7일)〉 일요일 날씨 구름
일본어 본몬 학습, 영진(永珍) 전화 왔음, 국진(國珍)과 인터넷 채팅했음, 바닥 닦았음

〈2007년 12월 17일(음력 11월 8일)〉 월요일 날씨 맑음
노간부(老幹部)대학교에 가서 일본어 공부 - 1시간, 합창연습, 청소, 반 총결, 창일(昌日) 전화 왔음

〈2007년 12월 18일(음력 11월 9일)〉 화요일 날씨 맑음
일본어 본몬 학습, 오후에 도매시장에 가서 산약(山藥) 샀음, 저녁에 원학(元學)과 미옥(美玉) 와서 밥 먹었음 - 개구리 가져왔음

〈2007년 12월 19일(음력 11월 10일)〉 수요일 날씨 구름/맑음

노간부(老幹部)대학교에서 2008년 원단 문예만찬회 참석, 반장한테 100위안 줬음(방학)

〈2007년 12월 20일(음력 11월 11일)〉 목요일 날씨 맑음
일본어 본몬 학습, 영진(永珍) 전화 왔음, 식수 샀음

〈2007년 12월 21일(음력 11월 12일)〉 금요일 날씨 맑음
일본어 본몬 학습(필기 완성), 약 샀음, 공상은행에 가서 예금 인출(2934위안)

〈2007년 12월 22일(음력 11월 13일)〉 토요일 날씨 맑음
일본어 어휘 학습(필기 시작), 영진(永珍) 전화 왔음, 청소

〈2007년 12월 23일(음력 11월 14일)〉 일요일 날씨 흐림/구름
일본어 어휘 학습, 일본으로 전화했음 – 인터넷 연길 잘 안 됨, 원학(元學) 와서 자전거 가져갔음, 바닥 닦았음, 복순(福順)한테 전화했음

〈2007년 12월 24일(음력 11월 15일)〉 월요일 날씨 맑음
일본어 어휘 학습, 컴퓨터 연습

〈2007년 12월 25일(음력 11월 16일)〉 화요일 날씨 맑음
크리스마스, 일본어 어휘 학습, 오후에 산약(山藥) 샀음, 미옥(美玉) 전화 왔음, 북경에서 승일(承日) 전화 왔음

〈2007년 12월 26일(음력 11월 17일)〉 수요일 날씨 맑음
일본어 어휘 학습

〈2007년 12월 27일(음력 11월 18일)〉 목요일 날씨 구름/눈
일본어 어휘 학습, 창일(昌日)한테 전화했음, 복순(福順) 전화 왔음, 달력과 일기노트 만들기

〈2007년 12월 28일(음력 11월 19일)〉 금요일 날씨 구름/눈
오전에 달력과 일기노트 만들기, 오후에 창일(昌日)집에 갔음(14:30~16:25), 식수 샀음

〈2007년 12월 29일(음력 11월 20일)〉 토요일 날씨 구름/눈
오전에 황경인(黃炅仁) 환갑잔치 참석, 오후에 판석(板石)에 갔음 – 민석(珉錫) 생일, 일본에서 전화 왔음 – 광춘(光春)

〈2007년 12월 30일(음력 11월 21일)〉 일요일 날씨 바람
판석(板石)에서 창일(昌日)집으로 갔음, 옥희(玉姬) 연길에서 돌아왔음

〈2007년 12월 31일(음력 11월 22일)〉 월요일 날씨 바람

오전에 창일(昌日)집의 대출금 처리, 오후에 창일(昌日)의 차 타서 태양사대(太陽四隊)에 갔음 - 정화(廷華), 정기(廷棋), 정수(廷洙), 정오(廷伍), 정구(廷玖) 왔음, 정기(廷棋)집에서 잤음

2008년

〈2008년 1월 1일(음력 11월 23일)〉 화요일
날씨 맑음/바람
숙모 집에서 원단 보냈음. 창일(昌日) 집에 갔음. 오전에 화투쳤음. 연길(延吉) 쌍둥이부터 전화 왔음.

〈2008년 1월 2일(음력 11월 24일)〉 수요일
날씨 맑음
창일(昌日) 집에서 텔레비전과 신문을 보았음. 연길(延吉) 미옥(美玉)으로부터 전화가 왔음.

〈2008년 1월 3일(음력 11월 25일)〉 목요일
날씨 맑음
오전에 연길에 갔음. (9.55-12.00) 북경(北京) 영진(永珍)에게 전화하였음. 창일(昌日)의 차를 탔음. 원학(元學)과 미옥(美玉)이 점심을 사 주었음. 창일(昌日)과 원학(元學) 집에서 저녁을 먹은 후에 집에 가서 일본에게 인터넷으로 대화하였음. 옥기(玉姬) 엄마가 방바닥을 닦았음.

〈2008년 1월 4일(음력 11월 26일)〉 금요일
날씨 맑음
일본어를 독학하였음-모두 단어 목록. 원학(元學)이 집에 왔음-가방을 찾아갔음. 창일(昌日)과 순자(順子)가 아침을 먹고 갔음-전화가 왔음-집에 잘 도착하였음.

〈2008년 1월 5일(음력 11월 27일)〉 토요일
날씨 맑음
일본어를 독학하였음-모두 단어 목록. 미옥(美玉)한테 전화하였음.

〈2008년 1월 6일(음력 11월 28일)〉 일요일
날씨 구름
일본어를 독학하였음-모두 단어 목록 상권을 완성하였음. 미옥(美玉)으로부터 전화가 왔음. 일본 국진(國珍)과 인터넷으로 대화하였음.

〈2008년 1월 7일(음력 11월 29일)〉 월요일
날씨 맑음
일본어를 독학하였음-모두 단어 목록 하권을 시작하였음. 미옥(美玉)으로부터 전화 왔음.

〈2008년 1월 8일(음력 12월 1일)〉 화요일
날씨 맑음
일본어를 독학하였음-모두 단어 목록. 오후

에 중심신용사에 가서 돈을 찾았음. 미옥(美玉)으로부터 전화 왔음. 아침에 원학(元學)이 집에 와서 야채 등을 찾아갔음. 복순(福順)으로부터 전화 왔음-이사하였음.

〈2008년 1월 9일(음력 12월 2일)〉 수요일 날씨 맑음
일본어를 독학하였음-모두 단어 목록. 미옥(美玉)한테 전화하였음. 오전에 원학(元學)이 집에 왔음-난방 수리공-난방에 관하여

〈2008년 1월 10일(음력 12월 3일)〉 목요일 날씨 맑음
일본어를 독학하였음-모두 단어 목록. 오후에 도매 시장에 가서 마 등을 샀음. 미옥(美玉)이 전화 왔음.

〈2008년 1월 11일(음력 12월 4일)〉 금요일 날씨 맑음/추움
일본어를 독학하였음-모두 단어 목록. 방바닥을 닦았음.

〈2008년 1월 12일(음력 12월 5일)〉 토요일 날씨 맑음
안사돈 생일(연길). 점심에 원학(元學)의 차를 타고 원학(元學) 집에 가서 안사돈께 생일 축하 드렸음. 밥을 먹고 집에 왔음. 일본어를 독학하였음-모두 단어 목록. 복순(福順)한테 전화하였음.

〈2008년 1월 13일(음력 12월 6일)〉 일요일 날씨 맑음
일본어를 독학하였음-모두 단어 목록. 일본 국진(國珍)에게 인터넷으로 대화하였음. 북경 영진(永珍)한테 전화하였음. 미옥(美玉)에게 전화하였음.

〈2008년 1월 14일(음력 12월 7일)〉 월요일 날씨 맑음
일본어를 독학하였음-모두 단어 목록. 창일(昌日)부터 전화 왔음-난방에 대하여.

〈2008년 1월 15일(음력 12월 8일)〉 화요일 날씨 맑음
일본어를 독학하였음-모두 단어 목록. 오후에 방송관리국에 가서 시청비를 냈음. (144원) 창일(昌日)부터 전화 왔음.

〈2008년 1월 16일(음력 12월 9일)〉 수요일 날씨 맑음
일본어를 독학하였음-모두 단어 목록.

〈2008년 1월 17일(음력 12월 10일)〉 목요일 날씨 맑음
일본어를 독학하였음-모두 단어 목록-하권을 완성하였음.

〈2008년 1월 18일(음력 12월 11일)〉 금요일 날씨 맑음
일본어를 독학하였음-조사. 컴퓨터를 연습하였음. 지역 사회에서 일하는 사람이 〈노인세계〉를 가져왔음.

〈2008년 1월 19일(음력 12월 12일)〉 토요

일 날씨 맑음
오전에 시장에 가서 형광등 스탠드를 샀음. 복순(福順)부터 전화 왔음-시내로 이사에 대하여. 한미 진료소(韓美診所)에서 인슐린을 샀음. 일본어를 독학하였음-조사등. 북경 영진(永珍)부터 전화 왔음. 원학(元學)에게 전화하였음.

〈2008년 1월 20일(음력 12월 13일)〉 일요일 날씨 맑음
미옥(美玉)부터 전화 왔음. 일본 국진(國珍)한테 인터넷으로 대화하였음. 태양사대에게 전화하였음. 방바닥을 닦았음.

〈2008년 1월 21일(음력 12월 14일)〉 월요일 날씨 맑음/구름
일본어를 독학하였음-조사 등. 컴퓨터를 연습하였음. 미옥(美玉)으로부터 전화 왔음.

〈2008년 1월 22일(음력 12월 15일)〉 화요일 날씨 흐림
일본어를 독학하였음-조사 등. (상권을 시작하였음) 컴퓨터를 연습하였음.

〈2008년 1월 23일(음력 12월 16일)〉 수요일 날씨 구름/맑음
일본어를 독학하였음-문법 등. 컴퓨터를 연습하였음. 미옥(美玉)부터 전화 왔음. 점심때 밥을 먹어서 시장에 갔음. (아내와 같이 옷을 샀음)

〈2008년 1월 24일(음력 12월 17일)〉 목요일 날씨 맑음/바람
국진(國珍) 생일. 일본어를 독학하였음-문법. 컴퓨터를 연습하였음. 창일(昌日)으로부터 전화 왔음. 미옥(美玉)에게 전화하였음.

〈2008년 1월 25일(음력 12월 18일)〉 금요일 날씨 맑음
일본어를 독학하였음-문법. 오후에 도매 시장에 가서 마 등을 샀음. 정수를 샀음. 북경 동일(東日)부터 전화 왔음. 승일(承日)에게 전화하였음-승일(承日) 아내가 입원하였음(북경). 미옥(美玉)에게 전화하였음.

〈2008년 1월 26일(음력 12월 19일)〉 토요일 날씨 맑음
일본어를 독학하였음-문법. 미옥(美玉)에게 전화하였음. 원학(元學)으로부터 전화 왔음. 북경 영진(永珍)부터 전화 왔음. 방바닥을 닦았음.

〈2008년 1월 27일(음력 12월 20일)〉 일요일 날씨 맑음
일본어를 독학하였음-문법. 일본 국진(國珍)한터 인터넷으로 대화하였음. 아침에 미옥(美玉)과 원학(元學)이 집에 왔음-방값에 대하여. 복순(福順)으로부터 전화 왔음.

〈2008년 1월 28일(음력 12월 21일)〉 월요일 날씨 맑음/구름
일본어를 독학하였음-문법. (1-24과. 노트 완성하였음-초급 상권).

〈2008년 1월 29일(음력 12월 22일)〉 화요일 날씨 맑음

북경 승일(承日)에게 전화하였음. 일본어를 독학하였음-문법(25과 초급 하권을 시작하였음). 창일(昌日)에게 전화하였음. 컴퓨터를 연습하였음. 미옥(美玉)에게 전화하였음. 옥기(玉姬)와 옥기 엄마부터 전화 왔음. 이발하였음.

〈2008년 1월 30일(음력 12월 23일)〉 수요일 날씨 맑음

쌍둥이 생일-오후에 미옥(美玉) 집에 갔음-저녁에 쌍둥이에게 생일 축하를 주었음-돌아왔음-새 집을 구경하였음-방값을 저금하였음(10만원). 창일(昌日)집으로 전화하였음(2번).

〈2008년 1월 31일(음력 12월 24일)〉 목요일 날씨 맑음

일본어를 독학하였음-문법. 컴퓨터를 연습하였음. 중심 신용사에 가서 원급 저금을 찾았음. 북경 승일(承日)에게 송금하였음(500원).

〈2008년 2월 1일(음력 12월 25일)〉 금요일 날씨 맑음

복순(福順)과 승일(承日) 엄마부터 전화 왔음. 국진(國珍) 생일(농). 일본어를 독학하였음-문법. 원학(元學)으로부터 전화 왔음. 원학(元學)이 전화 왔음-저금 증서를 찾아갔음(2만원). 원학(元學)이 빌렸음(미옥이 같이 왔음). 정수 2통을 샀음.

〈2008년 2월 2일(음력 12월 26일)〉 토요일 날씨 맑음

일본어를 독학하였음-문법. 북경 영진(永珍), 미화(美花)에게 전화하였음-지호(智皓)가 태어났음(100원). 방바닥을 쓸었음. 창일(昌日)에게 전화하였음. 북경 승일(承日)에게 전화하였음-송금에 대하여(100원).

〈2008년 2월 3일(음력 12월 27일)〉 일요일 날씨 맑음

일본어를 독학하였음-문법. 오후에 도매 시장에 가서 마 등을 샀음. 미옥(美玉)으로부터 전화 왔음-오전에 집에 왔음(고기를 가져왔음). 북경 영진(永珍)으로부터 전화 왔음. 일본한터 인터넷으로 대화하였음.

〈2008년 2월 4일(음력 12월 28일)〉 월요일 날씨 맑음

일본어를 독학하였음-문법. 오후에 전화비(100원)와 전기비(100원)를 냈음. 창일(昌日)과 순자(順子)가 집에 와서 점심을 먹어서 갔음-전화 왔음(쌀을 가져왔음)(88원).

〈2008년 2월 5일(음력 12월 29일)〉 화요일 날씨 맑음

명숙(明淑)이 생일. 하루종일 방바닥을 닦았음. 오전에 원학(元學)과 미옥(美玉)이 집에 왔음-술과 꿩 등을 가져왔음. 저녁을 꿩을 처리하였음.

〈2008년 2월 6일(음력 12월 30일)〉 수요일 날씨 맑음

하루종일 방바닥을 닦았음. 오후에 원학(元學)이 왔음. 창일(昌日)부터 전화 왔음. 일본 국진(國珍), 명숙(明淑)과 북경 영진(永珍)이 전화 왔음. 계화(桂花)가 옷을 가져왔음.

〈2008년 2월 7일(음력 정월 1일)〉 목요일 날씨 맑음
설날. 원학(元學)집에서 같이 설날 보냈음. 화투를 쳤음. 오후에 일본어를 독학하였음-문법.

〈2008년 2월 8일(음력 정월 2일)〉 금요일 날씨 맑음
오전에 원학(元學)의 차를 타서 모아산(帽儿山)에 가서 등산하였음. 화투를 쳤음. 북경 안사돈께 전화하였음. 일본어를 독학하였음-회화. 원학(元學) 집에서 저녁을 먹어서 집에 갔음. 전화 왔음(휴대폰을 가져갔음).

〈2008년 2월 9일(음력 정월 3일)〉 토요일 날씨 맑음
컴퓨터를 연습하였음. 일본어를 독학하였음-회화. 방바닥을 쓸었음. 미옥(美玉)으로부터 전화 왔음.

〈2008년 2월 10일(음력 정월 4일)〉 일요일 날씨 맑음
일본어를 독학하였음-회화. 미옥(美玉)에게 전화하였음. 일본 국진(國珍)한테 인터넷으로 대화하였음.

〈2008년 2월 11일(음력 정월 5일)〉 월요일 날씨 맑음
일본어를 독학하였음-회화. 컴퓨터를 연습하였음. 미옥(美玉)으로부터 전화 왔음.

〈2008년 2월 12일(음력 정월 6일)〉 화요일 날씨 맑음/바람
명숙(明淑) 생일. 일본어를 독학하였음-회화. 일본 명숙(明淑)에게 전화해서 생일 축하를 주었음.

〈2008년 2월 13일(음력 정월 7일)〉 수요일 날씨 맑음/바람
일본어를 독학하였음-회화, 설명.

〈2008년 2월 14일(음력 정월 8일)〉 목요일 날씨 맑음
일본어를 독학하였음-회화, 설명.

〈2008년 2월 15일(음력 정월 9일)〉 금요일 날씨 맑음
일본어를 독학하였음-회화, 설명. 오전에 계화(桂花)가 집에 왔음(옷)-전화를 보냈음. 미옥(美玉)으로부터 전화 왔음. 복순(福順)이 집에 와서 점심을 먹고 갔음(미옥도 같이). 정수를 샀음.

〈2008년 2월 16일(음력 정월 10일)〉 토요일 날씨 맑음/구름
일본어를 독학하였음-회화, 설명. 북경 영진(永珍)이 전화 왔음-지호(智皓)가 입원하였음.

〈2008년 2월 17일(음력 정월 11일)〉 일요일
날씨 맑음/구름
일본어를 독학하였음-회화, 설명. 일본 국진(國珍)에게 인터넷으로 대화하였음. 방바닥을 쓸었음. 북경 영진(永珍)에게 전화하였음. 미옥(美玉)에게 전화하였음.

〈2008년 2월 18일(음력 정월 12일)〉 월요일
날씨 맑음
일본어를 독학하였음-회화(설명-노트 완성하였음)(설명-예시 노트를 시작하였음).

〈2008년 2월 19일(음력 정월 13일)〉 화요일
날씨 맑음
일본어를 독학하였음-회화-설명 예시. 오후에 도매 시장에 가서 마 등을 샀음. 방바닥을 쓸었음. 북경 미화(美花), 영진(永珍)에게 전화하였음. 철진(哲珍), 옥기(玉姬)한테 전화하였음.

〈2008년 2월 20일(음력 정월 14일)〉 수요일
날씨 맑음/바람
일본어를 독학하였음-회화-설명 예시. 저녁에 원학(元學) 집, 철진(哲珍) 집, 옥기(玉姬)가 집에 와서 원소절(元宵節)을 보냈음. 방바닥을 닦았음. 일본 국진(國珍)에게 인터넷으로 대화하였음.

〈2008년 2월 21일(음력 정월 15일)〉 목요일
날씨 맑음/구름
일본어를 독학하였음-회화-설명 예시. 미옥(美玉)이 전화 왔음. 순자(順子)가 전화 왔음. 복순(福順)이 전화 왔음. 방바닥을 쓸었음.

〈2008년 2월 22일(음력 정월 16일)〉 금요일
날씨 구름
일본어를 독학하였음-회화, 설명. 원학(元學)이 휴대폰을 가져왔음-2195037 번호.

〈2008년 2월 23일(음력 정월 17일)〉 토요일
날씨 구름
사돈 생일(내몽). 사돈께 전화해서 생일 축하를 드렸음. 북경 영진(永珍)에게 전화하였음. 일본어를 독학하였음-회화, 설명. 컴퓨터를 연습하였음. 정수를 샀음.

〈2008년 2월 24일(음력 정월 18일)〉 일요일
날씨 맑음/구름
연구(延玖) 생일-전화해서 생일 축하를 주었음. 창일(昌日)부터 전화 왔음. 일본어를 독학하였음-회화, 설명-예시 노트를 완성하였음). 일본 국진(國珍)에게 인터넷으로 대화하였음. 북경 승일(承日)에게 전화하였음.

〈2008년 2월 25일(음력 정월 19일)〉 월요일
날씨 구름/흐림
사돈 생일-북경 사돈께 전화해서 생일축하를 드렸음. 일본어를 독학하였음-회화. 창일(昌日), 복순(福順)이 전화 왔음.

〈2008년 2월 26일(음력 정월 20일)〉 화요일
날씨 구름
일본어를 독학하였음-회화. 북경 영진(永珍)이 전화 왔음-지호(智皓)가 퇴원하였음.

〈2008년 2월 27일(음력 정월 21일)〉 수요일
날씨 맑음/바람
일본어를 독학하였음-회화. 미옥(美玉)이 전화 왔음.

〈2008년 2월 28일(음력 정월 22일)〉 목요일
날씨 맑음
일본어를 독학하였음-회화. 신용사에 갔음-월급이 안 들어왔음. 방바닥을 쓸었고 닦았음.

〈2008년 2월 29일(음력 정월 23일)〉 금요일
날씨 구름/소우/눈
연주(延洙) 생일-전화해서 생일 축하를 보냈음. 일본어를 독학하였음-회화-사전. 미옥(美玉)에게 전화하였음.

〈2008년 3월 1일(음력 정월 24일)〉 토요일
날씨 맑음
일본어를 독학하였음-회화. 녹음을 들었음. 북경 영진(永珍)이 전화 왔음. 미옥(美玉)에게 전화하였음.

〈2008년 3월 2일(음력 정월 25일)〉 일요일
날씨 맑음
일본어를 독학하였음-회화. 녹음을 들었음. 일본 국진(國珍)한테 인터넷으로 대화하였음. 아침에 원학(元學)이 와서 정수 수표를 가져갔음.(70원)

〈2008년 3월 3일(음력 정월 26일)〉 월요일
날씨 맑음
일본어를 독학하였음-회화. 녹음을 들었음. 신용사에 가서 월급을 찾았음. 정협(政協)[1]의 보고를 들었음. 미옥(美玉)에게 전화하였음.

〈2008년 3월 4일(음력 정월 27일)〉 화요일
날씨 구름/눈
일본어를 독학하였음-회화. 녹음을 들었음. 오후에 도매 시장에 가서 마 등을 샀음. 일본한테 전화하였음-명숙(明淑)-임신 축하를 주었음-1달.

〈2008년 3월 5일(음력 정월 28일)〉 수요일
날씨 구름
11회 인민 대표 대회의 11회 회의 보고를 들었음. 원자바오(溫家宝) 총리님의 보고. 방바닥을 쓸었음. 일본어를 독학하였음-회화. 오후에 우편국에 가서 전기비(70원)와 전화비(100원)를 냈음.

〈2008년 3월 6일(음력 정월 29일)〉 목요일
날씨 흐림
일본어를 독학하였음-회화. 녹음을 들었음. 일본어 반의 허춘자(許春子)가 전화 왔음-개학. 안축순(安竹順)이 전화 왔음. 창일(昌日)이 전화 왔음. 해옥(海玉)이 전화하였음. 방바닥을 닦았음.

〈2008년 3월 7일(음력 정월 30일)〉 금요일
날씨 맑음

1) 정치협상회의, 政治協商會議.

일본어를 독학하였음-회화. 녹음을 들었음. 컴퓨터를 연습하였음. 박영호(朴永浩)가 전화 왔음.

〈2008년 3월 8일(음력 2월 1일)〉 토요일 날씨 맑음

일본어를 독학하였음-회화. 녹음을 들었음. 영월(英月)에게 전화하였음-3.8절 축하 주었음. 영진(永珍)이 전화 왔음. 북경 미화(美花)가 전화 왔음. 복순(福順)에게 전화하였음-당비에 대하여. 미옥(美玉)이 전화 왔음. 축순(竹順)에게 전화하였음.

〈2008년 3월 9일(음력 2월 2일)〉 일요일 날씨 맑음

승일(承日) 생일-북경 승일(承日)에게 전화해서 생일축하를 주었음. 일본어를 독학하였음-회화. 녹음을 들었음. 국진(國珍)에게 인터넷으로 대화하였음. 철진(哲珍)이 전화 왔음. 미화(美花)가 점심을 사주고 오후에 한국에 갔음.

〈2008년 3월 10일(음력 2월 3일)〉 월요일 날씨 구름/흐림

일본어를 독학하였음-회화. 녹음을 들었음. 컴퓨터를 연습하였음. 정수를 샀음.

〈2008년 3월 11일(음력 2월 4일)〉 화요일 날씨 맑음

일본어 반이 개학-오후 1시-노간 대학에 가서 일본어를 배웠음. 신용사에 가서 저금을 찾았음. 이발하였음. 일본어를 독학하였음-회화. 녹음.

〈2008년 3월 12일(음력 2월 5일)〉 수요일 날씨 흐림/눈/비

식목일. 일본어를 독학하였음-회화. 녹음. 컴퓨터를 연습하였음. 소영(小英)이 전화 왔음. 김화(金花)가 전화 왔음-신분증 복사본에 대하여. 신옥(信玉)이 전화 왔음.

〈2008년 3월 13일(음력 2월 6일)〉 목요일 날씨 흐림/소우

오후에 노간 대학에 가서 일본어를 배웠음. 점심 때 남학생들이 여학생들에게 한택 냈음. 일본어를 독학하였음-녹음. 미옥(美玉)에게 전화하였음.

〈2008년 3월 14일(음력 2월 7일)〉 금요일 날씨 맑음

연옥(延伍) 생일-전화해서 생일 축하를 주었음. 일본어를 독학하였음-회화. 컴퓨터를 연습하였음. 방바닥을 쓸었음.

〈2008년 3월 15일(음력 2월 8일)〉 토요일 날씨 흐림

일본어를 독학하였음-회화, 녹음. 서시장에 가서 구기, 인삼 꽃을 샀음. 청도(青島) 영진(永珍)이 전화 왔음. 미옥(美玉)에게 전화하였음. (청두)(成都)

〈2008년 3월 16일(음력 2월 9일)〉 일요일 날씨 구름

일본어를 독학하였음-회화, 녹음. 일본 국진

(國珍)에게 인터넷으로 대화하였음. 북경 미화(美花)에게 전화하였음. 방바닥을 쓸었고 닦았음. 창일(昌日)에게 전화하였음. 순자(順子)가 전화 왔음(당비에 대하여).

〈2008년 3월 17일(음력 2월 10일)〉 월요일
날씨 맑음
일본어를 독학하였음-회화. 컴퓨터를 연습하였음.

〈2008년 3월 18일(음력 2월 11일)〉 화요일
날씨 흐림/구름
일본어를 독학하였음-회화. 11회 인민 대표 대회의 11회 회의 보고를 들었음. 기자회견. 오후에 대학에 가서 일본어를 배웠음. 미옥(美玉)이 전화 왔음. 엔화로 환전하였음. 7.19 9=64.71원.

〈2008년 3월 19일(음력 2월 12일)〉 수요일
날씨 구름
일본어를 독학하였음. 은행에 가서 돈을 찾았음. 도매 시장에 가서 마 등을 샀음. 김화(金花), 향선(香善), 소영(小英)에게 전화하였음. 소영(小英)이 전화 왔음-신분증에 대하여.

〈2008년 3월 20일(음력 2월 13일)〉 목요일
날씨 맑음
오전에 대학에 가서 일본어를 배웠음. 점심 때 장동주(張東柱) 학생이 밥을 사주었음.

〈2008년 3월 21일(음력 2월 14일)〉 금요일
날씨 맑음
일본어를 독학하였음-회화. 컴퓨터를 연습하였음. 향선(香善)에게 전화하였음.

〈2008년 3월 22일(음력 2월 15일)〉 토요일
날씨 흐림/소우
일본어를 독학하였음-회화. 컴퓨터를 연습하였음. 북경 분선(粉善)이, 청두 영진(永珍)이, 복순(福順)이 전화 왔음. 복순(福順)에게 전화하였음.

〈2008년 3월 23일(음력 2월 16일)〉 일요일
날씨 소우/흐림/눈
일본어를 독학하였음. 춘학(春學)에게 전화해서 생일축하를 보냈음. 점심 때 밥을 먹으로 갔음. 미옥(美玉)이 전화 왔음. 북경 안사돈께 전화하였음. 청도 영진(永珍)에게 전화하였음. 일본 국진(國珍)에게 대화하였음. 방바닥을 닦았음.

〈2008년 3월 24일(음력 2월 17일)〉 월요일
날씨 구름
일본어를 독학하였음-회화, 녹음. 오후 5시 그리스 성화 의식을 보았음.

〈2008년 3월 25일(음력 2월 18일)〉 화요일
날씨 흐림/소우/눈
오전에 일본어를 독학하였음-회화. 오후에 노간 대학에 가서 일본어를 배웠음.

〈2008년 3월 26일(음력 2월 19일)〉 수요일
날씨 구름/소우

일본어를 독학하였음-회화. 은행에 가서 돈을 찾았음. 진료소에 가서 약을 샀음. 컴퓨터를 연습하였음.

〈2008년 3월 27일(음력 2월 20일)〉 목요일
날씨 구름
오전에 노간 대학에 가서 일본어를 배웠음. 한국 정옥(貞玉)이 전화 왔음.

〈2008년 3월 28일(음력 2월 21일)〉 금요일
날씨 구름/소우
일본어를 독학하였음-회화. 녹음. 도매 시장에 가서 사과 등을 샀음. 방바닥을 쓸었음. 미옥(美玉)이 전화 왔음.

〈2008년 3월 29일(음력 2월 22일)〉 토요일
날씨 구름
일본어를 독학하였음-일본어로 편지를 썼음-지혜 받음. 정수를 샀음. 미옥(美玉)이 전화 왔음-저녁에 미옥 집에 와서 잠.

〈2008년 3월 30일(음력 2월 23일)〉 일요일
날씨 구름
오전에 우체국에 가서 편지를 보냈음-일본으로. 월급을 찾았음. 공행에 가서 저금하였음. 방바닥을 쓸었음. 미옥(美玉)이 아침을 먹어서 집에 갔음. 청도 영진(永珍)이 전화 왔음.

〈2008년 3월 31일(음력 2월 24일)〉 월요일
날씨 구름/소우
일본어를 독학하였음-회화.(1-35)한 번. 창일(昌日)이 전화 왔음.

〈2008년 4월 1일(음력 2월 25일)〉 화요일
날씨 맑음
만우절. 일본어를 독학하였음-회화, 녹음. 컴퓨터를 연습하였음. 오후에 노간 대학에 가서 일본어를 배웠음. 복순(福順)이 전화 왔음.

〈2008년 4월 2일(음력 2월 26일)〉 수요일
날씨 구름/소우
일본어를 독학하였음-회화. 컴퓨터를 연습하였음.

〈2008년 4월 3일(음력 2월 27일)〉 목요일
날씨 맑음/구름
오전에 노간 대학에 가서 일본어를 배웠음. 일본어를 독학하였음-회화. 미옥(美玉)이 전화 왔음. 북경 동일(東日)이 전화 왔음. 창일(昌日) 집, 연화(延華) 집한테 전화하였음.

〈2008년 4월 4일(음력 2월 28일)〉 금요일
날씨 구름
일본어를 독학하였음-회화, 녹음. 오후에 도매 시장에 가서 야체를 샀음. 북경 승일(承日), 영진(永珍)이 전화 왔음(북경에 도착하였음).

〈2008년 4월 5일(음력 2월 29일)〉 토요일
날씨 맑음
일본어를 독학하였음-회화, 녹음. 컴퓨터를 연습하였음. 창일(昌日) 집, 복순(福順) 집한테 전화하였음. 방바닥을 쓸었음.

〈2008년 4월 6일(음력 3월 1일)〉 일요일 날씨 맑음

일본어를 독학하였음-회화. 일본 국진(國珍)한테 인터넷으로 대화하였음.

〈2008년 4월 7일(음력 3월 2일)〉 월요일 날씨 맑음

지혜(智慧) 생일. 일본어를 독학하였음-회화, 녹음. 컴퓨터를 연습하였음.

〈2008년 4월 8일(음력 3월 3일)〉 화요일 날씨 맑음

일본어를 독학하였음-회화, 녹음. 오후에 노간 대학에 가서 일본어를 배웠음. 정수를 샀음.

〈2008년 4월 9일(음력 3월 4일)〉 수요일 날씨 구름/흐림

일본어를 독학하였음-회화, 녹음. 오전에 도매 시장에 가서 사과 등을 샀음. 공행 앞에서 원학(元學)과 만났음.

〈2008년 4월 10일(음력 3월 5일)〉 목요일 날씨 맑음

오전에 노간 대학에 가서 일본어를 배웠음. 점심에 여학생들이 남학생들에게 밥을 사주었음. 전화비(100원)와 전기비(100원)를 냈음.

〈2008년 4월 11일(음력 3월 6일)〉 금요일 날씨 구름/맑음

일본어를 독학하였음-회화. 공행에 갔음-안되었음. 창일(昌日)이 전화 왔음. 방바닥을 쓸었음.

〈2008년 4월 12일(음력 3월 7일)〉 토요일 날씨 맑음

일본어를 독학하였음-회화, 녹음. 컴퓨터를 연습하였음. 창일(昌日)에게 전화하였음. (축구 경기에 대하여). 오후에 운동장에 가서 축구 경기를 보았음.

〈2008년 4월 13일(음력 3월 8일)〉 일요일 날씨 맑음

일본어를 독학하였음-회화. 컴퓨터를 연습하였음. 미옥(美玉)에게 전화하였음. 일본 국진(國珍), 명숙(明淑)과 인터넷으로 대화하였음. 청두(成都) 영진(永珍)이 전화 왔음. 복순(福順)이 전화 왔음-당비에 대하여.

〈2008년 4월 14일(음력 3월 9일)〉 월요일 날씨 맑음/구름

동일(東日) 생일(농). 일본어를 독학하였음-회화, 녹음. 북경 영홍(永紅)이 전화 왔음-(당뇨병).

〈2008년 4월 15일(음력 3월 10일)〉 화요일 날씨 맑음/바람

미화(美花) 생일(공). 오전에 일본어를 독학하였음-회화, 녹음. 공행에 가서 돈을 찾았음. 북경 미화(美花)에게 전화하였음-생일 축하를 보냈음. 미옥(美玉)이 전화 왔음. 오후에 노간 대학에 갔음.

〈2008년 4월 16일(음력 3월 11일)〉 수요일
날씨 맑음/구름
동일(東日) 생일-북경 동일(東日)에게 전화하였음-생일 축하를 보냈음. 진료소에 가서 주사를 받았음-감기. 일본어를 독학하였음-회화.

〈2008년 4월 17일(음력 3월 12일)〉 목요일
날씨 구름/맑음
오전에 노간 대학에 가서 일본어를 배웠음. 일본어를 독학하였음-회화. 오후에 진료소에 가서 주사를 맞았음.

〈2008년 4월 18일(음력 3월 13일)〉 금요일
날씨 구름/맑음
일본어를 독학하였음-회화, 녹음. 컴퓨터를 연습하였음. 오후에 진료소에 가서 주사를 맞았음.

〈2008년 4월 19일(음력 3월 14일)〉 토요일
날씨 맑음
일본어를 독학하였음-회회. 미옥(美玉)이 전화 왔음. 공행에 가서 돈을 찾았음-미옥(美玉)의 방값(1380원). 창일(昌日)이 전화 왔음. 정수를 샀음. 청도 영진(永珍)이 전화 왔음-원학(元學)이 받았음. 방바닥을 쓸었음. 이발하였음.

〈2008년 4월 20일(음력 3월 15일)〉 일요일
날씨 맑음
원학(元學)이 생일(농). 오전에 원학(元學) 집에 가서 원학(元學)의 생일바티에 참석하였음-식당. 청두 영진(永珍)이 전화 왔음.

〈2008년 4월 21일(음력 3월 16일)〉 월요일
날씨 구름/소우
미옥(美玉) 생일(농). 오전에 '건강 문의 활동'에 갔음. 점심에 돌아왔음. 신옥(信玉)이 전화 왔음. 일본 국진(國珍)부터 전화 왔음.

〈2008년 4월 22일(음력 3월 17일)〉 화요일
날씨 구름/흐림
오전에 일본어를 독학하였음-회화, 녹음. 오후에 노간 대학에 가서 일본어를 배웠음.

〈2008년 4월 23일(음력 3월 18일)〉 수요일
날씨 비
일본어를 독학하였음-회화. 컴퓨터를 연습하였음. 원학(元學)이 전화 왔음-축구 경기에 대하여.

〈2008년 4월 24일(음력 3월 19일)〉 목요일
날씨 흐림/구름
오전에 노간 대학에 가서 일본어를 배웠음. 북경 승일(承日)이 전화 왔음. 동창 옥인(玉仁)이 전화 왔음.

〈2008년 4월 25일(음력 3월 20일)〉 금요일
날씨 흐림/구름
일본어를 독학하였음-회화, 녹음. 오후에 도매 시장에 가서 야채를 샀음. 창일(昌日)이 전화 왔음.

〈2008년 4월 26일(음력 3월 21일)〉 토요일 날씨 흐림/비
일본어를 독학하였음-회화. 청두 영진(永珍), 북경 승일(承日), 한국 정옥(貞玉)이 전화 왔음. 연화(延華) 집에서 전화 왔음-연화(延華)가 집에 도착하였음. 원학(元學), 미옥(美玉)이 와서 밥을 먹고 갔음. 방바닥을 쓸었고 닦았음.

〈2008년 4월 27일(음력 3월 22일)〉 일요일 날씨 구름
일본어를 독학하였음-회화. 점심에 태래 식당에서 연회. 일본 국진(國珍), 명숙(明淑)과 인터넷으로 대화하였음. 미옥(美玉)이 저녁에 집에 갔음. 정수를 샀음.

〈2008년 4월 28일(음력 3월 23일)〉 월요일 날씨 맑음/구름
미화(美花) 생일(농). 일본어를 독학하였음-회화.

〈2008년 4월 29일(음력 3월 24일)〉 화요일 날씨 맑음/구름
오전에 일본어를 독학하였음-회화. 오후에 노간 대학에 가서 일본어를 배웠음. 창일(昌日)이 전화 왔음. 옥기(玉姬)가 집에 와서 약을 찾아갔음.

〈2008년 4월 30일(음력 3월 25일)〉 수요일 날씨 맑음/구름
일본어를 독학하였음-조사. 올림픽 경기의 카운트다운 100일 프로그램을 보았음. 미옥(美玉)이 전화 왔음-미옥에게 전화하였음.

〈2008년 5월 1일(음력 3월 26일)〉 목요일 날씨 맑음/구름
노동절. 일본어를 독학하였음-조사. 북경 영진(永珍), 미화(美花)가 전화 왔음. 미옥(美玉)이 전화 왔음-결혼 44년 축하를 보냈음. 점심에 미옥(美玉) 가족이 와서 저녁을 먹고 갔음. 방바닥을 쓸었음.

〈2008년 5월 2일(음력 3월 27일)〉 금요일 날씨 흐림/소우
일본어를 독학하였음-조사. 청도 사돈께 전화하였음-환갑 축하를 드렸음. 일본 명숙(明淑)이 전화 왔음-인터넷으로 대화하였음. 미옥(美玉)에게 전화하였음.

〈2008년 5월 3일(음력 3월 28일)〉 토요일 날씨 흐림/소우
일본어를 독학하였음-회화, 조사. 창일(昌日)이 전화 왔음. 청도 국진(國珍)이 전화 왔음-잘 도착하였음.

〈2008년 5월 4일(음력 3월 29일)〉 일요일 날씨 흐림/소우
청년절. 일본어를 독학하였음-회화. 신용사에 갔음-월급이 안 들어왔음. 점심에 원학(元學), 미옥(美玉)이 와서 점심을 먹었음. 복순(福順)에게 전화하였음-월급에 대하여. 방바닥을 쓸었음.

〈2008년 5월 5일(음력 4월 1일)〉 월요일 날

씨 구름/소우
일본어를 독학하였음-회화. 김화(金花), 향선(香善)에게 전화하였음-월급 카드에 대하여. 정수를 샀음. 방바닥을 닦았음.

〈2008년 5월 6일(음력 4월 2일)〉 화요일 날씨 구름/바람
일본어를 독학하였음-회화, 녹음. 컴퓨터를 연습하였음. 오후에 노간 대학에 가서 일본어를 배웠음. 일본 국진(國珍)부터(집에 잘 도착하였음), 청두 영진(永珍)부터(잘 도착하였음) 전화 왔음. 방바닥을 쓸었음.

〈2008년 5월 7일(음력 4월 3일)〉 수요일 날씨 구름
북경 안사돈께 전화해서 생일 축하를 드렸음. 오전에 일본어를 독학하였음-회화. 도매시장에 가서 야채를 샀음.

〈2008년 5월 8일(음력 4월 4일)〉 목요일 날씨 맑음/구름
분선(粉善) 생일-북경에게 전화해서 생일 축하를 보냈음. 오전에 노간 대학에 가서 일본어를 배웠음. 아내가 봄 소풍에 갔음. 오후에 텔레비전을 보았음. 방바닥을 쓸었음.

〈2008년 5월 9일(음력 4월 5일)〉 금요일 날씨 맑음/구름
일본어를 독학하였음-회화, 녹음. 컴퓨터를 연습하였음. 일본 지혜(智慧)부터 편지가 왔음. 오후에 병원에 갔음(치질). 방바닥을 쓸었음.

〈2008년 5월 10일(음력 4월 6일)〉 토요일 날씨 맑음/구름
일본어를 독학하였음-회화. 컴퓨터를 연습하였음. 미옥(美玉)이 전화 왔음. 청두 영진(永珍)이 전화 왔음. 오후에 축구 경기를 보왔음(텔레비전).

〈2008년 5월 11일(음력 4월 7일)〉 일요일 날씨 흐림/구름/맑음
어머니날. 미옥(美玉)이 전화 왔음. 일본어를 독학하였음-회화. 오후에 원학(元學)이 집에 왔음. 일본한테 인터넷으로 대화하였음. 청두 영진(永珍)이 전화 왔음-어머니날. 방바닥을 닦았음.

〈2008년 5월 12일(음력 4월 8일)〉 월요일 날씨 구름
목사날. 일본어를 독학하였음-어휘. 오후에 시장에 가서 야채를 샀음. 일본 국진(國珍)이 전화 왔음-쓰촨 지진에 대하여. 청두 영진(永珍)이 전화 왔음. 북경 미화(美花)에게 전화하였음-지진에 대하여.

〈2008년 5월 13일(음력 4월 9일)〉화요일 날씨 구름
오전에 일본어를 독학하였음-회화, 녹음. 오후에 노간 대학에 가서 일본어를 배웠음. 미옥(美玉)이 전화 왔음. 원학(元學)에게 전화하였음.

〈2008년 5월 14일(음력 4월 10일)〉 수요일 날씨 구름

오전에 일본어를 독학하였음-회화, 어휘. 복순(福順), 창일(昌日)이 전화 왔음. 미옥(美玉)이 전화 왔음.

〈2008년 5월 15일(음력 4월 11일)〉 목요일
날씨 맑음/구름
오전에 노간 대학에 가서 일본어를 배웠음. 청두 영진(永珍)에게 전화하였음.

〈2008년 5월 16일(음력 4월 12일)〉 금요일
날씨 맑음
정옥(貞玉) 생일. 일본어를 독학하였음-회화. 미옥(美玉)이 전화 왔음.

〈2008년 5월 17일(음력 4월 13일)〉 토요일
날씨 구름/소나기
일본어를 독학하였음-회화, 어휘. 원학(元學)이 집에 와서 저금증서 찾아갔음. 창일(昌日)이 전화 왔음-동춘에 대하여. 정수를 샀음. 방바닥을 쓸었음.

〈2008년 5월 18일(음력 4월 14일)〉 일요일
날씨 흐림/소우
작은 어머니 생일. 일본어를 독학하였음-회화. 일본한테 인터넷으로 대화하였음. 청두 영진(永珍), 창일(昌日)부터 전화 왔음. 방바닥을 닦았음.

〈2008년 5월 19일(음력 4월 15일)〉 월요일
날씨 흐림/비
일본어를 독학하였음-회화. 텔레비전의 모두 프로그램이 다 지진에 대하여 보고하고 있었음. 미옥(美玉)이 전화 왔음. 옥기(玉姬) 엄마부터 전화 왔음-영업집 창고에 대하여.

〈2008년 5월 20일(음력 4월 16일)〉 화요일
날씨 구름
일본어를 독학하였음-회화, 녹음. 오후에 노간 대학에 가서 일본어를 배웠음. 미옥(美玉)이 전화 왔음.

〈2008년 5월 21일(음력 4월 17일)〉 수요일
날씨 구름/소우/흐림
일본어를 독학하였음-회화. 오전에 시장에 가서 야채를 샀음. 청두 영진(永珍)이 전화 왔음.

〈2008년 5월 22일(음력 4월 18일)〉 목요일
날씨 구름/비
노간 대학에 가서 일본어를 배웠음. 미옥(美玉)이 전화 왔음-아내가 원학(元學) 집에 가서 구경하였음. 오후에 축구 경기를 보았음.

〈2008년 5월 23일(음력 4월 19일)〉 금요일
날씨 맑음/구름
일본어를 독학하였음-회화. 개발 구역 동교에 갔음(새로 지었음)-(1시간 반). 지진에 맞서서 재난을 구제하기 위하여 50원을 기부하였음.

〈2008년 5월 24일(음력 4월 20일)〉 토요일
날씨 흐림/소우
일본어를 독학하였음-회화. 복순(福順)에게 전화하였음-당비에 대하여. 북경 동일(東日)

부터 전화 왔음. 원학(元學) 가족들과 옥기(玉姬)가 집에 왔음. 축구 경기를 보았음. 방바닥을 쓸었고 닦았음.

〈2008년 5월 25일(음력 4월 21일)〉 일요일
날씨 구름/소우
일본어를 독학하였음. 북경 미화(美花)에게 전화하였음. 일본한테 인터넷으로 대화하였음. 청두 영진(永珍)이 전화 왔음. 미옥(美玉)이 전화 왔음.

〈2008년 5월 26일(음력 4월 22일)〉 월요일
날씨 맑음/구름
일본어를 독학하였음. 오전에 시장에 가서 야채를 샀음.

〈2008년 5월 27일(음력 4월 23일)〉 화요일
날씨 비
일본어 반 봄 소풍(부반장 집에서 놀이, 오락). 취하였음.

〈2008년 5월 28일(음력 4월 24일)〉 수요일
날씨 흐림/소우
북경 승일(承日)과 아내가 전화 왔음. 일본어 반의 허, 안, 장한테 전화하였음-어제의 상황에 대하여. 저녁에 축구 경기를 보았음.

〈2008년 5월 29일(음력 4월 25일)〉 목요일
날씨 흐림
오전에 노간 대학에 가서 일본어를 배웠음. 저녁에 축구 경기를 보았음.

〈2008년 5월 30일(음력 4월 26일)〉 금요일
날씨 비
일본어를 독학하였음-회화(1-35)(2번). 컴퓨터를 연습하였음. 미옥(美玉)이 전화 왔음. 일본어 반의 허반장님이 전화 왔음. 안 선생님께 전화하였음. 방바닥을 쓸었음. 정수를 샀음.

〈2008년 5월 31일(음력 4월 27일)〉 토요일
날씨 소우
오전에 서시장에 가서 국수를 샀음. 일본한테 전화하였음. 점심에 일본어 반의 부반장님의 환송회에 갔음. 미옥(美玉)에게 전화하였음. 축구 경기를 보았음.

〈2008년 6월 1일(음력 4월 28일)〉 일요일
날씨 구름
어린이날. 일본어를 독학하였음-회화. 농신용사에 가서 저금하였음. 일본한테 인터넷으로 대화하였음. 복순(福順)에게 전화하였음. 방바닥을 닦았음. 축구 경기를 보았음.

〈2008년 6월 2일(음력 4월 29일)〉 월요일
날씨 구름
일본어를 독학하였음-회화. 컴퓨터를 연습하였음. 영진(永珍)이 전화 왔음-말레이시아로 출국에 대하여. 영진(永珍)에게 전화하였음-북경에 있음.

〈2008년 6월 3일(음력 4월 30일)〉 화요일
날씨 구름
오전에 일본어를 독학하였음-회화, 녹음. 오

후에 노간 대학에 가서 일본어를 배웠음. 축구 경기를 보았음.

〈2008년 6월 4일(음력 5월 1일)〉 수요일 날씨 구름

일본어를 독학하였음-회화. 김순란(金順蘭) 아들이 전화 왔음. 미옥(美玉)이 전화 왔음. 이발하였음.

〈2008년 6월 5일(음력 5월 2일)〉 목요일 날씨 구름

원학(元學)의 차를 타서 룽징(龍井)에 가서 원학(元學) 형의 생일 바티에 갔음. 미옥(美玉)이 집에 왔음. 일본어 반의 팀장이 전화 왔음. 축구 경기를 보았음.

〈2008년 6월 6일(음력 5월 3일)〉 금요일 날씨 구름/소나기

일본어 반의 2팀 봄 소퐁.(민속촌-댄스홀). 창일(昌日)이 전화 왔음. 영애(英愛)가 집에 왔음.

〈2008년 6월 7일(음력 5월 4일)〉 토요일 날씨 구름

일본어를 독학하였음-회화. 북경 영진(永珍)이 전화 왔음. 방바닥을 쓸었음. 축구 경기를 보았음.

〈2008년 6월 8일(음력 5월 5일)〉 일요일 날씨 구름

단오절. 일본어를 독학하였음-회화. 일본한테 인터넷으로 대화하였음. 미옥(美玉) 가족들이 와서 단오절을 보냈음. 방바닥을 닦았음. 축구 경기를 보았음.

〈2008년 6월 9일(음력 5월 6일)〉 월요일 날씨 맑음

일본어를 독학하였음. 컴퓨터를 연습하였음.

〈2008년 6월 10일(음력 5월 7일)〉 화요일 날씨 비/구름

일본어를 독학하였음-회화, 녹음. 오후에 노간 대학에 가서 일본어를 배웠음. 동주(東柱)부터 전화 왔음. 연화(延華), 연주(延洙)에게 전화하였음.

〈2008년 6월 11일(음력 5월 8일)〉 수요일 날씨 맑음

일본어를 독학하였음-본문을 읽었음(48과), 녹음. 순자(順子)가 전화 왔음. 창일(昌日)이 전화 왔음. 영진(永珍) 엄마가 전화 왔음. 정수를 샀음. 방바닥을 쓸었음.

〈2008년 6월 12일(음력 5월 9일)〉 목요일 날씨 구름/맑음

6시 출발(7.10-9.10)-장례식에 참석하였음. 오후에 창일(昌日) 집에 갔음-복순(福順) 집-창일(昌日) 집. 향선(香善)에게 전화하였음. 아내가 전화 왔음.

〈2008년 6월 13일(음력 5월 10일)〉 금요일 날씨 맑음

월급 카드를 찾으로 갔음(향선)-방속국 시청비(128원)-신용사에 가서 비밀번호를 변경

하였음, 돈을 찾았음. (창일(昌日)의 차를 타서)집에 갔음. (9.40-11.40). 원학(元學), 미옥(美玉)이 집에 와서 점심을 먹고 갔음.

〈2008년 6월 14일(음력 5월 11일)〉 토요일
날씨 구름
은행에 가서 비빌번호를 변경하였고 돈을 찾았음. 미옥(美玉)에게 전화하였음. 일본어를 독학하였음-회화. 창일(昌日)이 전화 왔음. 청두 영진(永珍)이 전화 왔음. 방바닥을 쓸었음.

〈2008년 6월 15일(음력 5월 12일)〉 일요일
날씨 맑음/구름
일본어를 독학하였음-회화. 미옥(美玉)이 전화 왔음. 점심에 집에 왔음-아버지날(100원). 일본한테 인터넷으로 대화하였음.

〈2008년 6월 16일(음력 5월 13일)〉 월요일
날씨 맑음
일본어를 독학하였음-회화. 미옥(美玉)이 전화 왔음.

〈2008년 6월 17일(음력 5월 14일)〉 화요일
날씨 맑음/구름
오전에 일본어를 독학하였음-회화. 오후에 노간 대학에 가서 일본어를 배웠음. (담임 교사께서 안 오셨고 학습부장님이 대신에 강의하였음). 미옥(美玉)이 전화 왔음.

〈2008년 6월 18일(음력 5월 15일)〉 수요일
날씨 구름/비
일본어를 독학하였음-회화. 미옥(美玉)이 전화 왔음-옥기(玉姬) 셋방에 대하여. 옥기(玉姬)에게 전화하였음. 방바닥을 쓸었음.

〈2008년 6월 19일(음력 5월 16일)〉 목요일
날씨 구름
노간 대학에 가서 일본어를 배웠음. (점심에 김송산이 밥을 사주었음-허, 안, 장). 오후에 원학(元學)이 집에 왔음. 저녁을 사주었음(안 갔음).

〈2008년 6월 20일(음력 5월 17일)〉 금요일
날씨 구름
일본어를 독학하였음-회화. 오후에 〈노인 세계〉 잡지를 정리하기 시작하였음.

〈2008년 6월 21일(음력 5월 18일)〉 토요일
날씨 흐림
하루종일 〈노인 세계〉 잡지를 정리하였음. 방바닥을 쓸었음.

〈2008년 6월 22일(음력 5월 19일)〉 일요일
날씨 구름
일본어를 독학하였음-회화. 일본 국진(國珍)에게 전화하였음-인터넷이 안 되었음. 창일(昌日), 승일(承日)에게 전화하였음. 청두 영진(永珍)이 전화 왔음. 분선(粉善)이 전화 왔음. 방바닥을 닦았음.

〈2008년 6월 23일(음력 5월 20일)〉 월요일
날씨 구름
일본어를 독학하였음-회화. 방송 신문, 종

합 신문을 정리하였음. 미옥(美玉)이 전화 왔음-창춘(長春)에서 집에 도착하였음(아침).

〈2008년 6월 24일(음력 5월 21일)〉 화요일 날씨 흐림
일본어를 독학하였음-회화. 오후에 노간 대학에 가서 일본어를 배웠음. 청두 영진(永珍)이 전화 왔음. 승일(承日)이 전화 왔음. 미옥이 전화 왔음. 정수를 샀음. 방바닥을 쓸었음.

〈2008년 6월 25일(음력 5월 22일)〉 수요일 날씨 맑음
예술 극장에 가서 노간 대학 졸업 사진을 찍었음. 모아산(帽儿山)에 갔음-점심을 사주었음. 미옥(美玉)이 전화 왔음.

〈2008년 6월 26일(음력 5월 23일)〉 목요일 날씨 맑음
오전에 노간 대학에 가서 일본어를 배웠음. (하권을 완성하였음). 점시에 동창이 밥을 사주었음.

〈2008년 6월 27일(음력 5월 24일)〉 금요일 날씨 맑음
하루종일 정리하였음. (이사 준비). 아내가 봄 소풍에 갔음. 미옥(美玉)이 전화 왔음. 원학(元學)이 가방을 가져왔음. 북경 초미(超美)에게 전화하였음.

〈2008년 6월 28일(음력 5월 25일)〉 토요일 날씨 구름
정리하였음. 저녁에 원학(元學)과 미옥(美玉)이 왔음. 일본 국진(國珍)부터 전화 왔음.

〈2008년 6월 29일(음력 5월 26일)〉 일요일 날씨 구름
개발 구역에서 문혁원에 이사하였음. 청두 영진(永珍)이 전화 왔음. 복순(福順), 승일(承日) 집, 창일(昌日), 옥기(玉姬)부터 전화 왔음. 점심을 먹고 승일(承日)집에 갔음. 텔레비전을 못 보았음.

〈2008년 6월 30일(음력 5월 27일)〉 월요일 날씨 구름
아침 연변대학교. 가구들을 정리하였음. 점심에 원학, 미옥(美玉)과 같이 냉면을 먹었음.

〈2008년 7월 1일(음력 5월 28일)〉 화요일 날씨 구름
창당절. 오전에 가구들을 정리하였음. 오후에 노간 대학에 갔음-일본어반에서 학습 소감회를 하였음. 미옥(美玉)이 전화 왔음-오후에 집에 왔음.

〈2008년 7월 2일(음력 5월 29일)〉 수요일 날씨 비
정리하였음. 오후에 개발 구역 집에 가서 물건을 찾았음. 운수기를 가져왔음. 원학(元學), 미옥(美玉)이 물건을 나려었음.

〈2008년 7월 3일(음력 6월 1일)〉 목요일 날씨 비
오전에 노간 대학에 가서 11회 졸업식과 문예회에 참석하였음. 정수를 샀음. 오후에 댄

스홀에 가서 활동하였음. 미옥(美玉)이 집에 왔음.

〈2008년 7월 4일(음력 6월 2일)〉 금요일 날씨 흐림/구름

농신 은행에 가서 월급을 찾았음. 공행에 가서 저금하였음. 전기 시장에 가서 콘센트를 샀음. 미옥(美玉)이 아침에 집에 왔고 전화 왔음. 물건을 정리하였음. 영숙(英淑)이 전화 왔음.

〈2008년 7월 5일(음력 6월 3일)〉 토요일 날씨 맑음

미옥(美玉)이 집에 왔음. 원학(元學)이 전화 왔음. 창일(昌日)이 전화 왔음. 전신국의 인원이 와서 전화기를 설치하였음. 미옥(美玉)이 전화 왔음. 창일(昌日)에게 전화하였음. 전기비(50원)를 냈음. 미옥(美玉)이 대련(大連)에 갔음. 미옥(美玉)이 전화비를 냈음.

〈2008년 7월 6일(음력 6월 4일)〉 일요일 날씨 구름/흐림

승일(承日), 민석(珉錫), 연주(延洙)에게 전화하였음. 오후에 북시장에 가서 야채를 샀음. 일본 국진(國珍), 청두 영진(永珍)이(3번) 전화 왔음. 원학(元學)에게 전화하였음. 방바닥을 닦았음.

〈2008년 7월 7일(음력 6월 5일)〉 월요일 날씨 맑음

단령단지(丹岭社區)에 가서 등록하였음. 원학(元學)에게 전화하였음. 오후에 원학이 집에 와서 컴퓨터를 수정하기 위하여 가져갔음(30원). 창일(昌日)이 전화 왔음-영업집에 대하여. 방바닥을 닦았음.

〈2008년 7월 8일(음력 6월 6일)〉 화요일 날씨 맑음

오전에 하남 시장에 가서 접착 걸이, 캐리지, 슬리퍼 등을 샀음. 오후에 설치하였음. 아내가 병원에 갔음.

〈2008년 7월 9일(음력 6월 7일)〉 수요일 날씨 흐림/소우

오전에 서시장에 가서 구두 안창을 샀음.(55원). 아내가 병원에서 주사를 맞기 시작하였음. 승일(承日)이 전화 왔음-영업집. 창일(昌日)에게 전화하였음-영업집을 세낼 때 사기를 당하였음.

〈2008년 7월 10일(음력 6월 8일)〉 목요일 날씨 구름/소우

오후에 북시장에 가서 야채를 샀음. 미옥(美玉)이 전화 왔음-대련에서 집에 잘 도착하였음.

〈2008년 7월 11일(음력 6월 9일)〉 금요일 날씨 맑음

일본어를 독학하였음. 정옥(貞玉)이 전화 왔음-3일전에 한국에서 집에 잘 도착하였음. 오후에 원학(元學)이 집에 왔음-컴퓨터를 설치하였음-안 되었음. 원학(元學)이 저녁을 안 먹었음. 쌍둥이 같이 왔음.

〈2008년 7월 12일(음력 6월 10일)〉 토요일
날씨 구름/비
미옥(美玉)이 집에 왔음-안테나를 가져왔음-전화 왔음-화분을 사왔음. 청두 영진(永珍)이 전화 왔음. 창일(昌日) 집한테 전화하였음. 방바닥을 쓸었음.

〈2008년 7월 13일(음력 6월 11일)〉 일요일
날씨 비/구름
일본어를 독학하였음-녹음. 오후에 원학(元學)에게 6만원을 주고 차를 샀음. 차를 꾸미었음. 저녁에 원학(元學) 집이 밥을 사주었음. 미옥(美玉)이 전화 왔음-화분을 사왔음(4개). 일본 국진(國珍)에게 전화하였음. 미옥(美玉)이 시계를 사왔음.(50원)

〈2008년 7월 14일(음력 6월 12일)〉 월요일
날씨 맑음/구름
화분에서 꽃을 심었음. 순자(順子)가 전화 왔음. 원학(元學)에게 전화하였음-차의 수속에 대하여. 원학(元學)과 미옥(美玉)이 화분을 사왔음(2개). 컴퓨터를 가져갔음.

〈2008년 7월 15일(음력 6월 13일)〉 화요일
날씨 흐림/비
오전에 미옥(美玉)이 집에 왔음. 컴퓨터를 설치하였음-되었음. 원학(元學)도 왔음. 오후에 미옥(美玉)이 왔음(약을 가져왔음). 일본 국진(國珍)한테 인터넷으로 대화하였음. 북경 미화(美花)에게 전화하였음-약을 받았음.(4병)

〈2008년 7월 16일(음력 6월 14일)〉 수요일
날씨 비
일본어를 독학하였음-녹음. 오후에 연길시 성화(圣火)를 전하였음. 미옥(美玉)이 전화 왔음. 청두 영진(永珍)이 전화 왔음. 방바닥을 닦았음.

〈2008년 7월 17일(음력 6월 15일)〉 목요일
날씨 구름/비
일본어 반의 순기(順姬)가 한턱을 냈음. (25층) 미옥(美玉)이 전화 왔음-안사돈 미옥이 집에 왔음. 옥기(玉姬) 전화 왔음-집에 왔음.(열쇠를 가져갔음.)

〈2008년 7월 18일(음력 6월 16일)〉 금요일
날씨 구름/비
개발 구역 집에 가서 방바닥을 닦았음(8.40-15.30). 〈노인 세계〉를 가져왔음. 저녁에 미옥(美玉)이 집에 왔음.

〈2008년 7월 19일(음력 6월 17일)〉 토요일
날씨 구름
오전에 화분에서 알로에를 심었음. 미옥(美玉)이 전화 왔음.(4번) 개발 구역 집에게 도료를 칠하였음(300원). 옥기(玉姬)에게 전화하였음.

〈2008년 7월 20일(음력 6월 18일)〉 일요일
날씨 구름
원학(元學)의 차를 타서 개발 구역에 가서 도료를 칠하는 상황을 확인하였음. 북대시장에 가서 야채를 샀음. 복순(福順)이 전화 왔음.

정옥(貞玉), 순자(順子)에게 전화하였음. 청두 영진(永珍)이 전화 왔음. 일본 국진(國珍)한테 인터넷으로 대화하였음.

〈2008년 7월 21일(음력 6월 19일)〉 월요일
날씨 비
컴퓨터를 연습하였음. 〈노인 세계〉를 읽었음. 방바닥을 쓸었음.

〈2008년 7월 22일(음력 6월 20일)〉 화요일
날씨 구름
〈노인 세계〉를 읽었음. 신문을 보았음. 미옥(美玉)이 전화 왔음.

〈2008년 7월 23일(음력 6월 21일)〉 수요일
날씨 구름
일본어를 독학하였음-녹음. 〈노인 세계〉를 읽었음. 아내가 주사를 맞았음. 미옥(美玉)이 전화 왔음-내일 창춘에 감. 방바닥을 닦았음.

〈2008년 7월 24일(음력 6월 22일)〉 목요일
날씨 소우/구름
컴퓨터를 연습하였음. 신문을 보았음. 아내가 병원에 가서 마사지를 하기 시작하였음. 창일(昌日)이 전화 왔음.

〈2008년 7월 25일(음력 6월 23일)〉 금요일
날씨 구름
컴퓨터를 연습하였음. 〈노인 세계〉를 읽었음. 저녁에 창일(昌日) 집에서 밥을 먹어서 집에 갔음. 원학(元學)이 전화 왔음.

〈2008년 7월 26일(음력 6월 24일)〉 토요일
날씨 흐림/구름
복순(福順)이 생일. (복순(福順)에게 전화해서 생일 축하를 보냈음) 원학(元學)의 차를 타서 옥기(玉姬) 집에 가서 이사하였음. 창일(昌日) 집에서 연길로 갔음.

〈2008년 7월 27일(음력 6월 25일)〉 일요일
날씨 흐림/맑음
컴퓨터를 연습하였음. 미옥(美玉)이 전화 왔음. (창춘에서 집에 도착하였음) 창일(昌日)에게 전화하였음. 청두 영진(永珍)이 전화 왔음. 일본한테 인터넷으로 대화하였음. 정수를 샀음.

〈2008년 7월 28일(음력 6월 26일)〉 월요일
날씨 흐림/맑음
컴퓨터를 연습하였음. 원학(元學)이 전화 왔음-친구와 집에 와서 내부 장식 상황을 보았음. 방바닥을 쓸었음.

〈2008년 7월 29일(음력 6월 27일)〉 화요일
날씨 흐림/맑음/소나기
일본어를 독학하였음-녹음. 연주(延洙)와 영숙(英淑)이 집에 왔는데 밥을 먹고 갔음. (200원) 미옥(美玉)이 하얼빈에 갔음. 미옥(美玉)이 전화 왔음-점심을 먹고 갔음-안경을 가져갔음. 이발하여쓺.(5원)

〈2008년 7월 30일(음력 6월 28일)〉 수요일
날씨 소우/구름
일본어를 독학하였음-회화.

〈2008년 7월 31일(음력 6월 29일)〉 목요일 날씨 맑음/구름

철진(哲珍)에게 전화해서 생일축하를 하였음. 아침에 북대시장에 가서 야채를 샀음. 수리공이 와서 가스를 수리하였음. 월급을 찾았음. 공행에 가서 저금하였음. 일본어 반의 반장님부터 전화 왔음.

〈2008년 8월 1일(음력 7월 1일)〉 금요일 날씨 비

건군기념일. 컴퓨터를 연습하였음. 신문을 보았음. 방바닥을 닦았음.

〈2008년 8월 2일(음력 7월 2일)〉 토요일 날씨 맑음/구름

일본어를 독학하였음-회화. 점심에 장동주(張東柱)의 작은 딸의 결혼식에 갔음-국제식당. 원학(元學)이 전화 왔음.

〈2008년 8월 3일(음력 7월 3일)〉 일요일 날씨 맑음

컴퓨터를 연습하였음. 신문을 보았음. 일본 국진(國珍)한테 인터넷으로 대화하였음. 미옥(美玉)이 전화 왔음-하얼빈(哈爾濱)에서 집에 도착하였음.

〈2008년 8월 4일(음력 7월 4일)〉 월요일 날씨 맑음

미옥(美玉)에게 전화하였음-방송국에 가서 수속을 하였음. (설치 비용 450원. 시청비 300원) 디지털 텔레비전을 설치하였음. 오후에 원학(元學) 집이 와서 저녁을 먹고 갔음. 미옥(美玉)이 영진에게 전화하였음.

〈2008년 8월 5일(음력 7월 5일)〉 화요일 날씨 맑음

컴퓨터를 연습하였음. 미옥(美玉)이 집에 왔음. 수리공이 와서 변기를 수리하였음. 창일(昌日)이 전화 왔음-방값에 대하여.

〈2008년 8월 6일(음력 7월 6일)〉 수요일 날씨 맑음

컴퓨터를 연습하였음. 올림픽 여자 축구 경기를 보았음.

〈2008년 8월 7일(음력 7월 7일)〉 목요일 날씨 맑음

컴퓨터를 연습하였음. 올림픽 남자 축구 경기를 보았음. 창일(昌日)이 전화 왔음-영업집 임대에 대하여. 방바닥을 쓸었음.

〈2008년 8월 8일(음력 7월 8일)〉 금요일 날씨 비/맑음

민속촌에 가서 일본어 반의 반장님 장동주(張東柱)가 밥을 사주었음. 29회 북경 올림픽의 개막식을 보았음. 미옥(美玉)이 집에 와서 점심을 먹었음. 청두 영진(永珍)이 전화 왔음.

〈2008년 8월 9일(음력 7월 9일)〉 토요일 날씨 구름/맑음

컴퓨터를 연습하였음. 영업집에서 난방을 설치하였음. 창일(昌日)이 전화 왔음. 원학(元學)이 전화 왔음-방범용 철문을 설치하였음.

정수를 샀음.

〈2008년 8월 10일(음력 7월 10일)〉 일요일
날씨 구름
컴퓨터를 연습하였음. 공행에 가서 돈을 찾아서 난방비를 냈음.(미옥 집 2,051원). 점심에 미옥(美玉) 친구가 한택 내고 집에 왔음. 창일(昌日)이 전화 왔음. 일본한테 인터넷으로 대화하였음. 승일(承日)에게 전화하였음.

〈2008년 8월 11일(음력 7월 11일)〉 월요일
날씨 맑음
오후에 창일(昌日) 집에 갔음. (14.30-16.50) 방바닥을 쓸었음.

〈2008년 8월 12일(음력 7월 12일)〉 화요일
날씨 비
창일(昌日) 생일. 저녁에 창일(昌日) 생일 바티에 참석하였음.

〈2008년 8월 13일(음력 7월 13일)〉 수요일
날씨 비
안축순(安竹順)에게 전화하였음-퇴직 교사 노인 활동에 참석하였음. 은행에 가서 저금하였음. 정옥(貞玉)에게 전화하였고 정옥(貞玉) 집에 갔음.

〈2008년 8월 14일(음력 7월 14일)〉 목요일
날씨 구름/맑음
정옥(貞玉) 집에서 아침을 먹고 광혁(光赫) 아들의 생일식에 갔음-민석(珉錫) 집-승일(承日) 집에서 저녁을 먹었음.

〈2008년 8월 15일(음력 7월 15일)〉 금요일
날씨 맑음
승일(承日) 집에서 아침을 먹었음-창일(昌日) 집-미옥(美玉) 집(9.00-10.40) 노인절을 보냈음-저녁을 먹었음-집에 도착하였음. 방값(4560원)

〈2008년 8월 16일(음력 7월 16일)〉 토요일
날씨 맑음
미옥(美玉)이 전화 왔음. 청두 영진(永珍)이 전화 왔음.

〈2008년 8월 17일(음력 7월 17일)〉 일요일
날씨 맑음
아침에 북대시장에 가서 야채를 샀음. 우편저축에 가서 저금하였음. 미옥(美玉)이 전화 왔음. 변기를 수리하였음. 일본 국진(國珍)한테 인터넷으로 대화하였음.

〈2008년 8월 18일(음력 7월 18일)〉 월요일
날씨 흐림/비
개발 구역에 가서 저금을 찾았음. 단지에 가서 〈노인 세계〉를 가져왔음. 약국에서 약을 샀음. 전신국에 가서 전화비를 냈음(100원).

〈2008년 8월 19일(음력 7월 19일)〉 화요일
날씨 흐림/비
아침을 먹기 전에 미옥(美玉) 집에 갔음(요리를 가져갔음). 신문과 텔레비전을 보았음. 일본어 반의 박순기(朴順姬)부터 전화 왔음. 일본어 반 25일 개학.

〈2008년 8월 20일(음력 7월 20일)〉 수요일
날씨 구름
신문과 텔레비전을 보았음. 일본어 반의 김송산(金松山)부터 전화 왔음-소풍에 대하여. 방바닥을 쓸었음.

〈2008년 8월 21일(음력 7월 21일)〉 목요일
날씨 흐림/구름
일본어 반의 박, 허 소풍을 조직하였음. 미옥(美玉)이 전화 왔음.

〈2008년 8월 22일(음력 7월 22일)〉 금요일
날씨 흐림/비
연영(延槇) 생일. 컴퓨터를 연습하였음. 미옥(美玉)이 전화 왔음-집에 왔음(소고기를 사 왔음). 일본어 반의 허반장님이 전화 왔음.

〈2008년 8월 23일(음력 7월 23일)〉 토요일
날씨 흐림/소나기
일본어 반의 옥순(玉順)이 한택 내고 갔음. 미옥(美玉)에게 전화하였음-미옥이 전화 왔음-집에 왔음.

〈2008년 8월 24일(음력 7월 24일)〉 일요일
날씨 구름
일본 국진(國珍)에게 인터넷으로 대화하였음. 텔레비전을 보았음-올림픽 폐막식. 방바닥을 닦았음.

〈2008년 8월 25일(음력 7월 25일)〉 월요일
날씨 구름/맑음
노간 대학에 가서 일본어를 배웠음-개학 새 교사 최혜월(崔慧月)-학비를 냈음(200원). 북대 시장에 가서 야채를 샀음. 미옥(美玉)이 전화 왔음.

〈2008년 8월 26일(음력 7월 26일)〉 화요일
날씨 구름/소우
일본어를 독학하였음-어휘. 원학, 미옥(美玉)이 집에 왔음-개발 구역에 갔음-방셋에 대하여. 옥기(玉姬)가 전화 왔음. 정수를 샀음.

〈2008년 10월 2일(음력 9월 4일)〉 목요일
날씨 구름
아내가 주사를 맞았음. 영혁, 옥기(玉姬)가 아침을 먹고 연길로 갔음. 미옥(美玉)에게 전화하였음-미옥(美玉)이 전화 왔음. 북경 영진(永珍)이 전화 왔음. 저녁에 승일(承日) 집에 가서 밥을 먹고 잤음.

〈2008년 10월 3일(음력 9월 5일)〉 금요일
날씨 소우
미옥(美玉)에게 전화하였음. 승일(承日) 집에서 밥을 세끼를 먹었음.

〈2008년 10월 4일(음력 9월 6일)〉 토요일
날씨 구름
미옥(美玉)이 전화 왔음. 아내가 병원에서 피를 검사하였음. 오정에 창일(昌日)이 병원에 왔음. 창일(昌日)의 차를 타서 승일(承日) 집에 갔음.

〈2008년 10월 5일(음력 9월 7일)〉 일요일

날씨 구름/비
연길 미옥(美玉), 북경 동일(東日), 일본 국진(國珍), 북경 영란(英蘭)부터 전화 왔음.

〈2008년 10월 6일(음력 9월 8일)〉 월요일 날씨 구름
창일(昌日)이 병원에 왔음. 창일(昌日) 차를 타서 승일(承日) 집에 가고 점심을 먹었음. 오후에 창일(昌日) 집에 가서 저녁을 먹었음. 청두 영진(永珍)이 전화 왔음(2번). 연구(延玖)에게 전화하였음. 태양 사대에게 전화하였음.

〈2008년 10월 7일(음력 9월 9일)〉 화요일 날씨 구름/맑음
중양절. 연화(延華) 생일. 오전 10시에 연구의 차를 타서 태양 사대에 갔음. 연화(延華)에게 생일 축하를 보냈음. 오후에 택시를 타서 창일(昌日) 집에 갔음.

〈2008년 10월 8일(음력 9월 10일)〉 수요일 날씨 구름
연길 미옥(美玉)에게 전화하였음. 휴대폰 요금이 부족하였음.

〈2008년 10월 9일(음력 9월 11일)〉 목요일 날씨 구름
연길 미옥(美玉)이 전화 왔음.

〈2008년 10월 10일(음력 9월 12일)〉 금요일 날씨 구름/바람
작은 어머니 생일. 오후(15.00) 태양 사대에 가서 작은 어머니께 생일 축하를 드렸음. 신옥(信玉), 연옥(延伍), 연주(延洙), 연구(延玖), 미란(美蘭), 해란(海蘭), 선기(善姬)가 갔음. 창일(昌日)이 병원에 갔음. 창일(昌日) 차를 타서 집에 갔음. 향선(香善)이 병원에 왔음. 연길 미옥(美玉)이 전화 왔음.

〈2008년 10월 11일(음력 9월 13일)〉 토요일 날씨 구름/바람
오전 (9.20)태양부터 창일(昌日) 집에 갔음. 오후에 아내가 주사를 맞았음. 청두 영진(永珍)이 전화 왔음. 창일(昌日) 집에서 잤음.

〈2008년 10월 12일(음력 9월 14일)〉 일요일 날씨 맑음
아내가 오전에 주사를 맞았음. 오후에 창일(昌日), 순자(順子)가 연길에 갔음. 옥기(玉姬)가 전화 왔음. 원학(元學)에게 전화하였음. 연길 미옥(美玉)이 전화 왔음- 국진(國珍)이 전화 왔음. 어제 명숙(明淑)의 딸이 태어났음.

〈2008년 10월 13일(음력 9월 15일)〉 월요일 날씨 맑음
아내가 오전에 주사를 맞았음. 오후에 창일(昌日), 순자(順子)가 연길부터 집에 도착하였음. 승일(承日)이 전화 왔음.

〈2008년 10월 14일(음력 9월 16일)〉 화요일 날씨 구름
승일(承日)이 전화 왔음. 저녁에 영혁(永革)이 와서 저녁을 같이 먹었음-닭고기.

〈2008년 10월 15일(음력 9월 17일)〉 수요일 날씨 맑음/구름

승일(承日)이 전화 왔음. 연길 미옥(美玉)에게 전화하였음. 승일(承日)에게 전화하였음. 일본 국진(國珍)한테 인터넷으로 대화하였음.

〈2008년 10월 16일(음력 9월 18일)〉 목요일 날씨 맑음/구름

아내가 오전에 주사를 다 맞았음-퇴원. 오후에 병원에 가서 돈을 냈음. 창일(昌日)에게 전화하였음. 집에 갔음(14.40-16.40). 원학(元學)이 저녁을 사주었음. 미옥(美玉)이 집에 왔음.

〈2008년 10월 17일(음력 9월 19일)〉 금요일 날씨 구름

개발 구역에 가서 전기 카드를 냈음. 단지에 가서 〈노인 세계〉를 가져왔음. 분선(粉善), 창일(昌日), 청두 영진(永珍)이 전화 왔음. 일본으로 인터넷-사돈 명숙(明淑).

〈2008년 10월 18일(음력 9월 20일)〉 토요일 날씨 비

오전에 전력 공급소에 가서 전기비를 저금하였음(100원). 아내가 영애(英愛) 집에 갔음. 창일(昌日)이 전화 왔음. 옥기(玉姬)가 집에 와서 창일(昌日)의 통장을 가져갔음. 북경 미화(美花)에게 전화하였음. 축순(竹順)에게 전화하였음.

〈2008년 10월 19일(음력 9월 21일)〉 일요일 날씨 구름

신용사, 공행, 우편에 가서 돈을 찾았음. 저녁을 원학(元學) 집이 한택 냈음. 북경 동일(東日) 집에게 전화하였음. 일본어 반의 안기(安基)에게 전화하였음.

〈2008년 10월 20일(음력 9월 22일)〉 월요일 날씨 구름/맑음

오전에 노간 대학에 가서 일본어를 배웠음. 방바닥을 쓸었음. 점심에 안기(安基)가 한택을 냈음. 화장실에 물이 세었음. 저녁에 미옥(美玉)이 전화왔고 집에 와서 밥을 먹었음. 청두 영진(永珍)에게 전화하였음-전화 왔음.

〈2008년 10월 21일(음력 9월 23일)〉 화요일 날씨 구름

미옥(美玉)이 전화 왔음-북경에 가는 것에 대하여. 원학(元學)이 집에 왔음(2번)-화장실에서 물이 세었음. 창일(昌日)이 전화 왔음. 원학(元學)의 차를 타서 기차역에 갔음. (12.45, 북경으로) 영애(英愛)가 기차역에 갔음.

〈2008년 10월 22일(음력 9월 24일)〉 수요일 날씨 흐림/비

11.12-기차역-12.00쯤에 -영진(永珍) 집-1.00시 쯤에(미화(美花)에게 전화하였음.

〈2008년 10월 23일(음력 9월 25일)〉 목요일 날씨 바람

아침에 인문대학에서 일본어를 독학하였음. 신문을 보았음. 연길 미옥(美玉)이 전화 왔

음. 미화(美花)에게 전화하였음-미화(美花)가 전화 왔음.

〈2008년 10월 24일(음력 9월 26일)〉 금요일 날씨 맑음
인문대학에 가서 아침을 먹었음. 동일(東日) 집에서 점심을 먹고 택시를 타서 영진(永珍) 집에 갔음. 국서(國瑞)에게 전화하였음-어제 북경에 도착하였음. 사돈을 마났음. 영진(永珍) 집에서 잤음.

〈2008년 10월 25일(음력 9월 27일)〉 토요일 날씨 구름/바람
지호(智皓) 생일. 식당에서 지호(智皓)의 생일 바티를 하였음. 동일(東日) 집, 영홍(永紅) 집, 영진(永珍) 진구 네 명이 갔음. 초미(超美)의 차를 타서 영진(永珍) 집에 갔음. 영진(永珍)이 복순(福順), 승일(承日), 창일(昌日), 옥기(玉姬), 향옥(香玉), 연화(延華) 집한테 전화하였음.

〈2008년 10월 26일(음력 9월 28일)〉 일요일 날씨 구름/바람
오전에 시장에 가서 무 등을 샀음. 일본 국진(國珍)한테 인터넷으로 대화하였음(사돈도 같이)

〈2008년 10월 27일(음력 9월 29일)〉 월요일 날씨 맑음
점심에 사돈이 롱징에 갔음. 오후에 시장에 가서 구추를 샀음.

〈2008년 10월 28일(음력 9월 30일)〉 화요일 날씨 맑음
시장에 가서 소고기와 돼지 고기, 야채 등을 샀음.

〈2008년 10월 29일(음력 10월 1일)〉 수요일 날씨 흐림/구름
오전에 영진(永珍)의 새 집을 구경하였음. 방바닥을 쓸었고 닦았음.

〈2008년 10월 30일(음력 10월 2일)〉 목요일 날씨 맑음
오전에 시장에 가서 해초와 두부 등을 샀음. (속옷) 순자에게 전화하였음. 미옥(美玉)

〈2008년 10월31일(음력 10월3일)〉 금요일 날씨 바람
시장에 가서 물만두 등을 샀음. 영진(永珍)이 혈압기와 로열 젤리를 사왔음. 방바닥을 쓸었고 닦았음. 동일(東日)에게 전화하였음.

〈2008년 11월 1일(음력 10월 4일)〉 토요일 날씨 맑음/바람
오전에 경채기술그룹에 갔음(영진(永珍) 회사). 일본어를 독학하였음-본문. 마트에 가서 좁쌀 등을 샀음.

〈2008년 11월 2일(음력 10월 5일)〉 일요일 날씨 맑음
안축순(安竹順), 복순(福順), 승일(承日), 연주(延洙)에게 전화하였음. 오후에 영진(永珍)이 청두에 갔음. 오전에 아내와 같이 영진

(永珍)의 새 집에 갔음. 순천부 마트에 가서 계란을 샀음.

〈2008년 11월 3일(음력 10월 6일)〉 월요일 날씨 맑음

향선(香善)에게 전화하였음. 순천부 마트에 가서 만두를 샀음. 연길 미옥(美玉), 청두 영진(永珍), 북경 동일(東日)부터 전화 왔음. 방바닥을 닦았음.

〈2008년 11월 4일(음력 10월 7일)〉 화요일 날씨 맑음

오전에 시장에 가서 생선을 샀음. 연길 미옥(美玉)에게 전화하였음. 김화(金花)에게 전화하였음. 청두 영진(永珍)부터 전화 왔음.

〈2008년 11월 5일(음력 10월 8일)〉 수요일 날씨 맑음

오전에 구룡 백화점에 가서 콘센트를 샀음. 오후에 순천부 마트에 가서 꼬투리와 돼지고기를 샀음.

〈2008년 11월 6일(음력 10월 9일)〉 목요일 날씨 맑음

오전에 병원에 가서 지호(智皓)가 신체 검사를 받았음. (화신 부녀 보건원)

〈2008년 11월 7일(음력 10월 10일)〉 금요일 날씨 맑음

오전에 시장에 가서 야채를 샀음. 바지를 걷어 올렸고 지퍼를 샀음. 동일(東日)이 전화 왔음. 일본어를 독학하였음-본문.

〈2008년 11월 8일(음력 10월 11일)〉 토요일 날씨 구름

순천부에 가서 야채를 샀음. 청두 영진(永珍)이 전화 왔음(2-3번). 동일(東日)이 전화 왔음-사돈이 식당에 가서 한턱 냈음. 방바닥을 쓸었고 닦았음.

〈2008년 11월 9일(음력 10월 12일)〉 일요일 날씨 맑음

순천부에 가서 계란을 샀음. 청두 영진(永珍)이 전화 왔음(3번). 미옥(美玉)(창춘)에게 전화하였음. 일본한테 인터넷으로 대화하였음.

〈2008년 11월 10일(음력 10월 13일)〉 월요일 날씨 구름

시장에 가서 야채를 샀음. 청두 영진(永珍)이 전화 왔음. 연길 원학(元學)이 전화 왔음.

〈2008년 11월 11일(음력 10월 14일)〉 화요일 날씨 흐림

순천부에 가서 소금 등을 샀음. 연길 미옥(美玉)요일 날씨 흐림

순천부에 가서 가루를 샀음. 청두 영진(永珍)이 전화 왔음. 일본어를 독학하였음-회화.

〈2008년 11월 14일(음력 10월 17일)〉 금요일 날씨 구름

시장에 가서 좁쌀을 샀음. 오후에 순천부에 가서 정수를 샀음. 연길 미옥(美玉)이 전화 왔음. 청두 영진(永珍)이 전화 왔음. 방바닥을 쓸었음.

〈2008년 11월 15일(음력 10월 18일)〉 토요일 날씨 맑음/구름
안사돈 생일(내몽)-일본 국진(國珍), 명숙(明淑), 안사돈한테 인터넷으로 대화하였음-생일 축하를 드렸음. 오전에 순천부에 가서 술 등을 샀음. 방바닥을 닦았음.

〈2008년 11월 16일(음력 10월 19일)〉 일요일 날씨 구름/바람
오전에 순천부에 가서 두부를 샀음. 오후에 시장에 가서 약 등을 샀음.

〈2008년 11월 17일(음력 10월 20일)〉 월요일 날씨 맑음
미화(美花)가 단백질 가루를 사왔음. 일본어를 독학하였음-녹음. 연길 미옥(美玉)이 전화 왔음. 청두 영진(永珍)이 전화 왔음. 방바닥을 닦았음.

〈2008년 11월 18일(음력 10월 21일)〉 화요일 날씨 구름
시장에 가서 야채를 샀음. 일본어를 독학하였음-녹음을 들었음. 동일(東日)이 전화 왔음.

〈2008년 11월 19일(음력 10월 22일)〉 수요일 날씨 맑음
시장에 가서 야채, 만두를 샀음. 미화(美花)가 아내에게 신발을 사주었음(199.00원). 연길 미옥(美玉)이 전화 왔음.

〈2008년 11월 20일(음력 10월 23일)〉 목요일 날씨 맑음
시장에 가서 야채를 샀음. 전기비를 냈음(91.80원).

〈2008년 11월 21일(음력 10월 24일)〉 금요일 날씨 맑음
순천부에 가서 두부를 샀음. 일본어를 독학하였음-회화.

〈2008년 11월 22일(음력 10월 25일)〉 토요일 날씨 맑음
시장에 가서 장갑, 배추를 샀음. 방바닥을 닦았음.

〈2008년 11월 23일(음력 10월 26일)〉 일요일 날씨 흐림
순자(順子) 생일-창일(昌日) 집한테 전화해서 순자(順子)에게 생일 축하를 보냈음. 순천부에 가서 두부를 샀음. 청두 영진(永珍)이 전화 왔음. 일본 국진(國珍)한테 인터넷으로 대화하였음. 이발하였음-8.00원.

〈2008년 11월 24일(음력 10월 27일)〉 월요일 날씨 구름
감사절. 순천부에 가서 만두 등을 샀음.

〈2008년 11월 25일(음력 10월 28일)〉 화요일 날씨 맑음
순옥(順玉) 생일. 순천부에 가서 계란, 두부 등을 샀음. 일본어를 독학하였음-녹음.

〈2008년 11월 26일(음력 10월 29일)〉 수요

일 날씨 구름/바람
시장에 가서 만두피, 가지를 샀음. 순천부에 가서 농부산천을 샀음. 일본어를 독학하였음-녹음.

〈2008년 11월 27일(음력 10월 30일)〉 목요일 날씨 구름/바람
연길 미옥(美玉), 안축순(安竹順)이 전화 왔음. 연길 철진(哲珍) 엄마부터 전화 왔음(한국에서 귀국하였음). 방바닥을 쓸었음.

〈2008년 11월 28일(음력 11월 1일)〉 금요일 날씨 구름/바람
순천부에 가서 계란을 샀음. 오후에 사진관에 가서 사진을 찍었음. 안축순(安竹順)이 전화 왔음. 향선(香善)이 전화 왔음-전화하였음. 연주(延洙)에게 전화하였음.

〈2008년 11월 29일(음력 11월 2일)〉 토요일 날씨 맑음
순천부에 가서 두부 등을 샀음. 시장에 가서 야채를 샀음. 사진관에 가서 사진을 찾았음. 김화(金花)에게 전화하였음.

〈2008년 11월 30일(음력 11월 3일)〉 일요일 날씨 맑음
단지에서 무를 샀음. 연길 원학(元學), 창일(昌日)에게 전화하였음. 동일(東日)이 전화 왔음. 일본 국진(國珍)한테 인터넷으로 대화하였음. 방바닥을 닦았음.

〈2008년 12월 1일(음력 11월 4일)〉 월요일 날씨 구름/바람
순천부에 가서 물을 샀음. 향선(香善)에게 전화하였음. 일본어를 독학하였음-회화.

〈2008년 12월 2일(음력 11월 5일)〉 화요일 날씨 구름
순천부에 가서 두부 등을 샀음. 오전에 영진(永珍)의 새 집에 갔음.

〈2008년 12월 3일(음력 11월 6일)〉 수요일 날씨 구름
시장에 가서 무를 샀음. 미화(美花)가 오후에 룽징에 갔음-안사돈이 닥쳤음. 청두 영진(永珍)이 전화 왔음-저녁에 집에 도착하였음.

〈2008년 12월 4일(음력 11월 7일)〉 목요일 날씨 구름/추움
순천부에 가서 소고기를 샀음. 일본 국진(國珍)에게 인터넷으로 대화하였음.

〈2008년 12월 5일(음력 11월 8일)〉 금요일 날씨 구름/추움
순천부에 가서 술과 야채를 샀음. 룽징 안사돈께 전화하였음. 연길 미옥(美玉), 북경 동일(東日)에게 전화하였음. 방바닥을 쓸었음.

〈2008년 12월 6일(음력 11월 9일)〉 토요일 날씨 구름
순천부에 가서 계란과 바나나 등을 샀음. 시장에 가서 신발과 배추를 샀음. 창일(昌日)이 전화 왔음.

〈2008년 12월 7일(음력 11월 10일)〉 일요일 날씨 구름
양광 시장, 구롱 백화, 약국에 갔음. 승일이 전화 왔음. 연길 미옥(美玉)에게 전화하였음. 일본 국진(國珍)한테 인터넷으로 대화하였음.

〈2008년 12월 8일(음력 11월 11일)〉 월요일 날씨 흐림
약국에 가서 약을 샀음. (수도꼭지를 수리하였음) 영진(永珍)이 청두에 갔음(오후 4.00시). 룽징 미화(美花)가 전화 왔음. 청두 영진(永珍)이 전화 왔음(저녁 9.00시).

〈2008년 12월 9일(음력 11월 12일)〉 화요일 날씨 흐림
순천부에 가서 기름과 술 등을 샀음. 연화(延華)가 전화 왔음(작은 어머니 병이 심각하였음)-전화하였음. 청두 영진(永珍)이 전화 왔음(3번). 연길 미옥(美玉)이 전화 왔음.

〈2008년 12월 10일(음력 11월 13일)〉 수요일 날씨 흐림
연화(延華)에게 전화하였음-작은 어머니께 병문안하였음-작은 어머니께서 오후 3시 돌아가셨음. 연주(延洙), 미옥(美玉)에게 전화하였음. 청두 영진(永珍), 동일(東日)이 전화 왔음.

〈2008년 12월 11일(음력 11월 14일)〉 목요일 날씨 흐림/맑음
작은 어머니의 장례식. 청두 영진(永珍), 룽징 미화(美花), 창일(昌日), 미옥(美玉)이 전화 왔음. 승일(承日), 창일(昌日), 철진(哲珍), 연길 미옥(美玉), 원학(元學)에게 전화하였음.

〈2008년 12월 12일(음력 11월 15일)〉 금요일 날씨 구름
순천부에 가서 두부, 전을 샀음. 연길 미옥(美玉)(2번), 청두 영진(永珍)이 전화 왔음. 방바닥을 쓸었음.

〈2008년 12월 13일(음력 11월 16일)〉 토요일 날씨 맑음/추움
단지에 가서 고추를 샀음. 연길 미옥(美玉)이 전화 왔음. 미화(美花)가 룽징에서 집에 도착하였음.

〈2008년 12월 14일(음력 11월 17일)〉 일요일 날씨 맑음
순천부에 가서 정수와 술을 샀음. 일본 국진(國珍)에게 인터넷으로 대화하였음. 청두 영진(永珍)이 전화 왔음. 동일(東日)이 전화 왔음.

〈2008년 12월 15일(음력 11월 18일)〉 월요일 날씨 맑음
오전에 화신 부녀 보건소에 가서 지호(智皓)가 예방 주사를 맞았음. 연길 미옥(美玉)이 전화 왔음.

〈2008년 12월 16일(음력 11월 19일)〉 화요일 날씨 구름

순천부에 가서 계란, 좁쌀 등을 샀음. 방바닥을 쓸었음.

〈2008년 12월 17일(음력 11월 20일)〉 수요일 날씨 맑음/바람

민석(珉錫) 생일-전화해서 생일 축하를 하였음. 순천부에 가서 콩기름과 땅콩기름 등을 샀음. 방바닥을 닦았음.

〈2008년 12월 18일(음력 11월 21일)〉 목요일 날씨 맑음/바람

순천부에 가서 부추를 샀음. 창일(昌日)이 전화 왔음(새 집을 임대에 대하여). 연길 미옥(美玉)이 전화 왔음.

〈2008년 12월 19일(음력 11월 22일)〉 금요일 날씨 맑음/추움

우체국에 가서 등기 우편을 보냈음(위탁 증서). 순천부에 가서 두부를 샀음.

〈2008년 12월 20일(음력 11월 23일)〉 토요일 날씨 맑음

시장에 가서 약, 야채를 샀음. 순천부에 가서 계란, 정수를 샀음. 창일(昌日), 청두 영진(永珍), 북경 동일(東日)이 전화 왔음.

〈2008년 12월 21일(음력 11월 24일)〉 일요일 날씨 추움

순천부에 가서 시금치 등을 샀음. 일본 국진(國珍)과 인터넷으로 대화하였음. 동일(東日)에게 전화하였음-동일(東日)이 와서 동일의 차를 타고 동일(東日) 집에 가서 동지를 보냈음-차를 타서 집에 갔음.

〈2008년 12월 22일(음력 11월 25일)〉 월요일 날씨 맑음/추움

일력 일기본을 완성하였음. 일본어를 독학하였음-녹음.

〈2008년 12월 23일(음력 11월 26일)〉 화요일 날씨 맑음/추움

순천부에 가서 두부를 샀음. 부동산 인원이 와서 수도 꼭지를 수리하였음. 일본어를 독학하였음-녹음. 전기비를 냈음:64.90원. 방바닥을 쓸었음.

〈2008년 12월 24일(음력 11월 27일)〉 수요일 날씨 구름/추움

순천부에 가서 술을 샀음. 청두 영진(永珍)이 전화 왔음.

〈2008년 12월 25일(음력 11월 28일)〉 목요일 날씨 맑음/추움

크리스마스. 시장에 가서 만두피와 야채를 샀음. 순천부에 가서 배추를 샀음. 연길 미옥(美玉)이 전화 왔음.

〈2008년 12월 26일(음력 11월 29일)〉 금요일 날씨 구름

시장에 가서 만두피와 만두 등을 샀음. 청두 영진(永珍)이 전화 왔음. 순천부에 가서 계란을 샀음. 방바닥을 닦았음.

〈2008년 12월 27일(음력 12월 1일)〉 토요

일 날씨 구름
순천부에 가서 정수를 샀음. 시장에 가서 만두피, 마 등을 샀음.

〈2008년 12월 28일(음력 12월 2일)〉 일요일 날씨 구름
창일(昌日)에게 전화하였음-등기 우편을 받았음. 일본 국진(國珍), 사돈, 안사돈과 인터넷으로 대화하였음.

〈2008년 12월 29일(음력 12월 3일)〉 월요일 날씨 맑음/추움
순천부에 가서 술, 감자, 구기, 두부 등을 샀음.

〈2008년 12월 30일(음력 12월 4일)〉 화요일 날씨 맑음/추움
시내에 갔음. 영진(永珍)이 청두에서 비행기를 타서 집에 왔음. (18.30-22.00)

〈2008년 12월 31일(음력 12월 5일)〉 수요일 날씨 맑음/추움
안사돈 생일(연길). 순천부에 가서 간장, 오이, 당근, 버섯을 샀음. 창일(昌日), 연길 미옥(美玉), 안사돈에게 전화하였음. 동일(東日)이 전화 왔음. 방바닥을 쓸었음.

2009년

〈2009년 1월 1일(음력 12월 6일)〉 목요일
날씨 맑음
양력설, 아침에 복순(福順), 승일(承日), 창일(昌日)이 전화 왔음. 양력설 축하하므로. 점심에 동일(東日)의 차를 타고 초방식당(草房食堂)으로 가서 영진(永珍)의 초대 파티를 참석했음.

〈2009년 1월 2일(음력 12월 7일)〉 금요일
날씨 맑음
채소를 사러 갔음. 연길에서 전화 왔음미옥(美玉). 일본으로 전화했음 국진(國珍), 명숙(明淑)(영상동화).

〈2009년 1월 3일(음력 12월 8일)〉 토요일
날씨 맑음
순천부(順天府)[1]로 가서 휴지 등을 샀음. 양광백화점(陽光百貨)으로 가서 지퍼를 고쳤음…

〈2009년 1월 4일(음력 12월 9일)〉 일요일
날씨 맑음
순천부(順天府)로 가서 술, 야채 등을 샀음. 동일(東日)에서 전화 왔음(용기(龍基)가 밥을 사준다고). 용기(龍基)의 차를 타고 식당에 갔음 (용기(龍基)가 초대했음).

〈2009년 1월 5일(음력 12월 10일)〉 월요일
날씨 맑음
순천부(順天府)로 가서 물 등을 샀음. 영진(永珍)은 오후 4시에 성도(成都)로 갔음. 연길에서 전화 왔음. 미옥(美玉).

〈2009년 1월 6일(음력 12월 11일)〉 화요일
날씨 맑음
순천부(順天府)로 가서 두부를 샀음. 동일(東日)에게 전화 갔음(2) 기차표에 대함

〈2009년 1월 7일(음력 12월 12일)〉 수요일
날씨 맑음
오전에 영진이 집에 갔음. 오후에 순천부로 가서 시금치 등을 샀음. 방바닥이 닦음. 연길로 전화했음 미옥(전화 왔음). 동일(東日)에게 전화했음 비행기 표를 사는 일에 대함.

〈2009년 1월 8일(음력 12월 13일)〉 목요일
날씨 맑음&바람
약을 사러 장대시장(將台市場)에 갔음.

1) 시장.

〈2009년 1월 9일(음력 12월 14일)〉 금요일 날씨 맑음
오전에 시내에 갔음. 오후에 폐품을 팔았음.

〈2009년 1월 10일(음력 12월 15일)〉 토요일 날씨 맑음
오전에 시내에 갔음. 오후에 물건을 정리했음(연길에 가기를 준비함). 성도-영진(永珍), 북경-동일(東日)에서 전화 왔음.

〈2009년 1월 11일(음력 12월 16일)〉 일요일 날씨 맑음
동일(東日)의 차를 탔음 à 북경 공항으로 갔음 à 비행기를 타서 연길에 갔음(10:40-12:30) 집에 도착했음. 북경에게 전화했음 - 동일(東日), 회춘(琿春), 복순(福順), 승일(承日), 창일(昌日).

〈2009년 1월 12일(음력 12월 17일)〉 월요일 날씨 추움
개발구(開發區) 농합로(農合街)에 돈을 찾으러 갔음. 아파트단지(社區)에서 《노년세계》를 가져 왔음. 성도 - 영진(永珍), 하얼빈 -미옥(美玉) 에서 전화 왔음. 원학(元學)에게 전화했음. 다시 원학(元學)에서 전화 왔음. 우리 집으로 왔음.

〈2009년 1월 13일(음력 12월 18일)〉 화요일 날씨 추움
농합로(農合街)에 돈을 찾으러 갔음. 우체국으로 가서 입금했음. 성도 - 영진 (永珍)에서 전화 왔음. 룽징에게 전화했음. 창일(昌日)에서 전화 왔음. 룽징 사돈댁에서 전화 왔음.

〈2009년 1월 14일(음력 12월 19일)〉 수요일 날씨 추움
침실을 정리했음. 침대를 옮겼음. 방바닥을 닦았음. 원학(元學)에게 전화했음.

〈2009년 1월 15일(음력 12월 20일)〉 목요일 날씨 맑음
일본어를 공부했음. 녹음했음. 컴퓨터를 연습하기. 정화(廷華)에서 전화 왔음(고모 유산 문제)

〈2009년 1월 16일(음력 12월 21일)〉 금요일 날씨 맑음
개발구(開發區) 연승지역(延盛區)으로 갔음(노인세계(老人世界)10기 가지러 갔음). 텔레비전 신문(電視報)을 샀음. 물을 샀음(6원). 하얼빈에서 전화 왔음 -미옥(美玉). 룽징 미노(美老)와 통화했음.

〈2009년 1월 17일(음력 12월 22일)〉 토요일 날씨 맑음
일본어를 공부하기- 회화를 연습하기. 컴퓨터를 연습하기. 룽징 미노(美老)에게 전화했음. 일본어반 허반장(許班長), 안 선생님(安老師)에게 전화했음. 괴화(桂花)에게 전화했음.

〈2009년 1월 18일(음력 12월 23일)〉 일요일 날씨 흐림
오후에 북경대학교 우체국에 갔음(인터넷 연

결 문제). 설거지 하수도를 고침. 일본 -국진(國珍)에서 전화 왔음. 성도에서 전화 왔음 영진(永珍), 회춘(琿春), 창일(昌日)에서 전화 왔음. 하얼빈에서 온미옥(美玉)이 집에 와서 밥을 먹었음.
(1월 12일부터 아침 전에 산책하는 것을 중지했음)

〈2009년 1월 19일(음력 12월 24일)〉 월요일 날씨
오전에《종합신문》를 샀음. 출판사에서《노년 세계》를 주문했음. 미옥(美玉)에서 전화 왔음. 전신(電信)이 우리 집으로 왔음.

〈2009년 1월 20일(음력 12월 25일)〉 화요일 날씨 흐림
영진(永珍) 생일. 미옥(美玉)에게 전화했음. 원학(元學), 미옥(美玉)이 집으로 왔음. 침실에 있는 컴퓨터는 거실로 옮겼음(전화선이 끊어서). 일본에게 전화를 걸렸음(영상 통화)

〈2009년 1월 21일(음력 12월 26일)〉 수요일 날씨 구름
컴퓨터를 연습하기. 신문을 보기. 미옥(美玉)이 전화 왔음.

〈2009년 1월 22일(음력 12월 27일)〉 목요일 날씨 맑음
오후에 연변으로 가서 책을 샀음. 미옥(美玉)이 전화 왔음.

〈2009년 1월 23일 (음력 12월 28일)〉 금요일 날씨 구름 많음&바람
〈노년 세계〉를 봤음. TV가이드북을 샀음. 옥희(玉姬)가 왔음. 오전에 청소했음. 미옥(美玉)이 전화 왔음(오전, 오후). 창일(昌日)에게 전화했음.

〈2009년 1월 24일(음력 12월 29일)〉 토요일 날씨 구름 많음&바람
명숙(明淑) 생일. 원학(元學), 미옥(美玉)이 쌀, 맥주 등을 가져왔음. 국진(國珍) 남편 생일. 성도에서 전화 왔음.

〈2009년 1월 25일 (음력 12월 30일)〉 일요일 날씨 구름 많음
영진(永珍), 미옥(美玉)이 원학(元學)의 차를 타서 룽징으로 갔음. 룽징 미화(美花)에서 전화 왔음. 방바닥을 닦음. 승일(承日)에서 전화 왔음. 동일(東日), 동춘(東春)이 전화 왔음. 저녁에 미옥(美玉)이 원학(元學)이 집에 왔음.

〈2009년 1월 26일(음력 1월 1일)〉 월요일 날씨 맑음
점심 때 원학(元學)의 차를 타고 민우촌(民裕村)에 등산하러 갔음. 원학(元學) 가족이와 같이 설날을 보냈음. 복경 동일(東日)에서 전화 왔음. 복순(福順), 창일(昌日)에서 전화 왔음. 초영(超英) 집에게 전화했음.

〈2009년 1월 27일(음력 1월 2일)〉 화요일 날씨 맑음

마트에 가서 청소기를 샀음(598위안). 연길 조미(趙美)에게 전화했음. 저녁에원학(元學), 미옥(美玉)이 집에 들어왔음.

〈2009년 1월 28일(음력 1월 3일).〉 수요일 날씨 구름 많음

점심에 조미(趙美)가 원학(元學)의 차를 타고 집에 왔음. 미화(美花)가 원학(元學)의 차를 타고 집에 왔음.

〈2009년 1월 29일(음력 1월 4일)〉목요일 날씨 눈&구름 많음

오전에 사진을 찍으려고 사진관에 갔음. 오후에 춘림(春林), 춘승(春晟)이 집에 들어왔음. 물을 샀음. 창일(昌日)에게 전화했음.

〈2009년 1월 30일(음력 1월 5일)〉 금요일 날씨 구름 많음

쌍둥이 생일. 영진(永珍), 미화(美花) 복경으로 갔음. 방바닥을 닦음. 창일(昌日)에게 전화했음.

〈2009년 1월 31일(음력 1월 6일)〉 토요일 날씨 맑음

남순(南順)의 생일. 복경에서 영진(永珍)이 전화 왔음. 미옥(美玉), 창일(昌日)에게 전화했음.

〈2009년 2월 1일(음력 1월 7일)〉 일요일 날씨 맑음

오전에 중국은행에 가서 돈을 찾았음. 우체국에 가서 입금했음. 국진(國珍)과 통화했음(일본 연상통화). 미옥(美玉)이 전화 왔음. 그 뒤에 집에 왔음.

〈2009년 2월 2일(음력 1월 8일)〉 화요일 날씨 눈&구름 맑음

종합보(綜合報)를 샀음. 신문을 봤음. 사진관으로 갔음. 청소기로 방바닥을 닦음. 저녁에 미옥(美玉)이 전화 왔음

〈2009년 2월 3일(음력 1월 9일)〉 수요일 날씨 맑음

영화 제목을 정리했음. 신옥(信玉)이 전화 왔음. 집에 놀러 왔음. 점심을 같이 먹었음. 오후에 집에 떠났음.

〈2009년 2월 4일(음력 1월 10일)〉 수요일 날씨 맑음

미옥(美玉)에게 전화했음. 복경-영진(永珍)이 전화 왔음. 물을 샀음. 국진과 통화했음.

〈2009년 2월 5일(음력1월 11일)〉 목요일 날씨 맑음

미옥(美玉)에게 전화했음. 다시 전화 왔음. 복경 - 영진(永珍)이 전화 왔음. 괴화(桂花)에게 전화했음.

〈2009년 2월 6일(음력1월 12일)〉 금요일 날씨 맑음

영화티켓을 정리했음. TV가이드북을 샀음. 미옥(美玉)이전화 왔음. 창일(昌日), 괴화(桂花)에서 전화 왔음.

〈2009년 2월 7일(음력 1월 13일)〉 토요일
날씨 맑음
영화 티켓을 정리 완료. 강소영(姜小英)이 집에 왔음. 오후에 집에 떠났음. 미옥(美玉)이 집에 왔음. 저녁 후에 집에 떠났음.

〈2009년 2월 8일(음력 1월 14일)〉 일요일
날씨 맑음
오후에 〈노년세계〉를 봤음. 일본 국진(國珍)에게 전화했음.

〈2009년 2월 9일(음력 1월 15일)〉 월요일
날씨 맑음
전신으로 가서 통화료(100위안)를 냈음. 사진관으로 가서 사진을 가지러 갔음. 영진(永珍)이 전화 왔음. 미옥(美玉)이 전화 왔음. 미옥(美玉)집으로 가서 위안샤오절(元宵節)를 보냈음.

〈2009년 2월 10일(음력1월 16일)〉 화요일
날씨 맑음
농합로(農合街)에 가서 입금했음. 일본어를 공부했고 회화를 연습하기.

〈2009년 2월 11일(음력1월 17일)〉 수요일
날씨 맑음
사돈 생일. 연대 사돈댁에게 전화했음. 사진관으로 갔음. 일본어를 공부하고 글과 회화를 연습했음. 컴퓨터를 연습하기.

〈2009년 2월 12일(음력1월 18일)〉 목요일
날씨 눈&흐림
정구(廷玖)의 생일. 일본어를 공부하고 글과 회화를 연습했음. 창일(昌日)에서 전화 왔음. 방바닥을 닦음. 물을 샀음.

〈2009년 2월 13일(음력1월 19일)〉 금요일
날씨 눈&흐림
사돈 생일. 룽징 사돈댁에게 전화했음. 생일을 축하했음. 일본어를 공부하고 글과 회화를 연습했음. 명숙(明淑) 생일. 명숙(明淑)에게 전화하고 생일을 축하했음.

〈2009년 2월 14일(음력1월 20일)〉 토요일
날씨 맑음
일본어를 공부하고 글과 회화를 연습했음. 미옥(美玉)에게 전화했음. 미노와 인터넷으로 통화했음. 성도 영진(永珍)이 전화 왔음.

〈2009년 2월 15일(음력1월 21일)〉 일요일
날씨 맑음
일본어를 공부하고 글과 회화를 연습했음. 일본 국진(國珍)에게 전화했음.

〈2009년 2월 16일(음력1월 22일)〉 월요일
날씨 맑음
일본어를 공부하고 글과 회화를 연습했음. 일본 국진(國珍)에게 전화했음.

〈2009년 2월 17일(음력1월 23일)〉 화요일
날씨 맑음
정수(廷洙) 생일. 생일 축하하므로 전화했음. 오전에 미옥(美玉)이 집에 왔음. 오후에 미옥(美玉) 집으로 갔음. 일본어를 공부하고 글과

회화를 연습했음. 일본 국진(國珍)에게 전화했음. 복경동일(東日), 미노(美花)

〈2009년 2월 18일(음력1월 24일)〉 수요일 날씨 맑음

일본어를 공부하고 글과 회화를 연습했음. 컴퓨터를 연습하기.

〈2009년 2월 19일(음력1월 25일)〉 목요일 날씨 구름이 많음

일본어를 공부하고 글과 회화를 연습했음. 복순(福順)에서 전화 왔음.

〈2009년 2월 20일(음력1월 26일)〉 금요일 날씨 눈

일본어를 공부하고 글과 회화를 연습했음. 오후에 TV가이드북을 샀음.

〈2009년 2월 21일(음력1월 27일)〉 토요일 날씨 흐림

화자 생일. 일본어를 공부하고 글과 회화를 연습했음. 성도 영진(永珍)이 전화 왔음. 북경 미노와 인터넷으로 통화했음. 청소기로 방바닥을 닦음.

〈2009년 2월 22일(음력1월 28일)〉 일요일 날씨 맑음

일본어를 공부했음. 녹음, 회화. 승일(承日)에서 전화 왔음. 일본 국진(國珍)과 인터넷으로 통화하기.

〈2009년 2월 23일(음력1월 29일)〉 월요일 날씨 맑음

일본어를 공부했음. 녹음, 회화. 미옥(美玉)이 전화 왔음. 복순(福順)이 전화 왔음. 된장을 가져왔음.

〈2009년 2월 24일(음력1월 30일)〉 화요일 날씨 맑음

일본어를 공부했음. 녹음, 회화. 창일(昌日), 복순(福順)에서 전화 왔음(약을 사는 문제에 대해) 약을 샀음.

(2월 13일부터 아주미나 치료기를 사용하기 시작했음)

(2009년 1월부터 월급:

연: 2221.90+25=2246.90

영: 2154.20+25=2179.20)

〈2009년 2월 25일(음력2월 1일)〉 수요일 날씨 맑음

일본어를 공부하고 대화 연습하기. 창일(昌日), 복순(福順)에서 전화 왔음.

〈2009년 2월 26일(음력 2월 2일)〉 목요일 날씨 맑음

승일(承日) 생일. 점심 때 승일(承日)의 생일 파티를 참석했음. 오후에 창일(昌日)의 집에 갔음.

〈2009년 2월 27일(음력 2월 3일)〉 금요일 날씨 맑음

일본어를 공부하기, 단어를 공부했음. 연길 - 미옥(美玉)에서 전화 왔음. 창일(昌日)에서 전화 왔음. 원학(元學)의 차를 타고 식당에

가서 냉명을 먹었음. 물을 샀음.

〈2009년 2월 28일(음력 2월 4일)〉 토요일 날씨 맑음

일본어를 공부하기. 회화를 연습하기. 비용을 냈음(562위안). 일영(日英)이 집에 왔음. 복경영진(永珍), 미화(美花)에게 전화했음.

〈2009년 3월 1일(음력 2월 5일)〉 일요일 날씨 맑음&바람

일본 국진(國珍), 복경 영진(永珍)에게 전화했음. 원학(元學)이 야채를 가지고 가려고 집에 왔음. 노하거리(農合街)에 돈을 찾으러 갔음. 우체국으로 가서 입금했음. 일본어를 공부하기. 회화를 연습하기. 일본 국진(國珍), 명숙(明淑)과 인터넷으로 통화했음.

〈2009년 3월 2일(음력 2월 6일)〉 월요일 날씨 맑음

일본어를 공부하기. 회화를 연습하기. 컴퓨터를 연습하기. 미옥(美玉)이 전화 왔음.

〈2009년 3월 3일(음력 2월 7일)〉 화요일 날씨 맑음

정우(廷伍) 생일. 생일 축하. 일본어를 공부하기. 회화 연습하기. 미옥(美玉)이 전화 왔음. 춘림(春林)이 1520원을 가져갔음. 저녁에미옥(美玉)이 전화 왔음.

〈2009년 3월 4일(음력 2월 8일)〉 수요일 날씨 맑음

일본어를 공부하기. 회화를 연습하기. 미옥(美玉)이 전화 왔음. 점심에 미옥(美玉)이 집에 와서 같이 밥을 먹었음.

〈2009년 3월 5일(음력 2월 9일)〉 목요일 날씨 맑음

일본어를 공부하기 회화를 연습하기. 오전에 발표(인대정부 업무보고회)를 청취했음

〈2009년 3월 6일(음력 2월 10일)〉 금요일 날씨 바람 많음

일본어를 공부하기 회화를 연습하기. 녹음하기. 일본어반 조장이 전화 왔음(학기 시작 시간 정함:3/10). 물을 샀음. 정용이 전화 왔음. 〈3.8〉활동을 참석했음. 주순(竹順)이 전화 왔음. 복경 미스(美思)에게 전화했음. 일본 국진(國珍)에게 전화했음. 미옥(美玉)에게 전화했음.

〈2009년 3월 7일(음력 2월 11일)〉 토요일 날씨 맑음 구름 많음

일본어를 공부하기. 회화를 연습하기. 우체국에 가서 돈을 찾았음. 미옥(美玉)이 전화 왔음(2). 미옥(美玉)에게 전화했음.

〈2009년 3월 8일(음력 2월 12일)〉 일요일 날씨 맑음 구름 많음

일본어를 공부하기. 영진(永珍)이 전화 왔음. 용호(永浩)와 극순(格順)이 전화 왔음(미옥(美玉)이 전화 온 것에 대해). 백화점에 갔음. 미옥(美玉), 원학(元學) 집에 와서 3.8절을 보냈음.

〈2009년 3월 9일(음력 2월 13일)〉 월요일
날씨 맑음&바람
일본어를 공부하기. 회화를 연습하기. 일본어 반 학생 혜옥(惠玉)에게 전화했음. 정화(廷華)가 전화 왔음. 일본어 허반장(許班長)이 전화 왔음.

〈2009년 3월 10일(음력 2월 14일)〉 화요일
날씨 맑음&바람
노간부(幹部)[2]대학에서 일본어를 배우기. 혜옥(惠玉)이 집에 갔음. 전화료를 냈음(100위안).

〈2009년 3월 11일(음력 2월 15일)〉 수요일
날씨 맑음&바람
일본어를 배우기. 회화를 연습하기. 오후에 〈노년세계〉를 읽음.

〈2009년 3월 12일(음력 2월 16일)〉 목요일
날씨 구름 맑음&흐림
노간부(幹部)대학에 가서 일본어를 배우기. 춘학창(春學昌)에게 전화했음. 생일 축하. 점심 생일 파티를 참석했음.

〈2009년 3월 13일(음력 2월 17일)〉 금요일
날씨 맑음 구름 많음
일본어를 공부하기. 회화를 연습하기. 오후에 북대시장(北大食堂)에 장 보러 갔음. 창일(昌日)이 전화 왔음. 미옥(美玉)이 전화 왔음.

2) 지도자, 관리자.

〈2009년 3월 14일(음력 2월 18일)〉 토요일
날씨 맑음
일본어를 공부하기. 회화를 연습하기. 녹음하기. 복경 미화(美花)와 인터넷으로 통화하기. (2월20일 꿀을 먹이 시작했음.)

〈2009년 3월 15일(음력 2월 19일)〉 일요일
날씨 흐림&구름 많음
일본어를 공부하기. 회화를 연습하기. 녹음하기. 일본 국진(國珍)과 인터넷으로 통화했음. 복순(福順)이 전화 왔음. 복경 미화(美花)에게 전화했음.

〈2009년 3월 16일(음력 2월 20일)〉 월요일
날씨 맑음 구름 많음
일본어를 공부하기. 회화를 연습하기. 우체국에 가서 전기료를 냈음(100위안). 종합보를 샀음.

〈2009년 3월 17일(음력 2월 21일)〉 화요일
날씨 흐림 구름 많음
복경 미화(美花)에게 전화했음. 노간부(幹部)대학에 일본어를 배우기. 창일(昌日)에게 전화했음. 미옥(美玉)이 전화 왔으. 미옥(美玉), 원학(元學)이 저녁에 집에 와서 밥을 먹었음. 혈압기를 가져왔음.

〈2009년 3월 18일(음력 2월 22일)〉 수요일
날씨 흐림&비
일본어를 공부하기 회화를 연습하기.

〈2009년 3월 19일(음력 2월 23일)〉 목요일

날씨 흐림 구름 많음
노간부대학에 갔음

〈2009년 3월 20일(음력 2월 24일)〉 금요일
날씨 구름 많음
일본어를 공부하기. 회화를 연습하기. 녹음하기. 컴퓨터를 연습하기. 텔레비전보(電視報)를 샀음. 복경 영진(永珍)이 전화 왔음.

〈2009년 3월 21일(음력 2월 25일)〉 토요일
날씨 구름 많음
일본어를 공부하기. 회화를 연습하기. 녹음하기. 복경 미화(美花)에게 전화했음. 영진(永珍)이 전화 왔음(2). 인터넷으로 통화했음.

〈2009년 3월 22일(음력 2월 26일)〉 일요일
날씨 구름 많음
일본어를 공부하기. 회화를 연습하기. 컴퓨터를 연습하기. 일본 국진(國珍)과 인터넷으로 통화했음. 방바닥을 닦음. 정화(廷華)에게 전화했음. 원학(元學), 미옥(美玉)이 집에 가서 물고기와 야채를 가져왔음. 미용실에 갔음.

〈2009년 3월 23일(음력 2월 27일)〉 월요일
날씨 눈&구름 많음
일본어를 공부하기. 회화를 연습하기. 녹음하기. 미옥(美玉)에게 전화했음(옥이 언니에 대한 일). 창일(昌日)에게 전화했음(옥이 언니에 대한 일).

〈2009년 3월 24일(음력 2월 28일)〉 화요일
날씨 구름 많음
노간부(幹部)대학에 가서 일본어를 공부했음.

〈2009년 3월 25일(음력 2월 29일)〉 수요일
날씨 맑음 구름 많음
일본어를 공부하기. 회화를 연습하기(부사). 승일(承日)에게 전화했음. 미옥(美玉)에게 전화했음.

〈2009년 3월 26일(음력 2월 30일)〉 목요일
날씨 구름 많음
오전에 노간부(幹部)대학에 가서 일본어를 공부했음. 일본어를 공부하기. 회화를 연습하기.

〈2009년 3월 27일(음력 3월 1일)〉 금요일
날씨 구름 많음
일본어를 공부하기. 회화를 연습하기. 녹음하기.

〈2009년 3월 28일(음력 3월 2일)〉 토요일
날씨 맑음 구름 많음
일본어를 공부하기(부사). 미옥(美玉)이 전화 왔음. 창일(昌日)이 전화 왔음. 원학(元學)이 집에 왔음.

〈2009년 3월 29일(음력 3월 3일)〉 일요일
날씨 맑음
일본어를 배우기(감단사). 일본 국진(國珍)한테 전화했음(연결 안됨). 미옥(美玉)이 전화 왔음. 원학(元學)의 차를 타서 연병 병원 문병하러 갔음(춘림(春林)).

〈2009년 3월 30일(음력 3월 4일)〉 월요일 날씨 구름 많음
일본어를 배우기. 회화를 연습하기. 연병병원으로 갔음. 복경 미노 생일. 창일(昌日)이 전화 왔음.

〈2009년 3월 31일(음력 3월 5일)〉 화요일 날씨 구름 많음
노간부(幹部)대학에 가서 일본어를 배우기. 일본어, 회화를 연습하기. 복경 미화(美花)한테 전화했음. 오후에 연병병원으로 문병했음. 일본 국진(國珍)한테 전화 했음.

〈2009년 4월 1일(음력 3월 6일)〉 수요일 날씨 맑음&구름 많음
일본어, 회화를 연습하기. 노하거리(農合街)에 돈을 찾으러 갔음. 우체국으로 가서 입금했음. 방바닥을 닦음. 미옥(美玉)이 전화 왔음.

〈2009년 4월 2일(음력 3월 7일)〉 목요일 날씨 맑음&구름 많음
노간대학(老干大學)에 가서 일본어를 배우기. 일본어, 회화를 연습하기. 미옥(美玉)이 전화 왔음. 오후에 연병병원으로 문병했음.

〈2009년 4월 3일(음력 3월 8일)〉 금요일 날씨 맑음
일본어를 공부하기. 원학(元學)이 집에 왔음.

〈2009년 4월 4일(음력 3월 9일)〉 토요일 날씨 맑음
동일(東日) 생일. 오전에 성묘했음(삼촌, 고모, 고부)

〈2009년 4월 5일(음력 3월 10일)〉 일요일 날씨 맑음&구름 많음
집을 옮겼음. 월세를 냈음. 창일(昌日)이 밥을 사 줬음. 저녁에 승일(承日)이 집에 왔음.

〈2009년 4월 6일(음력 3월 11일)〉 월요일 날씨 맑음&구름 많음
점심 때 원학(元學)의 차를 타서 연변대학교 냉면을 먹으러 갔음. 원학(元學)에게 전화했음. 우체국으로 가서 돈을 찾았음.

〈2009년 4월 7일(음력 3월 12일)〉 화요일 날씨 맑음&구름 많음
지혜(智慧) 생일(공). 일본 국진(國珍)에게 전화했음. 노간대하에 가서 일본어를 배우기. 미옥(美玉)에게 전화했음. 미옥(美玉)이 전화 왔음.

〈2009년 4월 8일(음력 3월 13일)〉 수요일 날씨 맑음
오전에 일본어를 배우기. 회화를 연습하기. 녹음하기. 저녁에 미옥(美玉)이 집에 와서 같이 밥을 먹었음. 복경 미화(美花)와 인터넷으로 통화했음. 원학(元學)이 집에 왔음. 전화료(100위안)을 냈음. 물을 샀음.

〈2009년 4월 9일(음력 3월 14일)〉 목요일 날씨 맑음&구름 많음
노간부(幹部)대학에 가서 일본어를 배우기.

미옥(美玉), 창일(昌日)이 전화 왔음.

〈2009년 4월 10일(음력 3월 15일)〉 금요일
날씨 맑음
원학(元學) 생일. 점심에 생일 파티를 참석했음. 일본어를 공부하기.

〈2009년 4월 11일(음력 3월 16일)〉 토요일
날씨 구름 많음
미옥(美玉) 생일. 미옥(美玉)이 밥을 사줬음.

〈2009년 4월 12일(음력 3월 17일)〉 일요일
날씨 바람&구름 많음
일본어를 공부하기. 미화(美花)와 통화했음. 일본 국진(國珍)과 통화했음. 방바닥을 닦음.

〈2009년 4월 13일(음력 3월 18일)〉 월요일
날씨 비&구름 많음
일본어를 공부하기. 영일(英日)이 전화 왔음. 난방비(162.70위안)를 냈음. 미옥(美玉)이 전화 왔음. 돈을 갚았음. 저녁에 원학(元學)이 집에 왔음.

〈2009년 4월 14일(음력 3월 19일)〉 화요일
날씨 맑음&구름 많음
노간부(幹部)대학에 갔음

〈2009년 4월 15일(음력 3월 20일)〉 수요일
날씨 바람&구름 많음
미화(美花) 생일(공). 복경 미화(美花)에게 전화했음. 영진(永珍)이 전화 왔음. 일본어를 공부하기. 난방료(128위안)를 냈음.

〈2009년 4월 16일(음력 3월 21일)〉 목요일
날씨 맑음&바람
동일(東日) 생일(공). 복경에게 전화했음. 일본어를 배우기. 오전에 노간부(幹部)대학에 갔음

〈2009년 4월 17일(음력 3월 22일)〉 금요일
날씨 구름 많음
미옥(美玉) 생일(공). 오전에 미옥(美玉)이 집에 왔음. 복경 미화(美花), 한국 진옥(貞玉)이 전화 왔음.

〈2009년 4월 18일(음력 3월 23일)〉 토요일
날씨 구름 많음
미화(美花) 생일(공). 일본어를 공부하기. 우체국으로 가서 전기비(200위안)를 냈음. 영진(永珍)이 전화 왔음. 복경 미화(美花)한데 전화했음.

〈2009년 4월 19일(음력 3월 24일)〉 일요일
날씨 비
일본어를 배우기. 일본 국진(國珍)과 영상통화했음. 컴퓨터를 연습하기.

〈2009년 4월 20일(음력 3월 25일)〉 월요일
날씨 흐림&비
일본어를 배우기. 회화를 연습하기.

〈2009년 4월 21일(음력 3월 26일)〉 화요일
날씨 흐림&눈
노간부(幹部)대학교에 가서 일본어를 배우기. 저녁에 원학(元學), 미옥(美玉)이 집에 왔음.

〈2009년 4월 22일(음력 3월 27일)〉 수요일 날씨 비
일본어를 공부하기. 회화를 연습하기. 저녁에 원학(元學), 미옥(美玉)이 집에 왔음. 야채를 가지러 왔음.

〈2009년 4월 23일(음력 3월 28일)〉 목요일 날씨 맑음&구름 많음
노간부(幹部)대학교에 가서 일본어를 배우기. 점심에 밥을 사줬음.

〈2009년 4월 24일(음력 3월 29일)〉 금요일 날씨 흐림&비
등산을 갔음. 점심에 최사장님이 밥을 사줬음.

〈2009년 4월 25일(음력 4월 1일)〉 토요일 날씨 흐림
일본어를 공부하기. 회화를 연습하기. 복경 미화(美花) 인터넷으로 통화했음. 전화 왔음.

〈2009년 4월 26일(음력 4월 2일)〉 일요일 날씨 맑음&구름 많음
원학(元學) 생일(공). 일본어를 공부하기. 회화를 연습하기. 복경 영진(永珍)에게 전화했음. 일본 국진(國珍)과 인터넷으로 통화했음.

〈2009년 4월 27일(음력 4월 3일)〉 월요일 날씨 맑음&구름 많음
사돈 생일(룽징). 일본어를 공부하기. 복경 미화()에게 전화했음(집을 옮기는 것에 대해)

〈2009년 4월 28일(음력 4월 4일)〉 화요일 날씨 맑음
본강(粉姜)생일. 생일 축하 인사. 복순(福順)이 전화 왔음.

〈2009년 4월 29일(음력 4월 5일)〉 수요일 날씨 맑음(23度)
일본어를 배우기. 회화를 연습하기 .

〈2009년 4월 30일(음력 4월 6일)〉 목요일 날씨 맑음&구름 많음
노간부(幹部)대학에 가서 일본어를 배우기. 옥이 언니한테 전화했음.

〈2009년 5월 1일(음력4월 7일)〉 금요일 날씨 맑음
노동절. 일본어를 배우기. 원학의 차를 타서 머얼산(帽儿山)으로 갔음. 점심 때 원학(元學), 미옥(美玉)이 밥을 사줬음.

〈2009년 5월 2일(음력4월 8일)〉 토요일 날씨 흐림&비
일본어를 배우기. 회화를 연습하기. 복경 동일(東日)에게 전화했음.

〈2009년 5월 3일(음력4월 9일)〉 일요일 날씨 맑음
일본어를 공부하기 회화를 연습하기. 방바닥을 닦음. 복경 동일(東日)이 전화 왔음. 일본 국진(國珍)이랑 통화했음.

〈2009년 5월 4일(음력4월 10일)〉 월요일 날

씨 맑음
일본어를 공부하기. 회화를 연습하기. 창일(昌日)에게 전화했음. 저녁에 원학(元學)이 집에 왔음.

〈2009년 5월 5일(음력4월 11일)〉 화요일 날씨 맑음
노간부(幹部)대학에 가서 일본어를 배우기. 일본어를 공부하기. 원학(元學), 미옥(美玉)이 집에 왔음. 복경 영진(永珍) 한테 전화했음.

〈2009년 5월 6일(음력4월 12일)〉 수요일 날씨 맑음
노간부(幹部)대학에 가서 일본어를 배우기. 회화를 연습하기. 복경 영진(永珍)이 전화 왔음. 창일(昌日)한테 전화했음.

〈2009년 5월 7일(음력4월 13일)〉 목요일 날씨 구름 많음
노간부(幹部)대학에 가서 일본어를 배우기. 저녁에 원학(元學), 미옥(美玉)이 집에 왔음.

〈2009년 5월 8일(음력4월 14일)〉 금요일 날씨 맑음
삼숙모 생일. 일본어를 배우기. 회화를 연습하기. 미옥(美玉), 창일(昌日)이 전화 왔음.

〈2009년 5월 9일(음력4월 15일)〉 토요일 날씨 흐림
일본어를 배우기. 오후에 춘림(春林) 가장회를 참석했음. 춘림(春林), 춘승(春晟)이 집에 와서 밥을 먹었음. 원학(元學)이 집에 와서 저녁을 같이 먹었음.

〈2009년 5월 10일(음력4월 16일)〉 일요일 날씨 흐림
일본어를 배우기. 회화를 연습하기. 복경 영진(永珍)이 전화 왔음. 창일(昌日)이 전화 왔음. 일본 국진(國珍)이랑 영상통화를 했음.

〈2009년 5월 11일(음력4월 17일)〉 월요일 날씨 맑음
일본어를 공부하기. 회화를 연습하기. 미옥(美玉)이 전화 왔음. 어제 저녁에 집에 도착했음.

〈2009년 5월 12일(음력4월 18일)〉 화요일 날씨 구름이 많음&비
노간부(幹部)대학에 갔음

〈2009년 5월 13일(음력4월 19일)〉 수요일 날씨 구름이 많음
일본어를 공부하기. 옥기(玉姬) 가 전화 왔음. 집에 왔음.

〈2009년 5월 14일(음력4월 20일)〉 목요일 날씨 맑음
오전에 노간부(幹部)대학에 가서 보고〈과학발전관〉을 들었음. 전화료(100원). 저녁에 미옥(美玉)이 집에 와서 밥을 먹었음. 원학(元學)이 집에 왔음. 옥기(玉姬)가 전화 왔음.

〈2009년 5월 15일(음력4월 21일)〉 금요일

날씨 구름이 많음
일본어를 배우기. 회화를 연습하기 점심 때 동일(東日)이 집에 왔음. 방바닥을 닦음. 창일(昌日), 동일(東日)이 전화 왔음.

<2009년 5월 16일(음력4월 22일)> 토요일
날씨 맑음
옥기(玉姬) 결혼날. 결혼식을 참석했음. 원학(元學), 미옥(美玉) 오후에 연길에 갔음.

<2009년 5월 17일(음력4월 23일)> 일요일
날씨 맑음
창일(昌日)이 집에 놀러 왔음. 미옥(美玉)이 집에 와서 저녁을 먹었음. 연길 미옥(美玉)한테 전화갔음.

<2009년 5월 18일(음력4월 24일)> 월요일
날씨 맑음
창일(昌日) 가족이 식당에서 밥을 사줬음.

<2009년 5월 19일(음력4월 25일)> 화요일
날씨 맑음
오전에 노간부(幹部)대학에 가서 일본어를 공부하기. 점심 춘기(春姬)가 밥을 사줬음. 창일(昌日), 미옥(美玉)이 전화 왔음.

<2009년 5월 20일(음력4월 26일)> 수요일
날씨 맑음
단원관계 수속(党員關系手續). 연안시조직부(延安党組織部)로 갔음. 복산거리 단조직(北山街 党組織)-단영단지(丹岭社區). 아침에 원학(元學)이 화분을 가져왔음. 옥기(玉姬) ,동일(東日)이 전화 왔음.

<2009년 5월 21일(음력4월 27일)> 목요일
날씨 맑음
오전에 노간부(幹部)대학에 가서 일본어를 공부하기. 일본어를 공부하고 회화를 연습하기. 복경 동일(東日)이 전화 왔음(무사히 도착한 소식을 전하려고). 원학(元學)한테 전화했음. 저녁에 원학(元學), 미옥(美玉)이 집에 왔음.

<2009년 5월 22일(음력4월 28일)> 금요일
날씨 맑음
오후에 노간부(幹部)대학에 가서 일본어를 공부하기. 오전에 일본어를 공부하기. 회화를 연습하기. 녹음하기.

<2009년 5월 23일(음력4월 29일)> 토요일
날씨 맑음
산으로 가서 소나무 화분을 수집했음. 영진(永珍), 미화(美花)한테 전화했음.

<2009년 5월 24일(음력5월 1일)> 일요일 날씨 맑음
일본어 반 단체 소품을 참석했음. 일본 국진(國珍)이랑 통화했음. 미옥(美玉)한테 전화했음.

<2009년 5월 25일(음력5월 2일)> 월요일 날씨 맑음
원학(元學)이 형의 생일때문에 생일 파티를 참석했음. 방바닥을 닦음.

〈2009년 5월 26일(음력5월 3일)〉 화요일 날씨 흐림

오전에 노간부(幹部)대학에 가서 일본어를 공부하기. 오후에 장 보러 갔음.

〈2009년 5월 27일(음력5월 4일)〉 수요일 날씨 맑음

일본어를 공부하기. 회화를 연습하기. 미옥(美玉)이 전화 왔음. 소나무 화분을 정리했음. 영진(永珍), 미노가 전화 왔음. 롱징 사돈댁한테 전화했음.

〈2009년 5월 28일(음력5월 5일)〉 목요일 날씨 맑음

단우절 일본어를 공부하기. 회화를 연습하기. 원학(元學), 미옥(美玉)이 같이 단우절을 보냈음.

〈2009년 5월 29일(음력5월 6일)〉 금요일 날씨 구름이 많음

일본어를 배우기. 회화를 연습하기. 미옥(美玉)이 전화 왔음. 춘림(春林)이 집에 왔음. 카스 연기를 샀음(100.5원). 카스 연기의 개장비(42원).

〈2009년 5월 30일(음력5월 7일)〉 토요일 날씨 흐림

일본어를 배우기. 영진(永珍)이 전화 왔음. 영진(永珍)이랑 인터넷으로 통화했음. 복순(福順)한테 전화했음. 일본어 반 안기(安琪)한테 전화했음.

〈2009년 5월 31일(음력5월 8일)〉 일요일 날씨 흐림

일본어를 배우기. 회화를 연습하기. 일본 국진(國珍)한테 전화했음.

〈2009년 6월 1일(음력5월 9일)〉 월요일 날씨 맑음

어린이 날 일본어를 공부하기. 회화를 연습하기. 녹음하기. 월금을 찾기. 우체국에 가서 입금하기. 미옥(美玉)이 전화 왔음.

〈2009년 6월 2일(음력5월 10일)〉 화요일 날씨 구름이 많음

오전에 노간부(幹部)대학에 가서 일본어를 공부하기. 회화를 연습하기. 미옥(美玉)한테 전화했음.

〈2009년 6월 3일(음력5월 11일)〉 수요일 날씨 흐림

춘운(春云) 생일. 교통은행으로 가서 카트를 발급했음. 보험 수속을 했음. 일본어를 배우기.

〈2009년 6월 4일(음력5월 12일)〉 목요일 날씨 흐림

노간부(幹部)대학에 가서 일본어를 공부하기. 회화를 연습하기. 미옥(美玉)이 전화 왔음. 컴퓨터를 고쳤음(30원).

〈2009년 6월 5일(음력5월 13일)〉 금요일 날씨 맑음

등산을 갔음. 민속촌으로 갔음. 비가 와서 순

기(順姬)의 집으로 갔음.

〈2009년 6월 6일(음력5월 14일)〉 토요일 날씨 맑음
일본어를 배우기. 복대시장으로 장 보러 갔음. 영진(永珍)이 전화 왔음.

〈2009년 6월 7일(음력5월 15일)〉 일요일 날씨 구름이 많음
장동계(張東桂) 친구의 파티를 참석했음. 희옥(琿玉), 국진國珍), 영진(永珍)한테 전화했음.

〈2009년 6월 8일(음력5월 16일)〉 월요일 날씨 맑음
일본어를 배우기. 동복아에 야채(6근) 가지러 갔음. 옥기(玉姬) 언니한테 전화했음. 컴퓨터를 고쳤음(30원)

〈2009년 6월 9일(음력5월 17일)〉 화요일 날씨 흐림&비
일본어를 공부했음.

〈2009년 6월 10일(음력5월 18일)〉 수요일 날씨 맑음
일본어를 배우기. 회화를 연습하기. 컴퓨터를 연습하기. 오후에 단영단지 단지부 회의(丹岭党支部會議)를 참석했음. 예비단원의 인원을 표결했음.

〈2009년 6월 11일(음력5월 19일)〉 목요일 날씨 비&구름이 많음
일본어를 공부했음(노간부(幹部)대학).

〈2009년 6월 12일(음력5월 20일)〉 금요일 날씨 구름이 많음
민속촌에 등산 가려왔음. 순기(順姬)집에서 밥을 먹었다. 컴퓨터를 연습하기. 옥기(玉姬)한테 전화했음.

〈2009년 6월 13일(음력5월 21일)〉 토요일 날씨 비/구름이 많음
일본어를 배우기. 전화료를 냈음(50원), 물을 샀음. 미옥(美玉)이 전화 왔음.

〈2009년 6월 14일(음력5월 22일)〉 일요일 날씨비&/구름이 많음
일본어를 배우기. 차를 타고 동복아로 시금치를 가져왔음. 일본 국진(國珍)한테 전화했음. 원학(元學)이 집에 와서 같이 저녁을 먹었음.

〈2009년 6월 15일(음력5월 23일)〉 월요일 날씨 흐림
일본어를 공부하기. 미옥(美玉)한테 전화했음. 컴퓨터를 고쳤음(30원).

〈2009년 6월 16일(음력5월 24일)〉 화요일 날씨 흐림
오전에 노간부(幹部)대학에 가서 일본어를 공부하기. 아참전에 미옥(美玉)의 집에 갔음. 원학(元學), 미옥(美玉)이 전화 왔음.

〈2009년 6월 17일(음력5월 25일)〉 수요일

날씨 구름이 많음
일본어를 배우기. 장 보러 갔음. 원학(元學), 미옥(美玉), 창일(昌日)한테 전화했음.

〈2009년 6월 18일(음력5월 26일)〉 목요일 날씨 구름이 많음
오전에 노간부(幹部)대학에 가서 일본어를 공부하기. 노해 경기. 아참 후에 원학(元學)이 집에 왔음.

〈2009년 6월 19일(음력5월 27일)〉 금요일 날씨 구름이 많음&비
아참 후에 원학(元學)이 집에 왔음. 휴대혼을 샀음(289원). 옥기(玉姬) 언마한테 전화했음.

〈2009년 6월 20일(음력5월 28일)〉 토요일 날씨 구름이 많음&비
일본어를 배우기. 옥기(玉姬)한테 전화했음. 원학(元學)이 집에 왔음. 옥기(玉姬)가 야채를 가져왔음.

〈2009년 6월 21일(음력5월 29일)〉 일요일 날씨 구림이 많음&비
일본어를 배우기. 원학(元學)이 집에 왔음. 영진(永珍), 국진(國珍), 미화(美花)한테 전화했음.

〈2009년 6월 22일(음력5월 30일)〉 월요일 날씨 구름이 많음
일본어를 배우기.

〈2009년 6월 23일(음력5월 1일)〉 화요일 날씨 구름이 많음
오전에 노간부(幹部)대학에 가서 일본어를 공부하기. 미옥(美玉)이 전화 왔음. 원학(元學), 미옥(美玉)이 집에 왔음.

〈2009년 6월 24일(음력5월 2일)〉 수요일 날씨 구름이 많음.
일본어를 배우기. 시문시장에 갔음. 미옥(美玉)이 전화 왔음.

〈2009년 6월 25일(음력5월 3일)〉 목요일 날씨 맑음
노간부(幹部)대학에 가서 일본어를 공부하기. 일본 노래 경기. 미옥(美玉)이 전화 왔음. 옥기(玉姬) 엄마한테 전화했음.

〈2009년 6월 26일(음력5월 4일)〉 금요일 날씨 맑음
등산을 갔음.

〈2009년 6월 27일(음력5월 5일)〉 토요일 날씨 맑음
일본어를 공부하기. 동복 기차역으로 갔음. 미옥(美玉)이 전화 왔음.

〈2009년 6월 28일(음력5월 6일)〉 알요일 날씨 맑음
일본어를 배우기(어휘). 일본 국진(國珍)한테 전화했음. 원학(元學), 미옥(美玉), 미노(美老)이 전화 왔음.

〈2009년 6월 29일(음력5월 7일)〉 월요일 날씨 구름이 많음

일본어를 배우기. 복대시장에 장 보러 갔음. 원학(元學)이 배추를 사왔음. 승일(承日), 옥기(玉姬) 엄마가 전화 왔음.

〈2009년 6월 30일(음력5월 8일)〉 화요일 날씨 흐림

일본어를 배우기. 점심이 파티를 참석했음. 원학(元學), 미옥(美玉)이 집에 왔음. 옥기(玉姬)가 목이버섯 등을 가져왔음.

〈2009년 7월 1일(음력5월 9일)〉 수요일 날씨 흐림

일본어를 공부하기. 월금을 찾으러 갔음. 우체국에 가서 입금했음. 창일(昌日)이 전화 왔음.

〈2009년 7월 2일(음력5월 10일)〉 목요일 날씨 구름이 많음

일본어를 배우기. 옥기(玉姬) 어머니에게 전화했음. 원학(元學)이 전화 왔음. 방바닥을 닦었음.

〈2009년 7월 3일(음력5월 11일)〉 금요일 날씨 흐림

일본어를 배우기. 회화를 연습하기. 카스 고침 책임자가 전화 왔음.

〈2009년 7월 4일(음력5월 12일)〉 토요일 날씨 구름이 많음

일본어를 배우기. 미옥(美玉), 옥기(玉姬) 어머니가 전화 왔음.

〈2009년 7월 5일(음력5월 13일)〉 일요일 날씨 구름이 많음

일본어를 배우기. 일본 명숙(明淑), 국진(國珍)에게 전화했음. 소포를 보냈음.

〈2009년 7월 6일(음력5월 14일)〉 월요일 날씨 구름이 많음

원학(元學)의 차를 타서 동복아에 가고 야채를 가져왔음.

〈2009년 7월 7일(음력5월 15일)〉 화요일 날씨 구름이 많음

일본어를 공부하기. 장 보러 갔음(복대시장).

〈2009년 7월 8일(음력5월 16일)〉 수요일 날씨 구름이 많음

일본어를 공부하기. 아침에 원학(元學)이 집에 와서 야채를 가져갔음. 옥기(玉姬) 언니에게 전화했음.

〈2009년 7월 9일(음력5월 17일)〉 목요일 날씨 비&흐림

일본어를 공부하기. 오전에 원학(元學)의 차를 타고 동복아에 가서 야채를 가지러 갔음. 옥기(玉姬) 어머니에게 전화했음.

〈2009년 7월 10일(음력5월 18일)〉 금요일 날씨 구름이 많음&비

일본어를 공부하기. 오전, 오후에 국무(國貿)에 가서 목이버섯와 야채를 사러 갔음. 단지

부(党支部) 회의 참석. 전화료를 냈음(100위안).

〈2009년 7월 11일(음력5월 19일)〉 토요일
날씨 맑음
일본어를 공부하기. 국진(國珍), 영진(永珍), 미옥(美玉)이 전화 왔음.

〈2009년 7월 12일(음력5월 20일)〉 일요일
날씨 흐림
오전에 중관촌(中關村)에 가서 컴퓨터를 샀음(500위안). 일본어를 배우기. 방바닥을 닦음.

〈2009년 7월 13일(음력5월 21일)〉 월요일
날씨 흐림
목이 버석을 샀음.

〈2009년 7월 14일(음력5월 22일)〉 화요일
날씨 흐림
일본어를 공부하기. 창일(昌日)이 전화 왔음.

〈2009년 7월 15일(음력5월 23일)〉 수요일
날씨 맑음
일본어를 공부하기. 옥기(玉姬) 어머니가 전화 왔음.

〈2009년 7월 16일(음력5월 24일)〉 목요일
날씨 맑음
일본어를 공부하기. 원학(元學), 미옥(美玉)이 전화 왔음.

〈2009년 7월 17일(음력5월 25일)〉 금요일
날씨 구름이 많음.
일본어를 공부하기. 미옥(美玉)이 전화 왔음.

〈2009년 7월 18일(음력5월 26일)〉 토요일
날씨 구름이 많음
일본어를 공부하기. 병원으로 가서 문병했음. 미옥(美玉), 영진(永珍)이 전화 왔음.

〈2009년 7월 19일(음력5월 27일)〉 일요일
날씨 구름이 많음
일본어를 공부하기. 원학(元學), 미옥(美玉)이 집에 왔음. 컴퓨터를 가지고 수립하러 갔음. 집에 파티를 참석했음.

〈2009년 7월 20일(음력5월 28일)〉 월요일
날씨 흐림
일본어를 공부하기. 옥기(玉姬) 어머니에게 전화했음.

〈2009년 7월 21일(음력5월 29일)〉 화요일
날씨 구름이 많음
일본어를 공부하기. 미옥(美玉)이 전화 왔음. 고수로 선정했음. 원학(元學)이 전화 왔음.

〈2009년 7월 22일(음력6월 1일)〉 수요일 날씨 구름이 많음
일본어를 공부하기. 복대시장에 장보러 갔음. 미옥(美玉), 옥기(玉姬)의 엄마, 원학(元學)에게 전화했음.

〈2009년 7월 23일(음력6월 3일)〉 목요일 날

씨 흐림
일본어를 배우기. 창일(昌日), 미옥(美玉)이 전화 왔음.

〈2009년 7월 24일(음력6월 3일)〉 금요일 날씨 흐림&비
만속촌(民俗村)에 갔음. 식당에서 점심을 먹었음. 미옥(美玉) 집에 가서 야채 가지러 갔음. 미옥(美玉), 옥기(玉姬)의 엄마에게 전화했음.

〈2009년 7월 25일(음력6월 4일)〉 토요일 날씨 구름이 많음
일본어를 공부하기. 영진(永珍)이 전화 왔음.

〈2009년 7월 26일(음력6월 5일)〉 일요일 날씨 구름이 많음
일본어를 공부하기. 목이 버섯을 샀음. 일본-국진(國珍), 미옥(美玉)이 전화 왔음.
옥기(玉姬) 어머니, 영진(永珍)이 전화했음.

〈2009년 7월 27일(음력6월 6일)〉 월요일 날씨 맑음
일본어를 공부하기. 옥기(玉姬) 어머니가 전화 왔음.

〈2009년 7월 28일(음력6월 7일)〉 화요일 날씨 구름이 많음
일본어를 공부하기. 옥기(玉姬) 어머니에게 전하했음. 창일(昌日)이 전화 왔음. 미옥(美玉)에게 전화했음.

〈2009년 7월 29일(음력6월 8일)〉 수요일 날씨 흐림
일본어를 공부하기. 점심에 동복아에 가서 시금치를 가져왔음. 옥기(玉姬) 어머니에게 전하했음.

〈2009년 7월 30일(음력6월 9일)〉 목요일 날씨 맑음
일본어를 공부하기. 우체국에 가서 입금했음. 옥기(玉姬) 어머니에게 전하했음.

〈2009년 7월 31일(음력6월 10일)〉 금요일 날씨 흐림&구름이 많음&맑음
일본어를 공부하기. 창일(昌日)이 집에 왔음. 미옥(美玉)에게 전화했음. 등산 가지 못함.

〈2009년 8월 1일(음력6월 11일)〉 토요일 날씨 흐림
일본어를 배우기. 왕가에서 해삼을 샀음(2근). 월금을 찾았음. 우체국에 가서 입금했음. 일본 명숙(明淑)에게 전화했음.

〈2009년 8월 2일(음력6월 12일)〉 일요일 날씨 구름이 많음&흐림
일본어를 배우기. 복대시장에 갔음. 미옥(美玉)이 전화 왔음. 일본 명숙(明淑)에게 전화했음.

〈2009년 8월 3일(음력6월 13일)〉 월요일 날씨 구름이 많음&흐림
일본어를 배우기. 원학(元學)이 밥 사줬음. 미옥(美玉), 승일(承日)이 전화 왔음.

〈2009년 8월 4일(음력6월 14일)〉 화요일 날씨 구름이 많음&흐림

일본어를 배우기. 원학(元學), 미옥(美玉)이 집에 왔음. 컴퓨터를 고쳤음. 일본에게 전화했음.

〈2009년 8월 5일(음력6월 15일)〉 수요일 날씨 구름이 많음&흐림

일본어를 배우기. 회화를 연습하기. 병원에 가서 치료를 받았음. 원학(元學)의 딸이 대학 붙어서 밥을 사주었음.

〈2009년 8월 6일(음력6월 16일)〉 목요일 날씨 흐림

일본어를 배우기. 꿀을 샀음. 방바닥을 닦었음. 미옥(美玉)이 집에 왔음. 옥기(玉姬) 어머니가 전화 왔음.

〈2009년 8월 7일(음력6월 17일)〉 금요일 날씨 흐림

등산을 갔음. 미옥(美玉)이 전화 왔음.

〈2009년 8월 8일(음력6월 18일)〉 토요일 날씨 흐림

일본어를 공부하기. 경기를 봤음. 연변:상하이. 미옥(美玉)이 전화 왔음.

〈2009년 8월 9일(음력6월 19일)〉 일요일 날씨 맑음

일본어를 공부하기. 원학(元學)이 전화 왔음. 오후에 장 보러 갔음. 동일(東日), 국진(國珍), 영진(永珍)이 전화 왔음.

〈2009년 8월 10일(음력6월 20일)〉 월요일 날씨 구름이 많음

일본어를 공부하기. 오후에 회의가 있음. 미옥(美玉)이 전화 왔음.

〈2009년 8월 11일(음력6월 21일)〉 화요일 날씨 구름이 많음

일본어를 공부하기. 동춘(東春), 복순(福順)에게 전화했음. 미옥(美玉)이 전화 왔음.

〈2009년 8월 12일(음력6월 22일)〉 수요일 날씨 구름이 많음

일본어를 공부하기. 위안학(元學), 미옥(美玉)이 집에 왔음. 전기료(100위안).

〈2009년 8월 13일(음력6월 23일)〉 목요일 날씨 흐림&맑음

일본어를 배우기. 창일(昌日), 미옥(美玉)이 전화 왔음. 미옥(美玉)이 집에 와서 야채 가져갔음.

〈2009년 8월 14일(음력6월 24일)〉 금요일 날씨 비

복순(福順) 생일. 생일 파티를 참석했음. 수리비를 냈음. 진옥(貞玉)이 집에 갔음.

〈2009년 8월 15일(음력6월 25일)〉 토요일 날씨 흐림&맑음

'노동절'활동을 참석했음.

〈2009년 8월 16일(음력6월 26일)〉 일요일 날씨 흐림&맑음

기차역으로 가서 가차표를 샀음. 미옥(美玉)이 전화 왔음.

〈2009년 8월 17일(음력6월 27일)〉 월요일 날씨 흐림&구름이 많음
의사 선생님을 만나로 갔음.

〈2009년 8월 18일(음력6월 28일)〉 화요일 날씨 비&구름이 많음
일본어를 배우기. 회화를 연습하기. 텔레비전 비용(900위안) . 미옥(美玉)이 야채를 가지고 집에 왔음.

〈2009년 8월 19일(음력6월 29일)〉 수요일 날씨 구름이 많음
일본어를 배우기. 회화를 연습하기. 텔레비전를 고쳤음(80위안). 미옥(美玉), 복순(福順)에게 전화 했음.

〈2009년 8월 20일(음력7월 1일)〉 목요일 날씨 구름이 많음
일본어를 배우기. 복대시장에 장 보러 갔음. 25일 학기 시작날.

〈2009년 8월 21일(음력7월 2일)〉 금요일 날씨 바람&구름이 많음
등산을 갔음. 위안학(元學), 미옥(美玉)이 집에 왔음.

〈2009년 8월 22일(음력7월 3일)〉 토요일 날씨 구름&바람
일본어를 공부하기. 우체국으로 가서 입금했음. 영진(永珍)이 전화 왔음. 미옥(美玉)이 집에 왔음.

〈2009년 8월 23일(음력7월 4일)〉 일요일 날씨 구름
일본어를 배우기. 회화를 연습하기. 옥기(玉姬) 어머니가 전화 왔음.

〈2009년 8월 24일(음력7월 5일)〉 월요일 날씨 맑음
일본어를 공부하기. 옥기(玉姬) 어머니. 강노에게 전화했음.

〈2009년 8월 25일(음력7월 6일)〉 화요일 날씨 구름이 많음
일본어를 공부하기. 회화를 연습하기.

〈2009년 8월 26일(음력7월 7일)〉 수요일 날씨구름이 많음
일본어를 공부하기. 회화를 연습하기.

〈2009년 8월 27일(음력7월 8일)〉 목요일 날씨구름이 많음&맑음
오전에 노간부대학에 가서 일본어를 공부하기. 일본 노래를 배우기. 학비(200위안). 복순(福順)에게 전화했음.

〈2009년 11월 9일 (음력9월 23일)〉월요일 날씨 추움
개발구 연성가두에서 사망증명 발급받음, 철진 전화함, 점심에 일어학습반 박순희 환송회, 저녁에 원학, 미옥이 집에 옴, 훈춘 창일

이 전화 옴

〈2009년 11월 10일 (음력9월 24일)〉화요일
날씨:맑음
행정종합청사에서 사망신고 및 주민등록증 신청, 공안국에서 여권 신청, 아침에 신옥이 채소 가져옴, 철진이 전화 옴

〈2009년 11월 11일 (음력9월 25일)〉수요일
날씨 맑음
우정은행에서 출금 함, 해외사무여권발급처에 드림, 창일이 전화 옴, 미옥에게 전화 함, 일본에 사는 동명산촌 및 국진에게 전화 함

〈2009년 11월 12일 (음력9월 26일)〉목요일
날씨 눈
여권문제로 국진에게 전화 함, 저녁에 미옥집에 간다고 전화 함, 여권문제로 일본 국진에게 인터넷화상채팅 함

〈2009년 11월 13일 (음력9월 27일)〉금요일
날씨 눈
해외사무여권발급처에 여권문제로 들림, 구빠스터미널 운행정지

〈2009년 11월 14일 (음력9월 28일)〉토요일
날씨 흐림
순자생일, 장동주연회 참석, 일어반 안기일 전화 옴, 원학이 다녀감

〈2009년 11월 15일 (음력9월 29일)〉일요일
날씨 눈
일어회화-자습, 안도누나 전화 옴, 안도에 있는 강철이에게 전화, 남녕에 있는 영국이 전화 옴, 동주에게 전화 함

〈2009년 11월 16일 (음력9월 30일)〉월요일
날씨 흐림
일어회화-자습, 신옥에게 전화 옴, 창일 원학 전화 옴, 원학이 집에 옴

〈2009년 11월 17일 (음력10월 1일)〉화요일
날씨 맑음
누나 훈춘에 가는 것을 배웅, 성주 ,원학에게 전화 함, 미옥이 전화 옴

〈2009년 11월 18일 (음력10월 2일)〉수요일
날씨 맑음
훈춘 공정처에 다녀 옴, 미옥 및 제4소학교 금화에게 전화 함

〈2009년 11월 19일 (음력10월 3일)〉목요일
날씨 맑음
민석 형수가 장례식 참가

〈2009년 11월 20일 (음력10월 4일)〉금요일
날씨 맑음
재정국에서 아내 사망위로금 받음, 박영호에게 전화함, 미옥과 방국신에게 전화 함

〈2009년 11월 21일 (음력10월 5일)〉토요일
날씨 맑음
창이 차 타고 귀가, 누나 신옥생일 참석, 미옥과 영진에게서 전화 옴

〈2009년 11월 22일 (음력10월 6일)〉일요일 날씨 흐림
신문 및 TV 봄, 미옥이 디지털 TV수신기 가져옴, 누나와 영월에게 전화 함

〈2009년 11월 23일 (음력10월 7일)〉월요일 날씨:맑음
여권문제로 해외사무여권발급처에 다녀옴, 경자에게 전화 함,

〈2009년 11월 24일 (음력10월 8일)〉화요일 날씨 맑음
여권문제로 해외사무여권 발급처에 다녀옴, 출판사에서 〈노인세계〉 주문, 미옥, 영진 전화 옴

〈2009년 11월 25일 (음력10월 9일)〉수요일 날씨 맑음
우정은행에서 출금하여 공상은행에서 송금 함,

〈2009년 11월 26일 (음력10월 10일)〉목요일 날씨 흐림
일어반 안기일 전화 옴, 미옥이 전화 옴

〈2009년 11월 27일 (음력10월 11일)〉금요일 날씨 맑음
일어회화 자습, 의료카드 받음

〈2009년 11월 28일 (음력10월 12일)〉토요일 날씨 맑음
일기책 정리, 국진 과 영진에게 화상채팅 함, 북경 동일에게서 전화 옴, 미옥에게 전화 함

〈2009년 11월 29일 (음력10월 13일)〉일요일 날씨 맑음
연길백화상점에서 구두, 자켓, 구입

〈2009년 11월 30일 (음력10월 14일)〉월요일 날씨 맑음
창일이 전화 옴, 미옥, 정용변 전화옴, 최순옥 남편 돌아 감

〈2009년 12월 1일 (음력10월 15일)〉화요일 날씨 맑음
최순옥 남편 장례식 참석, 춘경 정화집에서 묵음

〈2009년 12월 2일 (음력10월 16일)〉수요일 날씨 맑음
춘경에서 훈춘에 돌아와 남방공급회사에 남방비 납부, 경자집에 있는 셋째숙모 병문안 감

〈2009년 12월 3일 (음력10월 17일)〉목요일 날씨 맑음
일어회화 자습, 백화상점에서 사회모장카드 받음

〈2009년 12월 4일 (음력10월 18일)〉금요일 날씨 흐림
사돈 생일, 춘화가 전화 옴, 해외사무여권발급처에서 전화 옴- 비자받음

〈2009년 12월 5일 (음력10월 19일)〉토요일 날씨 대설
농촌신용은행에서 월급받아 저축함, 영진, 신옥 전화 옴, 창일, 국진에게 전화 함

〈2009년 12월 6일 (음력10월 20일)〉일요일 날씨 바람
경자 생일, 공항에서 항공권 구입, 서시장에서 모자 및 벨트 구입, 오후 약방에서 약품 구입,

〈2009년 12월 7일 (음력10월 21일)〉월요일 날씨 맑음
TV 봄, 옥희 어머님, 미옥, 국진이 전화 옴

〈2009년 12월 8일 (음력10월 22일)〉화요일 날씨 흐림
책장정리, 복순, 승일에게 전화 함, 미옥이 전화 옴

〈2009년 12월 9일 (음력10월 23일)〉수요일 날씨 맑음
가도에서 당비납부, 약품 구입,

〈2009년 12월 10일 (음력10월 24일)〉목요일 날씨 흐림
일어반 안기일 전화 옴, TV 봄, 미옥이 전화 옴

〈2009년 12월 11일 (음력10월 25일)〉금요일 날씨 눈
일어회화 자습, 책 열람, 미옥이 전화 옴

〈2009년 12월 12일 (음력10월 26일)〉토요일 날씨:맑음
순자생일, 약품정리, 창일, 미옥, 동일에게 전화 함

〈2009년 12월 13일 (음력10월 27일)〉일요일 날씨 맑음
안기일등 점심에 나를 배웅 함,

〈2009년 12월 14일 (음력10월 28일)〉월요일 날씨 추움
누나 순옥생일, 일어회화 자습, 국진이와 화상채팅 함,

〈2009년 12월 15일 (음력10월 29일)〉화요일 날씨 추움
국진이와 화상채팅 함, 영진, 창일 , 순자 전화 옴

〈2009년 12월 16일 (음력11월 1일)〉수요일 날씨 흐림
우정은행에 출금해서 중국은행에서 일화환전,

〈2009년 12월 17일 (음력11월 2일)〉목요일 날씨 맑음
북경에 갈 준비, 오후 북경에 마중나온 영진과 만남

〈2009년 12월 18일 (음력11월 3일)〉금요일 날씨 바람
일본에 갈 짐정리

〈2009년 12월 19일 (음력11월 4일)〉토요일 날씨 바람
사돈과 점심식사 함, 이옥이 전화 옴,

〈2009년 12월 20일 (음력11월 5일)〉일요일 날씨 눈
7:55분에 북경에서 출발하여 12시15분에 오사카에 도착, 국진이 집에서 묵음, 아이들 전화 받음

〈2009년 12월 21일 (음력11월 6일)〉월요일 날씨 흐림
일어회화 연습, 지혜조선어문 가르침, 지혜랑 주산학습반에서 돌아 옴

〈2009년 12월 22일 (음력11월 7일)〉화요일 날씨 맑음
오전 지혜에게 조선어문 가르침, 오후 주산학습반에서 돌아 옴

〈2009년 12월 23일 (음력11월 8일)〉수요일 날씨 흐림
국진이랑 해변에서 낚시 함, 국진이 속옷등 구입하여 줌

〈2009년 12월 24일 (음력11월 9일)〉목요일 날씨 흐림
일어 자습, 지혜 조선어문 가르침, 오후 주산학습반에서 돌아 옴

〈2009년 12월 25일 (음력11월 10일)〉금요일 날씨 흐림
크리스마스, 오후 주산학습반에서 돌아 옴

〈2009년 12월 26일 (음력11월 11일)〉토요일 날씨 흐림
오전 일어회화 자습 및 영진이랑 화상채팅, 오후에 미옥과 화상채팅, 경자에게 전화함-셋째숙모 돌아 심

〈2009년 12월 27일 (음력11월 12일)〉일요일 날씨 맑음
오전 중앙공원에서 셋째숙목 추모함, 일어자습

〈2009년 12월 28일 (음력11월 13일)〉월요일 날씨 눈
일어자습, 정원정리

〈2009년 12월 29일 (음력11월 14일)〉화요일 날씨 맑음
일어회화 자습

〈2009년 12월 30일 (음력11월 15일)〉수요일 날씨 맑음
동경에 있는 광춘이랑 화상채팅

〈2009년 12월 31일 (음력11월 16일)〉목요일 날씨 맑음
일어회화 자습

2010년

〈2010년 : 1월 1일 (음력11월 17일)〉 금요일 날씨 추움
일본어 자율학습 회화, 국진이 차로 마트에 감

〈2010년 1월 2일 (음력11월 18일)〉 토요일 날씨 맑음
점심 산책

〈2010년 1월 3일 (음력11월 19일)〉 일요일 날씨 흐림
일본어 자율학습 회화, 단어

〈2010년 1월 4일 (음력11월 20일)〉 월요일 날씨 맑음
민석 생일, 일본어 자율학습 회화 단어, 민석이에게 생일 축하 전화

〈2010년 1월 5일 (음력11월 21일)〉 화요일 날씨 맑음
일본어 자율학습 회화, 오후에 집 → 소로반 → 집, 청소

〈2010년 1월 6일 (음력11월 22일)〉 수요일 날씨 맑음
일본어 자율학습 회화, 오후에 지혜에게 어문 가르침, 국진이 오늘부터 출근, 청소

〈2010년 1월 7일 (음력11월 23일)〉 목요일 날씨 맑음
일본어 자율학습 회화, 청소

〈2010년 1월 8일 (음력11월 24일)〉 금요일 날씨 흐림
오전: 지혜 개학, 집 → 공원 → 집, 오후: 집 → 공원 → 집, 청소, 일본어 자율학습 회화,

〈2010년 1월 9일 (음력11월 25일)〉 토요일 날씨 흐림
일본어 자율학습 회화, 오후: 집 → 수영 → 유치원 → 집

〈2010년 1월 10일 (음력11월 26일)〉 일요일 날씨 흐림
산책 → 일본어 자율학습 회화, → 산책, 지혜 선생님 집에 옴

〈2010년 1월 11일 (음력11월 27일)〉 월요일 날씨 흐림
산책, 지혜 영어 교원 집에 옴, 일본어 자율학

습 회화,

〈2010년 1월 12일 (음력11월 28일)〉 화요일 날씨 흐림
일본어 자율학습 회화, 아침: 집 → 공원 → 집, 오후:집 → 공원 →, 청소, 옷 세탁

〈2010년 1월 13일 (음력11월 29일)〉 수요일 날씨 맑음
일본어 자율학습 회화, 아침: 집 → 공원 → 집, 오후:집 → 공원 →, 청소

〈2010년 1월 14일 (음력11월 30일)〉 목요일 날씨 흐림
일본어 자율학습 회화, 아침: 집 → 공원 → 집, 오후:집 → 공원 →, 청소

〈2010년 1월 15일 (음력12월 1일)〉 금요일 날씨 흐림
일본어 자율학습 회화, 아침: 집 → 공원 → 집, 오후:집 → 공원 →, 청소

〈2010년 1월 16일 (음력12월 2일)〉 토요일 날씨 흐림
일본어 자율학습 회화, 오후: 산책 → 단어학습

〈2010년 1월 17일 (음력12월 3일)〉 일요일 날씨 맑음
일본어 자율학습 회화, 오후: 산책 → 단어학습, 훈춘 창일 집으로 전화 저녁에 국진에게도 전화 함

〈2010년 1월 18일 (음력12월 4일)〉 월요일 날씨 맑음
일본어 자율학습 회화, 오전: 집 → 공원 → 집 오후: 집 〉 공원 〉 집, 합비 영진이에게 전화, 단어 학습

〈2010년 1월 19일 (음력12월 5일)〉 화요일 날씨 맑음
아침: 집 → 다리 → 집, 오후:집 → 다리 → 집, 사돈 생신, 일본어 자율학습 회화, 연길로 생일 축하 전화, 청소

〈2010년 1월 20일 (음력12월 6일)〉 수요일 날씨 흐림
아침: 집 → 다리 → 집, 오후: 집 → 다리 → 집, 일본어 자율학습 회화, 단어학습, 동경에서 광춘이 전화 옴

〈2010년 1월 21일 (음력12월 7일)〉 목요일 날씨 비
아침: 집 → 다리 → 집, 오후:집 → 다리 → 집, 일본어 자율학습 회화,

〈2010년 1월 22일 (음력12월 8일)〉 금요일 날씨 흐림
아침: 집 → 다리 → 집, 오후: 집 → 다리 → 집,

〈2010년 1월 23일 (음력12월 9일)〉 토요일 날씨 맑음
일본어 자율학습 회화, 저녁: 집 소묘 미술실 -집

〈2010년 1월 24일 (음력12월 10일) 〉일요일 날씨 흐림
생일(500원), 일본어 자율학습 회화, 산책 단어학습, 청소, 국진 생일,

〈2010년 1월 25일 (음력12월 11일)〉 월요일 날씨 비
아침: 집 → 다리 → 집, 오후: 집 → 다리 → 집, 일본어 자율학습 회화, (중급) 학습마침

〈2010년 1월 26일 (음력12월 12일)〉 화요일 날씨 맑음
오전: 집 → 다리 → 집, 오후: 집 → 다리 → 집, 일본어 자율학습 회화, (초급 하 연습 시작)

〈2010년 1월 27일 (음력12월 13일)〉 수요일 날씨 맑음
오전: 집 → 다리 → 집, 오후: 집 → 다리 → 집, 일본어 자율학습 회화, (초급 하 련습 시작)

〈2010년 1월 28일 (음력12월 14일)〉 목요일 날씨 흐림
오전: 집 → 공원 → 집, 오후: 집 → 공원 → 집, 일본어 자율학습 연습,

〈2010년 1월 29일 (음력12월 15일)〉 금요일 날씨 흐림
오전: 집 → 다리 → 집, 오후: 집 → 다리 → 집, 일본어 자율학습 연습,

〈2010년 1월 30일 (음력12월 16일)〉 토요일 날씨 맑음
일본어 자율학습 연습, (초급 하 다 배움), 오전: 소묘 미술실 → 집, 춘림, 춘성 생일,

〈2010년 1월 31일 (음력12월 17일)〉 일요일 날씨 흐림
일본어 자율학습 연습, (초급 , 중급) 녹음 내용(시작)

〈2010년 2월 1일 (음력12월 18일)〉월요일 날씨:흐림
오전: 집 → 다리 → 집, 오후: 집 → 다리 → 집, 일본어 자율학습 녹음내용

〈2010년 2월 2일 (음력12월 19일)〉 화요일 날씨 흐림
오전: 집 → 다리 → 집, 오후: 집 → 다리 → 집, 일본어 자율학습 녹음내용

〈2010년 2월 3일 (음력12월 20일)〉 수요일 날씨 흐림
오전: 집 → 다리 → 집, 오후: 집 → 다리 → 집, 일본어 자율학습 녹음내용

〈2010년 2월 4일 (음력12월 21일)〉 목요일 날씨 흐림
오전: 집 → 다리 → 집, 오후: 집 → 다리 → 집, 일본어 자율학습 녹음내용, 필기완료(초급 연습문제 시작)(단어학습)

〈2010년 2월 5일 (음력12월 22일)〉 금요일

날씨 흐림
오전: 집 → 다리 → 집, 오후: 집 → 다리 → 집, 일본어 자율학습 동보 연습

〈2010년 2월 6일 (음력12월 23일)〉 토요일 날씨 바람
일본어 자율학습 동보 련습, 오전: 집 → 미술실 → 집, 청소

〈2010년 2월 7일 (음력12월 24일)〉 일요일 날씨 맑음
일본어 자율학습 동보 연습 답안 필기 완, 청소

〈2010년 2월 8일 (음력12월 25일)〉 월요일 날씨 흐림
국진 생일, 오전: 집 → 다리 → 집, 오후: 집 → 다리 → 집, 일본어 자율학습 초급 상 과문내용 복습시작, 청소

〈2010년 2월 9일 (음력12월 26일)〉 화요일 날씨 비
오전: 집 → 다리 → 집, 오후: 집 → 다리 → 집, 동경에 광춘에게서 전화 옴, 일본어 자율학습 초급 상 과문내용(연습, 단어, 어법, 단어해석)

〈2010년 2월 10일 (음력12월 27일)〉 수요일 날씨 흐림
오전: 집 → 다리 → 집, 오후: 집 → 다리 → 집, 동경에 광춘에게서 전화 옴, 일본어 자율학습 초급 상 과문내용(련습, 단어, 어법, 단어해석)

〈2010년 2월 11일 (음력12월 28일)〉 목요일 날씨 비
일본어 자율학습 과문내용, 일본 건국기념일

〈2010년 2월 12일 (음력12월 29일)〉 금요일 날씨 흐림
오전: 집 → 다리 → 집, 오후: 집 → 다리 → 집, 일본어 자율학습 과문내용, 명숙 생일

〈2010년 2월 13일 (음력12월 30일)〉 토요일 날씨 맑음
일본어 자율학습 과문내용, 오전: 집 → 다리 → 집, 오후: 집 → 다리 → 집, 생일축하(500위안)

〈2010년 2월 14일 (음력1월 1일)〉 일요일 날씨 비
연길 원학, 합비 영진에게 전화 사돈에게 명절 문안

〈2010년 2월 15일 (음력1월 2일)〉 월요일 날씨 흐림
일본어 자율학습 과문내용,

〈2010년 2월 16일 (음력1월 3일)〉 화요일 날씨 흐림
오전: 집 → 다리 → 집, 오후: 집 → 다리 → 집, 일본어 자율학습 과문내용

〈2010년 2월 17일 (음력1월 4일)〉 수요일

날씨 흐림
오후: 집 → 다리 → 집, 변비, 영진이 룡정에 감,

〈2010년 2월 18일 (음력1월 5일)〉 목요일
날씨 흐림
오전: 집 → 다리 → 집, 오후: 집 → 다리 → 집, 일본어 자율학습 과문내용

〈2010년 2월 19일 (음력1월 6일)〉 금요일
날씨 흐림
남순금 생일, 오전: 집 → 다리 → 집, 오후: 집 → 다리 → 집, 일본어 자율학습 과문내용

〈2010년 2월 20일 (음력1월 7일)〉 토요일
날씨 맑음
일본어 자율학습 과문내용, 오후: 산책

〈2010년 2월 21일 (음력1월 8일)〉 일요일
날씨 맑음
일본어 자율학습 과문내용, 오후: 산책, 영진이 룡정에서 미옥이 집에 감

〈2010년 2월 22일 (음력1월 9일)〉 월요일
날씨 맑음
오전: 집 → 다리 → 집, 오후: 집 → 다리 → 집, 일본어 자율학습 과문내용

〈2010년 2월 23일 (음력1월 10일)〉 화요일
날씨 맑음
오전: 집 → 다리 → 집, 오후: 집 → 다리 → 집, 일본어 자율학습 과문내용

〈2010년 2월 24일 (음력1월 11일)〉 수요일
날씨 맑음
오전: 집 → 다리 → 집, 오후: 집 → 다리 → 집, 일본어 자율학습 과문내용

〈2010년 2월 25일 (음력1월 12일)〉 목요일
날씨 비
오전: 집 → 다리 → 집, 오후: 집 → 다리 → 집, 일본어 자율학습 과문내용 초급 상, 과문내용 복습

〈2010년 2월 26일 (음력1월 13일)〉 금요일
날씨 비
일본어 자율학습 과문내용 초급 하, 과문내용 복습, 오후: 집 → 다리 → 집,

〈2010년 2월 27일 (음력1월 14일)〉 토요일
날씨 비
일본어 자율학습 과문내용, 동경 광춘에게서 전화 옴

〈2010년 2월 28일 (음력1월 15일)〉 일요일
날씨 맑음
보름, 일본어 자율학습 과문내용, 오전: 산책

〈2010년 3월 1일 (음력1월 16일)〉 월요일
날씨 흐림
오전: 집 → 터미널 → 집, 오후: 집 → 다리 → 집, 일본어 자율학습 과문내용, 국진이 차로 입국 관리국에 감

〈2010년 3월 2일 (음력1월 17일)〉 화요일

날씨 흐림
일본어 자율학습 과문내용, 오전: 집 → 다리 → 집, 오후: 집 → 다리 → 집, 단어 학습, 사돈 생일(내몽골), 사돈에게 전화하여 생일 축하함

〈2010년 3월 3일 (음력1월 18일) 〉수요일
날씨 흐림
일본어 자율학습 과문내용, 오전, 오후: 집 → 다리 → 집,정미 생일,

〈2010년 3월 4일 (음력1월 19일)〉 목요일
날씨 비
일본어 자율학습 과문내용, 오전, 오후: 집 → 다리 → 집, 사돈 생일(룡정), 룡정으로 전화하여 생일 축하함 불통, 영진에게 전화함

〈2010년 3월 5일 (음력1월 20일)〉 금요일
날씨 흐림
오전: 집 → 다리 → 집, 오후: 산책(단어 학습), 일본어 자율학습 과문내용,

〈2010년 3월 6일 (음력1월 21일)〉 토요일
날씨 흐림
일본어 자율학습 과문내용,

〈2010년 3월 7일 (음력1월 22일)〉 일요일
날씨 비
일본어 자율학습 형용사 등

〈2010년 3월 8일 (음력1월 23일)〉 월요일
날씨 흐림
일본어 자율학습 과문내용, 오전, 오후: 집 → 다리 → 집, 부녀절, 정수 생일

〈2010년 3월 9일 (음력1월 24일)〉 화요일
날씨 비
일본어 자율학습 과문내용, 오후: 집 → 다리 → 집,

〈2010년 3월 10일 (음력1월 25일)〉 수요일
날씨 맑음
오전, 오후: 집 → 다리 → 집, 일본어 자율학습 부사

〈2010년 3월 11일 (음력1월 26일)〉 목요일
날씨 흐림
오전: 집 → 공원 → 집, 오후: 집 → 다리 → 집, 일본어 자율학습 부사, 연결어,

〈2010년 3월 12일 (음력1월 27일)〉 금요일
날씨 흐림
화자 생일, 일본어 자율학습 단어, 오전, 오후: 집 → 다리 → 집,

〈2010년 3월 13일 (음력1월 28일)〉 토요일
날씨 흐림
일본어 자율학습 단어, 오전: 집 → 미술실 → 집, 오후: 집 → 일산공원 →

〈2010년 3월 14일 (음력1월 29일)〉 일요일
날씨 맑음
일본어 자율학습 과문내용(단어), 오전:산책

〈2010년 3월 15일 (음력1월 30일)〉 월요일
날씨 비
오전, 오후: 집 → 다리 → 집, 일본어 자율학습 단어,

〈2010년 3월 16일 (음력2월 1일)〉 화요일
날씨 흐림
오전, 오후: 집 → 다리 → 집, 일본어 자율학습 과문내용, 점심: 차 타고 입국 관리국에 감,

〈2010년 3월 17일 (음력2월 2일)〉 수요일
날씨 맑음
오전, 오후: 집 → 다리 → 집, 승일 생일, 일본어 자율학습 과문내용,

〈2010년 3월 18일 (음력2월 3일)〉 목요일
날씨 비
오전, 오후: 집 → 다리 → 집,

〈2010년 3월 19일 (음력2월 4일)〉 금요일
날씨 맑음
오전, 오후: 집 → 다리 → 집, 일본어 자율학습 과문내용,

〈2010년 3월 20일 (음력2월 5일)〉 토요일
날씨 바람
아침전 공원에 다녀옴, 국진이 차로 사묘에 감, 슈퍼 → 미술교실 → 수영장, 지혜 학교 방학

〈2010년 3월 21일 (음력2월 6일)〉 일요일
날씨 바람
일본어 자율학습 동사의 형용사, 아침전 산책(단어 배움), 오후: 국진이 차 타고 득도에 감, 도서관 → 공원

〈2010년 3월 22일 (음력2월 7일)〉 월요일
날씨 맑음
오전에 국진이 차 타고 대신자 공원에 감, 식사 전 산책, 단어 배움, 정오 생일

〈2010년 3월 23일 (음력2월 8일)〉 화요일
날씨 비
아침 전 산책, 일본어 배움 형용사, 동사의 형용사

〈2010년 3월 24일 (음력2월 9일)〉 수요일
날씨 비
일본어 배움 동사의 형용사, 과문 내용

〈2010년 3월 25일 (음력2월 10일)〉 목요일
날씨 비
일본어 배움 과문 내용, 오후: 집 산책 - 집

〈2010년 3월 26일 (음력2월 11일)〉 금요일
날씨 비
일본어 배움 과문 내용, 지혜에게 어문 가르침 (5번째)

〈2010년 3월 27일 (음력2월 12일)〉 토요일
날씨 맑음
일본어 배움 단어, 오전: 집 미술실 집(단어 배움), 식사 전 산책(단어 배움)

〈2010년 3월 28일 (음력2월 13일)〉 일요일
날씨 비
식사 전 산책(단어 배움), 오전: 산책(단어 배움),

〈2010년 3월 29일 (음력2월 14일)〉 월요일
날씨 바람
일본어 배움 단어, 식사 전 산책(날씨 때문에 15분)

〈2010년 3월 30일 (음력2월 15일)〉 화요일
날씨 흐림
일본어 배움 과문 각과 제목, 오후: 집 산책 집(단어)

〈2010년 3월 31일 (음력2월 16일)〉 수요일
날씨 흐림
일본어 배움 단어, 식사 전 산책

〈2010년 4월 1일 (음력2월 17일)〉 목요일
날씨 비
일본어 배움 단어, 식사 전 산책

〈2010년 4월 2일 (음력2월 18일)〉 금요일
날씨 흐림
일본어 배움 과문 내용, 단어, 아침 전 산책, 오후:산책

〈2010년 4월 3일 (음력2월 19일)〉 토요일
날씨 맑음
오전에 국진이 차 타고 회관에 감, 오전: 집 미술실 - 집

〈2010년 4월 4일 (음력2월 20일)〉 일요일
날씨 맑음
식사 전 산책(단어 배움), 오전: 깸 깨기, 오후: 산책,

〈2010년 4월 5일 (음력2월 21일)〉 월요일
날씨 흐림
식사 전 산책, 깸 깨기, 오후: 산책
훈춘에 창일, 정수에게 전화, 청명절 관련

〈2010년 4월 6일 (음력2월 22일)〉 화요일
날씨 맑음
식사 전 산책(단어 학습), 오전 산책, 오후: 집 산책 집
일본어 배움 과문 내용, 세탁

〈2010년 4월 7일 (음력2월 23일)〉 수요일
날씨 비
생일 축의금(500위안), 오후: 산책, 오전: 식당에서 밥 먹음(생일)
지혜 생일, 아침 전 산책

〈2010년 4월 8일 (음력2월 24일)〉 목요일
날씨 흐림
아침 전 산책, 집 부속소학교 집(국진이 차 탐), 오후:집 산책 집, 오후: 집 부속소학교 - 집

〈2010년 4월 9일 (음력2월 25일)〉 금요일
날씨 흐림
아침 전 산책, 오전 북경 돌아갈 준비 여행 케이스, 오전 집 다리 집, 오후: 집-소학교-

집(12:55~16:20)

〈2010년 4월 10일 (음력2월 26일)〉 토요일
날씨 흐림
국진이 차 타고 오사카 도착(9:40~12:40), 오사카에서 북경에 도착(13:55~17:20), 공항에서 동일 집에 가 저녁 먹음, 영진이 집에 도착(동일 차 탐), 국진이 전화 옴, 미옥에게 전화 함,

〈2010년 4월 11일 (음력2월 27일)〉 일요일
날씨 비
아침에 체조 함, 영진이 집 공항(12:00~13:00), 북경에서 합비(18:15~19:20), 연길 미옥, 일본 국진이에게 인터넷 전화 함

〈2010년 4월 12일 (음력2월 28일)〉 월요일
날씨 비
아침 전 산책, (생태공원)오후 4:30, 오전 8:00에 강성 유치원에 지호 배웅, 마중, TV 봄

〈2010년 4월 13일 (음력2월 29일)〉 화요일
날씨 흐림
아침 전 산책, 미화와 함께 영진이 새집에 감, 슈퍼에 가 술 사옴, 지호 유치원에 보냄

〈2010년 4월 14일 (음력3월 1일)〉 수요일
날씨 비
식사 전 산책, 아침, 오후 지호 배웅, 마중, 오후 산책

〈2010년 4월 15일 (음력3월 2일)〉 목요일
날씨 흐림
식사 전 산책, 이미화 생일, 생일 축의금(500위안), 저녁에 식당에서 식사, 아침, 오후 지호 배웅, 마중,

〈2010년 4월 16일 (음력3월 3일)〉 금요일
날씨 맑음
식사 전, 오전 산책, 지호가 아픔, 3시에 병원에 감, 오후 5시에 한번 더 감, 동일 생일, 북경 동일에 전화하여 생일 축하함

〈2010년 4월 17일 (음력3월 4일)〉 토요일
날씨 맑음
식사 전 산책, 연길 미옥, 훈춘 창일, 복순에게 전화함, 오전 산책(미화 지호 함께), 미옥 생일, 오후 어린이병원(지호 링거 맞음), 일본 국진이, 연길 미옥이 인터넷 전화,

〈2010년 4월 18일 (음력3월 5일)〉 일요일
날씨 흐림
훈춘 창일이에게 인터넷 전화, 저녁 음식 만듦, 식사 전 산책, 영진이 충전기 및 카드 사줌

〈2010년 4월 19일 (음력3월 6일)〉 월요일
날씨 흐림
식사 전 산책, 지호 링거 맞음, 오후 산책, 일본어 배움 단어, 연길 원학에게 전화, 훈춘 이빈에게 전화 함, 연길 미옥, 훈춘 정수에게 전화 함,

〈2010년 4월 20일 (음력3월 7일)〉 화요일
날씨 비
식사 전 산책, 일본어 배움-과문내용, 점심 산책, 동창 영월에게 전화 함 남녕, 지호 유치원 보냄, 지호 링거 맞음

〈2010년 4월 21일 (음력3월 8일)〉 수요일
날씨 비
식사 전 산책, 일본어 배움-과문내용, 지호 링거 맞음, 아침에 지호 유치훤에 보냄, TV 봄

〈2010년 4월 22일 (음력3월 9일)〉 목요일
날씨 흐림
식사 전 산책, 일본어 배움-과문연습, 지호 링거 맞음, 동일생일 저녁식사, 아침에 지호 유치원 보냄,

〈2010년 4월 23일 (음력3월 10일)〉 금요일
날씨 맑음
아침에 지호 휴치원 보냄, 일본어 배움-과문 내용, 식사 전 산책

〈2010년 4월 24일 (음력3월 11일)〉 토요일
날씨 맑음
일본 국진, 연길 미옥 인터넷 전화, 연길 허, 훈춘 박, 정 전화 함

〈2010년 4월 25일 (음력3월 12일)〉 일요일
날씨 비
식사 전 산책, 일본어 배움-과문내용, 훈춘 정화에게 전화함-불통

〈2010년 4월 26일 (음력3월 13일)〉 월요일
날씨 흐림
식사 전 산책, 일본어 배움--관문내용, 지호 배웅 마중- 유치원, 저녁 식당에서 훠궈 먹음, 원학이 생일, 남녕 동창 영월에게 전화 함,

〈2010년 4월 27일 (음력3월 14일)〉 화요일
날씨 흐림
식사 전 산책, 점심, 지호 유치원 배웅 마중, 룡종 사돈, 훈춘 정룡에게서 전화 옴, 저녁 11시 영진 미화 병원 가 링거 맞음

〈2010년 4월 28일 (음력3월 15일)〉 수요일
날씨 흐림
식사 전 산책, 지호 휴치원 배웅 마중, 원학이 생일, 연길 원학이에게 생일축하 전화 함, TV 봄, 저녁

〈2010년 4월 29일 (음력3월 16일)〉 목요일
날씨 맑음
식사 전 산책, 지호 배웅, 마중, 미옥이 생일, 연길 미옥에게 생일 축하 전화 함, 미화 출근 못함,

〈2010년 4월 30일 (음력3월 17일)〉 금요일
날씨 맑음
식사 전 산책, 지호 유치원 마중, 배웅, 샤워, 세탁, 저녁식사, 저녁에 미화 링거 맞음

〈2010년 5월 1일 (음력3월 18일)〉 토요일
날씨 맑음

합비에서 차 타고 황산시 해주 호텔-암촌 참관(10:00~19:00좌우)-해주호텔, 로동절 연길 미옥에게 전화함,

〈2010년 5월 2일 (음력3월 19일)〉 일요일
날씨 맑음
해주 호텔에서 출발-황산 여행-해주호텔(7:30~19:40), 일본 국진이에게서 전화 옴

〈2010년 5월 3일 (음력3월 20일)〉 월요일
날씨 맑음
황산시 해주 호텔-합비-집(9:40~15:30좌우), 연길 미옥이와 인터넷 전화, 샤워

〈2010년 5월 4일 (음력3월 21일)〉 화요일
날씨 비
청년절, 식사 전 산책, 지호 유치원 배웅 마중, 저녁식사

〈2010년 5월 5일 (음력3월 22일)〉 수요일
날씨 흐림
식사 전 산책, 지호 유치원 안가고 집에 있음, 영진이 집에서 생일 보냄, 청소, 남녕 영월에게서 전화 옴, 일본 국진이, 명숙이 인터넷 전화

〈2010년 5월 6일 (음력3월 23일)〉 목요일
날씨 맑음
미화 생일, 식사전 산책, 오전, 저녁 지호 병원검사, 영진 저녁 북경 비행기, 점심,

〈2010년 5월 7일 (음력3월 24일)〉 금요일
날씨 맑음
지호 유치원 안감, 점심, 영진이 북경에서 집에 옴

〈2010년 5월 8일 (음력3월 25일)〉 토요일
날씨 비
식사 전 산책, 훈춘 경정화 집, 연길 안기에게 전화, 연길 미옥 ,일본 국진이와 인터넷 전화

〈2010년 5월 9일 (음력3월 26일)〉 일요일
날씨 흐림
식사 전 산책, 어머니날, 영진이와 미화 싸움, 저녁

〈2010년 5월 10일 (음력3월 27일)〉 월요일
날씨 맑음
식사 전 산책, 지호 유치원 배웅, 마중, 저녁, 려금 생일

〈2010년 5월 11일 (음력3월 28일)〉 화요일
날씨 맑음
식사 전 산책, 지호 유치원 배웅, 마중, 훈춘 정룡섭에게서 전화 옴

〈2010년 5월 12일 (음력3월 29일)〉 수요일
날씨 흐림
식사 전 산책, 지호 유치원 마중, 배웅,

〈2010년 5월 13일 (음력3월 30일)〉 목요일
날씨 흐림
식사 전 산책, 연길 미옥에게 전화함, (쌍둥이 시험성적 관련)

〈2010년 5월 14일 (음력4월 1일)〉 금요일
날씨 비
식사 전 산책, 지호 유치원 배웅, 마중, TV 봄, 저녁 식당에서 만두 먹음

〈2010년 5월 15일 (음력4월 2일)〉 토요일
날씨 흐림
식사 전 산책, 북경 동일, 훈춘 창일 에게 전화함, 훈춘 창일, 일본 국진, 연길 미옥이랑 인터넷 전화 함,

〈2010년 5월 16일 (음력4월 3일)〉 일요일
날씨 흐림
사돈 생일(룡정), 사돈에게 생일축하 전화 함

〈2010년 5월 17일 (음력4월 4일)〉 월요일
날씨 비
식사 전 산책, TV 봄, 지호 유치원 배웅, 마중, 저녁, 분산 생일

〈2010년 5월 18일 (음력4월 5일)〉 화요일
날씨 흐림
식사 전 산책, 지호 유치원 배웅, 마중, TV 봄, 훈춘 창일에게서 전화 옴, 저녁

〈2010년 5월 19일 (음력4월 6일)〉 수요일
날씨 맑음
식사 전 산책, 지호 유치원 배웅, 마중, TV 봄, 세탁, 아시아 여자 축구 시합, 중국-한국:0-0

〈2010년 5월 20일 (음력4월 7일)〉 목요일
날씨 흐림
식사 전 산책, 지호 유치원 배웅, 마중,저녁

〈2010년 5월 21일 (음력4월 8일)〉 금요일
날씨 비
식사 전 산책, 지호 유치원 배웅, 마중,저녁, 옷 정리 ,아시아 여자 축구 시합 중국-베트남:5-0,

〈2010년 5월 22일 (음력4월 9일)〉 토요일
날씨 비
식사 전 산책, 점심에 채소 시장에서 채 사옴, TV 봄, 일본 국진, 연길 미옥 인터넷 전화 함,

〈2010년 5월 23일 (음력4월 10일)〉 일요일
날씨 흐림
식사 전 산책, 합비 동물원 참관, 저녁에 식당에서 밥 먹음

〈2010년 5월 24일 (음력4월 11일)〉 월요일
날씨 맑음
식사 전 산책, 지호 유치원 배웅, 마중, 점심에 마트에 가 건두부 사옴

〈2010년 5월 25일 (음력4월 12일)〉 화요일
날씨 맑음
식사 전 산책, 정옥 생일, 유치원 배웅, 마중, 오전에 채소시장에서 건두부 등 사옴, TV 봄

〈2010년 5월 26일 (음력4월 13일)〉 수요일
날씨 흐림
식사 전 산책, 지호 유치원 배웅, 마중,

〈2010년 5월 27일 (음력4월 14일)〉 목요일
날씨 흐림
식사 전 산책, 셋째 숙모 생일(2009.12.25.사망,), 지호 배웅, 마중, TV 봄, 여자 축구 아시아 준결승 일본-호주:0-1, 중국-조선:0-1

〈2010년 5월 28일 (음력4월 15일)〉 금요일
날씨 흐림
식사 전 산책, 유치원 마중 배웅, TV봄, 세계 탁구 단체전,

〈2010년 5월 29일 (음력4월 16일)〉 토요일
날씨 흐림
식사 전 산책, 훈춘 경신 동주에게 전화, TV 봄, 세계 탁구 단체전 준결승, 일본 국진, 연길 미옥이랑 인터넷 전화, 일본어 학습-과문 제목, 훈춘 창일에게서 전화 옴,

〈2010년 5월 30일 (음력4월 17일)〉 일요일
날씨 맑음
식사 전 산책, 점심 식당에서 냉면 먹음, 량채 99위안, 운동복 149위안, TV 봄, 세계 탁구 단체전, 이발 28위안

〈2010년 5월 31일 (음력4월 18일)〉 월요일
날씨 흐림
식사 전 산책, 유치원 배웅 마중, 오후 강성 예술유치원 연출 관람, 점심, 연길 미옥에게서 전화 옴

〈2010년 6월 1일 (음력4월 19일)〉 화요일
날씨 흐림
식사 전 산책, 지호 집에서 휴식, 연길 미옥이랑 인터넷 전화, 어린이날 룡정 사둔, 연길 미옥에게서 전화 옴, 저녁

〈2010년 6월 2일 (음력4월 20일)〉 수요일
날씨 흐림
식사 전 산책, 유치원 배웅 마중, 세탁, 샤워, 점심

〈2010년 6월 3일 (음력4월 21일)〉 목요일
날씨 흐림
식사 전 산책, 유치원 배웅 마중, TV 봄, 점심

〈2010년 6월 4일 (음력4월 22일)〉 금요일
날씨 맑음
식사 전 산책, 유치원 배웅 마중, TV 봄, 저녁

〈2010년 6월 5일 (음력4월 23일)〉 토요일
날씨 맑음
식사 전 산책, 오전 시장에서 채소 사옴, TV 신문 사옴

〈2010년 6월 6일 (음력4월 24일)〉 일요일
날씨 흐림
식사 전 산책, 오전 합비 식물원 관람, 휘원 관람, 연길 쌍둥이에게 전화 대학입시 관련, 연길 미옥, 일본 국진 에게서 전화 옴, 저녁

〈2010년 6월 7일 (음력4월 25일)〉 월요일
날씨 맑음
식사 전 산책, 유치원 배웅 마중, 연길 원학에게 전화, 연길 미옥에게 전화 대학입시 관련,

훈춘 창일에게 전화,훈춘 승일에게서 전화 옴,저녁

〈2010년 6월 8일 (음력4월 26일)〉 화요일
날씨 비
식사 전 산책, 유치원 배웅 마중, , 연길 미옥에게 전화 함,- 대학입시 관련, 일본 국진이, 연길 쌍둥이랑 인터넷 전화, TV 봄

〈2010년 6월 9일 (음력4월 27일)〉 수요일
날씨 비
식사 전 산책, 유치원 배웅 마중, TV 봄, 저녁, 일본어 배움-제목

〈2010년 6월 10일 (음력4월 28일)〉 목요일
날씨 비
식사 전 산책, 유치원 배웅 마중, TV 봄, 일본어 배움-제목,

〈2010년 6월 11일 (음력4월 29일)〉 금요일
날씨 흐림
식사 전 산책, 유치원 배웅 마중, 일본어 배움 - 단어

〈2010년 6월 12일 (음력5월 1일)〉 토요일
날씨 맑음
식사 전 산책, 유치원 배웅 마중, 저녁, 일본어 배움- 단어,제목, 북경 동일에게 전화, (상해에서 받음), 일본 국진이 연길 미옥에게 인터넷 전화,

〈2010년 6월 13일 (음력5월 2일)〉 일요일
날씨 맑음
식사 전 산책, 유치원 배웅 마중, TV 봄

〈2010년 6월 14일 (음력5월 3일)〉 월요일
날씨 맑음
식사 전 산책(TV 신문 삼), TV 봄, 점심 식당에서 냉면 먹음, 저녁 밥 함, 영진이 티셔츠 168위안 사줌

〈2010년 6월 15일 (음력5월 4일)〉 화요일
날씨 맑음
식전산책, 영진과 함께 해저공원 참관

〈2010년 6월 16일 (음력5월 5일)〉 수요일
날씨 맑음
식 전 산책, 단오절

〈2010년 6월 17일 (음력5월 6일)〉 목요일
날씨 흐림
식 전 산책, 유치원 배웅, 마중, 목욕

〈2010년 6월 18일 (음력5월 7일)〉 금요일
날씨 흐림
식 전 산책, 유치원 배웅, 마중,

〈2010년 6월 19일 (음력5월 8일)〉 토요일
날씨 흐림
식 전 산책, 유치원 배웅, 마중, 미화가 약 싸다 줌

〈2010년 6월 20일 (음력5월 9일)〉 일요일
날씨 흐림

식 전 산책, 부친절, 일본 국진이와 화상채팅

〈2010년 6월 21일 (음력5월 10일)〉 월요일
날씨 흐림
식 전 산책, 대학입시 시험성적 나옴

〈2010년 6월 22일 (음력5월 11일)〉 화요일
날씨 맑음
식 전 산책, 유치원 배웅, 마중, 태운 생일,

〈2010년 6월 23일 (음력5월 12일)〉 수요일
날씨 흐림
식 전 산책, 유치원 배웅, 마중, 일본 국진이와 화상채팅

〈2010년 6월 24일 (음력5월 13일)〉 목요일
날씨 흐림
식 전 산책, 유치원 배웅, 마중, 미옥이 전화 옴

〈2010년 6월 25일 (음력5월 14일)〉 금요일
날씨 흐림
식 전 산책, 유치원 배웅, 마중,

〈2010년 6월 26일 (음력5월 15일)〉 토요일
날씨 흐림
식 전 산책, 상해 광춘이 전화 옴

〈2010년 6월 27일 (음력5월 16일)〉 일요일
날씨 맑음
식 전 산책, 방송국 신호 차단 됨, 일본 국진이 전화 옴

〈2010년 6월 28일 (음력5월 17일)〉 월요일
날씨 흐림
식 전 산책, 유치원 배웅, 마중, 점심부터 방송국 신호 회복

〈2010년 6월 29일 (음력5월 18일)〉 화요일
날씨 비
식 전 산책, 유치원 배웅, 마중, 바닥청소, 미옥, 영월이 전화 옴

〈2010년 6월 30일 (음력5월 19일)〉 수요일
날씨 맑음
식 전 산책, 지호와 병원에 감

〈2010년 7월 1일 (음력5월 20일)〉 목요일
날씨 흐림
식 전 산책, 창당절, 바닥청소

〈2010년 7월 2일 (음력5월 21일)〉 금요일
날씨 흐림
식 전 산책, 바닥 청소

〈2010년 7월 3일 (음력5월 22일)〉 토요일
날씨 비
식 전 산책, 지호 병원에 감, 일본 국진이랑 화상채팅 함

〈2010년 7월 4일 (음력5월 23일)〉 일요일
날씨 비
식 전 산책, 영진, 지호와 공원이 놀러 감, 창이 ,승일 전화 옴

〈2010년 7월 5일 (음력5월 24일)〉 월요일
날씨 비
식 전 산책, 유치원 배웅, 마중, 북경 동일이 전화 옴

〈2010년 7월 6일 (음력5월 25일)〉 화요일
날씨 흐림
식 전 산책, 유치원 배웅, 마중, 훈춘 정주, 정환 전화 옴 -학진이 아들 나음

〈2010년 7월 7일 (음력5월 26일)〉 수요일
날씨 흐림
식 전 산책, 유치원 배웅, 마중,

〈2010년 7월 8일 (음력5월 27일)〉 목요일
날씨 비
식 전 산책, 지호 유치원에 안가도 됨,

〈2010년 7월 9일 (음력5월 28일)〉 금요일
날씨 흐림
식 전 산책, 유치원 배웅, 마중,

〈2010년 7월 10일 (음력5월 29일)〉 토요일
날씨 비
식 전 산책, 상해 광춘, 북경 동일, 연길 미옥 전화 옴, 일본 국진과 화상채팅 함

〈2010년 7월 11일 (음력5월 30일)〉 일요일
날씨 비
식 전 산책,

〈2010년 7월 12일 (음력6월 1일)〉 월요일
날씨 호우
식 전 산책, 유치원 배웅, 마중,

〈2010년 7월 13일 (음력6월 2일)〉 화요일
날씨 흐림
식 전 산책, 유치원 배웅, 마중, 영진이 비행기 티켓구입, 목욕

〈2010년 7월 14일 (음력6월 3일)〉 수요일
날씨 흐림
식 전 산책, 유치원 배웅, 마중, 춘식 생일, 춘림, 춘성, 원학에게 전화 함

〈2010년 7월 15일 (음력6월 4일)〉 목요일
날씨 비
식 전 산책, 문건정리, 춘림이 북방교통대학에 합격

〈2010년 7월 16일 (음력6월 5일)〉 금요일
날씨 흐림
식 전 산책, 지호와 병원에 감 금화생일, 일본 국진이랑 화상채팅함

〈2010년 7월 17일 (음력6월 6일)〉 토요일
날씨 흐림
식 전 산책, 춘성이 수도의과대에 합격, 영진 집에서 합비공항에 감

〈2010년 7월 18일 (음력6월 7일)〉 일요일
날씨 흐림
식 전 산책, 집정리, 훈춘 승일에게 전화 함

〈2010년 7월 19일 (음력6월 8일)〉 월요일
날씨 흐림
식 전 산책, 영진 집에서 북경공항 → 연길공항 → 정옥, 철진 등 봄 → 귀가

〈2010년 7월 20일 (음력6월 9일)〉 화요일
날씨 흐림
미옥 집에서 밥 먹음, 일어반 하해가 전화 옴, 원학 형이 쌍둥이 대학 붙었다고 접대 함

〈2010년 7월 21일 (음력6월 10일)〉 수요일
날씨 비
백화상점에서 냉장고 구입

〈2010년 7월 22일 (음력6월 11일)〉 목요일
날씨 비
미옥 집에서 아침 저녁을 먹음, 오전 화룡에서 철진의 장인어른 병문안 감,

〈2010년 7월 23일 (음력6월 12일)〉 금요일
날씨 비
농촌합작은행에서 월급 받음, 우정국에서 전기세 납부, 관리비 562위안 납부,

〈2010년 7월 24일 (음력6월 13일)〉 토요일
날씨 흐림
훈춘 이빈 과 동주에게 전화 함, 원학에 집에 옴, 승일에게 전화 함

〈2010년 7월 25일 (음력6월 14일)〉 일요일
날씨 흐림
훈춘 안죽순, 영월 전화함, 연길 창일에게 전화 함,

〈2010년 7월 26일 (음력6월 15일)〉 월요일
날씨 비
가도에 다녀옴, 약방에서 약을 구입, 훈춘에 박영화에게 전화 함, 원학과 미옥이 전화 옴, 집에서 음수기 가져감

〈2010년 7월 27일 (음력6월 16일)〉 화요일
날씨 흐림
북대시장에서 마늘을 쌈, 우정은행에 저금함, 미옥 집에서 밥 먹음, 폐품 팜, 일본 국진과 화상채팅 함

〈2010년 7월 28일 (음력6월 17일)〉 수요일
날씨 호우
〈노년 세계(老年世界)〉 열람, 집에서 밥해 먹음

〈2010년 7월 29일 (음력6월 18일)〉 목요일
날씨 흐림
폐품 팜, 〈노년세계(老年世界)〉 열람, 핸드폰 요금납부, 이발, 북경에 있는 영진 병문안으로 전화 함, 미옥 부부에게 전화 함

〈2010년 7월 30일 (음력6월 19일)〉 금요일
날씨 흐림
춘림, 춘승의 대학입시 축하연회 참석, 신옥, 창일이 전화 옴

〈2010년 7월 31일 (음력6월 20일)〉 토요일
날씨 비

농촌합작은행에서 월급 찾음, 〈노년세계(老年世界)〉을 열람, 향옥이 전화 옴

〈2010년 8월 1일 (음력6월 21일) 〉일요일
날씨 흐림
건군절, 중국은행에서 출금하여 공상은행에서 송금 함, 일본 국진이 전화 옴

〈2010년 8월 2일 (음력6월 22일)〉 월요일
날씨 맑음
우정은행에서 저금, 오후 신옥에게 전화 함, 〈노년세계(老年世界)〉을 열람

〈2010년 8월 3일 (음력6월 23일)〉 화요일
날씨 흐림
원학과 함께 철진의 장인 장례식에 참석, 화룡→연길→훈춘,

〈2010년 8월 4일 (음력6월 24일)〉 수요일
날씨 맑음
복순 생일 참석

〈2010년 8월 5일 (음력6월 25일)〉 목요일
날씨 맑음
판석에서 춘경에 감, 춘경에 훈춘 창일집에 감,

〈2010년 8월 6일 (음력6월 26일)〉 금요일
날씨 흐림
구 버스터미널에 도착, 동창생 동주와 규빈을 만남, 창일집에 감

〈2010년 8월 7일 (음력6월 27일)〉 토요일
날씨 흐림
동시장에서 정오 집에 묵음, 연실 옥인이 전화 옴

〈2010년 8월 8일 (음력6월 28일)〉 일요일
날씨 흐림
일본 국진과 화상채팅 함

〈2010년 8월 9일 (음력6월 29일)〉 월요일
날씨 비
박영화, 안죽순 등 6명과 점심 식사 함, 북경에 영진에게 전화 함

〈2010년 8월 10일 (음력7월 1일)〉 화요일
날씨 비
방송국에서 서비스중지 수속 함, 미옥 과 합비 영진이 전화 옴

〈2010년 8월 11일 (음력7월 2일)〉 수요일
날씨 흐림
난방공사에서 난방비 납부, 승일 집에서 저녁 먹음

〈2010년 8월 12일 (음력7월 3일)〉 목요일
날씨 맑음
윤선화 환갑 참가, 미옥이 전화 옴, 영진, 복순, 정옥 전화 옴

〈2010년 8월 13일 (음력7월 4일)〉 금요일
날씨 흐림
제 4소학교 퇴직교사〈노인절〉행사 참석, 창

일 집에서 묵음, 목욕 함

〈2010년 8월 14일 (음력7월 5일)〉 토요일
날씨 비
방송국에 디지털TV 수신기 반납, 북경 동일 연길 미옥 부부가 창일 집에 옴

〈2010년 8월 15일 (음력7월 6일)〉 일요일
날씨 흐림
민석, 복순 환갑잔치 참석, 원학 미옥 연길에 돌아 감,

〈2010년 8월 16일 (음력7월 7일)〉 월요일
날씨 맑음
방송국에 다녀옴, 창일 집에 묵음

〈2010년 8월 17일 (음력7월 8일)〉 화요일
날씨 맑음
승일이 접대, 창일 집에 묵음

〈2010년 8월 18일 (음력7월 9일)〉 수요일
날씨 맑음
동일과 광춘이 연길에 돌아 옴

〈2010년 8월 19일 (음력7월 10일)〉 목요일
날씨 맑음
동주 집에서 창일 집에 도착, 정옥 집에서 저녁 먹음

〈2010년 8월 20일 (음력7월 11일)〉 금요일
날씨 흐림
정옥 집에서 창일 집에 감, 점심 동창생 승호가 접대 함

〈2010년 8월 21일 (음력7월 12일)〉 토요일
날씨 비
오전 형부병문안 감, 연길 미옥 부부 창일 집에 옴, 창일 생일,

〈2010년 8월 22일 (음력7월 13일)〉 일요일
날씨 비
오전에 원학 차로 훈춘에 옴, 일어반 안기일 전화 옴

〈2010년 8월 23일 (음력7월 14일)〉 월요일
날씨 비
교통은행에서 출금, 누나가 집에 옴, 미옥 집, 쌍둥이 집에 놀러 옴

〈2010년 8월 24일 (음력7월 15일)〉 화요일
날씨 맑음
우정은행에서 저금, 오후 노간부대학에서 일어학습, 〈노인세계〉 봄

〈2010년 8월 25일 (음력7월 16일)〉 수요일
날씨 맑음
전기상가에서 전구구입, 일본 국진과 화상채팅

〈2010년 8월 26일 (음력7월 17일)〉 목요일
날씨 흐림
수도세 납부, 오후 노간부대학에서 일어학습, 누나가 옴

〈2010년 8월 27일 (음력7월 18일)〉 금요일
날씨 비
점심에 일어반 지춘희 재혼식 참석, 〈노인세계(老人世界)〉 봄

〈2010년 10월 3일 (음력8월 26일)〉 일요일
날씨 비
〈노인세계(老人世界)〉 봄. 원학이 전화 옴,

〈2010년 10월 4일 (음력8월 27일)〉 월요일
날씨 비
일어복습, 원학, 미옥, 춘성이 옴

〈2010년 10월 5일 (음력8월 28일)〉 화요일
날씨 맑음
일어복습, 원학, 미옥, 춘성 아침밥 먹고 돌아감,

〈2010년 10월 6일 (음력8월 29일)〉 수요일
날씨 맑음
일어복습, 춘성 미옥 전화 옴, 일어반 허춘자 전화 옴

〈2010년 10월 7일 (음력8월 30일)〉 목요일
날씨 맑음
일어반 허춘자 집에 감, 일어반 안준일 과 미옥에게 전화 함

〈2010년 10월 8일 (음력9월 1일)〉 토요일
날씨 흐림
민속촌에서 등산, 금옥순 접대, 지춘희에게 전화 함

〈2010년 10월 9일 (음력9월 2일)〉 토요일
날씨 흐림
오전에 춘성이 왔다 감, 일본에 있는 국진이와 화상채팅

〈2010년 10월 10일 (음력9월 3일)〉 일요일
날씨 맑음
창일이 전화 옴, 빨래 함, 오후 가도에 갔다가 문이 잠김

〈2010년 10월 11일 (음력9월 4일)〉 월요일
날씨 흐림
가혜 생일, 폐품 팜, 철진이 전화 옴

〈2010년 10월 12일 (음력9월 5일)〉 화요일
날씨 맑음
내몽골 사돈이 전화옴, 일어자습, 전화비 납부, 오후 노간부대학 일어수업, 미옥 전화 옴

〈2010년 10월 13일 (음력9월 6일)〉 수요일
날씨 맑음
원학이 신선한 채소 가져옴, 우정은행에서 출금, 전기세 납부, 농촌신용은행에서 월급을 받음, 남방비 납부

〈2010년 10월 14일 (음력9월 7일)〉 목요일
날씨 비
일어복습, 오후 노간부대학 일어, 바닥 청소, 신옥이 전화 옴

〈2010년 10월 15일 (음력9월 8일)〉 금요일
날씨 맑음

민속촌에서 등산, 창일이 전화 옴, 동창생 옥인이 전화 옴,

〈2010년 10월 16일 (음력9월 9일)〉 토요일 날씨 바람

중양절, 국제무역농업과학문화원 참관, 정화 생일,

〈2010년 10월 17일 (음력9월 10일)〉 일요일 날씨 맑음

정주가 한국에 간다고 전화 옴

〈2010년 10월 18일 (음력9월 11일)〉 월요일 날씨 맑음

일본어 복습, 미옥이 전화 옴, 춘성 병보라고 5000위안 줌

〈2010년 10월 19일 (음력9월 12일)〉 화요일 날씨 비

우정은행에서 저축, 오후 노간부대학 일어수업, 미옥이 전화 함

〈2010년 10월 20일 (음력9월 13일)〉 수요일 날씨 비

〈노인세계(老人世界)〉 봄. 점심 원학이 집에 옴, 일본 국진과 화상채팅

〈2010년 10월 21일 (음력9월 14일)〉 목요일 날씨 맑음

노간부대학 일어수업, 〈노인세계(老人世界)〉 봄.

〈2010년 10월 22일 (음력9월 15일)〉 금요일 날씨 흐림

〈노인세계(老人世界)〉 봄, 화장실 전등수리 하러 원학이 옴, 북대시장에서 영채 및 마늘 구입

〈2010년 10월 23일 (음력9월 16일)〉 토요일 날씨 비

아침 먹고 원학이 집에 감, 오전 미옥, 춘성 집에 놀러 옴, 집 대청소 함

〈2010년 10월 24일 (음력9월 17일)〉 일요일 날씨 비

아침에 사돈을 마중 나감, 점심에 명숙이 일본에서 북경을 거쳐 집에 도착 함, 미옥이 접대함,

〈2010년 10월 25일 (음력9월 18일)〉 월요일 날씨 눈

아침에 미옥집에서 밥먹음, 점심에 사돈이 접대 함, 정일, 지호 생일,

〈2010년 10월 26일 (음력9월 19일)〉 화요일 날씨 흐림

명숙 동생 결혼식, 우정은행에서 출금, 창일이 전화 옴,

〈2010년 10월 27일 (음력9월 20일)〉 수요일 날씨 맑음

신문 열독, 식당에서 명숙이 접대 함, 오후 사돈 배웅 함

〈2010년 10월 28일 (음력9월 21일)〉 목요일 날씨 맑음
오후에 명숙이 북경가는 것을 배웅, 저녁에 기차역에서 사돈을 배웅

〈2010년 10월 29일 (음력9월 22일)〉 금요일 날씨 흐림
신문열독, 훈춘 순자, 창일에게 전화 함, 안전히 도착했다고 사돈이 전화 옴, 안전히 도착했다고 명숙이 일본에서 전화 옴

〈2010년 10월 30일 (음력9월 23일)〉 토요일 날씨 맑음
일본어 복습, 미옥 전화 옴, 옥희 , 창일 , 순자 전화 함

〈2010년 10월 31일 (음력9월 24일)〉 일요일 날씨 맑음
아침에 미옥 집에서 먹음, 일본어 복습, 한국에서 승일과 분선이 전화 옴, 영진이 화상채팅

〈2010년 11월 1일 (음력9월 25일)〉 월요일 날씨 맑음
상해세계박람회 폐막식 봄,

〈2010년 11월 2일 (음력9월 26일)〉 화요일 날씨 바람
오후 노간부대학 일어, 원학이 전화 옴, 신옥이 전화 옴, 창일이 존화 옴

〈2010년 11월 3일 (음력9월 27일)〉 수요일 날씨 흐림
북경간다고 미옥이 전화 옴, 일어자습, 창일이 집에서 장백현에 감

〈2010년 11월 4일 (음력9월 28일)〉 목요일 날씨 흐림
창일 사돈 환갑 참석, 일어자습, 오후 노간부대학 일어수업, 순자생일

〈2010년 11월 5일 (음력9월 29일)〉 금요일 날씨 흐림
민속촌 등산 감, 점심에 장동주 집에서 먹음, 북경에서 미옥이 전화 옴

〈2010년 11월 6일 (음력10월 1일)〉 토요일 날씨 흐림
일본어 자습, 일본 국진이와 화상채팅 함

〈2010년 11월 7일 (음력10월 2일)〉 일요일 날씨 흐림
일본어 자습, 영진과 화상채팅함

〈2010년 11월 8일 (음력10월 3일)〉 월요일 날씨 눈
일본어 자습, 북경 미옥이 전화 옴

〈2010년 11월 9일 (음력10월 4일)〉 화요일 날씨 흐림
일어 자습, 오후 노간부대학 일어수업, 원학이 전화 옴

〈2010년 11월 10일 (음력10월 5일)〉 수요

일 날씨 흐림
일어 자습, 원학이 전화 옴, 미옥이 전화 옴, 신옥 생일 참석

〈2010년 11월 11일 (음력10월 6일)〉 목요일 날씨 눈
일어회화 복습, 오후 노간부대학 일어수업, 미옥이 전화 옴

〈2010년 11월 12일 (음력10월 7일)〉 금요일 날씨 흐림
볼링장에 놀라감, 박순희 집에 감, 창일 집에 전화함,

〈2010년 11월 13일 (음력10월 8일)〉 토요일 날씨 흐림
〈노인세계〉 봄, 북경 동일 전화 옴, 국진이랑 화상채팅 함

〈2010년 11월 14일 (음력10월 9일)〉 일요일 날씨 흐림
〈노인세계〉 봄, 일어회화 자습, 영진 전화 옴,

〈2010년 11월 15일 (음력10월 10일)〉 월요일 날씨 흐림
민속촌 등산, 장동주 집에서 점심 먹음, 아세아운동대회 봄

〈2010년 11월 16일 (음력10월 11일)〉 화요일 날씨 흐림
아세아운동대회 봄, 오후 노간부대학 일어수업, 원학이 전화 옴

〈2010년 11월 17일 (음력10월 12일)〉 수요일 날씨 흐림
구기자, 오미자술 만듬, 아세아운동대회 봄, 〈노인세계(老人世界)〉 봄

〈2010년 11월 18일 (음력10월 13일)〉 목요일 날씨 맑음
일어회화 자습, 오후 노간부대학 일어수업, 창일 전화 옴

〈2010년 11월 19일 (음력10월 14일)〉 금요일 날씨 맑음
민속촌 등산, 장동주 집에서 점심 먹음, 아세아운동대회 봄,

〈2010년 11월 20일 (음력10월 15일)〉 토요일 날씨 맑음
일어회화 자습, 춘학 집에 못 간다고 신옥이 전화 옴

〈2010년 11월 21일 (음력10월 16일)〉 일요일 날씨 맑음
일어회화 자습, 미옥 부부 왔다 감, 신옥 전화 옴

〈2010년 11월 22일 (음력10월 17일)〉 월요일 날씨 흐림
미옥이 쌀을 가져옴, 모아산 등산 감, 하남국제무역청사에서 점심 먹음,

〈2010년 11월 23일 (음력10월 18일)〉 화요일 날씨 흐림

노간부대학 일어수업, 복순이 청국장을 가져왔다고 전화 옴, 사돈 생일이여서 전화 함,

〈2010년 11월 24일 (음력10월 19일)〉 수요일 날씨 흐림
일어회화 자습, 옥희가 불합격 되였다고 창일이 전화 옴

〈2010년 11월 25일 (음력10월 20일)〉 목요일 날씨 맑음
일어회화 자습, 노간부대학 일어수업

〈2010년 11월 26일 (음력10월 21일)〉 금요일 날씨 맑음
민속촉 등산, 박순희 집에서 장동주 환송회 참석

〈2010년 11월 27일 (음력10월 22일)〉 토요일 날씨 눈
일어회화 자습, 일본 국진이와 화상채팅

〈2010년 11월 28일 (음력10월 23일)〉 일요일 날씨 추움
일어회화 자습, 미옥이 전화 옴, 한국에서 승일이 전화 옴

〈2010년 11월 29일 (음력10월 24일)〉 월요일 날씨 추움
명신3대에서 등산, 점심에 하남국제무역센터에서 점심 먹음,

〈2010년 11월 30일 (음력10월 25일)〉 화요일 날씨 맑음
일어회화 자습, 오후 노간부대학 일어수업, 미옥이 전화 옴

〈2010년 12월 1일 (음력10월 26일)〉 수요일 날씨 흐림
일어회화 자습, 영진이 전화 옴, 순자 생일,

〈2010년 12월 2일 (음력10월 27일)〉 목요일 날씨 눈
일어회화 자습, 오후 노간부대학 일어수업

〈2010년 12월 3일 (음력10월 28일)〉 금요일 날씨 맑음
일어회화 자습, 동주전화 옴, 순옥 생일

〈2010년 12월 4일 (음력10월 29일)〉 토요일 날씨 맑음
훈춘 박영호 정요 전화 옴. 오전 농촌신용은행에서 월급 받음, 우정은행에 저축, 국진이랑 영상통화 함

〈2010년 12월 5일 (음력10월 30일)〉 일요일 날씨 맑음
미옥이 전화 옴, 등산 감

〈2010년 12월 6일 (음력11월 1일)〉 월요일 날씨 눈
일어회화 복습,

〈2010년 12월 7일 (음력11월 2일)〉 화요일 날씨 흐림

온돌수리, 미옥이 전화 옴, 영진이 전화 받음

〈2010년 12월 8일 (음력11월 3일)〉 수요일 날씨 눈
오전 관리실에서 온돌수리 하러 옴,

〈2010년 12월 9일 (음력11월 4일)〉 목요일 날씨 맑음
오후 온돌수리

〈2010년 12월 10일 (음력11월 5일)〉 금요일 날씨 눈
동창생 영월, 옥인과 점심 먹음,

〈2010년 12월 11일 (음력11월 6일)〉 토요일 날씨 맑음
미옥이 전화 옴, 훈춘 박영호, 이향란 전화 옴

〈2010년 12월 12일 (음력11월 7일)〉 일요일 날씨 눈
훈춘 민석, 정화 전화 옴, 일어회화 자습

〈2010년 12월 13일 (음력11월 8일)〉 월요일 날씨 흐림
일어회화 자습, 온돌문제로 원학이 옴, 일어반 학기총결 파티 함

〈2010년 12월 14일 (음력11월 9일)〉 화요일 날씨 맑음
일어회화 자습, 원학이 온돌수리공 데리고 옴,

〈2010년 12월 15일 (음력11월 10일)〉 수요일 날씨 맑음
신년 일력, 일기장 만듬, 창일이 전화 옴

〈2010년 12월 16일 (음력11월 11일)〉 목요일 날씨 맑음
철진, 향선이 전화 옴, 연길에서 훈춘에 감

〈2010년 12월 17일 (음력11월 12일)〉 금요일 날씨 눈
둘째 숙모 2주년 기일,

〈2010년 12월 18일 (음력11월 13일)〉 토요일 날씨 맑음
동주 전화옴, 영진이 전화 함

〈2010년 12월 19일 (음력11월 14일)〉 일요일 날씨 흐림
미옥이 전화 옴, 정옥이 전화 옴,

〈2010년 12월 20일 (음력11월 15일)〉 월요일 날씨 맑음
진옥 집에서 묵음

2010년12월21일 (음력11월16일)〉화요일 날씨:맑음
오후 규빈이랑 동주 집에 감, 복순, 창일 전화 옴

〈2010년 12월 22일 (음력11월 17일)〉 수요일 날씨 눈
동주 집에서 훈춘에 달아 옴, 오후 규빈 집에

병문안 감

〈2010년 12월 23일 (음력11월 18일)〉 목요일 날씨 추움

연길 안기일 전화 옴

〈2010년 12월 24일 (음력11월 19일)〉 금요일 날씨 추움

크리스마스 이브, 연길 미옥이 전화 옴

〈2010년 12월 25일 (음력11월 20일)〉 토요일 날씨 추움

오후 원학 집에 감, 민석생일,

〈2010년 12월 26일 (음력11월 21일)〉 일요일 날씨 흐림

미옥 집에서 밥 먹음, 일기정리, 미옥이 전화 옴

〈2010년 12월 27일 (음력11월 22일)〉 월요일 날씨 눈

미옥 집에서 밥 먹음, 미옥이 전화 옴

〈2010년 12월 28일 (음력11월 23일)〉 화요일 날씨 흐림

영월, 옥인이 식당에서 감

〈2010년 12월 29일 (음력11월 24일)〉 수요일 날씨 맑음

신옥이 전화 옴, 춘학이 집에 갔다 옴

〈2010년 12월 30일 (음력11월 25일)〉 목요일 날씨 맑음

일어회화 자습, 미옥이 소고기 싸옴

〈2010년 12월 31일 (음력11월 26일)〉 금요일 날씨 눈

미옥이 전화 옴

2011년

〈2011년 1월 1일 (음력 11월 27일)〉 토요일
날씨 맑음
훈춘(琿春)의 창일(昌日)과 복순(福順)고, 한국의 승일(承日)과, 합비(合肥)의 미화(美花)에서 전화가 왔음. 한국의 정수(廷洙)과 정금(貞今)에서 전화가 왔음. 원단. 전월. 양말을 빨았음. 신옥(信王)에서 전화가 왔음. 일본의 국진(國珍)과 합비(合肥)의 영진(永珍)과 컴퓨터로 영상채팅을 했음.

〈2011년 1월 2일 (음력 11월 28일)〉 일요일
날씨 맑음
미옥(美玉)집에서 아침과 점심을 먹었음. 저녁에 집에 돌아왔음.

〈2011년 1월 3일 (음력 11월 29일)〉 월요일
날씨 맑음
미옥(美玉)한테 전화를 걸었음. 춘기화갑(春基花甲), 훈춘(琿春)의 정옥(貞玉)과 ㅁㅁ에서 전화가 왔음. 창일(昌日)에서 전화가 왔음. 훈춘(琿春)에서 춘기화갑(春基花甲)에 참가(8:00-9:50). 훈춘(琿春)에서 귀가(12:40~14:00). 안기일(安基一)에서 전화가 왔음.

〈2011년 1월 4일 (음력 12월 1일)〉 화요일
날씨 맑음
훈춘(琿春)의 창일(昌日)에서 전화가 왔음, 전화를 걸었음. 일본어 회화를 독학함. 미옥(美玉)한테 전화를 걸었음. 판석(板石)의 복순(福順)한테 전화가 왔음.

〈2011년 1월 5일 (음력 12월 2일)〉 수요일
날씨 맑음
일본어 회화를 독학함. 바닥을 닦았음.

〈2011년 1월 6일 (음력 12월 3일)〉 목요일
날씨 맑음
소한(小寒). 티비 신문을 읽었음. 미옥(美玉)한테 전화가 왔음. 영일(英日)한테 전화가 왔음.

〈2011년 1월 7일 (음력 12월 4일)〉 금요일
날씨 맑음
아침에 원학(元學)과 미옥(美玉)이 쌀과 김치를 가져 왔음. (약) ※오후에 동사무소의 관리실에 다녀옴. 일본어 회화를 했음 (독학) (쌀).

〈2011년 1월 8일 (음력 12월 5일)〉 토요일

날씨 흐림
사돈생일-점심에 연회참가. 일본어회화를 독학했음. 미옥(美玉)한테 전화를 했음-전화가 왔음. 훈춘(琿春)의 창일(昌日)한테 전화를 걸었음.

〈2011년 1월 9일 (음력 12월 6일)〉 일요일 날씨 맑음
일본어 회화를 독학했음.

〈2011년 1월 10일 (음력 12월 7일)〉 월요일 날씨 맑음
일본어 회화를 독학했음. 훈춘(琿春)의 금숙(今淑)에서 전화가 왔음. 오후 지부회에 참가함. (당비를 납부). (120위안). 미옥(美玉) 집에 가서 저녁을 먹고 돌아왔음. 노년세계발행부에 전화를 걸었음. 전화가 왔음. 미옥(美玉)한테 전화를 했음.

〈2011년 1월 11일 (음력 12월 8일)〉 화요일 날씨 흐림
〈노년 세계(老年世界)〉의 잡지를 읽었음. 노년 세계발행부에 전화를 걸었음. 신옥(信玉)에서 전화가 왔음-김치 등 가져왔음.

〈2011년 1월 12일 (음력 12월 9일)〉 수요일 날씨 맑음
〈노년 세계〉의 잡지를 읽었음. 농업합작은행에서 출금

〈2011년 1월 13일 (음력 12월 10일)〉 목요일 날씨 맑음
〈노년 세계〉의 잡지를 읽었음. 토마토와 만두 등 샀음.

〈2011년 1월 14알 (음력 12월 11일)〉 금요일 날씨 맑음
소설(小雪). 〈노년세계〉를 읽었음. 훈춘(琿春)의 규빈(奎彬)에서 전화가 왔음. 일본어 회화를 독학했음.

〈2011년 1월 15일 (음력 12월 12일)〉 토요일 날씨 맑음. 춥다.
〈노년 세계〉를 읽었음. 일본어 회화를 독학했음. 영진(永珍)에서 전와가 왔음. 미옥(美玉) 집에 가서 저녁을 먹었음. 티비를 봄. 잤음. 미옥(美玉)에서 전화가 옴. 국진(國珍)과 컴퓨터로 영상채팅을 했음.

〈2011년 1월 16일 (음력 12월 13일)〉 일요일 날씨 흐림. 춥다.
미옥(美玉) 집에서 아침을 먹었음. 집에 돌아왔음. 청소. 옷을 빨았음.

〈2011년 1월 17일 (음력 12월 14일)〉 월요일 날씨 맑음
일본어 회화를 독학했음.

〈2011년 1월 18일 (음력 12월 15일)〉 화요일 날씨 맑음
일본어 회화를 독학했음. 미옥(美玉)의 집에 가서 저녁을 먹었음. 잤음. 미옥(美玉)한테 전화를 걸었음. (2). 춘임(春林)한테 전화를 걸었음. 납팔절(臘八節) 훈춘(琿春)의 창일

(昌日)에서 전화가 왔음. 정옥(貞玉)한테 전화를 걸었음. 최희(崔囍), 김향옥(金香玉) 1월2일 한국에 감, 알레스카칼일사모려(牡蠣) 추출물약 1월7일 받아 먹기 시작하여 4월

〈2011년 1월 19일 (음력 12월 16일)〉 수요일 날씨 맑음

원학(元學)한테 전화를 걸었음. 미옥(美玉)의 집에서 아침을 먹었음. 미옥(美玉)에서 전화가 왔음. 집에 돌아왔음. 오후 역에 가서 춘임(春林)을 접대했음. (15위안) 이발했음. 미옥(美玉)의 집에 가서 저녁을 먹었음. 돌아왔음. 춘임(春林) 「북경에서 돌아 옴」-신체검사 신체에 폐결핵.

〈2011년 1월 20일 (음력 12월 17일)〉 목요일 날씨 맑음

대한(大寒). 일번어 회화를 독학했음. 미옥(美玉)한테 전화를 걸었음. 티비 신문을 읽었음.

〈2011년 1월 21일 (음력 12월 18일)〉 금요일 날씨 맑음

훈춘(琿春)의 순자(順子)과 민석(珉錫)한테 전화를 걸었음. 창일(昌日)의 집에서 저녁을 먹었음. 잤음. 연길(延吉)에서 훈춘(琿春)까지 버스로 갔음. (13:10~14:50).

〈2011년 1월 22일 (음력 12월 19일)〉 토요일 날씨 맑음

강봉구 환갑 참석. 창일(昌日)의 집에서 아침과 저녁을 먹었음. 미옥(美玉)에서 전화가 왔음. 국진(國珍)과 컴퓨터로 영상채팅을 했음.

〈2011년 1월 23일 (음력 12월 20일)〉 일요일 날씨 맑음

훈춘(琿春)에서 연길(延吉)까지 차로 왔음. (창일(昌日)양력). 창일(昌日)에서 전회가 왔음, 걸었음. 미옥(美玉)한테 전화를 걸었음. 영진(永珍)에서 전와가 왔음.

〈2011년 1월 24일 (음력 12월 21일)〉 월요일 날씨 맑음

국진(國珍) 생일(양력)-국진(國珍)과 컴퓨터로 영상채팅을 했음. 일본어 회화를 독학했음. 티비 신문을 읽었음. 동국에서 전화가 왔음.

〈2011년 1월 25일 (음력 12월 22일)〉 화요일 날씨 맑음

일본어 회화를 독학했음. 원학(元學)한테 전화를 걸었음. 훈춘방속국에서 전화왔음. 영일(英日)에서 전화가 왔음.

〈2011년 1월 26일 (음력 12월 23일)〉 수요일 날씨 맑음

환상(換床). 일본어 회화를 독학했음. 우정은행에 가서 돈을 찾았음. 소년(부엌청소일) 미옥(美玉)의 집에 가서 점심과 저녁을 먹었음.

〈2011년 1월 27일 (음력 12월 24일)〉 목요일 날씨 맑음

일본어 회화를 독학했음. (24 계절). 티비를 봤음. (영화).

〈2011년 1월 28일 (음력 12월 25일)〉 금요일 날씨 맑음
국진(國珍) 생일. 일본어 회화를 독학했음. 티비 신문을 읽었음. 미옥(美玉)한테 전화를 걸었음, 왔음.

〈2011년 1월 29일 (음력 12월 26일)〉 토요일 날씨 맑음
일본어 회화를 독학했음. 티비 신문을 읽었음. 일본의 국진(國珍)에서 전화가 왔음. 영일(英日)에서 전화가 왔음. 안기일(安基一)한테 전화를 걸었음.

〈2011년 1월 30일 (음력 12월 27일)〉 일요일 날씨 맑음
춘임(春林) 춘성(春晟), 생일. 미옥(美玉)의 집에 가서 아침과 점심을 먹었음. 춘임(春林)과 춘성(春晟)한테 2000위안을 줬음. 세계문둥병의 날. 신용사에 가서 급료를 찾았음. 원학(元學)과 미옥(美玉)이 나한테 1000위안을 줬음. 영진(永珍)이 나한테 담배를 줬음.

〈2011년 1월 31일 (음력 12월 28일)〉 월요일 날씨 맑음. -4도
일본어 회화를 독학했음. 미옥(美玉)의 집에 가서 저녁을 먹었음. 훈춘(琿春)의 박영호(朴永浩)에서 전화가 왔음. 창일(昌日)한테 전화가 왔음.

〈2011년 2월 1일 (음력 12월 29일)〉 화요일 날씨 맑음. 1도
명숙(明淑) 생일. 〈노년세계〉를 읽었음. 원학(元學)과 미옥(美玉)에서 전화가 왔음. 중국은행에 가서 돈을 찾았음. 원학(員學)의 집에 가서 저녁을 먹었음. 영진(永珍)에서 전화가 왔음. 바닥을 닦았음.

〈2011년 2월 2일 (음력 12월 30일)〉 수요일 날씨 맑음. 3도
한국의 정수(廷洙)와 승일(承日)에서 전화가 왔음. 북경(北京)의 미화(美花)화 사돈가에서 전화가 왔음. 미옥(美玉)의 집에 가서 점심과 저녁을 먹었음. 잤음. 철진(哲珍)에서 전화가 왔음,

〈2011년 2월 3일 (음력 정월 춘절)〉 목요일 날씨 맑음
춘절(春節). 미옥(美玉)의 집에서 춘절을 지남. 국진(國珍)과 컴퓨터로 영상채팅을 했음. 훈춘(琿春)의 복순(福順)과 창일(昌日) 과 정화(廷華)에서 전화가 왔음. 내몽의 사돈가 신옥(信玉)한테 전화를 걸었음. 정옥(貞玉)한테 전화가 왔음. 북경(北京)의 영진(永珍)한테 전화가 오 음.

〈2011년 2월 4일 (음력 1월 2일)〉 금요일 날씨 맑음
미옥(美玉)의 집에서 아침과 점심과 저녁을 먹었음. 집에 돌아옴. 사돈가(원학(元學)형 집)에 전화를 걸었음. 동국한테 전화를 걸었음. 안기일(安基一)에서 전화가 왔음.

〈2011년 2월 5일 (음력 1월 3일)〉 토요일 날씨 맑음 5도

미옥(美玉)의 집에 가서 3끼 먹었음. 낮 철진(哲珍)이 왔음. 신옥(信玉)과 춘학(春學)의 마루라에서 전화가 왔음. 국진(國珍)과 컴퓨터로 영상채팅을 했음.

〈2011년 2월 6일 (음력 1월 4일)〉 일요일 날씨 흐림/ 소설
미옥(美玉)의 집에 가서 어침과 점심을 먹었음. 티비 신문을 읽었음.

〈2011년 2월 7일 (음력 1월 5일)〉 월요일 날씨 맑음
일본어 회화를 독학했음. 훈춘(琿春)의 창일(昌日)에서 전화가 왔음. 북경(北京)의 영진(永珍)에 전화를 걸었음. 연길에 왔음. 미옥(美玉)의 집에 가서 점심과 저녁을 먹었음. 훈춘(琿春)의 순자(順子)한테 전화를 걸었음.

〈2011년 2월 8일 (음력 1월 6일)〉 화요일 날씨 맑음. 소설
남순금(南順今) 생일. 일본어 회화를 독학했음. 춘학(春學) 마누리에서 전화가 왔음. 철진(哲珍)한테 전화를 걸었음.

〈2011년 2월 9일 (음력 1월 7일)〉 수요일 날씨 맑음 9도
일본어 회화를 독학했음, 미옥(美玉)한테 전화를 걸었음. 합비(合肥)의 영진(永珍)에서 전화가 왔음. 북경(北京)의 장동주에서 전화가 왔음.

〈2011년 2월 10일 (음력 1월 8일)〉 목요일 날씨 맑음 9도
일본어 회화를 독학했음. 농업합작은행과 중행(中行)의 저금을 우정행(郵政行)에 저축. 국제기상절. 미옥(美玉)한테 전화를 걸었음.

〈2011년 2월 11일 (음력 1월 9일)〉 금요일 날씨 맑음
일본어 회화를 독학했음. 미옥(美玉)의 집에 가서 저녁을 먹었음. 청소, 잤음. 미옥(美玉)과 춘학(春學)한테 전화를 걸었음.

〈2011년 2월 12일 (음력 1월 10일)〉 토요일 날씨 맑음
춘학화갑(春學花甲)-점심을 먹었음. 미옥(美玉)의 집에서 아침을 먹었음. 미옥(美玉)에서 전화가 왔음. (200위안을 줬다)

〈2011년 2월 13일 (음력 1월 11일)〉 일요일 날씨 맑음. -7도
명숙(明淑) 생일(양력). 일본어 회화를 독학했음. 미목에서 전화 왔음. 국진(國珍)과 컴퓨터로 영상채팅을 했음. 신옥(信玉)에서 전화가 왔음. 신옥(信玉)의 손자가 김치를 가져왔음.

〈2011년 2월 14일 (음력 1월 12일)〉 월요일 날씨 맑음. -5도
발랜타인. 일본어 회화를 독학했음.

〈2011년 2월 15일 (음력 1월 13일)〉 화요일 날씨 맑음. 3도

일본어 회화를 독학했음. 미옥(美玉)에서 전화가 왔음. 미옥(美玉)의 집에 가서 저녁을 먹었음. 집에 돌아왔음. 우정은행에 가서 저축과 찾았음. 수도세 100위안 광열비 100위안.

〈2011년 2월 16일 (음력 1월 14일)〉 수요일
날씨 맑음.
일본어 회화를 독학했음. 미옥(美玉)에서 전화가 왔음. (춘림의 병이 좋아짐). 옥인(玉仁)에서 전화가 왔음. 합비(合肥)의 영진(永珍)에서 전화가 왔음.

〈2011년 2월 17일 (음력 1월 15일)〉 목요일
날씨 흐림/소설
일본어 회화를 독학했음. 훈춘(琿春)의 창일(昌日)에서 전화가 왔음. 북경(北京)의 동주과 연길(延吉)의 영일(英日)에서 전화가 왔음.
원소절. 훈춘(琿春)의 영활(永活)한테 전화를 걸었음. 미옥(美玉)에서 전화가 왔음. 미옥(美玉)의 집에 가서 저녁을 먹었음. 잤음. 훈춘(琿春)의 규빈(奎彬)에서 전화가 왔음. 합비(合肥)의 영진(永珍)에서 전화가 왔음.

〈2011년 2월 18일 (음력 1월 16일)〉 금요일
날씨 맑음. -1도
미옥(美玉)의 집에서 아침을 먹었음. 집에 돌아왔음. 옷을 빨았음.

〈2011년 2월 19일 (음력 1월 17일)〉 토요일
날씨 맑음. 2도
사돈 생일(내몽골)한테 전화를 걸었음. 미옥(美玉)의 지에 갔음. 점심과 저녁을 먹었음. 집에 돌아왔음. 낮 역에 가서 춘임(春林)을 환송했음. (500위안을 줬음). 일본의 국진(國珍)과 넷 서핑[1]을 했음.

〈2011년 2월 20일 (음력 1월 18일)〉 일요일
날씨 맑음. 5도~-5도
정구(廷玖) 생일, 한테 전화를 걸었음. 훈춘(琿春) 창일(昌日)에서 전화가 왔음. 합비(合肥)의 영진(永珍)에서 전화가 왔음. 우정은행에 가서 돈을 찾음. 일본어 회화를 독학했음.

〈2011년 2월 21일 (음력 1월 19일)〉 월요일
날씨 맑음. 9도~-4도
사돈 생일(용정(龍井))~북경(北京)한테 전화를 걸었음. 일본어 회화를 독학했음. 영일(英日)한테 전화를 걸었음.

〈2011년 2월 22일 (음력 1월 20일)〉 화요일
날씨 맑음. 3도~7도
일본어 회화를 독학했음. 미옥(美玉)에서 전화가 왔음. 청소. 훈춘(琿春)의 순자(順子)한테 전화를 걸었음. 영일(英日)한테 전화를 걸었음.

〈2011년 2월 23일 (음력 1월 21일)〉 수요일
날씨 흐림/ 맑음.

---

1) 일본어를 잘못 씀. 넷 서핑이 아니라 지금까지 나왔던 영상채팅을 말하는 거 같음. 이하 같음.

일본어 회화를 독학했음. 훈춘(琿春)의 창일(昌日)에서 전화가 왔음.

〈2011년 2월 24일 (음력 1월 22일)〉 목요일 날씨 흐림/맑음. 0도~-11도
일본어 회화를 독학했음.

〈2011년 2월 25일 (음력 1월 23일)〉 금요일 날씨 맑음. -5도~-17도
정수(廷洙) 생일(한국에 있음). 일본어 회화를 독학했음. 티비를 봤음.(영화)

〈2011년 2월 26일 (음력 1월 24일)〉 토요일 날씨 소설/ 흐림. -1도~10도
일본어 회화를 독학했음. 일본의 국진(國珍)과 넷 서핑했음(명숙(明淑)). 북경(北京)의 승일(承日)에서 전화가 왔음. 미옥(美玉)에서 전화가 왔음. 미옥(美玉)의 집에 가서 점심과 저녁을 먹었음. 집에 돌아왔음.

〈2011년 2월 27일 (음력 1월 25일)〉 일요일 날씨 흐림. 0도~-12도
일본어 회화를 독학했음. 북경(北京)의 영진(永珍)한테 전화를 걸었음. (기차역에 감), 미옥(美玉)한테 전화를 걸었음. (용정사돈 배웅)

〈2011년 2월 28일 (음력 1월 26일)〉 월요일 날씨 맑음 소설.
일본어 회화를 독학했음. 합비(合肥)의 영진(永珍)
한테 전화를 걸었음. (안전하게 귀가). 계화에서 전화가 왔음.

〈2011년 3월 1일 (음력 1월 27일)〉 화요일 날씨 맑음 4도~-12도
국제바다표범의 날. 일본어 회화를 독학했음.(썼음), 티비(의 영화)를 봤음.

〈2011년 3월 2일 (음력 1월 28일)〉 수요일 날씨 맑음 3도~-16도
신용사에 가서 금료를 찾았음. 우정저금. 일본어를 썼음. 동사무소에 감. 오후 온돌을 수리했음. (관리실 직원이 옴). 장련숙(張蓮淑)에서 전화가 왔음.(개학일)

〈2011년 3월 3일 (음력 1월 29일)〉 목요일 날씨 맑음 1도~-12도
전국귀보호일. 오전 온돌을 수리했음. (원학이 수리공을 데리고 와서 온수증압기 장착). 일본어의 동사를 썼음. 미옥(美玉)의 집에 가서 저녁을 먹었음.. 훈춘(琿春)의 승일(承日)에서 전화가 왔음.

〈2011년 3월 4일 (음력 1월 30일)〉 금요일 날씨 맑음 3도~-9도
일본어의 동사를 썼음. 미옥(美玉)한테 전화를 걸었음. (왔음). 훈춘(琿春)의 복순(福順)과 창일(昌日)한테 전화를 걸었음. (복순(福順) 입원)

〈2011년 3월 5일 (음력 2월 1일)〉 토요일 날씨 맑음
외봉기념일. 연길(延吉)에서 훈춘(琿春)까지

버스로 갔음.(복순(福順)병문안 감). 창일(昌日) 집에 갔음. 저녁을 먹었음. 잤음. 일본의 국진(國珍)과 넷 서핑.

〈2011년 3월 6일 (음력 2월 2일)〉 일요일 날씨 맑음

용태두절(룽타이토우지에 龍抬頭節). 합비(合肥)의 영진(永珍)에서 전화 왔음. 일본의 국진(國珍)과 넷 서핑했음. 승일(承日) 생일. -(낮) 참가- 승일(承日) 집에 가서 저녁을 먹었음. 잤음.

〈2011년 3월 7일 (음력 2월 3일)〉 월요일 날씨 맑음/ 소설

훈춘(琿春)의 병원에 갔음. (복순(福順) 병문안 감). → 미옥(美玉)한테 전화를 걸었음. 훈춘(琿春)의 창일(昌日)에서 전화가 왔음, 걸었음. 승일(承日)의 집에서 세끼 먹었음. 잤음.

〈2011년 3월 8일 (음력 2월 4일)〉 화요일 날씨 맑음

부녀절-참가 제4소학교분회 〈3.8〉활동. 훈춘(琿春)에서 연길(延吉)까지 버스로 왔음. 승일(承日)의 집에서 아침을 먹었음. 순자(順子)한테 전화를 걸었음.

〈2011년 3월 9일 (음력 2월 5일)〉 수요일 날씨 맑음 0도~-10도

일본어의 동사를 썼음.

〈2011년 3월 10일 (음력 2월 6일)〉 목요일 날씨 흐림/맑음

일본어개학- 오후: 오후 노간부대학에 가서 일본어를 공부했음. 오전 일본어의 형용사를 썼음. 미옥(美玉) 지에 가서 저녁을 먹었음. 집에 돌아왔음.

〈2011년 3월 11일 (음력 2월 7일)〉 금요일 날씨 맑음 3도~-7도

정오(廷伍) 생일-전화를 걸었음. 축하. 안기일(安基一)과 장동주(張東柱)에서 전화가 왔음. 오전 일본어의 형용사를 썼음. 미옥(美玉)한테 전화를 걸었음.

낮 14:46(8급), 13:46(9급) 일본에서 8,9급 지진. 훈춘(琿春)의 창일(昌日)에서 전화가 왔음. 명숙(明淑)과 넷 서핑. (안전). 훈춘(琿春)의 정옥(貞玉)에서 전화가 왔음.

〈2011년 3월 12일 (음력 2월 8일)〉 토요일 날씨 흐림 9도~0도

식수절. 일본어의 부사와 감탄시 등등을 썼음. 미옥(美玉) 집에 가서 저녁을 먹었음. 짰음. 훈춘(琿春)의 승일(承日)에서 전화가 왔음. 복순(福順)과 민석(珉錫)한테 전화를 걸었음. 바닥을 닦았음. 춘학(春學) 마누라에서 전화가 왔음. 옥인(玉仁)에서 전화가 왔음. 국진(國珍)과 넷 서핑했음.

〈2011년 3월 13일 (음력 2월 9일)〉 일요일 날씨 흐림

〈노년 세계〉의 잡지를 읽었음. 미옥(美玉) 집에서 아침을 먹었음. 집에 돌아왔음. 합비(合肥)의 영진(永珍)과 넷 서핑했음. 훈춘(琿春)

의 창일(昌日)에서 전화가 왔음. 정구(廷玖)에서 전화가 왔음.

〈2011년 3월 14일 (음력 2월 10일)〉 월요일 날씨 호림 2도~-7도
국제 경찰의 날. 일본어 회화를 독학했음.(중급). 개시. 안도(安圖)의 강철(康哲)한테 전화가 왔음. 북경(北京)의 춘임(春林)한테 전화를 걸었음.

〈2011년 3월 15일 (음력 2월 11일)〉 화요일 날씨 흐림/ 소설 1도~-10도
일본의 국진(國珍)과 넷 서핑. 소비자 권익일. 오후, 노간부대학에 가서 일본어를 공부했음. 꿀+식초=약. 원학(元學)한테 전화를 걸었음. 미옥(美玉)한테 전화를 걸었음. 오전 일본어의 사어(詞語)를 독학했음. 북경(北京)의 승일(承日)에서 전화가 왔음, (걸었음).

〈2011년 3월 16일 (음력 2월 12일)〉 수요일 날씨 맑음 2도~-11도
일본어 회화를 공학했음. (중급). 미옥(美玉)에서 전화가 왔음. 경신(敬信)의 동국(東國)에서 전화가 왔음. 옥인(玉仁). 바닥을 닦았음.

〈2011년 3월 17일 (음력 2월 13일)〉 목요일 날씨 맑음
중국 중의의 날. 국제 항해의 날. 오후 노간부대학에 가서 일본어를 공부했음. (반급비 30위안). 춘경의 정허(廷許)에서 전화가 왔음. 장동주(張東柱)에서 전화가 왔음. 영일(英日)에서 전화가 왔음.

〈2011년 3월 18일 (음력 2월 14일)〉 금요일 날씨 맑음 12도~0도
일본어 회화를 독학했음. (중급). 미옥(美玉)에서 전화 왔음. 훈춘(琿春)의 복순(福順)한테 전화를 걸었음. 안기일(安基一)에서 전화가 왔음. 장동주(張東柱)의 집에 가사 점심을 먹었음.

〈2011년 3월 19일 (음력 2월 15일)〉 토요일 날씨 맑음 5도~
일본어 회화를 독학했음.(중급). 미옥(美玉)의 집에 가서 저녁을 먹었음. 국진(國珍)과 영진(永珍)과 넷 서핑했음. 옥인(玉仁)에서 전화가 왔음. 병기를 수리했음. (80위안) 옷을 빨았음.

〈2011년 3월 20일 (음력 2월 16일)〉 일요일 날씨 호림 5도~-6도
춘학(春學)한테 전화를 걸었음. 생일을 축하했음. 일본어 회화를 독학했음. 신옥(信玉)한테 전화 걸었음. 안기일(安基一)에서 전화가 왔음. 미옥(美玉)에서 전화가 왔음.

〈2011년 3월 21일 (음력 2월 17일)〉 월요일 날씨 맑음 2도~-9도
춘분(春分). 국제산림의 날. 국제 동요의 날. 민속촌에 가서 등산. 장동주(張東柱)의 집에서 점심을 먹었음.

〈2011년 3월 22일 (음력 2월 18일)〉 화요일
날씨 맑음 3도~-16도
세계 기상의 날. 오후 노간부대학에 가서 일본어를 공부했음. 일본어의 동사를 독학했음.

〈2011년 3월 23일 (음력 2월 19일)〉 수요일
날씨 맑음 3도~-7도
세계기상일, 일본어 회화를 독학했음. (중급). 옥인(玉仁)에서 전화가 왔음. (영일(英日)도)

〈2011년 3월 24일 (음력 2월 20일)〉 목요일
날씨 맑음 2도~-7도
세계결핵예방의 날. 일본어 회화를 독학했음. (중급). 훈춘(琿春)의 복순(福順)에서 전화가 왔음. (퇴원) 오후, 노간부대학에 가서 일본어를 공부했음.

〈2011년 3월 25일 (음력 2월 21일)〉 금요일
날씨 맑음
학생교육의 날. 신명3대 가서 등산. 국제무역센터에서 점심을 먹었음. (안기일(安其一)) 옥인(玉仁에서 전화가 왔음. 영일(英日)한테 전화를 걸었음.

〈2011년 3월 26일 (음력 2월 22일)〉 토요일
날씨 맑음, 구름 많음, 5도~-5도
일본어 회화를 독학했음. (중급). 합비(合肥)의 영진(永珍)에서 전화가 왔음. 미옥(美玉)에서 전화가 왔음. 일본의 국진(國珍)과 넷서핑했음. 안기일(安基一)에서 전화가 왔음.

〈2011년 3월 27일 (음력 2월 23일)〉 일요일
날씨 구름 많음. 5도~-8도
옥인(玉仁) 집에 가서 점심을 먹었음.(영일(英日), 승자(勝子),길자(吉子)) 미옥(美玉)의 집에 가서 저녁을 먹었음. 합비(合肥)의 영진(永珍)에서 전화가 왔음. (청소) 안기일(安基一)에서 전화가 왔음.

〈2011년 3월 28일 (음력 2월 24일)〉 월요일
날씨 맑음 9도~-4도
민속촌에 가서 등산. 식당에서 냉면을 먹었음. (78위안).

〈2011년 3월 29일 (음력 2월 25일)〉 화요일
날씨 맑음 11도~-3도
오전 일본어 회화를 독학했음. 오후 노간부대학에 가서 일본어를 공부했음. 옥인(玉仁)에서 전화가 왔음.

〈2011년 3월 30일 (음력 2월 26일)〉 수요일
날씨 맑음, 구름 많음
일본어 회화를 독학했음. (중급). 훈춘(琿春)의 창일(昌日)에서 전화가 왔음.

〈2011년 3월 31일 (음력 2월 27일)〉 목요일
날씨 맑음 16도~6도
오전 일본어 회화를 독학했음.(중급) 미옥(美玉)에서 전화가 왔음. 오후 노간부대학에 가서 일본어를 공부했음. 다국 해공병력이 리비아에 출병

〈2011년 4월 1일 (음력 2월 28일)〉 금요일

날씨 구름 많음 7도~-4도
만우절. 아침 미옥(美玉)이 쌀과 꿀을 가져왔음. 신용사에 가서 급료를 찾았음. 미옥(美玉) 집에 가서 점심을 먹었음.

〈2011년 4월 2일 (음력 2월 29일)〉 토요일 날씨 맑음 6도~-7도
일본어 회화를 독학했음 (중급). 합비(合肥)의 영진(永珍)에서 전화가 왔음. 신옥(信玉)에서 전화가 왔음. (약을 가져 옴). 일본의 국진(國珍)과 넷 서핑했음.

〈2011년 4월 3일 (음력 3월 1일)〉 일요일 날씨 맑음 12도~-3도
일본어 회화를 독학했음. (중급). 미옥(美玉)에서 전화가 왔음. 안기일(安基一)에서 전화가 왔음.미옥(美玉) 집에 가서 저녁을 먹었음. 집에 돌아왔음. 바닥을 닦았음. 샤워를 했음.

〈2011년 4월 4일 (음력 3월 2일)〉 월요일 날씨 맑음 16도~0도
일본어 회화를 독학했음. (중급). 장동주(張東柱)에서 연길(延吉)에서 훈춘(琿春)까지..... 정옥(貞玉) 집에 갔음. 훈춘(琿春)의 창일(昌日)에서 전화가 왔음. 훈춘(琿春)의 정화(廷華)과 정옥(貞玉)한테 전화를 걸었음.

〈2011년 4월 5일 (음력 2월 3일)〉 화요일 날씨 맑음, 청명
정옥(貞玉) 집에서 태양(太陽)까지 ... 숙부님 성묘감... 춘경(春景)의 정화(廷華) 집에서 점심을 먹었음. 정화(廷華) 집에서 창일(昌日) 집까지... 잤음. 영日(英日)에서 전화가 왔음 민석(珉錫)에서 전화. .

〈2011년 4월 6일 (음력 3월 4일)〉 수요일 날씨 맑음 천등
민석(珉錫), 복순(福順)이 접대했음-참가(창일(昌日)일가, 승일(承日)일가). 창일(昌日) 집에서 잤음. 미옥(美玉)에서 전화가 왔음. 영일(英日)에서 전화가 왔음.

〈2011년 4월 7일 (음력 3월 5일)〉 목요일 날씨 흐림
세계위새의 날. 훈춘(琿春)에서 연길(延吉)까지 버스로 왔음.(9:45~11:00) 안기일(安基一)에서 전화가 왔음. (걸었음). 지혜(知慧) 생일-일본의 지혜(知慧)와 넷 서핑했음. 미옥(美玉) 집에 가서 저녁을 먹었음.

〈2011년 4월 8일 (음력 3월 6일)〉 금요일 날씨 비/맑음 15도~-3도
등산-식당에서 냉면을 먹었음. (안기일(安基一)) 밤 원학(元學)이 와서 잤음. 오금자(吳今子)와 영일(英日)에서 전화가 왔음. 훈춘(琿春)의 순자(順子)한테 전화를 걸었음.

〈2011년 4월 9일 (음력 3월 7일)〉 토요일 날씨 맑음 18도~0도
아침 원학(元學)이 집으로 갔음. 우정은행에서 저금인출. 미옥(美玉)에서 전화가 왔음. 오후 체육장에 가서 축구를 봤음. (연변3:0심수)

〈2011년 4월 10일 (음력 3월 8일)〉 일요일
날씨 맑음. 바람
오전 신옥(信玉) 집에 가서 점심을 먹었음. 미옥(美玉) 집에 가서 저녁을 먹었음.

〈2011년 4월 11일 (음력 3월 9일)〉 월요일
날씨 맑음 11도~0도
동일(東日) 생일. 일본어 회화를 독학했음. (중급)

〈2011년 4월 12일 (음력 3월 10일)〉 화요일
날씨 맑음 20도~2도
일본어 회화를 독학했음. (중급) . 오후 노간부대학에 가서 일본어를 공부했음. 신옥(信玉)에서 전화가 왔음. 훈춘(琿春)의 규빈에서 전화가 왔음.

〈2011년 4월 13일 (음력 3월 11일)〉 수요일
날씨 맑음 20도~11도
일본어 회화를 독학했음. (중급) . 미옥(美玉)의 집에 가서 저녁을 먹었음.. 신옥(信玉)한테 전화를 걸었음. 옥인(玉仁)과 이정순(李貞順)에서 전화가 왔음. 청소.

〈2011년 4월 14일 (음력 3월 12일)〉 목요일
날씨 맑음 24도~7도
일본어 회화를 독학했음. (중급) . 오후 노간부대학에 가서 일본어를 공부했음. 원학(元學)이 담배를 가져 왔음. 안기일(安基一)에서 전화가 왔음. 미옥(美玉)한테 전화를 걸었음.

〈2011년 4월 15일 (음력 3월 13일)〉 금요일
날씨 구름 많음 14도~-1도
미화(美花) 생일(양력).-전화를 걸었음.-축하. 일본어 회화를 독학했음. 국진(國珍)과 넷 서핑했음. 신옥(信玉)에서 전화가 왔음.

〈2011년 4월 16일 (음력 3월 14일)〉 토요일
날씨 맑음 15도~-1도
동일(東日) 생일 (양력)-전화를 걸었음.-축하. 오후 체육장에 가서 축구를 봤음. 일본어 회화를 독학했음. 미옥(美玉) 집에 가서 저녁을 먹었음. 잤음.

〈2011년 4월 17일 (음력 3월 15일)〉 일요일
날씨 맑음
미옥(美玉) 생일(양력), 원학(元學) 생일-축하. 점심은 식당에서 먹었음. 미옥(美玉) 집에서 저녁을 먹었음. 돌아왔음.

〈2011년 4월 18일 (음력 3월 16일)〉 월요일
날씨 구름 많음
미옥(美玉) 생일. 미옥(美玉)에서 전화가 왔음. 안기일(安基一)에서 전화가 왔음. 미옥(美玉) 집에 가서 저녁을 먹었음. 잤음. 합비(合肥)의 영진(永珍)과 넷 서핑했음.

〈2011년 4월 19일 (음력 3월 17일)〉 화요일
날씨 맑음 15도~0도
미옥(美玉)과 합비(合肥)의 영진(永珍)에서 전화가 왔음. 최덕옥(崔德玉)한테 전화를 걸었음. 안기일(安基一)에서 전화가 왔음.

〈2011년 4월 20일 (음력 3월 18일)〉 수요일
날씨 흐림 13도~2도
곡우(谷雨). 일본어 회화를 독학했음. (중급). 옥인(玉仁)에서 전화가 왔음.

〈2011년 4월 21일 (음력 3월 19일)〉 목요일
날씨 흐림 11도~2도
식당에서 점심을 먹었음. (이정순(李貞順). 신봉자(申鳳子)). (공원) 미옥(美玉)의 집에 가서 저녁을 먹었음. 잤음. 이정순(李貞順)에서 전화가 왔음. 미옥(美玉)한테 전화를 걸었음.

〈2011년 4월 22일 (음력 3월 20일)〉 금요일
날씨 눈 6도~
세계지구의 날. 아침을 먹은 후, 집에 돌아왔음. 미옥(美玉)에서 전화가 왔음. 『노년세계(老年世界)』 발행부로 가서... 봉자(鳳子)한테 전화를 걸었음, 왔음. 밤, 원학(元學)접대.

〈2011년 4월 23일 (음력 3월 21일)〉 토요일
날씨 구름 많음 4도~0도
세계 도서의 날. 세계판권의 날. 미옥(美玉)의 집에 가서 저녁을 먹었음. 오후 신봉자(申鳳子)의 집에 갔음. 돌아왔음. 국진(國珍)과 넷 서핑. 청소. 옷을 빨았음.

〈2011년 4월 24일 (음력 3월 22일)〉 일요일
날씨 맑음 구름 많음
복활절. 중우(中友)식당에 가서 점심을 먹었음. 정모(廷模) 왔음. 잤음. 훈춘(琿春)의 춘협(春協)에서 전화가 왔음. 일본의 국진(國珍), 명숙(明淑과)넷 서핑했음.

〈2011년 4월 25일 (음력 3월 23일)〉 월요일
날씨 구름 많음 13도~1도
미화 생일. 〈노년세계〉를 읽었음. 미옥(美玉)의 집에 가서 저녁을 먹었음. 잤음. 정모(廷模) 아침을 먹은 후 갔음. 영일(英日)과 영호(永浩)에서 전화가 왔음. 금옥이 채소가져 옴

〈2011년 4월 26일 (음력 3월 24일)〉 화요일
날씨 맑음, 구름 많음
원학(元學) 생일(양력). 오후 노간부대학에 가서 일본어를 공부했음. (청소). 신봉자(申鳳子)의 집에 가서 저녁을 먹었음. 철진(哲珍)에서 전화가 왔음.

〈2011년 4월 27일 (음력 3월 25일)〉 수요일
날씨 비 9도~0도
〈노년 세계〉를 읽었음. 신옥(信玉)에서 전화가 왔음. 우편저금. 신봉자(申鳳子)한테 전화를 걸었음.

〈2011년 4월 28일 (음력 3월 26일)〉 목요일
날씨 구름 많음 13도~0도
일본어 회화를 독학했음. (중급). 신봉자(申鳳子)에서 전화가 왔음. 오후 노간부대학에 가서 일본어를 공부했음. 신봉자(申鳳子)의 집에 갔다가 돌아왔음. 미옥(美玉)의 지에 가서 저녁을 먹었음. 잤음.

〈2011년 4월 29일 (음력 3월 27일)〉 금요일
날씨 구름 많음

아침을 먹은 후 집에 돌아왔음. 신봉자(申鳳子)가 집에 왔다가 갔음. 신용사에 가서 급료를 찾았음. 우편저금. 안□에서 □□가 왔음.

〈2011년 4월 30일 (음력 3월 28일)〉 토요일 날씨 흐림/비

신봉자(申鳳子)의 집에 가서 점심을 먹었음. 집에 돌아왔음. 훈춘(琿春)의 창일(昌日)에서 전화가 왔음. 미옥(美玉)에서 전화가 왔음. 국진(國珍)과 넷 서핑. 샤워를 했음. 이후 매주 샤워를 함.

〈2011년 5월 1일 (음력 3월 29일)〉 일요일 날씨 구름 많음 13도~6도

노동절. 화장실의 전기을 수리했음. 훈춘(琿春)의 창일(昌日)과 합비(合肥)의 영진(永珍)에서 전화가 왔음. 신봉자(申鳳子)의 집에 갔음. -(봉자(鳳子)의 여동생이 접대). 원학(元學)에서 전화가 왔음.

〈2011년 5월 2일 (음력 3월 30일)〉 월요일 날씨 구름 많음./비

낮에 신봉자(申鳳子) 자녀와 원학(元學), 미옥(美玉)이 환영신정 결합. (중우호텔). 영진(永珍)에서 전화가 왔음. (신봉자(申鳳子) 집에 가서 저녁을 먹었음. 잤음)

〈2011년 5월 3일 (음력 4월 1일)〉 화요일 날씨 구름 많음. 비

오후 노간부대학에 가서 일본어를 공부했음. 신봉자(申鳳子) 집에 가서 저녁을 먹었음. 잤음. 원학(元學)에서 전화가 왔음.

〈2011년 5월 4일 (음력 4월 2일)〉 수요일 날씨 구름 많음

청년의 날. 연변(延邊)의원에 가서 신체검사를 했음. (1030.52위안). 미옥(美玉)에서 전화가 왔음.

〈2011년 5월 5일 (음력 4월 3일)〉 목요일 날씨 구름[2]. 가랑비

병예방의 날에. 연변(延邊)병원에 가서 위경을 했음. 사돈 생일(용정(龍井))-한테 전화를 걸었음. (축하). 미옥(美玉)에서 전화가 왔음.

〈2011년 5월 6일 (음력 4월 4일)〉 금요일 날씨 구름. 가랑비

입하(立夏). 분선(粉善) 생일-한테 전화를 걸었음. (축하). 봉자(鳳子)의 집에서 아침을 먹은 후 집에 돌아왔음. 봉자(鳳子)에서 전화가 왔음, 걸었음. 밤, 원학(元學), 미옥(美玉)이 접대-식당.

〈2011년 5월 7일 (음력 4월 5일)〉 토요일 날씨 흐림, 비 17도~6도

일본의 국진(國珍)과 넷 서핑했음. 봉자(鳳子)한테 전화를 걸었음, 왔음. 장동국(張東國)에서 전화가 왔음. 동국과 옥인(玉仁)한테 전화를 걸었음. 바닥을 닦았음.

〈2011년 5월 8일 (음력 4월 6일)〉 일요일 날

2) 일본어로는 曇(흐림)과 雲(구름)을 구별하고 사용하지만 중국어로는 모르겠음. 확인필요.

씨 구름
세계적십자의 날. 일본의 국진(國珍)과 합비(合肥)의 영진(永珍)에서 전화가 왔음.
어머니의 날, 원학(元學)과 미옥(美玉)이 접대. 봉자(鳳子)의 집에 갔음. 옥인(玉仁)에서 전화가 왔음. 옷을 빨았음. 샤워를 했음.

⟨2011년 5월 9일 (음력 4월 7일)⟩ 월요일 날씨 구름, 비
원학(元學)과 미옥(美玉)에 전화를 걸었음. 저녁에 원학(元學) 형님의 생일 참가. 오전 봉자(鳳子)의 ㅁㅁ 수리했음. (휴대전화를)

⟨2011년 5월 10일 (음력 4월 8일)⟩ 화요일 날씨 구름, 비
오후 노간부대학에 가서 일본어를 공부했음.-장반장 접대. 미옥(美玉)에서 전화가 왔음. 훈춘(琿春)의정용변에서 전화가 왔음.

⟨2011년 5월 11일 (음력 4월 9일)⟩ 수요일 날씨 맑음
미옥(美玉)에서 전화가 왔음. 일본어 회화를 독학했음. (중급)

⟨2011년 5월 12일 (음력 4월 10일)⟩ 목요일 날씨 흐림, 비
간호사의 날. 오후 노간부대학에 가서 일본어를 공부했음. 북경(北京)의 승일(承日)에서 전화가 왔음. 영일(英日)에서 전화가 왔음.

⟨2011년 5월 13일 (음력 4월 11일)⟩ 금요일 날씨 구름. 가랑비
집에 가서 술 등 가져 왔음. 우정은행에 가서 돈을 찾았음. 관리비 56위안, 전기세 100위안.

⟨2011년 5월 14일 (음력 4월 12일)⟩ 토요일 날씨 구름
정옥(貞玉) 생일-한테 전화를 걸었음. (축하). 원학(元學)과 미옥(美玉)한테 전화를 걸었음. 원학(元學)과 미옥(美玉)이 접대(신정)

⟨2011년 5월 15일 (음력 4월 13일)⟩ 일요일 날씨 구름. 비
가정의 날. 오전에 집에 가서 옷을 가져 왔음. 전국장애인의 날. 샤워를 했음.

⟨2011년 5월 16일 (음력 4월 14일)⟩ 월요일 날씨 구름, 비
티비 신문을 읽었음. 원학(元學)과 미옥(美玉)한테 전화를 걸었음. 미옥(美玉) 집에 가서 저녁을 먹었음.

⟨2011년 5월 17일 (음력 4월 15일)⟩ 화요일 날씨 맑음
국제전신의 날. 오후 노간부대학에 가서 일본어를 공부했음. 미옥(美玉)의 집에서 아침과 점심을 먹었음. 봉자(鳳子) 집에 왔음.

⟨2011년 5월 18일 (음력 4월 16일)⟩ 수요일 날씨 흐림. 뇌우
국제박물관의 날. 훈춘(琿春)의 창일(昌日)

에서 전화가 왔음. 티비 신문을 읽었음.

〈2011년 5월 19일 (음력 4월 17일)〉 목요일
날씨 흐림. 뇌우
일본어 회화를 독학했음. (중급). 오후 노간부대학에 가서 일본어를 공부했음. → (억지로). 미옥(美玉)에서 전화가 왔음. 안기일(安基一)에서 전화가 왔음.

〈2011년 5월 20일 (음력 4월 18일)〉 금요일
날씨 구름, 비
전국학생의 날. 연길(延吉)에서 훈춘(琿春)까지. 국일(國日)의 장녀 결혼식에 참가하였음. (200위안). 훈춘(琿春)에서 집까지 왔음. (4:00~5:30) 전화....

〈2011년 5월 21일 (음력 4월 19일)〉 토요일
날씨 맑음
소만(小滿). 채소 정리. 김(金)의자의 진료 받았음. 미옥(美玉)한테 전화를 걸었음.

〈2011년 5월 22일 (음력 4월 20일)〉 일요일
날씨 구름. 가랑비
오전 집에 갔음. 바닥을 닦았음. 샤워를 했음.

〈2011년 5월 23일 (음력 4월 21일)〉 월요일
날씨 맑음
국제 우유의 날. 등산. -식장에서 냉면을 먹었음.(금)

〈2011년 5월 24일 (음력 4월 22일)〉 화요일
날씨 구름
아침에 도재시장에서 마늘을 샀음..
오후 노간부대학에 가서 일본어를 공부했음.
미옥(美玉)한테 전화를 걸었음. (사진).

〈2011년 5월 25일 (음력 4월 23일)〉 수요일
날씨 맑음
오전 집에 가서 사진을 가져 왔음. 산나물 정리(봉자 산에서 산나물 채집)

〈2011년 5월 26일 (음력 4월 24일)〉 목요일
날씨 맑음 26도~9도
일본어 회화를 독학했음. (중급). 오후 노간부대학에 가서 일본어를 공부했음. 안기일(安基一)에서 전화가 왔음. (학생등기표 납부)

〈2011년 5월 27일 (음력 4월 25일)〉 금요일
날씨 맑음
등산. 산에서 점심을 먹었음.

〈2011년 5월 28일 (음력 4월 26일)〉 토요일
날씨 맑음
일본어 회화를 독학했음. (중급). 미옥(美玉)의 집에 가서 저녁을 먹었음. 잤음. 일본의 국진(國珍)과 넷 서핑했음.

〈2011년 5월 29일 (음력 4월 27일)〉 일요일
날씨 구름
미옥(美玉)의 집에서 아침을 먹었음. 일본어반 소풍활동에 참가(민속생태원). 합비(合肥)의 영진(永珍)에서 전화가 왔음.

〈2011년 5월 30일 (음력 4월 28일)〉 월요일 날씨 구름. 뇌우

미옥(美玉)의 집에 산채를 가져 갔음. 신용사에 가서 급료를 찾았음. 우정은행에 가서 인출했음. 안리약을 샀음. (3055위안)

훈춘(琿春)의 복순(福順)에서 전화가 왔음. 안기일(安基一)한테 전화를 걸었음. 샤워를 했음.

〈2011년 5월 31일 (음력 4월 29일)〉 화요일 날씨 구름, 비

세계 무연일. 오전 일본어 회화를 독학했음. (중급). 오후 노간부대학에 가서 일본어를 공부했음. ㅁ미옥(美玉)한테 전화를 걸었음.

〈2011년 6월 1일 (음력 4월 30일)〉 수요일 날씨 구름, 비

어린이의 날. 일본어 회화를 독학했음. (중급). 〈노년세계〉 발행부에 가서 〈노년세계〉를 가져 왔음. 미옥(美玉)의 집으로 약을 가져 갔음. 영일(英日)에서 전화가 왔음.

〈2011년 6월 2일 (음력 5월 1일)〉 목요일 날씨 구름, 비

일본어 회화를 독학했음. (중급). 오후 노간부대학에 가서 일본어를 공부했음.

〈2011년 6월 3일 (음력 5월 2일)〉 금요일 날씨 구름, 비

일본어 회화를 독학했음. (중급). 용정(龍井)에 가서 원학(元學)형 생일에 참가했음.
신봉자(申鳳子) 하얼빈에 갔음.

〈2011년 6월 4일 (음력 5월 3일)〉 토요일 날씨 구름, 비

〈노년 세계〉를 읽었음. 북경(北京)의 승일(承日)한테 전화를 걸었음. 국진(國珍)과 영진(永珍)인터넷(원학 차를 타고 옴). 신옥(信玉)에서 전화가 왔음. 미옥(美玉)의 집에 가서 저녁을 먹었음. 잤음. 이발. 바닥을 닦았음.

〈2011년 6월 5일 (음력 5월 4일)〉 일요일 날씨 구름. 발음

세계 환경보호의 날. 신옥(信玉)누나 아버지의 생신에 참가했음. 미옥(美玉)의 집에 가서 저녁을 먹었음. 잤음.

〈2011년 6월 6일 (음력 5월 5일)〉 월요일 날씨 구름, 비

ㅁㅁ. 단오절. 도문에 가서 춘의(春義)의 생일에 참가했음. 전국눈보호의날. 영진(永珍)에서 전화가 왔음.

〈2011년 6월 7일 (음력 5월 6일)〉 화요일 날씨 밝음, 구름

일본어 회화를 독학했음. (중급). 오후 노간부대학에 가서 일본어를 공부했음.

〈2011년 6월 8일 (음력 5월 7일)〉 수요일 날씨 구름, 비

일본어 회화를 독학했음. (중급). 오후 노간부대학에 가서 일본어를 공부했음.

〈2011년 6월 9일 (음력 5월 8일)〉 목요일 날

씨 구름
일본어 회화를 독학했음. (중급). 오후 노간부대학에 가서 일본어를 공부했음. 훈춘(琿春)의 창일(昌日)에서 전화가 왔음. 기일(安基一)에서 전화가 왔음.

〈2011년 6월 10일 (음력 5월 9일)〉 금요일
날씨 구름, 가랑비
등산, 장반장(張班長) 집에 가서 점심을 먹었음. 밤, 원학(元學)젭대. (냉면). 집에서 잤음.

〈2011년 6월 11일 (음력 5월 10일)〉 토요일
날씨 구름
미옥(美玉)의 집에 가서 아침을 먹었음. 옥인(玉仁)에서 전화가 왔음. 연길(延吉)에서 훈춘(琿春)까지, 정옥(貞玉)의 집에 가서 점심과 저녁을 먹었음. 잤음.

〈2011년 6월 12일 (음력 5월 11일)〉 일요일 날씨 구름
태운(泰雲) 생일-참가했음. 창일(昌日)의 집에 가서 저녁을 먹었음. 잤음. 연길(延吉)의 미옥(美玉)과 북경(北京)의 동일(東日)한테 전화를 걸었음. 춘성(春晟) 비행기를 타고 북경(北京)에 갔음.

〈2011년 6월 13일 (음력 5월 12일)〉 월요일
날씨 구름, 가랑비
창일(昌日)의 집에서 아침과 점심을 먹었음. 훈춘(琿春)에서 연길(延吉)까지 왔음. 정옥(貞玉)이 나한테 겉옷을 싸줬음. 미옥(美玉)한테 전화를 걸었음.

〈2011년 6월 14일 (음력 5월 13일)〉 화요일
날씨 맑음. 가랑비
노래를 연습했음. 오후 노간부대학에 가서 일본어를 공부했음. 합비(合肥)의 영진(永珍)에서 전화가 왔음. 복순(福順)에서 전화가 왔음.

〈2011년 6월 15일 (음력 5월 14일)〉 수요일
날씨 구름, 맑음
모아산에 가서 등산,(안기일(安基一)). 운동화을 샀음. (35위안). 북경(北京)의 승일(承日)에서 전화가 왔음. 북경(北京)의 승일(승日)과 미옥(美玉)한테 전화를 걸었음. 미옥(美玉)이 기차를 타고 북경(北京)에 갔음.

〈2011년 6월 16일 (음력 5월 15일)〉 목요일
날씨 구름, 맑음
집에 가서 옷을 가져 왔음. 원학(元學)에서 전화가 왔음, (걸었음). 오금자(吳今子)한테 전화를 걸었음.

〈2011년 6월 17일 (음력 5월 16일)〉 금요일
날씨 구름, 비
노래를 연습했음. 오금자(吳今子)의 화갑(花甲)에 참가했음. 북경(北京)의 미옥(美玉)한테 전화를 걸었음.

〈2011년 6월 18일 (음력 5월 17일)〉 토요일
날씨 맑음
노래를 연습했음. 오후 집에 갔음. 잤음. 일본의 국진(國珍)과 넷 서핑했음.

〈2011년 6월 19일 (음력 5월 18일)〉 일요일
날씨 맑음 31도~16도
아버지의 날. 안기일(安基一) . 오전 바닥을 닦았음. 훈춘(琿春)의 창일(昌日)에서 전화가 왔음. -옷을 가져 왔음. 밤, 원학(元學)이 접대. 북경(北京)의 미옥(美玉)에서 전화가 왔음.

〈2011년 6월 20일 (음력 5월 19일)〉 월요일
날씨 맑음 32도~18도
모아산에 가서 등산(안기일(安基一) ㅁㅁ). 점심을 먹었음. 집에 갔다 왔음. 북경(北京)의 미옥(美玉)한테 전화를 걸었음.

〈2011년 6월 21일 (음력 5월 20일)〉 화요일
날씨 구림
오전 노래를 연습했음. 오후 노간부대학에 가서 공부했음.

〈2011년 6월 22일 (음력 5월 21일)〉 수요일
날씨 흐림
하지(夏至). 오전 노래를 연습했음. 오후 노간부대학에 가서 공부했음. 북경(北京)의 미옥(美玉)한테 전화를 걸었음.

〈2011년 6월 23일 (음력 5월 22일)〉 목요일
날씨 비
국제 올림픽의 날. 오전 노래를 연습했음. 오후 노간부대학에 가서 공부했음. 창일(昌日)과 정옥(貞玉)한테 전화를 걸었음. 연길(延吉)에서 훈춘(琿春)까지. 학진(學珍) 집에 갔음.

〈2011년 6월 24일 (음력 5월 23일)〉 금요일
날씨 맑음
학진(學珍) 아들의 생일에 참가했음. 복순(福順)에서 전화가 왔음. 오후 훈춘(琿春)에서 연길(延吉)까지.집에 왔음.

〈2011년 6월 25일 (음력 5월 24일)〉 토요일
날씨 맑음
전국토지의 날. 노래를 연습했음.

〈2011년 6월 26일 (음력 5월 25일)〉 일요일
날씨 구름. 비
국제 금독일. 노래를 연습했음. 집에 돌아왔음. (화분에 물). 합비(合肥)의 영진(永珍)에서 전화가 왔음. (책을 가져 왔음).

〈2011년 6월 27일 (음력 5월 26일)〉 월요일
날씨 구름 비
노래를 연습했음.

〈2011년 6월 28일 (음력 5월 27일)〉 화요일
날씨 구름 비
노래를 연습했음. 오후 노간부대학에 가서 일본어를 공부했음. 미옥(美玉)에서 전화가 왔음. (북경에서 집에 도착). 초급-(신학기 개학). 훈춘(琿春)의 복순(福順)에서 전화가 왔음.

〈2011년 6월 29일 (음력 5월 28일)〉 수요일
날씨 구름
노래를 연습했음. 미옥(美玉)의 집에 가서 저녁을 먹었음. 집에 돌아와서 잤음.

〈2011년 6월 30일 (음력 5월 29일)〉 목요일 날씨 맑음
노간부대학에 가서 일본어를 공부했음. 노년세계에 관하여

〈2011년 7월 1일 (음력 6월 1일)〉 금요일 날씨 맑음, 구름
창당일, 모아산에 가서 등산 (안기일(安基一): 51위안). -점심값.
홍콩귀환기념일, 세계건축가의 날

〈2011년 7월 2일 (음력 6월 2일)〉 토요일 날씨 구름, 비
국제체육기자의 날. 일본의 국진(國珍)과 넷서핑했음. 신용사에 가서 급료를 찾았음. 전기세 납부.

〈2011년 7월 3일 (음력 6월 3일)〉 일요일 날씨 구름
춘식(春植) 생일. 미옥(美玉)의 집에서 아침을 먹었음. 박영호(朴永浩)와 같이 점심 먹음(57위안). 훈춘(琿春)의 순자(順子)한테 전화를 걸었음. 바닥을 닦았음.

〈2011년 7월 4일 (음력 6월 4일)〉 월요일 날씨 구름. 비
모아산에 가서 등산했음. (안기일(安基一)점심도시락 가져옴). 미옥(美玉)에서 전화가 왔음.

〈2011년 7월 5일 (음력 6월 5일)〉 화요일 날씨 맑음
노래를 연습했음. 오후 노간부대학에 가서 일본어를 공부했음. 미옥(美玉)한테 전화를 걸었음. 전화 요금 납부했음. (100위안)

〈2011년 7월 6일 (음력 6월 6일)〉 수요일 날씨 흐림. 비
오전 노간부대학에 가서 졸업식에 참가했음-(일본어반급). 미옥(美玉)에서 전화가 왔음.

〈2011년 7월 7일 (음력 6월 7일)〉 목요일 날씨 구름
소서(小暑). 항일전쟁기념일. 집에 가서 저녁을 먹었음.- 정모(廷模)가족과 함께.오후 노간부대학에 가서 일본어를 공부했음. 미옥(美玉)한테 전화를 걸었음. 정모(廷模)에서 전화가 왔음. 연길(延吉)에 왔음. 교통비. 200위안.

〈2011년 7월 8일 (음력 6월 8일)〉 금요일 날씨 맑음
아침을 먹은 후 태신(太申)에 왔음. -정모(廷模)집에서 귀가. 미옥(美玉)에서 전화가 왔음. 일본어장반장-연회-노래연습장.

〈2011년 7월 9일 (음력 6월 9일)〉 토요일 날씨 구름
티비 신문을 읽었음. 미옥(美玉) 집에 가서 저녁을 먹었음. 일본의 국진(國珍)과 넷 서핑했음. 집에 돌아왔음.

〈2011년 7월 10일 (음력 6월 10일)〉 일요일

날씨 맑음
미옥(美玉)의 집에 가서 아침을 먹었음. 『노년세계(老年世界)』를 읽었음.

〈2011년 7월 11일 (음력 6월 11일)〉 월요일
날씨 구름
세계인구의 날. 민속촌에 가서 등산(산에서 먹었음). 연숙(蓮淑),희순(姬順),기일(基一), 용도(龍圖)

〈2011년 7월 12일 (음력 6월 12일)〉 화요일
날씨 구름, 맑음
〈노년 세계〉를 읽었음. 오후 노간부대학에 가서 일본어를 공부했음. (학비 200위안), 미옥(美玉)한테 전화를 걸었음.

〈2011년 7월 13일 (음력 6월 13일)〉 수요일
날씨 흐림, 비
〈노년 세계〉를 읽었음. 노래를 연습했음.

〈2011년 7월 14일 (음력 6월 14일)〉 목요일
날씨 흐림
〈노년 세계〉를 읽었음. 오후 노간부대학에 가서 일본어를 공부했음. (방학시작). 안기일(安基一)전화옴

〈2011년 7월 15일 (음력 6월 15일)〉 금요일
날씨 비
〈노년 세계〉를 읽었음. 훈춘(琿春)의 창일(昌日)한테 전화를 걸었음.

〈2011년 7월 16일 (음력 6월 16일)〉 토요일
날씨 구름, 가랑비
〈노년 세계〉를 읽었음. 훈춘(琿春)의 승일(承日)에서 전화가 왔음. 북경에서 귀가. 미옥(美玉)의 집에 가서 저역을 먹었음. 일본의 국진(國珍)과 명숙(明淑) 과 넷 서핑했음. 집에 돌아왔음.

〈2011년 7월 17일 (음력 6월 17일)〉 일요일
날씨 구름
민속촌에 가서 등산 (산에서 먹었음) -(기일(基一), 희순(姬順), 용도(龍圖))

〈2011년 7월 18일 (음력 6월 18일)〉 월요일
날씨 구름
〈노년 세계〉를 읽었음. 역에 가서 춘임(春林)을 환영했음. 집에 가서 잤음. (원학(元學)저녁 접대)

〈2011년 7월 19일 (음력 6월 19일)〉 화요일
날씨 눈, 맑음
미옥(美玉)의 집에 가서 아침을 먹었음. 안기일(安基一)에서 전화가 왔음. 훈춘(琿春)의 규빈(奎彬)에서 전화가 왔음. 비닥을 닦았음.

〈2011년 7월 20일 (음력 6월 20일)〉 수요일
날씨 눈, 맑음
일본어를 독학했음. (녹음을 들었음). 북경(北京)의 동일한테 전화를 걸었음. 훈춘(琿春) 판석(板石)의 복순(福順)에서 전화가 왔음.

〈2011년 7월 21일 (음력 6월 21일)〉 목요일

날씨 맑음
일본어를 독학했음. (녹음을 들었음). 원학(元學)에서 전화가 왔음. (춘성(春晟) 병검사 모두 정상), 북경(北京)의 미옥(美玉)에서 전화가 왔음.

〈2011년 7월 22일 (음력 6월 22일)〉 금요일
날씨 맑음
일본어를 독학했음 (녹음을 들었음). 오전 집에 갔다 왔음. 장 반장(張班長)에서 전화가 왔음.

〈2011년 7월 23일 (음력 6월 23일)〉 토요일
날씨 구름
대서(大暑). 북경(北京)의 미옥(美玉)과 동일(東日)한테 전화를 걸었음. 일본어의 녹음을 들었음. 연길(延吉)에서 훈춘(琿春)까지. 창일(昌日)의 집에 갔음. 저녁을 먹었음. 잤음.

〈2011년 7월 24일 (음력 6월 24일)〉 일요일
날씨 구름. 맑음
복순(福順) 생일.-훈춘(琿春)에서 판석(板石)까지 갔음. 생일에 참가했음. 판석(板石)에서 훈춘(琿春)까지. 창일(昌日)의 집에 갔음. 영일(英日)에서 전화가 왔음.

〈2011년 7월 25일 (음력 6월 25일)〉 월요일
날씨 맑음
훈춘(琿春)에서 연길(延吉)까지. 집에 왔음. (8:35~10:30). 오후 역에 가서 미옥(美玉)과 춘성(春晟)을 환영했음. 미옥(美玉)의 집에서 저녁을 먹었음.

〈2011년 7월 26일 (음력 6월 26일)〉 화요일
날씨 구름, 맑음
미옥(美玉)의 집에 가서 아침을 먹었음. 미옥(美玉)의 집에 가서 저녁을 먹었음. 집에서 잤음.

〈2011년 7월 27일 (음력 6월 27일)〉 수요일
날씨 구름, 맑음
미옥(美玉)의 집에 가서 아침을 먹었음. 굴을 샀음 (20근 300위안), 굴을 쌌음 (10근 150위안). 장동주(張東柱)의 집에 가서 굴을 가져 왔음.

〈2011년 7월 28일 (음력 6월 28일)〉 목요일
날씨 비
일본어의 녹음을 들었음. 바닥을 닦았음.

〈2011년 7월 29일 (음력 6월 29일)〉 금요일
날씨 구름
민손촌에 가서 등산 (기일(基一), 용도(龍圖),연숙(蓮淑), 순희(順姬)). (산에서 점심 먹음). 안기일(安基一)에서 전화가 왔음.

〈2011년 7월 30일 (음력 6월 30일)〉 토요일
날씨 구름
신용사에 가서 급료를 찾았음. 미옥(美玉)의 집에 가서 저녁을 먹었음. 일본의 국진(國珍)과 명숙(明淑)과 넷 서핑했음.

〈2011년 7월 31일 (음력 7월 1일)〉 일요일

날씨 비
미옥(美玉)의 집에 가서 아침을 먹었음. 이발: 15위안(이발). (300위안) 꿀을 샀음. (20근)

〈2011년 8월 1일 (음력 7월 2일)〉 월요일 날씨 흐림
건군절. 모아산에 가서 등산했음. (안기일(安基一)점심 및 마일 것 싸옴. 미옥(美玉)에서 전화가 왔음. 중국은행에 가서 찾았음. 우정에 가서 저축했음.

〈2011년 8월 2일 (음력 7월 3일)〉 화요일 날씨 구름
미옥(美玉)의 집에 계란분를 가져갔음. 점심을 먹었음. 바닥을 닦았음.

〈2011년 8월 3일 (음력 7월 4일)〉 수요일 날씨 구름
일본어의 녹음을 들었음. 오후 역에 가서 미화(美花)와 지호(智皓)를 환영했음.

〈2011년 8월 4일 (음력 7월 5일)〉 목요일 날씨 구름,비
티비 신문을 읽었음. 열쇠복사: 5위안

〈2011년 8월 5일 (음력 7월 6일)〉 금요일 날씨 맑음 비
모아산에 가서 등산했음. (장진숙(張進淑), 순희(順姬), 기일(基一)), 물을 가져 왔음. 안기일(安基一)한테 전화를 걸었음. 국진(國珍)과 넷 서핑했음. 바닥을 닦았음.

〈2011년 8월 6일 (음력 7월 7일)〉 토요일 날씨 구름
칠석날. 오후 집에 가서 청소, 집에서 저역을 먹었음. 미옥(美玉)한테 전화를 걸었음. 국진(國珍)과 넷 서핑했음. 바닥을 닦았음.

〈2011년 8월 7일 (음력 7월 8일)〉 일요일 날씨 구름
미옥(美玉)의 집에 가서 아침을 먹었음. 바닥을 닦았음. 칼을 수리했음. 옥인(玉仁)에서 전화가 왔음.

〈2011년 8월 8일 (음력 7월 9일)〉 월요일 날씨 구름. 비
남자절(男子節). 모아산에 가서 등산했음. (안기일(安基一)). 부식토를 가져옴. 미옥(美玉)한테 전화를 걸었음.

〈2011년 8월 9일 (음력 7월 10일)〉 화요일 날씨 흐림. 비
일본어의 녹음을 들었음. 미옥(美玉)한테 전화를 걸었음.

〈2011년 8월 10일 (음력 7월 11일)〉 수요일 날씨 구름
우정은행에 가서 돈을 찾았음.(3000원)미옥(美玉)한테 전화를 걸었음. (왔음)

〈2011년 8월 11일 (음력 7월 12일)〉 목요일 날씨 맑음 30도
창일(昌日) 생일. 미옥(美玉)의 집에 가서 점심을 먹었음. 오후 연길(延吉)에서 훈춘(琿

春)까지 갔음. 생일에 참가했음. 훈춘(琿春)의 정용(鄭龍)에서 전화가 왔음.

〈2011년 8월 12일 (음력 7월 13일)〉 금요일
날씨 맑음 28도
영숙(英淑)과 미옥(美玉)한테 전화를 걸었음. 정오(廷伍)의 집에 가서 점심을 먹었음. 창일(昌日)의 집에 가서 저녁을 먹었음. 잤음. (정오(廷伍)아내가 한국에서 돌아옴)

〈2011년 8월 13일 (음력 7월 14일)〉 토요일
날씨 맑음
훈춘(琿春)의 교육계통노간부체육대회에 참가했음. 훈춘(琿春)에서 연길(延吉)까지 왔음. -원학(元學). 미옥(美玉)노인절 접대함 (미화(美花), 풍자(風子) 참가).

〈2011년 8월 14일 (음력 7월 15일)〉 일요일
날씨 구름, 비
중원절. 신봉자(申鳳子) 항주(杭州)에 갔음. 철진(哲珍)노인절이라고 점심 접대함
미옥(美玉)의 집에 가서 저녁을 먹었음. 이정순(李貞順)에서 전화가 왔음

〈2011년 8월 15일 (음력 7월 16일)〉 월요일
날씨 구름,비
노인절. 미옥 집에서 노인절 보냄(세때). 중국중서의결합병원 건립기념일. 청소

〈2011년 8월 16일 (음력 7월 17일)〉 화요일
날씨 흐림. 비
미옥(美玉)의 집에 가서 아침과 저녁을 먹었음. 신봉자(申鳳子)에서 전화가 왔음.(내태항주에도착)춘학(春學) 마루라에서 전화가 왔음.(철진한테 전화를 걸었음-왔음). 옷을 빨랐음.

〈2011년 8월 17일 (음력 7월 18일)〉 수요일
날씨 맑음
일본어의 녹음을 들었음. 미옥(美玉)의 집에 가서 아침을 먹었음.
원학이 점심,저녁을 식당에서 접대함, 옥인(玉仁)에서 전화가 왔음.

〈2011년 8월 18일 (음력 7월 19일)〉 목요일
날씨 맑음
일본어의 녹음을 그었음. 항주(杭州)의 봉자(鳳子)한테 전화를 걸었음. 미옥(美玉)의 집에 가서 아침과 저녁을 먹었음. 바닥을 닦았음.

〈2011년 8월 19일 (음력 7월 20일)〉 금요일
날씨 맑음, 비
미옥(美玉)의 집에 가서 아침과 저녁을 먹었음. 북경(北京)의 래태(來太)에서 전화가 왔음. 바닥을 닦았음.

〈2011년 8월 20일 (음력 7월 21일)〉 토요일
날씨 맑음
미옥(美玉)의 집에 가서 아침과 점심을 먹었음. 합비(合肥)의 영진(永珍)한테 전화를 걸었음. 훈춘(琿春)의 정모(廷模)한테 전화를 걸었음. 낮 역에 가서 미옥(美玉)의 쌍둥이와 미화(美花)를 환송했음. 국진(國珍)과 넷 서

핑했음.

〈2011년 8월 21일 (음력 7월 22일)〉 일요일
날씨 맑음
정모(廷模) 생일. 연길(延吉)에서 훈춘(琿春)까지. 정모(廷模)의 생일에 참가했음. 창일(昌日)의 집에 가서 저녁을 먹었음. 잤음.

〈2011년 8월 22일 (음력 7월 23일)〉 월요일
날씨 비. 맑음
박영호(朴永浩)한테 전화를 걸었음. (점심은 박영호(朴永浩)가 접대) 연길(延吉)의 안기일(安基一)에서 전화가 왔음. 정옥(貞玉)한테 전화 걸었음 정옥(貞玉)의 집에 가서 저녁을 먹었음. 잤음.

〈2011년 8월 23일 (음력 7월 24일)〉 화요일
날씨 비. 맑음
정옥(貞玉)의 집에서 아침을 먹었음. 창일(昌日)의 집에 가서 점심과 저녁을 먹었음. 잤음. 북경(北京)의 미옥(美玉)한테 전화를 걸었음. 규빈과 동주한테 전화를 걸었음.

〈2011년 8월 24일 (음력 7월 25일)〉 수요일
날씨 맑음
창일(昌日)의 집에서 아침, 점심, 저녁을 먹었음. 봉자(鳳子)에서 전화가 왔음. 연길(延吉)우ㅏ 동일(東日)한테 전화를 걸었음. 규빈과 동주에서 전화가 왔음. (걸었음)

〈2011년 8월 25일 (음력 7월 26일)〉 목요일
날씨 맑음
오후 동일(東日)이 왔음. 밤 창일(昌日)집에서 접대. (승일(承日)일가, 복순(福順)일가 참가).
북경(北京)의 영진(永珍)과 일본의 광춘(光春)에서 전화가 왔음.

〈2011년 8월 26일 (음력 7월 27일)〉 금요일
날씨 맑음
훈춘(琿春)에서 연길(延吉)까지. 집에 왔음. 오후 집에 가서 돌아갔음.
훈춘(琿春)의 옥희(玉姬)한테 전화를 걸었음.

〈2011년 8월 27일 (음력 7월 28일)〉 토요일
날씨 맑음
우정`은행에 가서 저축을 인출했음. (교통은 헹). 원학(元學)과 북경(北京)의 미옥(美玉)한테 전화를 걸었음. 바닥을 닦았음.

〈2011년 8월 28일 (음력 7월 29일)〉 일요일
날씨 구름, 비
훈춘(琿春)의 동일(東日)한테 전화를 걸었음. 고추말림.
북경(北京)의 미옥(美玉)에서 전화가 왔음. 일본어의 녹음을 들었음.

〈2011년 8월 29일 (음력 8월 4일)〉 월요일
날씨 구름. 비.
티비 신문을 일었음.
원학(元學)에서 전화가 왔음. 동일(東日)한테 전화를 걸었음

〈2011년 8월 30일 (음력 8월 2일)〉 화요일 날씨 구름

아침 공항에 가서 동일(東日)을 환송했음. (원학(元學)의 차를 탔음)

북경(北京)의 미옥(美玉)한테 전화를 걸었음. 북경(北京)의 동일(東日)에서 전화가 왔음. (안전히 도착)

〈2011년 8월 31일 (음력 8월 3일)〉 수요일 날씨 맑음

고추정리 및 고추말리기.

북경(北京)의 영진(永珍)한테 전화를 걸었음. 훈춘(琿春)의 옥희(玉姬)한테 전화를 걸었음. 청소

〈2011년 9월 1일 (음력 8월 4일)〉 목요일 날씨 구름

서점에 가서 일본어의 교재를 샀음. (버스 64위안)

〈2011년 9월 2일 (음력 8월 5일)〉 금요일 날씨 맑음

집에 가서 점심을 먹은 후, 역에 가서 미옥(美玉)을 환영했음. 미옥(美玉)의 집에 가서 저녁을 먹었음. 훈춘(琿春)의 박정자(朴貞子)에서 전화가 왔음.-봉자(鳳子)결혼. 청소

〈2011년 9월 3일 (음력 8월 6일)〉 토요일 날씨 맑음

자치주성립일: 마옥의 집에 가서 아침을 먹었음. 바닥을 닦았음(북대)

〈2011년 9월 4일 (음력 8월 7일)〉 일요일 날씨 구름

영진(永珍) 생일: 합비(合肥)에서 전화가 왔음. (어제 합비에 도착).- 걸었음(생일). 바닥을 닦았음.

〈2011년 9월 5일 (음력 8월 8일)〉 월요일 날씨 맑음

모아산에 가서 등산했음. (안기일(安基一)점심을 쌈).

미옥(美玉)한테 전화를 걸었음. 춘학(春學)한테 전화를 걸었음. (훈춘에서)

〈2011년 9월 6일 (음력 8월 9일)〉 화요일 날씨 구름, 가랑비

연길(延吉)에서 훈춘(琿春)까지 가서 박정자(朴貞子) 봉자의 결혼식에 참가했음.

훈춘(琿春)에서 연길(延吉)까지 왔음. 미옥(美玉)에서 전화가 왔음. 창일(昌日)의 집에 갔음.

〈2011년 9월 7일 (음력 8월 10일)〉 수요일 날씨 구름

안도의 누나과 강철(康哲)한테 전화를 걸었음.

훈춘(琿春)의 창일(昌日)에서 전화가 왔음.

〈2011년 9월 8일 (음력 8월 11일)〉 목요일 날씨 구름

백로(白露). 국제 뉴스업무자의 날. 훈춘(琿春)의 정용변(鄭龍變)과 이정순(李貞順)한테 전화를 걸었음.

국제 문명감소의 날. 미옥(美玉)한테 전화를 걸었음. 방금(放今)에서 전화가 왔음.

〈2011년 9월 9일 (음력 8월 12일)〉 금요일
날씨 구름
모댁동(毛宅東) 서거 기념일. 오전 집에 가서 점심을 먹었음. 타일수리
국진(國珍)과 인터넷 서핑했음. 오후 연길(延吉)에서 훈춘(琿春)까지 창일(昌日)의 집에 갔음. 바닥을 닦았음. 선인장이 파손되다

〈2011년 9월 10일 (음력 8월 13일)〉 토요일
날씨 맑음
중국 교사절. 제4소학교의 퇴직교사 교사절 활동에 참가했음.
저녁에 정오가 접대함-영숙, 방금,정구 참석.
훈춘 새집 창문교체 합동서 체결(3800위안)

〈2011년 9월 11일 (음력 8월 14일)〉 일요일
날씨 맑음
경자(京子)의 집에 가서 점심을 먹었음. 판석(板石)의 복순(福順)한테 전화가 왔음.
승일(承日)의 집에 가서 저녁을 먹었음. 북경(北京)의 영진(永珍)과 한국의 영란에서 전화가 왔음.

〈2011년 9월 12일 (음력 8월 15일)〉 월요일
날씨 맑음
추석에 태양에 있는 장인,장모 성묘 감. 승일(承日)의 집에서 아침을 먹었음.
합비(合肥)의 영진(永珍)과 연길(延吉)의 미옥(美玉)에서 전화가 왔음. 창일(昌日)의 집에서 점심과 저녁을 먹었음.

〈2011년 9월 13일 (음력 8월 16일)〉 화요일
날씨 구름
훈춘 새집 창문교체 작업
점심에 이영의사선생님을 만나 대접 함

〈2011년 9월 14일 (음력 8월 17일)〉 수요일
날씨 흐림
세계 청결한 지구의 날.
오후 훈춘(琿春)에서 연길(延吉)까지 왔음.
훈춘(琿春)의 창일(昌日)과 연길(延吉)의 미옥(美玉)한테 전화를 걸었음.

〈2011년 9월 15일 (음력 8월 18일)〉 목요일
날씨 흐림. 비
집에 돌아왔음. 미옥(美玉)한테 전화를 걸었음.
신봉자(申鳳子) 왕청에 감. 합비(合肥)의 영진(永珍)한테 전화를 걸었음-왔음. 바닥을 닦았음.

〈2011년 9월 16일 (음력 8월 19일)〉 금요일
날씨 흐림.
국제오존층보호의 날. 민속촌에 가서 등산. (기일(基一), 용도(龍圖), 순희(順姬), 덕옥(德玉))
미옥(美玉)과 춘학(春學)의 마누라에서 전화가 왔음. 저녁에에 신봉자집에서 귀가

〈2011년 9월 17일 (음력 8월 20일)〉 토요일
날씨 흐림

점심에 신봉자집에 다녀옴, 미옥이집에서 세끼해결
훈춘(琿春)의 복순(福順)과 승일(承日)과 순자(順子)과 정옥(貞玉)한테 전화를 걸었음.
이정순(李貞順)한테 전화를 걸었음.

〈2011년 9월 18일 (음력 8월 21일)〉 일요일
날씨 맑음
미옥집에서 두끼해결, 저녁에 미옥 부부가 집에 옴
밤에 공항에 가서 국진(國珍)과 영진(永珍)을 환영했음. 청소. 바닥을 닦았음.

〈2011년 9월 19일 (음력 8월 22일)〉 월요일
날씨 맑음
오전 공항에 가서 최순자(崔順子)를 환송했음. (한국행)
점심에 영순이 사망 2주년 추모식
영순사망 2주년 추모식에 복순 500원, 분선 500원 창일 500원 옥희500원 동춘200원 성일 엄마 200원

〈2011년 9월 20일 (음력 8월 23일)〉 화요일
날씨 맑음
국제 치아의날 창이의 차로 판석-광신4대-훈춘-방천,도하 창일집에 감
국제 평화의 날, 복순, 영리,동춘, 정화,정모, 정옥,정오, 막숙, 정구에게 전화 함

〈2011년 9월 21일 (음력 8월 24일)〉 수요일
날씨 맑음
창일 차로 태양-훈춘해관-대양소학교-공안빌딩-객운센터-훈춘에서 연길로 감

〈2011년 9월 22일 (음력 8월 25일)〉 목요일
날씨 맑음
중국은행에서 돈을 찾아 일본돈으로 환전, 국진이 철진,방금,미옥일가들을 접대함

〈2011년 9월 23일 (음력 8월 26일)〉 금요일
날씨 맑음
추분(秋分). 원학의 차로 공항-용정, 연변대학, 오도저수지에 감, 국진이 북경에 감, (17:40). 북경(北京)의 국진(國珍)에서 전화가 왔음. (안전히 도착)

〈2011년 9월 24일 (음력 8월 27일)〉 토요일
날씨 맑음
원학 미옥과 아침먹고 출근(운동회)
북경(北京)의 영진(永珍)과 동일과 국진(國珍)한테 전화를 걸었음. 영진이 전화 옴. 청소

〈2011년 9월 25일 (음력 8월 28일)〉 일요일
날씨 맑음. 흐림
농아인의 날. 세계 어린이 날, 일본의 국진(國珍)에서 전화가 왔음. (안전히 귀가).
국제 해양의 날, 영진생일, 미옥 부부 밥 먹으러 옴,
일본의 국진(國珍)과 넷 서핑했음.

〈2011년 9월 26일 (음력 8월 29일)〉 월요일
날씨 맑음
티비 신문을 읽었음. 미옥(美玉)에서 전화가 왔음.

훈춘(琿春)의 승일(承日)과 창일(昌日)한테 전화를 걸었음.

〈2011년 9월 27일 (음력 9월 1일)〉 화요일
날씨 맑음
세계여행의 날, 화장실 〈노년세계〉를 읽었음. 신봉자(申鳳子)에서 전화가 왔음. 원학(元學)한테 전화를 걸었음. (난방문제로)

〈2011년 9월 28일 (음력 9월 2일)〉 수요일
날씨 구름
〈노년 세계〉를 읽었음. 난방수리공이 난방설비 점검하러 옴
원학(元學)에서 전화가 왔음. (걸었음). 신옥(信玉), 신봉자(申鳳子)한테 전화를 걸었음.

〈2011년 9월 29일 (음력 9월 3일)〉 목요일
날씨 흐림
약재상점에서 녹용과 홍삼을 구입(520)원
신용은행에서 월급을 찾음, 미옥(美玉)에서 전화가 왔음.
21시16분 천궁-1호 발사 선공.

〈2011년 9월 30일 (음력 9월 4일)〉 금요일
날씨 구름
초미(超美) 생일. 〈노년세계〉를 읽었음. 북경(北京)의 초미(超美)한테 전화를 걸었음.
약방에서 약을 구입. 미옥(美玉)한테 전화를 걸었음. (왔음)

〈2011년 10월 1일 (음력 9월 5일)〉 토요일
날씨 구름
훈춘(琿春)의 창일(昌日)에서 전화가 왔음.
국경절, 〈노년세계〉를 읽었음. 미옥부부가 저녁에 집에 옴. 북경(北京)의 영진(永珍)한테 전화를 걸었음.
국제음악의 날, 국제 노인의 날. 일본의 국진(國珍)과 넷 서핑했음. 바닥을 닦았음.

〈2011년 10월 2일 (음력 9월 6일)〉 일요일
날씨 맑음
원학(元學)과 미옥(美玉)이 아침을 먹은 후 돌아갔음. 미옥(美玉)한테 전화를 걸었음.
신봉자(申鳳子)에서 전화가 왔음. -집에 가서 고추가루을 가져 왔음.

〈2011년 10월 3일 (음력 9월 7일)〉 월요일
날씨 맑음
국제 가옥의 날. 티비 신문을 읽었음.
미옥(美玉)의 집에 가서 저녁을 먹었음. 이발.

〈2011년 10월 4일 (음력 9월 8일)〉 화요일
날씨 맑음
국제 동물의 날. 티비 신문을 읽었음.
훈춘(琿春)의 정화(廷華한테 전화를 걸었음. (받지 않음) → 왔음. 미옥(美玉)한테 전화를 걸었음. (남은 것을 바르다)

〈2011년 10월 5일 (음력 9월 9일)〉 수요일
날씨 구름
충양절. 정화(廷華) 생일-연길(延吉)에서 훈춘(琿春)까지 가서 참가한 후 돌아왔음.
국제 재난예방의 날. 창일(昌日)한테 전화를

걸었음(왔음). 미옥(美玉)한테 전화를 걸었음.

〈2011년 10월 6일 (음력 9월 10일)〉 목요일 날씨 비, 흐림
티비 신문을 읽었음. 미옥(美玉)의 집에 가서 저녁을 먹었음. (대합).
합비(合肥)의 영진(永珍)에서 전화가 왔음.

〈2011년 10월 7일 (음력 9월 11일)〉 금요일 날씨 맑음
티비 신문을 읽었음.
안기일(安基一)에서 전화가 왔음. 알로에 술 담굼.

〈2011년 10월 8일 (음력 9월 12일)〉 토요일 날씨 맑음
한로(寒露). 전국고혈압의 날. 일본어 회화를 독학했음.
세계시각의 날.

〈2011년 10월 9일 (음력 9월 13일)〉 일요일 날씨 흐림
세계우정의 날. 일본어 회화를 독학했음.
만국우정연합의 날. 미옥(美玉)에서 전화가 왔음. 옷을 빨았음.

〈2011년 10월 10일 (음력 9월 14일)〉 월요일 날씨 맑음
세계정신위생의 날. 일본어 회화를 독학했음.
일본의 국진(國珍)과 넷 서핑했음. 청소

〈2011년 10월 11일 (음력 9월 15일)〉 화요일 날씨 맑음
ㅁㅁ 생일. 원학(元學)에서 전화가 왔음. 미옥(美玉)의 집에 가서 저녁을 먹고 잤음. 일본어 회화를 도학했음. 일본의 국진(國珍)과 넷 서핑했음.
훈춘(琿春)의 승일(承日)한테 전화를 걸었음. (전화받지 않음). 분선(粉善)한테 전화를 걸었음. (퇴원)

〈2011년 10월 12일 (음력 9월 16일)〉 수요일 날씨 맑음
미옥(美玉)의 집에서 아침을 먹은 후 돌아왔음. 우정은행에 가서 찾았음.
미옥(美玉)한테 전화를 걸었음.

〈2011년 10월 13일 (음력 9월 17일)〉 목요일 날씨 맑음
국제교사의 날. 건설은행에 가서 광열비를 교부했음.
세계보건의 날. 미옥(美玉)한테 전화를 걸었음. 일본어의 동사를 독학했음.

〈2011년 10월 14일 (음력 9월 18일)〉 금요일 날씨 흐림
세계표준의 날.
기일(基一)과 연숙(蓮淑)한테 전화를 걸었음. 일본어의 동사를 독학했음.

〈2011년 10월 15일 (음력 9월 19일)〉 토요일 날씨 흐림. 가랑비
국제 망인의 날.
합비(合肥)의 영진(永珍)과 한국의 순자(順

子)에서 전화가 왔음. 일본의 국진(國珍)과 넷 서핑했음. 일본어의 동사를 독학했음.

〈2011년 10월 16일 (음력 9월 20일)〉 일요일 날씨 구름

세계량식의 날, 한영혁(韓永革) 생일 한테 전화를 걸었음. (옥희(玉姬)가 전화 받음)
미옥(美玉)에서 전화가 왔음. 훈춘(琿春)의 창일(昌日)에서 전화가 왔음. 미옥(美玉)과 원학(元學)이 와서 저녁을 먹었음.

〈2011년 10월 17일 (음력 9월 21일)〉 월요일 날씨 비→소설(小雪). 구름

세계빈곤소멸의 날. 원학(元學)과 미옥(美玉)이 아침을 먹은 후 출근했음.
일본어 형용사를 독학했음. 신봉자(申鳳子) 한테 전화를 걸었음. (받지 않음)

〈2011년 10월 18일 (음력 9월 22일)〉 화요일 날씨 맑음

일본어 형용사를 독학했음. 신봉자(申鳳子)에서 전화가 왔음.
미옥(美玉)에서 전화가 왔음. 옷을 빨았음.

〈2011년 10월 19일 (음력 9월 23일)〉 수요일 날씨 맑음

일본어 회화를 독학했음.

〈2011년 10월 20일 (음력 9월 24일)〉 목요일 날씨 구름

미옥(美玉)에서 전화가 왔음- 걸었음. 일본어반의 박순희(朴順姬)에서 전화가 왔음. (개학에 관하여). 원학(元學)과 미옥(美玉)이 와서 저녁을 먹은 후 돌아갔음.
〈노년 세계〉의 발행부에 가서 10기를 가져왔음.

〈2011년 10월 21일 (음력 9월 25일)〉 금요일 날씨 구름

일본어 회화를 독학했음. 중급법원에서 전화가 왔음.
미옥(美玉)한테 전화를 걸었음. 신옥(信玉) 전화 옴. 바닥을 닦았음.

〈2011년 10월 22일 (음력 9월 26일)〉 토요일 날씨 구름

세계전통의학의 날. 일본어 회화를 독학했음. 일본의 국진(國珍)과 넷 서핑했음.

〈2011년 10월 23일 (음력 9월 27일)〉 일요일 날씨 맑음. 흐림

일본어 회화를 독학했음. 미옥(美玉)에서 전화가 왔음.
훈춘(琿春)의 이영(李瑛)에서 전화가 왔음.

〈2011년 10월 24일 (음력 9월 28일)〉 월요일 날씨 지 7도~-3도

유엔. 티비 신문을 읽었음. 일본어 회화를 독학했음
신옥(信玉)과 국철한테 전화를 걸었음. (동사무소에서 호구부 등록) 미옥(美玉)에서 전화가 왔음.

〈2011년 10월 25일 (음력 9월 29일)〉 화요

일 날씨 구름
지호(智晧) 생일, 노간부대학 개강일- 오후 노간부대학에 가서 일본어를 공부했음.
남방공급을 시작. 미옥(美玉)에서 전화가 왔음. 영진(永珍)에서 전화가 왔음.

〈2011년 10월 26일 (음력 9월 30일)〉 수요일 날씨 맑음
정옥(貞玉) 생일. 일본어 회화를 독학했음.
원학(元學)이 집에 왔다가 갔음. 안기일(安基一)에서 전화가 왔음. 미옥(美玉)에서 전화가 왔음.

〈2011년 10월 27일 (음력 10월 1일)〉 목요일 날씨 흐림
일본어 회화를 독학했음. 티비 신문을 읽었음.

〈2011년 10월 28일 (음력 10월 2일)〉 금요일 날씨 맑음. 구름
일본어 회화를 독학했음. 티비 신문을 읽었음.
미옥(美玉)에서 전화가 왔음, 안기일(安基一)에서 전화가 왔음. 미옥(美玉)과 원학(元學)이 집에 와서 저녁을 먹은 후 갔음.

〈2011년 10월 29일 (음력 10월 3일)〉 토요일 날씨 맑음, 구름
일본어 회화를 독학했음. 국진(國珍)과 인터넷 서핑했음. 신옥에서 전화가 왔음. 그 후에 집에 왔다가 갔음. 바닥을 닦았음.
미옥(美玉)에서 전화가 왔음. (걸었음). 복순(福順)에서 전화가 왔음.

〈2011년 10월 30일 (음력 10월 4일)〉 일요일 날씨 맑음, 구름
일본어 회화를 독학했음. 국철(國哲)과 신옥(信玉)에서 전화가 왔음.
신용사에 가서 급료를 찾았음. 안기일(安基一)에서 전화가 왔음. 옷을 빨았음.

〈2011년 10월 31일 (음력 10월 5일)〉 월요일 날씨 맑음, 구름
세계근검절약의 날. 일본어 회화를 독학했음.
신옥(信玉) 생일: 생일 연회에 참석. (전화가 왔음-걸었음)
미옥(美玉)에게 전화를 걸었음. 박순희(朴順姬)한테 전화를 걸었음. (왔음)
안기일(安基一)한테 전화를 걸었음.

〈2011년 11월 1일 (음력 10월 6일)〉 화요일 날씨 흐림
일본어 회화를 독학했음. 아침 원학(元學)이 술을 가져 왔음. (1박스). 박순희(朴順姬)한테 전화를 걸었음. (왔음.) (개학에 관하여)

〈2011년 11월 2일 (음력 10월 7일)〉 수요일 날씨 맑음
일본어 회화를 독학했음.
원학(元學)에서 전화가 왔음.

〈2011년 11월 3일 (음력 10월 8일)〉 목요일 날씨 맑음
일본어 회화를 독학했음. 우정은행에 가서

돈을 찾았음. 밤, 미옥(美玉)과 원학(元學)이 집에 와서 밥을 먹고 갔음.
원학(元學)에서 전화가 왔음. -난방수리공이 왔다감. 미옥(美玉)한테 전화를 걸었음. (왔음).

〈2011년 11월 4일 (음력 10월 9일)〉 금요일 날씨 흐림. 비
일본어를 독학했음. (초급수업 내용). 오후 노간부대학에 가서 일본어를 공부했음.
훈춘(琿春)의 창일(昌日)에서 전화가 왔음. 원학(元學)과 미옥(美玉)에서 전화가 왔음. 원학(元學)과 그 친구가 술을 가져 왔음.

〈2011년 11월 5일 (음력 10월 10일)〉 토요일 날씨 흐림
일본어를 독학했음. (초급수업 내용). 일본의 국진(國珍)과 넷 서핑했음.
미옥(美玉)에서 전화가 왔음. (걸었음), 합비(合肥)의 영진(永珍)에서 전화가 왔음.

〈2011년 11월 6일 (음력 10월 11일)〉 일요일 날씨 맑음
일본어를 독학했음. (초급수업내용). 옥인(玉仁)에서 전화가 왔음. 집에 왔다 갔음.
원학(元學)이 집에 왔다 갔음. 신옥(信玉)에서 전화가 왔음.

〈2011년 11월 7일 (음력 10월 12일)〉 월요일 날씨 맑음
오후 노간부대학에 가서 일본어를 공부했음.

〈2011년 11월 8일 (음력 10월 13일)〉 화요일 날씨 맑음
입동(立冬). 중국기자의 날. 일본어를 독학했음. (초급수업 내용). 바닥을 닦았음.
미옥(美玉)에서 전화가 왔음. 청소.

〈2011년 11월 9일 (음력 10월 14일)〉 수요일 날씨 맑음
전국소방안전의 날. 일본어를 독학했음. (초급수업 내용)
신봉자(申鳳子)에서 전화가 왔음.

〈2011년 11월 10일 (음력 10월 15일)〉 목요일 날씨 맑음
세계청년의 날. 일본어를 독학했음.
장동주(張東柱)한테 전화를 걸었음.

〈2011년 11월 11일 (음력 10월 16일)〉 금요일 날씨 맑음
일본어를 독학했음. (중급수업). 오후 노간부대학에 가서 일본어를 공부했음

.〈2011년 11월 12일 (음력 10월 17일)〉 토요일 날씨 흐림
사돈생일 생일(내몽골)-사돈한테 전화를 걸었음. 축하.
일본어를 독학했음. (초급수업). 『노년세계(老年世界)』 8기 가져옴. 일본의 국진(國珍)과 인터넷 서핑했음.
미옥(美玉)에서 전화가 왔음. 훈춘(琿春)의 정용이 전화 옴(총결에 관하여)

〈2011년 11월 13일 (음력 10월 18일)〉 일요일 날씨 흐림

미옥(美玉)에서 전화가 왔음. 입에 왔음.
사돈한테 전화를 걸었음. 합비(合肥)의 영진(永珍)에서 전화가 왔음. → 인터넷 서핑했음.
원학 미옥이 운동기계가져 옴
원학(元學)과 미옥(美玉)이 쌀(50근)과 운동기를 가져왔음.

〈2011년 11월 14일 (음력 10월 19일)〉 월요일 날씨 맑음

세계당뇨병의 날. 원학(元學)과 미옥(美玉)이 아침을 먹고 갔음. 노간부대학학교 일본어.
훈춘(琿春)의 정용변에서 전화가 왔음. -(춘설의 아들이 사망), 박영호(朴永浩)한테 전화를 걸었음.
일어반- 차춘희 전화 옴
신옥(信玉)에서 전화가 왔음.

〈2011년 11월 15일 (음력 10월 20일)〉 화요일 날씨 맑음

이경자(李京子)한테 전화를 걸었음. 원학(元學)아침전에 왔다 감,
영한테 전화를 걸었음. 국철의 병원에 다녀감. 바닥을 닦았음.

〈2011년 11월 16일 (음력 10월 21일)〉 수요일 날씨 눈, 맑음

일본어의 초급수업을 독학했음. 훈춘(琿春)의 정금(貞今)에서 전화가 왔음. (한국에서 옴)
미옥(美玉)에서 전화가 왔음.

〈2011년 11월 17일 (음력 10월 22일)〉 목요일 날씨 맑음

세계학생의 날. 일본어의 초급수업을 독학했음. 미옥(美玉)에서 전화가 왔음.
훈춘(琿春)의 창일(昌日)에서 전화가 왔음.-걸었음. 우정저금에 가서 찾았음.

〈2011년 11월 18일 (음력 10월 23일)〉 금요일 날씨 흐림. 비 눈.

일본어의 초급수업을 독학했음.
오후 노간부대학에 가서 일본어를 공부했음.

〈2011년 11월 19일 (음력 10월 24일)〉 토요일 날씨 눈

일본어의 초급수업을 독학했음. 일본의 국진(國珍)과 넷 서핑했음.
미옥(美玉)에서 전화가 왔음. -걸었음. 훈춘(琿春)의 정옥(貞玉)한테 전화를 걸었음.
저녁에 원학이 왔다 감. 옷을 빨았음.

〈2011년 11월 20일 (음력 10월 25일)〉 일요일 날씨 맑음

일본어의 초급수업을 독학했음. 일본의 국진(國珍)과 넷 서핑했음.
합비(合肥)의 영진(永珍)한테 전화를 걸었음. 지춘희(池春姬)에서 전화가 왔음.
오후 복순(福順)과 미옥(美玉)과 원학(元學)이 집에 왔음. 훈춘(琿春)의 은숙(銀淑)에서

전화가 왔음. 청소.

〈2011년 11월 21일 (음력 10월 26일)〉 월요일 날씨 맑음

세계방송의 날. 순자(順子) 생일. 복순(福順)과 미옥(美玉)과 원학(元學)이 아침을 먹은 후 병원에 갔음.
세계문안의 날. 오후 노간부대학에 가서 공부했음.미옥부부가 저녁에 옴
민석에서 전화가 왔음. 승일(承日)에서 전화가 왔음. 영진(永珍)과 넷 서핑했음. 서점에 가서 테이프를 샀음. (37.80위안)

〈2011년 11월 22일 (음력 10월 27일)〉 화요일 날씨 맑음

소설(小雪). 일본어의 초급수업을 독학했음. 원학(元學)과 미옥(美玉)이 아침을 먹고 갔음.
오후에( )민숙이 만나러 감. 훈춘(琿春)의 은숙(銀淑)에서 전화가 왔음.
미옥(美玉)에서 전화가 왔음. 영진(永珍)과 미옥(美玉)한테 전화를 걸었음.

〈2011년 11월 23일 (음력 10월 28일)〉 수요일 날씨 대설(大雪).

누나 순옥(順玉) 생일: 일본어의 초급수업을 독학했음. 미옥(美玉)에서 전화가 왔음.
경자(京子) 생일: 영진(永珍)에서 전화가 왔음. 문명숙(文明淑)에서 전화가 왔음. 청소.

〈2011년 11월 24일 (음력 10월 29일)〉 목요일 날씨 구름. 맑음

감사의 날. 일본어의 초급수업을 독학했음.
지춘희(池春姬)에서 전화가 왔음.

〈2011년 11월 25일 (음력 11월 1일)〉 금요일 날씨 맑음

일본어를 독학했음. 오후 노간부대학에 가서 일본어를 공부했음. 미옥(美玉)에서 전화가 왔음.
정화(廷華)에서 전화가 왔음. 정옥(貞玉)한테 전화를 걸었음.

〈2011년 11월 26일 (음력 11월 2일)〉 토요일 날씨 흐림. 눈.

해란의 재혼식- 일본어의 초급수업을 독학했음. 국진(國珍)과 넷 서핑했음.
천지 녹용점에서 녹용을 400위안. 미옥(美玉)에서 전화가 왔음. 문명숙(文明淑)에서 전화가 왔음.

〈2011년 11월 27일 (음력 11월 3일)〉 일요일 날씨 맑음

동일 화갑(花甲): 일본어의 초급수업을 독학했음. 원학(元學)이 아침을 먹고 갔음.
신옥(信玉)한테 전화를 걸었음. 해란에서 전화가 왔음. 미옥(美玉)이 점심을 먹고 갔음.

〈2011년 11월 28일 (음력 11월 4일)〉 월요일 날씨 구름

일본어의 초급수업을 독학했음. 원학(元學)과 미옥(美玉)이 아침을 먹고 갔음.
문명숙(文明淑)한테 전화를 걸었음. 훈춘(琿春)의 이영(李英)과 춘협(春協)에서 전화가

왔음.

〈2011년 11월 29일 (음력 11월 5일)〉 화요일 날씨 맑음

일본어의 초급수업을 독학했음. 신용사에 가서 급료를 찾았음. 미옥 부부가 저녁에 옴
박영호(朴永浩)한테 전화를 걸었음. → 연변병원에 영호 아내 병문안 감

〈2011년 11월 30일 (음력 11월 6일)〉 수요일 날씨 맑음.

일본어의 초급수업을 독학했음. 원학(元學)과 미옥(美玉)이 아침을 먹고 갔음.
훈춘(琿春)의 정옥(貞玉)에서 전화가 왔음. 문명숙(文明淑)에서 전화가 왔음. 원학(元學)이 집에 와서 잤음. 이발.

〈2011년 12월 1일 (음력 11월 7일)〉 목요일 날씨 맑음.

세계에이즈의 날. 일본어의 초급수업을 독학했음
원학(元學)한테 전화를 걸었음. 정금(貞今)에서 전화가 왔음. -걸었음.
서점에 가서 테이프를 새로 샀음.

〈2011년 12월 2일 (음력 11월 8일)〉 금요일 날씨 맑음.

정금(貞今)아들 국성(國成)의 결혼식: 원학(元學)한테 전화를 걸었음. 연길(延吉)에서 원학(元學)의 차를 타고 훈춘(琿春)까지 가서 국성(國成)의 결혼식에 참가했음. 창일(昌日)의 집에서 저녁을 먹었음. 잤음.

〈2011년 12월 3일 (음력 11월 9일)〉 토요일 날씨 맑음, 구름.

세계장애인의 날. 정금(貞今)의 집에 가서 아침과 점심을 먹었음.
승일(承日)의 집에 가서 잤음. 원학(元學)과 미옥(美玉)에서 전화가 왔음.

〈2011년 12월 4일 (음력 11월 10일)〉 일요일 날씨 맑음.

승일(承日)의 집에서 아침을 먹었음. 창일(昌日)의 집에 가서 점심과 저녁을 먹었음. 잤음. (점심에 순자가 한국에서 돌아와서 식사 함). 이(李) 의사에서 전화가 왔음.

〈2011년 12월 5일 (음력 11월 11일)〉 월요일 날씨 맑음.

한영련 생일, 창일(昌日)의 집에 아침을 먹었음.
점심에, 이(李) 의사접대. 원학(元學)과 미옥(美玉)한테 전화를 걸었음. -왔음
원학이 객실 전등 수리

〈2011년 12월 6일 (음력 11월 12일)〉 수요일 날씨 구름.

일본어의 초급수업을 독학했음. (상권학습 끝)
우정에 가서 저축을 인출했음. (저축)

〈2011년 12월 7일 (음력 11월 13일)〉 목요일 날씨 맑음.

대설(大雪). 일본어의 초급수업(하급)을 독학했음. (하권학습 끝) 미옥(美玉)한테 전화

를 걸었음 (왔음). 국진(國珍)과 넷 서핑했음. 문명숙(文明淑)에서 전화가 왔음. 합비(合肥)의 영진(永珍)한테 전화를 걸었음. 원학(元學)과 미옥(美玉)이 집에 왔음. 잤음. 청소.

〈2011년 12월 8일 (음력 11월 14일)〉 금요일 날씨 맑음.
국제아동방송의 날. 미옥(美玉)과 원학(元學)이 아침을 먹고 갔음. 미옥(美玉)한테 전화가 왔음.
문명숙이 연길에 와서 같이 식사함, 원학(元學)이 술을 가져왔음.

〈2011년 12월 9일 (음력 11월 15일)〉 토요일 날씨 맑음.
세계축구의 날. 일본어의 초급수업(하권)을 독학했음.
오후 노간부대학에 가서 일본어를 공부했음.
밤에 원학(元學)이 집에 와서 잤음.

〈2011년 12월 10일 (음력 11월 16일)〉 일요일 날씨 맑음. 홍월 (50분)
세계인권의 날. 일본어의 초급수업(하권)을 독학했음. 미옥(美玉)한테 전화를 걸었음. 국진(國珍)과 넷 서핑했음.
원학(元學)이 아침을 먹지 않고 갔음. 원학(元學)과 미옥(美玉)이 집에 와서 잤음.
서점에 가서 테이프를 새로 샀음.

〈2011년 12월 11일 (음력 11월 17일)〉 월요일 날씨 구름.
일본어의 초급수업을 독학했음.
원학(元學)과 미옥(美玉)이 아침을 먹고 갔음.

〈2011년 12월 12일 (음력 11월 18일)〉 화요일 날씨 맑음
일본어의 초급수업(하)을 독학했음. 오후 노간부대학에 가서 일본어를 공부했음.
복순(福順)이 쌀을 가져왔음. (참쌀) 원학(元學)이 집에 와서 잤음.

〈2011년 12월 13일 (음력 11월 19일)〉 화요일 날씨 맑음
일본어의 초급수업(하)을 독학했음. 원학(元學)이 아침을 안 먹고 갔음.
문명숙(文明淑)에서 전화가 왔음. 창일(昌日)에서 전화가 왔음. 연길(延吉)에서 훈춘(琿春)까지. 창일(昌日)의 집에 가서 저녁을 먹고 잤음.

〈2011년 12월 14일 (음력 11월 20일)〉 수요일 날씨 구름.
민석생일: 창일(昌日)의 차를 타고 판석(板石)에 가서 참가했음. 문명숙(文明淑)한테 전화 걸었음.훈춘(琿春)에서 연길(延吉)까지 집에 왔음. 창일(昌日)과 미옥(美玉)한테 전화를 걸었음.

〈2011년 12월 15일 (음력 11월 21일)〉 목요일 날씨 맑음.
일본어의 초급수업을 독학했음. 합비(合肥)의 영진(永珍)한테 전화를 걸었음.

원학(元學)과 미옥(美玉)이 집에 왔음. 저녁을 먹었음. 훈춘(琿春)의 추월(秋月)에서 전화가 왔음. 미화(美花)와 넷 서핑했음. 옷을 빨았음.

〈2011년 12월 16일 (음력 11월 22일)〉 금요일 날씨 춥다. 맑음

원학(元學)과 미옥(美玉)이 아침을 먹고 갔음. 원학(元學)이 집에 와서 저녁을 먹고 잤음.

박순희(朴順姬)한테 전화를 걸었음. 미옥(美玉)에서 전화가 왔음.

한방약(漢方藥)을 먹음. (~12월 24일)

〈2011년 12월 17일 (음력 11월 23일)〉 토요일 날씨 맑음

원학(元學)이_ 차를 타고 식당에 가서 아침을 먹었음.

미옥(美玉)한테 전화를 걸었음. 문명숙(文明淑)에서 전화가 왔음. (3번) 일본의 국진(國珍)과 넷 서핑했음.

훈춘(琿春)의의 향선 과 정옥(貞玉)과 분선(粉善)한테 전화를 걸었음. 분선(粉善)에서 전화가 왔음.

12월 17일 8시 30분 김정일(金正日) 서거. (심혈관경색). 기차에서

〈2011년 12월 18일 (음력 11월 24일)〉 일요일 날씨 맑음.

일본어의 초급수업을 독학했음. 원학(元學)과 미옥(美玉)이 와서 잤음.

금추월(金秋月) 화갑의 날. 원학(元學)에서 전화가 왔음. 바닥을 닦았음. 청소.

〈2011년 12월 19일 (음력 11월 25일)〉 월요일 날씨 맑음. 구름.

원학(元學)과 미옥(美玉)이 아침을 먹고 갔음. 일본어의 초급수업을 독학했음.

안기일(安基一)에서 전화가 왔음. 복순(福順)- 왔음. 문명숙(文明淑)- 왔음. 박순희(朴順姬) -왔음.

〈2011년 12월 20일 (음력 11월 26일)〉 화요일 날씨 맑음.

마카오 귀환 기념일. 일본어- 독학했음. 남방회사에서 사람이 옴(배수문제로)

금추월(金秋月)한테 걸었음. 원학(元學)과 미옥(美玉)이 집에 와서 저녁을 먹었음. 잤음.

〈2011년 12월 21일 (음력 11월 27일)〉 수요일 날씨 맑음.

국제 농구의 날, 원학(元學)과 미옥(美玉)이 집에 와서 아침을 먹고 갔음.

박영호(朴永浩)한테 걸었음. 일본어-독학.

〈2011년 12월 22일 (음력 11월 28일)〉 목요일 날씨 맑음 춥다.

동지(冬至). 일본어-독학. 미옥(美玉)에서 전화 왔음.

훈춘(琿春) 금추월(金秋月)에서 전화 왔음.

〈2011년 12월 23일 (음력 11월 29일)〉 금요일 날씨 맑음.

오전 일본어-독학. 오후 노간부대학-일본어-공부.
안기일(安基一) 한테 전화 걸었음.

〈2011년 12월 24일 (음력 11월 30일)〉 토요일 날씨 맑음.
크리스마스 이브. 일본어-독학, 미옥(美玉)에서 전화 왔음. 국진(國珍)과 넷 서핑했음.
문명숙(文明淑)에서 전화가 왔음. 북경(北京)의 영진(永珍)에서 전화가 왔음.

〈2011년 12월 25일 (음력 12월 1일)〉 일요일 날씨 맑음. -15도~
크리스마스. 일본어-독학.

〈2011년 12월 26일 (음력 12월 2일)〉 월요일 날씨 맑음. -12도~
모택동 탄생 기념일. 일본어-독학. 간생물-35위안. 오후 노간부대학-일본어-공부(기말총결)
창일(昌日)에서 전화가 왔음. -걸었음.

〈2011년 12월 27일 (음력 12월 3일)〉 화요일 날씨 맑음.
일본어-독학. 일기책 작성.
문명숙(文明淑)에서 전화가 왔음.

〈2011년 12월 28일 (음력 12월 4일)〉 수요일 날씨 눈, 구름.
일본어-독학.
문명숙(文明淑)에서 전화가 왔음. 옥인(玉仁)에서 전화가 왔음.

〈2011년 12월 29일 (음력 12월 5일)〉 목요일 날씨 맑음.
사돈 생일(양력)-참가했음.
낮에 미옥(美玉)의 집에 가서 점심과 저녁을 먹었음. 잤음. 신용사에 가서 급료를 찾았음.
옷을 빨았음.
원학(元學)과 미옥(美玉)에서 전화가 왔음.

〈2011년 12월 30일 (음력 12월 6일)〉 금요일 날씨 맑음.
미옥(美玉)의 집에서 아침을 먹었음. 용정(龍井)에 가서 점심을 먹고 왔음. (문명숙(文明淑)의 집)
미옥(美玉)에서 전화가 왔음.

〈2011년 12월 31일 (음력 12월 7일)〉 토요일 날씨 맑음.
미옥(美玉)의 집에 가서 3끼 밥을 먹었음, 잤음.
명숙(明淑)과 국진(國珍)과 넷 서핑했음.

2012년

〈2012년 1월 1일 (음력 12월 8일)〉 일요일
날씨 맑음
훈춘(琿春)의 태운(泰雲)과 복순(福順)과 창일(昌日)과 승일(承日)에서 전화가 왔음.
철진(哲珍)에서 전화가 왔음.
미옥(美玉)의 집에서 3끼 밥을 먹었음- 정일. 원단을 지나고 잤음.
일본어를 독학했음.(단어)

〈2012년 1월 2일 (음력 12월 9일)〉 월요일
날씨 맑음
이본어를 독학해씀 (단어). 일본의 광춘(光春)에서 전화가 왔음. 미옥(美玉)의 집에서 아침과 점심을 먹고 왔음.
신옥(信玉)과 문명숙(文明淑)한테 전화를 걸었음. 북경(北京)의 영진(永珍)과 미화(美花)에서 전화가 왔음.

〈2012년 1월 3일 (음력 12월 10일)〉 화요일
날씨 맑음, 구름
일본어 초급과문을 독학했음. 미옥(美玉)의 집에 가서 저녁을 먹고 왔음. 청소.
북순에서 전화가 왔음. 춘임(春林)이 북경(北京)에서 연길(延吉)까지 왔음.

〈2012년 1월 4일 (음력 12월 11일)〉 수요일
날씨 맑음
장부를 계산했음. 일본어-독학.
미옥(美玉)에서 전화가 왔음. -걸었음

〈2012년 1월 5일 (음력 12월 12일)〉 목요일
날씨 맑음
일본어-독학.
문명숙(文明淑)에서 전화가 왔음. 신봉자(申鳳子),-전화옴. 오금자(吳今子)-전화옴(노인친구)

〈2012년 1월 6일 (음력 12월 13일)〉 금요일
날씨 맑음, 구름
소한(小寒). 일본어를 독학했음. 노간부대학에 가서 신물을 가져왔음.
문명숙(文明淑)-전화옴 일본어반 김송산(金松山), 한금숙(韓金淑) 걸었음.

〈2012년 1월 7일 (음력 12월 14일)〉 토요일
날씨 맑음
일본어를 독학했음. 국진(國珍)과 인터넷 서핑했음.
훈춘(琿春)의 창일(昌日)에서 전화가 왔음.
미옥(美玉)에서 전화가 왔음.

〈2012년 1월 8일 (음력 12월 15일)〉 일요일 날씨 맑음

일본어를 독학했음.

원학(元學)과 문명숙(文明淑)한테 전화를 걸었음. 명숙(明淑)에서 전화 왔음.

〈2012년 1월 9일 (음력 12월 16일)〉 월요일 날씨 맑음

일본어를 독학했음. 미옥(美玉)한테 전화를 걸었음.

신봉자(申鳳子)에서 전화가 왔음. 봉자 작업실에서 채소를 가져옴

〈2012년 1월 10일 (음력 12월 17일)〉 화요일 날씨 구름 11도

일본어를 독학했음. 미옥(美玉)의 집에 가서 저녁을 먹었음. 잣음.

문명숙(文明淑)한테 전화를 걸었음. 훈춘(琿春)의 최금화(崔金花)한테 전화를 걸었음.

〈2012년 1월 11일 (음력 12월 18일)〉 수요일 날씨 맑음

미옥(美玉)의 집에서 아침을 먹은 후 집에 왔음. 철진(哲珍)의 어머니에서 전화가 왔음. (한국에서 귀국)

일본어를 독학했음. 승일(承日)에서 전화가 왔음.

〈2012년 1월 12일 (음력 12월 19일)〉 목요일 날씨 구름

용정(龍井)에 가서 점심을 먹고 왔음. 미옥(美玉)의 집에 가서 저녁을 먹고 왔음.

원학(元學)에서 전화가 왔음. 옥인(玉仁)에서 전화가 왔음.

춘성(春晟)이 북경(北京)에서 연길(延吉)까지 왔음.

〈2012년 1월 13일 (음력 12월 20일)〉 금요일 날씨 구름

일본어를 독학했음.

안기일(安基一)에서 전화가 왔음. (걸었음).

엄순철(嚴順哲)한테 전화를 걸었음.

〈2012년 1월 14일 (음력 12월 21일)〉 토요일 날씨 구름. 소설(小雪)

일본어반의 박순희(朴順姬)의 집에 가서 점심을 먹었음. 미옥(美玉)의 집에 가서 저녁을 먹었음.

미옥(美玉)에서 전화가 왔음. 일본어반 5명 학생한테 전화를 걸었음. 문명숙(文明淑)에서 전화가 왔음.

〈2012년 1월 15일 (음력 12월 22일)〉 일요일 날씨 맑음, 구름

북경(北京)의 영진(永珍)에서 전화가 왔음.

미옥(美玉)한테 전화를 걸었음. 원학(元學)이 와서 잤음.

오후 연변대학교에 가서 좌담회의에 참가했음. 바닥을 닦았음.

〈2012년 1월 16일 (음력 12월 23일)〉 월요일 날씨 맑음, 구름

훈춘(琿春)의 정오(廷伍)에서 전화가 왔음.

일본어를 독학했음.

아침 원학(元學)이 갔음. (안먹음). 명숙(明淑)에서 전화가 왔음-집에 왔음. (소고기. 북어등)

〈2012년 1월 17일 (음력 12월 24일)〉 화요일 날씨 맑음, 구름

일본어를 독학했음.

〈2012년 1월 18일 (음력 12월 25일)〉 수요일 날씨 흐림. 소설(小雪)

국진(國珍) 생일. 일본어를 독학했음. 미옥(美玉)에서 전화가 왔음.

〈2012년 1월 19일 (음력 12월 26일)〉 목요일 날씨 구름

일본어를 독학했음. 미옥(美玉)의 집에 가서 저녁을 먹고 왔음.

문(文)에서 전화가 왔음. 미옥(美玉)에서 전화가 왔음. 원학(元學)이 와서 잤음.

〈2012년 1월 20일 (음력 12월 27일)〉 금요일 날씨 구름

일본어를 독학했음. (초급과문 상하권 학습끝). 이발. 원학(元學)이 아침을 먹고 갔음.

신옥(信玉)한테 전화를 걸었음. 미옥(美玉)의 집에 가서 저녁을 먹고 잤음.

〈2012년 1월 21일 (음력 12월 28일)〉 토요일 날씨 맑음 15도

미옥(美玉)의 지에서 3끼 밥을 먹고 잤음.

일본어를 독학했음. 북경(北京)의 동일(東日)과 영진(永珍)에서 전화가 왔음. 국진(國珍)과 인터넷 서핑했음.

〈2012년 1월 22일 (음력 12월 29일)〉 일요일 날씨 맑음

미옥(美玉) 집에서 아침을 먹었음. 미옥(美玉)집에 가서 저녁을 먹었음. (영진(永珍)가족과 함께)명숙(明淑) 생일. 국진(國珍)과 명숙(明淑)과 인터넷 서핑했음. 『노년세계(老年世界)』를 읽었음.

영진(永珍)집에서 귀가: 합비(合肥) → 북경(北京) → 장춘(長春) → 연길(延吉)

철진(哲珍)에서 전화가 왔음.

〈2012년 1월 23일 (음력 1월 1일)〉 월요일 날씨 맑음

미옥(美玉)의 집에 가서 아침과 저녁을 먹었음. 『노년세계(老年世界)』를 읽었음.

춘절(春節). 용정(龍井) 사돈과 내몽 사돈한테 전화를 걸었음. 명숙(明淑)한테 전화를 걸었음.

훈춘(琿春)의 승일(承日)과 북순과 창일(昌日)에서 전화가 왔음. 북경(北京)의 영홍(永紅)에서 전화가 왔음.

일본의 광춘(光春)에서 전화가 왔음

〈2012년 1월 24일 (음력 1월 2일)〉 화요일 날씨 맑음

『노년세계(老年世界)』를 읽었음. 미옥(美玉)의 집에 가서 3끼 밥을 먹었음.

국진(國珍) 생일(양력), 안도의 누나한테 전화를 걸었음. (저녁은 동일일가와 함께). 청소.

〈2012년 1월 25일 (음력 1월 3일)〉 수요일
날씨 맑음, 구름
미옥(美玉)의 집에 가서 아침을 먹었음. 연길(延吉)의 영진(永珍)한테 전화를 걸었음.
연길(延吉)에서 훈춘(琿春)까지. 창일(昌日)의 집에 갔음. (저녁은 동일일가와 함께) → 복순(福順)일가, 승일(承日)일가. 동춘(東春) 참가.

〈2012년 1월 26일 (음력 1월 4일)〉 목요일
날씨 맑음
창일(昌日)의 집에서 아침과 저녁을 먹었음. 승일(承日)점심접대-식당.
연길(延吉)의 미옥(美玉)과 영진(永珍)한테 전화를 걸었음.

〈2012년 1월 27일 (음력 1월 5일)〉 금요일
날씨 맑음
창일(昌日)의 집에서 아침을 먹었음. 정욱의 집에 가서 점심과 저녁을 먹었음. (정금, 정구,정오 참가)

〈2012년 1월 28일 (음력 1월 6일)〉 토요일
날씨 맑음
미옥(美玉)의 집에 가서 저녁을 먹었음.
정옥(貞玉)의 집에서 아침을 먹엇음. 박영호(朴永浩)에서 전화가 왔음. 훈춘(琿春)에서 연길(延吉)까지 집에 왔음.
남순금(南順今) 생일-춘화(春花)의 집에 가서 순금(順今)의 생일에 참가했음.

〈2012년 1월 29일 (음력 1월 7일)〉 일요일
날씨 맑음
미옥(美玉)의 집에 가서 3끼 밥을 먹었음.
〈노년세계〉를 읽었음. 밤에 미옥(美玉)이 접대 철진일가 참가.
북경(北京)의 동일(東日)에서 전화가 왔음.
명숙(明淑)과 봉자에서 전화가 왔음.

〈2012년 1월 30일 (음력 1월 8일)〉 월요일
날씨 맑음 -15도
춘임(春林)과 춘성(春晟)의 생일(양력), 미옥(美玉)의 집에 가서 3끼 밥을 먹고 잤음.
기차역에서 영진(永珍)일가 환송(북경 집에 감)

〈2012년 1월 31일 (음력 1월 9일)〉 화요일
날씨 맑음
미옥(美玉)의 집에서 아침과 저녁을 먹고 잤음. 북경(北京)의 영진(永珍)에서 전화가 왔음.
〈노년 세계〉를 읽었음. 신용합작은행에 가서 급료를 찾았음. 옥인(玉仁)에서 전화가 왔음.

〈2012년 2월 1일 (음력 1월 10일)〉 수요일
날씨 맑음
일본어를 독학했음. 원학(元學)한테 전화를 했음. 남방회사에서 전화를 걸었음.
일본어 초급(상)표달 및 단어해석-시작
명숙(明淑)에서 전화가 왔음. 미옥(美玉)의 집에서 아침을 먹고 왔음. 청소

〈2012년 2월 2일 (음력 1월 11일)〉 목요일
날씨 맑음

일본어를 독학했음. 원학(元學)이 와서 잤음.

〈2012년 2월 3일 (음력 1월 12일)〉 금요일
날씨 맑음
원학(元學)의 집에 가서 3끼 밥을 먹고 잤음.
일본어를 독학했음.

〈2012년 2월 4일 (음력 1월 13일)〉 토요일
날씨 맑음
입춘(立春). 미옥(美玉)의 집에서 3끼 밥을 먹고 잤음.
일본어를 독학했음.

〈2012년 2월 5일 (음력 1월 14일)〉 일요일
날씨 맑음, 구름
미옥(美玉)의 입에서 3끼 밥을 먹고 잤음. 역에 가서 쌍둥이(북경(北京))을 환송했음.
일본어를 독학했음.

〈2012년 2월 6일 (음력 1월 15일)〉 월요일
날씨 흐림
미옥(美玉)의 집에서 3끼 밥을 먹고 잤음. 일본어를 독학했음. 박영호(朴永浩)과 동주(東周)한테 전화를 걸었음.
훈춘(琿春)의 복순(福順)과 승일(承日)과 순자(順子)한테 전화를 걸었음.

〈2012년 2월 7일 (음력 1월 16일)〉 화요일
날씨 맑음, 바람
일본어를 독학했음. 미옥(美玉)의 집에서 3끼 밥을 먹고 잤음.
명숙(明淑)한테 전화를 걸었음. 왔음. 남방회사에서 온도체크하러 옴

〈2012년 2월 8일 (음력 1월 17일)〉 수요일
날씨 맑음, 바람
사돈 생일(내몽),-한테 전화를 걸었음. 일본어를 독학했음. 미옥(美玉)의 집에서 3끼 밥을 먹고 잤음.
창일(昌日)에서 전화가 왔음.

〈2012년 2월 9일 (음력 1월 18일)〉 목요일
날씨 맑음
일본어를 독학했음. 미옥(美玉)의 집에서 3끼 밥을 먹고 잤음.
정구(廷玖) 생일- 한테 전화를 걸었음. 합비(合肥)의 영진(永珍)한테 전화를 걸었음.

〈2012년 2월 10일 (음력 1월 19일)〉 금요일
날씨 맑음
일본어를 독학했음. 중국은행에 가서 저축금 인출[1]. 저축을 했음 (3만).
사돈 생일. -한테 전화를 걸었음. 영진(永珍)에서 전화가 왔음. 미옥집에서 묵음

〈2012년 2월 11일 (음력 1월 20일)〉 토요일
날씨 맑음
일본어를 독학했음. 신용합작은행에 가서 찾았음. 저축했음.
순금에서 전화가 왔음. (한국에 감). 국진(國珍)과 인터넷 서핑했음.

---

1) 무슨말인지... 돈을 찾았음.

〈2012년 2월 12일 (음력 1월 21일)〉 일요일
날씨 맑음
일본어를 독학했음. (초급상권 학습끝). 못을 박다가 손을 다침
장상주(張床柱)네서 전화가 왔음. 문명숙(文明淑)에서 전화가 왔음.

〈2012년 2월 13일 (음력 1월 22일)〉 월요일
날씨 구름
종양병원에서 CT촬영(갈비뼈 골절) 정형외과병원에서 치료(의료비 800원)
명숙(明淑) 생일

〈2012년 2월 14일 (음력 1월 23일)〉 화요일
날씨 흐림, 눈
일본어를 독학했음. (초급하권 시작)
정수(廷洙) 생일. 안기일(安基一)에서 전화가 왔음. 문명숙(文明淑)에서 전화가 왔음.

〈2012년 2월 15일 (음력 1월 24일)〉 수요일
날씨 맑음
일본어를 독학했음.

〈2012년 2월 16일 (음력 1월 25일)〉 목요일
날씨 맑음
일본어를 독학했음.
옥인(玉仁)에서 전화가 왔음.

〈2012년 2월 17일 (음력 1월 26일)〉 금요일
날씨 맑음
일본어를 독학했음. 훈춘(琿春)의 창일(昌日)에서 전화가 왔음.

〈2012년 2월 18일 (음력 1월 27일)〉 토요일
날씨 맑음
일본어를 독학했음. 원학(元學)이 청도(青島)로 갔음.
합비(合肥)의 미화(美花)와 영진(永珍)에서 전화가 왔음.

〈2012년 2월 19일 (음력 1월 28일)〉 일요일
날씨 맑음 2도
우수(雨水). 일본어를 독학했음. 일본의 국진(國珍)에서 전화가 왔음.
훈춘(琿春)의 복순(福順)에서 전화가 왔음.

〈2012년 2월 20일 (음력 1월 29일)〉 월요일
날씨 맑음
일본어를 독학했음. 훈춘(琿春)의 승일(承日)에서 전화가 왔음. (원학(元學)이 청도(青島)에서 집까지 왔음.)
명숙(明淑)에서 전화가 왔음.
일본반 개학-명숙(明淑), 결석

〈2012년 2월 21일 (음력 1월 30일)〉 화요일
날씨 맑음
일본어를 독학했음. 창일(昌日)에서 전화가 왔음.
훈춘(琿春)의 복순(福順)과 승일(承日)과 창일(昌日)이 훈춘(琿春)에서 연길(延吉)까지 왔음.
복순(福順) 200위안, 승일(承日) 500위안. 창일(昌日) 500위안 (병문안)

〈2012년 2월 22일 (음력 2월 1일)〉 수요일

날씨 흐림 이후 눈
일본어를 독학했음.
신봉자(申鳳子)에서 전화가 왔음.

〈2012년 2월 23일 (음력 2월 2일)〉 목요일
날씨 맑음
일본어를 독학했음. 안기일(安基一)에서 전화가 왔음. 미옥(美玉)한테 전화를 걸었음. -왔음. 영진(永珍)에서 전화가 왔음.
승일(承日) 생일-전화를 걸었음. 훈춘(琿春)의 순자(順子)에서 전화가 왔음.-걸었음.

〈2012년 2월 24일 (음력 2월 3일)〉 금요일
날씨 흐림. 눈
일본어를 독학했음. 우정은행에 가서 찾았음. 저축했음. 남방회사에서 온도측정하러 옴
집에 가서 옷을 빨았음. 원학(元學)과 미옥(美玉)에서 전화가 왔음.

〈2012년 2월 25일 (음력 2월 4일)〉 토요일
날씨 맑음, 바람
일본어를 독학했음. 일본의 국진(國珍)과 인터인터넷 서핑했음. 미옥집에서 지냄

〈2012년 2월 26일 (음력 2월 5일)〉 일요일
날씨 맑음
일본어를 독학했음.
명숙(明淑)한테 전화를 걸었음.

〈2012년 2월 27일 (음력 2월 6일)〉 월요일
날씨 맑음
일본어를 독학했음.
합비(合肥)의 영진(永珍)에서 전화가 왔음.
옥진에서 전화가 왔음.

〈2012년 2월 28일 (음력 2월 7일)〉 화요일
날씨 맑음 3도
일본어를 독학했음.-초급 상하권 표달 및 단어해석 학습끝
정오(廷伍) 생일-한테 전화를 걸었음. 창일(昌日)에서 전화가 왔음.

〈2012년 2월 29일 (음력 2월 8일)〉 수요일
날씨 흐림
일본어를 독학했음.-단어등, 시작
합비(合肥)의 영진(永珍)에서 전화가 왔음.
복순(福順)에서 전화가 왔음.

〈2012년 3월 1일 (음력 2월 9일)〉 목요일 날씨 맑음
일본어을 독학했음. -단어
문명숙(文明淑)에서 전화가 왔음.

〈2012년 3월 2일 (음력 2월 10일)〉 금요일
날씨 맑음
일본어을 독학했음. -단어
승일(承日)에서 전화가 왔음.

〈2012년 3월 3일 (음력 2월 11일)〉 토요일
날씨 맑음
일본어을 독학했음. 일본의 국진(國珍)과 인터넷 서핑했음.
안기일(安基一)한테 전화를 걸었음. 집에 갔다가 미옥(美玉) 집으로 갔음. 신용합작은행

에 가서 월급료를 찾았음.

〈2012년 3월 4일 (음력 2월 12일)〉 일요일
날씨 흐림
일본어를 독학했음
훈춘(琿春)의 정용변(鄭龍變)과 박영호(朴永浩)에서 전화가 왔음.

〈2012년 3월 5일 (음력 2월 13일)〉 월요일
날씨 맑음
경칩. 일본어를 독학했음.(중급-시작)

〈2012년 3월 6일 (음력 2월 14일)〉 화요일
날씨 눈
일본어를 독학했음.

〈2012년 3월 7일 (음력 2월 15일)〉 수요일
날씨 맑음, 흐림
일본어을 독학했음. 훈춘(琿春)의 채송변(蔡宋變)에서 전화가 왔음.
훈춘(琿春)의 분선(粉善)에서 전화가 왔음.
춘학(春學)의 마누라에서 전화가 왔음.

〈2012년 3월 8일 (음력 2월 16일)〉 목요일
날씨 맑음
일본어을 독학했음. 신옥(信玉)이 집에 왔음(계란가져옴)
춘학(春學) 생일-한테 전화를 걸었음. 신옥(信玉)과 명숙(明淑)한테 전화를 걸었음.

〈2012년 3월 9일 (음력 2월 17일)〉 금요일
날씨 맑음
일본어을 독학했음.
훈춘(琿春)의 창일과 춘협과 추일(秋日)에서 전화가 왔음.

〈2012년 3월 10일 (음력 2월 18일)〉 토요일
날씨 흐림
일본어을 독학했음. 일본의 국진(國珍)과 명숙(明淑)과 인터넷 서핑했음.

〈2012년 3월 11일 (음력 2월 19일)〉 일요일
날씨 눈, 맑음. 바람 4도
일본어를 독학했음.
합비(合肥)의 영진(永珍)에서 전화가 왔음.

〈2012년 3월 12일 (음력 2월 20일)〉 월요일
날씨 맑음
일본어를 독학했음.
안기일(安基一)한테 전화를 걸었음.

〈2012년 3월 13일 (음력 2월 21일)〉 화요일
날씨 맑음 11도
일본어를 독학했음.
문명숙(文明淑)에서 전화가 왔음. 집에 가서 일본어 사전을 가져왔음.

〈2012년 3월 14일 (음력 2월 22일)〉 수요일
날씨 맑음
일본어를 독학했음.
미옥(美玉)에서 전화가 왔음. 미옥 집에서 묵음

〈2012년 3월 15일 (음력 2월 23일)〉 목요일

날씨 맑음 4도
일본어를 독학했음.(중급과문)
신봉자(申鳳子),에서 전화가 왔음.

〈2012년 3월 16일 (음력 2월 24일)〉 금요일
날씨 흐림
일본어를 독학했음. (중급과문) 남방회사에서 온도체크하러 옴
안기일(安基一)한테 전화를 걸었음. 신옥이 물만두가지고 병문안 옴

〈2012년 3월 17일 (음력 2월 25일)〉 토요일
날씨 맑음
일본어를 독학했음. 일본의 국진(國珍)과 합비(合肥)의 영진(永珍)과 인터넷 서핑했음.

〈2012년 3월 18일 (음력 2월 26일)〉 일요일
날씨 눈, 맑음
일본어를 독학했음. 훈춘(琿春)의 승일(承日)에서 전화가 왔음.

〈2012년 3월 19일 (음력 2월 27일)〉 월요일
날씨 맑음, 바람
일본어를 독학했음. 오후 노간부대에 가서 일본어를 공부했음.
옥인(玉仁)에서 전화가 왔음. 훈춘(琿春)의 정옥(貞玉)에서 전화가 왔음. 명숙(明淑)한테 전화를 걸었음.

〈2012년 3월 20일 (음력 2월 28일)〉 화요일
날씨 맑음
춘분(春分). 일본어를 독학했음. 훈춘(琿春)의 창일(昌日)한테 전화를 걸었음.
집에 가서 청소했음. 이발. 청소.

〈2012년 3월 21일 (음력 2월 29일)〉 수요일
날씨 흐림
일본어를 독학했음. 미옥(美玉)의 집에서 아침을 먹고 집에 왔음. 원학(元學)에서 전화가 왔음. (원학의 차타고)
박영호(朴永浩)에선 전화가 왔음. (구 여객터미널에서 만남) 점심밥을 함

〈2012년 3월 22일 (음력 3월 1일)〉 목요일
날씨 구름
일본어를 독학했음.
1각,5각=100위안 모듬. 바닥을 닦았음.

〈2012년 3월 23일 (음력 3월 2일)〉 금요일
날씨 구름, 비
오후 노간부대에 가서 일본어를 공부했음.
미옥(美玉)에서 전화가 왔음. 밤에 원학(元學)이 와서 잤음.

〈2012년 3월 24일 (음력 3월 3일)〉 토요일
날씨 구름
일본어를 독학했음. 북경(北京)의 동일(東日)에서 전화가 왔음. 아침, 원학(元學)이 갔음.
명숙(明淑)에서 전화가 왔음.

〈2012년 3월 25일 (음력 3월 4일)〉 일요일
날씨 눈, 맑음
일본어를 독학했음. 옷을 빨았음.

〈2012년 3월 26일 (음력 3월 5일)〉 월요일
날씨 구름 많음
오후 노간부대학에 가서 일본어를 공부했음. 미억에서 전화가 왔음-걸었음.
구두기름 구입. 신옥(信玉)에서 전화가 왔음. 훈춘(琿春)의 정구(廷九)에서 전화가 왔음.

〈2012년 3월 27일 (음력 3월 6일)〉 화요일
날씨 구름 많음 6도
일본어를 독학했음.

〈2012년 3월 28일 (음력 3월 7일)〉 수요일
날씨 맑음
일본어를 독학했음. 명숙(明淑)에서 전화가 왔음.
미옥(美玉)에서 전화가 왔음. 원학(元學)이 음식을 가져왔음. 바닥을 닦았음. 청소.

〈2012년 3월 29일 (음력 3월 8일)〉 목요일
날씨 흐림 14도
일본어를 독학했음. 미옥(美玉)에서 전화가 왔음. 걸었음.
훈춘(琿春)의 정옥(貞玉)에서 전화가 왔음. (원학집 침수)- 걸었음.

〈2012년 3월 30일 (음력 3월 9일)〉 금요일
날씨 구름 많음
오후 노간부대에 가서 일본어를 공부했음. 복순(福順)에서 전화가 왔음.
문명숙(文明淑)이 집에 왔다가 갔음. (걸었음) (207위안) 훈춘(琿春)의 창일(昌日)에서 전화가 왔음. 손목시계 배떠리 교체.

〈2012년 3월 31일 (음력 3월 10일)〉 토요일
날씨 구름 많음. 눈
오후 노간부대에 가서 일본어를 공부했음. 미옥(美玉)한테 전화를 걸었음. -왔음.
오전 일본어를 독학했음. 문명숙(文明淑)에서 전화가 왔음.

〈2012년 4월 1일 (음력 3월 11일)〉 일요일
날씨 구름 많음 2도
일본어를 독학했음. 미옥(美玉)에서 전화가 왔음.
신용합작은행에 가서 급료를 찾았음.

〈2012년 4월 2일 (음력 3월 12일)〉 월요일
날씨 구름 많음, 흐림 3도
일본어를 독학했음. 미옥(美玉)한테 전화를 걸었음. 미옥(美玉)의 집에 가서 저녁을 먹고 잤음.
합비(合肥)의 영진(永珍)에서 전화가 왔음. 안기일(安基一)에서 전화가 왔음.

〈2012년 4월 3일 (음력 3월 13일)〉 화요일
날씨 흐림
아침을 먹고 왔음. 일본어를 독학했음.
훈춘(琿春)의 은숙(銀淑)과 정옥(貞玉)한테 전화를 걸었음.

〈2012년 4월 4일 (음력 3월 14일)〉 수요일
날씨 맑음
청명(淸明). 훈춘(琿春)의 승일(承日)과 순자(順子)한테 전화를 걸었음. 일본어를 독학했음. 샤워를 했음.

원학(元學)한테 전화를 걸었음. 미옥(美玉)한테 전화를 걸었음.

〈2012년 4월 5일 (음력 3월 15일)〉 목요일
날씨 대설(大雪), 맑음
일본어를 독학했음. 명숙(明淑)한테 전화를 걸었음. 미옥(美玉)한테 전화를 걸었음.
원학(元學) 생일-한테 전화를 걸었음. 훈춘(琿春)의 창일(昌日)에서 전화가 왔음. 걸었음.

〈2012년 4월 6일 (음력 3월 16일)〉 금요일
날씨 맑음. 구름 많음
미옥(美玉) 생일. 일본어를 독학했음. (원학(元學). 미옥(美玉) 식당에서 접대함)-창일(昌日), 승일(承日). 복순(福順) 참가.
훈춘(琿春)의 창일(昌日)에서 전화가 왔음. -(연길에 월세내러 옴) -저금

〈2012년 4월 7일 (음력 3월 17일)〉 토요일
날씨 맑음
지혜(知慧) 생일, 일본어를 독학했음. 미옥(美玉)한테 전화를 걸었음. 청소.
명숙(明淑)에서 전화가 왔음. 걸었음. 미옥(美玉)의 집에 가서 저녁을 먹고 잤음.

〈2012년 4월 8일 (음력 3월 18일)〉 일요일
날씨 맑음
아침을 먹고 왔음.
용정(龍井)의 명숙(明淑) 집에 가서 잤음.

〈2012년 4월 9일 (음력 3월 19일)〉 월요일
날씨 구름
오후 노간부대에 가서 일본어를 공부했음. 박영호(朴永浩)전화옴. 용정(龍井)에서 집에 옴.
연길에서 훈춘 창일집에서 묵음, 미옥이 전화옴,

〈2012년 4월 10일 (음력 3월 20일)〉 화요일
날씨 구름 2도
아침을 먹고 채송변(蔡宋變) 장례식에 감, 훈춘에서 귀가
합비(合肥)의 영진(永珍)에서 전화가 왔음. 신옥(信玉)과 춘학(春學)이... 미옥(美玉)한테 전화를 걸었음.

〈2012년 4월 11일 (음력 3월 21일)〉 수요일
날씨 비, 맑음
일본어를 독학했음. 미옥(美玉)에서 전화가 왔음.
우정에 가서 찾았음. 합비(合肥)의 영진(永珍)에 전화를 걸었음. (송금을 받음)

〈2012년 4월 12일 (음력 3월 22일)〉 목요일
날씨 흐림
미옥(美玉)의 집에 가서 아과 저녁을 먹고 잤음. 중우호텔에서 접대함.
합비(合肥)의 영진(永珍)과 인터넷 서핑했음.

〈2012년 4월 13일 (음력 3월 23일)〉 금요일
날씨 맑음
명숙(明淑)에서 전화. 미옥(美玉)의 집에서

아침을 먹고 왔음. 박영호(朴永浩)에서 전화가 왔음.
민석(珉錫)과 복순(福順)한테 전화를 걸었음.
미화(美花) 생일. 신옥(信玉)에서 전화가 왔음. 오후 노간부대학에 가서 일본어를 공부했음.

〈2012년 4월 14일 (음력 3월 24일)〉 토요일 날씨 구름
연길(延吉)에서 용정(龍井)의 집까지 갔음. 점심과 저녁을 먹고 잤음.
일본어를 독학했음.

〈2012년 4월 15일 (음력 3월 25일)〉 일요일 날씨 가랑비
미화(美花) 생일(양력). 일본어를 독학했음.
미옥(美玉)에서 전화가 왔음.
미화(美花)한테 전화를 걸었음.

〈2012년 4월 16일 (음력 3월 26일)〉 월요일 날씨 맑음
미옥(美玉)한테 전화를 걸었음 오전 용정에서 귀가, 오후에 노간부대학에서 일어학습(전화를 걸었음). 일본의 국진(國珍)과 인터넷 서핑했음.
동일 생일(양력)-한테 전화를 걸었음. 시노간부대학에 다녀감- 노년카드 문제로

〈2012년 4월 17일 (음력 3월 27일)〉 화요일 날씨 흐림
일본어를 독학했음. 오전에 시 공공뻐스회사에서 노년카드 발급받음
훈춘(琿春)의 추일(秋日)에서 전화가 왔음.
안기일(安基一)한테 전화. 국진과 인터넷 서핑함

〈2012년 4월 18일 (음력 3월 28일)〉 수요일 날씨 맑음
일본어을 독학했음. 미옥(美玉)한테 전화를 걸었음.
원학 장녀결혼식 참석 (복순(福順), 승일(承日). 순자(順子). 참가). 훈춘(琿春)의 순자(順子)한테 전화를 걸었음.

〈2012년 4월 19일 (음력 3월 29일)〉 목요일 날씨 구름. 맑음.
원학(元學)에서 전화가 왔음. 원학(元學)의 집에 가서 버녁을 먹고 잤음. 청소.
옥진에서 전화가 왔음. 명숙(明淑)에서 전화가 왔음.

〈2012년 4월 20일 (음력 3월 30일)〉 금요일 날씨 구름. 맑음
아침을 먹고 왔음. (소고기요리 가져옴) 오후 노간부대학에 가서 일본어를 공부했음.
명숙(明淑)에서 전화가 왔음.

〈2012년 4월 21일 (음력 4월 1일)〉 토요일 날씨 맑음
연길(延吉)에서 용정(龍井)까지 갔음. (오후). 샤워를 했음. 바닥을 닦았음.
신봉자(申鳳子)한테 전화를 걸었음.

〈2012년 4월 22일 (음력 4월 2일)〉 일요일
날씨 가랑비
미옥(美玉)에서 전화가 왔음- 걸었음.
합비(合肥)의 영진(永珍)에서 전화가 왔음.

〈2012년 4월 23일 (음력 4월 3일)〉 월요일
날씨 가랑비
용정에서 귀가 명숙(明淑)한테 전화를 걸었음. 오후 노간부대학에 가서 일본어를 공부했음.
사돈 생일 (용정(龍井)). 한테 전화를 걸었음.
원학(元學)의 집에 가서 저녁을 먹었음.

〈2012년 4월 24일 (음력 4월 4일)〉 화요일
날씨 비, 구름
아침을 먹고 왔음. 미옥(美玉)에서 전화가 왔음. 미옥(美玉)집에 가서 저녁을 먹고 잤음.
명숙(明淑)에서 전화가 왔음.
분선(粉善) 생일-한테 전화를 걸었음. 미옥이 집에 왔다감. 옷을 빨았음.

〈2012년 4월 25일 (음력 4월 5일)〉 수요일
날씨 가랑비. 비
아침을 먹고 왔음. 명숙(明淑)한테 전화를 걸었음. 집에 와서 잤음.
훈춘(琿春)의 향선(香善)에서 전화가 왔음.

〈2012년 4월 26일 (음력 4월 6일)〉 목요일
날씨 비
훈춘(琿春)의 정옥(貞玉)한테 전화를 걸었음. 연길(延吉)에서 훈춘(琿春)까지 가서 정옥(貞玉)의 집에 가서 잤음.
명숙(明淑)-(친구 생일)-전화가 왔음. ㅁ;억과 옥희(玉姬)한테 전화를 걸었음.

〈2012년 4월 27일 (음력 4월 7일)〉 금요일
날씨 구름, 맑음
향선(香善)아들 생일-참가.- 정옥(貞玉)의 집에서 아침을 먹었음.
창일(昌日)의 집에 가서 저녁을 먹고 잤음.

〈2012년 4월 28일 (음력 4월 8일)〉 토요일
날씨 구름 많음
창일(昌日)의 집에서 아침을 먹었음. 점심: 영호, 춘협, 용변과 같이 먹음
훈춘(琿春)에서 연길(延吉)까지 왔음. 창일(昌日)한테 전화를 걸었음. 일본의 국진(國珍)과 인터넷 서핑했음.

〈2012년 4월 29일 (음력 4월 9일)〉 일요일
날씨 구름 많음
연길(延吉)에서 용정(龍井)까지 갔음. 점심과 저녁을 먹고 잤음.
전기장판과 코드 구입(75원)

〈2012년 4월 30일 (음력 4월 10일)〉 월요일
날씨 맑음
선택기를 샀음. (2010위안)

〈2012년 5월 1일 (음력 4월 11일)〉 화요일
날씨 구름. 비
장동주(張東柱), 김해옥(金海玉), 고복순(高福順), 이정순(李貞順) 전화 옴
창문틀: (130위안). 원학(元學)과 미옥(美玉)

에서 전화가 왔음. (미옥이 집에 도착)

〈2012년 5월 2일 (음력 4월 12일)〉 수요일
날씨 구름
창문세턱도구 구입(13위안)
정옥(貞玉) 생일-한테 전화를 걸었음. 김해옥(金海玉)한테 전화를 걸었음.

〈2012년 5월 3일 (음력 4월 13일)〉 목요일
날씨 구름, 맑음
오후 용정(龍井)에서 연길(延吉)까지 왔음. 신봉자(申鳳子),에서 전화가 왔음. 원학(元學)이 집에 와서 잤음.
명숙(明淑)과 미옥(美玉)한테 전화를 걸었음.

〈2012년 5월 4일 (음력 4월 14일)〉 금요일
날씨 맑음
오후 노간부대학에 가서 일본어를 공부했음. 봉자한테 전화를 걸었음.
장동주(張東柱)과 안기일(安基一)한테 잔화를 걸었음. 명숙(明淑)에서 전화가 왔음.

〈2012년 5월 5일 (음력 4월 15일)〉 토요일
날씨 구름 많음
입하(立夏). 국철한테 전화를 걸었음. 명숙(明淑)에서 전화가 왔음-걸었음. 연변축구경기 관람. 청소.
미옥(美玉)에서 전화가 왔음. 해옥(海玉)과 동주(東柱)과 기일(基一)한테 전화를 했음. 옷을 빨았음.
미옥(美玉)의 집에 가서 저녁을 먹고 잤음.
일본의 국진(國珍)과 명숙(明淑)과 인터넷 서핑했음.

〈2012년 5월 6일 (음력 4월 16일)〉 일요일
날씨 가랑비
아침을 먹고 왔음. 청소
명숙(明淑)에서 전화가 왔음.(집에 왔음). 바닥을 닦았음.

〈2012년 5월 7일 (음력 4월 17일)〉 월요일
날씨 가랑비
오후 노간부대학에 가서 일본어를 공부했음.
연길(延吉)에서 갔음. (명숙(明淑)함께). 세탁기 구입비용 (120위안)
훈춘(琿春)의 복순(福順)에서 전화가 왔음.

〈2012년 5월 8일 (음력 4월 18일)〉 화요일
날씨 구름
명숙집에서 세끼해결
신봉자(申鳳子),에서 전화가 왔음. 잤음.

〈2012년 5월 9일 (음력 4월 19일)〉 수요일
날씨 가랑비
산책. 일본어를 독학했음.
미옥(美玉)에서 전화가 왔음.

〈2012년 5월 10일 (음력 4월 20일)〉 목요일
날씨 구름, 맑음
일본어를 독학했음. 신봉자(申鳳子)한테 전화를 걸었음. 카텐:100위안+30위안
용정(龍井)에서 연길(延吉)까지 왔음. 명숙(明淑)한테 전화를 걸었음.

〈2012년 5월 11일 (음력 4월 21일)〉 금요일
날씨 맑음
일본어를 독학했음. 오후 노간부대학에 가서 일본어를 공부했음.
옥진에서 전화가 왔음.

〈2012년 5월 12일 (음력 4월 22일)〉 토요일
날씨 맑음
일본어를 독학했음 (초급). 일본의 국진(國珍)과 인터넷 서핑했음. (점심먹음)
명숙(明淑)에서 전화가 왔음. 걸었음. 봉자에서 전화가 왔음. -작업실에서 만남

〈2012년 5월 13일 (음력 4월 23일)〉 일요일
날씨 비,구름
티비 신문을 읽었음. 합비(合肥)의 영진(永珍)과 인터넷 서핑했음.
명숙(明淑)한테 전화를 걸었음-왔음.

〈2012년 5월 14일 (음력 4월 24일)〉 월요일
날씨 천둥, 비
일본어를 독학했음. 오후 노간부대학에 가서 일본어를 공부했음.
원학(元學)에서 전화가 왔음.-원학(元學)의 집에 가서 저녁을 먹고 잤음.

〈2012년 5월 15일 (음력 4월 25일)〉 화요일
날씨 맑음
아침을 먹고 왔음. 샤워를 했음.
연길(延吉)에서 용정(龍井)까지 왔음.

〈2012년 5월 16일 (음력 4월 26일)〉 수요일
날씨 비
일본어를 독학했음. 술병, 술약구입: 155위안
용정(龍井)에서 연길(延吉)까지 왔음. 잤음.

〈2012년 5월 17일 (음력 4월 27일)〉 목요일
날씨 맑음
일본어를 독학했음. 미옥(美玉)한테 전화를 걸었음.
명숙(明淑)한테 전화를 걸었음. 미옥(美玉)의 집에 갔음-저녁을 먹었음.

〈2012년 5월 18일 (음력 4월 28일)〉 금요일
날씨 맑음
아침을 먹고 왔음. 연길(延吉)에서 훈춘(琿春)까지 갔음. (훈춘에서 입원한 복순이 병문안 감)
광춘(光春)에서 전화가 왔음. 창일(昌日) 집에 가서.. 잤음.

〈2012년 5월 19일 (음력 4월 29일)〉 토요일
날씨 맑음
훈춘(琿春)에서 연길(延吉)까지 왔음. 명숙(明淑)한테 전화...
옥인(玉仁)에서 전화 전화가 왔음. 창일(昌日)과 미옥(美玉)한테 전화를 걸었음. 복순(福順)한테 전화를 걸었음.

〈2012년 5월 20일 (음력 4월 30일)〉 일요일
날씨 맑음 30도
오후 미옥(美玉) 집에 가서 저녁을 먹고 왔음. 이발. 청소.
명숙(明淑)과 고복순(高福順)에서 전화가 왔

음. 미옥(美玉)한테 전화를 걸었음. 옷을 빨았음.

〈2012년 5월 21일 (음력 5월 1일)〉 월요일
날씨 맑음 28도
오후 노간부대학에 가서 일본어를 공부했음.
명숙(明淑)한테 전화를 걸었음. 바닥을 닦았음.

〈2012년 5월 22일 (음력 5월 2일)〉 화요일
날씨 구름
일본어를 독학했음. 훈춘(琿春)의 복순(福順)한테 전화를 걸었음
명숙(明淑)에서 전화가 왔음. 미옥(美玉)한테 전화를 걸었음.

〈2012년 5월 23일 (음력 5월 3일)〉 수요일
날씨 뇌우
일본어를 독학했음. 오후 노간부대학에 가서 일본어를 공부했음.
일본어반 여학생들이 남학생들을 점심 접대함

〈2012년 5월 24일 (음력 5월 4일)〉 목요일
날씨 구름
일본어를 독학했음. 미옥(美玉)에서 전화가 왔음,
명숙(明淑)이 용정(龍井)에서 연길(延吉)까지 왔음.

〈2012년 5월 25일 (음력 5월 5일)〉 금요일
날씨 구름
일본어반 초,중급반 소풍-시립공원
명숙(明淑)이 연길(延吉)에서 용정(龍井)까지 갔음. 전화를 걸었음. 고복순(福順)(高福順)에서 전화가 왔음.

〈2012년 5월 26일 (음력 5월 6일)〉 토요일
날씨 뇌우
훈춘(琿春)의 복순(福順)한테 전화를 걸었음. 일본어를 독학했음.
명숙(明淑)과 미옥(美玉)에서 전화가 왔음.
정용변(鄭龍變)에서 전화가 왔음. (해옥海玉또)

〈2012년 5월 27일 (음력 5월 7일)〉 일요일
날씨 비, 구름
훈춘 제4소학교 퇴직교사들이 연길국제무역농업과학기술문화원을 참관
일본의 명숙(明淑)과 국진(國珍)과 인터넷서핑했음.
용변(鄭龍變)과 고복순(高福順)에서 전화가 왔음. 미옥(美玉)에서 전화가 왔음. 집에 와서 잤음.

〈2012년 5월 28일 (음력 5월 8일)〉 월요일
날씨 구름. 가랑비
아침을 먹고 왔음. 오후 노간부대학에 가서 일본어를 공부했음.
연길(延吉)에서 용정(龍井)까지 왔음. 잤음.

〈2012년 5월 29일 (음력 5월 9일)〉 화요일
날씨 가랑비
복순(福順)에서 전화가 왔음,

신봉사한테 전화를 걸었음. (부상입음)

〈2012년 5월 30일 (음력 5월 10일)〉 수요일
날씨 구름
일본어를 독학했음. 미옥(美玉)에서 전화가 왔음.

〈2012년 5월 31일 (음력 5월 11일)〉 목요일
날씨 비
일본어를 독학했음. 훈춘(琿春)의 창일(昌日)과 안도(安圖)강철(康哲)에서 전화가 왔음.

〈2012년 6월 1일 (음력 5월 12일)〉 금요일
날씨 비
일본어를 독학했음. 안기일(安基一)에서 전화가 왔음.

〈2012년 6월 2일 (음력 5월 13일)〉 토요일
날씨 구름
일본어를 독학했음. 축구협회컵 축구경기 관람- 연변:중경FC-2+3:2+2

〈2012년 6월 3일 (음력 5월 14일)〉 일요일
날씨 비, 구름
일본어를 독학했음. 미옥(美玉)과 명숙(明淑)한테 전화를 걸었음.
용정(龍井)에서 연길(延吉)까지 왔음. 합비(合肥)의 영진(永珍)과 인터넷 서핑했음. (미화(美花)와)

〈2012년 6월 4일 (음력 5월 15일)〉 월요일
날씨 뇌우
오후 노간부대학에 가서 일본어를 공부했음.
후대전화비: 100위안
복순(福順)한테 전화를 걸었음. 명숙(明淑)에서 전화가 왔음. 바닥을 닦았음.

〈2012년 6월 5일 (음력 5월 16일)〉 화요일
날씨 비, 구름
망종. 연길(延吉)에서 용정(龍井)까지 명숙(明淑) 집에 갔음. 샤워를 했음. 잤음.
일본어를 독학했음.

〈2012년 6월 6일 (음력 5월 17일)〉 수요일
날씨 구름
일본어를 독학했음.
원학(元學)에서 전화가 왔음. (신달생물과학기술회사)

〈2012년 6월 7일 (음력 5월 18일)〉 목요일
날씨 비. 천둥
아침 용정(龍井)에서 연길(延吉)까지 왔음.
→ 원학이 점심을 쌈 → 옷을 빨았음. (원학의 차타고)-출금, 입금
합비(合肥)의 영진(永珍)에서 전화가 왔음.
미옥(美玉)의 집에 가서 저녁을 먹었음, (돈빌림)

〈2012년 6월 8일 (음력 5월 19일)〉 금요일
날씨 구름
미옥(美玉)의 집에서 아침을 먹고 왔음. 오후 노간부대학에 가서 일본어를 공부했음.
안도(安圖)의 강철(康哲)에서 전화가 왔음.

연길(延吉)에서 용정(龍井)까지 갔음.

〈2012년 6월 9일 (음력 5월 20일)〉 토요일
날씨 구름
일본어를 독학했음. 오후 중국축구리그 갑A 경기 관람 연변:광동-1:1

〈2012년 6월 10일 (음력 5월 21일)〉 일요일
날씨 구름, 비
오후 용정(龍井)에서 연길(延吉)까지 왔음. 미옥(美玉)한테 전화를 걸었음. -집 가서 저녁을 먹고 잤음.
명숙(明淑)한테 전화를 걸었음. -왔음. 영진(永珍)과 국진(國珍)과 인터넷 서핑했음.

〈2012년 6월 11일 (음력 5월 22일)〉 월요일
날씨 비
아침을 먹고 왔음. 오후 노간부대학에 가서 일본어를 공부했음.
명숙(明淑)에서 전화가 왔음. 연길(延吉)에서 용저\d까지 갔음. 미옥(美玉)한테 전화를 걸었음.

〈2012년 6월 12일 (음력 5월 23일)〉 화요일
날씨 흐림
일본어를 독학했음. 유럽축구경기 관랍. (유럽축구 를 읽었음.)

〈2012년 6월 13일 (음력 5월 24일)〉 수요일
날씨 비, 가랑비
일본어를 독학했음.
미옥(美玉)에서 전화가 왔음.

〈2012년 7월 21일 (음력 6월 3일)〉 토요일
날씨 흐림
일본어를 독학했음. 축구경기을 관람했음. 1 연변-북경(北京)0
춘식(春植) 생일. 원학이 집에 왔다 감. 가흥(嘉興)의 명숙(明淑)에서 전화가 왔음. 미옥(美玉)한테 전화를 걸었음.

〈2012년 7월 22일 (음력 6월 4일)〉 일요일
날씨 천둥
대서(大暑). 일본어를 독학했음. 미옥(美玉)의 집에 가서 점심을 먹었음. 원학이 접대함 옥인(玉仁)에서 전화가 왔음. 일본의 국진(國珍)과 인터넷 서핑했음.

〈2012년 7월 23일 (음력 6월 5일)〉 월요일
날씨 가랑비. 구름
이사 짐 정리
가홍(嘉興)의 수미(秀美)에서 전화가 왔음. 미옥(美玉)한테 전화를 걸었음.

〈2012년 7월 24일 (음력 6월 6일)〉 화요일
날씨 구름. 맑음
일본어를 독학했음. 약을 샀음.

〈2012년 7월 25일 (음력 6월 7일)〉 수요일
날씨 맑음
일본어를 독학했음. (초급상,하권 기본과문 및 문법 해석을 읽었음). 미옥(美玉)에서 전화가 왔음. 샤워를 했음.
원학(元學)에서 전화가 왔음. → 집에 가서 저녁을 먹었음. 청소.

〈2012년 7월 26일 (음력 6월 8일)〉 목요일
날씨 구름
일본어를 독학했음. 초급과문실용현장대화 수업 필기시작
미옥(美玉)한테 전화를 걸었음. 가흥(嘉興)의 명숙(明淑)에서 전화가 왔음. 미옥(美玉)에서 전화가 왔음. 저녁을 먹었음.

〈2012년 7월 27일 (음력 6월 9일)〉 금요일
날씨 맑음. 구름
일본어를 독학했음.
30기 올림픽영국런던(3차)-17일간

〈2012년 7월 28일 (음력 6월 10일)〉 토요일
날씨 맑음
일본어를 독학했음.
미옥(美玉)에서 전화가 왔음. 런던 올림픽 개막식 관림, 중국축구 갑급리그 연변 0: 상해 3

〈2012년 7월 29일 (음력 6월 11일)〉 일요일
날씨 흐림. 비
일본어를 독학했음. 원학(元學)이 집에 왔다가 갔음.
신옥(信玉)에서 전화가 왔음. -(개고기 가져옴). 가흥(嘉興)의 명숙(明淑)에서 전화가 왔음.

〈2012년 7월 30일 (음력 6월 12일)〉 월요일
날씨 구름
일본어를 독학했음.
미옥(美玉)이 집에 오고 같이 병원에 갔음. (입원). 미옥(美玉)과 원학(元學)한테 전화를 걸었음.
미옥(美玉) 7월 30일 입원 → 8월 2일 수술 →8월 8일 퇴원

〈2012년 7월 31일 (음력 6월 13일)〉 화요일
날씨 구름
일본어를 독학했음. 해옥(海玉)에서 전화가 왔음.
가흥(嘉興)의 명숙(明淑)에서 전화가 왔음.
미옥(美玉)한테 전화를 걸었음-왔음. (대접했음)

〈2012년 8월 1일 (음력 6월 14일)〉 수요일
날씨 흐림
미옥의 병문안 하러 연변병원에 갔음(수술)
원학(元學)과 합비(合肥)의 영진(永珍)한테 전화를 걸었음.

〈2012년 8월 2일 (음력 6월 15일)〉 목요일
날씨 흐림
미옥의 병문안 하러 연변병원에 갔음 원학(元學)한테 전화를 걸었음.
명숙(明淑)과 위미(偉美)에서 전화가 왔음.
→위미(偉美)가 미옥의 병문안 옴(200위안)

〈2012년 8월 3일 (음력 6월 16일)〉 금요일
날씨 구름. 비
(오후 5시) 일본어를 독학했음. 최순자(崔順子)가 우리를 접대 (동우(東羽). 정조(正朝). 금옥(今玉). 해옥(海玉), 미옥이 병문안 옴).
옷을 빨았음.
미옥(美玉)한테 전화를 걸었음. 명숙(明淑)

과 창일(昌日)에서 전화가 왔음.

〈2012년 8월 4일 (음력 6월 17일)〉 토요일
날씨 비
합비(合肥)의 영진(永珍)에서 전화가 왔음.
미옥(美玉)한테 전화를 걸었음. 영일아세 전화가 왔음. 가홍(嘉興)의 명숙(明淑)한테 전화를 걸었음.

〈2012년 8월 5일 (음력 6월 18일)〉 일요일
날씨 구름. 맑음
창일(昌日)에서 전화가 왔음. 창일(昌日)부부와 승일부부가 미옥의 병문안 옴. 바닥을 닦았음.
서금옥(徐今玉)과 최순자(崔順子)에서 전화가 왔음. 미옥(美玉)한테 전화를 걸었음.-왔음.
연변병원에 갔다. 원학의 차로 명숙(明淑)을 공항에까지 바래다 줌(23.25~1.30)

〈2012년 8월 6일 (음력 6월 19일)〉 월요일
날씨 맑음. 30도
미옥의 병문안 하러 연변병원에 갔음, 점심에 원학이 접대함
일본의 국진(國珍)과 인터넷 서핑했음.
명숙(明淑)이 원학차로 용정에 감. 서금옥(徐今玉)에서 전화가 왔음.(ㅁㅁ)

〈2012년 8월 7일 (음력 6월 20일)〉 화요일
날씨 맑음
일본어를 독학했음. 연변병원에서 안과치료함-미옥의 병문안 감
명숙(明淑)에서 전화가 왔음. 미옥(美玉)에서 전화가 왔음.

〈2012년 8월 8일 (음력 6월 21일)〉 수요일
날씨 구름
미옥(美玉)한테 전화를 걸었음- 왔음. (퇴원). 훈춘(琿春)의 박영호(朴永浩)에서 전화가 왔음. (노인절 접대)
연길(延吉)에서 용정(龍井)까지 갔음. (오전).

〈2012년 8월 9일 (음력 6월 22일)〉 목요일
날씨 가랑비
미옥(美玉)한테 전화를 걸었음. 고복순(高福順)에서 전화가 왔음.
훈춘(琿春)의 창일(昌日)에서 전화가 왔음.
용정(龍井)에서 연길(延吉)까지 왔음. 미옥(美玉)과 원학(元學)한테 전화를 걸었음.

〈2012년 8월 10일 (음력 6월 23일)〉 금요일
날씨 맑음
훈춘(琿春)의 창일(昌日)에서 번화가 왔음.
얀길에서 훈춘(琿春)의 창일(昌日) 집에 갔음.
복순(福順)한테 전화를 걸었음. 해옥(海玉)한테 전화를 걸었음.

〈2012년 8월 11일 (음력 6월 24일)〉 토요일
날씨 구름
출입문 방범문으로 교체 -(1390위안), 명일과 명숙(明淑)에서 전화가 왔음.
복순(福順) 생일- 창일차타고 참석 200위안.

중국축구 갑A리그 2 연변-중경FC 0

〈2012년 8월 12일 (음력 6월 25일)〉 일요일
날씨 뇌우
훈춘(琿春)에서 연길(延吉)까지 왔음. 창일(昌日)과 미옥(美玉)한테 전화를 걸었음. 미옥(美玉) 집에 가서 점심을 먹었음.
명숙(明淑)한테 전화를 걸었음. 수미(秀美)에서 전화가 왔음.

〈2012년 8월 13일 (음력 6월 26일)〉 월요일
날씨 구름
연길(延吉)에서 용정(龍井)까지 갔음.
미옥(美玉)한테 전화를 걸었음. 합비(合肥)의 영진(永珍)에서 전화가 왔음.

〈2012년 8월 14일 (음력 6월 27일)〉 화요일
날씨 맑음
박영호(朴永浩)와 해옥(海玉)한테 전화를 걸었음. 홍위접대-노년절
고복순(高福順)에서 전화가 왔음.

〈2012년 8월 15일 (음력 6월 28일)〉 수요일
날씨 흐림. 비
연길에서 명숙 자녀들이 노년절 접대 받음.
정율(正律)에서 전화가 왔음. -걸었음.
원학(元學)에서 전화가 왔음. 샤워를 했음.

〈2012년 8월 16일 (음력 6월 29일)〉 목요일
날씨 맑음
미옥(美玉)에서 전화아 왔음. -원학(元學)과 미옥(美玉)이 접대-노년절-명숙(明淑)일가도 참석. 연길(延吉)에서 용정(龍井)까지 갔음.
철진 생일. 동북아 여객터미널에서 정율누나에게 사진을 전해줌. 합비(合肥)의 미화(美花)에서 전화가 왔음.

〈2012년 8월 17일 (음력 7월 1일)〉 금요일
날씨 맑음
□ □ □ □
일본어를 독학했음. (□ □ □ □ □ □)

〈2012년 8월 18일 (음력 7월 2일)〉 토요일
날씨 구름
용정(龍井)에서 연길(延吉)까지 왔음. 미옥(美玉)한테 전화를 걸었음. 원학(元學)에서 전화가 왔음. → 점심을 먹었음.
명숙(明淑)이 집에왔음.
미옥(美玉)에서 전화가 왔음. 훈춘(琿春)의 영 → 에서 전화가 왔음.

〈2012년 8월 19일 (음력 7월 3일)〉 일요일
날씨 흐림. 비
미옥(美玉)의 진에 가서, 역에 가서 춘성(春晟)을 환송했음. 미옥(美玉)한테 전화를 걸었음. 원학(元學)에서 전화가 왔음. 창소.
명숙(明淑)이 용정(龍井)에 갔음. → 전화가 왔음. 국진(國珍)과 인터넷 서핑했음.

〈2012년 8월 20일 (음력 7월 4일)〉 월요일
날씨 구름
연길(延吉)에서 용정(龍井)까지 갔음. 명숙(明淑)한테 전화를 걸었음.-왔음.

미옥(美玉)한테 전화를 걸었음.

〈2012년 8월 21일 (음력 7월 5일)〉 화요일
날씨 구름
일본어를 독학했음. 명숙(明淑)이 개산둔(開山屯)에 감 → 접대하러

〈2012년 8월 22일 (음력 7월 6일)〉 수요일
날씨 구름
일본어를 독학했음.

〈2012년 8월 23일 (음력 7월 7일)〉 목요일
날씨 맑음
초서(촉暑). 영채 파종. 약을 샀음. (위박(謂博): 22위안*6=132위안)

〈2012년 8월 24일 (음력 7월 8일)〉 금요일
날씨 구름
일본어를 독학했음. 일본어반 박순희(朴順姬)에서 전화가 왔음. (개학통지)
미옥(美玉)에서 전화가 왔음.

〈2012년 8월 25일 (음력 7월 9일)〉 토요일
날씨 구름. 비. 맑음
용정(龍井)에서 연길(延吉)까지 왔음. -명숙(明淑)이 집에 왔음. 원학(元學)애서 전화가 왔음.
미옥(美玉)한테 전화를 걸었음. 훈춘(琿春)의 복순(福順)에서 전화가 왔음. 창일(昌日)한테 전화를 걸었음.
술을 샀음. (6위안-15=90위안+오미자,구기자 15위안 =105위안)

〈2012년 8월 26일 (음력 7월 10일)〉 일요일
날씨 구름
일본어를 독학했음. 명숙(明淑)이 갔음. → 전화가 왔음 → 걸었음.
미옥(美玉)에서 전화가 왔음. 샤워를 했음.

〈2012년 8월 27일 (음력 7월 11일)〉 월요일
날씨 구름
오후, 노간부대학에 가서 일본어를 공부했음. (개학) 통신비 100위안.
미옥(美玉)에서 전화가 왔음. 미옥(美玉)의 집에 가서 저녁을 먹었음. 바닥을 닦았음.

〈2012년 8월 28일 (음력 7월 12일)〉 화요일
날씨 구름, 비. 대풍.
창일(昌日) 생일. 미옥(美玉)의 집에 가서 아침을 먹었음.
연길(延吉)에서 훈춘(琿春)까지 가서 창일(昌日)의 생일에 참가했음.

〈2012년 8월 29일 (음력 7월 13일)〉 수요일
날씨 바람
훈춘(琿春)에서 연길(延吉)까지 왔음. 미옥(美玉)의 집에가서 점심과 저녁을 먹었음.
원학(元學)과 미옥(美玉)한테 전화를 걸었음. 훈춘(琿春)의 창일(昌日)한테 전화를 걸었음.

〈2012년 8월 30일 (음력 7월 14일)〉 목요일
날씨 구름
미옥(美玉)의 집에 가서 아침을 먹었음.
명숙(明淑)에서 전화가 왔음. -연길(延吉)에

서 용정(龍井)까지 갔음.

〈2012년 8월 31일 (음력 7월 15일)〉 금요일
날씨 구름
용정(龍井)에서 노간부대학에 가서 일본어를 공부했음. 학비 100위안
연길(延吉)에서 용정(龍井)까지 왔음.

〈2012년 9월 1일 (음력 7월 16일)〉 토요일
날씨 구름
일본어를 독학했음. 오후 중국축구 갑A리그 1 연변 -하얼빈 5
명숙(明淑) 도문에 감.

〈2012년 9월 2일 (음력 7월 17일)〉 일요일
날씨 맑음
일본어를 독학했음. 합비(合肥)의 영진(永珍)에서 전화가 왔음.

〈2012년 9월 3일 (음력 7월 18일)〉 월요일
날씨 맑음
자치주 성립60주년 경축활동 관람 (TV)

〈2012년 9월 4일 (음력 7월 19일)〉 화요일
날씨 맑음, 비
훈춘(琿春)의 박영호(朴永浩)에서 전화가 왔음. (교사절 접대). 해옥(海玉)과 광용(光龍)한테 전화를 걸었음.
〈9.3〉경축위해 접대(명숙(明淑)일가 200위안). 미옥(美玉)에서 전화가 왔음. 이발 8위안.

〈2012년 9월 5일 (음력 7월 20일)〉 수요일
날씨 구름
일본어를 독학했음. 훈춘(琿春)의 정용(鄭龍)에서 전화가 왔음.
명숙(明淑)에 개산둔(開山屯)에 감. 남훈(南勳)이 연길(延吉)공업학원(200위안)

〈2012년 9월 6일 (음력 7월 21일)〉 목요일
날씨 맑음
일본어를 독학했음. 용정(龍井)에서 연길(延吉)까지 왔음. 미옥(美玉)한테 전화를 걸었음.-왔음, 원학(元學)한테 전화를 걸었음.
훈춘(琿春)의 정모(廷模)한테 전화를 걸었음.-왔음. 원학(元學)한테 전화를 걸었음.

〈2012년 9월 7일 (음력 7월 22일)〉 금요일
날씨 구름
미옥(美玉)의 집에 가서 아침을 먹었음. 연길(延吉)에서 훈춘(琿春)까지 갔음. 박순희(朴順姬)한테 전화를 걸었음.
정모(廷模) 생일 참가했음. (200위안). 정오(廷伍)의 집에 가서 저녁을 먹고 잤음.

〈2012년 9월 8일 (음력 7월 23일)〉 토요일
날씨 구름.
훈춘 제4소학교 퇴직교원 교사절활동 참석.
정오(廷伍)의 집에서 아침을 먹었음.
정옥(貞玉)의 집에 가서 저녁을 먹고 잤음.
일본어반 박순희(朴順姬)에서 전화가 왔음.

〈2012년 9월 9일 (음력 7월 24일)〉 일요일
날씨 맑음, 구름

정옥(貞玉)의 집에서 아침을 먹었음. 남방회사에서 남방비납부(새집-2280원, 상업집-4778원).
창일(昌日)의 빈에 가서 점심을 먹었음. 훈춘(琿春)에서 연길(延吉)까지 왔음. 미옥(美玉)의 집에 가서 저녁을 먹었음.
국진(國珍)과 인터넷 서핑했음. (미옥(美玉) 집에서)

〈2012년 9월 10일 (음력 7월 25일)〉 월요일
날씨 맑음
미옥(美玉)의 집에서 아침과 저녁을 먹었음.
광용(光龍)한테 전화를 걸었음. 명숙(明淑)한테 전화를 걸었음. 샤워를 했음.

〈2012년 9월 11일 (음력 7월 26일)〉 화요일
날씨 구름
명숙(明淑) 생일. 연길(延吉)에서 용정(龍井)까지 갔음. -참가했음. 미옥(美玉)에서 전화가 왔음.
미옥(美玉)의 집에 가서 아침을 먹었음. 관리사무소에서 우비관선 정비문제 토론.

〈2012년 9월 12일 (음력 7월 27일)〉 수요일
날씨 구름
일본어를 독학했음. 합비(合肥)의 영진(永珍)에서 전화가 왔음.
훈춘(琿春)의 창일(昌日)에서 전화가 왔음.
명숙(明淑) 연길에서 생일셈.

〈2012년 9월 13일 (음력 7월 28일)〉 목요일
날씨 흐림
일본어를 독학했음.

〈2012년 9월 14일 (음력 7월 29일)〉 금요일
날씨 구름
오후, 노간부대학에 가서 일본어를 공부했음.
(용정(龍井) → 연길(延吉) → 용정(龍井))

〈2012년 9월 15일 (음력 7월 30일)〉 토요일
날씨 맑음
훈춘(琿春)의 정용변(鄭龍變)이 전화가 왔음.

〈2012년 9월 16일 (음력 8월 1일)〉 일요일
날씨 구름
일본어를 독학했음. 용정(龍井)에서 연길(延吉)까지 왔음. 명숙(明淑)한테 전화를 걸었음.
미옥(美玉)의 집에 가서 저녁을 먹고 잤음.
영진(永珍)과 인터넷 서핑했음.

〈2012년 9월 17일 (음력 8월 2일)〉 월요일
날씨 비
미옥(美玉)의 집에서 아침을 먹고 집에 왔음.
오후 노간부대학에 가서 일본어를 공부했음.
연길(延吉)에서 용정(龍井)까지 갔음.

〈2012년 9월 18일 (음력 8월 3일)〉 화요일
날씨 구름
일본어를 독학했음.

〈2012년 9월 19일 (음력 8월 4일)〉 수요일
날씨 맑음.

영채밭에 갔다옴

〈2012년 9월 20일 (음력 8월 5일)〉 목요일
날씨 맑음
일본어를 독학했음.
훈춘(琿春)의 창일(昌日)에서 전화가 왔음.
녹음기 150위안. 고추: 70근 0.70위안 =49위안

〈2012년 9월 21일 (음력 8월 6일)〉 금요일
날씨 맑음
훈춘(琿春)의 창일(昌日)에서 전화가 왔음.
오후, 노간부대학에 가서 일본어를 공부했음.
(용정(龍井) → 연길(延吉) → 용정(龍井))
일본어를 독학했음.

〈2012년 9월 22일 (음력 8월 7일)〉 토요일
날씨 맑음
추온(秋溫).
링거맞음: (용정(龍井)중의원-감기). 미옥(美玉)에서 전화가 왔음. 훈춘(琿春)의 정용변(鄭龍變)에서 전화가 왔음.(70세노년)
훈춘(琿春)의 창일(昌日)한테 전화를 걸었음. (순자(順子)부상당함- 팔골절)
영진(永珍) 생일.

〈2012년 9월 23일 (음력 8월 8일)〉 일요일
날씨 구름
링거맞음: (용정(龍井)중의원-감기).

〈2012년 9월 24일 (음력 8월 9일)〉 월요일
날씨 구름
일본어를 독학했음. 오후, 노간부대학에 가서 일본어를 공부했음. (용정(龍井) → 연길(延吉) → 용정(龍井))
원학(元學)과 미옥(美玉)에서 전화가 왔음.
원학(元學)이 집에 왔음.

〈2012년 9월 25일 (음력 8월 10일)〉 화요일
날씨 구름
일본어를 독학했음. 영채밭을 갔다옴(비료가져다 줌). 옥인(玉仁)에서 전화가 왔음?
영진(永珍)의 생일 (양력)

〈2012년 9월 26일 (음력 8월 11일)〉 수요일
날씨 구름, 비
일본어를 독학했음. 훈춘(琿春)의 박영호(朴永浩)한테 전화를 걸었음.
용정(龍井)에서 연길(延吉)까지 왔음. 미옥(美玉) 집에서 저녁을 먹었음.
훈춘(琿春)의 순자(順子)에서 전화가 왔음.
미옥(美玉)한테 전화를 걸었음-왔음.

〈2012년 9월 27일 (음력 8월 12일)〉 목요일
날씨 구름
미옥(美玉)의 집에서 아침을 먹고 나서 연길(延吉)에서 훈춘(琿春)까지 갔음. 훈춘(琿春)시교육국. 노간부관리회 70주년 생일 참가했음. 창일(昌日) 집에 갔음. 복순(福順)한테 전화를 걸었음. 창일집에 묵음

〈2012년 9월 28일 (음력 8월 13일)〉 금요일
날씨 뇌우
훈춘(琿春)시 34기운동회 관람. 박영호(朴永

浩)에서 전화가 왔음.
박규빈(朴奎彬)한테 전화를 걸었음.

〈2012년 9월 29일 (음력 8월 14일)〉 토요일 날씨 구름

훈춘(琿春)시 34기운동회 관람. 영진(永珍)과 민화한테 전화를 걸었음.
명숙(明淑)에서 전화가 왔음.

〈2012년 9월 30일 (음력 8월 15일)〉 일요일 날씨 구름

초미(超美) 생일. 창일차 타고 태양의 장인, 장모묘지에 성묘 감.
훈춘(琿春)에서 연길(延吉)까지 왔음. 미옥(美玉)의 집에 가서 저녁을 먹고 잤음..
훈춘(琿春)의 창일(昌日)한테 전화를 걸었음.

〈2012년 10월 1일 (음력 8월 16일)〉 월요일 날씨 맑음

미옥(美玉)의 집에서 아침을 먹고 집에 왔음.
연길(延吉)에서 용정(龍井)까지 갔음.
훈춘(琿春)의 김춘협(金春協)에서 전화가 왔음. 원학(元學)에서 전화가 왔음.-걸었음.
점심에 수미어머님이 접대함. 용정(龍井)에서 연길(延吉)까지 왔음. (명숙(明淑)같이)

〈2012년 10월 2일 (음력 8월 17일)〉 화요일 날씨 맑음

연변체육장을 참관, 원학, 미옥 ,영진, 지호 집에 옴
(명(明淑)숙 같이). 영진(永珍)과 미옥(美玉)고에서 전화가 왔음. 명: 청소. 바닥을 닦았음.
영진(永珍) 명숙(明淑) 500위안.

〈2012년 10월 3일 (음력 8월 18일)〉 수요일 날씨 맑음

점심에 공원에 감-수미어머님이 접대함. 미옥(美玉)한테 전화를 걸었음.
오후에 명숙(明淑)이 용정에 감, 원학이 아침에

〈2012년 10월 4일 (음력 8월 19일)〉 목요일 날씨 흐림

신용합작은행에 가서 월급을 찾았음. 박순희(朴順姬)한테 전화를 걸었음.
복순(福順)과 미옥(美玉)에서 전화가 왔음.
명숙(明淑)에서 전화가 왔음. 홍위(紅衛)한테 전화를 걸었음.

〈2012년 10월 5일 (음력 8월 20일)〉 금요일 날씨 구름

노우신문[2]을 읽었음. 용정(龍井)의 영진(永珍)한테 전화를 걸었음.
명숙(明淑)에서 전화가 왔음. 시장에서 좌변기 부품구입 (30위안).

〈2012년 10월 6일 (음력 8월 21일)〉 토요일 날씨 맑음

노우신문을 읽었음. 미옥(美玉)에서 전화가 왔음- 집에 가서 저녁을 먹고 잤음.

---

2) 중국의 간행물

변기를 수리했음. 명숙(明淑)에서 전화가 왔음. -집에 왔다감. 샤워를 했음.

〈2012년 10월 7일 (음력 8월 22일)〉 일요일 날씨 맑음
공항에 가서 수미(秀美)의 어머니를 환송했음. → 공원 → 집.
광열비를 올라갔음. 미옥(美玉)의 집에 가서 저녁을 먹고 잤음.

〈2012년 10월 8일 (음력 8월 23일)〉 월요일 날씨 맑음
일본어를 독학했음. 오후 노간부대학에 가서 일본어를 공부했음. 국진(國珍)과 인터넷 서핑했음.영진일가가 용정에서 집에 옴, 미옥(美玉)에서 전화가 왔음. 저녁 미옥(美玉)집에서 접대.
영진(永珍), 미화(美花)가 집에 왔음. → 미옥(美玉) 집 접대 → 집에 돌아와 잤음. 지호에게 1000원 줌

〈2012년 10월 9일 (음력 8월 24일)〉 화요일 날씨 구름
영진일가와 집에서 아침밥을 먹음, 점심에 미옥과 영지일가를 접대, 영진일가 북경에 감, 저녁에 미옥집에서 저녁밥을 먹음- 북한 공연을 관람

〈2012년 10월 10일 (음력 8월 25일)〉 수요일 날씨 비
미옥(美玉)의 집에서 아침을 먹었음. 명숙(明淑)에서 전화가 왔음.-걸었음.
연길(延吉)에서 용정(龍井)까지 갔음. 합비(合肥)의 영진(永珍)과 미옥(美玉)에서 전화. 청소.

〈2012년 10월 11일 (음력 8월 26일)〉 목요일 날씨 구름
가혜(佳慧)의 생일.(양력). 일본어를 독학했음. 명숙(明淑)집에서 컴퓨터 조립.
훈춘(琿春)의 순자(順子)한테 전화를 걸었음.

〈2012년 10월 12일 (음력 8월 27일)〉 금요일 날씨 맑음
일본어를 독학했음. 오후 노간부대학에 가서 일본어를 공부했음.
(용정(龍井) → 연길(延吉) → 용정(龍井))

〈2012년 10월 13일 (음력 8월 28일)〉 토요일 날씨 구름. 비
명숙(明淑)집에서 전화안착

〈2012년 10월 14일 (음력 8월 29일)〉 일요일 날씨 맑음
일본어를 독학했음.

〈2012년 10월 15일 (음력 9월 1일)〉 월요일 날씨 맑음
일본어를 독학했음. 오후 노간부대학에 가서 일본어를 공부했음. (용정(龍井) → 연길(延吉) → 용정(龍井))

〈2012년 10월 16일 (음력 9월 2일)〉 화요일

날씨 뇌우
일본어를 독학했음. 원학(元學)한테 전화를 걸었음. (남훈퇴학비용에 대하여)

〈2012년 10월 17일 (음력 9월 3일)〉 수요일
날씨 맑음
일본어를 독학했음. 홍위집 남방설비 고장

〈2012년 10월 18일 (음력 9월 4일)〉 목요일
날씨 맑음
일본어를 독학했음. 원학(元學)한테 전활르 걸었음.-(남방서비스 정지에 관하여)

〈2012년 10월 19일 (음력 9월 5일)〉 금요일
날씨 맑음
오후 노간부대학에 가서 일본어를 공부했음. (용정(龍井) → 연길(延吉))
미옥(美玉)한테 전화를 걸었음. 미옥(美玉)의 집에 가서 저녁을 먹고 잤음.

〈2012년 10월 20일 (음력 9월 6일)〉 토요일
날씨 비
미옥집에서 3끼해결
명숙(明淑)한테 전화를 걸었음.

〈2012년 10월 21일 (음력 9월 7일)〉 일요일
날씨 맑음
미옥(美玉)의 집에서 아침을 먹었음. 연길(延吉)에서 용정(龍井)까지 갔음. 명숙(明淑)동생일가 접대 (식당)

〈2012년 10월 22일 (음력 9월 8일)〉 월요일
날씨 비. 눈
오후 노간부대학에 가서 일본어를 공부했음. (용정(龍井)-연길(延吉)) → 공항에서 명숙(明淑)아들 마중 감, 원학(元學)에서 전화가 왔음. 명숙(明淑)에서 전화가 왔음.-걸었음. 미옥(美玉)의 집에 가서...

〈2012년 10월 23일 (음력 9월 9일)〉 화요일
날씨 맑음
서리가 내림.
정화(廷華) 생일. 전화를 걸었음. 정옥(貞玉)한테 전화를 걸었음. 옷을 빨았음.
명숙(明淑)에서 전화가 왔음. 미옥집에서 3끼밥 해결, 국진(國珍)과 인터넷 서핑했음.

〈2012년 10월 24일 (음력 9월 10일)〉 수요일 날씨 안개
미옥(美玉)의 집에서 아침을 먹었음. 연길(延吉)에서 용정(龍井)까지 갔음. 용정(龍井)에서 접대명숙(明淑). 자녀
원학(元學)과 밍고한테 전화를 걸었음.-왔음.
미옥(美玉)과 원학(元學)이 접대(참가: 명숙(明淑)자녀. 손자.손녀. 동생일가)

〈2012년 10월 25일 (음력 9월 12일)〉 목요일 날씨 맑음
지호(智皓) 생일 (양력). 미옥(美玉)의 집에서 아침과 점심을 먹었음. 영진(永珍)과 미옥(美玉)한테 전화를 걸었음.
공항에서 명숙(明淑)자녀 환송, 연길(延吉) → 용정(龍井)

〈2012년 10월 26일 (음력 9월 13일)〉 금요일 날씨 구름

오후 노간부대학에 기서 일본어를 공부했음. (용정(龍井) → 연길(延吉) → 용정(龍井))

〈2012년 10월 27일 (음력 9월 14일)〉 토요일 날씨 구름

벨트구입: 50위안 강력본드구입(문턱수리)

〈2012년 10월 28일 (음력 9월 14일)〉 일요일 날씨 비

일본어를 독학했음. 훈춘(琿春)의 창일(昌日)에서 전화가 왔음. 샤워를 했음.
미옥(美玉)한테 전화를 걸었음.

〈2012년 10월 29일 (음력 9월 15일)〉 월요일 날씨 맑음, 눈

오후 노간부대학에 가서 일본어를 공부했음. (용정(龍井) → 연길(延吉) → 용정(龍井))
합비(合肥)의 영진(永珍)에서 전화가 왔음.
신옥(信玉)에서 전화가 왔음.

〈2012년 10월 30일 (음력 9월 16일)〉 화요일 날씨 구름

일본어를 독학했음.
신옥(信玉)한테 전화를 걸었음.

〈2012년 10월 31일 (음력 9월 17일)〉 수요일 날씨 맑음

홍위집 TV코드 안장

〈2012년 11월 1일 (음력 9월 18일)〉 목요일 날씨 흐림

일본어를 독학했음. 신용사에 가서 급료를 찾았음.
북경(北京)의 초미(超美)와 훈춘(琿春)의 승일(承日)한테 전화를 걸었음.

〈2012년 11월 2일 (음력 9월 19일)〉 금요일 날씨 구름

일본어를 독학했음. 오후 노간부대학에 가서 일본어를 공부했음. (용정(龍井) → 연길(延吉) → 용정(龍井))
미옥(美玉)에서 전화가 왔음. (훈춘(琿春)감). 북경(北京)의 동일(東日)과 훈춘(琿春)의 승일(承日)한테 전화를 걸었음.

〈2012년 11월 3일 (음력 9월 20일)〉 토요일 날씨 구름

일본어를 독학했음. 훈춘(琿春)의 동주(東周)과 명선(明善)에서 전화가 왔음.
훈춘(琿春)의 정모(廷模)에서 전화가 왔음.
미옥(美玉)과 훈춘(琿春)의 창일(昌日)과 순자(順子)한테 전화를 걸었음.

〈2012년 11월 4일 (음력 9월 21일)〉 일요일 날씨 구름

일본어를 독학했음. 이발.

〈2012년 11월 5일 (음력 9월 22일)〉 월요일 날씨 비

일본어를 독학했음. 오후 노간부대학에 가서 일본러를 공부했음.
홍위(紅衛) 집에 가서 저녁을 먹었음. (용정

(龍井) → 연길(延吉) → 용정(龍井))

〈2012년 11월 6일 (음력 9월 23일)〉 화요일 날씨 비
일본어를 독학했음.

〈2012년 11월 7일 (음력 9월 24일)〉 수요일 날씨 구름
입동(立冬). 일본어를 독학했음.

〈2012년 11월 8일 (음력 9월 25일)〉 목요일 날씨 흐림
일본어를 독학했음. 18대보고 학습
훈춘(琿春)의 복순(福順)과 미옥(美玉)에서 전화가 왔음.

〈2012년 11월 9일 (음력 9월 26일)〉 금요일 날씨 맑음
오후 노간부대학에 가서 일본어를 공부했음.
(용정(龍井) → 연길(延吉) → 용정(龍井))

〈2012년 11월 10일 (음력 9월 27일)〉 토요일 날씨 구름
일본어를 독학했음. 김치움에 야채를 가져감

〈2012년 11월 11일 (음력 9월 28일)〉 일요일 날씨 비
일본어를 독학했음. 샤워를 했음.

〈2012년 11월 12일 (음력 9월 29일)〉 월요일 날씨 비. 눈
오후 노간부대학에 가서 일본어를 공부했음.
(용정(龍井) → 연길(延吉) → 용정(龍井))
오전 연변병원에 병문안 감(차춘희 남편입원)

〈2012년 11월 13일 (음력 9월 30일)〉 화요일 날씨 흐림
일본어를 독학했음.
정금(貞金) 생일.

〈2012년 11월 14일 (음력 10월 1일)〉 수요일 날씨 흐림
일본어를 독학했음. 채소를 운반

〈2012년 11월 15일 (음력 10월 2일)〉 목요일 날씨 흐림
일본어를 독학했음. 명숙(明淑) 동생 집에 다녀감.

〈2012년 11월 16일 (음력 10월 3일)〉 금요일 날씨 눈
명숙(明淑)에서 전화가 왔음.
오후 노간부대학에 가서 일본어를 공부했음.
미옥(美玉)의 집에 와서 잤음.
신옥(信玉)에서 전화가 왔음. 미옥(美玉)과 원학(元學)한테 전화를 걸었음.

〈2012년 11월 17일 (음력 10월 4일)〉 토요일 날씨 구름
일본어를 독학했음. 미옥(美玉)집에서 3끼 해결. 집에 다녀옴.
북경(北京)의 동일에서 전화가 왔음. (미옥(美玉)에서 전화가 왔음.)

〈2012년 11월 18일 (음력 10월 5일)〉 일요일 날씨 구름. 가랑비

일본어를 독학했음. 춘임(春林)과 국진(國珍)과 인터넷 서핑했음.
신옥(信玉) 생일-참가했음. (200위안). 옥인(玉仁)과 장동주(張東柱)에서 전화가 왔음.

〈2012년 11월 19일 (음력 10월 6일)〉 월요일 날씨 구름. 가랑비

일본어를 독학했음. 오후 노간부대학에 가서 일본어를 공부했음.
훈춘(琿春)의 승일(承日)에서 전화가 왔음. 장동주(張東柱)가 일본행 환송회

〈2012년 11월 20일 (음력 10월 7일)〉 화요일 날씨 구름

미옥(美玉)의 비에서 아침을 먹고 → 집 → 용정(龍井)으로 왔음.
합비(合肥)의 영진(永珍)에서 전화가 왔음. 오후에 수미 마중나감

〈2012년 11월 21일 (음력 10월 8일)〉 수요일 날씨 맑음

일본어를 독학했음.
명숙(明淑)동생 집에 와서 점심먹음

〈2012년 11월 22일 (음력 10월 9일)〉 목요일 날씨 흐림, 소설(小雪)

소설(小雪). 일본어를 독학했음. 훈춘(琿春)의 복순(福順)과 창일(昌日)한테 전화를 걸었음.
미옥(美玉)과 신옥(信玉)에서 전화가 왔음. 점심을 식당에서 먹었음. (명숙(明淑) 일주년 접대.)

〈2012년 11월 23일 (음력 10월 10일)〉 금요일 날씨 맑음

일본어를 독학했음. 오후 노간부대학에 가서 일본어를 공부했음. (용정(龍井) → 연길(延吉) → 용정(龍井))

〈2012년 11월 24일 (음력 10월 11일)〉 토요일 날씨 맑음

일본어를 독학했음. 양파를 심었음.

〈2012년 11월 25일 (음력 10월 12일)〉 일요일 날씨 흐림

일본어를 독학했음. 샤워를 했음.

〈2012년 11월 26일 (음력 10월 13일)〉 월요일 날씨 구름. 눈화(雪花)

오후 노간부대학에 가서 일본어를 공부했음. (용정(龍井) → 연길(延吉) → 용정(龍井))

〈2012년 11월 27일 (음력 10월 14일)〉 화요일 날씨 흐림

일본어를 독학했음. 이병욱(李炳旭)의 생일에 참가했음.
미옥(美玉)한테 전화를 걸었음. 문장동에서 집에 옴

〈2012년 11월 28일 (음력 10월 15일)〉 수요일 날씨 눈

일본어를 독학했음.

홍위 접대함(명숙(明淑)동생이 집에 옴)

〈2012년 11월 29일 (음력 10월 16일)〉 목요일 날씨 구름

일본어를 독학했음. 오후에 수미 하교마중 나감

〈2012년 11월 30일 (음력 10월 17일)〉 금요일 날씨 맑음

오후 노간부대학에 가서 일본어를 공부했음. (용정(龍井) → 연길(延吉) → 용정(龍井))

〈2012년 12월 1일 (음력 10월 18일)〉 토요일 날씨 구름.

신발을 샀음. (구두-300위안).

일본어를 독학했음. 훈춘(琿春)의 영호(永浩)에서 전화가 왔음.

사돈 생일(양력). -한테 전화를 걸었음. 신용사에 가서 급료를 찾았음.

〈2012년 12월 2일 (음력 10월 19일)〉 일요일 날씨 구름.

일본어를 독학했음. (어휘)

〈2012년 12월 3일 (음력 10월 20일)〉 월요일 날씨 흐림

오후 노간부대학에 가서 일본어를 공부했음. (용정(龍井) → 연길(延吉) → 용정(龍井))

훈춘(琿春)의 창일(昌日)에서 전화가 왔음. 미옥(美玉)한테 전화를 걸었음.

〈2012년 12월 4일 (음력 10월 21일)〉 화요일 날씨 추움

일본어를 독학했음. 약을 샀음.

〈2012년 12월 5일 (음력 10월 22일)〉 수요일 날씨 맑음.

일본어를 독학했음.

〈2012년 12월 6일 (음력 10월 23일)〉 목요일 날씨 맑음

일본어를 독학했음.

〈2012년 12월 7일 (음력 10월 24일)〉 금요일 날씨 맑음

대설(大雪). 오후 노간부대학에 가서 일본어를 공부했음. (용정(龍井) → 연길(延吉) → 용정(龍井))

미옥(美玉)의 집에 왔음.

미옥(美玉)에서 전화가 왔음. -원학(元學)이 쌀100근 가져옴,

〈2012년 12월 8일 (음력 10월 25일)〉 토요일 날씨 맑음.

훈춘(琿春)의 창일(昌日)한테 전화를 걸었음. 순자(順子)에서 전화가 왔음. 집에 가서 청소했음.

합비(合肥)의 영진(永珍)과 민화에서 전화가 왔음. 북경(北京)의 동일한테 전화를 걸었음.

〈2012년 12월 9일 (음력 10월 26일)〉 일요일 날씨 맑음

일본어를 독학했음. 일본의 국진(國珍)과 인터넷 서핑했음.

순자(順子) 생일-한테 전호를 걸었음. 분선(粉善)에서 전화가 왔음. 한국에서 귀국

〈2012년 12월 10일 (음력 10월 27일)〉 월요일 날씨 맑음.
오전 병원에서 발이 함, 노간부대학에 결석 미옥(美玉)에서 전화가 왔음. 명숙(明淑)한테 전화를 걸었음. 사전 찾음

〈2012년 12월 11일 (음력 10월 28일)〉 화요일 날씨 맑음.
여동생 경자(京子) 생일. -한테 전화를 걸었음.
누나 순옥(順玉) 생일, 훈춘(琿春)의 정옥(貞玉)한테 전화를 걸었음. 미옥집에서 3끼 해결.

〈2012년 12월 12일 (음력 10월 29일)〉 수요일 날씨 맑음.
어전 병원에서 발이 함. 오후 연길(延吉)에서 용정(龍井)까지 왔음.
미옥(美玉)과 찰진(哲珍)에서 전화가 왔음.

〈2012년 12월 13일 (음력 12월 1일)〉 목요일 날씨 구름.
일본어를 독학했음. (단어)

〈2012년 12월 14일 (음력 12월 2일)〉 금요일 날씨 구름.
용정(龍井)에서 연길(延吉)까지 왔음. 원학(元學)과 미옥(美玉)에서 전화가 왔음. (연길(延吉)-미옥(美玉) 집) 오후 노간부대학에 가서 일본어를 공부했음. (반급총결-가무).미옥(美玉) 집에 왔음.

〈2012년 12월 15일 (음력 12월 3일)〉 토요일 날씨 구름. 소설(小雪)
미옥(美玉)의 집에서 아침을 먹고 → 집 → 용정(龍井). (전기비)
원학(元學)에서 전화가 왔음. 미옥(美玉)과 합비(合肥)의 연진한테 전화를 걸었음.

〈2012년 12월 16일 (음력 12월 4일)〉 일요일 날씨 맑음
일본어를 독학했음. (단어). 수미를 영어학습반 발해다 줌

〈2012년 12월 17일 (음력 12월 5일)〉 월요일 날씨 추움
일본어를 독학했음(단어). 공안국에서 홍콩 출입증 신청

〈2012년 12월 18일 (음력 12월 6일)〉 화요일 날씨 구름. 추움
일본어를 독학했음(단어). 상수도관 수리

〈2012년 12월 19일 (음력 12월 7일)〉 수요일 날씨 구름. 추움
일본어를 독학했음(단어). 샤워를 했음.
한국: 대통령-박근혜

〈2012년 12월 20일 (음력 12월 8일)〉 목요일 날씨 맑음.
일본어를 독학했음. (단어)

미옥(美玉)에서 전화가 왔음.

〈2012년 12월 21일 (음력 12월 9일)〉 금요일 날씨 구름.
동지(冬至). 일본어를 독학했음. (단어)시장에서 내의 및 화장품 등 구입
미옥(美玉)한테 전화를 걸었음.

〈2012년 12월 22일 (음력 12월 10일)〉 토요일 날씨 맑음.
일본어를 독학했음. (단어). 점심 원학과 미옥이 용정에서 신점 보냄
미옥(美玉)한테 전화를 었음. -왔음.

〈2012년 12월 23일 (음력 12월 11일)〉 일요일 날씨 맑음. 추움
일본어를 독학했음. (단어). 합비(合肥)의 민화에서 전화가 왔음.
오후에 사돈 병문안 감-200원

〈2012년 12월 24일 (음력 12월 12일)〉 월요일 날씨 맑음
일본어를 독학했음. (단어) 공안국에 다녀옴

〈2012년 12월 25일 (음력 12월 13일)〉 화요일 날씨 맑음.
일본어를 독학했음. (단어). 명숙(明淑) 홍콩통행증 내려옴
훈춘(琿春)의 승일(承日)에서 전화가 왔음. (내일 북경에 감)

〈2012년 12월 26일 (음력 12월 14일)〉 수요일 날씨 맑음
일본어를 독학했음. 수미 기말시험

〈2012년 12월 27일 (음력 12월 15일)〉 목요일 날씨 맑음.
일본어를 독학했음. 오후에 공안국에서 마카오 통행증 신청

〈2012년 12월 28일 (음력 12월 16일)〉 금요일 날씨 구름.
일본어를 독학했음. (중급단어 필사)

〈2012년 12월 29일 (음력 12월 17일)〉 토요일 날씨 눈
일기책 만듬. 미옥(美玉)한테 전화를 걸었음. 훈춘(琿春)의 창일(昌日)과 민석(珉錫)한테 전화를 걸었음.

〈2012년 12월 30일 (음력 12월 18일)〉 일요일 날씨 구름
연길에서 자연요법강의 들음, 점심 지춘희 접대 함
훈춘(琿春)의 창일(昌日)에서 전화가 왔음.
샤워를 했음.

〈2012년 12월 31일 (음력 12월 19일)〉 월요일 날씨 맑음.
미옥(美玉)한테 전화를 걸었음. -왔음. (미옥(美玉)같이)
오후 용정(龍井)에서 연길(延吉)과 훈춘(琿春)에서 창일(昌日)의 집에 와서 잤음.

2013년

〈2013년 1월 1일 (음력 11월 20일)〉 화요일
날씨 맑음, 눈
동춘이 북어를 줌
일본의 국진(國珍)과 명숙(明淑)과 인터넷 서핑했음
합비(合肥)의 영진(永珍)과 미화(美花)와 지호(智皓)에서 전화가 왔음. 창일 집에서 묵음.
창일 차를 타고 서위자에 감
민석(珉錫) 생일 → 참가. (200위안, 광춘(光春))아들 100위안. 딸 100위안)

〈2013년 1월 2일 (음력 11월 21일)〉 수요일
날씨 맑음 추움
창일집에서 식사함. 오후 훈춘(琿春)에서 용정(龍井)까지 왔음.
정옥(貞玉)한테 전화를 걸었음. 미옥(美玉)에서 전화가 왔음. 북경의 동일(東日)과 초미(超美)한테 전화를 걸었음.

〈2013년 1월 3일 (음력 11월 22일)〉 목요일
날씨 맑음
일본어를 독학했음. (녹음들음) 광학(光學)한테 전화를 걸었음. (광주에서 집에 도착)
지춘희(池春姬)에서 전화가 왔음. (자연요법에 관하여)

〈2013년 1월 4일 (음력 11월 23일)〉 금요일
날씨 맑음
일본어를 독학했음. (녹음)

〈2013년 1월 5일 (음력 11월 24일)〉 토요일
날씨 맑음
일본어를 독학했음.(녹음)

〈2013년 1월 6일 (음력 11월 25일)〉 일요일
날씨 맑음
일본어를 독학했음. (녹음) (홍위가 백주 10근 구입: 100위안)
미옥(美玉)한테 전화를 걸었음.

〈2013년 1월 7일 (음력 11월 26일)〉 월요일
날씨 맑음,추움
일본어를 독학했음. (녹음), (명숙(明淑)의 마카오 통행증 내려옴
미옥(美玉)한테 전화를 걸었음.

〈2013년 1월 8일 (음력 11월 27일)〉 화요일
날씨 맑음, 눈
일본어를 독학했음. (녹음). 훈춘(琿春)의 순

자(順子)에서 전화가 왔음- 걸었음.
원학(元學)에서 전화가 왔음 용정(龍井)감, (명숙(明淑)이 접대 300위안)- 전화를 걸었음

〈2013년 1월 9일 (음력 11월 28일)〉 수요일 날씨 맑음, 추움
일본어를 독학했음. (녹음) 미옥(美玉)한테 전화를 걸었음.-왔음.
용정(龍井)에서 연길(延吉)과 (집-미옥(美玉) 집)- 용정(龍井)까지 왔음.

〈2013년 1월 10일 (음력 11월 29일)〉 목요일 날씨 맑음
일본어를 독학했음. (문장)
훈춘(琿春)의 정옥(貞玉)한테 전화를 걸었음.

〈2013년 1월 11일 (음력 11월 30일)〉 금요일 날씨 흐림. 눈
일본어를 독학했음. (녹음)

〈2013년 1월 12일 (음력 12월 1일)〉 토요일 날씨 흐림
티비를 봤음. (여자축구: 중국 : 캐나다). 이발 8위안.
오후에 수미를 영어 학습반에 발해다 줌

〈2013년 1월 13일 (음력 12월 2일)〉 일요일 날씨 맑음.
일본어를 독학했음. (녹음).

〈2013년 1월 14일 (음력 12월 3일)〉 월요일 날씨 소설(小雪)
일본어를 독학했음. (단어)
미옥(美玉)한테 전화를 걸었음.

〈2013년 1월 15일 (음력 12월 4일)〉 화요일 날씨 구름
일본어를 독학했음. 합비(合肥)의 영진(永珍)에서 전화가 왔음. 샤워를 했음.
원학(元學)에서 전화가 왔음.

〈2013년 1월 16일 (음력 12월 5일)〉 수요일 날씨 눈, 맑음.
사돈 생일 (양력). -용정(龍井)에서 연길(延吉)까지 가서 참가했음. (200위안)
훈춘(琿春)의 창일(昌日)한테 전화를 걸었음. (옥희(玉姬))

〈2013년 1월 17일 (음력 12월 6일)〉 목요일 날씨 맑음.
연길(延吉)에서 (집). 용정(龍井)에서 왔음.
원학(元學)에서 전화가 왔음.
창일(昌日)과 동일(東日)에서 전화가 왔음.

〈2013년 1월 18일 (음력 12월 7일)〉 금요일 날씨 맑음.
원학(元學)한테 전화를 걸었음. -전화 옴. 용정(龍井)에서 연길(延吉)까지 왔음. (200원)
미옥(美玉)의 집에서 점심과 저녁을 먹고 잤음.
합비(合肥)의 미화(美花)에서 전화가 왔음,
→ 연길에서 원학차로 사돈집에 감

합비(合肥)의 영진(永珍)에서 전화가 왔음. 사돈 병중

〈2013년 1월 19일 (음력 12월 8일)〉 토요일 날씨 맑음.
일본어를 독학했음 (단어)
오후 역에 가서 춘임(春林)과 춘성(春晟)을 영접했음. 미옥(美玉)과 원학(元學)에서 전화가 왔음.
미옥(美玉)의 집에서 3끼 밥을 먹고 잤음.
춘임(春林), 춘성(春晟) 북경에서 연길에 도착

〈2013년 1월 20일 (음력 12월 9일)〉 일요일 날씨 맑음.
아침을 미옥집에서 먹고 원학의 차로 용정 중의원에 있는 사돈병문안 감
미옥(美玉)에서 전화가 왔음. (2번), 합비(合肥)의 영진(永珍)한테 전화를 걸었음. (2번)

〈2013년 1월 21일 (음력 12월 10일)〉 월요일 날씨 구름
일본어를 독학했음. (단어)
원학(元學)과 미옥(美玉)한테 전화를 걸었음.

〈2013년 1월 22일 (음력 12월 11일)〉 화요일 날씨 구름
일본어를 독학했음. 명숙(明淑)이 절강에서 택배 보냄, 개산둔(開山屯)에 다녀옴

〈2013년 1월 23일 (음력 12월 12일)〉 수요일 날씨 구름.
중의원 사돈 병문안 감원학에게 전화가 왔음 오리구이 가져옴
미옥(美玉)한테 전화를 걸었음.

〈2013년 1월 24일 (음력 12월 13일)〉 목요일 날씨 구름.추움
국진(國珍) 생일(양력). 일본어를 독학했음 (녹음,단어)
합비(合肥)의 영진(永珍)한테 전화를 걸었음. 미옥(美玉)한테 전화를 걸었음.

〈2013년 1월 25일 (음력 12월 14일)〉 금요일 날씨 구름
일본어를 독학했음. (녹음)-(단어)
원학(元學)한테 전화를 걸었음. (미옥(美玉)과).

〈2013년 1월 26일 (음력 12월 15일)〉 토요일 날씨 맑음. 추움
일본어를 독학했음. (단어). 중의원에 사돈 병문안 감(500위안)
미옥(美玉)한테 전화를 걸었음.
원학(元學)과 미화(美花)한테 전화를 걸었음. 수민 한어학습반 바래다 줌

〈2013년 1월 27일 (음력 12월 16일)〉 일요일 날씨 구름
일본어를 독학했음. (단어)

〈2013년 1월 28일 (음력 12월 17일)〉 월요일 날씨 구름

일본어를 독학했음. (단어)
원학(元學)한테 전화를 걸었음. 미옥(美玉)에서 전화가 왔음. 샤워를 했음.

〈2013년 1월 29일 (음력 12월 18일)〉 화요일 날씨 구름
용정에서 원학차로 귀가하여 점심 먹음, 17시35분 기차로 심양에 감
미옥(美玉)한테 전화를 걸었음-왔음.
여행: 심양-마카오-홍콩-마카오-심양-장춘

〈2013년 1월 30일 (음력 12월 19일)〉 수요일 날씨 흐림
춘임(春林), 춘성(春晟) 생일. 북경에서 연길에 도착
8시4분에 심양에도착, 심양에서 마카오 비행기편으로 15시25분에 마카오에 도착하여 배타고 홍콩에 도착
신옥에서 전화가 왔음.

〈2013년 1월 31일 (음력 12월 20일)〉 목요일 날씨 맑음.
아침식사후 스타로드-면세점-점심-해양공원-천수만-유람선-진즈징광장-태평산-성연식당

〈2013년 2월 1일 (음력 12월 21일)〉 금요일 날씨 맑음.
성연식당-홍콩디스니공원, 샤워를 했음.

〈2013년 2월 2일 (음력 12월 22일)〉 토요일 날씨 구름.
자유활동-지하철 타고 홍콩대학-쇼핑몰

〈2013년 2월 3일 (음력 12월 23일)〉 일요일 날씨 흐림.
아침후-배타고 마카오-대삼바패방-마주묘-성세연화-쇼핑몰-세계제일도박장-워이니위이리조트

〈2013년 2월 4일 (음력 12월 24일)〉 월요일 날씨 맑음.
입춘(立春). 세기호텔-마타오 공항-심양공항-머태호텔

〈2013년 2월 5일 (음력 12월 25일)〉 화요일 날씨 구름.
국진(國珍) 생일. 머태호텔-심양 기차역-장춘기차역
북경의 영진(永珍)에서 전화가 왔음.

〈2013년 2월 6일 (음력 12월 26일)〉 수요일 날씨 맑음, 구름.
장춘기차역-연길기차역, 원학 차로 원학집에서 아침식사하고 용정에 감
훈춘(琿春)의 창일(昌日)에서 전화가 왔음.
미옥(美玉)한테 전화를 걸었음.
우리에게 술과 음료수를 줌

〈2013년 2월 7일 (음력 12월 27일)〉 목요일 날씨 구름.
여행기간 일기 정리

〈2013년 2월 8일 (음력 12월 28일)〉 금요일

날씨 맑음.
일본어를 독학했음. 용정시병원에 있는 지호 병문안 감
미옥(美玉)과 미화(美花)한테 전화를 걸었음.-왔음.

〈2013년 2월 9일 (음력 12월 29일)〉 토요일
날씨 흐림.
명숙(明淑) 생일. 북경의 동일과 한국의 수미(秀美)어머니께서 전화가 왔음. 샤워를 했음. 북경의 승일(承日)과 연길(延吉)의 철진(哲珍)에서 전화가 왔음. 미옥(美玉)한테 전화를 걸었음.

〈2013년 2월 10일 (음력 1월 1일)〉 일요일
날씨 구름.
전화가 왔음. 걸었음- 원학(元學) 일가, 홍위 일가 춘절세러 옴-중앙,연변방송국 춘절방송 봄

〈2013년 2월 11일 (음력 1월 2일)〉 월요일
날씨 구름.
영진(永珍)과 미옥(美玉)한테 전화를 걸었음. 미옥(美玉)에서 전화가 왔음.
명숙(明淑) 동생이 집에와 춘절지냄

〈2013년 2월 12일 (음력 1월 3일)〉 화요일
날씨 소설(小雪).
미옥(美玉)한테 전화를 걸었음. 명숙(明淑) 동생이 집에 가서 춘절지냄

〈2013년 2월 13일 (음력 1월 4일)〉 수요일
날씨 맑음.
명숙(明淑) 생일(양력). 명숙(明淑)과 국진(國珍)과 인터넷 서핑했음 잤음.
미옥(美玉)에서 전화가 왔음.-걸었음. 영진 일가와 같이 원학집에서 춘절을 지냄

〈2013년 2월 14일 (음력 1월 5일)〉 목요일
날씨 천둥.
영진차를 타고 연길에서 용정에서 , 철진(哲珍)에서 전화가 왔음. -걸었음.
미옥(美玉)에서 전화가 왔음. 감

〈2013년 2월 15일 (음력 1월 6일)〉 금요일
날씨 맑음.
순금(順今) 생일. 영진차타고 용정에서 연길 원학집에 도착하여 점심을 먹음, 명숙(明淑)에서 전화가 왔음. 공항에 영진일가를 환송해줌, 영진(永珍)에서 전화가 왔음. (안전히 귀가). 잤음.
영진(永珍), 미화(美花) 북경에 돌아감.

〈2013년 2월 16일 (음력 1월 7일)〉 토요일
날씨 맑음.
원학집에서 아침과 점심을 먹고 원학의 차로 기차역에서 춘성(春晟) 북경에 감(환송), 연길에서 용정에 감 명숙(明淑)한테 전화를 걸었음. -왔음. 미옥(美玉)한테 전화를 걸었음.

〈2013년 2월 17일 (음력 1월 8일)〉 일요일
날씨 구름, 눈.
미옥(美玉)에서 전화가 왔음. (춘임(春林)북

경에 감).-걸었음.(춘성(春晟)북경에 도착) 춘임(春林)북경에 감(환송하지 못했음)

〈2013년 2월 18일 (음력 1월 9일)〉 월요일
날씨 맑음.
일본어를 독학했음. (단어)
미옥(美玉)한테 전화를 걸었음. (춘임(春林) 북경에 도착)

〈2013년 2월 19일 (음력 1월 10일)〉 화요일
날씨 구름.
일본어를 독학했음. 명숙(明淑) 여동생이 집에 옴.
학우 영일(英日)에서 전화가 왔음. 훈춘(琿春)의 창일(昌日)과 춘식(春植)한테 전화를 걸었음.

〈2013년 2월 20일 (음력 1월 11일)〉 수요일
날씨 맑음.
카드놀이 함, 샤워를 했음.

〈2013년 2월 21일 (음력 1월 12일)〉 목요일
날씨 맑음.
일본어를 독학했음. (단어)
명숙(明淑)병원에 다녀옴.

〈2013년 2월 22일 (음력 1월 13일)〉 금요일
날씨 구름.
일본어를 독학했음. (단어).
훈춘(琿春)의 정옥(貞玉)과 창일(昌日)에서 전화가 왔음.

〈2013년 2월 23일 (음력 1월 14일)〉 토요일
날씨 구름.
용정(龍井)에서 훈춘(琿春)까지 왔음. 정옥집에서 저녁 및 잤음. ,향선일가, 의운일가 및 춘식(春植) 이 옴. 잤음. 창일(昌日)에서 전화가 왔음. 미옥(美玉)한테 전화를 걸었음. 홍위(紅衛)에서 전화가 왔음.

〈2013년 2월 24일 (음력 1월 15일)〉 일요일
날씨 맑음.
정옥집에서 아침을 먹고, 저녁은 창일집에서 먹음, 한국에서 정주(廷珠)전화 옴, 광희(光囍)딸 생일, 의란이 전화 옴

〈2013년 2월 25일 (음력 1월 16일)〉 월요일
날씨 맑음.
창일집에서 아침먹고 훈춘에 미옥집에서 점심과 저녁을 먹음
미옥(美玉)한테 전화를 걸었음. -왔음. 창일(昌日)한테 전화를 걸었음, 명숙(明淑)에서 전화가 왔음.

〈2013년 2월 26일 (음력 1월 17일)〉 화요일
날씨 흐림. 중설
사돈 생일 (내몽골).한테 전화를 걸었음.
연길(延吉)에서 용정(龍井)까지 왔음. 학우 영일(英日)과 옥인(玉仁)한테 전화를 걸었음.

〈2013년 2월 27일 (음력 1월 18일)〉 수요일
날씨 맑음.
정구(廷玖) 생일-한테 전화를 걸었음. (정옥

(貞玉)한테 ...)

〈2013년 2월 28일 (음력 1월 19일)〉 목요일
날씨 흐림. 큰비
사돈 생일(용정(龍井))-한테 전화를 걸었음. 명숙(明淑)이 용정(龍井)에 동생생일 참석, 고복순(高福順)한테 전화를 걸었음. -〈3.8〉절.

〈2013년 3월 1일 (음력 1월 20일)〉 금요일
날씨 흐림.
일본어를 독학했음. (녹음)
이병욱(李柄旭)일가 와 홍위(紅衛)일가를 접대함(한국에 감)

〈2013년 3월 2일 (음력 1월 21일)〉 토요일
날씨 맑음.
일본어를 독학했음. (단어)
훈춘(琿春)의 정용(鄭龍)에서 전화가 왔음. (미옥(美玉) 3.8절) 명숙(明淑)동생이 집에 옴.

〈2013년 3월 3일 (음력 1월 22일)〉 일요일
날씨 맑음.
일본어를 독학했음. (단어)

〈2013년 3월 4일 (음력 1월 23일)〉 월요일
날씨 맑음.
정수(廷洙) 생일. 일본어를 독학했음.(단어, 녹음). 이병욱(李柄旭)이 집에 와서 남방설비 수리
고복순(高福順)과 해옥(海玉)에서 전화가 왔음. TV구입(1850위안)

〈2013년 3월 5일 (음력 1월 24일)〉 화요일
날씨 구름.
제 12기 인민대표대회 정부업무보고-온가보(溫家寶)주석보고를 들음, 명숙(明淑)이 연길에 왔다감-전화 옴, 수미마중하러 학교에 감, 남방회사에서 남방설비 수리하러 옴

〈2013년 3월 6일 (음력 1월 25일)〉 수요일
날씨 맑음. 구름.
일본어를 독학했음. (단어)
승일(承日)한테 전화를 걸었음. (북경에서 오고 있음). 이발. 샤워를 했음.

〈2013년 3월 7일 (음력 1월 26일)〉 목요일
날씨 구름.
일본어를 독학했음. (녹음). 용정(龍井)에서 연길(延吉)-훈춘(琿春)까지 왔음. 창일(昌日) ,승일(承日)접대 . 잤음.
미옥(美玉)과 창일(昌日)한테 전화를 걸었음.

〈2013년 3월 8일 (음력 1월 27일)〉 금요일
날씨 눈, 구름.
창일집에서 아침밥을 먹고 제4소학교 퇴직교사 〈3.8〉절활동에 참석
정용(鄭龍)한테 전화를 걸었음.

〈2013년 3월 9일 (음력 1월 28일)〉 토요일
날씨 눈.
도문(圖們) 최순금(崔順金)이 접대

박영호(朴永浩)와 정옥(貞玉)한테 전화를 걸었음.

〈2013년 3월 10일 (음력 1월 29일)〉 일요일
날씨 눈, 구름.
창일집에서 아침을 먹고 점심에 승일집에 도착하여 점심과 저녁을 먹음
지춘희(池春姬)에서 전화가 왔음.
미옥(美玉)한테 전화를 걸었음.-왔음. 안기일(安基一)과 정용(鄭龍)한테 전화를 걸었음.

〈2013년 3월 11일 (음력 1월 30일)〉 월요일
날씨 바람. 구름.
승일집에서 3끼해결, 훈춘시내를 돔
수미(秀美)와 명숙(明淑)에서 전화가 왔음.

〈2013년 3월 12일 (음력 2월 1일)〉 화요일
날씨 흐림.
승일집에서 3끼해결, 훈춘시내를 돔
미옥(美玉)에서 전화가 왔음- 걸었음.

〈2013년 3월 13일 (음력 2월 2일)〉 수요일
날씨 맑음. 바람
승일(承日) 생일-참가했음. (200위안). 일본어를 독학했음. (단어)
미옥(美玉)한테 전화를 걸었음,
훈춘(琿春)에서 용정(龍井)까지 왔음. 훈춘(琿春)의 차일과 분선(粉善)한테 전화를 걸었음.

〈2013년 3월 14일 (음력 2월 3일)〉 목요일
날씨 맑음.
명숙(明淑)이 벽시계 구입
고복순(高福順)과 안기일(安基一)한테 전화를 걸었음.영일(英日)과 미옥(美玉)에서 전화가 왔음.

〈2013년 3월 15일 (음력 2월 4일)〉 금요일
날씨 맑음.
오후 노간부대학에 가서 일본어를 공부했음.
미옥(美玉)한테 전화를 걸었음. 원학(元學)에서 전화가 왔음. 집에서 집문서 가져옴
훈춘(琿春)의 순자(順子)에서 전화가 왔음. 잤음.
용정(龍井)에서 연길(延吉)까지 왔음. 미옥(美玉) 집에서 점심과 저녁을 먹었음.

〈2013년 3월 16일 (음력 2월 5일)〉 토요일
날씨 구름.
오전 연길시 부육보건소에서 이빨교정 함(800원)
미옥(美玉)에서 전화가 왔음. 고복순(高福順)한테 전화를 걸었음.-왔음. 연길에서 훈춘제4소학교 퇴직교사들을 접대(150위안)

〈2013년 3월 17일 (음력 2월 6일)〉 일요일
날씨 구름.
영일(英日)한테 전화를 걸었음.-왔음. (영일(英日)점심 접대-정남등)
합비(合肥)의 영진(永珍)에서 전화가 왔음.
미옥(美玉)에서 전화가 왔음.

〈2013년 3월 18일 (음력 2월 7일)〉 월요일

날씨 흐림.소설(小雪)
정오(廷伍) 생일- 정오(廷伍)와 정옥(貞玉) 한테 전화를 걸었음. (정오(廷伍) 입원) 반급비 50위안,오후 노간부대학에 가서 일본어를 공부했음. 일본어반 남학생들이 여학생들을 점심접대 함(조양천(朝陽川))

〈2013년 3월 19일 (음력 2월 8일)〉 화요일
날씨 구름.
훈춘(琿春)의 승일(承日)과 창일(昌日)에서 전화가 왔음. 민석(珉錫)동생 동석(東錫)이 죽음
미옥(美玉)에서 전화가 왔음. 연길(延吉)에서 훈춘(琿春)까지 갔음. 시립병원에서 정오(廷伍)병문안 감

〈2013년 3월 20일 (음력 2월 9일)〉 수요일
날씨 맑음. 추움
동석(東錫)의 장례식에서 훈춘(琿春) → 연길(延吉) → 용정(龍井)
미옥(美玉)과 창일(昌日)한테 전화를 걸었음. 미옥(美玉)에서 전화가 왔음.

〈2013년 3월 21일 (음력 2월 10일)〉 목요일
날씨 구름.
일본어를 독학했음. (단어, 연습등)

〈2013년 3월 22일 (음력 2월 11일)〉 금요일
날씨 구름, 추움.
용정(龍井)에서 연길(延吉)까기 간 후, (미옥(美玉) 집-점심먹음), 노간부대학에 가서 일본어를 공부했음. 훈춘(琿春)의 창일(昌日)에서 전화가 왔음. 미옥(美玉) 집에서 잤음.

〈2013년 3월 23일 (음력 2월 12일)〉 토요일
날씨 맑음. 눈.
연길(延吉)에서 용정(龍井)까지 왔음. 연길시 부육보건소에서 이빨교정,
영일(英日)과 미옥(美玉)에서 전화가 왔음.

〈2013년 3월 24일 (음력 2월 13일)〉 일요일
날씨 눈, 흐림.
일본어를 독학했음 (과문)-온종일

〈2013년 3월 25일 (음력 2월 14일)〉 월요일
날씨 구름.
오전: 일본어를 독학했음. 오후 노간부대학에 가서 일본어를 공부했음.
(용정(龍井) → 연길(延吉) → 용정(龍井))

〈2013년 3월 26일 (음력 2월 15일)〉 화요일
날씨 구름. 흐림.
일본어를 독학했음. (동시연습)
춘학(春學) 마누라와 영일(英日)에서 전화가 왔음.

〈2013년 3월 27일 (음력 2월 16일)〉 수요일
날씨 눈.
춘학(春學) 생일: 용정(龍井)에서 연길(延吉)까지 간 후 참가했음. (200위안), 연길(延吉) → 용정(龍井)

〈2013년 3월 28일 (음력 2월 17일)〉 목요일
날씨 구름.

일본어를 독학했음. (동시연습)

〈2013년 3월 29일 (음력 2월 18일)〉 금요일
날씨 구름.
일본어를 독학했음.(동시연습). 명숙(明淑)에서 전화가 왔음.
오후 노간부대학에 가서 일본어를 공부했음.
미옥(美玉)한테 전화를 걸었음.
용정(龍井)에서 연길(延吉)까지 갔음. 미옥(美玉)의 집에 가서 저녁을 먹고 잤음.

〈2013년 3월 30일 (음력 2월 19일)〉 토요일
날씨 맑음.
미옥(美玉)의 집에서 아침을 먹은 후 연길시 부육보건소에서 이빨교정
연길(延吉)에서 용정(龍井)까지 왔음.

〈2013년 3월 31일 (음력 2월 20일)〉 일요일
날씨 구름.
일본어를 독학했음. (과문)
미옥(美玉)과 정오(廷伍)한테 전화를 걸었음. 샤워를 했음.

〈2013년 4월 1일 (음력 2월 21일)〉 월요일
날씨 흐림. 소설(小雪)
일본어를 독학했음. (과문). 오후 노간부대학에 가서 일본어를 독학했음. (용정(龍井) → 연길(延吉) → 용정(龍井))

〈2013년 4월 2일 (음력 2월 22일)〉 화요일
날씨 맑음.
정옥집에서 저녁먹음
오전 용정(龍井)에서 연길(延吉). 연길시 부육보건소에서 이빨교정
연길(延吉)에서 훈춘(琿春)까지 갔음. 창일(昌日)에서 전화가 왔음. 미옥(美玉)한테 전화를 걸었음.

〈2013년 4월 3일 (음력 2월 23일)〉 수요일
날씨 구름.
일본어를 독학했음. (과문)
명숙(明淑)에서 전화가 왔음. (2번)

〈2013년 4월 4일 (음력 2월 24일)〉 목요일
날씨 맑음.
정구(廷玖)차를 타고 태양에 있는 장인,장모의 묘지에 성묘하러 감 → 춘경에서 점심먹고 → 훈춘병원에 있는 복순이 문병감(50원) → 연길 미옥집에서 저녁먹고 잠
원학이 한국에서 돌아 옴

〈2013년 4월 5일 (음력 2월 25일)〉 금요일
날씨 흐림.
일본어를 독학했음. (과문) 연길(延吉)에서 훈춘(琿春)까지 갔음. 춘식어머니 장례식 참석,
향선집에서 저녁 먹고 정옥집에서 잠

〈2013년 4월 6일 (음력 2월 26일)〉 토요일
날씨 눈.
정옥집에서 아침먹고 장례식장에 갔다가 → 량수(凉水) → 고려식당
오후 훈춘(琿春)에서 연길(延吉)까지 왔음. 미옥(美玉) 집에서. 치과의사가 전화 옴

〈2013년 4월 7일 (음력 2월 27일)〉 일요일
날씨 구름.
지혜(知慧) 생일, 연길시 부육보건소에서 이빨교정, 미옥(美玉)에서 전화가 왔음.
오후 노간부대학에 가서 일본어를 공부했음.
명숙(明淑)에서 전화가 왔음.

〈2013년 4월 8일 (음력 2월 28일)〉 월요일
날씨 구름. 흐림. 눈
일본어를 독학했음. 공항에서 명숙(明淑)마중하고 연길에서 용정에 감
오후 노간부대학에 가서 일본어를 독학했음.
명숙(明淑)이 전화 옴

〈2013년 4월 9일 (음력 2월 29일)〉 화요일
날씨 흐림.
일본어를 독학했음. (과문)

〈2013년 4월 10일 (음력 3월 1일)〉 수요일
날씨 흐림.눈
일본어를 독학했음. (과문)

〈2013년 4월 11일 (음력 3월 2일)〉 목요일
날씨 흐림. 소설(小雪)
일본어를 독학했음. (과문)

〈2013년 4월 12일 (음력 3월 3일)〉 금요일
날씨 구름.
일본어를 독학했음. (과문) 오후 노간부대학에 가서 일본어를 공부했음.
미옥(美玉)과 수미(秀美)에서 전화가 왔음.
원학(元學)에서 전화가 왔음. 미옥(美玉)의 집에 가서 잤음.

〈2013년 4월 13일 (음력 3월 4일)〉 토요일
날씨 흐림. 가랑비
오전 연길시 부육보건소에서 이빨교정,
연길(延吉)에서 용정(龍井)까지 왔음. 명숙(明淑)한테 전화를 걸었음.

〈2013년 4월 14일 (음력 3월 5일)〉 일요일
날씨 구름
일본어를 독학했음. (단어)

〈2013년 4월 15일 (음력 3월 6일)〉 월요일
날씨 구름.
미화(美花) 생일(양력). 미화(美花)한테 전화를 걸었음. 오후 노간부대학에 가서 일본어를 공부했음.
마옥한테 전화를 걸었음. (용정(龍井) → 연길(延吉) → 용정(龍井))

〈2013년 4월 16일 (음력 3월 7일)〉 화요일
날씨 흐림. 눈, 구름.
동일(東日) 생일. 한테 전화를 걸었음. 일본어를 독학했음. 명숙(明淑)이 접대.
미옥(美玉)한테 전화를 걸었음. 훈춘(琿春)의 정용(鄭龍)에서 전화가 왔음. (2번)

〈2013년 4월 17일 (음력 3월 8일)〉 수요일
날씨 구름
연길에서 김순란(金順蘭)장례식 참석,
미옥(美玉)에서 전화가 왔음. 정용(鄭龍)에서 전화가 왔음.

〈2013년 4월 18일 (음력 3월 9일)〉 목요일
날씨 구름
일본어를 독학했음. (과문) 명숙(明淑)연길에 옴.
합비(合肥)의 영진(永珍)에서 전화가 왔음. 수미 마중나감

〈2013년 4월 19일 (음력 3월 10일)〉 금요일
날씨 구름
일본어를 독학했음. 오후 노간부대학에 가서 일본어를 독학해음.
미옥(美玉)에서 전화가 왔음. 미옥(美玉)의 집에 갔음-복순(福順)집에 옴.

〈2013년 4월 20일 (음력 3월 11일)〉 토요일
날씨 구름
미옥집에서 아침을 먹은후 용정에 감, 오후에 해란강체육장에서 축구시합 관람 연변0: 심양0

〈2013년 4월 21일 (음력 3월 12일)〉 일요일
날씨 구름
일본어를 독학했음. (회화)

〈2013년 4월 22일 (음력 3월 13일)〉 월요일
날씨 맑음
일본어를 독학했음. (회화)
오후 노간부대학에 가서 일본어를 공부했음. (용정(龍井) → 연길(延吉) → 용정(龍井))

〈2013년 4월 23일 (음력 3월 14일)〉 화요일
날씨 구름
일본어를 독학했음. (과문)

〈2013년 4월 24일 (음력 3월 15일)〉 수요일
날씨 비, 흐림
원학(元學) 생일-한테 전화를 걸었음. 일본어를 독학했음. (단어) 샤워를 했음.

〈2013년 4월 25일 (음력 3월 16일)〉 목요일
날씨 비
미옥(美玉) 생일-한테 전화를 걸었음. 용정(龍井)에서 연길(延吉)까지 가서 미옥(美玉)의 생일에 참가했음. 저녁을 먹고 잤음. 명숙(明淑)에서 전화가 왔음.
훈춘(琿春)의 창일(昌日)에서 전화가 왔음.

〈2013년 4월 26일 (음력 3월 17일)〉 금요일
날씨 구름
일본어를 독학했음. 오후 노간부대학에 가서 일본어를 공부했음.
명숙(明淑)한테 전화를 걸었음. 미옥집에서 3끼 해결함

〈2013년 4월 27일 (음력 3월 18일)〉 토요일
날씨 맑음
일본어를 독학했음. 오후 노간부대학에 가서 일본어를 공부했음. (연길(延吉) → 용정(龍井))
훈춘(琿春)의 창일(昌日)한테 전화를 걸었음. 안기일(安基一)에서 전화가 왔음.

〈2013년 4월 28일 (음력 3월 19일)〉 일요일
날씨 맑음

일본어를 독학했음.(조사). 남영남(南永男) 누나의 딸결혼식 참석
일본의 국진(國珍)에서 전화가 왔음. 원학(元學)한테 전화를 걸었음.

〈2013년 4월 29일 (음력 3월 20일)〉 월요일
날씨 비
일본어를 독학했음. 오후에 수미를 춤연습실에 바래다 줌

〈2013년 4월 30일 (음력 3월 21일)〉 화요일
날씨 흐림. 비
일본어를 독학했음. (조사). 춘학 아내가 전화 옴
오후 용정(龍井)에서 훈춘(琿春)까지 창일(昌日) 집에 가서 잤음.
훈춘(琿春)의 창일(昌日)에서 전화가 왔음. 미옥(美玉)과 정옥(貞玉)한테 전화를 걸었음.

〈2013년 5월 1일 (음력 3월 22일)〉 수요일
날씨 비
황일화(黃日花)의 환갑참석, 생일을 늦게 지냄, 영진, 춘림, 동일, 신옥, 홍위, 명숙이 전화 옴

〈2013년 5월 2일 (음력 3월 23일)〉 목요일
날씨 흐림. 비
미화(美花) 생일. 훈춘에서 원학차타고 연길을 거쳐 용정에 감
창일(昌日)한테 전화를 걸엇음.

〈2013년 5월 3일 (음력 3월 24일)〉 금요일
날씨 비
일본어를 독학했음. 오후 노간부대학에 가서 일본어를 공부했음. (용정(龍井) → 연길(延吉) → 용정(龍井))

〈2013년 5월 4일 (음력 3월 25일)〉 토요일
날씨 맑음
일본어를 독학했음.
합비(合肥)의 영진(永珍)한테 전화를 걸었음. 미옥(美玉)한테 전화를 걸었음.

〈2013년 5월 5일 (음력 3월 26일)〉 일요일
날씨 맑음
일본어를 독학했음. 명숙(明淑)이 연길(延吉)에 갔음. (민들레 등 가져옴)
미옥(美玉)한테 전화를 걸었음. 원학(元學)에서 전화가 왔음.

〈2013년 5월 6일 (음력 3월 27일)〉 월요일
날씨 맑음
일본어를 독학했음. 오후 노간부대학에 가서 일본어를 공부했음. (용정(龍井) → 연길(延吉) → 용정(龍井))

〈2013년 5월 7일 (음력 3월 28일)〉 화요일
날씨 맑음
오전에 과수원에서 야채를 채집 (민들레) 미옥(美玉)한테 전화를 걸었음.
해옥(海玉)에서 전화가 왔음. (3번). 연길에서 접대 용정(龍井) → 연길(延吉) → 미옥(美玉) 집-잤음.

〈2013년 5월 8일 (음력 3월 29일)〉 수요일
날씨 맑음 30도
미옥(美玉) 집에서 아침을 먹고 연길(延吉)에서 용정(龍井)까지 왔음..
학교에서 수미와 함께 귀가

〈2013년 5월 9일 (음력 3월 30일)〉 목요일
날씨 맑음
오후 공원에가 갔다 왔음.
일본어를 독학했음. (단어) 샤워를 했음. 이발.

〈2013년 5월 10일 (음력 4월 1일)〉 금요일
날씨 흐림. 비
일본어를 독학했음. 오후 노간부대학에 가서 일본어를 공부했음. (용정(龍井) → 연길(延吉) → 용정(龍井))
아침에 수미를 학교에 바래다 줌

〈2013년 5월 11일 (음력 4월 2일)〉 토요일
날씨 맑음. 구름. 비
일본어를 독학했음. (단어) 오후에 축구경기 관람 연변0:중경fc0

〈2013년 5월 12일 (음력 4월 3일)〉 일요일
날씨 흐림. 비
일본어를 독학했음. (단어. 동시연습). 홍위 저녁 접대
미옥(美玉)에서 전화가 왔음. (어머니날에 관하여) 점심에 수미 영어학습반에 감

〈2013년 5월 13일 (음력 4월 4일)〉 월요일
날씨 흐림. 맑음
분선(粉善) 생일-한테 전화를 걸었음. -왔음. 오전 일본어를 독학했음.
훈춘(琿春)의 순자(順子)한테 전화를 걸었음. 오후 노간부대학에 가서 일본어를 공부했음. (용정(龍井) → 연길(延吉) → 용정(龍井))

〈2013년 5월 14일 (음력 4월 5일)〉 화요일
날씨 흐림
일본어를 독학했음. (동시연습,단어)

〈2013년 5월 15일 (음력 4월 6일)〉 수요일
날씨 흐림. 비
일본어를 독학했음. (동시연습,단어)
오후에 수미를 학교에서 데려옴

〈2013년 5월 16일 (음력 4월 7일)〉 목요일
날씨 맑음
일본어를 독학했음. 명숙(明淑)에서 전화가 왔음. 원학(元學)세째형-연길(延吉)에 가서 참가했음.
원학(元學)과 미옥(美玉)한테 전화를 걸었음. 미옥(美玉) 집에 가서 저녁을 먹고 잤음.

〈2013년 5월 17일 (음력 4월 8일)〉 금요일
날씨 구름.
미옥(美玉)의 집에서 아침과 점심을 먹었음.
오후 노간부대학에 가서 일본어를 공부했음, 연길(延吉)에서 용정(龍井)까지 왔음.

〈2013년 5월 18일 (음력 4월 9일)〉 토요일

날씨 구름
일본어를 독학했음. 오후 축구경기 관람 연변0:성도0
아침, 점심 수미를 영어학습반에 바래다 줌

〈2013년 5월 19일 (음력 4월 10일)〉 일요일
날씨 흐림.비
일본어를 독학했음. (동시연습)
오후에 수미춤연습실 발해다 줌, 훈춘창일이 전화 옴

〈2013년 5월 20일 (음력 4월 11일)〉 월요일
날씨 흐림. 비
일본어를 독학했음. (단어,동시연습). 오후 노간부대학에 가서 일본어를 공부했음.
미옥(美玉)한테 전화를 걸었음. 학우 동주에서 전화가 왔음. 오전에 미옥집에서 점심먹음 (민들레 가져옴)

〈2013년 5월 21일 (음력 4월 12일)〉 화요일
날씨 구름.
정옥(貞玉) 생일-한테 전화를 걸었음. 일본어를 독학했음.
수미를 학교에서 데려옴

〈2013년 5월 22일 (음력 4월 13일)〉 수요일
날씨 맑음
일본어를 독학했음. 김치움에 있는 항아리를 내옴

〈2013년 5월 23일 (음력 4월 14일)〉 목요일
날씨 맑음
일본어를 독학했음.

〈2013년 5월 24일 (음력 4월 15일)〉 금요일
날씨 뇌우
일본어를 독학했음. 오후 노간부대학에 가서 일본어를 공부했음. (용정(龍井) → 연길(延吉) → 용정(龍井))

〈2013년 5월 25일 (음력 4월 16일)〉 토요일
날씨 구름.
일본어를 독학했음,
수미춤연습실 발해다 줌,

〈2013년 5월 26일 (음력 4월 17일)〉 일요일
날씨 구름. 맑음
모아산에 가서 등산했음. (홍위일가와 같이) (용정(龍井)-모아산-연길(延吉) 샤워를 했음-용정(龍井))

〈2013년 5월 27일 (음력 4월 18일)〉 월요일
날씨 구름.
일본어를 독학했음. 오후 노간부대학에 가서 일본어를 공부했음. (용정(龍井) → 연길(延吉) → 용정(龍井))

〈2013년 5월 28일 (음력 4월 19일)〉 화요일
날씨 구름. 비
일본어를 독학했음. 서랍문 수리
합비(合肥)의 영진(永珍)에서 전화가 왔음.
수미(秀美) 명숙이 연길 공원에 감

〈2013년 5월 29일 (음력 4월 20일)〉 수요일

날씨 비. 구름
일본어를 독학했음. 오후 노간부대학에 가서 일본어를 공부했음. (용정(龍井) → 연길(延吉) → 용정(龍井))
중급상권 학습마침

〈2013년 5월 30일 (음력 4월 21일)〉 목요일
날씨 구름. 바람
일본어를 독학했음. (동시학습,단어) (화분정리)
훈춘(琿春)의 창일(昌日)에서 전화가 왔음. (훈춘새집 출입문 문제), 걸었음.

〈2013년 5월 31일 (음력 4월 22일)〉 금요일
날씨 맑음
일본어를 독학했음. (동시학습,단어) 온종일

〈2013년 6월 1일 (음력 4월 23일)〉 토요일
날씨 맑음
일본어를 독학했음. (동시학습,단어),- 온종일
명숙(明淑)과 수미(秀美)가 연길(延吉)의 공원에 갔음. -전화가 왔음.

〈2013년 6월 2일 (음력 4월 24일)〉 일요일
날씨 구름
오전 연길집 청소 함, 연길(延吉) 집에서 잤음.
북경의 도일과 미옥(美玉)과 원학(元學)한테 전화를 걸었음. 명숙(明淑)이 전화 옴

〈2013년 6월 3일 (음력 4월 25일)〉 월요일
날씨 구름 비
오후 노간부대학에 가서 일본어를 공부했음. (중급하권 학습시작) 연길(延吉) → 용정(龍井)
원학(元學)과 미옥(美玉)한테 전화를 걸었음. -사돈병문안 감
사돈 입원수술함

〈2013년 6월 4일 (음력 4월 26일)〉 화요일
날씨 구름
일본어를 독학했음. (중급하권 학습-온종일)
미옥(美玉)한테 전화를 걸었음.

〈2013년 6월 5일 (음력 4월 27일)〉 수요일
날씨 천둥
일본어를 독학했음.
합비(合肥)의 영진(永珍)한테 전화를 걸었음. 미옥(美玉)에서 전화가 왔음.

〈2013년 6월 6일 (음력 4월 28일)〉 목요일
날씨 맑음
일본어를 독학했음. (과문)
오전에 이병욱집 마당정리 함

〈2013년 6월 7일 (음력 4월 29일)〉 금요일
날씨 맑음
일본어를 독학했음. 오후 노간부대학에 가서 일본어를 공부했음. 샤워를 했음.
원학(元學)한테 전화를 걸었음. (2번) 왔음.
영진(永珍)과 미옥(美玉)에서 전화가 왔음.

〈2013년 6월 8일 (음력 5월 1일)〉 토요일 날

씨 맑음
일본어를 독학했음. 오후 노간부대학에 가서 일본어를 공부했음.
미옥(美玉)한테 전화를 걸었음. 원학(元學)에서 전화가 왔음. 미옥(美玉) 집에 가서 잤음.

〈2013년 6월 9일 (음력 5월 2일)〉 일요일 날씨 맑음
미옥(美玉) 집에서 아침을 먹었음. 점심에 원학 큰형님 생일에 참석
초미(超美)한테 전화를 걸었음.
신달생물과학기술회사에서 이자받음, 신옥에서 전화가 왔음.

〈2013년 6월 10일 (음력 5월 3일)〉 월요일 날씨 맑음
일본어를 독학했음. (동시학습, 단어) 온종일
일본어반 순희에서 전화가 왔음.

〈2013년 6월 11일 (음력 5월 4일)〉 화요일 날씨 구름. 비
신옥 생일-신옥집에 감
산옥에서 전화가 왔음.
일본어를 독학했음. 미옥(美玉)한테 전화를 걸었음. 명숙(明淑)에서 전화가 왔음. 잤음.
17시 38분 신주10호 위성발사 선공.

〈2013년 6월 12일 (음력 5월 5일)〉 수요일 날씨 흐림. 비
도문에서 춘의형생일 참석
신옥과 춘학(春學)에서 전화가 왔음.

〈2013년 6월 13일 (음력 5월 6일)〉 목요일 날씨 맑음
일본어를 독학했음. (동시학습, 단어)-온종일

〈2013년 6월 14일 (음력 5월 7일)〉 금요일 날씨 맑음
오전은 일본어를 독학했음. (동시학습, 단어)-온종일
오후 노간부대학에 가서 일본어를 공부했음.

〈2013년 6월 15일 (음력 5월 8일)〉 토요일 날씨 맑음
일본어를 독학했음. (동시학습, 단어) 홍위가 부친절이라고 접대
원학(元學)과 미옥(美玉)이 왔음. (부친절 200위안)

〈2013년 6월 16일 (음력 5월 9일)〉 일요일 날씨 구름. 비
일본어를 독학했음. (동시학습, 단어) 춘학(春學)에서 전화가 왔음. -춘의형님 죽음
합비(合肥)의 미화(美花)에서 전화가 왔음. (부친절)

〈2013년 6월 17일 (음력 5월 10일)〉 월요일 날씨 비
용정(龍井)에서 도문(圖們)까지 가서 춘의 장례식에 참석했음. 미옥(美玉)한테 전화를 걸었음.
도문(圖們)에서 훈춘(琿春)까지 정옥(貞玉) 집에 가서 잤음. (춘기아들차타고 옴)

일본어반 반장에서 전화가 왔음.
정옥(貞玉)한테 전화를 걸었음-왔음.

〈2013년 6월 18일 (음력 5월 11일)〉 화요일
날씨 맑음
의운 생일- 참가했음. 창일(昌日) 집에 가서 저녁을 먹고 잤음.
북경의 정금한테 전화를 걸었음. 정옥(貞玉)한테 전화를 걸었음.

〈2013년 6월 19일 (음력 5월 12일)〉 수요일
날씨 뇌우
훈춘(琿春)에서 용정(龍井)까지 왔음. (창일(昌日) 집에 가서 아침을 먹은 후)
창일(昌日)에서 전화가 왔음. 미옥(美玉)에서 전화가 왔음.

〈2013년 6월 20일 (음력 5월 13일)〉 목요일
날씨 비
일본어를 독학했음. (단어) 영남집에서 저녁 접대
안기일(安基一)과 지춘희(池春姬)한테 전화를 걸었음. 훈춘(琿春)의 미옥(美玉)한테 전화를 걸었음.
된장을 마시기 시작. ~ 7월 7일 좌우.
영남 북경 → 한국

〈2013년 6월 21일 (음력 5월 14일)〉 금요일
날씨 흐림
일본어를 독학했음. (단어) 오후 노간부대학에 가서 일본어를 공부했음.
창일(昌日)한테 전화를 걸었음. -왔음. (순자(順子)). 미옥(美玉) 집에 가서 잤음.
일본어연습

〈2013년 6월 22일 (음력 5월 15일)〉 토요일
날씨 구름. 가랑비
미옥(美玉)의 집에서 아침을 먹었음. 점심은 창일이 접대
창일(昌日)에서 전화 왔음. 공항에서 영남을 화송(적금인출 500위안)

〈2013년 6월 23일 (음력 5월 16일)〉 일요일
날씨 구름 맑음
일본어를 독학했음. (중급 하권단어) 온종일
도일과 영진(永珍)한테 전화를 걸었음. 동일 왔음. (대학입시 성적)

〈2013년 6월 24일 (음력 5월 17일)〉 월요일
날씨 맑음
일본어를 독학했음. 미옥(美玉)한테 전화를 걸었음. 저녁에 광장에 감
승일(承日)에서 전화가 왔음.

〈2013년 6월 25일 (음력 5월 18일)〉 화요일
날씨 맑음
일본어를 독학했음. (단어)-온종일

〈2013년 6월 26일 (음력 5월 19일)〉 수요일
날씨 구름. 비
일본어를 독학했음. (단어)-온종일
합비(合肥)의 영진(永珍)에서 전화가 왔음.
학교에서 수미를 데려옴

〈2013년 6월 27일 (음력 5월 20일)〉 목요일
날씨 구름. 비
일본어를 독학했음. (단어)-온종일

〈2013년 6월 28일 (음력 5월 21일)〉 금요일
날씨 구름. 비
일본어를 독학했음. (단어)-온종일

〈2013년 6월 29일 (음력 5월 22일)〉 토요일
날씨 구름. 비
일본어를 독학했음. (단어)-온종일
수미를 영어학습반에서 데려옴

〈2013년 6월 30일 (음력 5월 23일)〉 일요일
날씨 구름. 비
일본어를 독학했음. (단어)-온종일
수미를 학교에서 데려옴

〈2013년 7월 1일 (음력 5월 24일)〉 월요일
날씨 구름
일본어를 독학했음. (단어)-온종일

〈2013년 7월 2일 (음력 5월 25일)〉 화요일
날씨 비
일본어를 독학했음. (단어)-온종일
옥인(玉仁)에서 전화가 왔음.

〈2013년 7월 3일 (음력 5월 26일)〉 수요일
날씨 구름
일본어를 독학했음. (중급하권단어) 온종일. 샤워를 했음.
미옥(美玉)에서 전화가 왔음. 수미를 영어학습반에서 데려옴

〈2013년 7월 4일 (음력 5월 27일)〉 목요일
날씨 비
일본어를 독학했음. (중급하권단어)
원학(元學)에서 전화가 왔음. -원학차를 타고 원학집에 감

〈2013년 7월 5일 (음력 5월 28일)〉 금요일
날씨 구름. 비
아침을 먹은 후 연길(延吉)에서 용정(龍井)에서 왔음.
일본어를 독학했음.

〈2013년 7월 6일 (음력 5월 29일)〉 토요일
날씨 구름, 비. 맑음
일본어를 독학했음.(온종일)-(중급하권단어-필사)

〈2013년 7월 7일 (음력 5월 30일)〉 일요일
날씨 구름
소서(小暑) 일본어를 독학했음.(온종일)-(중급하권단어-필사)
명숙이 저녁식사 접대함

〈2013년 7월 8일 (음력 6월 1일)〉 월요일 날씨 맑음
일본어를 독학했음.(온종일)-(중급하권단어-필사). 이발
수미를 학교에서 데려 옴

〈2013년 7월 9일 (음력 6월 2일)〉 화요일 날

씨 흐림. 가랑비
일본어를 독학했음.(온종일)-(중급하권단어-필사).
정오(廷伍)에서 전화가 왔음. (정구(廷玖)죽음), 미옥(美玉)과 정옥(貞玉)한테 전화를 걸었음.

〈2013년 7월 10일 (음력 6월 3일)〉 수요일
날씨 구름. 맑음
춘식(春植) 생일. 용정(龍井) → 연길(延吉) → 훈춘(琿春)-정 → 장례식. (식당) 훈춘에서 용정(龍井)
미옥(美玉)과 정오(廷伍), 정옥(貞玉)한테 전화를 걸었음. 동춘한테 전화를 걸었음.

〈2013년 7월 11일 (음력 6월 4일)〉 목요일
날씨 맑음
일본어를 독학했음. (중급하권과문)

〈2013년 7월 12일 (음력 6월 5일)〉 금요일
날씨 흐림. 가랑비. 구름
일본어를 독학했음. (중급하권과문)
서점에서 수미의 책구입

〈2013년 7월 13일 (음력 6월 6일)〉 토요일
날씨 구름
일본어를 독학했음. (중급하권과문) 원학(元學)한테 전화를 걸었음.
북경의 도일에서 전화가 왔음. -려영이 북경 사범대학 심리학과 합격

〈2013년 7월 14일 (음력 6월 7일)〉 일요일
날씨 구름
일본어를 독학했음. (중급과문)

〈2013년 7월 15일 (음력 6월 8일)〉 월요일
날씨 구름
일본어를 독학했음. 녹음 들음(중급상권과문) 수미 학교에서 데려 옴
미옥(美玉)한테 전화를 걸었음. 하얼빈에서 옴

〈2013년 7월 16일 (음력 6월 9일)〉 화요일
날씨 구름. 비
일본어를 독학했음-녹음들음 (단어수통계)

〈2013년 7월 17일 (음력 6월 10일)〉 수요일
날씨 비, 맑음
일본어를 독학했음-녹음들음 (단어수통계), 샤워를 했음.
수미 학교에서 데려 옴

〈2013년 7월 18일 (음력 6월 11일)〉 목요일
날씨 비, 맑음
일본어를 독학했음(초급어법해석)

〈2013년 7월 19일 (음력 6월 12일)〉 금요일
날씨 비
일본어를 독학했음 (초급어법해석)-중급상권냉용 녹음
수미를 학교에서 데려 옴

〈2013년 7월 20일 (음력 6월 13일)〉 토요일
날씨 흐림. 비

일본어를 독학했음. ((초급어법해석, 중급상책녹음내용))

〈2013년 7월 21일 (음력 6월 14일)〉 일요일
날씨 흐림. 비
일본어를 독학했음. ((초급어법해석, 중급상책녹음내용))
창일(昌日)에서 전화가 왔음. 연길(延吉)의 박영호(朴永浩)에서 전화가 왔음. (황승일 입원)

〈2013년 7월 22일 (음력 6월 15일)〉 월요일
날씨 맑음
연변병원에서 황승일 병문안하고 영호집에 놀러감
미옥(美玉)에서 전화가 왔음.- 미옥(美玉)집에 가서 저녁을 먹고 잤음.
명숙(明淑)한테 전화를 걸었음. -왔음.

〈2013년 7월 23일 (음력 6월 16일)〉 화요일
날씨 구름
대서(大暑). 중복. 미옥(美玉)의 집에서 아침과 저녁을 먹었음. 집에 가서 청소했음.
오후 원학(元學)의 차를 타고 연길(延吉)에서 용정(龍井)까지 왔음. 명숙(明淑)에서 전화가 왔음.
원학(元學)에서 전화가 왔음.

〈2013년 7월 24일 (음력 6월 17일)〉 수요일
날씨 구름. 비
일본어를 독학했음. (초급어법 해석) 합비(合肥)의 미화(美花)에서 전화가 왔음.
수미를 바래다 줌(3번)

〈2013년 7월 25일 (음력 6월 18일)〉 목요일
날씨 흐림. 비
일본어를 독학했음. (초급어법 해석) 명숙(明淑)병원에 갔다 옴
훈춘(琿春)의 창일(昌日)한테 전화를 걸었음.

〈2013년 7월 26일 (음력 6월 19일)〉 금요일
날씨 흐림. 비
일본어를 독학했음. (초급어법 해석)
수미를 학교에서 데려옴

〈2013년 7월 27일 (음력 6월 20일)〉 토요일
날씨 구름. 비
일본어를 독학했음. (초급어법 해석)
북경의 동일과 연길(延吉)의 미옥(美玉)한테 전화를 걸었음.

〈2013년 7월 28일 (음력 6월 21일)〉 일요일
날씨 구름. 비
일본어를 독학했음. (초급어법 해석)

〈2013년 7월 29일 (음력 6월 22일)〉 월요일
날씨 비
일본어를 독학했음. (초급어법 해석). 샤워를 했음.
미옥(美玉)한테 전화를 걸었음. (북경감). 수미를 바래다 줌

〈2013년 7월 30일 (음력 6월 23일)〉 화요일

날씨 구름. 비
일본어를 독학했음. (회화). 원학(元學)한테 전화를 걸었음. 미옥(美玉)한테 전화를 걸었음. 용정(龍井)에서 훈춘(琿春)까지 창일(昌日) 집으로 갔음. 훈춘(琿春)의 창일(昌日)에서 전화가 왔음.

〈2013년 7월 31일 (음력 6월 24일)〉 수요일
날씨 구름. 비
복순(福順) 생일. 참가했음. (200위안). 김춘협에서 전화가 왔음.
정옥(貞玉)한테 전화를 걸었음. 정금에서 전화가 왔음. 정금집에 감

〈2013년 8월 1일 (음력 6월 25일)〉 목요일
날씨 구름. 비
정금 집에서 아침을 먹고 훈춘(琿春)에서 용정(龍井)까지 왔음.
창일(昌日)과 정옥(貞玉)에서 전화가 왔음. 승호(承浩)과 옥인(玉仁)에서 전화가 왔음.

〈2013년 8월 2일 (음력 6월 26일)〉 금요일
날씨 구름.
일본어를 독학했음. (회화). 중의원에서 명숙(明淑)의 병을 진료
옥인(玉仁)에서 전화가 왔음. 승호(承浩)한테 전화를 걸었음. (2번)

〈2013년 8월 3일 (음력 6월 27일)〉 토요일
날씨 구름.
일본어를 독학했음. (회화)
합비(合肥)의 영진(永珍)한테 전화를 걸었음. 규범집에 전화함

〈2013년 8월 4일 (음력 6월 28일)〉 일요일
날씨 구름.
일본어를 독학했음. (회화). 명숙(明淑)동생일 접대함
황산(黃山)의 영진(永珍)과 미옥(美玉)한테 전화를 걸었음.

〈2013년 8월 5일 (음력 6월 29일)〉 월요일
날씨 흐림. 가랑비
용정(龍井) → 연길(延吉) → 훈춘(琿春)(참가: 승호(承浩)아들결혼식-규범병문안) → 연길(延吉) → 용정(龍井).
훈춘(琿春)의 승일(承日)한테 전화를 걸었음.

〈2013년 8월 6일 (음력 6월 30일)〉 화요일
날씨 구름.
일본어를 독학했음. (회화)
합비(合肥)의 미옥(美玉)과 연길(延吉)의 동일에서 전화가 왔음. 고복순(高福順)에서 전화가 왔음.

〈2013년 8월 7일 (음력 7월 1일)〉 수요일 날씨 구름. 비
동일과 원학(元學)한테 전화를 걸었음. 동일 차타고 훈춘 창일집에 감
광용(光龍)한테 전화를 걸었음. 미옥(美玉)한테 전화를 걸었음. 창일(昌日) 집에서 잤음.

〈2013년 8월 8일 (음력 7월 2일)〉 목요일 날씨 구름. 비
창일집에서 3끼 해결
원학(元學)에서 전화가 왔음.

〈2013년 8월 9일 (음력 7월 3일)〉 금요일 날씨 구름.
명숙(明淑)에서 전화가 왔음. 점심은 승일집에서 접대
승일(承日) 집에서 잤음.
연길(延吉)의 박영호(朴永浩)에서 전화가 왔음. (노인절에 관하여). 저녁먹음

〈2013년 8월 10일 (음력 7월 4일)〉 토요일 날씨 뇌우
승일집에서 3끼해결 동일한테 전화를 걸었음.
일본어를 독학했음. (회화) 정용변에서 전화가 왔음. (노인절)

〈2013년 8월 11일 (음력 7월 5일)〉 일요일 날씨 맑음.
일본어를 독학했음. 창일(昌日)에서 전화가 왔음. (소진이 점심 접대)
북경의 미옥(美玉)한테 전화를 걸었음. 샤워를 했음.

〈2013년 8월 12일 (음력 7월 6일)〉 월요일 날씨 맑음.
방송국에서 서비스 정지처리 함,
일본어를 독학했음. 북경의 동일에서 전화가 왔음. (안전히 도착)
저녁은 승일이 접대. 북경의 미옥(美玉)한테 전화를 걸었음.

〈2013년 8월 13일 (음력 7월 7일)〉 화요일 날씨 구름.
훈춘시 교육국 노년협회체육대회 참석, 박영호(朴永浩)한테 전화가 왔음. .
원학(元學)과 창일(昌日)과 분선(粉善)에서 전화가 왔음. 박영호(朴永浩)과 정용변한테 전화를 걸었음.

〈2013년 8월 14일 (음력 7월 8일)〉 수요일 날씨 구름.
제4소학교 노년협회 황승일(黃承日) 장례식 참석, 훈춘(琿春)에서 용정(龍井)까지 왔음.
미옥(美玉)과 창일(昌日)에서 전화가 왔음.
홍위가 노인절 접대

〈2013년 8월 15일 (음력 7월 9일)〉 목요일 날씨 뇌우.
원학(元學)한테 전화를 걸었음. 명숙(明淑) 연길에 감. 원학(元學), 미옥(美玉) 노인절 접대
미옥(美玉)과 원학(元學)에서 전화가 왔음.
합비(合肥)의 연진에서 전화가 왔음.

〈2013년 8월 16일 (음력 7월 10일)〉 금요일 날씨 큰비
원학(元學)한테 전화를 걸었음. 수미를 수학 학습반에 데려다 줌

〈2013년 8월 17일 (음력 7월 11일)〉 토요일

날씨 흐림 비.
일본어를 독학했음. (회화). 샤워를 했음. 창일(昌日)과 미옥(美玉)한테 전화를 걸었음. 이정순(李貞順)과 광용한테 전화를 걸었음. (안기일(安基一)과) 미옥(美玉).. 정금...

〈2013년 8월 18일 (음력 7월 12일)〉 일요일
날씨 구름.
창일(昌日) 생일. 용정(龍井) → 훈춘(琿春). 참가 200위안. 잤음.
미옥(美玉)과 영진(永珍)에서 전화가 왔음.

〈2013년 8월 19일 (음력 7월 13일)〉 월요일
날씨 구름 비.
창일집에서 아침을 먹고 훈춘병원에서 복순 병문안 갔다 용정에 도착, 창일, 미옥에게 전화 함

〈2013년 8월 20일 (음력 7월 14일)〉 화요일
날씨 맑음.
일본어를 독학했음. (회화)

〈2013년 8월 21일 (음력 7월 15일)〉 수요일
날씨 맑음.
일본어를 독학했음. (회화). 단령동사무소에서 전화 옴

〈2013년 8월 22일 (음력 7월 16일)〉 목요일
날씨 구름.
일본어를 독학했음. (회화)

〈2013년 8월 23일 (음력 7월 17일)〉 금요일
날씨 맑음
용정체육장에서 집체무 공연연습 관람, 오후 연길 단령동사무소에서 열린 불합격당원색출대회 참석

〈2013년 8월 24일 (음력 7월 18일)〉 토요일
날씨 맑음
일본어를 독학했음. (중급하권 과문)
창일(昌日)에서 전화가 왔음. 원학(元學)에서 전화가 왔음.

〈2013년 8월 25일 (음력 7월 19일)〉 일요일
날씨 맑음
일본어를 독학했음.(중급하권 과문)
합비(合肥)의 영진(永珍)에서 전화가 왔음.
일본어반 순희에서 전화가 왔음. (내일개학)

〈2013년 8월 26일 (음력 7월 20일)〉 월요일
날씨 흐림 비
오후 노간부대학에 가서 일본어를 공부했음. (개학) 샤워를 했음.
미옥(美玉)에서 전화가 왔음. (용정(龍井) → 연길(延吉) → 용정(龍井))

〈2013년 8월 27일 (음력 7월 21일)〉 화요일
날씨 맑음 구름.
일본어를 독학했음.
정모한테 전화를 걸었음-왔음.

〈2013년 8월 28일 (음력 7월 22일)〉 수요일
날씨 흐림. 가랑비
정모 생일-용정(龍井) → 연길(延吉) → 훈

춘(琿春) → 용정(龍井)-용정(龍井).참가. (200위안) 50위안

〈2013년 8월 29일 (음력 7월 23일)〉 목요일 날씨 흐림
일본어를 독학했음. (과문)
위안교냥: ~9월 29알

〈2013년 8월 30일 (음력 7월 24일)〉 금요일 날씨 맑음
오후 노간부대학에 가서 일본어를 공부했음 (용정(龍井) → 연길(延吉) → 용정(龍井))
미옥(美玉)과 원학(元學)에서 전화가 왔음. -걸었음.

〈2013년 8월 31일 (음력 7월 25일)〉 토요일 날씨 맑음.
일본어를 독학했음. 미옥(美玉)에서 전화가 왔음-미옥집에서 접대 (내몽골사돈집에서 대학에 붙음)
창일(昌日)에서 전화가 왔음.

〈2013년 9월 1일 (음력 7월 26일)〉 일요일 날씨 맑음.
오후 연길(延吉)에서 용정(龍井)까자 왔음.
명숙(明淑)한테 전화를 걸었음.

〈2013년 9월 2일 (음력 7월 27일)〉 월요일 날씨 구름.
오후 노간부대학에 가서 일본어를 공부했음.
용정(龍井) → 연릭, 미옥(美玉) 집
미옥(美玉), 정ㅁ, 정모, 정옥(貞玉), 정모, 정금,. 춘학(春學), 국철(國哲)한테 전화를 걸었음.

〈2013년 9월 3일 (음력 7월 28일)〉 화요일 날씨 구름.
연길중우호텔에서 재혼식함, 연길(延吉)에서 용정(龍井)까지 와서 잤음.
원학(元學)과 정옥(貞玉)에서 전화가 왔음.
창일(昌日)과 정옥(貞玉)과 정ㅁ한테 전화를 걸었음.
결혼식 참가인원: 정화일가, 정모일가, 정옥일가, 정오일가, 정금, 철진일가, 선희, 창일일가, 승일일가, 원학큰형님, 원학 세째형님

〈2013년 9월 4일 (음력 7월 29일)〉 수요일 날씨 흐림. 비
일본어를 독학했음. (동시학습)
미옥(美玉)한테 전화를 걸었음.

〈2013년 9월 5일 (음력 8월 1일)〉 목요일 날씨 맑음.
일본어를 독학했음. (동시학습)

〈2013년 9월 6일 (음력 8월 2일)〉 금요일 날씨 구름.
오후 노간부대학에 가서 일본어를 공부했음.
미옥(美玉)한테 전화를 걸었음.
용정(龍井) → 연길(延吉) (미옥(美玉) 집)노간부대학 → 용정(龍井)

〈2013년 9월 7일 (음력 8월 3일)〉 토요일 날씨 흐림. 가랑비

일본어를 독학했음. (동시학습) 명숙(明淑)이 소화룡에 감
정요변에서 전화가 왔음. 수미를 소년활동센터에 바래다 줌

〈2013년 9월 8일 (음력 8월 4일)〉 일요일 날씨 구름.
일본어를 독학했음. 수미를 소년활동센터에 바래다 줌
명숙(明淑)소화룡에서 돌아 옴

〈2013년 9월 9일 (음력 8월 5일)〉 월요일 날씨 구름.
오후 노간부대학에 가서 일본어를 공부했음. (용정(龍井) → 연길(延吉) → 용정(龍井))
박영호(朴永浩)한테 전화를 걸었음.

〈2013년 9월 10일 (음력 8월 6일)〉 화요일 날씨 구름
일본어를 독학했음. (과문) 합비(合肥)의 영진(永珍)에서 전화가 왔음. (교사절)
창일(昌日)에서 전화가 왔음.
춘협과 정용변에서 전화가 왔음. 이병욱일가 한국에 감

〈2013년 9월 11일 (음력 8월 7일)〉 수요일 날씨 비, 구름.
영진(永珍) 생일. 일본어를 독학했음(과문) 수미를 학교에서 데려 옴
영진(永珍)한테 전화를 걸었음.

〈2013년 9월 12일 (음력 8월 8일)〉 목요일 날씨 구름.
일본어를 독학했음. (과문) 수미를 학교에서 데려 옴
미옥(美玉)한테 전화를 걸었음. 수미어머니가 한국에서 용정에 귀국
수미어머니 한국에서 용정에 옴-10월20일에 한국에 돌아 감

〈2013년 9월 13일 (음력 8월 9일)〉 금요일 날씨 구름.
오후 노간부대학에 가서 일본어를 공부했음. (용정(龍井) → 연길(延吉) → 용정(龍井))
미옥(美玉)한테 전화를 걸었음.

〈2013년 9월 14일 (음력 8월 10일)〉 토요일 날씨 구름
명숙(明淑)이와 함께 공항을 거쳐 용정-연길- 미옥집에 감

〈2013년 9월 15일 (음력 8월 11일)〉 일요일 날씨 맑음.
미옥(美玉) 집에서 3끼 밥을 먹었음. 집에 가서 술을 가져왔음.

〈2013년 9월 16일 (음력 8월 12일)〉 월요일 날씨 구름
일본어를 독학했음. 오후 노간부대학에 가서 일본어를 공부했음.
(미옥(美玉) 집-노간부대학-미옥(美玉) 집) 고복순(高福順)과 이정순(李貞順)한테 전화를 걸었음.

〈2013년 9월 17일 (음력 8월 13일)〉 화요일
날씨 맑음
공항에 가서 양진를 환송했음. 연길(延吉) → 용정(龍井). 샤워를 했음.

〈2013년 9월 18일 (음력 8월 14일)〉 수요일
날씨 구름.
용정(龍井) → 연길(延吉) → 훈춘(琿春)- 창일(昌日) 집에서 저녁을 먹고 잤음.
창일(昌日)에서 전확 ㅏ왔음. 민석(珉錫)한테 전화를 걸었음. 명숙(明淑)에서 전화가 왔음.

〈2013년 9월 19일 (음력 8월 15일)〉 목요일
날씨 맑음. 구름.
추석-창일차로 태양에 있는 장인,장모의 묘지 성묘하러 감
영진(永珍)과 미화(美花)에서 전화가 왔음
정용변한테 전화를 걸었음.

〈2013년 9월 20일 (음력 8월 16일)〉 금요일
날씨 구름.
남방회사에서 남방비 납부, 미옥(美玉)과 창일(昌日)과 승일(承日)한테 전화를 걸었음.
성일이사-참가 훈춘(琿春) → 연길(延吉) → 용정(龍井)

〈2013년 9월 21일 (음력 8월 17일)〉 토요일
날씨 구름.
신문열독

〈2013년 9월 22일 (음력 8월 18일)〉 일요일
날씨 맑음.
고추구입. 해옥(海玉)한테 전화를 걸었음. 왔음. (고복순 병문안 감)
미옥(美玉)의 집에 가서 잤음.

〈2013년 9월 23일 (음력 8월 19일)〉 월요일
날씨 구름. 비
일본어반 순희가 전화 옴
미옥(美玉)의 집에서 아침과 점심을 먹었음.
오후 노간부대학에 가서 일본어를 공부했음.
연길(延吉)에서 용정(龍井)까지 왔음.

〈2013년 9월 24일 (음력 8월 20일)〉 화요일
날씨 구름.
일본어를 독학했음 (과문)
미옥(美玉)한테 전화를 걸었음.

〈2013년 9월 25일 (음력 8월 21일)〉 수요일
날씨 구름.
영진(永珍) 생일(양력), 전화를 걸었음. 창고수리
일본어를 독학했음.

〈2013년 9월 26일 (음력 8월 22일)〉 목요일
날씨 구름.
일본어를 독학했음. 용정(龍井)에서 연길(延吉)까지 왔음. 청소.
미옥(美玉)에서 전화가 왔음. 산동에 도착(명숙(明淑)과 함께)

〈2013년 9월 27일 (음력 8월 23일)〉 금요일
날씨 구름.

오후 노간부대학에 가서 일본어를 공부했음. 연길(延吉)에서 용정(龍井)까지 왔음. 원학(元學)한테 전화를 걸었음.

〈2013년 9월 28일 (음력 8월 24일)〉 토요일
날씨 구름.
일본어를 독학했음. 광용 아내에서 전화가 왔음.

〈2013년 9월 29일 (음력 8월 25일)〉 일요일
날씨 구름.
용정(龍井)에서 연길(延吉)까지 갔음. 장련숙 딸 결혼식에 참가했음.
(무도회) 연길(延吉)에서 용정(龍井)까지 왔음. 명숙(明淑)에서 전화가 왔음.

〈2013년 9월 30일 (음력 8월 26일)〉 월요일
날씨 구름.
초미(超美) 생일-전화를 걸었음. 무 썰기
오후 노간부대학에 가서 일본어를 공부했음.
(용정(龍井)-연길(延吉)-용정(龍井))

〈2013년 10월 1일 (음력 8월 27일)〉 화요일
날씨 구름
북경의 동일과 미옥(美玉)한테 전화를 걸었음. 창일(昌日)에서 전화가 왔음,
박영호(朴永浩)과 해옥(海玉)한테 전화를 걸었음.

〈2013년 10월 2일 (음력 8월 28일)〉 수요일
날씨 비. 구름.
김광용딸 결혼식 참석 -용정(龍井)-연길(延吉)-미옥(美玉) 집-잤음.
북경의 동일과 연길(延吉)의 원학(元學)한테 전화를 걸었음. 명숙(明淑)에서 전화가 왔음.

〈2013년 10월 3일 (음력 8월 29일)〉 목요일
날씨 구름.
미옥(美玉) 집에서 아침을 먹었음. 연길(延吉)에서 용정(龍井)까지 왔음.
명궃에서 전화가 왔음. 국철(國哲)에서 전화가 왔음. (신옥환갑)

〈2013년 10월 4일 (음력 8월 30일)〉 금요일
날씨 맑음
일본어를 독학했음, 무 구입
신옥에서 전화가 왔음 (미옥환갑).

〈2013년 10월 5일 (음력 9월 1일)〉 토요일
날씨 맑음
일본어를 독학했음. 연길집에 돌아 옴
미옥(美玉)한테 전화를 걸었음.

〈2013년 10월 6일 (음력 9월 2일)〉 일요일
날씨 구름
용정(龍井)에서 연길(延吉)까지 가서 참가했음. (신옥한테 환갑). (명숙(明淑) 참가) 미옥(美玉)의 집에 왔음.
미옥(美玉)과 정옥(貞玉)한테 전화를 걸었음. 국철(國哲)한테 전화를 걸었음. 잤음.

〈2013년 10월 7일 (음력 9월 3일)〉 월요일
날씨 구름
좌변기등 화장실 수리(78원)-연길집

미옥집에서 3끼 해결, 명숙(明淑)에서 전화가 왔음.

〈2013년 10월 8일 (음력 9월 4일)〉 화요일 날씨 구름
TV서비스비 310원 과 전화 서비스 정지비 180원 납부
명숙(明淑)에서 전화가 왔음. 미옥집에서 3끼 해결

〈2013년 10월 9일 (음력 9월 5일)〉 수요일 날씨 구름
일본어를 독학했음. 연길(延吉)에서 용정(龍井)까지 왔음. 명숙(明淑)에서 전화가 왔음.
미옥집에서 2끼 해결 미옥(美玉)에서 전화가 왔음.

〈2013년 10월 10일 (음력 9월 6일)〉 목요일 날씨 구름
일본어를 독학했음.

〈2013년 10월 11일 (음력 9월 7일)〉 금요일 날씨 흐림
가혜(佳慧) 생일. 오후 노간부대학에 가서 일본어를 공부했음. (용정(龍井)-연길(延吉)-용정(龍井))
원학(元學)한테 전화를 걸었음.

〈2013년 10월 12일 (음력 9월 8일)〉 토요일 날씨 구름 바람
일본어를 독학했음.
미옥(美玉)한테 전화를 걸었음. 샤워를 했음

〈2013년 10월 13일 (음력 9월 9일)〉 일요일 날씨 구름
정화(廷華) 생일. 전화를 걸었음. 용정(龍井)에서 훈춘(琿春)까지 가서 참가했음.
일본어를 독학했음. 영일(英日)에서 전화가 왔음. 정옥(貞玉)의 집에 가서 잤음.

〈2013년 10월 14일 (음력 9월 10일)〉 월요일 날씨 흐림. 비
정옥(貞玉)의 지에서 아침을 먹고 훈춘(琿春)에서 연길(延吉)까지 왔음.
노간부대학에 가서 일본어르 공부했음. 연길(延吉) → 요정. 정옥(貞玉)에서 전화가 왔음.

〈2013년 10월 15일 (음력 9월 11일)〉 화요일 날씨 구름. 추움
일본어를 독학했음.

〈2013년 10월 16일 (음력 9월 12일)〉 수요일 날씨 구름 추움
일본어를 독학했음.
수미 어머니가 점심에 집에 옴- 용정중심소학교 운동대회

〈2013년 10월 17일 (음력 9월 13일)〉 목요일 날씨 맑음
일본어를 독학했음.
영일(英日)에서 전화가 왔음.

〈2013년 10월 18일 (음력 9월 14일)〉 금요일 날씨 맑음
일본어를 독학했음. (녹음) 오후 노간부대학

에 가서 일본어를 공부했음.
(용정(龍井)-연길(延吉)-용정(龍井))

〈2013년 10월 19일 (음력 9월 15일)〉 토요일 날씨 구름
일본어를 독학했음. (녹음)

〈2013년 10월 20일 (음력 9월 16일)〉 일요일 날씨 맑음
일본어를 독학했음.(녹음) 오후 수미를 영어 학습반에 바래다 줌

〈2013년 10월 21일 (음력 9월 17일)〉 월요일 날씨 맑음
일본어를 독학했음. (녹음) 오후, 노간부대학에 가서 일본어를 공부했음. (용정(龍井)-연길(延吉)-요정)

〈2013년 10월 22일 (음력 9월 18일)〉 화요일 날씨 구름
일본어를 독학했음. (녹음)

〈2013년 10월 23일 (음력 9월 19일)〉 수요일 날씨 구름 바람
서리가 내렸음. 일본어를 독학했음. (녹음), 수미를 학교에서 데려 옴

〈2013년 10월 24일 (음력 9월 20일)〉 목요일 날씨 흐림. 비
일본어를 독학했음(녹음) 수미를 학교에서 데려 옴
미옥(美玉)에서 전화가 왔음. 남동이 연길에서 집에 도착

〈2013년 10월 25일 (음력 9월 21일)〉 금요일 날씨 흐림.
지호(智皓) 생일. 전화를 걸었음. (영진(永珍), 민화) 명숙(明淑) 배추구입
원학(元學)에서 전화가 왔음. 오후 노간부대학에 가서 일본어를 공부했음. (용정(龍井)-연길(延吉)-용정(龍井))
원학(元學)이 쌀100근 가져옴

〈2013년 10월 26일 (음력 9월 22일)〉 토요일 날씨 구름. 바람
일본어를 공부했음. (단어) 축구경기 관람 연변1:하얼빈0

〈2013년 10월 27일 (음력 9월 23일)〉 일요일 날씨 구름
일본어를 공부했음, (단어)
남동생일 (200위안)

〈2013년 10월 28일 (음력 9월 24일)〉 월요일 날씨 구름
일본어를 독학했음. (단어) 노간부대학에 가서 일본어를 공부했음. (용정(龍井)-연길(延吉)-용정(龍井))
명숙(明淑)에서 전화가 왔음. 배추구입
훈춘(琿春)에서 지진이 발생. (지하 500메터)

〈2013년 10월 29일 (음력 9월 25일)〉 화요일 날씨 흐림. 비

일본어를 독학했음. 미옥(美玉)에서 전화가 왔음, 남경에 감
창일(昌日)한테 전화를 걸었음. 영일(英日)에서 전화가 왔음. 수미를 학교에서 데려 옴

〈2013년 10월 30일 (음력 9월 26일)〉 수요일 날씨 흐림, 구름
일본어를 독학했음. 훈춘에 지진 때문에
미옥(美玉)남경에 감 11월 6일 귀가

〈2013년 10월 31일 (음력 9월 27일)〉 목요일 날씨 맑음
일본어를 독학했음.

〈2013년 11월 1일 (음력 9월 28일)〉 금요일 날씨 구름
일본어를 독학했음. 오후 노간부대학에 가서 일본어를 공부했음. (용정(龍井)-연길(延吉)-용정(龍井))

〈2013년 11월 2일 (음력 9월 29일)〉 토요일 날씨 흐림
정금 생일. 일본어를 독학했음. (녹음)

〈2013년 11월 3일 (음력 10월 1일)〉 일요일 날씨 흐림. 비
일본어를 독학했음 (녹음)

〈2013년 11월 4일 (음력 10월 2일)〉 월요일 날씨 맑음
의운장례식 참석하러 훈춘에 감.
양화(楊花)에서 전화가 왔음. 정오(廷伍)한테 전화를 걸었음. 명숙(明淑)정오집에서 잠
승일(承日) 북경에 도착.

〈2013년 11월 5일 (음력 10월 3일)〉 화요일 날씨 구름
의운 장례식 참석, 훈춘에서 → 량수
북경의 승일(承日)에서 전화가 왔음. 명숙(明淑)에서 전화가 왔음.

〈2013년 11월 6일 (음력 10월 4일)〉 수요일 날씨 구름
훈춘(琿春)에서 연길(延吉)까지 왔음.
영진(永珍)과 미옥(美玉)에서 전화가 왔음.
명숙(明淑)한테 전화를 걸었음. 미옥집에서 잠
신옥한테 전화를 걸었음.

〈2013년 11월 7일 (음력 10월 5일)〉 목요일 날씨 비, 구름
신옥 생일. 연길(延吉)에서 용정(龍井)까지 왔음. (원학차타고)

〈2013년 11월 8일 (음력 10월 6일)〉 금요일 날씨 맑음
오후 노간부대학에 가서 일본어를 공부했음. (용정(龍井)-연길(延吉)-용정(龍井))
박영호(朴永浩)에서 전화가 왔음. -제4소학교 퇴직간부총결

〈2013년 11월 9일 (음력 10월 7일)〉 토요일 날씨 흐림
일본어를 독학했음. -(단어)

창일(昌日)에서 전화가 왔음. (동일이 위암) 동일과 미옥(美玉)한테 전화를 걸었음.
동일이 위암에 거림

〈2013년 11월 10일 (음력 10월 8일)〉 일요일 날씨 춥다. 눈
일본어를 독학했음. (단어) 동일한테
박영호(朴永浩)한테 전화를 걸었음, -훈춘에 감, 배추 구입

〈2013년 11월 11일 (음력 10월 9일)〉 월요일 날씨 흐림.
일본어를 독학했음(단어) 오후 노간부대학에 가서 일본어를 공부했음.
(용정(龍井)-연길(延吉)-집-용정(龍井))

〈2013년 11월 12일 (음력 10월 10일)〉 화요일 날씨 구름
일본어를 독학했음. (단어) 시장에서 마늘 구입

〈2013년 11월 13일 (음력 10월 11일)〉 수요일 날씨 구름
일본어를 독학했음. (녹음) 수미 학교에서 데려 옴
미옥(美玉)에서 전화가 왔음,-걸었음 창일일가 북경에 감 창일(昌日)한테 전화를 걸었음.
창일(昌日), 순자(順子) 북경에 감

〈2013년 11월 14일 (음력 10월 12일)〉 목요일 날씨 흐림.
일본어를 독학했음. (녹음) 수미를 학교에서 데려 옴
김치를 담금

〈2013년 11월 15일 (음력 10월 13일)〉 금요일 날씨 맑음
일본어를 독학했음. (단어) 오후 노간부대학에 가서 일본어를 공부했음.
미옥(美玉)한테 전화를 걸었음. -왔음.

〈2013년 11월 16일 (음력 10월 14일)〉 토요일 날씨 맑음
광장에서 용정중심학교 촬영현장 구경
북경의 창일과 합비(合肥)의 영진(永珍)에서 전화가 왔음. 샤워를 했음.

〈2013년 11월 17일 (음력 10월 15일)〉 일요일 날씨 폭설
일본어를 독학했음. (회화). 수미를 수학학습반에서 데레 옴
일본의 국진(國珍)에서 전화가 왔음.

〈2013년 11월 18일 (음력 10월 16일)〉 월요일 날씨 중설(中雪)
일본어를 독학했음 (회화)-노간부대학에 가지 못함
미옥(美玉)에서 전화가 왔음. 안기일(安基一)한테 전화를 걸었음.

〈2013년 11월 19일 (음력 10월 17일)〉 화요일 날씨 흐림
일본어를 독학했음. (과문) 수미를 학교에서

데려 옴
북경의 창일(昌日)한테 전화가 왔음.

〈2013년 11월 20일 (음력 10월 18일)〉 수요일 날씨 구름
사돈 생일(내몽골) 한테 전화를 걸었음. ()
일본어를 독학했음 (녹음). 여일에서 전화가 왔음.

〈2013년 11월 21일 (음력 10월 19일)〉 목요일 날씨 구름. 맑음
일본어를 독학했음. (녹음) 수미를 학교에서 데려 옴
북경의 동일과 승일(承日)한테 전화를 걸었음.

〈2013년 11월 22일 (음력 10월 20일)〉 금요일 날씨 구름. 맑음
일본어를 독학했음. 오후 노간부대학에 가서 일본어를 공부했음. (용정(龍井)-연길(延吉)-용정(龍井))

〈2013년 11월 23일 (음력 10월 21일)〉 토요일 날씨 구름. 맑음
오전 차편이 정지되여 노간부대학에 못감
신옥에서 전화가 왔음, (향옥사망). 춘학(春學)과 금숙(今淑)한테 전화를 걸었음.
미옥(美玉) 북경 도착. 24일에 집에 도착.

〈2013년 11월 24일 (음력 10월 22일)〉 일요일 날씨 흐림
일본어를 독학했음. 안기일(安基一)에서 전화가 왔음. 이영(李瑛)한테 전화를 걸었음.
북경의 미옥(美玉)에서 전화가 왔음. 미옥(美玉)과 초미(超美)한테 전화를 걸었음.

〈2013년 11월 25일 (음력 10월 23일)〉 월요일 날씨 비, 폭설
일본어를 독학했음. 차편이 정지되여 노간부대학에 못감 미옥(美玉)에서 전화가 왔음..
원학(元學)에서 전화가 왔음. (집에서 점심먹음) 북경의 창일(昌日)한테 전화를 걸었음.

〈2013년 11월 26일 (음력 10월 24일)〉 화요일 날씨 구름
일본어를 독학했음.
이발

〈2013년 11월 27일 (음력 10월 25일)〉 수요일 날씨 구름. 맑음
일본어를 독학했음. (과문단어)

〈2013년 11월 28일 (음력 10월 26일)〉 목요일 날씨 맑음
순자(順子) 생일. 한테 순자(順子)와 창일(昌日)한테 전화를 걸었음, (축하)
일본어를 독학했음, (과문녹음)

〈2013년 11월 29일 (음력 10월 27일)〉 금요일 날씨 맑음
일본어를 독학했음. 오후 노간부대학에 가서 일본어를 공부했음. (용정(龍井)-연길(延吉)-용정(龍井))

미옥(美玉)한테 전화를 걸었음. -왔음.

〈2013년 11월 30일 (음력 10월 28일)〉 토요일 날씨 맑음

순옥과 경자(京子) 생일, 경자(京子)와 정옥(貞玉)한테 전화를 걸었음. 수미 수학학습반 바래다 줌

일본어를 독학했음. 미화(美花)에서 전화가 왔음. 미옥(美玉)과 영진(永珍)한테 전화를 걸었음.

냉장고를 수리했음.

〈2013년 12월 1일 (음력 10월 29일)〉 일요일 날씨 구름

일본어를 독학했음. 미화(美花)에서 전화가 왔음. 사돈 병문안 감

홍위 집에 가서 저녁을 먹었음..

〈2013년 12월 2일 (음력 10월 30일)〉 월요일 날씨 맑음

일본어를 독학했음. 오후 노간부대학에 가서 일본어를 공부했음. 용정(龍井)-연길(延吉)-용정(龍井).

〈2013년 12월 3일 (음력 11월 1일)〉 화요일 날씨 구름

일본어를 독학했음. (과문연습)

〈2013년 12월 4일 (음력 11월 2일)〉 수요일 날씨 맑음

일본어를 독학했음. (과문연습) 수미를 학교에서 데려 옴

〈2013년 12월 5일 (음력 11월 3일)〉 목요일 날씨 맑음. 구름

일본어를 독학했음. (과문연습). 수미를 학교에서 데려 옴

옥인(玉仁)에서 전화가 왔음. 이병욱이 집에 왔다 감

〈2013년 12월 6일 (음력 11월 4일)〉 금요일 날씨 맑음

일본어를 독학했음. (과문연습) 오후 노간부대학에 가서 일본어를 공부했음. (용정(龍井)-연길(延吉)-용정(龍井))

미옥(美玉)한테 전화를 걸었음.

〈2013년 12월 7일 (음력 11월 5일)〉 토요일 날씨 맑음

대설(大雪). 일본어를 독학했음. (회화)

북경의 동일과 창일(昌日)한테 전화를 걸었음.

〈2013년 12월 8일 (음력 11월 6일)〉 일요일 날씨 흐림

일본어를 독학했음. 용정(龍井)에서 연리까지 갔음. 공항에 미화를 배웅

원학(元學)에서 전화가 왔음. -사돈병문안 감

미옥(美玉) 집에서 잤음.

〈2013년 12월 9일 (음력 11월 7일)〉 월요일 날씨 눈

일본어를 독학했음. 미옥(美玉) 집에서 아침과 점심을 먹은 후 노간부대학에 가서 일본

어를 공부했음. (연길(延吉)-용정(龍井)), 복순(福順)한테 전화를 걸었음.

〈2013년 12월 10일 (음력 11월 8일)〉 화요일 날씨 구름

일본어를 독학했음. 홍위집에서 저녁먹음
북경의 창일(昌日)에서 전화가 왔음. 명숙(明淑)이 병원에 다녀옴

〈2013년 12월 11일 (음력 11월 9일)〉 수요일 날씨 소설(小雪), 구름

일본어를 독학했음. 수미를 학교에서 데려옴, 이병욱이 집에 왔다 감

〈2013년 12월 12일 (음력 11월 10일)〉 목요일 날씨 구름

일본어를 독학했음.

〈2013년 12월 13일 (음력 11월 11일)〉 금요일 날씨 맑음

일본어를 독학했음. 오후 노간부대학에 가서 일본어를 공부했음.
미옥(美玉)한테 전화를 걸었음. 명숙(明淑)에서 전화가 왔음. 일본어반 방학, 반급총결, 미옥(美玉) 집- 잤음.

〈2013년 12월 14일 (음력 11월 12일)〉 토요일 날씨 구름

미옥(美玉) 집에서 아침을 먹고 집에 왔음. (연길(延吉)-용정(龍井))
미옥(美玉)한테 전화를 걸었음. (2300위안)

〈2013년 12월 15일 (음력 11월 13일)〉 일요일 날씨 구름

일본어를 독학했음. 영진(永珍)에서 전화가 왔음. 옥희(玉姬)(玉姬)와 여혁(永革)에서 전화가 왔음.
미옥(美玉)한테 전화를 걸었음. 수미 영어학습반 바래다 줌

〈2013년 12월 16일 (음력 11월 14일)〉 월요일 날씨 구름

일본어를 독학했음. 안기일(安基一)에서 전화가 왔음.
제4소학교 금화(今花)와 해옥(海玉)한테 전화를 걸었음. 수미를 학교에서 데려 옴

〈2013년 12월 17일 (음력 11월 15일)〉 화요일 날씨 맑음

수미를 학교에서 데려 옴
-순희 집 → 용정(龍井)) 원학(元學)과 미옥(美玉)한테 전화를 걸었음. 안기일(安基一)과 순희(順姬)한테 전화를 걸었음.

〈2013년 12월 18일 (음력 11월 16일)〉 수요일 날씨 구름

일본어를 독학했음. (중급하권과문복습)
수미를 학교에서 데려 옴
안경을 샀음. (130위안)

〈2013년 12월 19일 (음력 11월 17일)〉 목요일 날씨 흐림. 소설(小雪)

일본어를 독학했음.
수미를 학교에서 데려 옴

〈2013년 12월 20일 (음력 11월 18일)〉 금요일 날씨 구름
일본어를 독학했음. (중급과목 복습)
박영호(朴永浩)에서 전화가 왔음.

〈2013년 12월 21일 (음력 11월 19일)〉 토요일 날씨 구름
동지(冬至). 일본어를 독학했음. 미옥(美玉)한테 전화를 걸었음. 샤워를 했음.
훈춘(琿春)의 민석(珉錫)한테 전화를 걸었음.

〈2013년 12월 22일 (음력 11월 20일)〉 일요일 날씨 맑음
민석(珉錫) 생일- 오후 용정(龍井)에서 훈춘(琿春)까지 가서 참가했음. 옥희(玉姬)한테 전화를 걸었음.
미옥(美玉)한테 전화를 걸었음. 북경의 창일(昌日)에서 전화가 왔음, 동일한테 전화를 걸었음.
미옥(美玉)장춘에 감 23일귀가

〈2013년 12월 23일 (음력 11월 21일)〉 월요일 날씨 맑음
옥희(玉姬)의 집에서 아침을 먹었음. → 정옥(貞玉) 집 → 훈춘(琿春)의원 → 여객터미널 → 연길(延吉) → 원학(元學) 집-저녁을 먹고 잤음.

〈2013년 12월 24일 (음력 11월 22일)〉 화요일 날씨 맑음
원학(元學) 집에서 아침과 점심을 먹었음. 미옥(美玉)에서 전화가 왔음.
박순희(朴順姬) 집에 가서 컴퓨터을 공부했음. (연길(延吉) → 용정(龍井))

〈2013년 12월 25일 (음력 11월 23일)〉 수요일 날씨 흐림.
일본어를 독학했음. 원학(元學) 한테 전화를 걸었음.
일기책 작서 끝냄, 안기일(安基一)에서 전화가 왔음.

〈2013년 12월 26일 (음력 11월 24일)〉 목요일 날씨 흐림. 소설
일본어를 독학했음.
원학(元學)한테 전화를 걸었음. 연길에서 용정 벼짚을 가져옴

〈2013년 12월 27일 (음력 11월 25일)〉 금요일 날씨 구름
일본어를 독학했음.

〈2013년 12월 28일 (음력 11월 26일)〉 토요일 날씨 구름
일본어를 독학했음.
합비(合肥)의 영진(永珍)에서 전화가 왔음.
수미를 영어학습반에 바래다 줌

〈2013년 12월 29일 (음력 11월 27일)〉 일요일 날씨 구름
일본어를 독학했음. 수미를 영어학습반에 바래다 줌

〈2013년 12월 30일 (음력 11월 28일)〉 월요일 날씨 구름

일본어를 독학했음

〈2013년 12월 31일 (음력 11월 29일)〉 화요일 날씨 구름, 소설

일본어를 독학했음. 미옥(美玉)에서 전화가 왔음.

정용변과 영일(英日)에서 전화가 왔음. 철진(哲珍)에서 전화가 왔음.

2014년

〈2014년 1월 1일 (음력 12월 1일)〉 수요일
날씨 구름. 바람
창일(昌日)과 일본의 국진(國珍)과 합비(合肥)의 영진(永珍)에서 전화가 왔음.
원학(元學) 쌀 50근 가져옴
원학(元學). 미옥(美玉) 용정에서 신정 보냄

〈2014년 1월 2일 (음력 12월 2일)〉 목요일
날씨 구름. 맑음
일본어를 독학했음.
박영호(朴永浩)와 김춘협과 최옥인한테 전화를 걸었음.

〈2014년 1월 3일 (음력 12월 3일)〉 금요일
날씨 구름. 바람
일본어를 독학했음.
수미를 영어 학습반에 보냄

〈2014년 1월 4일 (음력 12월 4일)〉 토요일
날씨 구름. 맑음
일본어를 독학했음.
영어 학습반에서 수미를 데려옴

〈2014년 1월 5일 (음력 12월 5일)〉 일요일
날씨 구름. 맑음
소한(小寒). 사돈생일 -참가. 용정(龍井)-연길(延吉)-용정(龍井)(명숙(明淑) 참가)
미옥(美玉)에서 전화가 왔음.

〈2014년 1월 6일 (음력 12월 6일)〉 월요일
날씨 구름. 맑음
일본어를 독학했음. 미옥(美玉)에서 전화가 왔음.
안기일(安基一)에서 전화가 왔음.

〈2014년 1월 7일 (음력 12월 7일)〉 화요일
날씨 구름. 맑음
일본어를 독학했음.

〈2014년 1월 8일 (음력 12월 8일)〉 수요일
날씨 구름. 맑음
일본어를 독학했음.

〈2014년 1월 9일 (음력 12월 9일)〉 목요일
날씨 구름. 맑음
일본어를 독학했음.
소년궁에서 수미를 데려옴

〈2014년 1월 10일 (음력 12월 10일)〉 금요일 날씨 구름. 맑음

일본어를 독학했음. (중급. 하급 32과까지 예습)

〈2014년 1월 11일 (음력 12월 11일)〉 토요일 날씨 구름. 맑음
일본어를 독학했음. (녹음-중급상 시작) (정(龍井)-연길(延吉)-미옥(美玉))
미옥(美玉)에서 전화가 왔음. -창일(昌日)북경에세 집에도착 -창일(昌日) 집에서 같이 식사 함
창일(昌日), 순자(順子)북경에서 연길에 도착

〈2014년 1월 12일 (음력 12월 12일)〉 일요일 날씨 구름
미옥(美玉) 집에서 아침을 먹었음. (연길(延吉)-용정(龍井))

〈2014년 1월 13일 (음력 12월 13일)〉 월요일 날씨 구름
일본어를 독학했음. (녹음)(단어). 영어학습반에서 수미를 데려옴
명숙(明淑) 전화가 옴

〈2014년 1월 14일 (음력 12월 14일)〉 화요일 날씨 맑음
일본어를 독학했음. 소년궁에서 수미를 데려옴
안기일(安基一)에서 전화가 왔음. 영어 학습반에서 수미를 데려옴

〈2014년 1월 15일 (음력 12월 15일)〉 수요일 날씨 구름. 맑음
일본어를 독학했음. 소년궁에서 수미를 데려옴
홍위 생일에 참석 미옥(美玉)한테 전화를 걸었음.

〈2014년 1월 16일 (음력 12월 16일)〉 목요일 날씨 구름.
일본어를 독학했음. (단어녹음) 훈춘(琿春)의 복순(福順)에서 전화가 왔음.

〈2014년 1월 17일 (음력 12월 17일)〉 금요일 날씨 구름.
일본어를 독학했음. (단어녹음)
영어학습반에서 수미를 데려 옴

〈2014년 1월 18일 (음력 12월 18일)〉 토요일 날씨 구름.
일본어를 독학했음. (단어녹음)

〈2014년 1월 19일 (음력 12월 19일)〉 일요일 날씨 구름.
용정(龍井)에서 연길(延吉)까지 가서 -소년궁에세 수미를 데려 옴 점심과 저녁을 먹고 잤음.
기차역에서 싸둥이 마중 함샤워를 했음.
미옥(美玉)한테 전화를 걸었음. 원학(元學)에서 전화가 왔음.
영진(永珍)에서 전화가 왔음.
춘임(春林), 춘성(春晟)북경에서 연길에 도착

〈2014년 1월 20일 (음력 12월 20일)〉 월요일 날씨 소설(小雪)

대한(大寒). 아침을 먹고 연길(延吉)에서 용정(龍井)까지 왔음.
영어학습반에서 수미를 데려 옴
미옥(美玉)한테 전화를 걸었음.
북경의 초미(超美)와 동일한테 전화를 걸었음.

〈2014년 1월 21일 (음력 12월 21일)〉 화요일 날씨 맑음

일본어를 독학했음. 소년궁에서 수미를 데려옴
안기일(安基一)한테 전화를 걸었음. (컴퓨터 학습에 참석 못함)

〈2014년 1월 22일 (음력 12월 22일)〉 수요일 날씨 맑음

일본어를 독학했음.
옥인(玉仁)에서 전화가 왔음. (영어학습반에 수미를 데려다 줌)

〈2014년 1월 23일 (음력 12월 23일)〉 목요일 날씨 맑음

일본어를 독학했음.
(영어학습반에 수미를 데려다 줌)

〈2014년 1월 24일 (음력 12월 24일)〉 금요일 날씨 맑음, 흐림

일본어를 독학했음. (일본에 녹음, 중급상 졸업)
국진(國珍) 생일(양)((영어학습반에 수미를 데려다 줌)

〈2014년 1월 25일 (음력 12월 25일)〉 토요일 날씨 구름

일본어를 독학했음. ('재미있다'는 일본어 관용구). (영어학습반에 수미를 데려다 줌)
중심병원에 병문안을 감, 소년궁에서 수미를 데려 옴

〈2014년 1월 26일 (음력 12월 26일)〉 일요일 날씨 맑음

일본어를 독학했음. (... 관용구)
이발. 명숙(明淑)한테 전화를 걸었음. 소년궁에서 수미를 데려 옴

〈2014년 1월 27일 (음력 12월 27일)〉 월요일 날씨 흐림

영정에서 연길(延吉)까지 왔음, 점심을 먹었음, 원학 차로 연길에 감
복순병문안 감

〈2014년 1월 28일 (음력 12월 28일)〉 화요일 날씨 맑음

점심에 컴퓨터학습반 동기들과 식사함
안기일(安基一)에서 전화가 왔음. (2번) 잤음.
국진과 넷 서핑했음. (대화) 신옥(信玉)에서 전화가 왔음.

〈2014년 1월 29일 (음력 12월 29일)〉 수요일 날씨 맑음 흐림

명숙(明淑)의 생일, 국진(國珍)과 명숙(明

淑)과 넷 서핑했음.
정수(廷洙)에서 전화가 왔음. 정옥(貞玉)에서 전화가 왔음.

〈2014년 1월 30일 (음력 12월 30일)〉 목요일 날씨 구름 맑음

춘임(春林)과 춘성(春晟)의 생일. (2000위안) 샤워를 했음,
오후에 원학차로 연길에서 용정에 옴
옥희(玉姬), 승일(承日), 영춘창일(昌日). 전화 옴

〈2014년 1월 31일 (음력 1월 1일)〉 금요일 날씨 맑음

홍위 일가와 함게 설을 지냄
춘학과 신옥(信玉)한테 전화를 걸었음. 미옥(美玉)한테 전화를 걸었음.
미옥(美玉), 내모공사돈 , 복순(福順). 국진(國珍). 영진(永珍)

〈2014년 2월 1일 (음력 1월 2일)〉 토요일 날씨 구름. 맑음

일본어를 독학했음. 용정(龍井)-연길(延吉)
미옥(美玉) 집-공항에 영진 일가 배웅
미옥이 전화 옴 , 창일한테 전화 함,

〈2014년 2월 2일 (음력 1월 3일)〉 일요일 날씨 맑음

창일일가 와 함께 옥집에서 설을 지냄
일본의 광춘(光春)에서 전화가 왔음.

2015년

월계: 2015년 지출, 수입

일월: 6061.00위안 (영진: 2000.00위안-설날)

이월: 4197.20위안 (미옥: 500.00위안, 초미:500.00위안)=1000.00위안

삼월: 3166.30위안 (연주: 100.00위안, 창일: 1000.00위안)=1100.00위안

사월: 4021.20위안

오월: 6862.15위안 (생일: 3300.00위안+ 미옥:1203.00위안+ 영진: 2000.00위안+ 1.00위안+ 의복:210.00위안=6817.00위안)

유월: 1545.74위안 (미옥: 200위안, 창일: 1000위안, 의복: 100위안)

칠월: 4431.40위안 (미옥: 1000위안)

팔월: 2684.20위안 (의복: 2000.00위안+ 미옥: 200.00위안+ 광춘: 200.00위안+ 사소분회: 30.00위안+ 창일: 30.00위안= 2460.00위안+ 신용조합: 10위안)

구월: 2526.50위안 (정모: 50위안)

시월: 4577.70위안(의복: 1000위안, 사소분회: 30위안, 35위안)

2015년 1월 지출명세장

월	일	인(人) 품(品) 명(名)	금액
1	1	춘림: 500위안, 춘성: 500위안, 지호: 500위안, (영진: -2000위안)	1500.00위안
1	2	담배: 5위안*3=15위안	15.00위안
1	3	지호: 1000위안(설날) 영진 비행기표(1060위안)	1000.00위안
1	4	안사돈 장례(용정): 500위안, 연방, 미옥집의 난방 정지비: 1000위안, 전화료: 50위안	1550.00위안
1	8	생활지남	1.50위안
1	10	교통비: 29위안+1위안+민석(珉錫)생일: 200위안	230.00위안
1	11	순자(順子)생일: 200위안+ 교통비:29위안+1위안	230.00위안

1	15	생활지남: 1.50위안, 전화정지비: 100위안, 라이터: 1위안, 약: 카드 53위안, 46위안	102.50위안
1	19	담배: 5*10=50.00위안	50.00위안
1	21	초대비(위안학, 미옥): 179.00위안	179.00위안
1	22	생활지남: 1.50위안	1.50위안
1	24	안사돈의 탄생날비: 200위안	200.00위안
1	27	약: 카드 69위안	
1	28	창일 병문을 하러 갔다.(엔길 미희집)	1000.00위안
1	29	생활지남: 1.50위안	1.50위안
총계: 6061.00위안			

2015년 2월

월	일	인 품 명	금액
2	1	담배: 5*10=50위안	50.00위안
2	2	광열비: 100.00위안	100.00위안
2	3	침대 온수기: 22위안, (오미자, 구기)57.50위안	79.50위안
2	5	생활지남: 1.50위안, 배추, 고추: 12.70위안	14.20위안
2	6	춘림, 춘성: 2000.00위안	2000.00위안
2	11	숙박료: 1200.00위안+ 난방비: 50위안+전기료: 10.00위안	1260.00위안
2	11	이불속, 침대보: 200.00위안(위안학 보증금을 냈다:1500.00위안)	200.00위안
2	11	휴대전화 대리비: 100위안(위안학 지불)	100.00위안
2	11	물고기 통조림, 홍성이과주, X, 중화치약	35.00위안
2	12	약: 祛瘀益胃片, 健脾糕片, 奧美拉唑鎂腸溶膠囊, 維生素c咀嚼片, 大蒜油軟膠囊 카드: 377위안, 생활지남: 1.50위안	1.50위안
2	16	헤이린스: 10위안, 때밀이수건: 6위안	16.00위안
2	20	생활지남: 1.50위안+ 1.50위안, 칼: 38.00위안	41.00위안
2	18	위안학의 형부생일: 200.00위안, (19일)미옥이 저한테 설날(500위안)	200.00위안
2	22	담배: 5위안*20=100.00위안	100.00위안
2	27	(초미: 500위안)	
총계: 4197.20위안			

2015년 3월

월	일	인 품 명	금액
3	5	교통비: 1+1=2위안, 생활지남: 1.50위안, 이발: 7위안	10.50위안
3	6	교통비: 1+1=2위안, 인보애심카드: 20위안(노인카드로 바꿈),초대비: 257위안	279.00위안
3	7	차지단(茶鷄蛋): 1.50위안	1.50위안
3	10	숙박료: 1200위안, 난방비: 50위안, TV비용: 10위안	1260.00위안
3	11	점심식사비(사소퇴직교위안들 옌길에 있는 고복순(高福順), 강경숙(姜京淑), 이정순(李貞順), 해옥(海玉))	100.00위안
3	12	약(카드): 13위안, 교통비: 29+1=30위안, 생활지남: 1.50위안, (창이설날: 1000위안)	31.50위안
3	13	정수(廷洙)생일: 200위안, (정옥(貞玉)생일: 200위안, 정화(廷華)생일: 200위안, 경자(京子)생일: 200위안), 교통비: 100위안	800.00위안
3	14	점심식사 초대비(박영호(朴永浩), 사춘림(舍春林)): 88위안	88.00위안
3	15	담배: 5*2=10위안, 양말: 5*2=10위안, (훈춘 판매소세금: 15000위안+순자(順子): 1000위안)	20.00위안
3	16	약(카드): 41위안	
3	17	광범(光范)생일: 200위안, 담배: 5위안	205.00위안
3	18	교통비: 1위안, XX: 5위안, 담배: 5위안	11.00위안
3	19	생활지남: 1.50위안, 교통비: 1위안, 담배: 5*2=10위안, 약: 117위안	129.50위안
3	20	담배: 5*2=10위안	10.00위안
3	21	승일(承日): 200위안, 교통비: 2위안, 신발 수선: 15위안	217.00위안
3	22	귤: 3.30위안 (총계: 3166.30위안)	3.30위안
3	27	저금: 1만원, 이자: 325위안	
		계:3166.30위안	

2015년4월

월	일	인 품 명	금액
4	4	춘학(春學)생일: 200위안	200.00위안
4	5	박초미 동일안전제: 500위안	500.00위안
4	6	원학집 위생비	79.20위안

4	7	저금1년 이자: 330위안, 만능리모컨	25.00위안
4	8	명숙(明淑)에게 돈을 보냈음: 2万위안=3200달러, 술: 15위안, 담배: 5위안	20.00위안
4	9	생활지남: 1.50위안, 약(카드): 100위안, 현금: 22위안	123.50위안
4	10	국진: 1000위안, 교통비: 30위안, 물: 2위안	32.00위안
4	11	복순 장례: 1000위안, XX: 1위안	1001.00위안
4	13	담배: 5*2=10위안, 액체 세제: 9위안, XX: 5.50위안	24.50위안
4	14	숙박료: 1200위안, 난방비: 50위안, TV비용: 10위안	1260.00위안
4	15	오성덕(吳成德) 장례: 200위안, 정오 생일: 200위안(정옥선불)	400.00위안
4	19	안기일	78.00위안
4	20	약: 20위안	20.00위안
4	24	생활지남: 1.50위안, 담배: 5*10=50위안	51.50위안
4	27	(100위안을 일본어모금), 담배: 5위안	105.00위안
4	28	약(카드): 62위안, 휴대용 전화기: 100위안	100.00위안
		총계: 4019.70위안	
4	30	생활지남: 1.50위안	1.50위안
		계: 4021.20위안	

2015년5월

월	일	인 품 명	금액
5	2	예금 일년 이자: 330위안, 이발: 20위안, 담배: 5*2=10위안	30.00위안
5	3	원학, 미옥 생일: 200위안	2000위안
5	4	담배: 5*2=10위안	10.00위안
5	7	구기주: 15위안	15.00위안
5	9	약: 27위안	27.00위안
5	10	(생일수입:4506위안, 영진: 2000위안), 지출: 1206위안(미옥), 차비: 100위안(창일), 진옥 등: 120위안, 춘자: 10위안, 원학의 형: 10위안, XX: 10위안	1456.00위안
5	11	물: 3위안, 만두: 5위안, 바나나: 3.35위안, 肉: 15위안	26.35위안
5	12	해천간장: 8위안, 남도고추장: 6위안, 전지: 2.50위안, 두부껍질: 6.40위안, 담배: 5.50*11= 60.50위안	83.40위안

5	12	수도료: 200위안, 소금: 3위안, 다시다: 3.50위안, 조미료: 2위안, 고춧가루: 2.50위안, ...	
5	14	參芪健胃顆粒, 補金片, 護肝片, 胃東新膠囊, 雨生紅球藻膠囊	650.00위안
5	15	접착 옷걸이: 3위안, 비타민D칼슘: 502위안, 교통비: 5위안, 라이터: 1위안	
5	16	영석 딸의 결혼식: 200위안, 계란: 3.80위안, 마늘: 1.40위안, 찐빵: 4위안	209.20위안
5	18	순자 초대: 94위안, 우산: 30위안, 모자: 20위안, 바나나: 6.80위안	150.80위안
5	20	폐품: 1위안, 교통비: 30+8=38위안, 생활지남: 1.50위안, 교통비: 30+9=39위안, 의복생일: 1000위안	1078.50위안
5	21	(의복: 210위안), 신발: 10위안, 만두: 5위안, 오리고기: 7위안	22.00위안
5	22		
5	24	원학의 형생일: 200위안, 담배: 5.5*11=60.50위안	260.50위안
5	25	술: 10위안, 바나나: 4위안, 야채: 4.50위안, 소의 힘줄: 17위안	35.50위안
5	28	생활지남: 1.50위안, 오이: 1.90위안, 파: 3위안	6.40위안
5	30	토문 여행, 택시비: 13+5=18위안, 버스비: 15*2=30위안	48.00위안
		계:6862.15위안	

2015년 6월

일	인 품 명	금액
3	앵두: 10.10위안, 바나나: 6위안, 파: 1.70위안, 담배: 5.50*10=55위안, 이정정(李貞貞) 입원: 100위안	182.60위안
4	버스비: 30위안, 택시비: 8위안, 생활지남: 1.50위안, 버스비: 30위안, 택시비: 9위안	78.50위안
7	물두부: 2위안	2.00위안
9	광열비: 100위안, 계란: 3.40위안, 고추장: 3.50위안	106.90위안
11	생활지남: 1.50위안, 술: 4위안, 약: 47위안	52.50위안
12	오리 심장: 10위안, 두부껍질: 7위안	17.00위안
14	약: (카드)201위안, (현금)109위안	109.00위안
17	검은 팥: 5.58위안, 김치: 4.16위안, 두부: 1.50위안, 바나나: 4위안	15.24위안
18	오리 압: 10위안, 생활지남: 1.50위안	11.50위안
19	원학의 형 생일: 200위안, 신옥(信玉)의 형부 생일: 200위안	400.00위안

22	(미옥: 200위안, 창일: 1000위안)	
23	버스비: 30위안, 택시비: 9위안, 물: 2위안	41.00위안
25	(의복: 100위안)버스비: 30위안, 교통비: 5위안, 생활지남: 1.50위안	36.50위안
27	김치: 4.22위안, 좁쌀: 10.16위안, 찹쌀: 6.52위안, 바나나: 3.10위안, 오리 압: 19위안	43.00위안
28	약: 94위안, 담배: 5.50*10=55위안	149.00위안
29	춘학의 여부 생일: 300위안	300.00위안
	계: 1545.74위안	

2015년 7월

일	인 품 명	금액
1	이발: 20위안	20.00위안
2	생활지남: 1.50위안, 만두: 6위안, 솜: 3.50위안, 오리 압: 13위안	24.00위안
4	점심(영진 집): 160위안	160.00위안
5	아침(영진 집): 26위안, 가스 지관설치비: 16위안, 지호: 500위안	542.00위안
7	안사돈(원학 어머님)입원: 500위안, 김치: 6.20위안, 파: 6.80위안, 오리 압: 15위안	528.00위안
8	담배: 5.50*10=55위안	55.00위안
9	(미옥: 1000위안)	
10	안창: 6.50위안, 칫솔: 4.50위안, 담배: 52위안	63.00위안
11	약: 292위안	292.00위안
14	바나나: 7.40위안	7.40위안
15	자물쇠: 4위안	4.00위안
17	약: 141.50위안, 담배:51위안	192.50위안
18	물: 15위안	15.00위안
24	윈드 재킷: 1700위안쯤	2000.00위안
29	미화: 1000위안	1000.00위안
30	물: 2위안	2.00위안
31	생활지남: 1.50위안, 창받이: 10위안, 안창: 5위안, 두x: 10위안	26.50위안
	계: 4431.10위안	

2015년 8월

일	인 품 명	금액
1	(의복: 2000위안), 파전: 2*2=4위안	4.00위안
2	의복에게: 200위안	200.00위안
3	약: 656-239(카드)=417위안, 전화료: 100위안	517.00위안
6	생활지남: 1.50위안, 만두: 5위안, 만두: 2*2=4위안	10.50위안
6	근막염 진료비: 80위안, 貝興牌大豆磷脂軟膠囊, 一品康牌魚油軟膠囊: 240위안	320.00위안
7	근막염 진료비: 80위안	80.00위안
8	담배: 5.50*10=55위안	55.00위안
10	근막염 진료비: 80위안	80.00위안
11	바나나: 4위안, 오리 압: 18위안	22.00위안
12	만두: 2위안	2.00위안
13	생활지남: 1.50위안, 오리 압: 18.80위안, 오이: 1위안, (폐품: 0.5위안)	21.30위안
15	(원학, 미옥: 200위안, 광춘: 200위안), 버스비: 30+1=31위안, 물: 2위안, 준기, 혜미에게: 400위안	433.00위안
16	(사소분회: 30위안), 담배: 5위안	5.00위안
17	약: 88위안, 생활지남: 1.50위안	89.50위안
24	이발: 40위안, 버스비: 1위안	41.00위안
25	창일 생일: 200위안	200.00위안
26	(창일: 30위안), 버스비: 30위안, 파전: 6.10위안, 오리 압: 10위안, 야채: 6위안, 바나나: 3.40위안	55.10위안
27	약: 383위안, 생활지남: 1.50위안, 파전: 2위안, 두부껍질: 4.50위안, 담배: 5.50*9=49.50위안	440.50위안
28	오이: 2위안, 오리 압, 깻잎: 38위안	40.00위안
29	(신용사: 10위안)	
30	약: 55위안, 야채: 8.50위안, 고추: 1.80위안, 복숭아: 3위안	68.30위안
	계: 2684.20위안	

2015년 9월

일	인 품 명	금액
1	송화단: 4위안, 바나나, 오이: 6위안	10.00위안

3	월병: 5위안, 버스비: 30+1+1위안, 물: 2위안	39.00위안
4	정옥, 정모 생일: 200+200위안, 택시비: 5위안, 생활지남: 1.50위안, 버스비: 1+1+1=3위안	409.50위안
5	약: 100위안, 담배: 8*10=75위안	1475.00위안
7	버스비: 1+1+1위안, 택시비: 13+6=19위안, 신분증사본: 1위안	23.00위안
	훈춘시 집 텔레비전 정지비: 120.00위안	120.00위안
9	버스비: 1위안	1.00위안
10	버스비: 1+1=2위안, 생활지남: 1.5위안	3.50위안
11	버스비: 1+30위안	31.00위안
12	中華魔力迅白: 9위안, 돼지고기: 15위안, 바나나: 3위안(분회: 30위안)	27.00위안
13	양파: 1.40위안, 약: 127위안, 담배: 5.50*9=49.50위안	176.50위안
15	계란: 4.90위안, 오이: 1.70위안, 돼지 귀고기: 18위안	24.60위안
	일본어 학비: 200위안, 회비: 50위안	250.00위안
17	대추: 5위안, 좁쌀: 9.74위안, 건두부: 3위안, 배추: 6위안	23.70위안
	생활지남: 1.50위안	1.50위안
20	양파: 3.90위안, 물: 3위안, 칼국수: 10위안, 술: 15위안, 담배: 5.50위안, 오리고기: 16위안, 바나나: 3위안, 오리: 2.50위안	58.90위안
21	담배: 5.30*10=53위안	53.00위안
22	배추+야채: 13위안	13.00위안
23	영진 생일: 1000위안	1000.00위안
24	두부: 1.50위안, 바나나: 3위안, 오이: 2위안, 생활지남: 1.50위안	8.00위안
27	마두: 5위안, 오리 고기: 29위안, 바나나: 6위안	40.00위안
28	신발 세탁비용: 20위안, 배추, 야채, 건두부: 16.50위안	36.50위안
29	오리: 2.80위안	2.80위안
	계: 2526.50위안	

2015년 10월

2일: (의복: 1000위안) 청송(青松)의 딸의 결혼식: 200위안, 민섭에게 200위안 주었다. 400.00위안

11일: 1040위안 화장품을 샀다. 1100.00위안

12일: 진호 생일: 500위안, 영진, 미화 수고비: 1000위안. 1500.00위안

13일: 북경공항 광천수: 15위안, 만두: 5위안. 20.00위안

15일: (사소분회 안에 주차비: 30위안)생활지남: 1.50위안, 기차표: 35위안. 36.50위안

16일: 담배: 5.50*10=55위안, 오리 고기: 12.50위안. 67.50위안

17일: 물: 6위안, 쓰레기통: 65위안, 변기통 솔: 15위안, 접착 걸이: 15위안, 바나나: 3.60위안, 계란선: 3위안. 107.60위안

18일: 정룡변(鄭龍變)입원에 기부: 100위안, 주화자(朱花子) 사망에 기부: 100위안, 물: 1.50위안, (사소분회ktx비: 35위안), 교통비: 1위안, 휴대전화 대리비: 100위안, 담배: 11위안. 313.50위안

19일: 교통비: 12위안, 가스관: 22위안, 슬리퍼: 5+1=68위안, 콘센트: 25위안, 물통: 30위안, 건두부: 5위안. 157.00위안

20일: 시계: 35위안. 35.00위안

21일: 집 관도 개통비용: 20위안, 오리: 15위안, 건두부: 5위안, 팔: 2위안. 42위안

22일: 의자: 16*2=32위안, 슬리퍼: 20*1=20위안, 6*1=6위안, 바가지: 5*1=5위안, 동이: 5*1=5위안, 생활지남: 1.50위안. 69.50위안

23일: 당비(黨費): 60위안, 교통비: 10위안, 식칼 걸이: 20위안, 배터리: 2*2=10위안, 바나나: 4.60위안, 두부: 1.20위안, 스위치 스티커: 3*5=15위안. 120.80위안

24일: 가스비: 100위안, 스위치 스티커: 25위안, 도마: 25위안, 맷돌: 3위안, 장갑: 6위안, 국자: 3위안, 술: 15위안, 저간: 9.80위안, 순무: 6.50위안. 171.30위안

25일: 이발: 30위안, 콘센트: 25위안, 압수기: 10위안, 대추: 9.80위안, 마늘: 1.20위안. 76.00위안

26일: 바나나: 3.90위안, 계란: 4.80위안, 건두부, 장: 15위안, 술: 7위안. 30.70위안

27일: 담배: 5*10=50위안, 배추, 야채: 11위안. 61위안

28일: 트렁크: 200위안, 돼지귀, 닭간: 7위안, 물: 5위안. 222.00위안

29일: 찐빵: 3.50위안, 야채: 5위안, 생활지남: 1.50위안. 10.00위안

31일: 링거: 34위안, 바나나: 2.60위안, 두부: 1.20위안. 37.80위안

총계: 4577.70위안

2015년 11월

1일: 교통비: 30위안+1위안, 물: 2위안,

2일: 정화 생일: 200위안, 미운 제사: 200위안, (진옥 차비: 50위안), 담배: 8위안, 택시: 5위안 교통비: 1위안. 414.00위안

3일: 교통비: 30위안, 물: 1.50위안, 택시: 8위안, 바나나: 3.50위안. (의복: 8위안) 43위안

5일: 124.80위안. 124.80위안
7일: 택시: 14위안, 식초, 고추면, 세정액, 조미료: 66.50위안, 맥주: 6.60위안, 프라이팬: 85위안, 젓가락, 숟가락: 15위안. 187.10위안
8일: 세제, 옷걸이: 78위안, 조미료 합: 25위안, 컵: 7위안, 하수관: 8위안, 콘센트: 12위안, 스텐드: 35위안. 165.00위안
10일: 의복 차비: 100위안, 택시: 5위안, 담배: 5위안*10=50위안, 약: 43.50위안(카드), 찐빵: 1.50위안. 156.50위안
12일: 생활지남: 1.50위안, 실리콘, 배기관, 탁자 깔개: 6위안
15일: 건두부: 7위안, 바나나: 4.60위안. 19.10위안
16일: 신옥(信玉) 생일: 200위안. 200.00위안
17일: 웅담 가루: 300위안, 약: 62.90위안(카드), 두부: 1.20위안. 301.20위안
19일: 담배: 5.50위안*10=55위안, 돼지고기: 26위안, 생활지남: 1.50위안. 82.50위안
21일: 다시다: 16위안, 바나나: 4위안, 좁쌀: 26위안, 중약: 330위안, 링거: 30위안. 406.00위안
22일: 소다, 소금: 4.50위안, 통: 10위안, 빵: 3위안, 링거 약: 34위안. 51.50위안
24일: 신체검사(연변병원): 1750위안+ 300위안. 2050.00위안

연변팀 선수명단 확정
외적: 찰론: 166cm 브라질 1990년(25세) 10번
스티부: 182cm 감비아 1994년(21세) 9번
하태균: 187cm 한국 1987년(28세) 18번(2003-연변 팀에서 5번...)

국내: 조명: 190cm (4번) 1987년 10월 3일 (국가소년팀, 국가청년팀, 국구대표팀)
배육문: 173cm (23번) 1985년 9월 4일(2005-2012연변팀에서 심양)
심붕: 170cm 1993년 9월 16일(광동성 출생)
왕지붕: 180cm 1993년 1월 27일(절강성 청소년팀)
애하메티쟝: 23살(신양 대표팀)
문호일: 예비 팀 선수 겸 지도로

2015년 축구가급리그전

경기수	월	일	승점	순위	홈팀	점수	원정팀	점수
1	3	14	3	-	강서련성팀	0	연변장백산팀	1
2	3	22	4	4	하북화하팀	2	연변팀	2
3	4	5	7	4	귀주지성팀	0	연변팀	1
4	4	11	8	4	연변팀	1	심수우황팀	1
5	4	19	11	2	북경리궁	2	연변팀	4
6	4	25	12	3	신강천산	1	연변팀	1
7	5	2	13	4	연변팀	1	할빈	1
8	5	9	14	4	청도황해	1	연변팀	1
9	5	17	17	4	연변팀	3	흑호트중우	1
10	5	23	18	4	천진송강	1	연변팀	1
11	5	30	21	4	연변팀	2	대련아르빈	0
12	6	6	24	4	북경흘딩스	0	연변팀	1
13	6	13	27	4	연변팀	2	무한줘르	0
14	6	20	30	4	호남상도	0	연변팀	2
15	6	27	31	4	연변팀	0	청도중능	0

6차승 6차평 6번 리춘 1꼴 승
주: 승: 3 평: 3
객: 5 4

2015년 축구가급리그전

순위	경기수	월	일	승점	홈팀	점수	원정팀	점수
1	16	7	4	34	연변장백산	2	강서련성	1
1	17	7	12	37	연변팀	3	화북화하	0
1	18	7	18	40	연변팀	4	귀주지성	2
1	19	7	26	41	심수우항	2	연변팀	2
1	20	8	2	44	연변팀	4	북경리공	0
1	21	8	8	47	연변팀	6	신강천산	1

1	22	8	15	47	할빈의등	3	연변팀	0
1	23	8	22	50	연변팀	2	청도황해	0
1	24	8	29	53	흑호트중우	2	연변팀	3
1	25	9	12	53	연변팀	0	천진송강	1
1	26	9	19	54	대련아르빈	1	연변팀	1
1	27	9	26	57	연변팀	5	북경홀딩스	0
1	28	10	18	58	무한	0	연변팀	0
1	29	10	24	61	연변팀	4	호남상도	0
1	30	11	1	61	청도중능	0	연변팀	0

홈그라운드: 승: 8 평: 0 패: 1

원정 그라운드: 1 3 2

연변대 28륜에서 2륜 앞당겨 슈퍼리그진급

연변대 29륜에서 1륜 앞당겨 갑급리그우수

연변자치명예시민: 하태균 총득점 26꼴로 갑급리그(득점왕에 등급, 최우수선수상)

박태하 최우수감독

지문일 최우수꼴키퍼

당비(黨費)를 냈다

2014년 8월 8일 1년 120.00위안-60위안

2015년 10월 23일 1년 60위안

필 자

이채문
경북대학교 사회과학대학 사회학과 교수

이정덕
전북대학교 인문과학대학 고고문화인류학과 교수

남춘호
전북대학교 사회과학대학 사회학과 교수

박신규
경북대학교 SSK 다문화와 디아스포라 연구단 전임연구원

최미옥
연변대학교 심리학과 교수

연변일기 2 전북대 개인기록 총서 18

초판 인쇄 | 2017년 6월 20일
초판 발행 | 2017년 6월 20일

(편)저자 이채문 · 이정덕 · 남춘호 · 박신규 · 최미옥

책임편집 윤수경

발 행 처 도서출판 지식과교양
등록번호 제 2010-19호
주 소 서울시 도봉구 쌍문1동 423-43 백상 102호
전 화 (02) 900-4520 (대표) / 편집부 (02) 996-0041
팩 스 (02) 996-0043
전자우편 kncbook@hanmail.net

ISBN 978-89-6764-084-2 93810 **정가** 44,000 **원**